PAVILLON

JOHN SAUL

Jäger des Grauens

Roman

Aus dem Amerikanischen
von Usch Pilz

PAVILLON VERLAG
MÜNCHEN

Titel der Originalausgabe
NIGHTSHADE

Umwelthinweis:
Dieses Buch wurde auf
chlor- und säurefreiem Papier gedruckt.

Taschenbuchausgabe 01/2005

Printed in Germany 2005
Umschlagillustration: Getty Images/Dominic Rouse
Umschlaggestaltung: Nele Schütz Design, München
Druck und Bindung: GGP Media GmbH, Pößneck

ISBN: 3-453-77010-2
http://www.heyne.de

Für Coco Vera und Michael Alexander

Willkommen in unserer Welt!

Prolog

Das Kind lag vollkommen reglos da. Aus der Sicht eines unbeteiligten Beobachters schien es, als schliefe es tief und fest. Doch dieser Eindruck trog. Denn schon sehr früh – so früh, dass das Kind sich nicht einmal mehr an den genauen Zeitpunkt erinnern konnte – hatte sein Geist gelernt, sich vor den Qualen, die der Körper, in dem er wohnte, erdulden musste, zu schützen. Eines Tages – in einer Zukunft, die in so weiter Ferne lag, dass das Kind sie mit seinem noch unentwickelten Verstand nicht einmal erahnen konnte – würde es seinen Körper vielleicht ebenfalls schützen können.

Aber noch war es nicht so weit. Noch konnte nur der Geist allein dem Feind entkommen, indem er sich tief ins Innere des Körpers flüchtete und sich dort verbarg. Der Körper aber musste den Schmerz ertragen, so gut es ging.

Im Augenblick schwebte der Geist des Kindes noch unentschlossen an der Schwelle vom Schlaf zum Erwachen. Er war auf der Hut, verharrte misstrauisch in jenen schattigen tieferen Regionen des Bewusstseins, die es ihm gestatteten, jederzeit wieder in die schützende Ohnmacht zu fliehen, sobald der Feind sich näherte.

Jenseits der geschlossenen Augenlider – der Geist hatte längst gelernt, dass es besser war, sie geschlossen zu halten – deutete die langsam zunehmende Helligkeit darauf hin, dass die Morgendämmerung nun bald die Schrecken der Nacht vertreiben würde.

Doch wie sollte der Geist den Schrecken des Tages begegnen?

Er konzentrierte sich jetzt auf das Gehör des Kindes, nahm Geräusche auf und ordnete sie ein. Gleichzeitig versuchte er zu erraten, ob sie eine sich nähernde Gefahr ankündigten.

Doch von den Geräuschen schien keine Bedrohung auszugehen. Eine Stimme, ein Lachen waren zu hören. Das Zwitschern eines Vogels.

Der Geist wagte sich vorsichtig ein kleines Stück weiter vom Schlaf zum Erwachen. Er erlaubte den Augen, sich zu öffnen – aber nur einen kaum wahrnehmbaren Spalt breit.

Durch ein kleines Fenster fiel ein gleißender Lichtstrahl.

Der Geist tastete sich einen weiteren winzigen Schritt auf dem Weg zum vollständigen Wachsein vor.

Plötzlich nahm er ein neues Geräusch wahr. Die von Rost zerfressenen Scharniere einer schief im Rahmen hängenden Tür erschreckten mit ihrem Quietschen die Ohren des Kindes. Der Geist hastete zurück, floh instinktiv vor diesem Laut, der so häufig das Nahen einer Gefahr ankündigte.

Er befahl den Augen, sich wieder zu schließen, damit sie nicht verraten konnten, dass das Kind schon beinahe wach war.

Das Quietschen verstummte jäh, doch der Geist verharrte im Schutz der vertrauten Schatten. Von dort aus konnte er jederzeit in die dunkle Geborgenheit der Ohnmacht entkommen.

Ein anders Geräusch näherte sich.

… klick-klick-klick … Der Geist zögerte, wartete, horchte misstrauisch.

… klick-klick-klick …

Das Geräusch kam unaufhaltsam näher, und der Geist, nun völlig verunsichert, war zu keiner Entscheidung fähig.

Das Klicken verstummte, und ein wohl bekannter Geruch stieg dem Kind in die Nase. Dieser Geruch ließ einen Teil der Angst, die den Geist gefangen hielt, verfliegen.

»Hundi«, ließ der Geist das Kind flüstern, als die Zunge des Tieres sein Gesicht berührte.

Eine flauschige Vorderpfote hob sich von dem rissigen Betonboden, auf dem die Krallen des Tieres das klickende Geräusch erzeugt hatten, und stupste das Kind vorsichtig an.

Das Kind öffnete die Augen und schlang die Arme um den Hals des Hundes.

»Lieber Hundi«, flüsterte das Kind, während es vorsichtig in die großen braunen Augen des Tieres blinzelte.

Der Hund fiepte beglückt, während seine nasse Zunge das Gesicht des Kindes leckte.

Das Kind kicherte leise und strich mit den Fingern über das Fell des Hundes. Doch Sekunden später erstarb das glückliche Glucksen auf seinen Lippen. Das Kind riss die Hände weg, als habe es sich verbrannt, denn die Tür hoch oben am Ende der Treppe war plötzlich aufgerissen worden. Die Klinke krachte heftig an die Wand.

»Raus!«, befahl eine Stimme. Einem Peitschenknall gleich flog dieses eine Wort die steilen Stufen hinunter.

Der Körper des Kindes zuckte zusammen, als sei es tatsächlich geschlagen worden, und der Geist begann, sich zurückzuziehen.

»Was fällt dir ein?«, tobte die Stimme. Doch noch während die Worte auf das Kind niederprasselten, verschloss der Geist sich allen Signalen, die ihn durch die Ohren erreichen konnten, verweigerte sich dem gleißenden Sonnenlicht, das die Augen wahrnahmen, und glitt der dunklen, stillen Sicherheit der Ohnmacht entgegen.

Zu spät! So sehr der Geist auch darum kämpfte, den Geräuschen zu entfliehen, die wütenden Worte drangen doch zu ihm in die Tiefe. »Wie oft habe ich dir schon gesagt, dass du das Tier nicht anfassen sollst? Du weißt genau, dass ich dafür sorgen kann, dass es für immer verschwindet. Willst du das? Ich kann das! Ich habe auch dafür gesorgt, dass dein Vater verschwand!«

Der Geist spürte, wie das Kind versuchte, sich zu einer schützenden Kugel zusammen zu rollen, wie es versuchte, sich ganz klein zu machen.

Lass das!, befahl der Geist. *Lieg still! Du schläfst.*

Doch es war bereits viel zu spät. Der Fehler war nicht mehr rückgängig zu machen. Für den Körper des Kindes gab es vor der Wut, die sich über ihm zusammenballte, nun kein Entrinnen mehr.

»Na warte!«, fauchte die Stimme.

Noch während der Geist der Sicherheit entgegen strebte, die er nur in der tiefen Dunkelheit fand, traf der erste Schlag das Kind. Und obwohl der Geist mit aller Macht versuchte, das Kind davon abzuhalten, sich auch nur zu rühren, stieg ein Schrei voller Angst und Schmerz aus seiner Kehle.

Und wieder erscholl die Stimme. »Böses Kind! Ungezogenes, verdorbenes, böses Kind! Aber nicht mit mir! Hörst du? Das lasse ich mir nicht bieten!«

Während die vor Wut zitternde Stimme weiter keifte, versuchte das Kind, seinen Körper vor den Schlägen zu schützen. Doch es gab kein Entkommen.

Der Geist spürte den Schmerz der Schläge und glitt hastig in die Finsternis. Dort entzog er sich dem, was mit dem Körper geschah. Er verschloss die Ohren des Kindes, und bald konnte er die einzelnen Worte nicht mehr verstehen. Die Stimme drang nur noch wie ein weit entferntes Summen in die dunkle Tiefe, in der der Geist nun kauerte.

Dann waren die Nervenenden an der Reihe. *Es tut gar nicht weh*, sagte der Geist zu sich selbst. *Es wird nicht weh tun, und es kann nicht weh tun. Nichts tut mehr weh. Nichts … nichts … nichts …*

Der brennende Schmerz der wahllos herabhagelnden Schläge ließ langsam nach, und der Geist kroch noch tiefer in sein Versteck, in die Sicherheit, die Dunkelheit und die Stille der Ohnmacht. Dort, in seiner Nische, fand er Zuflucht vor den Schrecken, die die Welt dort draußen bevölkerten.

Es musste eine Ewigkeit vergangen sein. Vielleicht war es aber auch nur eine Minute.

Vorsichtig begann der Geist des Kindes, aus der schützenden Höhle zu kriechen, in die er sich zurückgezogen hatte. Nun war er noch misstrauischer und wachsamer als zuvor. Er gestattete dem Kind nicht die geringste Bewegung, bis er sicher sein konnte, dass wenigstens im Augenblick keine Gefahr mehr drohte.

Das Licht schien jetzt erloschen zu sein. Der Geist musste wohl den ganzen Tag über weit weg gewesen sein. Inzwischen war offenbar die Nacht – diese sich endlos dahinschleppende Zeit der Dunkelheit, die ihre eigenen Schrecken bereithielt – hereingebrochen.

Die Ohren des Kindes empfingen keinerlei Signale. Kein Quietschen einer Tür, kein Fiepen eines Hundes, keine Stimme, die vor Wut zitterte – nichts war zu hören. Doch trotz der

Stille verharrte der Geist in höchster Anspannung, jederzeit zur Flucht bereit.

Die Lungen dehnten sich in einem tiefen Atemzug. Ein Geruch drang in die Nase des Kindes und begann, den Geist zu beschäftigen. Er kannte die eigentümliche schwere Duftnote. Und er empfand sie als beruhigend.

Der Geruch gehörte zu der Bettdecke, die das Kind schon zu einer Zeit gewärmt hatte, als es noch zu klein gewesen war, klare Gedanken zu fassen. Der Geist öffnete sich den wohligen Empfindungen, die der Geruch in ihm weckte, und ließ das Kind die Hände nach der schützenden, weichen Decke ausstrecken. Es sollte sie sich enger um den schmerzenden Körper ziehen. Doch die Finger griffen ins Leere. Sie suchten vergeblich nach dem warmen, weichen Stoff.

Langsam begann der Geist, den Schmerz im Körper des Kindes zu spüren. Doch da war nicht allein das langsam nachlassende Stechen, das die schlagenden Hände auf der Haut hinterlassen hatten. Längst hatte der Geist gelernt, mit diesem Gefühl zu leben. Nun drängte sich ein neuer, ungewohnter Schmerz immer weiter vor, ein Schmerz, der sich tief in die Arme und Beine des Kindes gegraben hatte und die Glieder davon abhielt, den Befehlen des Geistes zu folgen. Erst nach einer schier unmenschlichen Anstrengung und unter großen Qualen konnte das Kind schließlich in die Dunkelheit hinein greifen.

Aber schon nach wenigen Zentimetern stießen seine Finger an etwas Hartes, etwas, das sich nicht bewegen ließ.

Die Finger tasteten vorsichtig in eine andere Richtung. Doch wieder berührten sie das unnachgiebige Hindernis.

Die Erkenntnis traf den Geist wie ein Schlag. Das Kind hatte nicht den Geruch der vertrauten Bettdecke aufgenommen, sondern den Geruch der Truhe, in der alle warmen Decken, die es im Haus gab, den Sommer über verwahrt wurden. Es war die Truhe aus Zedernholz, die an der Wand unter dem einzigen kleinen Fenster im Keller stand.

Wieder dehnten sich die Lungen, und das Kind atmete den Geruch von Zedernholz und Mottenkugeln ein. Doch jede Erinnerung an den Trost und die wohl tuende Wärme, die

die Bettdecke dem Kind einst gespendet hatte, war wie weggewischt. Stattdessen schien die schwere, abgestandene Luft das Kind nun erdrücken zu wollen wie eine riesenhafte Schlange, deren Umklammerung immer stärker wurde.

Panik erfasste das Kind. Es schlug mit den Armen und Beinen um sich, weinte und schrie in dem aussichtslosen Bestreben, sich aus seinem lichtlosen Gefängnis zu befreien.

Doch das Holz war dick und das Kind viel zu schwach.

Als die Angst, die Dunkelheit und der überwältigende Geruch übermächtig wurden, suchte der Geist den einzigen Ausweg, den er kannte. Wieder glitt er hinüber in die andere, die sichere Welt.

Als er sich diesmal auf seine Reise zum dunklen Hafen der Ohnmacht begab, wusste er nicht, ob er je wieder zurückkehren würde. Doch kurz vor dem endgültigen Eintauchen in die schwarze Leere, hielt er noch einmal inne. Die Entscheidung war gefallen.

Natürlich würde er zurückkehren.

Doch erst nach einer Verwandlung.

Und er würde sich rächen.

Erstes Kapitel

Es war einer jener herrlich klaren Herbstnachmittage, der jede Erinnerung an die erstickende Glocke aus Hitze und Feuchtigkeit, die der scheidende Sommer über diesen Teil New Hampshires gebreitet hatte, verblassen ließ. Vor einer Woche hatte der erste Nachtfrost das Land mit einer silbrigen Reifschicht bedeckt, und die Blätter der uralten Ahornbäume und Eichen, die die Straßen von Granite Falls säumten, begannen bereits mit ihrer jedes Jahr wieder kehrenden Verwandlung. Noch trugen die Ränder der Blätter nur eine sanfte Andeutung der Farben, die binnen weniger Wochen wie ein herbstliches Feuerwerk erglühen würden.

Die Parklücke, in die Joan Hapgood ihren Range Rover steuerte, schien für sie reserviert zu sein. Sie hatte zum Rusted Rooster nur noch wenige Schritte zu gehen. Der ursprüngliche Name des Restaurants war zusammen mit den längst verblassten Buchstaben auf dem Schild über dem Eingang in Vergessenheit geraten. Einen Augenblick lang spielte Joan mit dem Gedanken, über das Wochenende ganz spontan nach Quebec zu fahren. Es sollte dort ein zauberhaftes kleines Gasthaus mit einer wunderbaren Aussicht auf den St.-Lorenz-Strom geben. Außerdem erstrahlten ein paar Stunden nördlich von Granite Falls die Blätter der Bäume sicher bereits in ihrer ganzen verschwenderischen Pracht. Doch schon während Joan Hapgood einen Blick auf ihre Armbanduhr warf, wusste sie, dass dieses unbeschwerte Wochenende im herbstlichen Quebec ein Traum bleiben würde. Bis zu ihrer Verabredung mit Bill um Punkt zwei Uhr war es noch genau eine Minute. Sie wollte sich mit ihm zu einem späten Lunch treffen. Auf ihrem kurzen Weg bis zur Eingangstür des Rusted Rooster dachte sie an die Dinge, die sie daran hinderten, sich im Augenblick eine kurze Reise zu gönnen.

Erstens würde am Samstag die Jagdsaison eröffnet werden. Noch nie hatte Bill dieses Ereigniss verpasst. Für ihren Ehemann und für fast alle seine Freunde war die Eröffnung der Jagdsaison geradezu ein religiöser Akt, der mit ungeteilter Hingabe begangen werden musste. So gehörte es sich in Granite Falls schon seit ewigen Zeiten. Die Jagdlust war aus den alten Familien des Ortes, die ihre Wurzeln bis weit ins siebzehnte Jahrhundert hinein zurückverfolgen konnten, nicht wegzudenken, und Joan (deren eigene Wurzeln gerade einmal bis zu ihrer Mutter reichten) hegte den Verdacht, sie sei genetisch bedingt. Außerdem unterschied sich die Jagd in Granite Falls ganz erheblich von der Jagd weiter im Süden. Dort unten, wo sich vor vielen Generationen die wohlhabendsten und angesehensten Familien des Staates niedergelassen hatten, galten Enten und Füchse als das bevorzugte Jagdwild.

In Granite Falls jagte man Hirsche.

»Wir haben schon immer Jagd auf Hirsche gemacht«, hatte Bill Hapgood ihr erklärt. »Schon seit jeher. Wir hier im Norden sind einfache, geradlinige Leute. Das unterscheidet uns von den Jägern in Connecticut und den anderen Staaten dort unten. Wir jagen in den Wäldern, wir jagen zu Fuß und wir essen, was wir erlegen.«

Doch Joan wusste, dass es nicht allein die Eröffnung der Jagdsaison war, die ihrem Wochenendausflug im Wege stand.

Auch Matts Footballspiel war ein Grund, zu Hause zu bleiben. Endlich hatte man ihn in die erste Mannschaft aufgenommen, und Bill brannte – wenn das überhaupt möglich war – noch begieriger darauf, Matt den ersten Punkt für Granite Falls holen zu sehen, als sie. Es gehörte zu den Dingen, die sie an dem Mann, den sie vor nunmehr einem Jahrzehnt geheiratet hatte, am meisten liebte, dass er Matt immer behandelt hatte, als sei er sein eigener Sohn. Und sie wollten beide auf keinen Fall das wichtigste Spiel in Matts bisherigem Leben verpassen.

Es gab jedoch noch ein weiteres Problem, das größte von allen. Dies galt nicht nur für das kommende Wochenende, sondern für jedes Wochenende, ja, streng genommen sogar für jeden einzelnen Tag in der absehbaren Zukunft.

Das Problem war Emily Moore.

Sobald Joan an ihre Mutter dachte, fiel das Hochgefühl, mit dem der strahlende Herbstnachmittag sie erfüllt hatte, schlagartig von ihr ab.

Als sie durch die Tür des Rusted Rooster in den Speiseraum trat, empfand sie die niedrigen Decken mit den dunklen Holzbalken und die bis auf halbe Höhe mit Holz getäfelten Wände nicht als gemütlich, sondern als eng und bedrückend. Diese Enge schien ihr die Luft zum Atmen zu nehmen und verstärkte noch die niedergeschlagene Stimmung, die sie vor wenigen Augenblicken befallen hatte.

»Geht es dir nicht gut?«, fragte Bill. Dabei erhob er sich halb von seinem Platz, während Joan auf den Stuhl sank, den eine Kellnerin einladend für sie bereithielt.

Joan lächelte gequält, während sie geistesabwesend die Speisekarte überflog. Sie wusste bereits, dass sie, wie gewöhnlich, den Salatteller nehmen würde.

»Ich habe nur mit dem Gedanken gespielt, am Wochenende einfach zu flüchten«, sagte sie seufzend.

Dabei hob sie abwehrend die Hand, um die Flut der Einwände, die sie schon auf den Lippen ihres Mannes zu erkennen glaubte, vorsorglich zurückzuhalten.

»Wie ich schon sagte: Ich habe nur mit dem Gedanken gespielt«, wiederholte sie. »Du darfst mir glauben, dass ich die Eröffnung der Jagdsaison nicht eine Sekunde lang vergessen hatte.«

»Und Matts Spiel«, ergänzte Bill. »Und – natürlich – deine Mutter.«

Nicht allein die Wahl seiner Worte, sondern auch der Ton der letzten Bemerkung, zeigte seine kritische Haltung zu diesem Thema nur allzu deutlich. Joan starrte bemüht in die Speisekarte, auf der seit mehr als zwei Generationen dieselben Gerichte angeboten wurden. Sie wappnete sich innerlich gegen den Gesichtsausdruck ihres Mannes. Sobald sie aufblickte, würde sie nur eines sehen: eine Wand der Ablehnung, die er beinahe automatisch um sich herum aufbaute, wenn von ihrer Mutter die Rede war.

Erst als Joan sicher sein konnte, dass sie sich unter Kontrolle hatte, atmete sie tief durch, sah ihrem Mann in die Augen und nickte. Es hatte keinen Sinn, dieses Thema zu vermeiden. »Und meine Mutter«, stimmte sie zu. »Ich weiß, dass ich bald etwas unternehmen muss. Aber ich kann sie doch nicht einfach …« Sie brachte es nicht über sich, den Gedanken zu Ende zu führen und auszusprechen.

Doch Bill beendete den Satz für sie mit genau den Worten, von denen sie beide wussten, dass Joan sie nicht über die Lippen brachte. »Ins Heim stecken?«, fragte er. Dabei ließen seine zusammengezogenen Augenbrauen eine steile Falte auf seiner aristokratischen Stirn erscheinen. Als Joan ihm eine Antwort schuldig blieb, legte er seine Hand auf die ihre. »Genau so drückt sie sich doch immer aus, nicht wahr?«

Bill verzog das Gesicht zu einer so exakten Imitation von Emily Moores verkniffenen Zügen, dass Joan gelacht hätte, wenn ihr nicht so schwer ums Herz gewesen wäre.

Und Bills sonst so ruhige Stimme verwandelte sich in das wütende Krächzen der alten Frau. »Ich weiß genau, was du vorhast!«, ahmte er Emily Moores anklagenden Ton nach. Dabei fuchtelte er mit einem hoch erhobenen Zeigefinger vor Joans Nase herum. »Du willst mich in ein Heim stecken! Aber das werde ich nicht zulassen. Und wenn Cyn…«

»Hör auf!« Joan zog ihre Hand unter der ihres Ehemannes hervor und sah sich nervös im Lokal um.

»Ich wünschte, *sie* würde aufhören«, antwortete Bill. Sein Gesicht zeigte wieder den gewohnten beherrschten Ausdruck, und seine Stimme hatte den vertrauten, wohl tönenden Bariton angenommen. Er presste die Lippen aufeinander und atmete tief durch. »Wir müssen unbedingt bald zu einer Entscheidung kommen«, fuhr er fort. »Lange kann sie nicht mehr allein leben.«

»Versuch du doch, ihr das zu erklären«, seufzte Joan. »Ganz egal, was ich sage …«

»Ganz egal, was irgendjemand sagt«, fiel Bill seiner Frau ins Wort. »Sie weiß nicht, was sie redet, Joan. Sie hat Alzheimer. Und schon vorher war sie, bei Gott, auch kein einfacher Mensch.«

Das Problem war, dass Emily Moore nicht wusste, wie viel sie vergaß. Am Anfang war es noch nicht so schlimm gewesen: Sie konnte sich manche Dinge nicht mehr besonders gut merken, doch es führte höchstens zu kleinen Ärgernissen. Gelegentlich hatte sie Schwierigkeiten, die Schlüssel zu finden, und hin und wieder stand sie auch in Martha Thatchers Handarbeitsgeschäft, ohne zu wissen, was sie dort eigentlich kaufen wollte. Doch mit solchen Dingen konnte man sich arrangieren. Das erste Problem war einfach zu lösen gewesen. Emily Moore hängte sich fortan den Haustürschlüssel an einer langen Kette um den Hals. Außerdem wussten fast alle Einwohner von Granite Falls – sie kannte fast jeden – genau, dass sie unter der ›Oldtimerkrankheit‹ litt. Dies war der Name, den Freunde und Bekannte, die sich um die alte Dame kümmerten, dem Leiden gegeben hatten. Martha Thatcher etwa nahm sich gern etwas mehr Zeit, um gemeinsam mit Emily zu überlegen, was sie denn nun in ihr Geschäft geführt hatte. Und Ned Kindler wies einen der Jungen, die bei ihm arbeiteten, an, Emilys Einkaufstasche vom Markt nach Hause zu tragen und ihr auch beim Verstauen der Einkäufe behilflich zu sein.

Ein paar Jahre waren auf diese Weise vergangen. Dann stellte Emily Moore ihre kurzen Ausflüge ins Dorf allerdings von einem Tag auf den anderen ein und ließ ihre Tochter Joan die Einkäufe erledigen. Schließlich lebte Joan zwar außerhalb der Stadt, aber kaum eine Meile entfernt, und hatte nicht viel zu tun. Sie ging nicht arbeiten, wie Emily es früher getan hatte. Emily Moore hatte tagtäglich an der Kasse der örtlichen Kurzwarenhandlung gesessen, bis der kleine Laden von einer der riesigen Drogeriemarktketten, die immer öfter an die Stelle der traditionellen kleinen Familienbetriebe traten, geschluckt worden war. Das neue Management hatte für Emily keine Verwendung mehr gehabt. Sie hatte sich sogar noch nach einer anderen Stelle umgesehen, doch damals waren bereits die ersten Anzeichen der Krankheit aufgetreten. Also mussten sich nun eben Joan und Bill um sie kümmern.

Emily passte das überhaupt nicht. Und ihre Tochter Joan war ihr im Grunde keine große Hilfe. Obwohl sie ihr Möglichstes versuchte, war es Joan nie gelungen, das Haus genauso zu putzen und in Ordnung zu halten, wie Emily es haben wollte. Und was die Besorgungen betraf – nun, da war Joan ein hoffnungsloser Fall. Häufig brachte sie ihrer Mutter nur einen Teil der Dinge, um die sie sie gebeten hatte. Dann wieder schleppte sie ihr irgendwelches Zeug ins Haus, das Emily auf gar keinen Fall bestellt haben konnte – da war sie sich sicher. Immerhin versuchte Joan inzwischen wenigstens nicht mehr, sie für diese unnützen Einkäufe zur Kasse zu bitten. Diesen Zahn hatte Emily ihr gleich zu Anfang gezogen.

»Schau mich nicht an, als wäre ich verrückt!«, hatte sie geschrien, als sie zum ersten Mal die vielen unnützen Dinge in der Einkaufstasche entdeckt hatte. »Und glaub bloß nicht, dass ich dieses ganze Zeug auch noch bezahlen werde!«

Den Einkaufszettel, den Joan ihr daraufhin zeigte, hatte sie mit einer ungeduldigen Handbewegung vom Tisch gefegt. Für sie war dieses lächerliche Stück Papier nur der Beweis dafür, dass Joan inzwischen die Handschrift ihrer Mutter perfekt nachahmen konnte. Damit hatte Emily auch endlich eine Erklärung dafür gefunden, warum jeden Monat ansehnliche Geldbeträge von ihrem Konto verschwanden. Joan stritt natürlich entrüstet ab, dass sie etwas damit zu tun hatte. Doch was hätte Emily auch anderes erwarten sollen?

Nach diesen Vorfällen begann sie damit, im Haus Geld zu verstecken, und zwar an Stellen, an denen Joan es nicht finden konnte. Joan hatte versucht, sie zu überlisten, indem sie anbot, eine Frau zu bezahlen, die ihr im Haushalt ein wenig zur Hand gehen könnte. Doch Emily hatte ihre Tochter sofort durchschaut. Joan wollte ihr nur deshalb eine Zugehfrau ins Haus schicken, damit diese Person dann für sie nach dem Geld suchen konnte! Doch Emily ließ sich nicht für dumm verkaufen. Bald darauf waren ihr auch die Leute aufgefallen. Es waren Menschen, die ihr irgendwie bekannt vorkamen, deren Namen sie jedoch nicht kannte. Diese Personen schlichen nun ständig um ihr Haus und beobachteten sie. Eines Tages hatte ihr sogar ein Mann zugewinkt, als würde er sie kennen. Seither achtete Emily stets darauf, dass alle Vorhänge geschlossen waren.

Dann hatten diese Menschen sogar angefangen, an ihrer Tür zu klingeln und so zu tun, als seien sie alte Bekannte. Emily hatte ihnen die Tür vor der Nase zugeschlagen, und nachdem sie eine Zeit lang gar nicht mehr reagiert hatte, wenn jemand an der Haustür klingelte, hatte man sie endlich in Ruhe gelassen. Doch Emily wusste genau, dass diese Leute sie immer noch beobachteten. Deshalb ging sie nun gar nicht mehr aus dem Haus.

Dort fühlte sie sich eigentlich recht wohl, denn in der vertrauten Umgebung war sie sicher und brauchte sich um nichts zu kümmern. Nicht einmal einsam fühlte sie sich, denn sie war ja nicht allein.

Ihre Erinnerungen leisteten ihr Gesellschaft. Und mit der Zeit waren sie sogar mehr als nur Erinnerungen geworden. Manchmal, wenn sie das Abendessen zubereitete, kochte sie so viel, dass es gut für zwei Personen reichte, und sie legte noch ein zweites Gedeck für Cynthia auf. Zwar glaubte Emily, sich dunkel daran zu erinnern, dass Joan immer behauptete, Cynthia käme gar nicht nach Hause, doch sie wusste ja, dass das nicht stimmte. Joan versuchte eben ein weiteres Mal, sie hinters Licht zu führen. Schließlich war sie schon immer eifersüchtig auf ihre Schwester gewesen. Schon als kleines Mädchen. Deshalb hört Emily gar nicht zu, wenn Joan sagte, dass sie nicht auf Cynthia warten dürfe. Sie war sich ganz sicher, dass Cynthia nur für eine Weile fortgegangen war und nun jederzeit wieder vor der Tür stehen konnte.

Also blieb Emily in ihrem Haus, und bald erschien ihr ein Tag wie der andere. Die Wochen und Monate begannen ineinander zu fließen. Irgendwann unterschieden sich auch die Jahreszeiten nicht mehr voneinander, und Emily wusste oft nicht, ob nur ein einziger Tag oder vielleicht schon ein ganzes Jahr vergangen war.

Doch immer wartete sie darauf, dass Cynthia nach Hause käme.

Aber heute war irgendetwas anders als sonst. Emily war beunruhigt, ohne zu wissen warum. Mit zusammengekniffenen Augen starrte sie auf die Bratpfanne, die auf der heißen Herdplatte stand. Angestrengt versuchte sie, sich daran zu erinnern, wozu sie all das Öl darin hatte verwenden wollen. Es war nun so heiß, dass sich bereits Blasen bildeten. Vielleicht war es ja an der Zeit für die Frühstückseier. Ganz sicher war sie sich allerdings nicht. Sie wusste noch nicht einmal, wie spät es war. Draußen war es hell, und sie hatte Hunger. Also konnte es nur Morgen sein.

Dann glaubte Emily plötzlich, ein Geräusch zu hören. Es schien aus der Diele zu kommen.

Cynthia! Sie war endlich nach Hause zurückgekehrt!

Die Bratpfanne war bereits vergessen, als Emily durch die Schwingtür in das bescheidene Esszimmer hastete. Dort stand ein abgenutzter Eichentisch, an dem gerade einmal sechs Personen Platz fanden, wenn sie zusammenrückten. Doch so viele Besucher empfing Emily ohnehin nicht mehr, und für sie und Cynthia reichte der Platz alle Mal.

Emily eilte aufgeregt durch das Esszimmer in ihre kleine Diele und riss überglücklich die Haustür auf. Sie wusste, dass Cynthia auf der Veranda stehen würde und nur darauf wartete, von ihrer Mutter in die Arme geschlossen zu werden.

Doch auf der Veranda war niemand zu sehen. Nur ein unordentlicher Stapel Zeitungen lag dort. Emily machte sich schon seit einiger Zeit nicht mehr die Mühe, sie morgens hereinzuholen. Sie blickte angestrengt die Straße hinunter. Dort erblickte sie einen Mann in einer blauen Uniform, der eine große Ledertasche trug. Als er seine Hand hob, um ihr zuzuwinken, zog Emily sich schnell ins Haus zurück und beeilte sich, die Tür hinter sich zu schließen.

Schon wieder einer von Joans Spionen!

Und dann wusste sie plötzlich, was geschehen war.

Cynthia hatte doch ihren eigenen Schlüssel. Damit hatte sie die Eingangstür aufgeschlossen und saß nun oben in ihrem Zimmer!

In der Küche stand die Bratpfanne mit dem siedenden Öl auf der glühenden Herdplatte. Langsam färbte sich die Flüssigkeit schwarz. Stinkender Qualm stieg von der Pfanne auf.

Emily steuerte auf die Treppe zu, hielt dann aber inne, weil sie ein eigenartiges Gefühl beschlich. Lag da nicht ein unangenehmer Geruch in der Luft? Doch noch während ihr der Gestank des überhitzten Öls in die Nase stieg, blieben ihre schwachen Augen an dem alten Stuhl hängen, der unter dem Türbogen, der zum Wohnzimmer führte, stand. Wie konnte der Bezug aus Brokatstoff denn nur so abgewetzt aussehen? War das Möbelstück nicht gerade erst vom Polsterer zurückgekommen? Cynthia hatte den bunten, auffällig gemusterten Stoff am Tag vor ihrer Abreise doch selbst ausgesucht. Emily musste unbedingt ein ernstes Wort mit dem Polsterer reden. Der Bezugstoff, den er verarbeitete, war offenbar von erbärmlicher Qualität.

Doch das hatte noch ein wenig Zeit. Cynthias Heimkehr war viel wichtiger als irgendein dummer Stuhl!

Der Grund für ihr Zögern am Fuß der Treppe war Emily inzwischen wieder entfallen. Sie eilte die Treppe hinauf und öffnete die Tür zum vorderen Schlafzimmer. »Cynthia?«, rief sie. »Oh, wie schön, dich endlich wieder …«

Der halb zu Ende gesprochene Satz schien in dem leeren Zimmer nachzuhallen. Emilys trübe Augen wanderten noch einmal hoffnungsvoll durch den ganzen Raum. »Cynthia?«, flüsterte sie. »Cynthia, wann kommst du denn endlich nach Hause?«

Genau in dem Moment, als eine leichte Brise die Spitzenvorhänge, die links und rechts von Emily Moores halb geöffnetem Küchenfenster hingen, erfasste, schlugen die ersten Flammen aus dem qualmenden Öl. Die frische Herbstluft gab ihnen Nahrung. Sie schienen zuerst eine Weile an dem zarten Stoff der Vorhänge zu lecken und glichen einem Ungeheuer, das den Geschmack seiner Beute prüft, bevor es sie mit Haut und Haaren verschlingt …

Emily trat durch die Tür des Zimmers im oberen Stock. Ihr Blick fiel auf die Fotografie ihrer älteren Tochter. Sie hing immer noch an der Stelle, an der sie und Cynthia sie eine Woche nach Cynthias achtzehntem Geburtstag aufgehängt hatten, nachdem sie das Bild gemeinsam vom Fotografen abgeholt hatten.

Das wunderschöne Kleid, das Cynthia darauf trug, hing noch immer in ihrem Schrank. Genau wie all ihre anderen Kleider.

Auch das Buch, das sie vergessen hatte, mit auf die Reise zu nehmen, lag noch immer aufgeschlagen mit der Schrift nach unten auf dem Nachttischchen.

Alles war noch genauso, wie sie es hinterlassen hatte.

Wie lange mochte es nun her sein? Eine Woche vielleicht? Einen Monat? Auf keinen Fall länger.

Und nun war es bestimmt bald so weit, und sie kam nach Hause! Emily war sich ganz sicher.

Langsam ging sie im Zimmer umher. Sie berührte die Gegenstände auf Cynthias Frisiertisch, all die Dinge, die Cynthia so gern mochte. Die Parfümfläschchen, die Lippenstifte, die Wimperntusche und die Döschen mit dem Lidschatten. Jeder einzelne Gegenstand wartete genau dort, wo er hingehörte, auf Cynthia.

Emily öffnete die oberste Schublade der Kommode. Ihre zitternden Hände streichelten den weichen Cashmere-Pullover, der darin lag. Das Zerstörungswerk der Motten übersah sie dabei ebenso wie den verblichenen Farbton des abgegriffenen Kleidungsstückes.

Die alte Frau schob die Schublade wieder zu und sah sich noch ein letztes Mal in dem Zimmer um. Alles war genauso, wie es sein sollte, genauso, wie Cynthia es hinterlassen hatte.

Emily verließ das Zimmer ihrer älteren Tochter und wollte ins Bügelzimmer hinübergehen. Doch von der Treppe her stieg ihr ein beißender Geruch in die Nase.

War das etwa Rauch?

Emily legte die Stirn in Falten und versuchte sich daran zu erinnern, ob sie an diesem Morgen ein Feuer im Kamin entzündet hatte. Sie wusste es nicht. Sie wusste noch nicht einmal, ob sie heute überhaupt schon unten im Erdgeschoss gewesen war.

Mit knochigen Händen klammerte sie sich am Treppengeländer fest, während sie vorsichtig die steilen Stufen hinunterstieg.

Als sie endlich unten ankam, war der Geruch viel stärker geworden. Ein Blick ins Wohnzimmer zeigte Emily, dass im Kamin kein Feuer brannte. Dabei war sie sich ganz sicher, dass sie Rauch roch! Kam er vielleicht aus der Küche?

Aber was sollte denn in der Küche rauchen? Schließlich war sie heute noch nicht hier unten gewesen.

Emily ging durch das Esszimmer und stieß die Schwingtür auf, die in die Küche führte. Dann sah sie die Flammen. Sie schlugen aus einer Bratpfanne, die irgendjemand auf der heißen Platte hatte stehen lassen. Die Vorhänge am Fenster hatten Feuer gefangen, und die Flammen hatten bereits damit begonnen, ihre Zungen nach den hölzernen Küchenschränken auszustrecken.

Emily ging rasch zum Herd hinüber. Sie griff nach dem Stiel der brennenden Pfanne und wollte sie zum Spülbecken tragen. Doch der Griff glitt ihr aus den Fingern, und die Pfanne fiel zu Boden. Brennendes Öl floss über das Linoleum, und wenige Sekunden später hatte sich der Fußboden in einen See aus kleinen, züngelnden Flammen verwandelt.

Die alte Frau stand einen Augenblick lang wie erstarrt da. Dann machte sie auf dem Absatz kehrt und floh aus der brennenden Küche. »Cynthia!«, rief sie. »Es brennt! Mach schnell!«

Emily hastete zur Haustür, so schnell sie ihre alten Beine trugen, riss sie auf und schlurfte eilig hinaus auf die Veranda.

Auf der anderen Seite des Gartenzauns, der ihre Einfahrt von der Einfahrt des Nachbarhauses trennte, stand ein älterer Mann. Emily war sich sicher, dass sie ihn nie zuvor gesehen hatte. Er blickte besorgt zu ihr hinüber.

»Emily?«, fragte Ralph Gunderson, der schon seit beinahe dreißig Jahren dort wohnte. »Was ist denn los? Ist etwas passiert?«

»Es brennt«, stieß Emily schließlich hervor. Dabei wandte sie sich um und warf über die Schulter einen Blick auf die offene Haustür. »Jemand hat mein Haus angezündet!«

Ralph Gunderson folgte Emilys Blick und sah im selben

Moment auch schon die ersten hohen Flammen aus dem Küchenfenster schlagen. Die frische Brise ließ das Feuer auflodern und trieb es an der verwitterten Holzverschalung an der Außenseite von Emilys altem Häuschen hinauf.

Matt Moore kauerte reglos an der Anspiellinie. Seine Augen sahen mit leerem Blick geradewegs durch den Jungen, der ihm gegenüber darauf wartete, dass der Ball ins Spiel kam, hindurch. Matt wusste, dass seine Weigerung, die Gegenwart seines Gegners überhaupt wahrzunehmen, Eric Holmes' Selbstvertrauen stets heftig ins Wanken brachte. Diesen Trick benutzte er, seit sie in der vierten Klasse zum ersten Mal zusammen Football gespielt hatten. Und auch nach acht gemeinsamen Jahren in diesem harten Sport hatte Eric noch nicht herausgefunden, wie Matt es fertig brachte, dass seine Bewegungen so unberechenbar waren.

Matt spannte seine Muskeln, während er auf das Signal des Quarterbacks wartete, um sich dann exakt in dem Moment, in dem der Ball ins Spiel kam, aus seiner geduckten Haltung heraus in Bewegung zu setzen. Er tat, als wolle er nach links ausbrechen, warf sich dann aber so schnell und geschmeidig nach rechts, dass Eric, den Matts Spezialblick bereits völlig verunsichert hatte, schon vor dem ersten Schritt aus dem Gleichgewicht geriet. Eric Holmes gelang es daher nicht, sich Matt rechtzeitig in den Weg zu werfen oder ihn abzudrängen. Matt schoss über das Spielfeld auf die Torlinie zu, täuschte ein Ausweichmanöver nach rechts an, schnellte dann aber nach links, drehte sich kurz vor der Endzone halb um die eigene Achse und streckte die Hände hoch in die Luft. Dort schloss er sie sicher um den Ball, der, wie von Zauberhand getragen, gerade in diesem Bruchteil einer Sekunde an genau dieser Stelle anzukommen schien.

Doch mit Zauberei hatte das nichts zu tun.

Vielmehr hatte nur Pete Arneson seine Rolle mit der selben präzisen Berechnung gespielt, der auch jede einzelne von Matts Bewegungen entsprang. Und obwohl Matt und Pete während des gesamten Spielzuges nicht ein einziges Mal Blickkontakt miteinander aufgenommen hatten, konnte der Quarterback fest darauf vertrauen, dass Matt zur richtigen Zeit am richtigen Ort sein würde.

Der Zeitpunkt, an dem Matts Hände den Ball umklammerten, war von beiden genau berechnet worden. Zu diesem Zweck hatten sie über Jahre hinweg ein Zählsystem entwickelt und es perfektioniert. In der siebten Klasse hatten sie zuerst mit lautem Schrittezählen begonnen und so lange herumexperimentiert, bis sie das schnellste Lauftempo gefunden hatten, das sie beide ohne größere Probleme über längere Zeit hinweg durchhalten konnten. Schon nach wenigen Monaten waren sie in der Lage gewesen, schweigend weiter zu üben. Immer wenn sie zusammen waren, sei es beim Wandern, auf dem Weg ins Kino oder auch wenn sie nur gemeinsam irgendwo herumlungerten, sagte früher oder später einer von ihnen: »Jetzt!« Dann begannen beide sofort still für sich zu zählen. Nach ein paar Sekunden rief einer von ihnen: »Stopp!«, und jeder nannte die Zahl, bei der er inzwischen angelangt war. Schon als sie auf die High School gewechselt waren, hatten die beiden Jungen beim Stoppsignal nie sehr weit auseinander gelegen. Mit diesem System waren sie den anderen Spielern ihres Alters auf dem Footballfeld immer um eine Nasenlänge voraus geblieben. Sie mussten nur ausrechnen, an welcher Stelle auf dem Spielfeld Matt sich bei einer bestimmten Zahl befinden würde, dann warf Pete den Ball genau dorthin, ganz gleich, wo Matt gerade stand, wenn er den Wurfarm anwinkelte. Seit dem vergangenen Sommer war ihre Koordination so perfekt, dass der Trainer Matt in die erste Mannschaft berufen hatte, obwohl er mit seinem eher leichten Knochenbau bestimmt dreißig Pfund weniger auf die Waage brachte als seine Teamgefährten.

»Ich versteh das nicht«, beklagte Eric Holmes sich hinterher bei Matt. »Er hat dich doch nicht einmal angeschaut! Jeder glaubte, Pete würde den Pass direkt zu Brett Haynes spielen. Und du bist einfach losgerannt, als ginge dich das alles gar nichts an. Du hast den Ball erst gesehen, als du dich umdrehtest, um ihn dir zu schnappen!«

»Du musst eben immer mit uns rechnen«, sagte Matt, der damit schon beinahe verraten hatte, wie das System, nach dem er und Pete zusammenarbeiteten, funktionierte. Doch weder Eric noch die anderen Spieler, die von Pete und Matt immer nur diese rätselhafte Antwort auf ihre Fragen erhielten, hatten es je geschafft, das Geheimnis ihres Erfolges zu ergründen. Und auch ihrem Trainer war es bisher noch nicht gelungen.

Eric verdrehte die Augen, als er schon wieder diese Antwort hörte, doch er wusste, dass es zwecklos war, seinen Freunden weitere Fragen zu stellen. Pete erzählte ihm zwar fast alles, was man einander so erzählen konnte, doch den direkten Fragen danach, wie es ihm gelang, den Ball immer gerade dorthin zu werfen, wo Matt in einem bestimmten Augenblick auftauchte, wich er beharrlich aus.

Mit Matt war es etwas ganz anders. Er schien ohnehin über eine ganze Reihe von Dingen nicht reden zu wollen. Er hatte seine Geheimnisse, und die teilte er weder mit Pete noch mit Eric.

Eric kam eines Tages zu dem Schluss, dass wahrscheinlich gar kein System hinter der unnachahmlichen Art steckte, mit der seine Kameraden einander die Bälle zuspielten. Wahrscheinlich wussten die beiden selbst nicht einmal, wie sie es machten. Und das Wichtigste war schließlich, dass Granite Falls, wenn Matt und Pete nur so weiter machten, in dieser Saison auf dem Footballfeld unschlagbar sein würde.

Als Matt sich wieder zu seiner Mannschaft gesellte, sah Eric sich plötzlich von einem halben Duzend anderer Jungs umringt. »Also, wie machen sie es?«, fragte einer.

Eric zuckte die Schultern. »Wie, zum Teufel, soll ich das wissen?«

»Vielleicht sollten wir Matt einfach lahm legen«, überlegte Mark Ryerson laut. Dabei richtete er seinen massigen Körper zu voller Größe auf, um Eric zu zeigen, wie der Vorschlag zu verstehen war. »Der Typ ist sowieso irgendwie komisch.«

Eric starrte Ryerson böse an. »Wenn du ihm die Knochen brichst, können wir die Meisterschaft vergessen.«

»Ich sage doch nicht, dass wir ihn ernsthaft verletzen sollen«, lenkte Mark schnell ein. »Ich meine nur, dass wir verhindern sollten, dass er richtig ins Spiel kommt … ihn im Auge behalten und ihn decken, wo es geht.«

»Wenn du das gemeint hast, warum hast du es dann nicht so gesagt? Komm bloß nicht auf dummen Gedanken!«, gab Eric zurück.

Zwar spielte er heute im Training gegen Matt und Pete, doch Pete war immer noch sein bester Freund. Mit Matt konnte er nicht besonders viel anfangen. Aber das war noch lange kein Grund, Mark Ryerson durch eine unüberlegte Aktion die Meisterschaft aufs Spiel setzen zu lassen. Zum ersten Mal, seit Eric denken konnte, hatte seine Schule eine echte Chance, die anderen Mannschaften zu schlagen. Er sah das gereizte Funkeln in Mark Ryersons Augen, doch bevor der Junge die Beherrschung verlieren konnte, wurden sie vom Heulen einer Sirene abgelenkt, das schnell lauter wurde.

Die Jungs, die sich um Matt Moore und Pete Arneson geschart hatten, wandten sich ebenfalls nach dem durchdringenden Heulen um. Schon raste ein Löschfahrzeug der Feuerwehr, dicht gefolgt von einem zweiten, um die Ecke, an der die Prospekt Street von der Manchester Street abzweigte. Die Fahrzeuge donnerten an dem Spielfeld, auf dem die Jungs trainiert hatten, vorbei, bremsten heftig ab und bogen in die Burlington Avenue ein.

Nur ein oder zwei Häuser von der Straßenecke entfernt stieg eine Rauchwolke in den Nachmittagshimmel. Als die Sirenen plötzlich verstummten, senkte sich für einen Augenblick eine beinahe unheimliche Stille über das Footballfeld.

Die aufgeregte Stimme eines Mädchens brach schließlich den Bann. »Matt? Matt!«

Die Jungs auf dem Spielfeld beobachteten, wie Kelly Conroe in einem Gymnastikanzug von der Turnhalle her auf sie zurannte. Sie hatte dort gerade mit den anderen Mädchen für den Auftritt der Cheerleadertruppe geübt.

»Das Haus deiner Großmutter!«, schrie Kelly aufgeregt, als sie Matt fast erreicht hatte. »Wir konnten von der Turnhalle aus sehen, dass es brennt!«

Einen Augenblick lang stand Matt wie angewurzelt da. Es schien, als habe er Kellys Worte gar nicht gehört. Doch dann fiel sein Blick auf die immer dicker werdende Rauchwolke, die inzwischen über der Burlington Avenue hing, und er löste sich aus seiner Erstarrung. Er fasste Kelly an der Hand und begann zu rennen. Pete Arneson und Eric Holmes folgten ihnen.

»Lassen Sie mich los!«, zeterte Emily Moore. Dabei versuchte sie, ihren Arm aus dem Griff des Feuerwehrmanns, der sie festhielt, zu befreien. »Das ist mein Haus! Verstehen Sie denn nicht? Es gehört mir!«

»Ich weiß, dass das Ihr Haus ist, Mrs. Moore«, antwortete Sean McCallum. Dabei suchten seine Augen in der Menschenmenge, die sich auf der Straße versammelte, nach der Tochter der alten Frau. »Aber ich kann Sie nicht loslassen, solange Sie mir nicht versprechen, dass Sie nicht hineinlaufen werden!«

Emilys Augen funkelten vor Wut. »Ich kann hineinlaufen, wann immer es mir passt. Es ist schließlich mein Haus!«

»Nein, das können Sie nicht, Mrs. Moore«, beharrte McCallum. »Nicht bevor wir das Feuer gelöscht und geprüft haben, ob es überhaupt sicher ist, das Haus zu betreten.«

»Ich muss aber hinein«, widersprach die alte Frau. »Ich muss doch …«

Bevor sie den Satz beendet hatte, stand plötzlich Matt Moore vor ihr. Schweißperlen standen auf seiner Stirn, und er atmete heftig. »Großmutter? Großmutter, was ist denn passiert? Du bist doch nicht verletzt?«

»Mrs. Moore ist deine Großmutter?«, fragte Sean McCallum. Als Matt nickte, schob der Feuerwehrmann Emily auf den Teenager zu und wagte endlich, ihren Arm loszulassen. »Sie will unbedingt in das Haus hinein. Pass auf, dass sie hier draußen bleibt.«

Bevor Matt antworten konnte, war McCallum bereits verschwunden. Er lief um die Ecke des Hauses auf die Seite, auf der sich das Küchenfenster befand.

»Was ist denn passiert, Großmutter?«, fragte Matt noch einmal.

Emily starrte gebannt auf das Haus und machte einen unsicheren Schritt auf das Gebäude zu. Matt streckte die Hand aus, um sie zu stützen.

Sie wich vor seiner Berührung zurück und fixierte ihn wütend. »Fass mich nicht an!«, schrie sie. »Fass mich nicht …« Die Worte erstarben auf ihren Lippen, und das zornige Flackern in ihren Augen schien ein wenig nachzulassen. »Ich kenne dich«, sagte sie schließlich. »Du bist … Du bist …«

»Matt«, half der Junge ihr auf die Sprünge. Dabei sprach er so leise wie möglich, denn niemand sollte hören, dass er seiner Großmutter sagen musste, wer er war.

»Joans Balg!« Emily zischte die Worte so verächtlich heraus, dass es nun Matt war, der zurückwich.

»Ich bin dein Enkel, Großmutter«, sagte er. Und wie eben noch Sean McCallum begann er, mit den Augen die Reihen der Neugierigen nach einem Menschen abzusuchen, der ihm helfen konnte, mit der widerspenstigen alten Frau fertig zu werden. »Du kennst mich doch, Großmutter«, fuhr er leise fort. »Ich bin's, Matt. Du kennst mich schon mein ganzes Leben lang!«

»Du warst es, nicht wahr?«, fragte Emily plötzlich mit scharfer Stimme. Ihre Augen verengten sich zu misstrauischen Schlitzen, während sie dem Jungen forschend ins Gesicht sah.

»I-Ich?«, stammelte Matt entgeistert.

Emily trat einen unsicheren Schritt auf ihn zu und bohrte ihm einen knochigen Zeigefinger in die Brust. »Du hast es getan! Lüg mich nicht an! Du warst es!«

Matt entdeckte Pete Arneson und Eric Holmes hinter seiner Großmutter. Die beiden grinsten blöde. Dabei rollte Pete wie ein Verrückter mit den Augen, und Eric vollführte mit seinem Finger kreisende Bewegungen in Höhe seiner Schläfe.

»Warum haut ihr beiden Blödmänner nicht einfach ab, wenn ihr schon nicht helfen wollt!«, fauchte Kelly Conroe die beiden an, während sie zu Matt und seiner Großmutter trat. »Wenn euer Haus in Flammen stünde, wärt ihr vielleicht auch ein wenig durcheinander.«

Das Grinsen wich langsam aus den Gesichtern der Jungen.

Kelly wandte sich an Emily Moore. »Machen Sie sich keine

Sorgen, Mrs. Moore«, sagte sie freundlich. Dabei griff sie vorsichtig nach der Hand der alten Frau. »Wir werden uns um Sie kümmern.«

Emily blinzelte verwirrt in Kellys sanfte blaue Augen. »Cynthia?«, fragte sie so leise, dass Kelly Mühe hatte, sie zu verstehen.

»Das ist Kelly«, erklärte Matt. »Du kennst sie doch, Großmutter – Kelly Conroe.«

Doch Emily schien ihn gar nicht zu hören. Ihr Blick hing beinahe andächtig an Kelly. Dabei hielt sie die beiden Hände des Mädchens in den ihren. Ihre Finger gruben sich tief in Kellys Fleisch. Einen Augenblick lang bewegte Emily die Lippen, ohne einen Ton hervorzubringen. Dann fand sie endlich die Worte, die sie sagen wollte. »Sie war es, nicht wahr?«

»S… sie?«

Emilys schwache Augen hefteten sich gebannt auf die geschäftig hin und her eilenden Feuerwehrleute vor dem Haus. »Sie hat es getan«, murmelte sie so leise, dass Kelly und Matt zuerst nicht wussten, ob sie überhaupt mit ihnen gesprochen hatte. »Sie war es. Ich weiß, dass sie es war«, flüsterte Emily noch einmal.

Matt atmete erleichtert auf, als er nun seine Mutter und seinen Stiefvater über den Rasen auf sich zukommen sah.

»Mutter?«, rief Joan Hapgood. Ihrer Stimme war die Erleichterung, die sie empfand, als sie Emily entdeckte, deutlich anzuhören. »Mutter, was ist denn passiert? Geht es dir gut?«

Die Stimme ihrer Tochter riss Emily aus dem Dämmerzustand, in den sie offenbar gefallen war. Sie fuhr herum und starrte ihre Tochter voller Abscheu an. »Da siehst du, was du wieder angerichtet hast!«, sagte sie laut.

Lieber Gott!, flehte Joan im Stillen. Aus jahrelanger Erfahrung wusste sie, was jetzt kommen würde. *Bitte, lass es nicht zu. Nicht hier. Und nicht gerade jetzt.*

Doch Joan wusste, während sie das stumme Stoßgebet zum Himmel schickte, dass es nicht erhört werden würde, denn Emily fuchtelte bereits wutentbrannt mit einem anklagend erhobenen Finger vor ihrer Nase herum.

Die schrille Stimme ihrer Mutter war für die Umstehenden gut zu hören. »Wie oft habe ich es dir schon gesagt?«, zeterte Emily. »Wie oft habe ich dir schon gesagt, dass man auf keinen Fall eine Bratpfanne auf dem Herd stehen lässt?«

Joans Herz setzte für einige Schläge aus, als ihr klar wurde, was geschehen war. Ihre Mutter war offenbar nur knapp dem Feuertod entronnen. Wie war sie nur auf die Idee gekommen, um halb vier nachmittags etwas zu kochen?

Joan wusste, dass Widerspruch und Erklärungsversuche zwecklos war. Nun galt es erst einmal, die alte Frau zu beruhigen. Joan sah zum Haus ihrer Mutter hinüber. Rauch stieg inzwischen kaum noch auf. Aus der Wasserdampfwolke, die sich langsam über das Haus legte, schloss sie, dass man das Feuer wahrscheinlich unter Kontrolle hatte.

»Mach dir keine Sorgen, Mutter«, sagte sie. »Ich weiß zwar nicht, was passiert ist, aber es ist zum Glück schon fast vorüber. Es wird alles wieder gut werden.«

Doch Emily Moore dachte gar nicht daran, sich besänftigen zu lassen. »Das hast du mit Absicht getan!«, keifte sie. »Glaub bloß nicht, dass ich das nicht weiß. Ich lasse mich nicht für dumm verkaufen?«

Joan sah sich Hilfe suchend nach ihrem Mann um. Bill trat näher und legte seiner Schwiegermutter beruhigend eine Hand auf die Schulter. »Es wird alles wieder gut, Emily«, sagte auch er beschwichtigend. »Das Feuer ist schon beinahe gelöscht, und es sieht so aus, als wäre nur die Küche wirklich betroffen.«

Emily schlug Bills Hand weg, als sei sie ein lästiges Insekt. »Das ist dir doch völlig gleichgültig! Euch allen ist das doch völlig gleichgültig!« Ihr Blick wanderte zurück zu Joan. »Du willst sie doch nur schützen! Das ist alles! Du willst sie schützen, jawohl!«

Die laute, durchdringende Stimme ließ die Umstehenden aufhorchen. Joan war sich nur allzu bewusst, dass die meisten Nachbarn vor allem deshalb so ruhig in der Nähe herumstanden, weil sie kein Wort verpassen wollten.

»Niemand versucht, irgendjemanden zu schützen«, sagte sie leise. »Was auch immer passiert ist – es war ein tragischer Unfall.«

Emily schüttelte stur den Kopf. »Das war kein Unfall! Du hast es mit Absicht getan!«

Erneut warf Joan ihrem Mann einen flehenden Blick zu. »Bitte hilf mir, sie zum Wagen zu bringen.«

Dicht gefolgt von Matt führten Bill und Joan die alte Frau zu dem Range Rover. »Wir nehmen dich jetzt erst einmal mit nach Hause, Mutter. Du bleibst eine Weile bei uns, bis wir wissen, wie es weitergeht.«

Sie standen bereits vor dem Auto, als Emily sich plötzlich losriss. »Nein! Ich kann nicht fortgehen. Ich muss doch hier sein, wenn Cynthia nach Hause kommt.«

Als Emily sich anschickte kehrtzumachen und davonzulaufen, schlossen Joans Hände sich vorsichtig, aber entschlossen um die schmalen Schultern der alten Frau. Es gelang ihr, sich nichts von der Verbitterung anmerken zu lassen, die von ihr Besitz ergriffen hatte: Sogar während ein Feuer drohte, ihr Haus zu verwüsten, konnte ihre Mutter an nichts anderes denken als an Cynthia.

»Cynthia wird nicht nach Hause kommen, Mutter,« sagte sie ruhig. »Das weißt du doch.«

Die Worte trafen Emily wie ein Schlag ins Gesicht. Einen Moment lang schwankte sie und drohte zu fallen. Matt und Bill streckten geistesgegenwärtig gleichzeitig die Arme aus und stützten Emily.

Als die alte Frau sich wieder etwas gefangen hatte, glühten ihre Augen abermals vor Zorn. »Sag so etwas nie wieder!«, kommandierte sie in einem Ton, der keine Widerrede zuließ. »Wag ja nicht, so etwas je wieder zu sagen!«

Dann endlich ließ sie sich erschöpft in den Range Rover helfen. Die Auseinandersetzung mit ihrer Tochter schien sie ebenso mitgenommen zu haben wie das Feuer. Als sich der Wagen in Bewegung setzte, wandte sie sich noch einmal um und warf einen letzten Blick auf das Haus. Das Küchenfenster war zerbrochen, die weiße Holzverkleidung auf dieser Seite des Hauses vom Rauch geschwärzt.

»Was wird sie jetzt nur tun?«, fragte Emily mit zitternder Stimme. »Was wird Cynthia tun, wenn sie nach Hause kommt und ich nicht dort bin?«

Nun war es um Joans Selbstbeherrschung geschehen. »Cynthia wird gar nichts tun, Mutter«, sagte sie. »Erinnerst du dich nicht? Sie ist tot. Cynthia ist schon vor Jahren gestorben!« Joan bereute ihre Worte sofort. Das Schweigen, das während der ganzen Fahrt über in dem Wagen herrschte, hing wie eine drohende Wolke über den Insassen des Fahrzeugs. Bill Hapgood lenkte den Range Rover schließlich durch das schmiedeeiserne Tor auf die lange, kurvige Einfahrt, die zu dem Haus führte, das sich schon seit fünf Generationen im Besitz seiner Familie befand. Es lag inmitten eines weitläufigen, parkähnlichen Grundstücks, und Emily schien nicht zu wissen, wohin sie gebracht wurde.

Erst als das Haus endlich in Sicht kam, fand sie plötzlich ihre Stimme wieder. »Sie ist nicht tot«, sagte sie fest. »Cynthia doch nicht. Nicht meine wunderbare Cynthia.«

Zweites Kapitel

Emily Moore machte keinerlei Anstalten auszusteigen, als Bill Hapgood den Range Rover vor dem Haus parkte. Sein Ur-Urgroßvater hatte zu Beginn des neunzehnten Jahrhunderts an dieser Stelle ein Farmhaus errichtet. Am Anfang war es kaum mehr als eine bescheidene Hütte am Rande des ersten Feldes, das Luther Hapgood dem Wald abgetrotzt hatte, gewesen. Die ganze Siedlung mit dem Namen Granite Falls hatte damals aus ein paar solcher verstreuter kleiner Häuschen im Wald bestanden. Aber so, wie mit den Jahren die Farm wuchs, wurde auch das Heim der Hapgoods von den folgenden drei Generationen ständig umgebaut und vergrößert. Die Bauweise des ursprünglichen Hauses konnte man mit etwas Fantasie und gutem Willen vielleicht als Federal Stil bezeichnen. Doch die vielen Anbauten, die nach und nach angefügt worden waren, hatten dazu geführt, dass das Gebäude streng genommen nun keiner bestimmten Epoche mehr zuzuordnen war. »Eklektisch«, hätten die Angestellten in Bill Hapgoods Immobilienfirma die Architektur des Hauses wahrscheinlich genannt. Bill selbst war dieses Thema eher gleichgültig. »Es ist so, wie meine Familie es haben wollte«, erklärte er jedem, der wissen wollte, wie die Hapgoods dazu gekommen waren, ein so ungewöhnliches Haus zu bauen, und damit war die Sache für ihn erledigt. Natürlich stellte ihm kein Mensch in Granite Falls je diese Frage. Jeder Bewohner des Städtchens kannte nicht nur die Hapgoodsche Farm mit dem eigenartigen Haus, sondern auch ihre Geschichte.

Nur Emily Moore starrte jetzt die großen, etwas plump wirkenden Ziegelanbauten an, als habe sie die Gebäude noch nie zuvor gesehen.

»Ist das ein Krankenhaus?«, fragte sie. Dabei zitterte ihre Stimme plötzlich. Ängstlich setzte sie hinzu: »Ich bin nicht krank, ich brauche kein Krankenhaus.«

»Das ist auch kein Krankenhaus, Mutter«, antwortete Joan Hapgood. Sie hatte den Ärger, die Trauer und die Ungeduld, die sie vor einigen Minuten zu ihrer unbedachten Äußerung getrieben hatten, wieder unter Kontrolle. Während sie nun die hintere Wagentür öffnete und sich beeilte, ihrer Mutter aus dem Sitz zu helfen, sprach sie beruhigend auf die alte Frau ein. »Das ist unser Haus, Mutter. Du erinnerst dich doch bestimmt daran ... Du bist doch schon unzählige Male hier gewesen.«

»Was soll ich denn hier?«, jammerte Emily. »Bring mich jetzt sofort wieder nach Hause.«

»Aber du kannst nicht in die Burlington Avenue zurück, Großmutter«, sagte Matt. Dabei ergriff er Emilys Hand, um sie zu stützen. »Dort hat es doch gebrannt, weißt du das denn nicht mehr?«

Emilys Blick trübte sich einen Moment lang. Dann entriss sie Matt ihre Hand. »Natürlich weiß ich das noch«, fuhr sie ihn an. »Joan hat mein Haus angezündet.«

»Mutter war doch überhaupt nicht dort ...«, begann Matt.

Doch Joan fiel ihm ins Wort. »Es war ein Unfall, Mutter«, erklärte sie geduldig. Sie wusste, dass es zwecklos war, mit der alten Frau zu streiten, wenn sie sich etwas in den Kopf gesetzt hatte. »Ich bin sicher, der Schaden ist nicht allzu groß. Wir bringen dich jetzt erst einmal auf dein Zimmer und machen es dir dort gemütlich. Dann werden Matt und ich zu deinem Haus fahren und dir alles holen, was du brauchst.«

Widerstrebend ließ sich Emily aus dem Auto helfen und zum Haus führen. Sie beäugte das Gebäude zwar immer noch misstrauisch, trat dann aber doch ein und stieg mit Matt und Joan die Treppe zum ersten Stock hinauf. Joan öffnete die Tür zu dem großzügigen Gästezimmer auf der Südostseite und zog ihre Mutter sanft in den Raum. »Ist das nicht hübsch? Hier hast du den ganzen Morgen und fast den ganzen Nachmittag über Sonne.«

Emily sah sich mit mürrischem Blick in dem Zimmer um. Kritisch musterte sie die Tapete mit dem fröhlichen Blumenmuster auf zartgelbem Grund, die dazu passenden Gardinen und den farblich ebenfalls auf die Wände abgestimmten Bettüberwurf. Möbliert war das Zimmer mit einem Bett, einem Nachttisch und einer Kommode. Außerdem gab es eine hübsche Sitzgruppe mit zwei Sesseln und einem kleinen Tischchen vor dem offenen Kamin. Eine Tür führte zu dem Badezimmer, das auch noch von einem zweiten Gästezimmer aus zugänglich war.

Emily fuhr mit dem Zeigefinger über die Platte des Beistelltisches. Dann begutachtete sie missbilligend die feine Staubschicht auf ihrem Finger.

»Ich werde gleich noch einmal alles abstauben, Mutter«, sagte Joan schnell. »Möchtest du dich jetzt vielleicht ein wenig hinlegen?«

Emily, die offensichtlich noch immer nicht genau wusste, wo sie war, betrachtete ihre Tochter aus zusammengekniffenen Augen. »Warum soll ich schlafen?«, fragte sie. »Was willst du mit mir vor?«

Es ist ihre Krankheit, sagte Joan sich wie so oft. *Sie ist eben nicht gesund, und sie meint es gar nicht so*. Wieder einmal rief sie sich Dr. Hendersons Worte in Erinnerung. Nachdem er Joan seine Diagnose mitgeteilt hatte, hatte er ihr einen ernsten Vortrag über die Krankheit ihrer Mutter gehalten. »Alzheimer ist eine schwere Prüfung für alle Angehörigen des Kranken. Es kommen Zeiten auf Sie zu, in denen Emily auf alles und jeden wütend sein wird. Sie wird sich auch häufig verfolgt oder beobachtet fühlen und niemandem mehr trauen. Im Anfangsstadium der Krankheit kann Ihre Mutter zeitweise aber auch wieder ganz wie früher sein. Ja, vielleicht werden Sie manchmal sogar glauben, es ginge ihr besser. Aber ich muss Ihnen leider sagen, dass Alzheimer nicht heilbar ist. Langfristig betrachtet wird sich Emilys Zustand stetig verschlechtern. Sie werden sehr viel Geduld mit ihr haben müssen. Denken Sie immer daran, dass Ihre Mutter häufig nicht einmal selbst versteht, was sie sagt. Sie meint es nicht böse.«

Als Emilys Krankheit den Verlauf nahm, den der Doktor vorausgesagt hatte, musste Joan wohl oder übel lernen, sich damit zu arrangieren. Inzwischen gelang es ihr sogar erstaunlich oft, die kritischen Bemerkungen, mit denen ihre

Mutter sie überschüttete, zu ignorieren. Und sie versuchte, die Geduld nicht zu verlieren, wenn sie Emily immer wieder erklären musste, dass Cynthia nicht mehr nach Hause kommen würde. Doch Cynthias Tod blieb nicht das Einzige, das ihre Mutter nach kurzer Zeit wieder vergaß. Denn im Laufe von Monaten und schließlich Jahren legte sich die unaufhaltsam fortschreitende Krankheit wie ein immer undurchdringlicher werdender Nebel um Emilys Geist. Inzwischen musste Joan nahezu alles ständig wiederholen und aufs Neue erklären.

In den letzten Wochen war es bereits zwei Mal geschehen, dass Emily Bill nicht wieder erkannt hatte, wenn er und Joan ihr Lebensmittel brachten. Und erst vor einigen Tagen hatte sie Matt wie einen Fremden angestarrt und behauptet, sie kenne ihn nicht. Aber vielleicht würde sich das jetzt, wo Emily im selben Haus wie ihr Schwiegersohn und ihr Enkel leben würde, ändern. Wenn sie die beiden jeden Tag sah, erinnerte sie sich bestimmt wieder daran, wer sie waren. Andererseits hatte Dr. Henderson auch gesagt, dass Emily im Verlauf der Krankheit immer größere Schwierigkeiten damit haben würde, neue Dinge zu verarbeiten oder sich an neue Situationen zu gewöhnen.

Joan weigerte sich, in diesem Augenblick daran zu denken. Nun, da sie ihre Mutter ins Haus geholt hatte, musste sich einfach alles zum Guten wenden. Sie würde schon dafür sorgen. Denn wenn es Emily nicht gelang, sich auf Hapgood-Farm einzuleben, gab es nur noch eine Alternative. Dann blieb Joan nichts anderes übrig, als genau das zu tun, was ihre Mutter ihr schon seit Jahren vorwarf: Sie musste Emily in ein Pflegeheim bringen.

Das würde ihre Mutter ihr sicher nie verzeihen.

Noch schlimmer war allerdings, dass Joan es sich selbst auch nicht verzeihen würde. Ganz gleich, wie schlimm Emilys Zustand auch werden mochte, sie war und blieb Joans Mutter, und es war ihre Pflicht, sich um sie zu kümmern.

Wieder einmal hielt Joan all die widerstreitenden Gefühle fest im Zaum, legte sanft ihren Arm um Emilys schmale, gebeugte Schultern und schob sie vorsichtig zu einem der Sessel vor dem Kamin. »Ich will dir doch nichts tun«, sagte sie beschwichtigend. »Ich möchte mich nur ein wenig um dich kümmern. Du wirst sehen, es kommt alles wieder in Ordnung. Und es wird dir hier bei uns gefallen.«

Emily bewegte einen Augenblick lang die Lippen, als wolle sie etwas sagen. Schließlich sank sie aber doch in den Sessel. Ihre Augen wanderten jedoch weiterhin unruhig durch das Zimmer, als ob sie eine versteckte Bedrohung fürchtete. Dann schien sie plötzlich trotz der angenehmen Wärme, die den Raum erfüllte, zu frösteln. Sie schlang die Arme um sich und begann, mit beiden Händen ihre Oberarme zu reiben.

»Soll ich Feuer machen?«, fragte Joan besorgt.

Einen Moment lang glaubte sie, Emily habe sie gar nicht gehört. Doch dann hob die alte Frau den Kopf und sah ihre Tochter herausfordernd an. Wie so oft, seit die Krankheit damit begonnen hatte, den Geist ihrer Mutter zu zerstören, konnte Joan beobachten, wie Zorn und Angriffslust völlig unvermittelt in Emilys sonst so trübe blickenden Augen aufflackerten. Schon fast gewohnheitsmäßig wappnete Joan sich gegen die nächsten Worte ihrer Mutter. Was Emily dann sagte, bestätigte ihre Befürchtungen: »Ist es nicht schon schlimm genug, dass du versucht hast, mein eigenes Haus über meinem Kopf anzuzünden?«

Diese Anschuldigung und der bittere Ton, in dem die alte Frau sie hervorgestoßen hatte, trafen Joan wie ein Schlag ins Gesicht. Doch sie zwang sich, den Schmerz, der sie innerlich zerfraß, nicht zu beachten. Stattdessen klammerte sie sich an den Gedanken, dass hier in Wirklichkeit die Krankheit sprach und nicht ihre Mutter.

»Ich koche dir jetzt erst einmal einen Tee«, sagte sie. »Tee trinkst du doch gern. Er wird dir sicher gut tun.«

Als Joan zur Tür ging, straffte sie die Schultern. Sie bereitete sich auf die Beschimpfungen vor, die ihre Mutter ihr zum Abschied noch an den Kopf werfen würde. Doch Emily schwieg.

Das muss das Auge des Sturms sein, dachte Joan. *Es ist, als wäre ich ins windstille Zentrum eines Wirbelsturms geraten.*

Sie ahnte bereits, dass der Sturm unweigerlich über sie

hereinbrechen würde, ganz gleich, welchen Weg sie auch einschlug.

Joan wusste, dass sie deutlich langsamer fuhr, als sie aus Sicherheitsgründen fahren musste. Sie machte dennoch keinerlei Anstalten, etwas kräftiger aufs Gaspedal des Range Rover zu treten. Im Schneckentempo fuhr sie die knappe Meile auf der kurvigen Straße, die von Hapgood-Farm zum Ortsrand von Granite Falls führte. Matts gequältes Stöhnen und das halbe Dutzend hupender Fahrzeuge, die sie auf der kurzen Strecke überholten, ignorierte sie. Der letzte Rest ihrer Freude über diesen herrlichen Herbsttag hatte sich im Rauch des Feuers im Haus ihrer Mutter aufgelöst. Noch vor wenigen Stunden hatte Joan sich gewünscht, sich ein Wochenende lang in der herbstlichen Pracht des Waldes zu verlieren. Nun schien es ihr, als wollten die eng beieinander stehenden Bäume sie umklammern und ihr die Luft zum Atmen nehmen. Als nach der letzten engen Kurve in der Straße der vertraute Ausblick auf Granite Falls vor ihr lag, ließ sie das Fahrzeug noch langsamer rollen. Einen kurzen Moment lang hefteten sich ihre Augen auf das Schild, auf dem das Gründungsdatum der Stadt – das Jahr 1684 – zu lesen war. Plötzlich musste Joan an ihre Grundschullehrerin, Miss Rutherford, denken. Von ihr hatte sie damals gelernt, dass Granite Falls zur Zeit seiner Gründung ein Pelzjäger-Camp gewesen war. Im Laufe der Jahrhunderte war aus ein paar ärmlichen Holzhütten langsam eine kleine Stadt entstanden. Dabei hatte sich Granite Falls stets den vielleicht etwas zu aufgeräumten und ein wenig verstaubten Charme bewahrt, der so vielen kleinen Orten in Neu England zu eigen war. Hier ging das Leben seit jeher seinen beschaulichen Gang, denn Granite Falls war zu weit von den größeren Städten entfernt, um allzu viele Wochenendausflügler oder Sommergäste anzulocken.

Joan fuhr über die Brücke, die sich über den Granite Creek spannte. Der kleine Fluss plätscherte am westlichen Rand der Stadt entlang, bevor er sich etwas weiter südlich durch ein Stück Land, das zur Hapgood-Farm gehörte, schlängelte. Etwa zwölf Meilen südöstlich des Hapgoodschen Besitzes floss er dann in den Merrimack River. Nun bog Joan in die Prospekt Street ein und fuhr gleich darauf an der High School vorbei. Genau wie die meisten anderen öffentlichen Gebäude in Granite Falls war auch die Schule in den letzten hundert Jahren kaum verändert worden. Während die High School langsam aus ihrem Blickfeld verschwand, stellte Joan sich wieder einmal die Frage, was ihre Eltern damals gerade an diesen Ort geführt haben mochte. Sie wusste nur, dass sie lange vor ihrer und Cynthias Geburt nach Granite Falls gezogen waren. Ihr Vater hatte die Familie verlassen, als Joan noch zu klein gewesen war, als dass sie sich an ihn hätte erinnern können. Ihre Mutter war geblieben. Schon in der Zeit, bevor die Krankheit Emilys Erinnerungsvermögen raubte, hatte sie sich stets geweigert, darüber zu sprechen, warum ihr Mann aus Granite Falls verschwunden war. Die Frage nach den Gründen, die sie in einer Kleinstadt hielten, in der fast alle anderen Bewohner ihre Herkunft lückenlos über Generationen hinweg zurückverfolgen konnten, hatte sie immer mit einem Schulterzucken beantwortet. »Hier gab es Arbeit für mich«, pflegte sie zu sagen. »Was hätte ich denn tun sollen? Schließlich musste ich zwei Kinder durchfüttern. Ich konnte doch nicht einfach die Koffer packen und weiter ziehen.«

Eine Falle, dachte Joan jetzt bei sich. Ihre Hände krampften sich um das Lenkrad, als sie in die Burlington Avenue einbog. *Diese Stadt ist eine Falle. Mutter muss sich hier damals genauso eingesperrt gefühlt haben wie ich jetzt. Und inzwischen sieht sie sogar aus wie ein gefangenes Tier.* Dann kam Joan plötzlich noch ein anderer Gedanke: Hatten die Tiere, wegen deren Fell die Stadt einmal gegründet worden war, dieselbe erstickende Angst gespürt, wenn die Fallen zugeschnappt waren? Doch Joan schob diese düsteren Überlegungen ungeduldig beiseite. *Es wird alles wieder gut*, sagte sie sich. *Ganz gleich, was mit Mutter noch geschieht, ich werde das Beste daraus machen. So wie ich bisher immer aus allem das Beste gemacht habe.*

Sie ließ den Range Rover vor dem Haus, in dem sie ihre Kindheit verbracht hatte, ausrollen. Die Menschenmenge, deren Begeisterung für das Feuer anscheinend gemeinsam mit den Flammen erloschen war, hatte sich aufgelöst. Nur Ralph Gunderson stand noch in seinem Vorgarten und sprach mit Phyllis Adams, die in dem Haus auf der gegenüber liegenden Straßenseite wohnte. Joan konnte sich denken, worüber die langjährigen Nachbarn ihrer Mutter sich unterhielten, denn Phyllis' missbilligender Gesichtsausdruck sprach Bände. Die Frau nahm dann auch – wie üblich – kein Blatt vor den Mund: »Schrecklich, dieses Feuer! Aber es ist ja kein Wunder. Emily hätte nicht mehr allein hier wohnen dürfen.«

Joan versuchte, Phyllis' Gerede keine Beachtung zu schenken. Erst gestern Nachmittag hatte ihre Mutter sich noch mit Händen und Füßen dagegen gewehrt, ihr kleines Haus in der Burlington Avenue zu verlassen. Selbst von einer Haushaltshilfe hatte sie nichts wissen wollen. Doch Joan war sich im Klaren darüber, dass Phyllis und mit ihr noch viele andere alte Bekannte ihr vorwarfen, sie überlasse ihre einsame alte Mutter ihrem Schicksal. Dass Emilys Haus nun beinahe in Flammen aufgegangen war, war Wasser auf ihre Mühlen.

Joan zwang sich zu einem Lächeln, das weitaus freundlicher aussah, als es ihren Gefühlen für Phyllis in diesem Augenblick eigentlich entsprach. »Du kennst doch meine Mutter«, antwortete sie. »Ihre Unabhängigkeit geht ihr nun einmal über alles. Und zum Glück konnte sie ja Hilfe holen, bevor Schlimmeres passierte.«

Phyllis lächelte kühl. »Gott scheint diejenigen seiner Kinder besonders zu behüten, um die sich sonst niemand kümmert.« Sie starrte Joan herausfordernd an. »Wirst du sie jetzt fortbringen?«

»Sie bleibt bei uns«, entgegnete Joan. »Auf jeden Fall für die erste Zeit.«

Phyllis Adams Züge wurden noch feindseliger. »Nun, Bill und du, ihr seid wenigstens in der glücklichen Lage, das tun zu können, was ihr für richtig haltet.«

Daher weht also der Wind, dachte Joan. Es war typisch für die gute Mrs. Adams, dass sie glaubte, mit genügend Geld könne man alle Probleme lösen. Doch sie wollte Phyllis nicht den Gefallen tun, ihr zu widersprechen oder sich vor ihr zu rechtfertigen. Wahrscheinlich hatte sie wieder einmal den ganzen Nachmittag lang getrunken und zerfloss nun wie so oft in Selbstmitleid.

Joan brachte mit Mühe ein weiteres Lächeln zustande. »Ich bin ja so froh, dass wir Mutter bei uns aufnehmen können«, sagte sie ruhig.

Dann wandte sie sich ab und stieg die Treppe zur Veranda hinauf und betrat gemeinsam mit Matt das Haus ihrer Mutter.

»Was ist denn nur mit Mrs. Adams los?«, fragte Matt. »Warum ist sie denn so wütend auf dich? Oder ist sie einfach wieder betrunken?«

»Ich glaube, sie ist wütend auf die ganze Welt«, beantwortete Joan Matts erste Frage. Die letzte überhörte sie taktvoll. »Sie ist neidisch auf jeden, von dem sie glaubt, er habe es ein wenig besser getroffen als sie.«

Der beißende Gestank des Rauches stieg Joan in Augen und Nase, während sie schnell einen Blick in das Wohnzimmer und das Esszimmer des kleinen Hauses warf. Alles sah genauso aus wie immer, und doch beschlich Joan ein eigenartiges Gefühl.

Das Feuer, dachte sie bei sich. *Es muss an dem Brandgeruch liegen.*

Doch das allein konnte es nicht sein. Denn als Joan die Haustür schloss und begann, im Haus umherzugehen, verstärkte sich die unerklärliche Unruhe.

Hinter ihr sprach Matt die Gefühle aus, für die sie in dem Augenblick nicht die richtigen Worte fand. »Komisch. Man könnte fast meinen, das Haus wüsste, dass Großmutter nicht mehr zurückkommt.«

Als Joan ins Wohnzimmer trat und schweigend die unzähligen billigen Porzellanfigürchen betrachtete, die ihre Mutter schon seit ihrer und Cynthias Kindheit sammelte, schien Matt ihre Gedanken noch einmal zu erraten.

»Was sollen wir nur mit dem ganzen Zeug anstellen? Wir können doch nicht alles mit zu uns nach Hause nehmen.«

Joan hörte am Klang seiner Stimme, wie sehr ihm die ganze Situation zu schaffen machte. Sie dachte an die Zeit vor zehn Jahren zurück, als sie und Matt noch hier im Haus gelebt hatten. Das war vor ihrer Hochzeit mit Bill Hapgood gewesen.

Joan hatte das Bild, wie ihre Mutter Matt anfuhr, als seine kleinen Hände nach einem Collie aus Porzellan griffen, der unter den Couchtisch gerollt war, noch deutlich vor Augen. »Finger weg!«, hatte Emily ihn damals angeherrscht. »Das ist kein Kinderspielzeug. Es ist sehr wertvoll!«

Im Geiste sah Joan, wie die Hände des kleinen Jungen zurückzuckten, als hätte er auf eine heiße Herdplatte gefasst.

Dann war ihre Mutter über sie hergefallen. »Kannst du nicht besser auf dein Balg achten? Wenn du nicht weißt, wie man Kindern Manieren beibringt, hättest du ihn gar nicht erst auf die Welt bringen sollen!«

Selbst nach all den Jahren, die inzwischen vergangen waren, krampfte sich Joans Herz noch immer zusammen, wenn sie an jene Worte dachte. Sie konnte nur hoffen, dass Matt sie aus seiner Erinnerung verbannt hatte. Doch die Art, wie er den kleinen Collie jetzt ansah, zeigte Joan, dass sich der wütende Wortschwall ihrer Mutter auch in sein Gedächtnis eingegraben hatte.

»Einen Teil davon werden wir wohl mitnehmen müssen«, sagte sie zu ihrem Sohn.

Schon jetzt graute ihr vor der schwierigen Aufgabe, aus den Unmengen von Figuren, mit denen ihre Mutter das Haus über die Jahre voll gestopft hatte, die richtigen herauszusuchen. Es war völlig gleichgültig, wie systematisch sie dabei vorging oder wie sehr sie sich bemühte, die besonderen Lieblinge ihrer Mutter auszuwählen. Welche der Figürchen sie ihr auch brachte, es würden die falschen sein.

»Aber für heute lassen wir sie erst einmal hier«, entschied Joan. »Wir nehmen jetzt nur ein paar Kleider mit, und morgen bringe ich sie einfach hierher. Dann kann sie selbst entscheiden.«

Matts Blick löste sich von dem Collie. Er sah seine Mutter an. »Großmutter wird von jetzt an bei uns leben, nicht wahr?«

Joan wusste, dass Matt ihr im Grunde gar keine Frage stellen wollte. Er suchte nur nach einer Bestätigung für seine Befürchtungen.

»Ich weiß nicht, was wir sonst tun sollen«, antwortete sie leise. »Es stimmt schon, sie ist ziemlich schwierig und sie …« Joan zögerte. Doch sie wusste, dass sie Matt nicht vor der Wahrheit schützen konnte. Schließlich hatten sie beide vier Jahre seines Lebens hier im Haus seiner Großmutter gelebt. Joan hatte nach einem Jahr in New York City einsehen müssen, dass sie ihren kleinen Sohn in dieser Großstadt auf sich allein gestellt nicht durchbringen konnte. »Matt, es tut mir leid. Ich weiß sehr gut, wie schlecht sie dich manchmal behandelt. Aber was soll ich denn machen? Sie ist doch meine Mutter.«

»Mam, um Gottes willen! Es geht doch nicht nur um mich! Es ist ja kaum auszuhalten, wie sie ständig auf dir herumhackt. Was du auch tust, nie kannst du ihr etwas recht machen!«

»Es mag manchmal wirklich so aussehen«, seufzte Joan. »Aber das ändert nichts an der Tatsache, dass sie meine Mutter ist und dass ich mich um sie kümmern muss, solange es nur irgend geht. Ich kann sie doch nicht einfach …« Verzweifelt suchte sie nach den richtigen Worten, konnte aber keine treffenderen finden, als diejenigen, die ihre Mutter selbst oft benutzte. »Ich kann mich einfach nicht dazu durchringen, sie ›in ein Heim zu stecken‹.«

Matt holte tief Luft und atmete dann mit einem langen, resigniert klingenden Seufzen wieder aus. »Schon gut, ich verstehe«, lenkte er ein.

Joan sah ihm deutlich an, wie schwer es ihm fiel, diese Worte auszusprechen. Aber dann hellten sich seine Züge plötzlich ein wenig auf. »He, wer weiß? Vielleicht geht es ihr ja besser, wenn sie nicht mehr allein ist. Lass uns nach oben gehen und ihre Sachen holen, und dann nichts wie weg hier.« Matt rümpfte die Nase. Der beißende Gestank hing in jeder Ritze des alten Hauses. »Hier riecht es scheußlicher denn je.«

Doch schon als sie die Stufen hinaufstiegen, verlangsamten sich Matts Schritte. Im oberen Stockwerk hielt er inne und schaute durch die offene Tür in das Zimmer, das der

Tante gehörte, die er niemals kennen gelernt hatte. »Sie wird doch nicht verlangen, dass wir Tante Cynthias Sachen auch mitbringen?«

Joan zögerte einen Moment lang, bevor sie in das Zimmer ihrer Schwester trat. Die schrille Stimme ihrer Mutter schien plötzlich zum Leben zu erwachen. *»Scher dich weg! Das ist Cynthias Zimmer, und diese Sachen gehören ihr. Niemand darf sie berühren! Niemand! Und schaff auf der Stelle deinen Bastard hinaus!«*

Während das Echo jener Worte in ihren Gedanken nachhallte, schüttelte Joan langsam den Kopf. »Nein«, antwortete sie. »Das kann sie nicht von uns verlangen.« Sie lächelte ihren Sohn liebevoll an und zwinkerte ihm dann verschwörerisch zu. »Schließlich können wir ja nicht etwas mitbringen, das wir nicht einmal anfassen dürfen, nicht wahr?«

Doch die Stimme ihrer Mutter dröhnte immer in ihren Ohren. Diesmal musste Joan an die Zeit zurückdenken, als Matt gerade drei Jahre alt geworden war. Sie hatte es damals gewagt, ihre Mutter zu fragen, ob der Junge nun nicht bald ein eigenes Zimmer haben könne.

»Cynthias Zimmer? Du willst, dass ich deinem Bastard das Zimmer deiner Schwester gebe? Niemals! Solange ich lebe, werde ich dieses Zimmer für deine Schwester bereithalten. Und wenn sie nach Hause zurückkommt, wird sie ihr Zimmer unverändert vorfinden!«

Joan hatte die Tränen hinuntergeschluckt und geschwiegen. Es war schon damals zwecklos gewesen, mit ihrer Mutter zu streiten.

Sie hatte es plötzlich eilig, Cynthias Zimmer zu verlassen. Schnell zog sie die Tür hinter sich zu. Dabei wünschte sie sich, sie könnte mit dem Schließen dieser Tür den Schmerz, den die Worte ihrer Mutter ihr zugefügt hatten, genauso hinter sich lassen wie den Anblick des Zimmers.

Sie hat es damals nicht so gemeint, sagte Joan sich im Stillen. *Es waren die ersten Anzeichen der Krankheit, und sie wusste einfach nicht, was sie sagte.*

»Komm, wir holen schnell ihre Sachen, und dann nichts wie weg hier«, wandte sie sich an Matt. Ohne es zu bemerken, hatte sie dieselben Worte gebraucht, die auch er vor wenigen Minuten benutzt hatte.

Es schien, als könne nichts auf der Welt die eisige Kälte vertreiben, die plötzlich über dem Esszimmer der Hapgoods lag – weder das Feuer, das im offenen Kamin knisterte, noch die vielen Kerzen, die Joan aufgestellt hatte, um das Abendessen im Kreise der Familie in ein warmes Licht zu tauchen. Joan hatte die letzten Herbstblumen aus dem Garten liebevoll in einer Vase arrangiert. Erlesenes Limoges-Essgeschirr – ein Hochzeitsgeschenk der Vanderbilts an Bills Großmutter – prangte auf dem Tisch. Außerdem hatte Joan sich die größte Mühe gegeben, nur solche Speisen zuzubereiten, von denen sie sicher wusste, dass ihre Mutter sie mochte. Aber der Abend verlief trotz allem anders als geplant.

Als sie ihre Mutter in das Speisezimmer führte, hatte sie noch Hoffnung. Doch Emily war wie angewurzelt unter der Tür stehen geblieben und hatte auf das glänzende Silber und auf das im flackernden Kerzenlicht schimmernde Porzellan gestarrt.

Es wird alles gut gehen. Joan wiederholte die Worte im Stillen wie eine Beschwörungsformel.

Doch Emily zerstörte innerhalb von Sekunden jede Hoffnung auf einen harmonischen Abend. »Wie konntest du nur all diese Kerzen anzünden? Ist dir denn völlig gleichgültig, was heute geschehen ist?«

»Ich wollte alles besonders hübsch herrichten, weil du heute Abend bei uns bist, Mutter«, erklärte Joan, während sie der alten Frau in einen Stuhl gegenüber von Matt half.

»Wozu das alles? Ich weiß genau, dass ihr mich in Wirklichkeit gar nicht hier haben wollt.« Vorwurfsvoll starrte Emily ihren Schwiegersohn und ihren Enkel an. »Und ich will es auch nicht.«

Joan bemühte sich redlich, die Unterhaltung in Gang zu halten. Doch was immer sie sagte, ihre Mutter ignorierte sie, widersprach ihr oder wechselte ganz einfach das Thema.

Kritisch beäugte Emily das Essen, das Joan ihr servierte. Erst beklagte sie sich, man habe ihr viel zu viel auf den Teller gehäuft, und dann behauptete sie, das Hühnchen sei verdorben. »Dieses Zeug kann kein Mensch essen«, verkündete sie.

»Es schmeckt wirklich gut, Großmutter«, sagte Matt.

»Es ist verdorben«, beharrte Emily und schob den Teller von sich. »Bringt mich nach Hause.«

Joan warf ihrem Mann einen flehenden Blick zu.

»Du bist jetzt hier zu Hause, Mutter Moore«, sagte Bill.

Der Zorn, der daraufhin in Emilys Augen aufflackerte, ließ ihn jedoch sofort einlenken. »Zumindest für eine Weile, bis wir wissen, was am besten für dich ist.«

Emily schien ihn nicht einmal gehört zu haben. »Wo ist Cynthia?«, fragte sie. »Warum ist sie nicht hier? Cynthia soll kommen!« Sie stemmte sich hoch und schob dabei den Stuhl so heftig vom Tisch weg, dass er krachend umstürzte.

Joan und Bill sprangen gleichzeitig auf, um die alte Frau zu stützen, doch sie bedeutete den beiden mit einer ungeduldigen Handbewegung, ihr nicht zu nahe zu kommen. »Lasst mich in Ruhe! Ich gehe jetzt Cynthia suchen.«

Emily stakste unsicher aus dem Speisezimmer. Als Joan ihr folgen wollte, hielt Bill sie am Arm fest. »Lass sie«, sagte er.

»Aber sie weiß doch gar nicht, was sie tut«, protestierte Joan. »Sie kennt sich hier ja kaum aus.«

»Matt soll ein wenig auf sie achten«, antwortete Bill. Dann wandte er sich an seinen Sohn. »Lass dich nicht auf einen Streit mit ihr ein, Matt. Und versuch nicht, sie zu irgendetwas zu zwingen. Behalte sie einfach nur im Auge und pass auf, dass ihr nichts passiert. Okay?«

Bill wartete, bis Matt gegangen war und die Tür des Esszimmers hinter sich geschlossen hatte. Erst dann sprach er weiter. »Es kann nicht gut gehen«, sagte er ruhig.

»Ich werde dafür sorgen, dass es geht«, wandte Joan ein. »Du wirst sehen, in ein paar Tagen, wenn sie sich eingelebt hat …«

Bill hob die Hand, um Joans Redefluss zu unterbrechen. »Selbst wenn sie sich eingewöhnen könnte, ginge es ihr gesundheitlich nicht besser.« Bills Stimme klang nun ein wenig ungeduldig. »Du weißt, wie es um sie steht, Joan. Jeder Arzt, den wir in den letzten zwei Jahren konsultiert haben, hat uns gesagt, dass es immer schlimmer werden wird.« Er zögerte, doch dann fuhr er fort: »Wir müssen einen Platz für sie finden. Einen Platz, an dem man sich wirklich gut um sie kümmert.«

Joan schüttelte den Kopf. »Bill, sie ist meine Mutter! Und als das alles anfing, ganz am Anfang ihrer Krankheit, habe ich mir geschworen, dass ich sie nie in ein Heim bringen würde. Ganz egal, was passiert. Ich habe Mutter versprochen, dass ich mich um sie kümmere. Ich kann sie nicht einfach irgendwohin abschieben!«

»Mit Abschieben hätte es doch gar nichts zu tun, wirklich nicht. Wir werden das beste Heim in der ganzen Gegend für sie aussuchen. Wenn du willst, können wir sogar jemanden anstellen, der sich rund um die Uhr nur um sie allein kümmert. Und du kannst sie jeden Tag besuchen.«

Joan schüttelte den Kopf. »Das kann ich nicht tun«, widersprach sie mit zitternder Stimme. »Ich habe ihr mein Wort gegeben. Sie ist meine ...«

Wieder unterbrach Bill seine Frau, und diesmal klang seine Stimme ärgerlich. »Ich weiß, dass sie deine Mutter ist. Aber ich sehe auch, wie sie dich behandelt. Die meiste Zeit weiß sie nicht einmal, wer ich bin, und Matt ...«

»Du hast ja Recht«, sagte Joan schnell. Sie wollte nicht, dass Bill die anklagende Litanei fortsetzte. »Aber was soll ich denn tun? Hättest du ein Versprechen brechen können, das du deinem Vater einmal gegeben hast?«

Als Joan die Tränen nicht länger zurückhalten konnte, zog Bill sie in seine Arme. »Ich wünschte, ich könnte etwas Tröstlicheres sagen. Aber wenn sie hier bleibt, wird sie unsere Familie zerstören. Das weiß ich.« Dann sah er Joan tief in die Augen. »Und du weißt es auch.«

Joan antwortete nicht. Doch Bill konnte an ihrem Gesicht ablesen, wie sehr die widerstreitenden Gefühle sie quälten. Er zog sie noch enger an sich. »Eine Woche«, seufzte er schließlich. »Wir versuchen es eine Woche lang.«

So standen sie zusammen und hielten einander in den Armen. Beide dachten über Bills Worte nach.

Innerhalb einer Woche, überlegte Bill, *werde ich das beste Pflegeheim im ganzen Nordosten ausfindig machen und alles Notwendige veranlassen, damit sie bald dort einziehen kann.*

In einer Woche, dachte Joan, *wird sie sich an das Haus gewöhnt haben und wieder wissen, wer Bill ist. Und dann wird alles gut werden.*

Drittes Kapitel

Bill Hapgood lenkte den Audi durch das Tor der Hapgood-Farm. Gemächlich ließ er den sportlichen Wagen durch die vertrauten Kurven der langen Einfahrt rollen. Bis vor einer Woche war dies der schönste Teil jedes Tages in seinem bisherigen Leben gewesen. Es war der Moment, in dem er all seine Probleme vor den Toren der Farm zurückließ und in die Sicherheit und Geborgenheit des Hauses zurückkehrte, das vom Tag seiner Geburt an sein Heim gewesen war. Hierher gehörte er, und schon seit seiner frühesten Kindheit war dieses Haus der Hafen gewesen, der ihm Schutz vor allen Stürmen des Lebens bot.

Nur ein einziges Mal – und wirklich nur dieses eine Mal – hatte er daran gezweifelt, dass er das alte Farmhaus je wieder als Zufluchtsort vor allen Übeln dieser Welt betrachten würde. An jenem weit zurückliegenden Schultag in Hanover hatte man ihm mitgeteilt, dass das Boot, das seine Eltern in Santa Lucia gechartert hatten, gefunden worden sei. Leer und verlassen hatte man es am Ufer von Mustique entdeckt, wo es offensichtlich gestrandet war. Von seinen Eltern fehlte jede Spur. Zuerst hatte Bill es einfach nicht glauben wollen. Schließlich war er gemeinsam mit seinen Eltern jeden einzelnen Sommer, an den er sich erinnern konnte, in der Penobscot Bay gesegelt. Sein Vater galt als ausgezeichneter Skipper. Aber irgendwann hatte Bill doch verstanden, dass seine Eltern nicht mehr zurückkehrten würden. Denn als er nach Hause kam, hatte er am Tor zur Farm lange gezögert. Er war sich ganz sicher gewesen, dass das Haus sich verändert hatte, dass es ihm nun, da seine Eltern es nie wieder betreten würden, verlassen und leer erscheinen würde.

Daher war er sehr überrascht gewesen, als er sich von dem Farmhaus viel freundlicher aufgenommen fühlte als je zuvor. Wo er befürchtet hatte, dass die Erinnerungen, die in jedem Winkel hingen, seine Trauer noch vertiefen könnten, fühlte er sich gestärkt und getröstet. Das Haus, das bereits so viele Generationen von Hapgoods zur Welt kommen und wieder aus dem Leben scheiden sah, schien zu wissen, wie man dem Tod begegnete. Denn schon in dem Augenblick, als Bill zögernd seinen Fuß über die Schwelle setzte, erwachten die Kräfte der Selbstheilung in ihm.

Aber seit der vergangenen Woche fiel es Bill mit jedem Tag schwerer, nach Hause zu fahren. Er lenkte den Audi in das niedrige Gebäude, in dem früher einmal die Kutschen untergestellt worden waren, und parkte ihn auf dem freien Platz neben Joans Range Rover. Bevor er jedoch die Wagentür öffnete, zögerte er genau wie damals vor vielen Jahren. War nun etwa das Auto an Stelle des Hauses zur Zuflucht geworden? Welch lächerlicher Gedanke! Schließlich war ja nichts weiter geschehen. Er und seine Familie hatten lediglich seine Schwiegermutter bei sich aufgenommen. Und sie würde auch nur vorübergehend bei ihnen wohnen.

Doch als Bill aus dem Kutschenhaus trat – einem Gebäude, das man vor über hundert Jahren zu der Garage umgebaut hatte, in der das erste Auto von Granite Falls untergestellt worden war –, spürte er die Veränderung. Er suchte nach Gründen für das eigenartige Gefühl, das ihn beschlich, doch er konnte nichts entdecken. Das Haus sah genauso aus, wie es seit Jahrzehnten, ja vielleicht sogar seit Jahrhunderten aussah. In vielen Räumen brannten bereits Lichter, um die hereinbrechende Abenddämmerung aus den Mauern zu verbannen. Aber das Licht, das durch die Fenster ins Freie fiel, verhieß keine Wärme. Bill trat durch die verglaste Seitentür, an deren Stelle einst der Eingang für die Kutscher gewesen war. Als er in der Eingangshalle des Hauses stand, wurde das Gefühl, dass sich etwas verändert hatte, übermächtiger als an den vorangegangenen Tagen der Woche.

Bill rief nach Joan und Matt, doch er bekam keine Antwort. Noch während er seinen Mantel in den Garderobenschrank hängte, erhielt er die Erklärung dafür, warum ihm niemand antwortete. Aus dem oberen Stockwerk drang nur allzu deutlich Emily Moores trotzige Stimme zu ihm herunter. Sie schien Joan wieder einmal herumzukommandieren.

»Nicht dahin! Dorthin gehört es nicht! Wie oft soll ich dir das noch sagen?«

Bill nahm mit jedem Schritt zwei Stufen gleichzeitig und wollte schon durch die offene Tür ins Zimmer seiner Schwiegermutter treten, als er bemerkte, dass die Geräusche und Stimmen, die er hörte, aus dem Zimmer nebenan kamen. Er ging den breiten Flur entlang und stieß die Tür des zweiten Gästezimmers auf.

Nur die Tapete, der Teppich und ein paar Polster waren noch dieselben. Das breite Bett mit den geschnitzten Bettpfosten, der Queen-Anne-Stuhl am Fenster und der Chippendale-Kleiderschrank waren nirgends zu sehen. Stattdessen standen nun billige, farbig lackierte Möbelstücke in dem Zimmer, die Bill zwar auf eigentümliche Weise bekannt vorkamen, von denen er aber im ersten Augenblick nicht wusste, woher sie stammten.

Dann erinnerte er sich. Es waren Cynthias Möbel!

Sämtliche Einrichtungsgegenstände aus dem Zimmer der Schwester seiner Frau – dem Zimmer, das seine Schwiegermutter stets für die Rückkehr der vor langer Zeit verstorbenen Tochter bereitgehalten hatte – standen in diesem Raum.

In diesem Haus.

In *seinem* Haus.

Selbst die Bilder – drei echte Currier- und Ives-Drucke – waren abgenommen worden. An ihrer Stelle hing nun das wilde Sammelsurium aus Postern und Schnappschüssen, das schon in dem kleinen Haus in der Burlington Avenue die Wände verunziert hatten.

Der Winslow Homer – eines der weniger bekannten, aber immerhin echtes Gemälde des Künstlers – über dem Kaminsims hatte einem großen Porträtfoto von Cynthia weichen müssen. Bill glaubte zu wissen, dass es in Emilys Haus an der Wand gegenüber dem Bett ihrer geliebten Tochter gehangen hatte.

Seine Frau, sein Stiefsohn und seine Schwiegermutter waren in diesem Gästezimmer versammelt.

»Was ist denn hier los?«, fragte Bill. Dabei bemühte er sich nach Kräften, seiner Stimme von den Gefühlen, die angesichts der Szene, die sich ihm bot, in ihm aufwallten, nichts anmerken zu lassen.

Joan zuckte zusammen und fuhr herum. Alle Farbe wich aus ihrem Gesicht, und ihr Blick flatterte unsicher zwischen ihrem Mann und ihrer Mutter hin und her. Sie sah aus, als wisse sie nicht, welcher von diesen beiden Menschen ihr im Augenblick weniger wohl gesonnen war.

Matt, der auf einem Hocker gestanden hatte, um das Bild seiner Tante zurechtzurücken, sprang auf den Boden. »Wir haben Großmutter nur gehol…«, begann er.

Doch Bill fiel ihm ins Wort. »Ich dachte, dass all diese Dinge dort bleiben sollten, wo sie waren«, sagte er an Joan gewandt. Noch immer gelang es ihm, mit ruhiger Stimme zu sprechen.

»Ich weiß. Aber Mutter …« Joans Augen flogen wieder zu der alten Frau, die ihren Schwiegersohn feindselig anstarrte. Dann räusperte sie sich und fuhr mit zitternder Stimme fort: »Sie sagte, ohne Cynthias Sachen könne sie nicht hier wohnen. Sie bedeuten ihr so viel und da dachte ich …«

»Ich verstehe«, sagte Bill.

Matt spürte, dass sich zwischen seiner Mutter und seinem Stiefvater ein Sturm zusammenbraute, und verließ leise das Gästezimmer. Er zog sich in sein eigenes kleines Reich am anderen Ende des Flurs zurück.

Joan neigte den Kopf fast unmerklich in Richtung ihrer Mutter. »Können wir nicht später darüber reden?«

Bill zögerte. Bruchstücke aus früheren Gesprächen wirbelten durch seinen Kopf.

Die Stimme seiner Frau: *Ich kann ihr einfach nie etwas recht machen.*

Er hörte sich sagen: *So war sie schon immer. Das ist einer der Gründe, warum sie nicht hier bei uns leben kann. Sie wird unsere Familie zerstören.*

Die Stimme seines Stiefsohns: *Warum ist sie denn immer so gemein zu dir, Mam?*

Und wieder die Stimme seiner Frau: *Sie meint es nicht so. Sie ist doch schon alt. Und sie ist meine Mutter.*

An jedem einzelnen Abend der vergangenen Woche hatten sie so lange gewartet, bis Emily und schließlich auch Matt zu Bett gegangen waren, und dann versucht, darüber zu sprechen. Es war ihnen nur zweimal gelungen. Dann wurden aus den Gesprächen Streitereien. Und ganz gleich, wie sehr sie beide sich auch bemühten, die Auseinandersetzungen wurden immer erbitterter.

Heute Morgen am Frühstückstisch war die Atmosphäre so angespannt gewesen, dass niemand auch nur ein Wort gesprochen hatte. Matt fiel urplötzlich ein, dass er noch Hausaufgaben erledigen musste. Eine halbe Stunde früher als sonst verließ er fluchtartig das Haus. Joan verschwand mit dem Hinweis, sie müsse ihrer Mutter etwas zu essen bringen, im oberen Stockwerk. Bill erkannte, dass das, was er befürchtet hatte, bereits eingetreten war. Sein Heim konnte ihm nicht mehr das sein, was es sein Leben lang für ihn gewesen war. Es bot ihm keinen Schutz und keine Geborgenheit mehr.

Ihm nicht.

Und seiner Familie ebenfalls nicht.

Stattdessen war es zu einem Schauplatz zerstörerischer Kämpfe geworden, beherrscht von einer Frau, deren Krankheit sie längst jeder Rücksichtnahme beraubt hatte. Emily Moore lebte nur noch für ihre eigenen Wahnvorstellungen.

»Ja, vielleicht ist das eine gute Idee«, sagte er schließlich. All seine Traurigkeit und der Schmerz, der in seiner Seele bohrte, klang aus seiner Stimme, als er die Frage seiner Frau beantwortete. »Vielleicht können wir nächste Woche miteinander sprechen. Oder dann die Woche. Jedenfalls nicht heute Abend. Wir würden uns doch nur wieder im Kreis drehen.«

Er verließ das Gästezimmer und ging zu dem kleinen Raum, der an das Elternschlafzimmer grenzte und den er und Joan als Ankleidezimmer nutzten. Dort begann er, einen Koffer zu packen. Zweimal hielt er inne und war kurz davor, seine Kleider wieder in den Schrank zurückzuhängen. Doch was hätte das genutzt? Wenn er blieb, würde er sich nicht länger beherrschen können. Er würde unweigerlich versuchen, seine Familie vor den Wunden zu schützen, die Emily Moore ihr beinahe jedes Mal, wenn sie den Mund öffnete, zufügte.

Wenn er nun das Haus verließ – selbst wenn er nur für wenige Tage fortging – waren die beiden Menschen, die ihm mehr bedeuteten als alles andere auf der Welt, wenigstens eine Weile nicht in der gnadenlosen Falle gefangen, die von zwei Seiten scharfe Fangeisen in sie hineingrub. In ein paar Tagen, spätestens aber in einer Woche würden Joan und er sicher wieder vernünftig miteinander sprechen können.

Widerstrebend schloss Bill den Koffer. Vor Matts Zimmertür blieb er einen Moment lang stehen. Er dachte darüber nach, ob er versuchen sollte, seinem Stiefsohn zu erklären, warum er fortging. Doch während er noch zögerte, erahnte er bereits den verletzten Ausdruck in den Augen des Jungen, der seine Entschlossenheit innerhalb von Sekunden dahinschmelzen lassen würde. Es war besser, nun erst einmal zu gehen und erst morgen oder übermorgen mit Matt zu sprechen.

An der Tür zum Gästezimmer hielt Bill erneut inne. Er wollte Joan noch einmal sehen, sie in seine Arme schließen und sie vor dem Zorn ihrer Mutter schützen. Doch als er seine Hand nach dem Türknauf ausstreckte, hörte er durch das Holz der Tür Emilys schneidende Stimme und spürte, wie die Wut in ihm aufstieg. Diese Wut konnte er genauso wenig zügeln, wie Emily ihre Krankheit oder ihre böse Zunge beherrschen konnte. Bill zwang sich, weiter zu gehen.

Lass sie in Ruhe!, befahl er sich. *Wenigstens für heute. Setz sie nicht noch mehr unter Druck.* Bill schloss die Finger um den Griff des Koffers, eilte die Treppe hinunter und hinaus aus dem Haus, das Zeit seines Lebens sein Heim gewesen war. Als er den Audi rückwärts aus der Garage fuhr, sah er noch einmal hinauf zu dem hell erleuchteten Fenster des Gästezimmers. Dort war nun die Erinnerung an eine Frau eingezogen, die nur noch in Emily Moores krankem Geist lebte. Bill sah seine Frau am Fenster stehen. Ihre Blicke trafen sich, und er konnte beobachten, wie Joan hilflos die Schultern zuckte. Die Lippen seiner Frau formten vier Worte:

Sie ist meine Mutter!

Dann wandte sie sich ab, ohne noch einmal zu ihm hinunterzublicken.

Matt warf sich ruhelos auf seinem Bett hin und her. In einer Sekunde schob er die Bettdecke beiseite, nur um sie sich im nächsten Augenblick wieder über den Kopf zu ziehen. Irgendwann gab er auf. Er konnte einfach nicht einschlafen.

Vielleicht half es ja, wenn er hinunterging, und sich etwas zu essen holte.

Nur mit dem dicken Frotteebademantel bekleidet, den ihm sein Stiefvater letztes Jahr zu Weihnachten geschenkt hatte, trat er auf den Flur hinaus und machte sich auf den Weg zur Treppe.

Matt wusste, dass sich die Atmosphäre in dem dunklen Haus verändert hatte. Nun wohnte auch seine Großmutter hier, und sie war schuld daran. Am Anfang – am ersten Tag nach dem Feuer – hatte er noch geglaubt, dass die Veränderung allein darauf beruhte, dass er nun nicht mehr nur gemeinsam mit seinen Eltern hier lebte. In ein paar Tagen, so hatte er sich gesagt, würden sie sich alle an Großmutters Gegenwart gewöhnt haben, und alles würde wieder genau so sein wie immer.

Doch es war anders gekommen. Mit jedem Tag, der verging, spürte Matt, wie die Spannung zwischen seinen Eltern wuchs. Zwar versuchten sie, sich nichts anmerken zu lassen. Doch obwohl sie sich nicht in seinem Beisein stritten, wusste er, dass sich eine Kluft zwischen ihnen aufgetan hatte.

Und jetzt war sein Vater plötzlich fort.

Matt hatte von seinem Fenster aus beobachtet, dass er einen Koffer im Kofferraum des Audis verstaut hatte und ein paar Sekunden lang zum Haus hinaufgesehen hatte. Dann war er fortgefahren. Zuerst hatte Matt sich gesagt, sein Stiefvater würde sicher bald zurückkehren. Der Ärger hatte ihn in einem unbedachten Augenblick aus dem Haus getrieben, aber wenn er sich etwas beruhigt hatte, kam er sicher wieder zurück. Doch dann waren die Minuten zu Stunden geworden, und schließlich hatte Matt gehört, wie die große Uhr unten an der Treppe Mitternacht geschlagen hatte. Da wusste er, dass sein Vater in dieser Nacht nicht nach Hause kommen würde.

Nicht mein Vater, erinnerte Matt sich selbst, während er vor der Tür zum Zimmer seiner Großmutter stehen blieb. *Er ist nur mein Stiefvater.* Doch es half nichts, diese Worte zu denken. Gleichgültig, wie er ihn nannte, Bill Hapgood war der einzige Vater, den er je gekannt hatte. Sogar jetzt, nach zehn Jahren, konnte er sich noch sehr gut daran erinnern, mit wie viel Angst er am Abend des Tages, an dem Bill und seine Mutter geheiratet hatten, hier eingezogen war. Das Haus war ihm so riesig erschienen. Mit seinen zahllosen Räumen hatte es ihn so geängstigt, dass ihn die Vorstellung, hier allein in einem Zimmer schlafen zu müssen, geradezu in Panik versetzt hatte. Schon seit er denken konnte, war er jede Nacht von Alpträumen heimgesucht worden. Er träumte schreckliche Dinge, konnte sich aber am nächsten Morgen nur verschwommen daran erinnern, was ihn im Schlaf gequält hatte. Im Haus seiner Großmutter hatte er sich immerhin mit dem Gedanken trösten können, dass seine Mutter in dem Bett neben ihm lag und ihn liebevoll in die Arme nahm, wenn die Angst übermächtig wurde. Aber in diesem Haus schlief seine Mutter nun weit weg am anderen Ende des Flurs im Elternschlafzimmer, und er lag ganz allein in einem Zimmer, das noch größer war als das Wohnzimmer seiner Großmutter.

An jenem ersten Abend war sein Stiefvater zu ihm gekommen und hatte ihm erzählt, dass der Raum, in dem Matt später verloren in dem viel zu großen Bett lag, früher einmal sein eigenes Zimmer gewesen sei. Dann hatte er erklärt, es gäbe einen ganz besonderen Ritter, den Ritter der Nacht, der ihn im Schlaf immer beschützen würde. Matt hatte still dagelegen und aufmerksam zugehört, während sein Stiefvater ihm alles über diesen Ritter der Nacht erzählte, und war schließlich eingeschlafen.

Es hatte funktioniert. Alle Alpträume waren von dem Ritter der Nacht vertrieben worden, und beim Frühstück am nächsten Morgen hatte Matt schüchtern zu seinem Stiefvater aufgeblickt.

»Möchtest du mein Vater sein?«, hatte er leise gefragt. Dabei war ihm vor Angst ganz übel gewesen, doch er hatte sich bemüht, sich nichts davon anmerken zu lassen. Was, wenn sein Stiefvater Nein sagte?

Aber Bill hatte nicht Nein gesagt. Und von jenem Tag an war alles gut gewesen. Nie wieder hatte Matt Angst gehabt. Nachts genauso wenig wie tagsüber. Und selbst als Matt längst alt genug gewesen war, um zu verstehen, dass der Ritter der Nacht nur in seiner Fantasie existierte, waren die Alpträume nicht zurückgekommen. Doch heute Nacht war sein Vater fortgegangen, und das ganze Haus schien ihm verändert.

Matt ging hinunter in die Küche, stöberte eine Weile im Kühlschrank herum und entschied sich schließlich für eine Schale Eiscreme. Es war eigenartig, allein in der Küche zu sitzen. Wenn er sonst manchmal nicht einschlafen konnte und mitten in der Nacht hier herunterkam, um nach etwas Essbarem zu suchen, dauerte es nicht lange, bis auch sein Vater erschien. Dann saßen sie oft noch lange miteinander am Tisch und sprachen über die Dinge, die Matt so sehr beschäftigten, dass er nicht zur Ruhe kam.

Aber heute Nacht war er ganz allein, und er wusste nur allzu gut, dass sein Vater ihm diesmal keine Gesellschaft leisten würde.

Verdammt!

Matt stellte die leere Eiscremeschale ins Spülbecken und stieg wieder die Treppe hinauf. Als er das obere Stockwerk erreicht hatte, hielt er inne und lauschte. Hinter der geschlossenen Zimmertür hörte er die murmelnde Stimme seiner Großmutter. Was sie sagte, konnte er nicht verstehen. Nur monotones Gebrabbel drang zu Matt heraus. Dennoch kam es ihm bald so vor, als rede Emily Moore mit jemandem.

War seine Mutter bei ihr?

Matt trat etwas näher an die Tür heran.

Die Stimme kam gar nicht aus dem Zimmer seiner Großmutter, sondern aus dem Raum nebenan.

Leise schlich Matt zu der Tür des zweiten Gästezimmers hinüber, das an das Zimmer seiner Großmutter grenzte.

Die Stimme der alten Frau war nun etwas deutlicher, doch noch immer konnte Matt die Worte nicht verstehen.

Er legte seine Hand auf den Türknauf und drehte ihn langsam.

Dann schob er die Tür gerade so weit auf, dass er vorsichtig ins Zimmer spähen konnte.

Zwar brannte keine der Lampen im Raum, doch im fahlen Mondlicht, das durchs Fenster hereinfiel, konnte Matt seine Großmutter erkennen, die vor dem offenen Kamin stand und zu dem Porträt seiner Tante aufblickte.

Ihre Lippen bewegten sich, und sie sprach so leise, dass Matt nur wenig von dem verstand, was sie sagte.

»… Zeit, nach Hause zu kommen … brauche dich … komm nach Hause, Cynthia …«

»Großmutter?«, fragte Matt unsicher. »Ist bei dir alles in Ordnung?«

Er erhielt keine Antwort.

Matt zögerte. Sollte er es noch einmal versuchen? Und während er noch unschlüssig dastand und sich fragte, was er jetzt tun sollte, wandte seine Großmutter sich langsam zu ihm um. Ihre Augen, die tief in dunklen Höhlen lagen, schienen sich in die seinen zu bohren.

»Joans Bastard«, flüsterte sie. Sie trat einen unsicheren Schritt auf ihn zu, und nun sah er das hasserfüllte Funkeln in ihrem Blick. »Verflucht sollst du sein …«

Erschrocken zog Matt die Tür wieder zu. Die Verwünschung, die seine Großmutter ausgestoßen hatte, hallte in seinem Kopf nach, während er in sein Zimmer eilte.

Die Tür schloss er hastig und hoffte, das Murmeln der alten Frau damit auszusperren. Doch noch immer drang es aus dem Zimmer am anderen Ende des Flurs zu ihm herein. Die Worte, die seine Großmutter geflüstert hatte, schienen ihn zu verfolgen.

Joans Bastard … Joans Bastard …

Matt konnte die Stimme, die ihn zu verspotten schien, nicht zum Schweigen bringen. Er warf seinen Bademantel auf den Stuhl vor seinem Schreibtisch, kroch nackt in sein Bett und zog sich die Decke über den Kopf. Aber es half nichts.

Verflucht sollst du sein … verflucht sollst du sein …

Das Echo der Verwünschungen hallte in endlosen Wiederholungen durch seine Gedanken. Matt zog die Decke noch fester um sich und versuchte, die hasserfüllten Worte aus seiner Erinnerung zu verbannen.

Erst Stunden später gelang es ihm endlich einzuschlafen.

Einmal erwachte er und nahm einen eigenartigen Geruch wahr. Er stammte aus der Zeit, als er noch nicht in diesem Haus gewohnt hatte, das wusste Matt genau. Doch noch während er versuchte zu ergründen, was das rätselhafte Moschusaroma, das seine Sinne erfüllte, zu bedeuten hatte, schlief er wieder ein.

In dieser Nacht quälten ihn zum ersten Mal, seit er als Fünfjähriger das Haus seiner Großmutter verlassen hatte, wieder die Alpträume seiner Kindheit.

Und weder sein Stiefvater noch der Ritter der Nacht konnten ihn jetzt vor diesen Alpträumen beschützen.

Die Wolken, die über Granite Falls hingen, waren beinahe so finster wie Matts Laune. Der Himmel verbreitete an diesem Morgen draußen dieselbe trostlose Atmosphäre, die im Haus bereits herrschte. Matt wandte sich vom Fenster ab und sah zu seinem Bett hinüber. Die zerwühlten Decken und zerknüllten Kissen zeugten von unruhigem Schlaf. Trotzdem verspürte er den ihm sonst völlig unbekannten Drang, in die Wärme und den Schutz der Bettdecke zurückzukriechen. Doch in der vergangenen Nacht hatte er nicht einmal dort Ruhe gefunden. Und noch während er darüber nachdachte, ob er seinem Impuls nachgeben sollte, wusste Matt, dass er sich in seinem Bett auch nicht besser fühlen würde.

Nachdem er sich angezogen hatte, steckte er seine Schulbücher in den Rucksack, legte die kläglichen Resultate der Hausaufgaben, die er am vorigen Abend zwar begonnen, aber nicht vollendet hatte, dazu und ging hinunter zum Frühstück.

Doch das Frühstück schien auszufallen.

Die Küche war ebenso kalt und ungemütlich wie die übrigen Räume im Haus.

Die Kaffeemaschine – er hatte sie seinem Vater letztes Jahr zu Weihnachten geschenkt –, die die erforderliche Menge der Kaffeebohnen selbst abmaß, sie mahlte und den Kaffee zu jeder gewünschten Zeit aufbrühte, war gestern Abend nicht eingeschaltet worden. Matt streckte die Hand aus, um den Kippschalter auf Handbetrieb zu stellen, überlegte es sich dann aber anders. Während er den Gasbrenner unter dem alten Wasserkessel in Gang setzte, sagte er sich, dass die Kaffeemaschine viel zu lange brauchen würde. Abgesehen davon war der Unterschied zwischen frisch gebrühtem Kaffee und Instantkaffee nicht allzu gravierend. Doch Matt wusste, dass er sich wieder etwas einredete.

Die Kaffeemaschine gehörte nun einmal seinem Vater, und er hätte sie selbst bedienen sollen.

Scheiß auf ihn!, dachte Matt zornig, schaltete den Gasherd wieder aus und die Kaffeemaschine ein. *Wenn es für ihn so einfach ist, uns hier sitzen zu lassen, warum soll ich mir dann darüber den Kopf zerbrechen?*

Die Maschine erwachte zum Leben. Ihre raffinierte Mechanik setzte sich in Bewegung und sorgte dafür, dass die Kaffeebohnen in das Mahlwerk transportiert wurden. Unter Heulen und Rasseln zermahlten die Klingen die Bohnen zu Pulver. Während der Kaffee gebrüht wurde, inspizierte Matt den Kühlschrank. Normalerweise gab es Eier und Speck zum Frühstück. Matt fand auch eine aromatisch duftende Speckseite und ein Dutzend frische Eier, doch er verspürte keinen rechten Appetit auf die gewohnte deftige Kost. Getreideflocken mit kalter Milch entsprachen seiner Stimmung an diesem Morgen schon eher.

Er trank eine Tasse Kaffee, löffelte die Cornflakes und war bereits dabei, die Schüssel und den Löffel, die er benutzt hatte, in den Geschirrspüler zu stellen, als seine Mutter endlich in der Küche erschien. Ihr Gesicht wirkte blass und angespannt. Matt wusste sofort, dass sie nicht viel besser geschlafen hatte als er selbst.

Mutter und Sohn sahen unsicher aneinander vorbei. Keiner von beiden schien in diesem Augenblick die richtigen Worte zu finden. Sie empfanden eine unerklärliche Scheu davor, ihre Gedanken und Gefühle miteinander zu teilen, und wie eine immer undurchdringlicher werdende Mauer breitete sich das Schweigen zwischen ihnen aus.

Schließlich war es Joan, die die trennende Wand durchbrach. »Ist alles in Ordnung mit dir?«, fragte sie.

Ihre tonlose Stimme ließ Matt ahnen, wie erschöpft und hilflos sie sich fühlte. »Und wie ist es bei dir?«, gab er zurück. Er bemühte sich, ruhig und neutral zu klingen.

Seine Mutter zögerte und schüttelte dann den Kopf. »Ich habe heute Nacht fast kein Auge zugetan.«

Matts Blick wanderte von Joan zu der Kaffeemaschine. »Glaubst du, dass Dad heute Nachmittag wieder nach Hause kommen wird?«, fragte er leise, während er seine Tasse erneut füllte und auch seiner Mutter Kaffee einschenkte.

Wieder drängte sich das Schweigen zwischen sie. Die Stille zerrte an ihren Nerven, während Joan überlegte, was sie Matt antworten sollte. Ihr erster Gedanke war, seiner Angst und seiner Unsicherheit mit ein paar beruhigenden Floskeln zu begegnen. Dies hatte sie auch getan, als Bill Hapgood vor elf Jahren in ihr Leben getreten war. Doch dann wurde ihr bewusst, dass ihr Sohn längst kein kleiner Junge mehr war, der in dem kindlichen Glauben lebte, seine Mutter könne alles zum Guten wenden.

»Das glaube ich kaum«, gab sie schließlich zu. »Ich weiß auch nicht, wie es jetzt weitergehen soll.«

Diesmal drangen Emilys Rufe aus dem ersten Stockwerk zu ihnen in die Küche, bevor sich die Stille erneut zwischen sie senkte. Zwar verstanden weder Matt noch Joan, was Emily sagte, doch beide hörten die Wut, die ihre Stimme schrill werden ließ.

Joan zuckte zusammen. Die heftige Bewegung ließ den Kaffee in ihrer Tasse überschwappen. Die heiße Flüssigkeit rann über ihre Hände. »Ich glaube, ich muss jetzt nach ihr sehen.« Sie ging zur Tür.

»Vielleicht hat Dad ja Recht«, beeilte sich Matt zu sagen. Er hatte ruhig und leise gesprochen, doch seine Worte ließen Joan erstarren. »Vielleicht sollte Großmutter nicht hier bei uns im Haus leben. Warum lässt du Dad nicht einen geeigneten Ort für sie suchen?«

Matt sah ein kurzes Aufflackern in den Augen seiner Mutter. War es Angst? Oder Wut? Er wusste es nicht, und das Flackern erlosch ebenso schnell, wie es erschienen war.

»Nein«, sagte Joan. »Sie ist meine Mutter, und ich muss mich um sie kümmern.«

Dann verließ sie die Küche, und Matt hörte, wie sie die Stufen ins obere Stockwerk hinaufeilte, wo ihre Mutter schrie und zeterte.

Matt trank seinen Kaffee aus, warf sich seinen Rucksack über die Schulter und trat in die kalte Morgenluft hinaus. Rasch marschierte er die lange Einfahrt hinunter. Kelly wartete wie immer am Briefkasten auf ihn. Doch als Matt durch das Tor trat, verschwand das fröhliche Lächeln, mit dem sie ihn wie üblich begrüßte, schlagartig aus ihrem Gesicht.

»Matt?«, fragte sie vorsichtig. Ohne es zu wissen, wählte sie dieselben Worte, die erst vor wenigen Minuten auch Joan benutzt hatte. »Ist alles in Ordnung mit dir?«

Automatisch setzten sich Kelly und Matt in Bewegung. Sie gingen nebeneinander her, und Matt ergriff die Hand seiner Freundin. Schon seit sie denken konnten, gingen sie zusammen zur Schule. Früher hatten sie gemeinsam auf den Schulbus gewartet, der genau zwischen Hapgood-Farm und dem Haus der Conroes hielt. Dann waren sie ein paar Jahre lang mit den Fahrrädern zur Schule gefahren, und seit dem Wechsel auf die High School gingen sie zu Fuß. Doch erst im vergangenen Frühjahr hatten sich ihre Hände dabei zum ersten Mal gefunden. Weder Matts noch Kellys Eltern hatten bisher etwas dazu gesagt. Doch beide wussten, dass zumindest ihre Mütter sich Gedanken über die gemeinsame Zukunft ihrer Kinder machten. Dabei übersahen Joan und Mrs. Conroe geflissentlich, dass sie mit ihren Zukunftspläne noch etwa zehn Jahre lang Zeit gehabt hätten. Denn Kelly hatte vor, Medizin zu studieren, und Matt spielte mit dem Gedanken, Anwalt zu werden.

»Mein Vater ist gestern Nacht fortgegangen«, erklärte Matt jetzt.

Kelly blieb stehen. »Was meinst du mit ›fortgegangen‹?«

Matt war plötzlich wütend auf Kelly. »Du weißt schon … ausgezogen!«

»Aber warum denn?«, fragte Kelly.

»Warum wohl«, gab Matt gereizt zurück. »Weil meine Großmutter bei uns eingezogen ist.«

»Aber er kommt doch zurück?«

Matt ließ Kellys Hand los. »Woher soll ich denn das wissen?«

Er zögerte. Aus den schweren grauen Wolken, die sich schon den ganzen Morgen über bedrohlich am Himmel zusammengeballt hatten, fielen kalte Regentropfen. Wie der Regen aus den Wolken, so brachen sich jetzt auch Matts Gefühle, die sich seit dem vergangenen Abend in ihm angestaut hatten, eine Bahn. »Er hat es nicht für nötig befunden, mir zu sagen, ob er zurückkommt oder nicht. Er hat überhaupt nichts gesagt. Es gab noch nicht einmal einen Streit.« Stockend begann er, Kelly alles zu erzählen, was sich in den letzten zwölf Stunden auf Hapgood-Farm ereignet hatte.

»Er kommt bestimmt wieder zurück«, sagte Kelly mit fester Stimme, als Matt geendet hatte. Sie standen bereits vor der Schule, und die Glocke läutete gerade zum ersten Mal. »Ich glaube nicht, dass dein Vater euch verlässt, nur weil ...«

Matts finsterer Blick konnte es mit dem dunklen Sturmhimmel durchaus aufnehmen, als er Kelly jetzt anstarrte. »Er ist nicht mein Vater, vergiss das nicht! Er ist nur mein Stiefvater. Wen interessiert es schon, ob er zurückkommt? Mich jedenfalls nicht!«

Abrupt wandte er sich ab, ließ seine Freundin im Regen stehen und rannte die Treppe zum Schulhaus hinauf.

Kelly beobachtete, wie er durch die große Schwingtür stürmte und in dem Gebäude verschwand. Sie spürte die kalten Regentropfen kaum. *Und ob es dich interessiert*, dachte sie. *Es ist doch dein sehnlichster Wunsch, dass er zurückkommt.*

Viertes Kapitel

»Das gehört hier nicht hin! Kannst du denn nicht einmal etwas richtig machen?«

Joans Finger krampften sich in den Stoff des Kleides, das sie in den Händen hielt. Das taubenblaue Satinkleid mit dem perlenbestickten Oberteil hatte ihre Mutter damals über alle Maßen begeistert. Doch das war schon viele Jahre her. Das Kleid hatte, nachdem es ein einziges Mal getragen worden war, jahrelang sorgsam über einen Bügel im Schrank gehangen. Dennoch war die Farbe verblichen und der Stoff spröde geworden. Vielleicht wäre es noch ein paar Mal getragen worden, wenn man es vor Jahren fortgegeben hätte. Nun war es nicht mehr zu retten. Es hätte sich nicht einmal gelohnt, es auch nur aufzubügeln. Die Perlen auf der Corsage waren schließlich aus Plastik, und der Satin war nicht aus Seide, sondern aus dem billigeren Rayon gewebt. Doch in den Augen ihrer Mutter gab es kein schöneres Kleid. Für sie war es noch immer so traumhaft schön wie damals …

Joan stand an der Tür zum Zimmer ihrer Schwester und starrte auf die große graue Pappschachtel auf Cynthias Bett. Sie wusste, was in der Schachtel war, denn seit Wochen hatten ihre Mutter und ihre Schwester von nichts anderem mehr gesprochen.

Das Kleid!

Es war das Kleid, das Cynthia morgen Abend, wenn sie mit Marty Holmes zum Schulball ging, tragen würde.

Es war das Kleid, mit dessen Entwurf Cynthia und ihre Mutter bereits vor Wochen begonnen hatten, nämlich genau an dem Tag, an dem Marty Cynthia gefragt hatte, ob sie mit ihm zu dem Ball gehen würde.

Mrs. Fillmore hatte dieses Kleid eigens für Cynthia genäht. Cynthia war beinahe jeden Tag zur Anprobe gegangen.

»Langsam fange ich an, dieses Ding zu hassen«, hatte sie Joan in der vergangenen Woche einmal zugeflüstert. »Mrs. Fillmore be-

klagt sich andauernd, dass ich nicht lange genug still stehe, und dann sticht sie mich ständig mit ihren verflixten Stecknadeln. Ich komme mir schon vor wie eine Voodoopuppe.«

»Aber Mum sagt, es wird das schönste Kleid werden, das die Welt je gesehen hat«, entgegnete Joan. »Wenn sie erfährt, dass es dir nun nicht mehr gefällt …«

Cynthia, die vier Jahre älter war als ihre zwölfjährige Schwester, schaute Joan herausfordernd an. »Und wie sollte sie davon erfahren?«, fragte sie. »Ich werde es ihr bestimmt nicht erzählen. Wenn sie möchte, dass ich das blöde Kleid trage, dann werde ich es eben tun. Mir ist es einerlei.«

»Freust du dich denn gar nicht auf den Ball?«, fragte Joan mit einem wehmütigen Seufzen. Nur allzu gern hätte sie mit ihrer Schwester getauscht. Sie stellte sich einen solchen Abend einfach himmlisch vor. All die gut aussehenden Jungen in eleganten Jacketts und die Mädchen in umwerfenden Kleidern. Keines würde so schön sein wie Cynthias. Der herrlich weiche, glatte Satin hatte genau dieselbe Farbe wie Cynthias blaue Augen. Und zu diesem Anlass würde Mrs. Fillmore Cynthia sogar ihre eigene Perlenkette leihen.

»Ganz echt sind sie nicht«, hatte die Schneiderin zugeben müssen, als sie die einreihige Kette herübergebracht hatte. »Aber sie passen perfekt zu den Perlen auf der Corsage.«

Joan hatte das Schmuckstück sehnsüchtig betrachtet. Wie gern hätte sie es sich selbst einmal um den Hals gelegt! Doch sie wusste, dass sie gar nicht erst darum zu bitten brauchte. Vielleicht in vier Jahren, wenn sie selbst zum Abschlussball ging …

»Mir ist der Ball wirklich ziemlich gleichgültig«, beantwortete Cynthia Joans Frage in deren Träumereien hinein. »Aber zu der alten Fillmore werde ich ganz bestimmt nicht mehr hinübergehen.« Dabei legte Cynthia den Kopf etwas schief und blickte ihre jüngere Schwester durchdringend an. »Warum gehst du nicht einfach morgen für mich zur Anprobe?«

Joan machte große Augen. »Ich?«

»Warum denn nicht?«, entgegnete Cynthia. Das eigenartige Funkeln, das sich immer dann in ihre Augen stahl, wenn sie etwas im Schilde führte, entging ihrer kleinen Schwester.

»Aber es wird mir nicht passen …«, begann Joan.

Cynthia unterbrach sie ungeduldig. »Es macht gar nichts, wenn es nicht wie angegossen sitzt. Morgen steckt Mrs. Fillmore nur den Saum ab. Steh mal auf!«

Joan rappelte sich auf. Sie hatte es sich auf Cynthias Bett bequem gemacht.

»Stell dich hier neben mich.«

Joan trat zu ihrer Schwester, die bereits vor dem hohen Spiegel an der Tür des Kleiderschrankes stand.

»Siehst du? Es ist gar kein Problem!«

Joan sah in den Spiegel. Zwischen ihr und ihrer Schwester bestand nicht die geringste Ähnlichkeit. Cynthia hatte eine nahezu perfekte Figur, während Joans Brust noch vollkommen unentwickelt war. Und wo Cynthias Körper sanfte Kurven zeigte, gab es bei Joan nur gerade Linien und schlacksige Glieder. Sie hatte weder eine sichtbare Taille noch eine geschwungene Hüfte, von Brüsten ganz zu schweigen.

Selbst ihr Haar hielt, dunkel und glatt wie es war, keinen Vergleich mit Cynthias blonder Lockenpracht aus.

»Siehst du?«, sagte Cynthia. »Wir sind genau gleich groß! Also kannst du morgen für mich zur Anprobe gehen und ich …« Sie hielt viel sagend inne.

»Was hast du denn vor?« Joan wurde neugierig.

Cynthia lächelte geheimnisvoll. »Was ich nicht weiß, macht mich nicht heiß … so sagt man doch.«

Joan ging am nächsten Tag zur Anprobe. Als Mrs. Fillmore ihr vorsichtig das Kleid über den Kopf streifte, konnte Joan es kaum erwarten, sich im Spiegel zu betrachten. Sicher hatte das Kleid sie in ein ebenso feenhaftes Wesen verwandelt, wie ihre Schwester es auch ohne das Kleid war.

Hatte es nicht!

Anstatt, wie erhofft, einer Märchenprinzessin, starrte Joan in das Spiegelbild eines eckigen, unbeholfenen Mädchens.

»Hellblau ist einfach nicht deine Farbe«, versuchte Mrs. Fillmore sie zu trösten. Sie hatte Joans Gedanken erraten, als habe sie sie laut ausgesprochen. »Wenn du eines Tages zum Abschlussball gehst, werde ich dir ein rotes Kleid nähen. Cynthia steht Rot überhaupt nicht, aber an dir wird es großartig aussehen. Warte nur ab.«

Joan gab keine Antwort. Sie war zwar erst zwölf Jahre alt, aber sie war sich bereits ganz sicher, dass sie nie ein Junge bitten würde, mit ihm zu einem Ball zu gehen. Sie stand einfach nur stocksteif da, und Mrs. Fillmore stach sie nicht ein einziges Mal.

Als ihre Mutter an diesem Abend fragte, wie die Anprobe verlaufen war, tischte Cynthia ihr eine so gekonnte Lüge auf, dass Joan beinahe glaubte, ihre Schwester sei tatsächlich selbst bei der Schneiderin gewesen.

Und dann war das Kleid fertig. Mrs. Fillmore hatte es erst sorgfältig gefaltet und in Seidenpapier gewickelt und es dann in die graue Schachtel gelegt. Joan wusste, dass sie eigentlich warten musste, bis Cynthia nach Hause kam und es anprobierte. Doch sie hielt es nicht länger aus. Schon das halb vollendete Kleid war so traumhaft schön gewesen. Sie brannte darauf, es fix und fertig zu sehen. Sicher sah es überwältigend aus.

Die Schachtel zog Joan magisch an. Fast ohne es zu wollen, strich sie mit den Händen über die graue Pappe und löste schließlich die Schleife in der Paketschnur. Bevor sie recht wusste, was sie tat, hatte sie schon den Deckel angehoben.

In diesem Moment erscholl hinter ihr die Stimme ihrer Mutter. »Was tust du da? Wie kannst du es wagen, die Schachtel anzurühren?«

Joan fuhr herum und versteckte die Hände hinter ihrem Rücken, als könne sie sich durch diese hilflose Geste dem Zorn ihrer Mutter entziehen.

»Taugenichts!«, fauchte ihre Mutter, scheuchte sie aus dem Zimmer und schloss die Tür.

Nun konnte Joan die Schachtel nicht einmal mehr sehen, und das wunderschöne Kleid, das darin lag, war in unerreichbare Ferne gerückt.

»Du hättest das Kleid ruinieren können! Und damit hättest du deiner Schwester den schönsten Abend ihres Lebens verdorben!«

Doch sie hatte den schönsten Abend im Leben ihrer Schwester nicht ruiniert. Und trotz Mrs. Fillmores Versprechen hatte sie nie ein eigenes Ballkleid bekommen.

»Taugenichts«, hörte sie ihre Mutter hinter sich murmeln. »Du bist so nutzlos wie eh und je. Ich weiß gar nicht, warum ich dich überhaupt auf die Welt gebracht habe!«

Das weiß ich auch nicht, dachte Joan. *Ich weiß es wirklich nicht.* Doch sie schwieg und erinnerte sich wieder einmal energisch daran, dass ihre Mutter gar nicht wirklich meinte, was sie sagte.

Es kommt alles wieder in Ordnung. Beschwörend wiederholte Joan in Gedanken diesen Satz, während sie das Kleid genau an die Stelle hängte, wo ihre Mutter es haben wollte. *Ich werde auch dies irgendwie überstehen. Ich überstehe es ebenso, wie ich alles andere auch überstanden habe.*

Doch so sehr Joan sich auch bemühte, alle Verletzungen, die ihre Mutter ihr zufügte, an sich abprallen zu lassen – Emilys Worte verfolgten sie wie ein sich ständig wiederholendes Echo.

Taugenichts … Taugenichts … Taugenichts …

Bill Hapgood betrachtete die vierte Spielbahn des Golfplatzes von Granite Falls. Das vierte Fairway hatte er schon immer besonders gern gemocht. Die Bahn erstreckte sich über eine Distanz von über 1600 Metern vom Abschlag aus gemessen, und nach einer scharfen Biegung nach rechts waren es dann noch einmal beinahe 1500 Meter bis zu dem Green, auf dem sich das vierte Loch befand. Rechts des ersten Runs stand dichtes Gehölz, und ein Spieler, der den Slice, mit dem er die Flugbahn des Balls nach rechts lenkte, nicht gut genug beherrschte, hatte kaum eine Chance, seinen Ball je wieder zu finden. Weiter links konnte Bill den kleinen Pinienhain sehen, den sein Vater als ganz besondere Herausforderung für diejenigen Spieler, die lieber einen Hook, einen Linksbogen, schlugen, gepflanzt hatte.

»Man darf den Hookern die Sache nicht allzu leicht machen«, hatte George Hapgood damals erklärt. Dass ein Großteil der Bevölkerung mit ›Hooker‹ eine Dame von zweifelhaftem Ruf bezeichnete, war ihm dabei nicht in den Sinn gekommen. Sein unbedachter Ausspruch hatte ihm völlig unbeabsichtigt den Ruf eines besonders eifrigen Kämpfers gegen die Prostitution eingebracht. Und das, obwohl dieses Gewerbe in Granite Falls überhaupt nicht betrieben wurde.

Gelangte man einmal erfolgreich durch die enge Gasse

zwischen den Bäumen und bewältigte anschließend die scharfe Biegung nach rechts, musste man bald feststellen, dass nun die Herausforderung erst richtig begann. Noch immer säumten Bäume und Sträucher den rechten Rand der Spielbahn, doch linker Hand rückte nun ein Teich ins Blickfeld. Außerdem umgaben sechs tiefe Sandbunker das Green, von dem viele Mitglieder des Clubs behaupteten, es werde jedes Jahr etwas kleiner. Gerüchten zufolge schlich sich sogar Bill Hapgood höchstpersönlich manchmal bei Nacht und Nebel zum vierten Loch, um heimlich Teile des Greens zu entfernen und die sandigen Fallen damit noch größer zu machen, als sie es ohnehin schon waren.

Natürlich handelte es sich bei diesen Gerüchten nur um das gutmütige Geplänkel unter Clubkameraden. Aber wahrscheinlich hätte sich niemand gewundert, wenn Bill Hapgood wirklich Hand an das Green gelegt hätte. Schon die Tatsache, dass der Golfsport in Granite Falls überhaupt einen so hohen Stellenwert hatte, verdankte der Ort den Hapgoods, die sich seit nunmehr drei Generationen mit der Ausgestaltung des Platzes befassten. Vor sechzig Jahren hatte Bills Großvater eigenhändig die ersten neun Spielbahnen auf seinem Grund und Boden angelegt und dann gemeinsam mit seinen Freunden das alte Clubhaus errichtet. Der Ehrgeiz von Bills Vater war es gewesen, den Platz auf achtzehn Löcher zu erweitern. Die Zeiten, in denen man die neun alten Bahnen eben zwei Mal hintereinander gespielt hatte, gehörten also längst der Vergangenheit an. Bill selbst war, seit er als Collegestudent die Mitgliedschaft seines Vaters geerbt hatte, nie einem Arbeitseinsatz auf dem Golfplatz fern geblieben. Die alten Schläger aus Nussbaumholz, die sein Vater einst abgesägt hatte, um seinem damals vierjährigen Sohn die ersten Schläge beizubringen, standen immer noch im Schuppen des Clubs. Bill selbst hatte Matt, als er fünf Jahre alt gewesen war, mit diesen Schlägern in die Grundzüge des Golfspiels eingeweiht, und nun warteten sie auf Matts Sohn.

Matts Sohn.

Bills Enkel.

Nicht sein Enkel, erinnerte er sich. Sein *Stief*enkel. Wieder einmal fragte sich Bill, ob es nicht doch ein Fehler gewesen war, dass er bei seiner Heirat mit Joan Matt nicht adoptiert hatte. Doch es war damals ganz und gar unmöglich gewesen, denn sein inzwischen verstorbener Großvater hatte davon nichts wissen wollen. Bill würde nie in seinem Leben das Gespräch mit dem alten Mann am Vorabend seiner Hochzeit vergessen. Bill hatte damals das Thema Adoption angeschnitten.

»Niemals!«, hatte sein Großvater, der nur der Hochzeit wegen und höchst widerwillig seinen Alterssitz in Scottsdale verlassen hatte, gepoltert. »Dass du diese Moore heiratest, ist schon schlimm genug. Und der Gedanke daran, auch noch ihren Bastard zu adoptieren …«

»Großvater, bitte! Kein Mensch verwendet heutzutage noch diesen Begriff. Er ist nicht mehr zeitgemäß!«

»Moral ist immer zeitgemäß«, hatte W. H. geknurrt und seine Stirn dabei in tiefe, bedrohlich wirkende Falten gelegt. »Und erspare mir deine Vorträge über die modernen Zeiten!«

»Ich werde dir keine Vorträge halten, wenn du nicht so tust, als hätten sich die Zeiten nicht längst geändert«, war Bills Antwort gewesen.

W. H.s Züge waren so kalt und hart geworden wie der Granit von New Hampshire, der die urwüchsige Landschaft, aber auch das Wesen der Menschen hier prägte. »Verbiete ich dir etwa, diese Joan zu heiraten? Nein! Aber es geht dennoch entschieden zu weit, ihren …« An dieser Stelle hatte der Alte abgebrochen. Die Alarmsignale in den blitzenden Augen seines Enkels waren nicht mehr zu übersehen gewesen. »… ihren Sohn zu adoptieren«, beendete W. H. schließlich den Satz. »Wir haben nicht die geringste Ahnung, wer der Vater des Kindes ist. Sie hat es nie einer Menschenseele verraten. Deshalb die Annahme, dass sie nicht allzu stolz auf den Erzeuger ihres Sohnes ist, nur berechtigt. Du magst es als altmodisch abtun, aber ich bin überzeugt davon, dass die Herkunft eines Menschen sich irgendwann einmal bemerkbar macht. Kennst du seine Herkunft, dann kennst du auch den Mann. Doch kennst du seine Herkunft nicht …«

»… dann trau auch nicht dem Mann«, beendete Bill den

Spruch, der ihm schon von Kindesbeinen an eingebläut worden war, als handle es sich um einen religiösen Glaubensgrundsatz

Schließlich hatte er sich den Wünschen seines Großvaters gebeugt, Genauso wie Joan sich jetzt den Wünschen ihrer Mutter beugte.

Aber das ist nicht dasselbe, sagte Bill sich, während er den Golfball auf das Tee setzte und ein paar Übungsschwünge ausführte. Matthew Moore hatte nie sein Lebensglück gefährdet. Der Junge war ihm vielmehr der Sohn geworden, den Bill sich immer gewünscht hatte. Und eines Tages hatte sogar der alte W. H. widerstrebend zugeben müssen, Matt sei »gar nicht so übel, wie ich befürchtet habe.«

Emily Moore hingegen entpuppte sich nun als noch schrecklichere Furie, als Bill es in seinen schlimmsten Befürchtungen vorhergesehen hatte. Während er den nächsten Schlag vorbereitete, wanderten seine Augen einen Moment lang zu den Schornsteinen seines Hauses hinüber, die hinter der Baumgruppe am Ende des Fairways aufragten.

Vielleicht hätte er am Morgen doch vorbeischauen sollen. Nur um nachzusehen, ob alles in Ordnung war. Wenn Emily es fertig brachte, ihr eigenes Haus anzuzünden, konnte sie ohne weiteres auch seines in Brand stecken.

Doch nein – wenn er so bald nach seinem Auszug wieder zurückgekehrt wäre, hätte Joan es wahrscheinlich als Zeichen genommen, dass er nun zu Hause bliebe. Aber solange Emily dort wohnte, würde das nicht geschehen. Schon gar nicht, wenn Bill an den Zustand dachte, in dem Matt sich befunden hatte, als er vor zehn Jahren vom Haus seiner Großmutter nach Hapgood-Farm umgezogen war. Selbst heute erinnerte Bill sich noch gut daran, wie sehr sich der kleine Matt damals davor gefürchtet hatte, schlafen zu gehen. Zwar hatte der Junge ihm nie sagen können, was ihn in den schrecklichen Alpträumen so ängstigte, doch Bill war sicher, dass er deren Auslöser kannte: Emily. Diese Frau hatte wahrscheinlich in ihrem ganzen Leben keine zwei Worte mit seinem Großvater gewechselt. Doch sie schien W. H.s verquere Ideen über die Herkunft und die Blutlinie eines Menschen bedingungslos zu teilen, obwohl sie selbst keine nennenswerte Abstammung vorzuweisen hatte, zumindest keine, von der irgendjemand Kenntnis hatte.

Joans Bastard.

So nannte sie ihren Enkel. Kein Wunder, dass das Kind Alpträume hatte. Zum Glück war Bill damals die Geschichte mit dem Ritter der Nacht eingefallen. Er hatte sich zu Matt gesetzt, dem Kleinen vorgelesen und mit ihm gesprochen, bis seine Angst verflogen war. Die Alpträume, die ihn in Emily Moores Haus verfolgt hatten, waren nie wieder gekommen.

Doch wie lange würde es dauern, bis sie den Jungen erneut plagten, wenn Emily nun im Haus lebte?

Bills Hände umfassten den Griff seines Golfschlägers noch fester, doch schon während er den Schwung nach unten führte, wusste er, dass der Schlag misslingen würde. Der Ball beschrieb eine Kurve auf das Wäldchen zu. Dort konnte man ihn zweimal gegen die Baumstämme prallen hören, bevor er in einem Dickicht aus Berglorbeerbüschen verschwand. Hinter sich hörte Bill Gerry Conroe leise kichern.

»Ich dachte, du fühlst dich großartig«, stellte der Herausgeber des Wochenblattes von Granite Falls ironisch grinsend fest.

»Mir geht's blendend«, knurrte Bill. Dabei klang seine Stimme beinahe so wie die seines Großvaters, und er wusste nicht, was er davon halten sollte.

»Das ist der dritte Schlag, den du verpatzt hast«, erklärte Marty Holmes, der zusammen mit Paul Arneson das Quartett vervollständigte, das sich regelmäßig zu einer Partie Golf einfand. »Wenn du so weitermachst, gehe ich doch lieber gleich ins Clubhaus.«

Bill presste die Zähne so fest aufeinander, dass seine Kiefermuskeln zu schmerzen begannen. Er legte einen zweiten Ball auf sein Tee, atmete tief durch und holte erneut Schwung.

Als auch dieser Ball im Gestrüpp verschwand, gab er Gerry Conroe Recht. Er war überhaupt nicht bei der Sache. Nein, er war zutiefst unglücklich und völlig durcheinander, und dagegen musste er etwas unternehmen.

Die Frage war nur – was? Doch kaum hatte er sich die Frage gestellt, begann er auch schon damit, in Gedanken eine mögliche Antwort zu formulieren.

Vielleicht war es jetzt endlich an der Zeit, das zu tun, was er schon seit zwei Jahren hatte tun wollen.

Er zog sein Handy aus der Golftasche und wählte die Nummer seines Anwalts.

»Ich hoffe, es ist kein geschäftlicher Anruf«, schnaubte Marty Holmes, während Bill darauf wartete, dass die Verbindung zustande kam. »Du kennst unsere Clubregel über Geschäfte auf dem Golfplatz.«

»Und du weißt, wie treu und brav wir uns immer daran halten«, antwortete Bill. »Mach dir keine Sorgen. Eine persönlichere Angelegenheit als diesen Anruf kann es kaum geben.«

Während die anderen drei Männer an der vierten Spielbahn entlang weiter zogen, blieb Bill etwas zurück.

Er legte keinen Wert darauf, die ganze Stadt wissen zu lassen, was er vorhatte.

»Verdammt, Moore! Was ist denn heute mit dir los?«

Der ärgerliche Ton in Pete Arnesons Stimme reizte Matt. Warum war Pete so aggressiv? Schließlich hatte er nur einen seiner Bälle nicht aufgefangen!

Doch das war bei diesem Trainingsspiel bei weitem nicht sein einziger Fehler gewesen. Bisher war es ihm nicht gelungen, auch nur einen einzigen der zahlreichen Pässe, die Pete ihm zugespielt hatte, anzunehmen. Und bei zwei vorangegangenen Spielzügen hatte er sich noch nicht einmal an die Strategie, nach der er rennen sollte, erinnern können. Beim letzten Anpfiff war es Eric Holmes sogar gelungen, ihn gleich beim ersten Schritt aus dem Gleichgewicht zu bringen. Das war Eric in der ganzen Zeit, in der sie nun zusammen Football spielten, bisher noch nie gelungen. Der Ball war über Matts Kopf hinweggeflogen und kurz vor dem Torpfosten auf den Boden gefallen.

Lausige fünfzehn Meter, und Matt war noch nicht einmal in die Nähe des vorausberechneten Punktes gelangt!

»Scheiß drauf!«, knurrte er.

Petes Augen weiteten sich. »Scheiß drauf?«, wiederholte er. »Ist das alles, was dir dazu einfällt? Wenn das so ist, Moore … dann scheißen wir eben auf dich!« Pete wandte sich an Kent Stackworth. »Die anderen glauben jetzt bestimmt, dass ich versuche, selbst mit dem Ei zu rennen. Also werde ich dir den Ball zuspielen.«

»Mir?«, fragte Stackworth ungläubig. Was war den nun los? Pete warf seine Pässe immer zu Matt – die beiden waren wie ein eigenes Team innerhalb des Teams.

»Ja, dir!«, raunzte Arneson. »Schlechter als Moore kannst du es kaum machen. Und du, Moore, du wirst diesmal nur versuchen, den Gegner zu stören.«

Matt kochte vor Wut, als er wenige Sekunden später erneut Eric Holmes gegenüber an der Anspiellinie kauerte.

Konzentrier dich!, mahnte er sich selbst. *Vergiss endlich alles andere und denk an das Spiel.*

Doch während er noch versuchte, seinen Gegenspieler mit dem typischen ausdruckslosen Blick zu verunsichern, nagten Pete Arnesons Worte an ihm. Beim Anspiel war Matt plötzlich, als lege sich in seinem Kopf ein Schalter um.

Anstatt sich gegen Eric Holmes zu werfen und ihn von seiner Laufrichtung abzudrängen, drehte sich Matt nach rechts und ließ Eric vorbeirennen. Eine Sekunde später hörte er, wie Pete Arneson wütend aufheulte, weil Eric ihn zu Boden gerissen hatte. Doch es war Matt vollkommen gleichgültig.

Er war in diesem Augenblick gar nicht mehr auf dem Spielfeld.

»Moore!«, hörte er die Stimme seines Trainers hinter sich, während er auf die Umkleidekabinen zulief.

Matt rannte weiter.

»Moore! Bleib sofort stehen!«

Matt zögerte, drehte sich dann aber doch um und wartete, bis der Trainer bei ihm war.

»Würdest du mir bitte erklären, was in dich gefahren ist?«, fragte Ted Stevens. »Seit wann verlässt man während eines Spielzuges einfach das Feld?«

Matt biss die Zähne zusammen und ballte die rechte Hand zu einer Faust.

Ted Stevens sah überrascht die Wut im Gesicht des Jungen und fragte mit verändertem Tonfall: »Was ist denn los mit dir, Matt? Ist etwas nicht in Ordnung?«

Einige Sekunden lang verharrte Matt noch in der angriffslustigen Haltung, dann schien er zu einer Entscheidung gelangt zu sein und ließ plötzlich die Schultern hängen. »Ich fühle mich heute einfach nicht besonders.«

»Bist du krank?«

Matt zuckte die Achseln. »Ich habe heute Nacht nicht gut geschlafen.« Wieder zögerte er, setzte dann aber hinzu: »Und mein Vater ist ausgezogen.«

Plötzlich konnte Ted Stevens das Verhalten des Jungen verstehen. Kein Wunder, dass Matt gespielt hatte wie ein Anfänger.

»Möchtest du darüber sprechen?«, bot er seinem Schützling an. »Es kann einen schon ziemlich durcheinander bringen, wenn Mutter und Vater sich streiten.«

»Er ist nicht mein Vater«, sagte Matt ein wenig zu schnell. »Er ist nur mein Stiefvater.«

Stevens wusste, dass es sinnlos war, mit Matt ausgerechnet jetzt über Verwandtschaftsverhältnisse und seine Beziehung zu Bill Hapgood zu diskutieren. Stattdessen legte er ihm freundschaftlich den Arm um die Schultern. »Ich mache dir einen Vorschlag«, sagte er. »Warum hörst du für heute nicht einfach auf und gehst unter die Dusche? Wenn du dann reden willst, findest du mich in meinem Büro. Okay?«

Matt schüttelte den Arm des Trainers ab. »So schlimm ist es nun auch wieder nicht«, murmelte er. »Ich kenne sowieso kaum jemanden, dessen Eltern noch zusammen sind.«

Ted Stevens ging nicht darauf ein. »Ich bin in meinem Büro«, wiederholte er. »Und die Tür ist immer offen für dich.«

Nett, dachte Matt, als er zu seinem Schrank ging, sein Trikot und seine Schutzpolster hineinwarf und anschließend zum Duschraum schlurfte. *Jeder will mit mir darüber reden.*

Er drehte den Heißwasserhahn auf und wartete, bis die Wassertropfen wie glühende Nadeln auf ihn herunterprasselten. Der Wasserstrahl war so heiß, dass er sich beinahe verbrühte, während er sich den Schweiß von der Haut spülte. Doch nicht einmal die Hitze löste die Spannung, die während der vergangenen Nacht und im Laufe des endlos langen Schultags sich in ihm angestaut hatte. Schließlich drehte er das Wasser ab, rubbelte sich mit seinem Handtuch energisch trocken und zog sich an.

Als Matt den Sportplatz verließ, blickte er stur geradeaus. Er wollte um keinen Preis zum Büro des Trainers hinüberschauen, und er dachte nicht daran, den üblichen Heimweg entlang der Manchester Road einzuschlagen. Ohne weiter darüber nachzudenken, lenkte er seine Schritte in Richtung Burlington Avenue.

Fünf Minuten später fand er sich beinahe überrascht vor dem Haus seiner Großmutter wieder. Von seiner Position aus machte es einen unversehrten Eindruck. Doch obwohl die alte Frau erst seit einer Woche bei ihnen wohnte, wirkte das kleine Haus so, als stünde es schon seit einer Ewigkeit leer.

»Es ist eigenartig, nicht wahr?«

Matt wandte sich um und blickte in Becky Adams lächelndes Gesicht. Bevor Matts Mutter seinen Stiefvater geheiratet hatte und sie aus der Burlington Avenue weggezogen waren, war Becky seine beste Freundin gewesen. Nun, zehn Jahre später, wusste er nicht, wie sie zueinander standen. Nicht nur seine Adresse und sein Familienleben hatten sich geändert. Er traf nun auch mit ganz anderen Menschen zusammen. Und da war Beckys Mutter.

Unwillkürlich schaute Matt zum Haus der Adams auf der anderen Straßenseite hinüber und fragte sich, ob Beckys Mutter in diesem Augenblick wohl wieder einmal betrunken war. Schnell wandte er den Blick ab. Dann aber mahnte er sich zur Vernunft: Selbst wenn Becky die Blickrichtung bemerkt hatte, konnte sie noch lange keine Gedanken lesen.

»Was ist eigenartig?«, fragte er. »Es ist doch nur ein altes Haus.«

Aber noch ehe die Worte heraus waren, wusste Matt bereits, dass es eben nicht ›nur ein altes Haus‹ war. Es war die Stätte seiner Alpträume und der namenlosen Schrecken seiner frühen Kindheit, das Reich einer Furcht einflößenden Frau, die sich seine Großmutter nannte.

Während er das unscheinbare Gebäude betrachtete, drängte sich ein Gedanke in seinen Kopf. Warum war es nicht einfach niedergebrannt? Und warum war sie nicht zusammen mit ihrem Haus zu Asche zerfallen?

»Alle kleinen Kinder hier in der Straße glauben, dass es da drinnen spukt«, sagte Becky.

»Ich wette, sie halten meine Großmutter für eine Hexe.«

Betty schüttelte zwar heftig den Kopf, doch ihr feuerrotes Gesicht konnte die Wahrheit nicht verbergen.

»Sie ist keine Hexe«, fuhr Matt fort. »Sie ist nur …« Er brach ab, während Bilder aus vergangenen Tagen vor seinen Augen erschienen. *Verrückt*, wollte er sagen. *Sie ist ganz einfach verrückt.* Doch die Worte, die er dann wählte, klangen viel milder, als seine Gedanken es gewesen waren. »Sie ist krank, das ist alles.«

»Warum hat deine Mutter Mrs. Moore eigentlich nicht in ein Pflegeheim gebracht?«

»Warum sollte sie so etwas tun?«

Die Röte in Becky Adams Gesicht wurde noch eine Spur dunkler. »Ach, es ist nur …«, stammelte sie. »Nun … jeder weiß doch, wie sie deine Mutter behandelt. Und meine Mutter sagt …«

»Ich möchte nicht darüber reden, okay?«, unterbrach Matt das Mädchen schroff.

Sein Ton ließ Becky zurückweichen.

»Es tut mir leid, Becky«, lenkte er daraufhin schnell ein. »Ich bin … ach, verdammt, ich weiß auch nicht …«

Er sprach den Gedanken aus, wandte sich ab und ließ Becky stehen. Er hatte plötzlich das dringende Bedürfnis, allein zu sein.

»Matt?«, rief Becky ihm nach.

Er drehte sich noch einmal um.

»Wenn ich irgendetwas für dich tun kann … Ich meine, wenn ich dir irgendwie helfen kann …«

»Danke«, sagte Matt. »Aber für mich kann hier niemand etwas tun.«

Fünftes Kapitel

Bill Hapgood ließ seinen Wagen vor dem schwarzen schmiedeeisernen Tor ausrollen. Vor drei Wochen war er zuletzt durch dieses Tor gefahren, und nun kehrte er zum ersten Mal, seit er seinen Koffer gepackt hatte und ins Granite Falls Inn gezogen war, wieder zur Hapgood-Farm zurück. Noch immer hauste er in dem kleinen Zweizimmerapartment im Obergeschoss des Gasthauses. Der größte Vorteil, den diese Wohnung aus Bill Hapgoods Sicht zu bieten hatte, war, dass er von den Fenstern aus nicht zu seinem eigenen Haus hinüber sehen konnte. Auch jetzt fiel es ihm unendlich schwer, an den vertrauten Ort zurückzukehren. Noch vor einer Stunde war er drauf und dran gewesen, Joan anzurufen und ihr zu sagen, dass er nicht kommen würde. Schließlich hatte er sich doch der strengen gesellschaftlichen Regel unterworfen, die seine Mutter als unumstößliches Naturgesetz betrachtet hatte: Nur ein Todesfall war ein angemessener Grund, einer Einladung zum Dinner fern zu bleiben.

»Leute wie wir werden niemals jemandem wegen einer kleinen Unpässlichkeit oder weil uns vielleicht gerade etwas anderes beschäftigt, den Abend verderben«, hatte sie ihrem Sohn schon erklärt, als er noch ein kleines Kind gewesen war. »Wenn wir einmal eine Einladung angenommen haben, gehen wir auch hin und essen, was immer man uns vorsetzt. So halten wir Hapgoods es seit eh und je, und von anderen Menschen erwarten wir dasselbe.«

Abgesehen von diesem uralten Familiengesetz, an das Bill sich seiner Mutter zu Ehren halten wollte, war das Dinner, das heute Abend stattfinden sollte, schon vor Monaten geplant worden. Das Datum hatte er damals in seinem Kalender vermerkt. Genau genommen stand der Termin schon seit Jahren fest, denn für jeden männlichen Hapgood wurde am Vorabend seines sechzehnten Geburtstages ein feierliches Essen veranstaltet. Bill wäre es nie in den Sinn gekommen, mit dieser Tradition zu brechen, nur weil Matt zufällig den Namen Moore trug und nicht Hapgood hieß.

»Ich habe ihn wie einen Sohn aufgezogen«, hatte er auf Gerry Conroes Hinweis, dass es vielleicht unpassend sein könnte, das Dinner auch für einen Stiefsohn auszurichten, geantwortet. »Ich habe ihn aufgezogen, wie es sich für einen Hapgood gehört, und ich bin stolz darauf, dass es mir gelungen ist.«

Heute Abend würde der Tisch, wie seit Generationen üblich, also für sechs Personen gedeckt werden. Die Hapgoods erwarteten Gerry und Nancy Conroe gemeinsam mit ihrer Tochter Kelly zu einem erlesenen Abendessen.

Am nächsten Tag würden dann viele andere Rituale zelebriert werden, die sich am sechzehnten Geburtstag eines jeden Hapgoods wiederholten.

In der Morgendämmerung würden Bill und Matt mit Marty und Eric Holmes und Paul und Pete Arneson auf die Jagd gehen. Und am Nachmittag war es Zeit für eine Runde Golf zwischen Vater und Sohn. Abends fand wie üblich die große Geburtstagsparty, zu der das Geburtstagskind alle seine Freunde einlud, statt.

Heute Abend und morgen konnten sie wenigstens einmal so tun, als sei alles in bester Ordnung. Und am Tag darauf …

Das wird sich finden, sagte Bill sich, während er den ersten Gang einlegte und den Wagen durch das Tor auf das Hapgoodsche Grundstück steuerte. Als er das Auto kurz darauf vor der Ziegelfassade des Hauses geparkt hatte, stieg er nicht sofort aus. Er blieb noch einen Moment lang sitzen und versuchte, sich vorzustellen, was hinter den dicken Mauern vor sich gegangen sein mochte, seit er sein Heim verlassen hatte. Er fragte sich noch einmal, ob er wirklich hineingehen sollte, denn Emily Moore wohnte noch immer hier. *Sie ist nur eine alte Frau*, rief er sich in Erinnerung. *Und es ist nicht ihre Schuld.*

Bill stieg schließlich aus dem Wagen, ging zur Haustür hinüber und blieb zögernd davor stehen. Sollte er anklopfen? Oder sollte er einfach eintreten? Warum nicht? Schließlich war es ja sein Haus.

Also öffnete er die Tür und trat in die Eingangshalle. Sofort bemerkte er die Veränderung. Das Gefühl der Wärme, die Gewissheit, sich hier wie sonst willkommen und geborgen fühlen zu können, stellte sich nicht ein. Obwohl das Haus äußerlich genauso wirkte wie immer, war doch alles anders.

Irgendetwas möchte nicht, dass ich hier bin!

Wie aus dem Nichts war Bill dieser Gedanke gekommen. Und noch während er versuchte, ihn wieder abzuschütteln, grub er sich schon fest in seinen Kopf. Ihm war, als sei eine feindliche Macht in das Haus eingedrungen, und das Gefühl, dass er nicht mehr hierher gehörte, wurde immer stärker. Aber das war doch völlig lächerlich! Die Möbel standen dort, wo sie seit Jahrzehnten standen, und die Bilder hingen an den angestammten Plätzen an den Wänden. Im Speisezimmer wartete die festlich gedeckte Tafel mit dem besten Porzellan und dem Besteck aus Sterlingsilber, das Bills Urgroßmutter gehört hatte. Auch die Gläser aus venezianischem Kristall, ein Andenken an die Hochzeitsreise seiner Großeltern lange vor dem Ausbruch des Zweiten Weltkrieges, standen zur Feier des Tages auf dem Tisch.

Bill wollte das Speisezimmer gerade wieder verlassen, da ließ ihn plötzlich etwas, das er gerade erst bemerkt hatte, innehalten.

Der Tisch war nicht, der Tradition entsprechend, für sechs Personen gedeckt, sondern für sieben. Dies konnte nur bedeuten, dass auch Emily Moore an dem Dinner teilnehmen würde.

Bill hatte das übermächtige Bedürfnis, das Haus auf dem schnellsten Wege zu verlassen. Er stemmte sich jedoch mit aller Macht dagegen. *Sie ist Matts Großmutter*, zwang er sich zu denken. *Sie hat ein Recht darauf, hier zu sein.*

»Hallo?«, rief er, während er die breite Treppe zum oberen Stockwerk hinaufging. »Ist jemand zu Hause?«

Joan erschien am oberen Absatz der Treppe. Doch bevor sie etwas sagen konnte, hörte Bill schon die Stimme seiner Schwiegermutter. »Schick ihn weg! Ich will ihn nicht sehen. Nicht nach allem, was er mir angetan hat!«

»Was *ich* ihr angetan habe?«, fragte Bill, während er die letzten Stufen hinaufeilte.

Joan trat zur Seite, und das Licht des Leuchters, der an der Decke des Flurs hing, fiel in ihr Gesicht.

Bill blieb wie angewurzelt stehen. Seine Frau war totenblass, und in den wenigen Tagen, seit er sie zuletzt gesehen hatte, schien sie um zehn Jahre gealtert zu sein.

»Joan? Geht es dir gut? Du siehst aus, als ob …«

Joans Kinn zitterte, und einen Augenblick lang glaubte Bill, sie würde in Tränen ausbrechen. Doch dann straffte sie die Schultern. »Ich bin nur ein bisschen müde, das ist alles«, sagte sie. »Mach dir keine Gedanken.« Sie brachte ein schiefes Lächeln zustande. »Und ihr Zorn gilt auch nicht dir. Im Augenblick gilt er meinem Vater.«

»Deinem Vater? Aber dein Vater …«

Joan hob die Hand, um Bill zum Schweigen zu bringen. »Du darfst nicht vergessen, dass sie Alzheimer hat. In den letzten Tagen ging es ihr recht gut. Aber heute …« Ihre Stimme versagte, und sie zuckte hilflos die Schultern. »Schon den ganzen Tag spricht sie nur von meinem Vater. Sie scheint zu glauben, er käme nach Hause, und als sie eben deine Stimme hörte, nun, da …«

Joan ließ den Satz unvollendet, und Bill zog sie in seine Arme. »Das kann nicht so weitergehen«, sagte er leise. Dabei streichelte er sanft das Gesicht seiner Frau, als wolle er damit alle Sorgen von ihr abwischen. »Sieh nur, was sie mit dir anstellt. Und was ich über Matt höre –«

Joan löste sich aus der Umarmung. »Ich dachte, du kommst zu Matts Dinner«, sagte sie. Dabei nahm ihre Stimme einen bitteren Unterton an. »Aber wenn du wieder über Mutter streiten willst, solltest du vielleicht doch nicht bleiben. Sie hat heute einen schlechten Tag. Morgen wird es ihr sicher wieder besser gehen.« In fast verzweifeltem Tonfall fügte sie hinzu: »Es wird ihr besser gehen. Ich weiß es genau!«

Bevor Bill antworten konnte, erscholl erneut Emilys Ruf. »Cynthia? Wo bist du?«

»Ich komme schon, Mutter!«, rief Joan.

Als Bill den Mund öffnen wollte, schüttelte sie den Kopf.

»Lass gut sein«, bat sie. »Manchmal ist es leichter, wenn ich einfach so tue, als sei ich meine Schwester. Zu Cynthia ist sie wenigstens immer freundlich.«

Sie ging zum Zimmer ihrer Mutter, wandte sich aber noch einmal um. »Bleibst du nun zum Dinner?«, fragte sie. »Doch bevor du antwortest, denk bitte daran: Ich möchte heute Abend nicht über meine Mutter sprechen. Wir sollten wirklich versuchen, uns heute nicht zu streiten. Matt zuliebe.«

Bill nickte, und es gelang ihm sogar zu lächeln. »Matt zuliebe«, stimmte er leise zu.

Während Joan nach ihrer Mutter sah, ging er ins Ankleidezimmer und holte seinen Frack aus dem Schrank.

Die Traditionen der Hapgoods, sagte er sich energisch, *werden Emily Moore überleben*.

Ob dies auch für seine Ehe galt, würde sich erst noch herausstellen.

Matt lag auf seinem Bett und starrte zur Zimmerdecke. Warum, zum Teufel, wurde dieses Dinner überhaupt veranstaltet? Doch die Antwort auf diese Frage kannte er bereits: Morgen war sein sechzehnter Geburtstag. Und immer wenn ein Sohn der Hapgood Familie sechzehn wurde, gab man am Vorabend seines Geburtstages ihm zu Ehren ein Dinner.

Anschließend ging man auf die Jagd.

Nach der Jagd spielte man eine Runde Golf auf dem Golfplatz von Granite Falls.

Daran schloss sich die große Geburtstagsparty, zu der das Geburtstagskind alle seine Freunde einlud, an.

So hielt es die Familie seines Vaters schon seit jeher.

Aber Bill Hapgood war nicht sein Vater. Nicht mehr. Er war nur sein Stiefvater, und vor drei Wochen hatte er sich einfach davongestohlen und ihn mit seiner Mutter und seiner Großmutter zurückgelassen.

Seitdem war alles schief gelaufen.

Von dem Augenblick an, als Matt beobachtet hatte, wie sein Vater fortfuhr, von dem Moment an, als sein Vater gegangen war, ohne noch einmal zu ihm hinaufzusehen oder sich gar von ihm zu verabschieden, war nichts mehr so gewesen wie zuvor. Zuerst hatte Matt sich gesagt, dass die Alpträume von selbst verschwinden würden. Sicher hatten sie nach all den Jahren nur deshalb erneut begonnen, weil zwischen seinen Eltern etwas nicht stimmte. Eine Woche später hatte er sich an den Gedanken geklammert, er würde sich schon irgendwann an die neue Situation gewöhnen, und dann hörten die Alpträume sicher von allein auf. Doch auch nach beinahe drei Wochen quälten sie ihn noch. Inzwischen fürchtete er sich sogar schon vor dem Zubettgehen, weil er genau wusste, was geschehen würde. Nachts lag zunächst eine große Stille über dem Haus. Doch es war nicht dieselbe friedvolle Ruhe wie früher. Damals hatte er die fernen Klagelaute der Eulen gehört, wenn sie sich auf die nächtlichen Jagdzüge begaben, und der sanfte Nachtwind hatte die Bäume vor dem Haus leise rauschen lassen. Doch die Stille, die sich nun nachts über das Farmhaus senkte, war geradezu bedrohlich.

Allerdings wurde sie meist bald von der Stimme seiner Großmutter durchbrochen. In den ersten Nächten war Matt auf den Flur hinausgegangen, um festzustellen, ob Emily vielleicht Hilfe brauchte. Doch Nacht für Nacht spielte sich dasselbe ab. Seine Großmutter tappte in das Zimmer, in dem nun die Besitztümer seiner toten Tante untergebracht waren, und sprach mit der Schwester seiner Mutter, als sei sie tatsächlich dort. Matt kehrte dann jedes Mal in sein Zimmer zurück und versuchte zu schlafen.

Doch dann kamen die Träume. Morgens konnte er sich nicht genau an sie erinnern, doch er fühlte sich immer völlig erschöpft und ausgelaugt. In der Schule konnte er sich nicht auf den Unterricht konzentrieren. Es kostete ihn seine ganze Kraft, nur seine Augen offen zu halten.

In der vergangenen Woche war ihm sogar eine Klassenarbeit in Geschichte völlig misslungen. Dabei hätte ihm dieser Test besonders leicht fallen müssen – Geschichte war schließlich sein Lieblingsfach. Außerdem hatte Matt am Abend zuvor stundenlang über dem Geschichtebuch gesessen. Er wollte den Stoff noch einmal durcharbeiten. Doch er musste sich eingestehen, dass die Buchstaben auf den Seiten vor seinen Augen verschwommen waren, während er verzweifelt versucht hatte, sich einzuprägen, was dort geschrieben stand. Es war ihm nicht gelungen, die Grundaussagen der Monroe-Doktrin zu erfassen, denn zu diesem Zeitpunkt waren schon die ersten Tentakel der panischen Angst, die die Alpträume ihm bereiteten, aus seinem Unterbewusstsein hervorgekrochen. Sie waren klammheimlich in sein Gehirn eingedrungen, hatten ihn von dem Schulstoff abgelenkt und an seinen Nerven gezerrt. Die feinen Haare auf Matts Armen hatten sich aufgestellt. Er erinnerte sich an das Gefühl, das ihn beschlichen hatte: Es war, als glitte eine unsichtbare Kreatur über seine Haut.

Also war die Klassenarbeit am folgenden Vormittag eine Katastrophe gewesen. Und nachmittags hatte Mrs. Clemens wissen wollen, warum sie Matts Mathematikaufgaben, die bis vor drei Wochen stets vorbildlich erledigt worden waren, nun nicht einmal mehr zu Gesicht bekam.

Heute hatte Ted Stevens ihn auch noch aus der ersten Mannschaft des Football-Teams genommen.

Verdammt!

Matt war gar nicht danach zumute, seinen Frack anziehen und sich ins Speisezimmer setzen, als gäbe es etwas zu feiern!

Scheiß drauf!, dachte er zornig. Vielleicht sollte er einfach in seinem Zimmer bleiben. Wenn die anderen sich benehmen wollten, als sei alles in bester Ordnung, konnten sie es auch allein tun.

Es klopfte an seiner Zimmertür, und er hörte die Stimme seiner Mutter. »Matt? Die Conroes werden in einer Viertelstunde hier sein!«

Matt zögerte. Sollte er seiner Mutter sagen, er fühle sich nicht wohl? Aber eigentlich war er ja gar nicht krank – nicht im eigentlichen Sinne. Er war nur furchtbar müde, und wütend, und …

… und es würde noch viel schlimmer werden, wenn er sich nun auf seiner eigenen Dinnerparty nicht blicken ließ. »Okay, ich komme gleich«, seufzte er, während er sich mühsam von seinem Bett erhob.

Matt schlüpfte in sein Hemd und schloss die Manschettenknöpfe. Dann stieg er in seine Hose und rückte die Hosenträger zurecht. Er kämpfte gerade mit der Fliege, als er aus dem unteren Stockwerk den gedämpften Klang der Türglocke hörte. Ungeduldig zog er den halb geknüpften Knoten wieder auf und wählte statt dessen eine der Fliegen, die schon fertig geknotet auf einem Gummiband saßen und die er nur noch unter dem Hemdkragen befestigen musste. Er kleidete sich hastig vollständig an und ging ins Wohnzimmer hinunter, wo sein Vater gerade die Gläser von Kellys Eltern füllte.

In einem der ausladenden Lehnstühle am Kamin saß Matts Großmutter. In dem großen Sessel sah sie ungeheuer zart und zerbrechlich aus. Sie schien mit ihren Gedanken weit weg zu sein und blickte nicht einmal auf, als Matt ins Zimmer trat.

»Warum hast du denn heute nach der Schule nicht auf mich gewartet?«, fragte Kelly, während Matt im Kühlschrank unter der Bar nach einer Cola suchte.

Matt blickte schnell zu seinen Eltern hinüber. Er hatte seinen Vater nicht begrüßt, und auch seiner Mutter hatte er noch nicht gesagt, was heute Nachmittag in der Schule vorgefallen war. »Ich konnte niemanden um mich ertragen«, antwortete er. Dabei versuchte er Kelly zu signalisieren, dass sie jetzt nicht über dieses Thema sprechen konnten.

»So, so, du konntest niemanden ertragen?«, wiederholte Gerry Conroe mit hochgezogenen Augenbrauen. Dabei presste er die Lippen zu einem grimmigen Lächeln aufeinander. »Ich glaube, deine Einstellung gefällt mir nicht, junger Mann! Man lässt meine Tochter nicht einfach stehen!« Conroe versuchte, seine Worte durch einen scherzhaften Ton abzumildern.

Doch Matt wusste, dass sein Verhalten Kellys Vater verärgert hatte. Das Blut stieg ihm ins Gesicht, doch bevor er etwas erwidern konnte, kam Kelly ihm zu Hilfe. »Lass gut sein, Daddy! Es war nur … Mr. Stevens hat Matt aus der Mannschaft …«

»Ich habe beschlossen, mit dem Football aufzuhören«, sagte Matt schnell, doch nun waren auch seine Eltern hellhörig geworden.

»Du willst damit aufhören?«, fragte Joan Hapgood. »Aber

ich dachte, du liebst diesen Sport! Warum willst du denn plötzlich nicht spielen?«

Matts Wangen glühten. »Es … ich …« Seine Blicke huschten von seiner Mutter zu seinem Stiefvater und dann wieder zurück zu seiner Mutter. »Der Sport frisst einfach zu viel von meiner Zeit, das ist alles.«

»Nach dem, was ich so gehört habe, hast du vielleicht Recht«, sagte Bill Hapgood. »Deine Noten scheinen in letzter Zeit nicht mehr ganz so zu sein, wie sie sein sollten.«

Matt hatte das Gefühl, sein Kopf stünde in Flammen. Zorn wallte in ihm auf. »Woher willst du denn etwas über meine Noten wissen?«, fragte er herausfordernd. »In den letzten Wochen hat es dich doch gar nicht interessiert, was mit uns hier los ist!«

»Matt! Sprich nicht so mit deinem Vater!«

Matts wütend funkelnde Augen richteten sich auf seine Mutter. »Mein Vater? Hast du etwa vergessen, dass ich noch nicht einmal weiß, wer mein Vater eigentlich ist?«

»Nun pass mal auf, junger Mann«, schaltete Gerry Conroe sich ärgerlich ein. »Kein Junge spricht in einem solchen Ton mit seiner Mutter …«

Bill Hapgood hob beschwichtigend die Hände und sagte: »Ich glaube, wir sollten uns alle wieder beruhigen und uns daran erinnern, dass wir ein Fest feiern. Eine Geburtstagsparty. Es ist Matts sechzehnter Geburtstag, und in meiner Familie …« – er hielt inne und blickte Matt an – »… und in meiner Famile ist der sechzehnte Geburtstag eines Jungen etwas sehr Wichtiges. Lasst uns also heute Abend nicht streiten oder uns um irgendetwas Sorgen machen, sondern einfach nur feiern. Einverstanden?«

Eine gespannte Stille senkte sich über den Raum. Jeder schien darauf zu warten, dass ein anderer das Schweigen brach.

Schließlich räusperte sich Nancy Conroe. »Ich finde, Bill hat Recht«, erklärte sie. Dabei versuchte sie, fröhlicher zu klingen, als ihnen allen zumute sein konnte.

Nancy hob lächelnd ihr Glas. »Happy Birthday, Matt. Und mögen wir noch viele Geburtstage miteinander feiern.«

Obwohl nun alle ihre Gläser hoben, konnten Nancy Conroes gut gemeinte Worte auch während des Essens nicht darüber hinwegtäuschen, dass der gereizte Wortwechsel zwischen Matt und seinen Eltern der festlichen Stimmung einen kräftigen Dämpfer versetzt hatte.

Nur Emily Moore, die kein Wort sprach und kaum einen Bissen zu sich nahm, schien nichts von alledem bemerkt zu haben.

Die Conroes verabschiedeten sich früh. Nachdem sie gegangen waren, lag die Spannung noch immer spürbar in der Luft. Sie war beinahe mit den Händen zu greifen

»Wir müssen miteinander sprechen«, sagte Bill leise zu Joan. Er hatte die Haustür hinter den Gästen geschlossen und sich mit dem Rücken dagegen gelehnt. Als seine Frau einen fragenden Blick zu Matt hinüberwarf, der am Fuß der Treppe stand, schüttelte Bill fast unmerklich den Kopf. »Nur wir beide.«

Wortlos drehte Matt sich um und stieg die Stufen hinauf.

Sie hatten ihn ausgeschlossen! Sie taten, als ginge ihn das alles nichts an. Ja, man konnte meinen, es gäbe ihn gar nicht!

Wie sie wollen! Sollen sie doch zur Hölle fahren!

Matt glaubte, vor Wut zu zerspringen. Wie kam Kelly eigentlich dazu, vor seinen Eltern so gedankenlos daherzuplappern und ihnen zu sagen, dass er aus der Football-Mannschaft geworfen worden war? Er stapfte den Flur entlang zu seinem Zimmer. Dort hatte er wenigstens seine Ruhe.

Doch als Matt an der Tür zum zweiten Gästezimmer neben dem Zimmer seiner Großmutter vorüberging, zögert er. Die alte Frau war noch unten im Wohnzimmer, und die Stimmen seiner Eltern drangen gedämpft aus der Bibliothek. Sie hatten die Tür hinter sich geschlossen, damit er nicht hörte, worüber sie sprachen. Also war er hier oben allein.

Matt starrte auf die geschlossene Tür des Gästezimmers und hörte Emilys mahnende Stimme wie ein fernes Echo. »Das ist Cynthias Zimmer«, hatte sie verkündet, als er und seine Mutter alle Kisten mit den Sachen seiner Tante ausgepackt hatten. »Nur ich werde es betreten, sonst niemand!« Ihre Augen, die so tief in den runzeligen Höhlen lagen, dass sie fast unsichtbar waren, hatten Matt und seine Mutter abwechselnd fixiert. Am Ende war ihr Blick an Matt hängen geblieben. »Niemand!«, hatte sie gefaucht.

Matt fragte sich, warum sie davon ausging, dass er überhaupt in dieses Zimmer gehen wollte. Was gab es darin schon zu sehen? Ein paar alte Bilder hingen an den Wänden. Und in einem Schrank vergilbten Kleider, die niemand hätte haben wollen, selbst wenn sie nicht so alt gewesen wären, dass sie beinahe von selbst zerfielen. Dann gab es noch einige schäbige, alte Möbelstücke, die seine Großmutter unbedingt in dem Zimmer haben wollte. Die ursprüngliche Einrichtung hatte Matt auf den Dachboden hinaufschleppen müssen. Warum sollte also irgendjemand in dieses Zimmer gehen wollen?

Doch jeden Tag – und auch jede einzelne Nacht – verbrachte seine Großmutter viele Stunden in diesem Raum. Dabei redete sie unablässig vor sich hin, als sei jemand bei ihr. Das war natürlich nicht der Fall. Die fortschreitende Krankheit führte dazu, dass sie immer wieder vergaß, dass ihre ältere Tochter tot war.

Aber was veranlasste sie nur dazu, so viel Zeit in dem Raum zu verbringen? Sie konnte doch genauso gut in ihrem eigenen Zimmer sitzen und dort mit Tante Cynthia sprechen. Matt wusste nicht, was er davon halten sollte.

Schnell ging er zurück zur Treppe und spähte hinunter in die leere Eingangshalle. Nur mit größter Anstrengung konnte er überhaupt die Stimmen seiner Eltern hören, die leise durch die schwere Tür der Bibliothek drangen. Seine Großmutter war weder zu sehen noch zu hören.

Matt schlich zu dem Zimmer, das zum Reich seiner Tante erklärt worden war, zurück. Er bemerkte gar nicht, dass er dabei auf Zehenspitzen ging. Vorsichtig drehte er den Türknauf. Die Tür war unverschlossen. Langsam drückte er sie auf. Dabei betete er, dass ihn nicht etwa ein quietschendes Scharnier verraten würde. Dann glitt er lautlos in das Zimmer. Leise schloss er die Tür hinter sich.

Einen Atemzug lang blieb er still stehen und wartete, bis seine Augen sich an die Dunkelheit gewöhnt hatten. Dann atmete er tief durch und hoffte, dass sein Herz, das ihm bis zum Hals schlug, sich beruhigen würde.

Die Luft, die in seine Lungen strömte, füllte seine Nase mit einem Geruch, der ihn sofort in das Haus in der Burlington Avenue zurückversetzte.

Aber das war doch völlig verrückt! Dieses Zimmer war viel größer als das in dem alten Haus. Es sah auch völlig anders aus. Nur die Sachen seiner Tante standen nun hier.

Aber noch während Matt versuchte, eine vernünftige Erklärung für die Gefühle, die ihn nun bedrängten, zu finden, hüllte ihn der Geruch völlig ein. Die Wände schienen ihn, genau wie früher die Wände im Haus seiner Großmutter, zu erdrücken. In dem dunklen Zimmer überfielen ihn die namenlosen Schrecken aus seinen Alpträumen – und das, obwohl er hellwach war.

Matt rang nach Luft. Schnell trat er ans Fenster, riss es auf und saugte gierig die frische Nachtluft ein.

Schon besser.

Noch einmal holte er tief Luft, und die unerklärliche Panik, die ihm den Atem genommen hatte, wich ein wenig weiter zurück.

Doch dann spürte er etwas anderes.

Augen.

Augen, die ihn hier in der Dunkelheit beobachteten.

Erwischt!

Jemand war die Treppe heraufgekommen und …

Er fuhr herum und versuchte, die Finsternis mit Blicken zu durchdringen.

Nichts! Die Tür war noch immer geschlossen, das Zimmer leer.

Matt hastete zur Tür. Dabei wurde er das unerklärliche Gefühl nicht los, dass die unsichtbaren Augen jede seiner Bewegungen genau verfolgten.

Noch einmal wandte er sich um, und diesmal sah er es.

Ein Augenpaar durchdrang die Dunkelheit, schien frei in dem finsteren Zimmer zu schweben. Es fixierte Matt so erbarmungslos, dass seine Haut zu prickeln begann. Mit klopfendem Herzen tastete er nach dem Lichtschalter neben der Tür. Endlich fand er ihn und drückte den kleinen Hebel nach unten. Er blinzelte, als das Licht des Kronleuchters, der in der Mitte des Zimmers von der Decke hing, den Raum durchflutete. Und dann wusste er es.

Es war das Bild!

Es hing über dem Kaminsims. Im gleißenden Licht des Kronleuchters verloren die Augen auf der Fotografie die unheimliche Kraft, mit der sie in der Dunkelheit leuchteten. Matt sah nur das mit großer Sorgfalt arrangierte Porträt eines schönen jungen Mädchens, das kaum ein oder zwei Jahre älter sein konnte, als er es jetzt war.

An diesem Bild war nichts Bedrohliches.

Doch warum hatten die Augen seiner Tante ihn so erschreckt? Warum schienen sie im Dunkeln zu glühen, als würden sie von einem inneren Licht erleuchtet?

Mit zitternden Fingern tastete Matt nach dem Lichtschalter und ließ das Zimmer wieder in der Dunkelheit versinken. Er wartete regungslos, bis sich seine Augen wieder an die Finsternis gewöhnt hatten. Dabei wollte sich das erstickende Angstgefühl erneut wie eine immer enger werdende Fessel um ihn legen. Doch diesmal kämpfte Matt dagegen an. Seine Hand lag auf dem gläsernen Türknauf und schloss sich mit jeder Sekunde, die verstrich, fester um den kalten Griff. Eine Ewigkeit schien zu vergehen, doch dann erschienen Cynthia Moores Augen plötzlich erneut in der Dunkelheit und starrten ihn an.

Nein!, sagte er sich. *So etwas ist völlig unmöglich – es muss irgendein Trick dahinter stecken!*

Doch allen vernünftigen Überlegungen, zu denen Matt sich zwang, zum Trotz, blickten die Augen ihn weiterhin durchdringend an. Es war, als wollten sie tief hineinschauen in …

»Nein!«

Das Wort brach in atemloser Panik aus Matt heraus und erstarb bereits, bevor er es zu Ende gesprochen hatte, auf seinen Lippen. Fast automatisch drehte seine Hand den Türknauf. Matt riss die Tür auf, war mit einem Sprung im Korridor und zog sie schnell hinter sich zu. Er blieb einen Augenblick lang stehen, um wieder zu Atem zu kommen. Nur langsam beruhigte sich sein rasender Herzschlag. Als die Angst langsam etwas abebbte, begann er zu verstehen, was geschehen war.

Natürlich hatte er an das Haus in der Burlington Avenue denken müssen. Der Geruch all der Dinge, die seine Großmutter in dieses Zimmer gebracht hatte, weckte die Erinnerung daran. Bis heute Abend hatte er immer geglaubt, der leichte Duft nach Moschus im Haus seiner Großmutter sei nichts weiter als der ganz eigene Geruch des alten Häuschens.

Nun wusste Matt, dass es nicht so war. Das Aroma, das jeden Winkel im Haus von Emily Moore und nun auch das Gästezimmer der Hapgood-Farm erfüllte, stammte von dem Parfüm, das seine Tante benutzt hatte.

Und für die Augen – die Augen, die durch die Dunkelheit zu schweben schienen, als ließe ein inneres Licht sie leuchten – gab es wahrscheinlich eine ebenso einfache Erklärung. Sicher war der Mondschein in einem bestimmten Winkel zum Fenster hereingefallen und hatte sie mit seinem Licht scheinbar zum Leben erweckt.

Matt schüttelte die Angst endgültig ab, ging in sein Zimmer und zog den Frack aus. Obwohl es gerade erst zehn Uhr war, schlüpfte er ins Bett.

Eine Stunde später schaltete er das Licht aus und schlief ein. Er hatte nicht bemerkt, dass der Mond noch gar nicht aufgegangen war. Deshalb dachte er auch nicht weiter über die Ursache für das Leuchten in den Augen seiner Tante Cynthia nach …

Die Dunkelheit, die ihn umfing, war vom selben Duft nach Moschus erfüllt wie das Zimmer seiner Tante, und Matt wusste, dass er nicht allein war.

Sanfte Hände tasteten über seine nackte Haut, streichelten ihn.

Er wand sich, versuchte, sich der Berührung zu entziehen, doch die Finger folgten seinen Bewegungen, glitten über seinen Rücken, über seine Hüften und auf seine Schenkel …

»Nein«, flüsterte er, doch seine Kehle war wie zugeschnürt, und kein Ton kam über seine Lippen.

»Es ist alles gut«, murmelte eine Stimme. »Ich liebe dich. Du weißt, dass ich dich liebe …«

Wieder versuchte Matt, vor der Berührung und der Stimme zu fliehen. Aber es gab kein Entrinnen, keinen Fluchtweg für seinen Körper.

Doch während die zarten Hände ihn streichelten und die sanfte Stimme leise murmelte, machte sein Geist sich auf den Weg. Er ließ sich in die tiefe Dunkelheit hinabsinken, in der er sich – ganz gleich, was mit dem Körper geschah – sicher fühlte …

Sechstes Kapitel

Der Morgen war frisch und klar, und die ganze Welt schien in ein goldenes Licht getaucht, das die herbstlich gefärbten Blätter der Bäume erglühen ließ. Matts Stimmung jedoch war düster, als das schrille Klingeln seines Weckers ihn aus dem Schlaf riss. Er schob eine Hand aus der Bettdecke, die er, so fest es nur ging, um sich gewickelt hatte, stellte das Klingeln ab und fragte sich, ob er nicht einfach liegen bleiben sollte.

Immerhin hatte er heute Geburtstag. Konnte er da nicht einfach tun, wozu er Lust hatte? Außerdem fühlte er sich, als hätte er die ganze Nacht kein Auge zugetan. Er warf sich herum und drehte dem Morgenlicht, das durch das Fenster hereinströmte, den Rücken zu. Matt wollte die Augen geschlossen halten und nichts von der Welt dort draußen wissen.

Doch Matt war viel zu aufgewühlt und konnte nicht einmal mehr eindösen. Seine Haut prickelte noch immer von den nächtlichen Berührungen, die sicher nur ein Traum gewesen waren. Gleichzeitig spürte er ein Ziehen in der Lendengegend, das ihn beunruhigte. Wahrscheinlich war es doch besser, dem Tag ins Auge zu blicken, als sich noch einmal den Alpträumen der Nacht auszusetzen.

Aber schon bald zweifelte Matt an der Weisheit dieses Entschlusses. Als er nach unten ging, wartete dort bereits sein Stiefvater, und Matt wusste sofort, dass Bill keines der Worte, die am Abend zuvor zwischen ihnen gefallen waren, vergessen hatte. Sein Vater sagte nichts, aber Matt spürte genau, wie verärgert er war.

Während sie auf dem großen Tisch im Herrenzimmer die Gewehre vorbereiteten, wartete Matt darauf, dass der Sturm endlich losbrechen würde. Doch als die Stille andauerte und die Minuten sich zu einer kleinen Ewigkeit ausdehnten, begann Matt zu ahnen, welches Spiel sein Vater mit ihm spielte. *Er wartet darauf, dass ich mich bei ihm entschuldige. Aber warum sollte ich? Was habe ich denn überhaupt getan? Es ist schließlich nicht meine Schuld. Nichts ist meine Schuld!*

Matt hatte gehofft, dass die Stimmung etwas besser werden würde, wenn Eric und Pete zu ihnen stießen. Doch als die beiden Jungen mit ihren Vätern eintrafen, bemerkte Matt sofort, dass auch Pete ihm noch nicht verziehen hatte.

Eine ganze Stunde lang pirschten sie nun schon durch den Wald westlich des Farmhauses und hatten noch nicht einen einzigen Hirsch zu Gesicht bekommen. Außerdem schienen sie alle die Stimme verloren zu haben.

»Warum hören wir nicht einfach auf?«, fragte Matt schließlich und blieb stehen.

»Was ist los mit dir, Moore?«, schnauzte Pete Arneson. »Du willst wohl die Jagdgesellschaft genauso im Stich lassen wie mich.« Seine Stimme triefte vor Sarkasmus.

Matt starrte Pete finster an. »Was soll denn das heißen?«

Pete und Eric warfen einander einen viel sagenden Blick zu. Sie dachten beide an die Szene auf dem Spielfeld, als Matt Eric absichtlich die Verteidigungslinie hatte durchbrechen lassen.

Dann wandte Pete sich erneut an Matt. »Du weißt genau, was ich meine.«

Die beiden Jungen fixierten einander. Ihre Väter beobachteten sie.

Dann brach Bill Hapgood das Schweigen. »Wovon spricht er, Matt?«

»Ich weiß …«, begann Matt, doch Pete ließ ihn nicht ausreden. »Du machst nur noch Scheiße! Du verdirbst alles! Was, zum Teufel, ist denn in letzter Zeit mit dir los?«

»Nichts!«, brüllte Matt. »Warum lasst ihr mich nicht einfach in Ruhe?«

Die Worte waren heraus, und nun konnte er sie nicht mehr ungesagt machen. Er sah, wie Petes Augen ärgerlich aufblitzten und spürte auch Erics bohrenden Blick auf sich.

»Ich bin schließlich nicht auf euch angewiesen!«, schrie er. Dann drängte er sich an Eric und Pete, Marty Holmes und Paul Arneson vorbei und nahm den Pfad, auf dem sie gekommen waren, um nach Hause zurückzulaufen.

»Matt!«, bellte plötzlich sein Stiefvater und durchschnitt die angespannte Stille, die in den Sekunden nach Matts Ausbruch geherrscht hatte. Die Macht der Gewohnheit zwang Matt dazu, innezuhalten und sich umzuwenden.

»So spricht man nicht mit Gästen!«, setzte Bill hinzu

Matts Gesicht glühte nach dieser demütigenden Zurechtweisung. Doch er gab sich nicht geschlagen. »Es sind nicht meine Gäste. Die ganze Sache war doch deine Idee. Ich hatte von vornherein keine Lust auf diese Jagd.«

Bill Hapgood schob sein Kinn energisch vor. »Sei vorsichtig, Matt. Du bewegst dich auf recht dünnem Eis. Nur weil du heute Geburtstag hast, bist du noch lange nicht im Recht, wenn du mit deinen Freunden und deinem Vater ...«

»Du bist nicht mein Vater!«, brauste Matt auf. »Ich habe nämlich keinen Vater, das müsstest du doch wissen. Du bist nur der Mann, den meine Mutter geheiratet hat!«

»Jetzt hör mal zu, Matt«, schaltete Marty Holmes sich ein. »An deiner Stelle ...«

»Du bist aber nicht an meiner Stelle«, fauchte Matt. »Keiner von euch ist an meiner Stelle! Also, warum fahrt ihr nicht einfach ...«

Pete Arneson griff nach Matts Arm. »Schau doch!«, flüsterte er aufgeregt und zeigte nach oben. Sie standen am Ufer des Granite Creek, eine Viertelmeile oberhalb der Fälle, die der Stadt ihren Namen gegeben hatten. Eine mehr als vierzig Fuß hohe, zerklüftete Felswand ragte am jenseitigen Ufer des schmalen Flusses auf. Und dort oben stand ein prächtiger Hirsch. An jeder seiner beiden Geweihstangen konnten die Männer sieben spitze Enden zählen.

»Wow!«, hauchte Pete. »Habt ihr je einen so kapitalen Kerl gesehen?«

Gebannt blickten sie hinauf zu dem gewaltigen Rothirsch. Das Tier schien die Blicke der Menschen zu spüren, denn es schaute einen Augenblick lang unverwandt in ihre Richtung. Doch als Eric Holmes das Gewehr an die Schulter hob, sprang der Hirsch mit einem eleganten Satz von der Abbruchkante zurück und verschwand.

»Ganz so leicht wird er es uns nicht machen«, sagte Bill

Hapgood, als Eric das Gewehr enttäuscht sinken ließ. »Ein Platzhirsch, der lange genug lebt, umso groß zu werden, bleibt nicht einfach stehen und lässt sich abschießen.«

Der Sturm zwischen Matt und seinen Freunden war beinahe ebenso schnell abgeflaut, wie er gekommen war.

Bill begann, das weitere Vorgehen zu planen. »Wenn wir ihn haben wollen, müssen wir uns trennen. Matt und ich überqueren den Fluss und klettern drüben den Abhang hinauf, und ihr müsst euch verteilen. Marty, du und Eric, ihr geht flussabwärts in Richtung der Fälle, und Paul und Pete übernehmen die andere Richtung.« Dann warf Bill einen Blick auf seine Uhr. »Wir treffen uns um zehn Uhr wieder hier – in etwas weniger als zwei Stunden also. Wenn ihn bis dahin keiner von uns erwischt hat, wird es nichts mehr.« Dann senkte er die Stimme. »Und denkt daran: Bevor ihr auf irgendetwas schießt, solltet ihr ganz sicher sein, dass ihr auf den Hisch anlegt und nicht auf einen von uns.«

»Wenn er nicht längst über alle Berge ist«, brummte Marty Holmes. Dabei betrachtete er missmutig die gegenüberliegende Felswand und fragte sich, wie sicher es wohl war, dort hinaufzuklettern.

»Er ist irgendwo da oben«, beharrte Bill. »Er will zum Fluss herunter, um zu trinken. Also wird er in der Nähe bleiben. Wir treffen uns um zehn.«

Die Gruppe trennte sich, und Matts Stiefvater suchte sich vorsichtig einen Weg durch das flache Flussbett. Dann begann er, sich den Abhang hinaufzuarbeiten.

Matt zögerte. Vielleicht sollte er die Gelegenheit nutzen und nun einfach nach Hause gehen. Doch das würde alles noch viel schlimmer machen, als es ohnehin schon war. Und vielleicht konnten er und sein Vater ja ein paar Dinge klären, wenn sie eine Zeit lang miteinander allein waren.

Matt atmete tief durch, warf sich den Trageriemen des Gewehres über die Schulter und folgte seinem Stiefvater durch den Fluss und den Abhang hinauf.

Als sie ein paar Minuten später an der Abbruchkante nach den Spuren des Hirsches suchten, nahm Matt aus den Augenwinkeln plötzlich eine Bewegung wahr.

Das Tier stand kaum fünfzig Meter von ihnen entfernt in einem Dickicht. Unruhig bewegte es die Ohren und lauschte auf Geräusche, die vielleicht Gefahr bedeuteten.

Als Matt sein Gewehr hob, verschwand der Hirsch beinahe lautlos im Gebüsch.

»Er kann uns riechen«, sagte Bill leise.

Seine Augen wichen nicht von der Stelle, an der das Tier gestanden hatte. Doch dann neigte er den Kopf etwas nach links. »Geh langsam dort hinüber. Wir haben Rückenwind, und wenn ich hier bleibe, bekommt er auch weiterhin meinen Geruch zugetragen. Sicher steht er irgendwo zwischen den Sträuchern und beobachtet uns. Aber wenn es dir gelingt, dich gegen den Wind an ihn heranzupirschen, kann er dich nicht wittern, und du kommst vielleicht nahe genug heran, um zu schießen.«

Als Matt keine Anstalten machte, den Anweisungen zu folgen, schlug Bill einen Ton an, der keinen Widerspruch duldete. »Nur weil du heute Geburtstag hast, heißt das noch lange nicht, dass du tun und lassen kannst, was du willst. Es ist an der Zeit, dass du erwachsen wirst. Und es ist auch an der Zeit, dass du deine erste Jagdtrophäe nach Hause bringst. Verstanden?«

Matts Gesicht brannte. Er wünschte sich nichts sehnlicher als mit seinem Vater zu sprechen. Er wollte versuchen, alles wieder in Ordnung zu bringen. Aber …

Ach, zur Hölle damit!

Ohne ein weiteres Wort verschwand er im Unterholz.

Eine Viertelstunde später hatte Matt die gegenüberliegende Seite des Dickichts erreicht. Schon seit zwei Minuten glaubte er zu hören, wie der Hirsch sich unruhig durch das dichte Gestrüpp bewegte. Und als Matt sich jetzt langsam in die Richtung schob, aus der das Geräusch kam, stand der gewaltige Rothirsch plötzlich vor ihm.

Das Tier hielt inne, kaum mehr als dreißig Meter von Matt entfernt, mit hoch erhobenem Kopf. Angespannt spitzte es die Ohren.

Matt nahm sein Gewehr, eine nagelneue Browning BAR

30-06 mit einer Bushnell-Zielvorrichtung, mit vorsichtigen Bewegungen von der Schulter und öffnete die Kammer. Er legte eine Patrone ein, steckte vier weitere ins Magazin, ließ es einrasten und entsicherte die Waffe. Seine Finger krallten sich um das schimmernde Ahornholz, aus dem der Schaft der Browning gefertigt war. Dann drückte er das Gewehr an seine Schulter. Sein rechter Zeigefinger bog sich um den Abzug, während seine linke Hand das halbautomatische Gewehr ruhig hielt.

Matt spähte mit zusammengekniffenen Augen durch die Zielvorrichtung.

Der Kopf des Hirsches erschien im Fadenkreuz.

Matt zögerte.

Welch erhabene Kreatur! Sollte er dieses stolze Wesen wirklich töten?

Während Matt gebannt auf den hoch erhobenen Kopf des Hirsches starrte, bemerkte er plötzlich einen eigenartigen Geruch in der frischen Morgenluft, der in Sekundenschnelle das Gefühl zurückbrachte, das er in der vergangenen Nacht, als er im Dunkeln erwacht war, gehabt hatte.

Der Geruch wurde stärker, und dann hörte Matt ein Flüstern. *»Du weißt, was du zu tun hast, Matthew.«*

Dunkelheit begann, sich über Matt zu senken. Er sah den Kopf des Rothirsches und nahm gleichzeitig etwas anderes wahr, das sich jenseits des Tieres bewegte …

»Tu es, Matthew«, flüsterte die Stimme. *»Tu es für mich …«*

Die Dunkelheit wurde noch undurchdringlicher.

»Nein«, flüsterte Matt.

Um ihn herum war schwarze Nacht, und nun spürte er wieder die Berührung jener Finger. Sie streichelten seine Arme. Dann seine Hände. Schlangen sich um seine eigenen Finger.

»Tu es«, flüsterte die Stimme wieder. *»Tu es …«*

Ein Schuss ertönte.

Dann noch einer.

Und noch einer.

Matt, gefangen in der Dunkelheit, wusste kaum, dass die Schüsse, die die Morgenstille zerrissen, aus der Waffe drangen, die er in seinen Händen hielt …

»Matt? He, Matt!«

Beim Klang von Erics Stimme zuckte Matt erschrocken zusammen.

»Was ist denn los?«, fragte Eric. Er legte den Kopf schief und blickte Matt forschend an. »Ist dir nicht gut? Du siehst aus, als ...«

»Alles in Ordnung«, antwortete Matt schnell. Dabei war gar nichts in Ordnung. Er fühlte sich eigenartig. Fast so, als hätte Erics Stimme ihn aus einem tiefen Schlaf gerissen. Aber das war völlig unmöglich, denn er stand noch immer an derselben Stelle, von der aus er vor ein paar Minuten den Hirsch gesehen hatte. Der Lauf des Gewehrs lag noch in seinen Händen. Und im Stehen konnte er ja wohl kaum geschlafen haben.

Oder etwa doch?

Nein, natürlich nicht! Wahrscheinlich hatte Erics Stimme ihn nur erschreckt, weil er sich so sehr auf das Wild konzentriert hatte. Aber alles sah so anders aus als noch vor einer Minute. Das Licht, das durch das Blätterdach der Bäume fiel, war heller und ...

Die Sonne stand höher als vorher.

Viel höher!

»Dir fehlt wirklich nichts?«, bohrte Eric. »Wir suchen schon seit einer geschlagenen Stunde nach dir!«

Seit einer Stunde? Was redete Eric denn da? Es konnte kaum mehr als eine halbe Stunde her sein, seit Matt und sein Vater den Fluss überquert hatten und den Abhang hinaufgeklettert waren. Eric und Marty hatten sich in Richtung der Fälle aufgemacht, und die Arnesons waren stromaufwärts gegangen. Also konnte es nicht viel später als halb oder höchstens viertel vor neun sein. Aber als Matt auf seine Uhr blickte, sah er, dass Eric Recht hatte – es war beinahe halb zehn.

Aber das konnte doch nicht sein! Das war völlig unmöglich. Erst vor einer Minute hatte Matt plötzlich den Hirsch gesehen, auf ihn angelegt und ...

... und was?

Matt hatte das Gefühl, als sei da noch etwas anderes gewesen. Aber es gelang ihm nicht, sich genau daran zu erinnern.

Und je angestrengter er versuchte, sich die Bilder ins Gedächtnis zurückzurufen, desto verschwommener und ungreifbarer wurden sie. Und genauso, wie das Tageslicht die letzten Schatten der Nacht vertrieb, verschwanden die Bilder schließlich so spurlos aus seinem Kopf, als hätte es sie nie gegeben.

Doch es war heller Tag, und er hatte nicht geträumt.

Was war nur geschehen?

Wo war die Zeit, die in seiner Erinnerung fehlte?

Matts Gedankengänge wurden von Erics Ruf unterbrochen. »Ich habe ihn gefunden, Dad! Er ist hier drüben!« Wieder schaute Eric Matt fragend an. »Warum hast du mir denn nicht geantwortet?«, wollte er wissen. »Wir rufen seit einer halben Stunde nach dir.«

»Ich glaube ... ich meine, ich habe dich nicht gehört«, stammelte Matt. Aber das konnte doch gar nicht sein. Was war nur mit ihm los? Er zwang sich mit aller Kraft, sich zu konzentrieren und sich zu erinnern.

Er und sein Vater hatten den Hirsch gesehen, und er war um das Dickicht herum von hinten an das Tier herangeschlichen. Er hatte das Knacken der Zweige gehört, als der Hirsch sich bewegte, und sich ihm so leise genähert, dass das Tier ihn nicht bemerkt hatte. Matt erinnerte sich an die Patrone, die er in die Kammer geschoben hatte. Danach hatte er angelegt und auf den Kopf des Hirsches gezielt.

Aber dann ...

Da war es wieder! Etwas regte sich in seiner Erinnerung, blieb aber unklar und verschwommen. Er hatte auf den Hirsch gezielt, sah noch den Kopf des Tieres in dem Fadenkreuz vor sich!

Aber irgendetwas war geschehen, hatte ihn abgelenkt.

Ein Geräusch?

Ein Gefühl?

Ein Geruch! Das war es! Ein eigenartiges Aroma hatte plötzlich die Waldluft erfüllt – es war derselbe schwere Duft, den er in der letzten Nacht, nachdem er zu Bett gegangen war, geatmet hatte. Und dann ...

Unwillkürlich richteten sich die Haare auf Matts Armen

auf, und er spürte, wie kalter Schweiß seinen Körper überzog. Ihm wurde schwindelig und …

»Verdammt, Matt!«, hörte er Eric sagen. »Was ist denn mit dir los? Warum bist du denn nicht einmal hingegangen und hast dir den Hirsch angesehen?«

»Ihn … ihn angesehen?«, stammelte Matt. »Ich dachte … ich glaubte … er ist mir doch entwischt, nicht wahr? Ich hatte ihn einen Moment lang im Fadenkreuz, aber dann …«

Eric starrte Matt ungläubig an. »Heißt das, du hast ihn gar nicht abgeschossen?«

Ihn abgeschossen? Wovon redete Eric da? Matt schüttelte den Kopf.

»Aber wer war es dann?«

»Vielleicht mein Vater …« Den Bruchteil einer Sekunde lang blitzte ein Bild in Matts Gedächtnis auf. Ihm war, als hätte er noch etwas anderes bemerkt, während er auf den Rothirsch angelegt hatte. Jenseits des Tieres hatte sich etwas bewegt. So etwas wie …

Ein Gesicht?

Nein! Völlig ausgeschlossen! Außerdem war es ja ohnehin gleichgültig. Er hatte jedenfalls nicht geschossen.

»Deinen Vater können wir auch nicht finden«, sagte Eric in Matts Überlegungen hinein. »Komm jetzt! Ich zeige dir den Hirsch.«

Eric ging vor Matt her zu dem Dickicht, in dem der Rothirsch gestanden hatte. Während sie sich zwischen Zweigen und Baumstämmen hindurch bewegten, versuchte Matt, Ordnung in seine Gedanken zu bringen. Doch so sehr er sich auch bemühte, es gelang ihm nicht, sich daran zu erinnern, was während der Stunde, die auf rätselhafte Weise vergangen zu sein schien, geschehen war.

Hatte er wirklich die ganze Zeit über still dagestanden und die Browning in seinen Händen gehalten?

Und Eric wollte eine halbe Stunde lang nach ihm gerufen haben, ohne dass er auch nur einen Ton gehört hatte.

Eine halbe Stunde, in der …

Was denn nur?

Während Matt hinter Eric herstapfte, überfiel ihn ein

schreckliches Gefühl. Es war dasselbe Gefühl, das er morgens nach den Alpträumen verspürte, die keine Erinnerung hinterließen – nur furchtbare Angst und tiefe Erschöpfung, die in stets glauben ließ, er habe überhaupt nicht geschlafen. Plötzlich war Matt nicht mehr sicher, ob er sich überhaupt an die fehlende Stunde erinnern wollte. Dann blieb er abrupt stehen. Er starrte auf eine Stelle im verfilzten Gras, nur ein paar Meter vor sich.

Der gewaltige Hirsch lag genau dort, wo er ihn zuletzt gesehen hatte, auf der Seite. Marty Holms kauerte neben dem toten Tier. Als Eric und Matt zu ihm traten, stand er auf und grinste Matt an. »Gut getroffen. Ein einziger sauberer Schuss mitten zwischen die Augen.«

Matt antwortete nicht. Die Augen des Hirsches waren weit aufgerissen, und als Matt das Tier ansah, hatte er das unheimliche Gefühl, dass es seinen Blick erwiderte. In den großen dunklen Augen lag ein Ausdruck stummer Anklage.

»Aber ich …«, begann Matt und wusste dann nicht weiter. Er konnte seinen Blick nicht von dem toten Tier wenden.

»Matt sagt, dass er gar nicht geschossen hat«, erklärte Eric.

»Wie meinst du das … du hast nicht geschossen?« Marty Holmes blickte verwirrt von einem zum anderen. »Wo ist Bill?«

Matt zeigte in Richtung des Abhangs. »Er war vorhin noch dort drüben«, sagte er.

Während er mit den Augen das Waldstück absuchte, auf das er gedeutet hatte, drängte sich die schattenhafte Erinnerung an die kurze Bewegung, die er wahrgenommen hatte, wieder in sein Gedächtnis. War es etwa sein Vater gewesen? Unmöglich! Dann hätte er nicht abgedrückt! Matt klammerte sich an diesen Gedanken wie ein Ertrinkender an einen Strohhalm.

»Deshalb habe ich nicht geschossen«, stieß er schließlich hervor. »Ich hatte Angst, meinen Vater zu treffen.«

Marty erhob sich und ging mit finsterer Miene auf den Abhang zu. Entschlossen kämpfte er sich durch das Unterholz, das den Weg blockierte. Eric folgte schweigend seinem Vater.

Eine schreckliche Angst begann, in Matts Eingeweiden zu

wühlen. Er warf noch einen letzten Blick auf den Hirsch, den er zuletzt durch die Zielvorrichtung des Gewehrs gesehen hatte und hastete dann hinter Eric und Marty her. Kurze Zeit später stießen sie auf den schmalen Trampelpfad, der an der Abbruchkante des Abhangs entlang führte. Beinahe gegen seinen Willen zwang Matt sich hinunterzusehen.

Zuerst konnte er nichts Ungewöhnliches entdecken. Doch dann sah er etwas im Gestrüpp liegen.

Einen Menschen.

Obwohl die Gestalt mit dem Gesicht nach unten lag, wusste Matt sofort, wer dieser Mensch war.

Sein Stiefvater.

»Nein«, hauchte er atemlos. »Ich habe nicht geschossen. Ich weiß genau, dass ich nicht geschossen habe!«

Doch als er das Magazin der Browning öffnete, sah er, dass er sich täuschte. Von den fünf Patronen, mit denen er das Gewehr geladen hatte, waren nur noch zwei übrig.

Drei Kugeln – und er erinnerte sich noch genau daran, dass er sie selbst in die Kammer und in das Magazin gesteckt hatte – fehlten.

Joan Hapgood starrte den Stapel Tiefkühlpizzas an, als handelte es sich um ein Knäuel angriffslustiger Kobras. Etwas in der Art waren die Packungen mit Pizza tatsächlich, denn Joan wusste, dass es keine Rolle spielte, welche davon sie in ihren Einkaufswagen legte. Gleichgültig welche Sorte sie kaufte, es war auf jeden Fall die falsche, und die Worte ihrer Mutter würden so giftig sein wie der Biss einer Schlange.

Entscheide dich, befahl Joan sich. *Greif zu, leg sie in den Einkaufswagen und fahr nach Hause. Wenn es die falsche ist, kannst du sie morgen zurückbringen.*

Aber dies war nicht das eigentliche Problem. Wenn Joan die falsche Pizza auswählte – und sie wusste, dass sie nicht die geringste Chance hatte, die richtige aus dem Stapel zu fischen –, würde ihre Mutter sie deswegen den ganzen Tag lang mit den schlimmsten Verwünschungen traktieren. Andererseits schimpfte ihre Mutter ohnehin pausenlos. Der Anlass war im Grunde einerlei.

Während Joan die Tür des Gefrierschrankes öffnete, versuchte sie sich daran zu erinnern, ob ihre Mutter Salamischeiben oder Schinken für ungenießbar hielt. Doch dann gab sie es auf und legte zwei Pizzen von jeder Sorte in den Gitterwagen. Als Verschwenderin gesteinigt zu werden, konnte nicht schlimmer sein, als die falsche Sorte nach Hause zu bringen.

Joan ging zur Kasse, bezahlte und lud schließlich die Einkäufe in den Range Rover. Ein Blick auf ihre Armbanduhr sagte ihr, dass es schon kurz vor zehn war. Wo war nur die Zeit geblieben? Sie musste sich beeilen, wenn sie noch nach Hause fahren, die Einkäufe verstauen und nach ihrer Mutter sehen wollte, denn um Punkt elf Uhr erwartete man sie beim Party Service. Dort sollten noch die letzten Details für Matts Geburtstagsparty am Abend besprochen werden.

Nach dem verpatzten Dinner vom Vorabend hätte Joan die Feier am liebsten abgesagt. Aber das ging natürlich nicht. Das Fest würde einfach noch viel schrecklicher werden als das Essen gestern Abend. Genau genommen sogar zehn Mal schrecklicher. Denn zum Dinner waren nur drei Personen eingeladen, und heute Abend erwarteten sie beinahe dreißig. Joan graute schon bei dem Gedanken daran. Seit dem Abend, an dem Bill gegangen war, hatte sie sich nicht mehr auf die Party freuen können. Und damals hatte sie noch geglaubt, Bill bluffe nur. Sie hatte geglaubt, er würde die Nacht über fortbleiben und am nächsten Morgen zurückkehren. Aber Bill war nicht nach Hause zurückgekehrt. Er hatte noch nicht einmal angerufen.

Quälend langsam hatten sich die Tage dahingeschleppt und nach und nach war Joan klar geworden, dass Bill tatsächlich nicht zurückkommen würde. Jedenfalls nicht so schnell. Immer wieder war sie in Gedanken die Auseinandersetzungen, die sie wegen ihrer Mutter mit ihm gehabt hatte, durchgegangen. Schließlich hatte sie zugeben müssen, dass Bill im Großen und Ganzen Recht hatte. Er war bereit gewesen, mit ihr über die Probleme, die ihre Mutter ihnen verursachte, zu sprechen, und sie hatte seine Bemühungen abgewehrt. Als Joan zu dieser Erkenntnis gelangt war, hatte sie begonnen, im Telefonbuch nach einem Heim zu suchen, das ihre Mutter aufnehmen konnte. Stundenlang hatte sie auf die Einträge in den Gelben Seiten gestarrt. In verschnörkelter Schrift wurde dort für lebenslange, liebevolle Pflege, betreutes Wohnen mit hohem Freizeitwert und gepflegte Altersruhesitze geworben. Doch sie brachte es einfach nicht über sich. Sie konnte sich einfach nicht vorstellen, ihre Mutter in ein Pflegeheim zu geben, ganz gleich, wie es sich nannte und wie schön es vielleicht von außen aussah. Nur der Wunsch, ihre Ehe zu retten, hatte sie überhaupt dazu gebracht, sich nach einem Heim für ihre Mutter umzusehen. Dass sie Emily Moore damit keinen Gefallen tun würde, wusste sie.

Doch je länger Bill dem Haus fern blieb, desto zerrissener fühlte Joan sich. Ihre Mutter und auch ihr Mann zerrten an ihr. Sie wurde zwischen den beiden hin und her geworfen und fand keinen Ausweg aus dieser unerträglichen Situation.

Tief in ihrem Herzen wusste sie, dass Bill Recht hatte. Ihm zuliebe und auch für Matt, ja sogar für sie selbst wäre es am besten, wenn sie ihre Mutter in einem Heim unterbrachte. Dass Matt unter der Situation litt, wusste Joan. Doch bis gestern Abend hatte sie das Ausmaß seiner Verzweiflung unterschätzt. Und auch in Bills Augen hatte sie lesen können, wie unglücklich er war.

Joan versuchte, ihre eigene innere Zerrissenheit so weit wie möglich zu ignorieren, um die Tage überstehen zu können. Doch als sie den Wagen zur Farm hinaussteuerte, bemerkte sie plötzlich, wie langsam sie fuhr. Sie gestand sich schließlich ein, dass sie unbewusst versuchte, den Augenblick, in dem sie sich wieder den Zornausbrüchen ihrer Mutter stellen musste, so lange es ging hinauszuzögern.

Doch es blieb ihr nichts anderes übrig, als zu ihrer Mutter zurückzukehren. Und zu Cynthia.

Cynthias Gegenwart im Farmhaus war beinahe genauso stark zu spüren wie die Gegenwart von Emily Moore. Keine Stunde verging, in der Joans Mutter nicht über ihre vor langer Zeit verstorbene Tochter sprach.

Wenn das so weitergeht, werde ich noch anfangen, meine Schwester zu hassen, dachte Joan, während sie den Range Rover durch das Eingangstor steuerte. Dabei hatte sie Cynthia nie gehasst. Selbst nach all den Jahren erinnerte sie sich noch genau daran, wie viel Bewunderung sie stets für ihre ältere Schwester empfunden hatte. Cynthia hatte alles verkörpert, was Joan nie sein konnte. Sie war blond, wunderschön und anmutig gewesen. Joan erinnerte sich daran, wie gern sie, die Arme um ihre Knie geschlungen, auf dem Bett ihrer Schwester gesessen hatte. Fasziniert hatte sie dann dabei zugesehen, wie Cynthia sich für eine Verabredung zurecht machte.

Und Cynthia hatte unzählige Verabredungen gehabt. Praktisch jeder Junge in ihrem Alter wollte mit ihr ausgehen. Und Cynthia traf sich mit allen. Jede Nacht, wenn sie nach Hause kam, schlich Joan sich zu ihr ins Zimmer, und die beiden Schwestern flüsterten noch stundenlang im Dunkeln. Cynthia erzählte Joan dann alles, was den Abend über passiert war.

Nun war es Joans Mutter, die in der Dunkelheit stundenlang vor sich hin murmelte. Doch nur allzu oft blieb es nicht beim Murmeln oder Flüstern, und ihre Selbstgespräche beschränkten sich auch nicht auf die Stunden der Nacht. Aber immer ging es dabei um Cynthia und wie es sein würde, wenn sie wieder nach Hause käme. Jeden Tag verbrachte Emily Moore viele Stunden in dem Raum, den Joan in Gedanken inzwischen selbst Cynthias Zimmer nannte. Dort rückte ihre Mutter immer wieder jeden einzelnen Gegenstand zurecht und vergewisserte sich, dass alles am richtigen Platz lag und nicht von jemand anderem angefasst worden war.

Wenn Joan nur einen Fuß über die Schwelle des Zimmers setzte, schrie ihre Mutter sie schon an.

Konnten die schrecklichen Schuldgefühle, die sie haben würde, wenn sie die alte Frau in eines der Institute brachte, die in den Gelben Seiten warben, tatsächlich schlimmer sein als das? Joan dachte darüber nach. Vor ein paar Tagen war sie tatsächlich zu einem der Heime gefahren. Sie hatte ein schönes, dreigeschossiges Ziegelhaus im Colonialstil inmitten eines herrlichen Gartens gesehen. Und wären da nicht die gebrechlichen alten Menschen gewesen, man hätte es für eine besonders gut erhaltene Privatvilla halten können. In dicke Decken gehüllt, die sie vor der Kühle der klaren Herbstluft schützten, hatten weißhaarige Männer und Frauen in Rollstühlen unter den alten Bäumen gesessen. Doch noch während Joan das schöne Haus und den wunderbaren Garten bestaunt hatte, war ihr eingefallen, was man manchmal über solche Heime hörte oder las. Alte Menschen wurden darin von der Außenwelt unbeobachtet unwürdig behandelt oder sogar gequält. Man band sie an einem Stuhl fest und ließ sie dann stundenlang allein in einem finsteren Korridor sitzen. Oder man fesselte sie ans Bett und pumpte sie mit Beruhigungsmitteln voll, dass sie noch nicht einmal die Kraft fanden, sich zu beklagen.

So etwas könnte sie ihrer Mutter nicht antun. Niemals.

Also würde sie heute Abend gemeinsam mit Bill die Partygäste begrüßen und so tun, als wäre alles in bester Ordnung. Sie würden sich den Anschein geben, als durchlebten sie nur eine etwas schwierige Phase in ihrer Ehe. Joan nahm allerdings an, dass ihre Freundinnen, wenn sie von einer ›schwierigen Phase‹ sprachen, damit meist sagen wollten, dass ihre Ehemänner eine Affäre hatten. Bill würde man natürlich nichts anmerken. Schon seit langem vermutete Joan, dass vollendete Manieren und die Fähigkeit, die wahren Gefühle nach außen hin stets unter Kontrolle zu halten, den Hapgoods seit Generationen nicht nur anerzogen, sondern sogar vererbt wurden.

Ich stehe es durch, sagte sie sich. *Irgendwie stehe ich es durch.*

Joan bog um die letzte Kurve der Einfahrt und war gerade dabei, den Wagen ins Kutschenhaus zu fahren, als sie das Fahrzeug hinter dem Haus bemerkte.

Dort stand der nagelneue schwarzweiße Ford, den die Stadt Dan Pullman als Anerkennung für seine nunmehr zehnjährigen Dienste als Leiter der Polizeistation von Granite Falls geschenkt hatte.

Mutter!, dachte Joan. *O mein Gott, was ist geschehen? Was hat sie getan?*

Sie ließ die Einkäufe im Auto und eilte durch die Hintertür ins Haus. Dan Pullman stand in der Küche. Als er sich zu ihr umwandte, konnte Joan an seinem verstörten Gesicht ablesen, dass es wahrscheinlich nicht um ihre Mutter ging.

»Was ist los?«, fragte Joan ängstlich. »Was ist passiert?«

Pullman zögerte, doch er wusste genau, dass es nicht möglich war, Joan Hapgood die Nachricht schonend zu überbringen.

»Es gab einen Unfall, Joan«, begann er schließlich. Dabei strich er sich müde durch sein dichtes, stahlgraues Haar.

Joan blieb beinahe das Herz stehen, als sie diesen sonst so gelassen wirkenden Hünen jetzt nervös von einem Fuß auf den anderen treten sah.

»Ist etwas mit Matt?«, stieß sie zwischen zwei hastigen Atemzügen hervor.

Pullman schüttelte den Kopf. »Es ist Bill«, sagte er leise.

Joan hörte am Klang seiner Stimme, dass etwas Entsetzliches geschehen war.

»O Gott«, wimmerte sie, während sie auf einen Stuhl sank. »Nein! Bitte … nein …«

Siebtes Kapitel

Es ist nicht wahr!, sagte sich Joan immer wieder. *Es darf einfach nicht wahr sein.*

Alles erschien ihr unwirklich. Sie saß neben Dan Pullman in dem schwarzweißen Ford, und draußen durch die Windschutzscheibe hindurch sah alles aus wie immer. Wie an einem ganz gewöhnlichen Spätsommertag erwärmte die Sonne auch an diesem Vormittag das Land. Das Laub der uralten Ahornbäume, Birken und Eichen, die die Familie ihres Mannes seit Generationen hegte und pflegte, erstrahlte in so satten Farben, dass der Kontrast mit dem türkisblauen Himmel fast blendete.

Doch eigentlich hätte der Himmel wolkenverhangen und bleigrau sein müssen. Warum tropfte nicht kalter Nieselregen auf durchweichte Blätter? Nur ein eisiger Herbstwind hätte die Kälte erklären können, die Joan selbst in dem warmen Auto zittern ließ.

Sie rumpelten über einen der schmalen, unbefestigten Wege, die durch den Wald führten. Joan wusste, dass diese Fahrspur bis zum Fuß der Wasserfälle führte und dort an dem natürlichen Pool endete, in dem man im Sommer herrlich schwimmen konnte. Nicht allein die Hapgoods, sondern alle Bewohner von Granite Falls fuhren gern zu einem Picknick dorthin.

Joan und Bill warteten meist bis zum Spätherbst, wenn die Bäume alle Blätter abgeworfen hatten und das schimmernde Laub den Weg bedeckte. Bei gutem Wetter wanderten sie bereits frühmorgens Hand in Hand hier entlang und lauschten dem Rascheln der Blätter unter ihren Füßen. Manchmal benahmen sie sich dabei wie kleine Kinder, warfen sich in die Laubhaufen und tollten darin herum, bis sie so viel Staub aufgewirbelt hatten, dass sie ihr ausgelassenes Spiel niesend beenden mussten.

Aber an diesem Morgen sahen die wenigen Blätter, die

auf dem Boden lagen, schmutzig aus, und die tiefen Furchen in der holprigen Straße waren von vielen Rädern aufgewühlt. Wie viele Autos waren heute schon hier entlang gefahren? Hatte jemand einen Krankenwagen gerufen? Aus irgendeinem Grund – vielleicht weil sie nicht daran denken wollte, was geschehen war – überlegte Joan, ob sie das Heulen einer Sirene überhaupt bemerkt hätte, während sie den Einkaufswagen durch den Supermarkt geschoben hatte, als sei es ein ganz normaler Tag. Es hatte auch keinen Grund gegeben, daran zu zweifeln. Sie hatte damit gerechnet, in dem Augenblick zu Hause anzukommen, in dem auch Bill und Matt von ihrem morgendlichen Jagdausflug zurückkehrten. Joan hatte die Szene so deutlich vor Augen, als hätte sie sich tatsächlich so abgespielt. Vater und Sohn polterten über die hintere Veranda in den Abstellraum und dann in die Küche. Ihre Wangen waren von der frischen Herbstluft gerötet, und sie überboten sich gegenseitig mit den tollsten Geschichten über ihre Abenteuer. Dabei lobten sie einander über die Maßen und beharrten beide darauf, dass ihr gemeinsamer Jagderfolg nur dem jeweils anderen zu verdanken war.

Matt grinste Bill an und behauptete: »Ich hätte den Hisch glatt übersehen, wenn Dad ihn mir nicht gezeigt hätte.«

Bill wies das Kompliment zurück: »Matt hat ein gutes Auge – und er ist schon jetzt ein besserer Schütze, als ich es je war! Noch ein paar Jahre, dann ist er gut genug, um es mit den Besten aufzunehmen!«

Doch als Dan Pullmans Wagen um die letzte Kurve bog, zerbrach die glückliche Familienszene vor Joans Augen in tausend Scherben.

Zwei Streifenwagen, auf deren Dächern die Warnlichter im strahlend hellen Tageslichtes in versetztem Rhythmus grell aufblitzten, hatte man unter dem ausladenden Blätterdach der großen Ahornbäume geparkt. Daneben stand ein kastenförmiger Krankenwagen, dessen orange-weiße Lackierung ihn als Einsatzfahrzeug der örtlichen Feuerwehr auswies. Das Signallicht auf dem Dach des Krankenwagens war ausgeschaltet, und Joans Herz wurde noch schwerer, als ihr bewusst wurde, welchen Grund es dafür wahrscheinlich gab. Ein Krankenwagen wurde hier wohl nicht mehr benötigt.

Dann fiel Joans Blick auf die Stelle auf der anderen Seite des Flusses.

Dort lag Bill mit dem Gesicht nach unten auf der Erde. Wenn sie ihn bei einem Spaziergang im Wald zufällig so entdeckt hätte, hätte sie geglaubt, er schliefe nur. Joan stellte sich vor, wie sie sich dann still in seiner Nähe ins Laub setzen würde, um den schlafenden Mann zu betrachten.

Doch die hektische Betriebsamkeit, die um die reglose Gestalt herum herrschte, ließ ebenso wenig Zweifel an den Ereignissen aufkommen wie das ausgeschaltete Signallicht des Krankenwagens.

Doch trotz allem, was sie von Dan Pullman bereits wusste und trotz der Eindeutigkeit der Szene, die sich vor ihren Augen abspielte, wollte Joan den kleinen Funken Hoffnung, der ihr noch geblieben war, nicht verglimmen lassen. Noch bevor der Streifenwagen stand, stürzte sie schon hinaus, watete durch den Fluss und eilte zu ihrem Mann. Sie fiel neben ihm auf die Knie.

Vorsichtig streckte Joan ihre Hand aus. Sie berührte Bills Wange. Seine Haut fühlte sich kalt an, hatte ihre Elastizität verloren. Sein Haar war mit Blut verklebt.

Der kleine Funke Hoffnung, den Joan in ihrem Herzen genährt hatte, flackerte noch einmal auf und erlosch.

Als die schreckliche Endgültigkeit dessen, was sie sah, ihr langsam bewusst wurde, konnte Joan den Anblick des leblosen Körpers nicht länger ertragen. Sie hob die Augen und erblickte den Abhang, der sich wenige Meter von ihr entfernt erhob, und sie verstand, was geschehen war.

Ein Unfall – ein ganz dummer Unfall! Bill und Matt waren den Pfad an der Abbruchkante des Felsens entlang gegangen, und Bill war abgerutscht!

»Wie konnte das passieren?«, sprudelte Joan hervor. Sie wusste nicht einmal, dass sie den Gedanken laut ausgesprochen hatte. »Bill kennt diesen Weg doch so gut! Er …«

Dann war Dan Pullman an ihrer Seite. »Es war nicht der Sturz«, sagte er leise.

Joan starrte den Polizisten so verwirrt an, als habe er in einer unbekannten Sprache zu ihr gesprochen. Nicht der Sturz? Wovon redete dieser Mann denn da? Dann begann sie langsam, die Gestalten, die sie umgaben, wahrzunehmen.

Und es waren Gestalten – keine Menschen.

Dass die Sanitäter in den weißen Uniformen gerufen worden waren, konnte Joan noch verstehen. Auch die Gegenwart der Polizisten leuchtete ihr ein. Doch warum standen Marty Holmes und Paul Arneson mit ihren Söhnen ein Stück weit entfernt unter den Bäumen? Und warum sahen sie alle zu ihr herüber? Sahen sie an, aber sprachen nicht mit ihr? Und Matt! Wo war Matt?

Joans Augen suchten verzweifelt nach ihrem Sohn. Er saß in einem der Streifenwagen. Mit aschfahlem Gesicht starrte er zu ihr herüber. Er starrte sie an und schien sie doch nicht zu sehen.

»Was ist hier los?«, flüsterte Joan und sah Hilfe suchend zu Dan Pullman auf. »Woran ist mein Mann gestorben?«

Als Pullman nicht antwortete, griff Joan nach der Schulter ihres Mannes und wälzte ihn auf den Rücken.

Nun sah sie es. Ein Loch, genau in der Mitte von Bills Stirn. Ein perfektes, rundes Loch. Aber da war kein Blut. Warum blutete es nicht?

Joan streckte die Hand aus und näherte ihre Finger dem eigenartigen Fleck auf Bills Stirn. Doch sie konnte sich nicht überwinden, die Stelle zu berühren. Ihr Blick suchte wieder den Polizisten.

»Wie?«, stöhnte sie. »Um Himmels willen, Dan, wie …?«

»Wir glauben, dass Matt ihn erschossen hat«, sagte Dan leise.

»Ein Unfall«, hauchte Joan. »Es muss ein …«

Dan Pullman biss die Zähne so fest zusammen, dass seine Kiefermuskeln schmerzten. Joan sah das Mitleid in seinen Augen, als er langsam den Kopf schüttelte.

»Wir wissen es nicht, Joan. Es kann ein Unfall gewesen sein. Aber … nun, also …« Er biss sich auf die Lippen, zwang sich dann aber, den Satz zu Ende zu sprechen. »Offenbar gab es einen Streit.«

Der Polizist sprach noch weiter, aber Joan hörte die Worte nicht mehr. Ihr Verstand weigerte sich beharrlich, die Tragweite dessen, was hier offensichtlich vorgefallen war, zu erfassen. Ein herzzerreißender Klagelaut erhob sich tief in ihrem Inneren und drohte, ihre Brust zu sprengen, bis er endlich aus ihrer Kehle brach.

»Neeein!«

Der gellende Schrei hallte durch die unheimliche Stille, die sich über den schrecklichen Ort gelegt hatte.

»Neeeeei!«

Als das Telefon klingelte, wusste Gerry Conroe sofort, dass etwas geschehen war. Immerhin gab er seit zwanzig Jahren die kleine Zeitung heraus, deren wöchentliche Ausgabe für einen Ort wie Granite Falls normalerweise völlig ausreichte. Im Laufe der Zeit hatte sich ein ganz bestimmter Rhythmus eingespielt, von dem es nur selten eine Abweichung gab: Die wichtigsten Nachrichten erfuhr er dienstags, mittwochs und donnerstags – wenn man bei den eher unbedeutenden Ereignissen überhaupt von Nachrichten sprechen konnte. Eigentlich druckte Gerry Conroe eher unterhaltsame Reportagen als echte Neuigkeiten. Vielleicht fielen die Spielergebnisse der Footballmannschaft der Granite Falls High School unter die Kategorie Nachrichten, vielleicht auch, wer zum Inhaber eines Ehrenamtes im Lions Club, bei den Rotariern oder auch beim Verein der Gartenfreundinnen gewählt worden war. Wenn sie wirklich wissen wollten, was in der Welt draußen geschah, griffen die Bewohner des Städtchens ohnehin eher zum *Manchester Guardian* als zum *Granite Falls Weekly*. Ging es allerdings um lokale Ereignisse, so verließ man sich ganz auf Gerry Conroes Zeitung. Derjenige, der Wert darauf legte, dass am Montag etwas ganz Bestimmtes im Wochenblatt stand, tat gut daran, Gerry bis spätestens freitags vor dem Mittagessen davon wissen zu lassen. Dies war jedem im Ort bekannt. Und selbst zu diesem Zeitpunkt musste man schon ziemlich gute Gründe haben, um Gerry Conroe dazu zu bewegen, so kurz vor der Drucklegung noch etwas Neues in das Blatt aufzunehmen. Auf diese Weise verliefen die Samstagvormittage in Gerrys Leben eher beschaulich. Meist half er den beiden Angestellten dabei, das Layout der Zeitung fertig zu stellen, damit die Vorlagen nach Manchester geschickt werden konnten. Dort wurde das Blatt sonntags gedruckt, und die neue Auflage erschien pünktlich zum Morgenkaffee am Montag in Granite Falls. Als also am Samstagmorgen um zehn Uhr plötzlich die Signalleuchten aller drei Telefone im Redaktionsraum aufblinkten, wusste Gerry sofort, dass etwas Außerordentliches geschehen war.

Gleich darauf stand Kelly, die seit einem Jahr an jedem Samstag in der Redaktion aushalf, in der Tür zu Gerrys Büro. Sie war kreidebleich, und in ihren Augen glänzten Tränen. Ein Blick in das Gesicht seiner Tochter sagte Conroe, dass es etwas Ernstes war, wahrscheinlich sogar etwas, was seine eigene Familie betraf.

Nicht Nancy. Bitte nicht Nancy.

Was Kelly ihrem Vater dann mitteilte, traf ihn beinahe ebenso sehr, als wäre ihrer Mutter etwas zugestoßen.

»Es ist Onkel Bill«, flüsterte sie mit zitternder Stimme. »Er … Sie sagen, er sei tot!«

Einen Augenblick lang weigerte sich Gerrys Verstand, diese Nachricht zu erfassen. Tot? Bill Hapgood konnte unmöglich gestorben sein! Erst gestern Abend hatten sie noch bei den Hapgoods gegessen, und heute Morgen waren Bill und Matt …

Schlagartig wusste Gerry, was geschehen war. Ein Jagdunfall! Schon wieder ein gottverdammter Jagdunfall!

Zu Gerrys Schock gesellte sich nun die Wut. Es war doch in jedem Herbst dasselbe. Alle Jahre wieder druckte er den Leitartikel, in dem er die Frage stellte, ob es denn überhaupt noch zeitgemäß war, dass Männer Jagd auf Hirsche machten. Und Jahr für Jahr gaben seine Freunde anschließend das gleiche Geschwätz von sich: Wenn sie nicht gerade behaupteten, der Jagdtrieb sei im menschlichen Erbgut verankert und liege ihnen daher im Blut, beriefen sie sich auf ihre gesetzlich verbrieften Rechte.

»Der Staat erlaubt uns ausdrücklich den Besitz von

Schusswaffen. Doch wozu soll das gut sein, wenn wir sie nicht benutzen?«

So hatte Bill Hapgood selbst erst vor ein paar Wochen argumentiert. »Waffen sind nun einmal notwendig. Wer weiß, vielleicht werden wir uns sogar eines Tages gegen unsere eigene Regierung verteidigen müssen. Dazu ist es natürlich unabdingbar, mit Waffen umgehen zu können.«

Gerry hatte darauf erwidert, dass man dies auch in einer Schießanlage lernen könne.

Doch sein Freund hatte darüber nur gelacht. »Bleib mir doch weg mit diesem Blödsinn über das Zielschießen auf einem Schießstand. Das mag ja für einen Anfänger ganz nett sein. Aber wenn ein Mann einmal weiß, wie man ein Gewehr benutzt, braucht er eine Herausforderung!«

Und nun war Bill Hapgood tot. Gestorben, weil er an einem überflüssigen, längst überholten Ritual wie der Jagd festgehalten hatte.

Gerry Conroe hatte sich inzwischen so in seine von Trauer und Wut beherrschten Gedankengänge verstrickt, dass er zuerst gar nicht hörte, was seine Tochter ihm noch zu sagen hatte.

»Sie glauben, dass Matt es getan hat«, flüsterte sie gerade.

Gerry war schlagartig wieder ganz Ohr. Seine Antwort kam spontan und ohne dass er auch nur eine Sekunde darüber nachgedacht hatte. »Das ist nun wirklich das Dümmste, was ich je gehört …«

Die Worte erstarben auf seinen Lippen. Plötzlich erinnerte er sich an die hässliche Szene im Haus der Hapgoods am vergangenen Abend. Nie hätte er damit gerechnet, dass so viel Wut und Bitterkeit in dem Jungen steckten oder dass Matt fähig sein könnte, so mit seinem Vater zu sprechen.

Aber Bill war gar nicht Matts Vater. Bill war Matts Stiefvater.

Nicht, dass Bill dies je gestört hätte. Wie oft hatte er gesagt, dass Matt genau der Sohn war, den er sich immer gewünscht hatte?

Gerry kämpfte energisch gegen den Verdacht an, der sich ihm angesichts der Auseinandersetzung zwischen Bill und

Matt aufdrängen wollte. Wie konnte er so etwas auch nur denken? Es glaubte doch wohl niemand tatsächlich, dass Matt Bill absichtlich erschossen hatte? Das war völlig absurd! Es musste ein Unfall gewesen sein. Ein Unfall und nichts anderes.

»Ich muss sofort hin«, sagte Gerry, während er sich seine Jacke überzog. »Wo ist es passiert?«

»In der Nähe der Wasserfälle«, antwortete Kelly. Sie folgte ihrem Vater aus dem kleinen Büro und durch den Redaktionsraum, in dem die beiden Angestellten arbeiteten. »Ich möchte mitfahren, Daddy.«

Gerry hielt abrupt inne. Er wandte sich um und sah seine Tochter an. Sie wollte mit? Aber sie war doch noch ein kleines Mädchen!

»Ich werde bald sechzehn«, sagte Kelly, als könnte sie Gedanken lesen. »Ich bin kein kleines Kind mehr.«

»Um Himmels willen, Kelly! Was willst du dort?«, fragte Gerry.

Kelly zögerte einen kurzen Moment lang.

Gerry wusste bereits, was sie sagen wollte, und brauchte ihre Erklärung gar nicht abzuwarten, um seine Entscheidung zu fällen. Er schüttelte bereits den Kopf, als sie zu sprechen begann. »Ich möchte zu Matt. Wenn sie wirklich glauben, dass er …«

Gerry hob die Hand, um sie zu unterbrechen. »Nein«, sagte er. »Du bist erst fünfzehn Jahre alt. Und der Anblick …«

Seine Kehle wurde eng, und er konnte nicht aussprechen, was ihn schon jetzt mit Entsetzen erfüllte. Es würde schon für ihn selbst schlimm genug sein, Bill Hapgoods leblosen Körper zu sehen, und er wusste bereits, dass er dieses Bild sein Leben lang nicht mehr vergessen würde. Er wollte seiner Tochter unbedingt ersparen, eine solche Last mit sich herumzutragen.

»Nein«, wiederholte er.

Seine Stimme klang weicher als zuvor. Verzweifelt suchte er nach Worten, die Kelly nicht verletzen oder gar noch mehr verstören würden.

»Überleg doch mal«, fuhr er schließlich fort. Dabei trat er

einen Schritt auf Kelly zu und zog sie in seine Arme. »Dort draußen wird die Hölle los sein. Polizei, Sanitäter und weiß Gott was für Leute müssen ihre Arbeit tun. Ich würde ja nicht einmal selbst hingehen. Aber Bill ist mein bester Freund, und deshalb bleibt mir gar nichts anderes übrig.«

»Und Matt ist mein Freund …«, begann Kelly.

Gerry erstarrte. Seine Arme glitten von den Schultern seiner Tochter und fielen schwer an seine Seite. »Nein«, sagte er noch einmal.

Kelly hörte am Klang seiner Stimme, dass es klüger war, ihn nicht weiter zu bedrängen.

»Und ich möchte nun nicht mehr darüber sprechen.«

In Kellys Augen trat ein so verletzter Ausdruck, dass Gerry seine Worte sofort bereute. »Warten wir doch erst einmal ab, bis wir wissen, was tatsächlich geschehen ist, okay?«, sagte er etwas sanfter.

Als er seinen Wagen anließ, ertappte sich Conroe bei dem Wunsch, seine Tochter hätte sich nie auf eine Freundschaft mit Matt eingelassen. Wie aus weiter Ferne hörte er die Stimme seines Vaters, die ihn so oft gemahnt hatte, sich Freunde sorgfältig auszusuchen.

»Der Apfel fällt nicht weit vom Stamm, Gerald«, hatte Jerome Conroe seinen Sohn schon belehrt, als er erst sechs oder sieben Jahre alt gewesen war. »Wie der Vater, so der Sohn. Deshalb solltest du immer wissen, aus welcher Familie deine Freunde kommen.«

Doch außer Joan Hapgood wusste niemand, wer Matthew Moores Vater war. Also hatte Bill sich vielleicht getäuscht. Möglicherweise war Matthew Moore eben doch nicht der Sohn, den er sich immer gewünscht hatte. Kannte denn überhaupt jemand – Bill Hapgood eingeschlossen – den wahren Charakter von Matthew Moore?

»Matt?«

Sein Name drang nur gedämpft zu ihm. Das Wort klang, als habe es jemand in weiter Ferne oder unter Wasser ausgesprochen. Erst als er es zum zweiten Mal hörte, blickte Matt auf und sah seine Mutter neben dem Streifenwagen. Ihre Augen blickten verstört auf ihn nieder. Ihr Gesicht war totenblass. Sie streckte eine Hand aus und strich ihm über die Wange, doch ihre Finger waren eiskalt, und Matt zuckte vor der Berührung zurück.

Diese Zurückweisung ihrer zärtlichen Geste erschreckte Joan, doch sie versuchte, sich zu sagen, dass Matts Abwehr nichts zu bedeuten hatte. Sicher stand er noch unter Schock.

»Wir bekommen das schon irgendwie hin«, versuchte sie ihren Sohn zu trösten. »Es wird alles gut werden. Ich bin doch bei dir.«

Wieder konnte Matt die Worte seiner Mutter kaum hören. In dem Augenblick, als er von der Felswand aus in die Tiefe geblickt und den Körper seines Stiefvaters im Gebüsch am Ufer des Flusses hatte liegen sehen, war eine Veränderung in ihm vorgegangen. Er hatte das Gefühl, als sei er von der Welt abgetrennt worden. Alles war plötzlich so anders.

Zuerst war es ihm an Eric Holmes' Augen aufgefallen. Sie hatten schweigend miteinander auf die leblose Gestalt zwischen den Büschen hinuntergestarrt. Die lähmende Stille hatte sich dabei schwer wie Blei über sie gelegt. Matt war es wie eine Ewigkeit erschienen, bis Eric endlich den Mund geöffnet hatte.

»Matt, um Gottes willen!«, hatte er hervorgestoßen. »Was ist geschehen? Was hast du getan?«

Als Matt seinen Blick vom Körper seines Stiefvaters losgerissen und auf Eric gerichtet hatte, fuhr der Schreck durch seine Glieder. Etwas in Erics Augen sagte ihm, dass nun nichts mehr so war wie früher. Plötzlich dachte Matt an einen lange zurückliegenden Schultag. Im Biologieunterricht hatten er und Eric gemeinsam einen toten Frosch präpariert. Nachdem Matt mit dem Skalpell den Bauch des Frosches aufgeschnitten und die Hautlappen sorgsam auseinander gefaltet und festgesteckt hatte, war ihm Erics eigenartiger Blick aufgefallen. Er hatte Matt damals genauso angesehen wie jetzt.

Neugier, aber vor allem Abscheu und Ekel hatte Matt in Erics Augen gelesen. Auf der Felswand über dem Fluss hatte Eric sich von Matt abgewandt wie damals im Biologiesaal von dem toten Frosch.

Seitdem fühlte sich Matt von den Menschen um sich herum beobachtet. Es lag kein Funke von Freundlichkeit oder Anteilnahme in ihren Augen.

Alle blickten ihn an, als wäre er ein seltenes Exemplar einer rätselhaften Spezies, ein Wesen von einem anderen Stern. Innerhalb von Sekunden war er aus der Welt, in der er bisher gelebt hatte, ausgeschlossen worden. Er gehörte nicht länger dazu.

Aber warum nur? Er hatte doch nichts getan! Oder doch?

Matt hatte auf Erics Frage oben am Abhang keine Antwort gewusst, und noch immer konnte er nicht sagen, was geschehen war. Stattdessen gab es immer mehr Fragen – Fragen und Erinnerungsfetzen, die durch Matts Kopf wirbelten und keinen Sinn ergaben.

Der Hirsch.

Er hatte auf den Hirsch gezielt! Sein Stiefvater war nicht in der Nähe gewesen …

Wirklich nicht?

Natürlich nicht! Sonst hätte er ihn doch gesehen!

Doch während Matt sich verzweifelt an diesen Gedanken klammerte, blitzte eine verschwommene Erinnerung wieder auf. Er hatte den Hirsch im Visier gehabt, aber da war noch etwas anderes gewesen. Etwas, das er gar nicht recht bemerkt hatte. Gleichzeitig war ihm der eigenartige Geruch aufgefallen. Dieses rätselhafte Aroma war ihm in die Nase gestiegen, hatte sich wie Nebel über ihn gelegt und ihn davongleiten lassen.

Aber wohin?

Noch immer wusste er ebenso wenig, was mit ihm geschehen war, wie in dem Augenblick, als Erics Stimme ihn aus dem tranceartigen Zustand gerissen hatte, in den er offenbar gefallen war. Matt hatte zwar in der Nacht zuvor nicht besonders gut geschlafen, doch er fühlte sich nicht krank. Aber irgendetwas war mit ihm nicht in Ordnung, so viel stand fest. War er vielleicht ohnmächtig geworden? Oder war das, was er gerochen hatte, ein Gas, das einem die Besinnung nahm? Aber wer ohnmächtig wurde, brach doch normalerweise zusammen.

Also war er nicht in Ohnmacht gefallen.

Er musste herausfinden, was mit ihm geschehen war.

Matt erinnerte sich nicht mehr daran, dass er Eric und dessen Vater den Abhang hinunter gefolgt war. Und doch hatte er genau das getan. Und seither war ihm, als säße er unter einer Glocke aus Panzerglas, und um ihn herum spielten sich Szenen ab, die nicht das Geringste mit ihm zu tun hatten. Dan Pullman war gekommen, dann der Krankenwagen und noch ein paar andere Polizisten. Matt erinnerte sich daran, dass einer der Hilfssheriffs ihn gefragt hatte, was geschehen sei. Doch er hatte dem Mann genauso wenig eine Antwort geben können wie Eric. Dann hatte man ihn zu dem Streifenwagen gebracht und seither saß er wie erstarrt auf dem Rücksitz.

»Ich weiß es nicht.« Mehr konnte er nicht sagen, wenn er etwas gefragt wurde.

Als Matt nun zu seiner Mutter aufsah, war seine einzige Hoffnung, dass sie vielleicht besser verstand, was hier vorging als er.

»Was ist passiert, Mam?«, fragte er leise. »Was ist mit Dad passiert?«

Bevor seine Mutter antworten konnte, trat Dan Pullman zu ihnen. Im Blick des Polizeikommandanten lag derselbe Ausdruck, den Matt in Erics Augen gesehen hatte.

»Ich glaube, du weißt, was mit deinem Dad passiert ist«, erklärte Pullman bestimmt. »Willst du uns nicht sagen, wie es dazu kam?«

»Ich …«, begann Matt und verstummte.

Joan verstand, was in Pullmans Kopf vorging, und sah in den Augen ihres Sohnes den Schmerz, den die kaum verdeckte Anschuldigung des Sheriffs ihm zufügte.

Joan starrte den Polizisten entsetzt an. »Wie kannst du so etwas auch nur denken?«, stieß sie hervor. Die Anstrengung, mit der sie ihre Gefühle unter Kontrolle hielt, ließ ihre Stimme zittern. »Matt liebte seinen Vater, und er hätte nie etwas getan, was Bill in Gefahr …«

Pullman hob abwehrend seine Hände. »Das habe ich doch gar nicht gesagt, Joan. Was immer auch passiert ist, ich bin sicher, dass es ein Unfall war. Aber Matt war dabei. Und wer außer ihm soll uns denn sagen …«

Joans Kopfschütteln erinnerte Pullman an die Bewegung, mit der Hunde Wassertropfen aus dem Fell schüttelten.

»Aber nicht jetzt«, sagte sie. Sie nahm Matts Hand zwischen die ihren. Diesmal entzog er sich der Berührung nicht. »Wie kannst du erwarten, dass er jetzt etwas Vernünftiges sagt?«, fragte sie Dan. »Glaubst du, dass irgendjemand im Augenblick …«

»Schon gut, Joan«, unterbrach Dan sie. »Jetzt, in diesem Augenblick braucht niemand irgendetwas zu sagen.« Er sah sich um und winkte dann Tony Petrocelli heran, in dessen Streifenwagen Matt saß. »Können Sie die beiden nach Hause fahren, Tony?«

Petrocelli wusste aus jahrelanger Erfahrung, dass die Frage seines Chiefs eigentlich ein Befehl war. »Wird sofort erledigt«, antwortete er.

Während der Deputy in das Auto stieg und Joan sich zu ihrem Sohn auf den Rücksitz setzte, sagte Dan Pullman: »Es wird sich alles irgendwie aufklären, Joan.« Er wollte einer Frau, deren toter Mann gerade in einen Krankenwagen geladen wurde und den nun bald ein Gerichtsmediziner untersuchen würde, gern ein paar tröstliche Worte mit auf den Weg geben. »Ich bin ganz sicher, dass es ein Unfall war.« Seufzend schüttelte er den Kopf. »Ich komme später noch einmal bei euch vorbei, okay?«

Als Joan keine Antwort gab, legte er durch das offene Fenster des Streifenwagens hindurch seine Hand auf ihre Schulter. Doch wie ihr Sohn vor ein paar Minuten ihrer Berührung ausgewichen war, zog Joan sich nun vor der besänftigenden Geste des Polizisten zurück.

»Ich weiß, was du denkst«, sagte sie und sah Pullman gerade in die Augen. »Du denkst, dass Matt Bill erschossen hat. Aber ich glaube das nicht. So etwas würde er nie tun. Niemals.«

Dan blickte dem Auto nach, bis es in einer Kurve auf der holprigen Straße verschwand. Dann wandte er sich erneut der Untersuchung des Unfallortes zu. Später machte er sich sorgfältig Notizen von Marty Holmes' und Paul Arnesons Aussagen über den Streit zwischen Matt und seinem Stiefvater.

Als bald darauf Gerry Conroe eintraf, hörte Pullman auch von der Auseinandersetzung am Vorabend im Haus der Hapgoods.

»Fangt an, oben an der Kante zu suchen«, wies Pullman schließlich seine Männer an. »Ich will die Hülse jeder einzelnen Patrone, die Matt abgefeuert hat. Und die Geschosse will ich auch. Aber zuerst brauchen wir die Hülsen. Dann wissen wir wenigstens, wie viele Geschosse wir suchen müssen.«

»Was ist mit dem Hirsch?«, fragte einer der Hilfssheriffs. »Wir können ihn nicht hier draußen verrotten lassen.«

Pullman zögerte. Er konnte sich zwar nicht vorstellen, dass Joan oder Matt irgendetwas an dem Tier lag. Doch andererseits hatte Matt den Hirsch völlig legal auf dem Land der Hapgoods erlegt, und auf den Ärger, den er sich einhandeln konnte, wenn er die Jagdbeute unaufgefordert entsorgen ließ, konnte Dan gut verzichten.

»Hinter dem Kutschenhaus der Hapgoods ist ein Schuppen, in dem Bill das Wild aufhängte, das er schoss. Vielleicht sollten wir den Hirsch einfach dorthin bringen. Sagt aber vorher über Funk Petrocelli Bescheid. Er soll Mrs. Hapgood davon in Kenntnis setzen. Dann kann sie selbst entscheiden, was mit dem Kadaver geschehen soll.«

Während seine Männer sich an die Arbeit machten, wandte Dan Pullman sich noch einmal an Gerry Conroe. Wie beinahe jeder Bürger von Granite Falls waren auch sie im Ort geboren und kannten einander schon ihr ganzes Leben lang.

»Also?«, fragte Pullman. »Was hältst du davon? War es ein Unfall?«

Conroe zögerte nur kurz, bevor er den Kopf schüttelte. »Ich würde, weiß Gott, gern sagen, dass es einer war«, antwortete er. »Aber ich kann es nicht. Ich kann es beim besten Willen nicht.«

Achtes Kapitel

Joan fühlte sich während der Fahrt zurück zum Farmhaus wie betäubt. Als Petrocelli den Streifenwagen vor den breiten Stufen an der Vordertür des Hauses zum Stehen brachte, machte sie keine Anstalten auszusteigen. Sie saß stumm da und starrte durch das Seitenfenster auf das ausladende Ziegelhaus, in dem sie nun zehn Jahre lang gelebt hatte.

Es sah plötzlich völlig anders aus als noch vor ein paar Stunden. Doch was hatte sich verändert?

Die Fassade war es nicht. Die Säulen, die das Dach des Windfangs trugen, waren dieselben wie eh und je. Auch die Fenster mit den grünen Läden, die Veranda und die Dachbalken sahen aus wie immer. Das ganze Gebäude stand genauso da, wie Joan es kannte. Sie war sich schon beinahe sicher, dass sie sich getäuscht hatte und sich die Veränderung nur einbildete.

»Mrs. Hapgood?« Petrocelli warf einen besorgten Blick in den Rückspiegel. Joan Hapgood wirkte verwirrt – als wüsste sie nicht, wo sie sich befand. »Ist alles ...« Gerade noch rechtzeitig brach er ab. Beinahe hätte er die Frage mit ›okay‹ beendet. Aber diese Frau gerade jetzt zu fragen, ob alles okay sei, war mehr als unpassend. Petrocelli biss sich nervös auf die Lippen und nahm einen neuen Anlauf. »Kann ich noch irgendetwas für Sie tun, Mrs. Hapgood?« Einen Moment lang glaubte er, sie hätte ihn gar nicht gehört, doch dann schien wieder Leben in sie zu kommen.

»Nein«, antwortete Joan. »Ich ... danke Ihnen, dass Sie uns nach Hause gebracht haben.«

Sie sprach so leise, dass Petrocelli Mühe hatte, die Worte zu verstehen. Und das müde Lächeln, das sie zustande brachte, schien sie eine fast übermenschliche Anstrengung zu kosten.

Als Matt ausstieg und um das Auto herumging, um seiner Mutter von dem Rücksitz zu helfen, dachte der Hilfssheriff darüber nach, was er jetzt tun sollte. Mit den beiden hineingehen? In der Einfahrt warten, bis sie im Haus waren? Oder sofort wieder zu den anderen in den Wald zurückfahren? Er versuchte, sich vorzustellen, was Dan Pullman wohl an seiner Stelle tun würde. Doch auch das brachte ihn zunächst nicht weiter. Endlich kam er zu dem Schluss, dass er selbst wahrscheinlich lieber allein wäre, falls seine Frau einmal vor ihm starb. Höchstens ein paar wirklich gute Freunde würde er um sich herum ertragen können.

»Wann Sie noch etwas brauchen sollten …«, begann er. Doch er fand nicht die richtigen Worte. »Ich glaube, ich fahre jetzt besser wieder, es sei denn, Sie brauchen noch etwas.«

Weder Joan noch Matt antworteten. Also lenkte Petrocelli den Streifenwagen um die kreisförmige Einfahrt herum und fuhr dorthin zurück, woher er gekommen war. In solchen Momenten bedauerte er zutiefst, dass er nicht gemeinsam mit seinem Bruder eine Pizzeria eröffnet hatte. Im Rückspiegel sah er, dass Joan Hapgood und ihr Sohn immer noch regungslos vor dem Haus standen und fragte sich, ob er noch einmal umkehren sollte. Aber was sollte er sagen? Was konnte er für die Frau und ihren Sohn schon tun?

Ratlos und mit dem Gefühl größter Unzulänglichkeit fuhr Tony Petrocelli schließlich davon.

Joan stand nur da und starrte auf das Haus. Obwohl sich an dem Gebäude offensichtlich nichts verändert hatte, war doch nichts mehr so wie zuvor. Nur langsam begann sie zu verstehen, worin die Veränderung bestand. *Es gehört mir jetzt nicht mehr.* Aber warum denn eigentlich nicht? Zehn Jahre lang hatte sie darin gelebt und das Haus, in dem sie, Bill und Matt wohnten, immer als Heim betrachtet.

Es war ihr Zuhause.

In diesem Augenblick wurde ihr klar, dass sie das Farmhaus mehr als Heimat und Zufluchtsort betrachtete als jeden anderen Ort, an dem sie je gelebt hatte. Sicher, das Haus in der Burlington Avenue hätte ihr eigentliches Zuhause sein sollen. Doch ihre Mutter hatte alles daran gesetzt, dass sie es nur noch mit dauernder Herabsetzung und Geringschätzung ihrer selbst verband. Und auch in den Wohnungen, in denen sie in New York gelebt hatte, hatte Joan nie heimatliche Gefühle entwickelt. Noch nicht einmal vor dem Zeitpunkt, als sie einsehen musste, dass sie Matt und sich selbst in New York unmöglich allein durchbringen konnte. Ihr war damals keine andere Wahl geblieben, als nach Granite Falls zurückzukehren. Und fünf Jahre später hatte sie Bill geheiratet, war in dieses Farmhaus gezogen und hatte sich endlich wirklich zuhause gefühlt.

Sie und Bill und Matt.

Aber jetzt war Bill tot, und das Haus war nicht mehr länger ihr trautes Heim. Nun wartete nicht mehr ihr Mann auf sie, sondern ihre Mutter.

Als hätten die Gedanken ihrer Tochter sie herbeigerufen, ging plötzlich die Haustür auf, und Emily Moore trat auf die Veranda. Dort blieb sie stehen und starrte Joan an.

»Wo warst du so lange?«, fragte sie ungehalten. »Ich habe Hunger. Ich will endlich mein Frühstück!«

Joan erstarrte. Wie konnte ihre Mutter nur so gefühllos sein? Doch dann bemerkte sie ihren Fehler. Sie hatte es so eilig gehabt, an Bills Seite zu eilen, dass sie ihre Mutter ganz vergessen hatte. Die alte Frau wusste gar nicht, was geschehen war.

»Vielleicht hätte ich Cynthia bitten sollen, das Frühstück zu machen«, versetzte Emily nun spitz. »Sie hätte es bestimmt liebend gern für mich getan!«

»Cynthia?«, wiederholte Joan mechanisch. »Mutter, du weißt doch …«

»Sie war hier«, fiel Emily ihr ins Wort. »Sie war heute Morgen hier! Aber jetzt kann ich sie nirgendwo mehr finden!«

Mit diesen Worten wandte Emily Moore sich ab und wollte wieder ins Haus zurückkehren.

»Großmutter?«, rief Matt plötzlich.

Die alte Dame drehte sich noch einmal um und starrte ihren Enkel an.

»Es ist Dad«, sagte Matt mit zitternder Stimme. Nur mit größter Anstrengung gelang es ihm fortzufahren. »Er … er ist tot, Großmutter. Es war ein Unfall, und er … er ist erschossen worden!«

Emily Moore schürzte die Lippen und schien darüber nachzudenken, was ihr Enkelsohn gerade gesagt hatte. Es dauerte eine Weile, bis sie langsam den Kopf schüttelte.

»Es gibt keine Unfälle«, verkündete sie mit Bestimmtheit. »Nichts geschieht ohne Grund.«

Damit wandte sie sich endgültig ab, ging ins Haus zurück und schloss die Tür hinter sich.

Joan griff nach der Hand ihres Sohnes. »Sie hat es bestimmt nicht so gemeint, Matt«, sagte sie beschwichtigend. »Die meiste Zeit weiß sie nicht einmal selbst, was sie daher redet.«

Matts Finger umklammerten die Hand seiner Mutter. Doch noch ehe er etwas erwidern konnte, hörten sie das Motorengeräusch eines Autos, das die Einfahrt heraufkam.

Sekunden später parkte Nancy Conroe ihren Saab neben Matt und Joan. Nancy sprang aus dem Wagen, eilte zu Mutter und Sohn und umschlang beide mit den Armen.

»Ich habe es gerade erst gehört«, keuchte sie. »Ich weiß gar nicht, was ich sagen soll … es ist ja so … so furchtbar!«

Als Joan den Arm ihrer besten Freundin um ihre Schultern spürte, war es um ihre Beherrschung geschehen. Die Tränen ließen sich nicht länger zurückhalten, und sie begann, verzweifelt zu schluchzen.

»Es wird schon wieder«, raunte Nancy leise. Dabei strich sie ihrer Freundin übers Haar, als wäre sie ein kleines Mädchen. Doch plötzlich wurde Nancy bewusst, was sie gerade gesagt hatte, und sie drückte Joan noch fester an sich. »Gott, was plappere ich nur für dummes Zeug? Wie kann denn alles wieder gut werden? Aber irgendwie werden wir es überstehen. Nun gehen wir besser erst mal ins Haus.«

Mit einem Arm umfasste sie Joan, mit dem anderen Matt und schob die beiden sanft die Stufen zur Haustür hinauf.

»Ich mache euch jetzt einen Kaffee, und dann werde ich …«

Nancy verstummte, denn ihr wurde klar, dass sie keine Ahnung hatte, was sie danach tun sollte. Joan schluchzte hilflos und war nicht in der Lage zu sprechen.

Bald konnte Nancy das Schweigen nicht mehr ertragen.

»Ich werde einfach tun, was getan werden muss«, sagte sie schließlich.

Es dauerte eine Weile, bis Joan sich wieder beruhigt hatte. Am Klang ihrer Stimme hörte Nancy, dass ihrer Freundin nun langsam das ganze Ausmaß dessen, was geschehen war, bewusst wurde.

»Wir müssen die Leute anrufen«, murmelte Joan. »Alle Leute, die heute Abend zu Matts Party kommen wollten …«

»Ja, natürlich. Gibt es eine Liste? Ach, ist doch egal … ich weiß auch so, wer gekommen wäre.«

Nancy schaltete die Kaffeemaschine ein und setzte sich dann mit dem Telefon an die Frühstücksbar neben dem Herd.

»Und unseren Anwalt«, fügte Joan hinzu, als käme ihr dieser Gedanke erst jetzt. »Ruf am besten auch gleich Trip Wainwright an.«

Den ganzen Nachmittag über fühlte sich Joan, als taumle sie durch dichten Nebel. Gelegentlich tauchte ein bekanntes Gesicht vor ihren Augen auf, und sie hörte immer wieder dieselben Worte:

»Es ist ja so furchtbar … ganz unvorstellbar!«

»Ich kann gar nicht glauben, dass Bill von uns gegangen ist! Was sollen wir nur ohne ihn tun?«

»Welch eine Tragödie! Wie konnte das nur passieren?«

»Gottes Wege sind unergründlich, doch wir müssen unser ganzes Vertrauen in ihn setzen.«

»Wenn ich irgendetwas für dich tun kann, Joan, egal was …«

Aber niemand konnte etwas tun, und das schien auch jeder zu wissen. Denn sobald die Besucher ein paar nichts sagende Phrasen losgeworden waren, machten sie sich auch schon wieder davon. Gegen fünf Uhr hatten alle das Haus bereits wieder verlassen. Nur Arthur Pettis rieb sich immer wieder verlegen die Hände und verabschiedete sich zum x-ten Mal unter überschwänglichen Beteuerungen. Er versprach Joan, dass sie sich keine Sorgen zu machen brauche.

»In Versicherungsangelegenheiten war Ihr Ehemann mehr

als genau. Es war ihm sehr wichtig, dass seine Familie im Falle des Falles gegen alle Heimsuchungen des Schicksals abgesichert ist.«

Joan wusste, dass der Versicherungsagent an diesem Tag der letzte Besucher sein würde.

Nachdem Nancy Conroe den Mann endlich hinaus begleitet hatte, fragte Joan sich jedoch, was schlimmer sein würde: den Abend allein zu verbringen oder mit Bills Freunden zu sprechen.

Bills Freunde?

Wie kam sie nur auf diesen Gedanken? Mehr als ein halbes Dutzend Leute war an diesem Nachmittag zum Farmhaus herausgefahren, um ihr und Matt das Beileid auszusprechen. Alle hatten, wie es in Granite Falls Brauch war, etwas zu Essen mitgebracht. Auf dem Küchenbüffet standen Aufläufe, Salate, Kuchen und Pasteten. Doch diese Menschen waren ihre *gemeinsamen* Freunde gewesen, nicht nur Bills.

Einer nach dem anderen waren sie erschienen, hatten Joans Hand gedrückt und Beileidsbekundungen gemurmelt. Aber im Laufe des Nachmittags hatte Joan dabei ein eigenartiges Gefühl beschlichen. Zuerst hatte sie geglaubt, es liege daran, dass niemand so recht wusste, was er in einer solchen Situation sagen sollte. Aber dann waren ihr nach und nach ein paar Dinge aufgefallen.

Kleine Dinge. Die verstohlenen Blicke, die manche Besucher Matt zuwarfen. Nicht, dass jemand etwas gesagt hätte. Nein, jeder hatte Matt genauso teilnahmsvoll die Hand geschüttelt wie ihr und dabei dieselben Worte wiederholt, die er auch an Joan gerichtet hatte. Danach hatten die meisten Leute sich ein paar Minuten lang miteinander unterhalten. Und dabei waren ihre Blicke immer wieder zu Matt gewandert. Aber jedes Mal hatten sie so schnell wieder weggesehen, als fürchteten sie, bei etwas Unanständigem ertappt zu werden.

Als die Stunden vergingen und Joan sich nicht mehr ganz so benommen fühlte wie zu Beginn des Nachmittags, versuchte sie sich zu sagen, dass sie sich das eigenartige Verhalten der Leute nur einbildete. Dabei wusste sie längst, dass ihre Beobachtungen mit Einbildung nichts zu tun hatten.

Man redete über Matt. Und über Bill. Die Leute glaubten, Matt hätte Bill umgebracht.

Ohne dass Joan es bemerkte, begann die Sorge um ihren Sohn den tiefen Kummer über den Tod ihres Mannes zu überlagern. Und durch die Tränen, die ihr in den Augen brannten, hindurch begann sie, ihre Freunde in einem anderen Licht zu sehen.

Ihre Freunde? Waren diese Menschen denn wirklich ihre Freunde? Waren sie es je gewesen?

Energisch sagte Joan sich, dass sie ihnen Unrecht tat. Sie waren genauso ihre Freunde, wie sie Bills Freunde gewesen waren. Doch so sehr sie sich auch bemühte – das Gefühl, dass diese Menschen sich innerlich von ihr entfernten, wurde sie nicht los. Sie waren allesamt mit Bill aufgewachsen. Joan hatte sie zwar vom Sehen her gekannt, doch erst nach ihrer Hochzeit mit Bill war sie in ihre Reihen aufgenommen worden.

Diese Menschen hatten das Haus in der Burlington Avenue, in dem sie aufgewachsen war, nie betreten. Keiner der Männer hatte sie je zum Tanzen ausgeführt, als sie noch gemeinsam auf dieselbe High School gegangen waren. Sie hatte nie als Cheerleaderin die Footballspieler angefeuert oder bei den Wahlen zur beliebtesten Schülerin des Jahrgangs kandidiert. Für die meisten der Menschen, die sie nun ihre Freunde nannte, hatte sie erst ab dem Abend existiert, als Bill sie zum ersten Mal zu einem gemeinsamen Dinner ausgeführt hatte. Joan erinnerte sich noch sehr gut daran, welche Angst sie damals ausgestanden hatte …

»Alle starren mich an«, flüsterte sie. »Bill, warum starren sie mich denn so an? Bin ich falsch angezogen?«

»Sie sehen dich an, weil du die schönste Frau bist, die sie je gesehen haben«, antwortete Bill. Dann zwinkerte er ihr zu. »Erst wenn sie einmal aufhören, dich so anzusehen, solltest du dir wirklich Sorgen machen.«

Sie glaubte ihm natürlich kein Wort, denn schön war sie nie gewesen. Nicht sie, sondern ihre Schwester Cynthia hatte immer als Schönheit gegolten. Und Joan war sicher, dass sie an diesem wun-

derbaren Augustabend nicht mit Bill hier sitzen würde, wenn Cynthia noch am Leben wäre. Dann wäre er nämlich in die Burlington Avenue gekommen, um ihre Schwester abzuholen und nicht sie.

Ihre Mutter hätte ihn hereingebeten und sich dann höflich mit ihm unterhalten, bis Cynthia mit ihrem Make-up fertig war.

Und Cynthia hätte auch nicht wie Joan gebetet, dass unter ihren Achselhöhlen keine Schweißflecken auf dem besten Kleid erschienen.

Doch diesmal hatte nicht Cynthia, sondern sie selbst nervös vor Cynthias Kleiderschrank gestanden und verzweifelt nach einem Kleid gesucht, in dem sie mit Bill Hapgood ausgehen konnte.

Und ihre Mutter hatte nicht mit Bill geplaudert, sondern war zu ihr heraufgekommen und hatte sie ermahnt, sich zu beherrschen. »Ich habe bereits ein Enkelkind«, hatte sie in bissigem Ton hervorgepresst. »Macht mir also bitte heute Nacht kein zweites.«

Mit knallrotem Kopf war Joan anschließend hinuntergegangen, um Bill zu begrüßen. Er hatte im Wohnzimmer gesessen und mit Matt gespielt. Als er Joan an jenem Abend nach Hause brachte, hatte er sie beinahe davon überzeugt, dass sie wirklich die schönste aller Frauen in dem Restaurant gewesen war, und sie wusste, dass sie begonnen hatte, sich in ihn zu verlieben.

Nun, zehn Jahre später, bohrte sich der Schmerz über den Verlust ihres Mannes wie ein Messer in ihren Leib. Und dabei wurde sie das schreckliche Gefühl nicht los, dass all ihre Freunde eigentlich gar nicht gekommen waren, um ihr in ihrer Trauer beizustehen und ihr Trost zuzusprechen. In Wahrheit hatten sie doch nur hören wollen, was am Morgen im Wald wirklich geschehen war.

Inzwischen saß nur noch Nancy Conroe im Wohnzimmer. Alle anderen hatten sich verabschiedet, und Joan wollte allein sein. Allein mit Matt. Allein mit ihrer Trauer.

Eine halbe Stunde später schloss sie die Haustür hinter Nancy Conroe und konnte sich endlich ungestört ihrem Sohn zuwenden. Er saß in einem der Lehnstühle am Kamin. Joan kniete vor ihm nieder und nahm seine Hände in ihre.

»Wir schaffen das schon irgendwie, Matt«, sagte sie mit sanfter Stimme.

Matt, dessen sechzehnter Geburtstag nun auf eine Art zu Ende ging, die sich weder er noch seine Mutter hätten träumen lassen, schaute Joan mit ausdruckslosen Augen an.

»Ich weiß, was sie denken, Mam,« sagte er. »Ich weiß, was sie alle glauben. Dass ich Vater umgebracht habe.«

Sollte sie ihm widersprechen? Ihm sagen, dass er sich täuschte? Aber wie konnte sie das? Was er sagte, stimmte ja.

»Das ist vollkommen gleichgültig«, erwiderte sie schließlich. Sie wollte ihm Trost spenden. Das war ihr noch wichtiger, als selbst getröstet zu werden. »Was die Leute denken, ist doch gleichgültig. Was zählt, ist, dass wir beide wissen, dass du nichts Böses getan hast.«

Matt gab keine Antwort.

Emily Moore beobachtete misstrauisch, wie das letzte Auto über den knirschenden Kies der Einfahrt fuhr und zwischen den Bäumen verschwand. Heute waren viele Autos gekommen und wieder davongefahren. Doch wie viele es genau gewesen waren oder wie lange die Leute, die darin gesessen hatten, im Haus geblieben waren, hätte Emily nicht sagen können. Sie wusste nur, dass sich alles geändert hatte, seit Cynthia zurückgekehrt war. Obwohl ihre Erinnerung an die Rückkehr ihrer geliebten Tochter immer verschwommener wurde, klammerte sich Emily eisern daran. Immer wieder spielte sie in Gedanken die Szene durch, versuchte, jede kleinste Einzelheit ganz tief in sich aufzunehmen. Doch es gab so wenig, an dem sie sich festhalten konnte. Emily erinnerte sich lediglich daran, dass sie gerade im Badezimmer gewesen war, als sie plötzlich das sichere Gefühl gehabt hatte, dass Cynthia nach Hause gekommen war. Sie hatte es ganz deutlich gespürt!

Ihr erster Gedanke war, sofort in Cynthias Zimmer zu eilen, doch dann hatte sie innegehalten. Was, wenn sie sich alles nur einbildete und Cynthia doch nicht da war? Aber sie war gekommen! Emily spürte es. Also drehte sie vorsichtig den Türknauf und öffnete langsam die Tür. Und da saß sie – saß vor dem Frisiertisch und war gerade dabei, ihr Make-up genauso sorgfältig aufzutragen, wie sie es jeden Morgen vor der Schule getan hatte. Vor Emilys Augen legte Cynthia die Wimpernzange beiseite und betrachtete sich kritisch im Spiegel. Dann griff sie nach einem der Parfumfläschchen. Als sie es öffnete, erfüllte der schwere Moschusduft von Nightshade das Zimmer. Emilys Herz setzte vor lauter Aufregung ein paar Schläge lang aus, und ihre Knie wurden weich. Sie musste sich einen Augenblick lang an den Türrahmen lehnen, während der Duft des Parfüms sie einhüllte. Als sie versuchte zu sprechen, drang nur ein kaum hörbares Krächzen aus ihrer Kehle.

»Cynthia? Meine Cynthia?«

Zuerst glaubte sie, Cynthia hätte sie gar nicht gehört, doch dann wandte sich die geliebte Tochter um und lächelte sie an. »Ich bin wieder zu Hause, Mama«, sagte sie. »Ich bin endlich wieder zu Hause!«

Eine Hand an die Brust gepresst, um ihr wie wild pochendes Herz zu beruhigen, und die andere nach Cynthia ausgestreckt, bewegte Emily sich auf ihr wundervolles Kind zu. Doch kaum hatte sie einen oder zwei Schritte getan, da erhob sich Cynthia lautlos wie eine Erscheinung von dem Schemel vor dem Frisiertisch und verschwand durch die schwere Mahagonitür in den Korridor. Emily stolperte ihr eilig nach, doch als es ihr endlich gelang, die Tür zu öffnen, war Cynthia spurlos verschwunden.

Jemand, der sie nicht mit eigenen Augen gesehen hatte, hätte glauben können, sie wäre nie da gewesen. Emily hatte sie gesucht. Sie war durch alle Zimmer im Haus gegangen, hatte in jedem Winkel nachgesehen und nach Cynthia gerufen. Doch es hatte nichts geholfen. Cynthia blieb verschwunden.

Dann war Joan endlich nach Hause gekommen. Emily hatte ihr von Cynthia erzählt, und dann waren all die Autos aufgetaucht. Emily wusste natürlich, was die vielen fremden Leute im Haus suchten. Joan wollte nicht, dass Cynthia zurückkehrte. Also hatte sie diese Menschen gerufen, damit sie nach ihrer Schwester suchten und sie mitnahmen. Emily hielt sich die ganze Zeit in ihrem Zimmer versteckt und spähte nur vorsichtig hinter der Gardine hervor. Dabei brachte die Angst, dass diese Leute ihre wunderbare Tochter finden könnten, sie beinahe um. Aber jetzt waren die Menschen und die Autos wieder verschwunden, und nun endlich konnte Emily den Wachposten am Fenster verlassen. Völlig erschöpft tastete sie sich zu ihrem Sessel und ließ sich langsam in die Polster sinken.

Sie schloss ihre Augen. Die Minuten vergingen. Vielleicht waren es sogar Stunden.

Langsam erwachte Emily aus der Ohnmacht, die sie überkommen hatte. Ihr Körper war steif, und sie hatte einen bitteren Geschmack im Mund. Das Zimmer war dunkel, doch sie bemerkte es nicht. Ihre Gelenke schmerzten, als sie sich umständlich aus dem Sessel stemmte und ins Badezimmer schlurfte. Dort kramte sie eine Weile in dem Schränkchen, in dem die Arzneimittel aufbewahrt wurden, herum, fand schließlich eine Dose Puder und schüttete sich etwas davon in die linke Hand. Dann stießen ihre Finger an ihre Zahnbürste. Sie rieb die Bürste in dem Puder hin und her und steckte sie sich dann in den Mund. Der Geschmack war anders als sonst, und die Bürste fühlte sich trocken an. Aber Emily bürstete sich dennoch damit die Zähne. Sie wollte den bitteren Geschmack loswerden.

Dann glaubte sie, im Spiegel etwas zu sehen. Es war nur eine kurze Bewegung, die sich in den Schatten der Dunkelheit verlor. Emily ließ die Zahnbürste fallen, wandte sich um und blinzelte unsicher in die Dunkelheit.

Die Tür zu Cynthias Zimmer stand offen.

Emily konnte Cynthias Gegenwart *spüren*. Plötzlich war sie hellwach. Ganz neue, ungewohnte Geräusche erfüllten plötzlich ihre Ohren, die mit den Jahren immer schwächer geworden waren. Emily hörte das Ticken einer Uhr, das leise Klagen einer Eule draußen vor dem Fenster, das entfernte Rascheln eines jagenden Raubtiers.

Emilys Augen, die längst ihre Schärfe eingebüßt hatten, nahmen plötzlich jeden Lichtstrahl, jedes Flackern wahr. Und das Zimmer ihrer Tochter war von einem silbrigen Glanz erfüllt.

Wieder saß Cynthia an ihrem Frisiertisch. Ihr blondes Haar floss in sanften Wellen über ihre Schultern. Das seidene Nachthemd umgab sie wie eine schimmernde Wolke.

Emily quälte die Angst, dass die Erscheinung sich auflösen könnte wie eine flüchtige Luftspiegelung, und gestattete sich nur einen einzigen vorsichtigen Schritt in Richtung ihrer Tochter.

Dann noch einen und noch einen.

Endlich stand sie hinter Cynthia und sah in das engelhafte Gesicht, das von dem Spiegel reflektiert wurde. Emily hob die zitternden Hände an die Schultern ihrer Tochter, fürchtete aber, der Körper ihres Kindes könnte sich in Nichts auflösen, wenn sie ihn berührte.

»Ich bin ja so froh, Cynthia«, flüsterte sie. Ihre Stimme wollte ihr kaum gehorchen. »Ich bin ja so froh, dass du wieder zu Hause bist.«

Im Spiegel traf sich Cynthias Blick mit dem ihrer Mutter, und ein Lächeln umspielte Cynthias Lippen. »Liebst du mich, Mama?«, fragte sie leise.

»Mehr als alles andere«, hauchte Emily. »Mehr als alles andere auf der Welt.«

Cynthia erhob sich von dem Stuhl und drehte sich um, so dass Emily in ihr perfektes Gesicht blicken konnte.

Cynthias Augen glühten in dem silbrigen Licht. Lächelnd sah sie Emily an. Sie legte beide Hände auf die schmalen Schultern ihrer Mutter.

Eine Wärme, wie sie sie seit Jahren nicht gespürt hatte, rieselte durch Emilys Körper und vertrieb die eisige Kälte, die ihr sonst so erbarmungslos in den Knochen saß. Emily hob eine Hand und wollte zärtlich über die Wange ihrer Tochter streichen.

Und in diesem Augenblick veränderte sich alles. Plötzlich fühlten sich Cynthias Finger an wie Krallen, die sich schmerzhaft in Emilys welke, alte Haut und in ihr Fleisch bohrten. Das silberne Licht, das den Raum magisch hatte erstrahlen lassen, verblasste, und die Stimmen der Nacht, die gerade noch die Ohren der alten Frau erfüllt hatten, verstummten. Immer tiefer gruben sich die Krallen in Emilys

Schultern, und plötzlich spürte sie einen stechenden Schmerz in der Brust. Dann stolperte sie, wie von einer übermenschlichen Kraft gestoßen, rückwärts.

Sie verlor das Gleichgewicht.

Emily versuchte, sich zu fangen, auf den Beinen zu bleiben. Verzweifelt streckte sie die Hände aus, um sich irgendwo – ganz gleich woran – festzuhalten, um den Fall abzufangen.

»Cynthia!«, schrie sie. »Hilf mir, Cynthia!«

Doch es war zu spät. Emilys Körper krümmte sich auf dem Boden, und ein bohrender Schmerz durchzuckte sie. Einen Atemzug später sank sie zurück in die Ohnmacht, aus der sie erst vor wenigen Minuten erwacht war.

Emily erwachte kurz vor der Morgendämmerung. Ihr ganzer Körper schmerzte, und sie wusste nicht, was mit ihr geschehen war. Es gelang ihr, auf die Beine zu kommen und sich durch die Dunkelheit zum Bett zu tasten. Sie ließ sich auf die Matratze sinken. Langsam ließen die Schmerzen ein wenig nach, und sie fiel in einen unruhigen Schlaf. Als sie das nächste Mal erwachte, war der Raum in ein fahles Licht getaucht, und sie hörte eine Stimme, die zu ihr sprach.

»Mutter? Mutter, was ist mit dir? Warum liegst du denn in diesem Bett?«

Unter Schmerzen stemmte Emily sich hoch und stützte den Rücken in die Kopfkissen. Einen Augenblick lang wusste sie nicht, wo sie sich befand. Doch dann erkannte sie langsam das Zimmer.

»Cynthia«, fragte sie. »Bist du es?«

»Nein, Mutter«, hörte Emily jemanden sagen. »Ich bin nicht Cynthia. Ich bin Joan. Komm, ich bring dich zurück in dein Bett.«

Viel zu müde und zu erschöpft, um sich zu wehren, ließ Emily sich von Joan in ihr Zimmer bringen. Dabei musste ihre Tochter sie beinahe tragen. Emily bemerkte kaum, was mit ihr geschah. Sie suchte in ihren verschwommenen Erinnerungen nach einem Bruchstück der wunderbaren Erscheinung, der sie in der vergangenen Nacht begegnet war. Die alte Frau spürte nicht, wie Joan sie zudeckte. Sie wollte nur die Erinnerung an Cynthia festhalten. Mit geschlossenen Augen lag sie da und schlief bald darauf wieder ein.

Matt hatte das Gefühl, überhaupt nicht geschlafen zu haben. Die Zeiger des Weckers neben seinem Bett standen auf halb neun. Doch er fühlte sich so zerschlagen, als wäre er die ganze Nacht wach gewesen. Ein Ächzen drang aus seiner Kehle. Er war ratlos, verzweifelt und unendlich müde. Seufzend boxte er auf das Kopfkissen ein, bis es einem festen Ball glich, wühlte sein Gesicht hinein und zog sich die Bettdecke über den Kopf. Nur allzu gern hätte er sich vor den Alpträumen, die ihn in den Stunden vor der Dämmerung heimsuchten, und vor dem schrecklichen Alptraum, zu dem sein Geburtstag geworden war, genauso versteckt wie jetzt vor dem Morgenlicht. Doch er wusste, dass es sinnlos war, denn das, was gestern geschehen war, glich keinem seiner Alpträume und war grausame Wirklichkeit.

Sein Stiefvater – der einzige Vater, den er je gehabt hatte – war tot. Obwohl Matt sich die Decke fest über den Kopf zog, wurde er das Bild, das ihn verfolgte, nicht los. Er würde es für den Rest seines Lebens vor sich sehen: Bills ausdrucksloses Gesicht, als Paul Arneson den leblosen Körper auf den Rücken gewälzt hatte. Die leeren Augen, mit denen er seinen Stiefsohn angestarrt hatte. Das Loch in seiner Stirn. Das saubere und sonderbarerweise überhaupt nicht blutige Loch, das eher ausgesehen hatte, als stamme es von einem Bohrer als von einer Gewehrkugel.

Matt griff mit der Hand an seine eigene Stirn. Als er versuchte, sich vorzustellen, wie sich so ein Loch anfühlte, wimmerte er leise. Aber hieß es nicht, man merke gar nichts, wenn einen ein Schuss traf? Sein Vater hatte wahrscheinlich nicht einmal den Knall gehört und auch nicht gespürt, wie die Kugel sich ihren Weg in sein Gehirn gebahnt hatte.

In einer Sekunde noch lebendig.

Und in derselben Sekunde schon tot.

Das Bild vom Gesicht seines Vaters und von dem Loch, das in seiner Stirn klaffte, hatte Matt den ganzen Tag über verfolgt. Die vielen Menschen, die den ganzen Nachmittag über im Haus ein und aus gegangen waren, hatte er nur am Rande wahrgenommen. Doch etwas anderes war ihm sehr bewusst: Ganz bestimmte Leute hatten sich nicht blicken lassen.

Eric Holmes.

Pete Arneson.

Und Kelly Conroe.

Matt glaubte zu wissen, warum Eric und Pete nicht erschienen waren. Wahrscheinlich waren sie damit beschäftigt gewesen, dem Sheriff zu erzählen, was geschehen war. Oder zumindest, das, was ihrer Auffassung nach geschehen sein musste. Sie glaubten, dass er seinen Vater umgebracht hatte.

Aber warum war Kelly Conroe nicht gekommen? Matt hatte ihr Gesicht den ganzen Nachmittag lang vergeblich gesucht, hatte bis zum Abend gehofft, dass sie plötzlich vor der Tür stehen würde. Sie hätte noch nicht einmal etwas zu sagen brauchen. Wenn sie nur einfach da gewesen wäre und ihn ihre Hand hätte halten lassen, wäre ihm das ein großer Trost gewesen. Doch Kelly war nicht gekommen, und Matt hatte die meiste Zeit allein in dem Sessel gesessen, während die Leute seiner Mutter gesagt hatten, wie leid ihnen alles täte.

Einige hatten auch mit ihm gesprochen. Doch am Klang ihrer Stimmen und an der Art, wie sie ihn ansahen, wenn sie glaubten, er bemerke es nicht, erkannte er, was sie dachten.

Du hast ihn umgebracht. Du hast unseren Freund umgebracht. Du hast deinen Vater getötet.

Aber meist redeten sie ohnehin nur das Nötigste mit ihm und wandten sich dann ab. Danach flüsterten sie miteinander und sahen ihn verstohlen an.

Sahen ihn an, als sei er irgendein seltsames Insekt.

Wenn er nicht einmal selbst wusste, was geschehen war, wie konnten sie es dann wissen?

Das Flüstern und die heimlichen Blicke verfolgten Matt. Das starre Gesicht seines Stiefvaters beherrschte seine Gedanken. Er fror. Die Kälte lähmte ihn.

Als er schließlich zu Bett gegangen war, hatte er gewusst, dass sein Leben nie wieder so sein würde wie zuvor.

Matt dachte an die vergangene Nacht. Ihm war kalt. Er war allein.

Erschöpft lag er in der Dunkelheit und versuchte, an gar nichts zu denken. Er wollte das Gesicht seines Stiefvaters aus seinem Kopf verbannen, sich vor der Kälte schützen, indem er die Bettdecke fest um sich wickelte. Doch vor dem Bild, das für immer in seine Erinnerung gemeißelt war, und vor der Kälte, die seine Seele durchdrang, gab es kein Entrinnen. Irgendwann schlief Matt ein.

Im Schlaf hatte er seine Tante gesehen. Ein leiser Klagelaut entfuhr seiner Kehle, als er sich an den Traum erinnerte. Es musste ein Traum gewesen sein.

Die Dunkelheit, die ihn umgab, lichtete sich und schließlich erstrahlte der ganze Raum in einem silbrigen Licht. Er lag noch immer in seinem Bett, war nach wie vor in seinem Zimmer, und draußen herrschte noch immer tiefe Nacht. In der Ferne hörte Matt eine Uhr schlagen, doch es gelang ihm nicht, die Stunden zu zählen, und die Uhr schlug immer weiter. Dann erschien eine Gestalt in der Tür. Eine Frau mit langem blonden Haar, das seidig über ihre Schultern floss. Ein langes Nachthemd aus weichem, wallendem Stoff verhüllte ihren Körper. Als das silbrige Licht auf ihr Gesicht fiel, erkannte Matt sie sofort.

Die Frau war seine Tante. Seine Tante Cynthia.

Doch wie war das möglich? Sie war doch tot!

Die Frau ging durch das Zimmer und streckte die Arme nach ihm aus. Matt lag reglos da und betrachtete sie. An seinem Bett blieb sie stehen und lächelte auf ihn hinunter.

»Ich kümmere mich um dich«, flüsterte sie. »Ich werde immer für dich da sein.«

Das Nachthemd glitt von ihren Schultern, und ein schwerer Duft erfüllte die Luft. Während Matt ihn tief einatmete, beugte sich die Frau über ihn und schlug die Bettdecke zurück. Sanft berührten ihre Finger seine Brust. Der Duft wurde stärker, und ein leises Stöhnen kam von Matts Lippen.

Dann lag seine Tante neben ihm im Bett, ihr Körper schmiegte sich an ihn, und er spürte, wie die Hitze ihres Fleisches die Kälte aus seiner Seele vertrieb. Er atmete tief, sog gierig das schwere Aroma des Parfums in seine Lungen und spürte, wie sein Körper auf ihre Berührungen reagierte. Er schlang die Arme um sie und drückte sie fest an sich.

Ihre Hände berührten seinen Rücken, streichelten ihn und glitten dann tiefer. Und tiefer. Dann spürte er ihre Finger zwischen seinen Beinen, fühlte, wie aus der Wärme, die ihn durchströmte, ein loderndes Feuer wurde.

»Lass mich«, flüsterte seine Tante. »Lass mich dich lieben.«

Matts Herz schlug ihm bis zum Hals, sein Atem ging stoßweise, und der eigenartige Duft erfüllte ihn ganz. Er überließ sich der Wärme, dem Trost, der Ekstase, der Erscheinung, die aus der Dunkelheit zu ihm gekommen war.

Ein Traum.

Es war nur ein Traum gewesen.

Doch noch jetzt, wo die Strahlen der Morgensonne längst durch das Fenster fielen, hatte Matt das Gefühl, sich völlig verausgabt zu haben. Seine Haut fühlte sich klebrig an. Dabei hatte er geduscht, bevor er zu Bett gegangen war.

Seufzend schlug Matt schließlich die Bettdecke zurück, ging in das Badezimmer und stellte sich unter die Dusche. Er verbrühte sich fast an dem heißen Wasser, das er auf seinen Körper prasseln ließ. Und obwohl er sich beinahe die Haut wund schrubbte, fühlte er sich noch immer schmutzig. Und auch die Kälte, die seine Seele durchdrang, konnte der heiße Wasserstrahl nicht vertreiben.

Neuntes Kapitel

Ich schaffe das nicht. Es ist einfach zu viel.

Mit diesem Gedanken erwachte Joan aus ihrem unruhigen Schlaf. Heute war der Tag, an dem Bill beerdigt werden würde. Die Angst vor dem, was da auf sie zukam, diese furchtbare Angst, die in den beiden vergangenen Tagen immer schlimmer geworden war, ließ Joan noch ein paar Minuten wie erstarrt im Bett liegen bleiben. Sie ertappte sich dabei, wie sie hoffnungsvoll nach den Anzeichen einer Krankheit suchte: Fieber vielleicht, oder Übelkeit – irgendetwas, das ihr eine glaubhafte Entschuldigung geben könnte, damit sie an diesem Tag im Bett liegen bleiben durfte.

Stell dich nicht wie eine Zehnjährige an, schalt sie sich schließlich. *Man könnte ja meinen, hier liege ein kleines Mädchen, das nicht zur Schule will.*

Joan fühlte sich plötzlich in ihre Grundschulzeit zurückversetzt.

»Tu einfach so, als seist du krank«, hatte Cynthia zu ihr gesagt. Es war an einem Freitagmorgen gewesen, und Joan wusste, dass ihr nichts einfallen würde, wenn sie das weiße Blatt Papier erst vor sich liegen sah. Dabei hatte sie für den Rechtschreibtest gelernt. Doch wenn Mrs. Van Sant damit begann, der Klasse die Worte vorzulesen, würden sie ihr wahrscheinlich vorkommen wie Chinesisch.

»Ich mache das öfter«, hatte Cynthia ihrer Schwester kess erklärt. »Es ist ganz einfach: Du tust so, als wolltest du tapfer sein und unbedingt zur Schule gehen. Aber dann stöhnst du ein bisschen und hältst dir den Bauch, und im Nu schickt Mama dich wieder ins Bett. Warte, ich zeig dir, wie man das macht!«

Also gingen sie gemeinsam hinunter in die Küche und setzten sich an den Tisch. Während ihre Mutter am Herd hantierte, zwinkerte Cynthia ihrer kleinen Schwester verschwörerisch zu. Als Emily Moore dann die Teller mit Rührei und Speck auf den Tisch stellte, verzog Cynthia ein wenig das Gesicht und legte sich die Hand auf den Bauch.

»Cynthia?«, fragte ihre Mutter sofort mit besorgtem Gesichtsausdruck. »Fühlst du dich nicht wohl?«

Fasziniert beobachtete Joan, wie Cynthia ein schiefes Lächeln aufsetzte.

»Mach dir keine Sorgen, Mama«, sagte sie dann. Es gelang ihr tatsächlich, ihre Stimme gleichzeitig entkräftet und entschlossen klingen zu lassen. »Es wird schon gehen.«

Doch Emily Moore stand bereits neben Cynthia und presste ihr Handgelenk auf die Stirn ihrer älteren Tochter. »Ich glaube, du hast tatsächlich ein bisschen Temperatur. Du gehst am besten gleich wieder ins Bett. Ich bringe dir dann dein Frühstück hinauf.«

Cynthia schleppte sich aus der Küche und zwinkerte Joan dabei hinter dem Rücken ihrer Mutter noch einmal zu. Joan holte tief Luft und versuchte, ihre Stimme wie die von Cynthia klingen zu lassen. »Ich fühle mich auch nicht besonders wohl, Mutter«, begann sie vorsichtig.

Emily funkelte sie böse an. »Glaub bloß nicht, dass du mich zum Narren halten kannst, junge Dame! Du willst doch nur wie deine Schwester zu Hause bleiben.«

Jeder weitere Versuch, ihre Mutter umzustimmen, wäre zwecklos gewesen. Also war Joan zur Schule gegangen, während Cynthia sich auf der Couch im Wohnzimmer unter eine Decke gekuschelt hatte. Dort hatte sie sich den ganzen Tag über faul herumgelümmelt, ferngesehen und sich von ihrer Mutter mit Apfelsaft, Tee und allem, wonach es sie sonst gelüstete, verwöhnen lassen. Joan war in dem Rechtschreibtest an jenem Morgen kein einziger Fehler unterlaufen. Und von diesem Tag an hatte sie nie wieder auch nur daran gedacht, krank zu feiern. Sie wunderte sich darüber, dass sie sich noch so genau an dieses Ereignis aus ihrer Kindheit erinnerte.

Also gut, ich stehe auf, sagte sie sich. *Ich werde mich allem stellen, werde es durchstehen und nicht daran zugrunde gehen. Und Matt wird dasselbe tun*.

Doch während sie noch sich selbst Mut zusprach, wurde

Joan bewusst, wie sehr sie sich um ihren Sohn sorgte. In den vergangenen drei Tagen schien er keinerlei Abstand von den furchtbaren Ereignissen gewonnen zu haben, im Gegenteil: Das, was er erlebt hatte, schien ihn mit jedem Tag stärker zu belasten. Jeden Morgen war Matt ein wenig blasser, ein wenig nervöser und noch ein wenig verschlossener als am Tag zuvor.

So etwas braucht Zeit, sagte Joan sich. *Wir beide brauchen Zeit. Wenn wir Bill beerdigt haben, wird Matt langsam wieder zu sich selbst finden. Es wird uns beiden mit der Zeit wieder ein wenig besser gehen.*

Sie warf sich den Morgenmantel über und begann mit ihrem täglichen Ritual. Zuerst ging sie hinunter in die Küche und stellte die Kaffeemaschine an. Ihr Kaffee wurde nie so gut wie der von Bill. Doch wenigstens verschaffte ihr das Abmessen, das Mahlen und das Warten auf das heiße Getränk noch eine Gnadenfrist, bis sie zu ihrer Mutter hinaufgehen musste. Und ein bisschen Zeit, um dafür zu beten, dass ihre Mutter einen guten Morgen haben würde.

An guten Tagen wusste Emily, wo sie war und warum sie im Farmhaus wohnte. Dann fragte sie, wann sie wieder nach Hause könne und wie weit die Reparaturen an ihrem Haus fortgeschritten seien. Und natürlich mäkelte sie an allem herum, was Joan tat.

An schlechten Tagen musste Joan damit rechnen, dass Emily nicht einmal sie erkannte und sich irgendwo im Labyrinth ihrer Erinnerungen verlor. In solchen Phasen erreichte Joan sie kaum mehr. Zwar beschimpfte ihre Mutter sie dann nicht, doch es konnte eine Stunde und länger dauern, bis sie die alte Frau zum Aufstehen bewegt und angezogen hatte. Und danach musste Joan den ganzen Tag lang auf sie Acht geben. Es galt, sie davon abzuhalten, den Herd einzuschalten oder einfach durch die Haustür zu tappen und ziellos draußen umherzuwandern. An solchen Tagen kam es sogar vor, dass Emily sich selbst im Haus nicht mehr zurechtfand. Am schlimmsten war bisher der Morgen nach Bills Tod verlaufen. Joan hatte ihre Mutter im Gästezimmer gefunden, und Emily hatte sich nicht von der fixen

Idee abbringen lassen, dass Cynthia sie in der Nacht besucht habe.

Wenn Joan die verletzenden Beschimpfungen, zu denen Emily an den ›guten‹ Tagen fähig war, mit ihrem stundenlangen unzusammenhängenden Gebrabbel an den ›schlechten‹ Tagen verglich, fragte sie sich manchmal, ob ihr schlechte Tage nicht sogar lieber waren.

Als der Kaffee fertig war und Joan eine Tasse davon getrunken hatte, konnte sie den Moment nicht länger hinauszögern, an dem sie nach ihrer Mutter sehen musste.

Sie klopfte leise an die Tür, bevor sie vorsichtig den Kopf ins Zimmer steckte. »Mutter? Bist du wach?«

»Hast du mir Kaffee gebracht?«, war Emilys Antwort.

Kein ›Guten Morgen‹ dachte Joan. Kein ›Wie geht es dir?‹ Und warum wollte ihre Mutter jetzt plötzlich den Kaffee ans Bett? Das letzte Mal, als sie ihr welchen aufs Zimmer gebracht hatte, hatte Emily sich geweigert, ihn auch nur anzurühren.

»Ich bin doch nicht krank«, hatte sie geschimpft. »Ich werde meinen Kaffee in der Küche trinken, wie immer.«

»Tut mir leid«, sagte Joan jetzt. »Ich bringe dir gleich eine Tasse.« Sie hielt einen Moment lang inne und fügte dann hinzu: »Heute ist die Beerdigung, Mutter.« Joans Stimme zitterte, und sie konnte nur hoffen, dass ihre Mutter überhaupt wusste, wovon sie sprach. »Hast du schon darüber nachgedacht, was du anziehen möchtest.«

»Ich gehe nicht zu einem Begräbnis«, verkündete Emily. »Ich gehe nirgendwo hin.«

Nicht gehen? Was redete sie da?

»Fühlst du dich nicht wohl?« fragt Joan. »Möchtest du, dass ich Dr. Henderson anrufe?«

»Mir geht es blendend. Aber ich werde mich nicht in eine Kirche setzen, um mich dort von allen Leuten anstarren zu lassen.«

»Anstarren?«, wiederholte Joan. »Wovon sprichst du? Warum sollten die Leute dich anstarren?«

Doch noch bevor sie die Frage ausgesprochen hatte, wusste Joan bereits die Antwort. Und obwohl sie glaubte, innerlich darauf vorbereitet zu sein, trafen die Worte ihrer Mutter sie wie ein Peitschenhieb.

»Dein Sohn hat ihn umgebracht«, sagte Emily und starrte ihrer Tochter dabei herausfordernd ins Gesicht. »Alle werden sich die Hälse verrenken. Sie werden ihn anstarren und dich auch. Aber mich nicht, weil ich nicht dort sein werde. Ich bleibe hier, mit Cynthia!«

Joan konnte ihren Schmerz und ihren Ärger nicht länger beherrschen. »Das stimmt nicht, Mutter. Es war ein Unfall! Ein schrecklicher Jagdunfall, an dem niemand schuld ist! Und Matts schon gar nicht!«

»So? Wer soll es denn sonst gewesen sein?«, keifte Emily zurück. Sie sah ihre Tochter vorwurfsvoll an. »Sein Finger war am Abzug, Joan.«

Joan starrte ihre Mutter ungläubig an. Was redete sie da? Warum sprach sie von dem Unfall, als hätte sie mit eigenen Augen gesehen, was sich tatsächlich ereignet hatte?

»Woher weißt du das?«, fragte Joan. »Wer hat dir so etwas gesagt?«

»Es ist wahr!«, beharrte Emily. »Cynthia hat es mir erzählt!«

Joan wusste nicht, warum sie diese Behauptung überhaupt noch aus der Fassung brachte. Doch sie war so aufgebracht, dass die Worte einfach aus ihr herausbrachen. »Cynthia hat dir überhaupt nichts gesagt, Mutter! Sie ist tot! Vor Jahren gestorben!«

»Ist sie nicht!«, schrie Emily. Trotzig stemmte sie sich hoch und kam auf die Füße. Sie trat einen unsicheren Schritt auf ihre Tochter zu. »Sie ist hier!«, rief sie wütend. »Sie ist in diesem Haus, und sie spricht mit mir!«

Ihr Zorn ließ Joan zur Tür zurückweichen. »Das stimmt nicht, Mutter. Du bist nur verwirrt … du bist …«

»Verschwinde!« Emily spuckte ihr das Wort förmlich entgegen. »Verschwinde endlich und lass mich in Ruhe!«

Zu verletzt und zu verstört, um noch etwas erwidern zu können, floh Joan in den Flur und zog die Tür hinter sich zu. Ihr Atem ging schwer, und ihr Puls raste. Einen Augenblick lang lehnte sie sich mit geschlossenen Augen gegen die Tür und zwang sich, tief und langsam zu atmen. *Sie weiß nicht, was sie sagt*, wiederholte Joan im Stillen immer wieder. *Sie weiß es einfach nicht*.

Langsam beruhigte sie sich etwas, doch die Worte ihrer Mutter hallten noch immer in ihren Gedanken nach. *Zum Glück hat Matt sie nicht gehört*, dachte Joan dankbar.

Doch als sie die Augen aufschlug, stand ihr Sohn plötzlich vor ihr. Ein Blick in sein Gesicht sagte ihr, dass sie sich getäuscht hatte.

Er hatte genau gehört, was seine Großmutter gesagt hatte. Jedes einzelne Wort.

Die Steinfassade der New-Congregational-Kirche in der Hartford Street wirkte beinahe so finster wie das Gesicht des Kirchengründers, Seth Forbisher, dessen Porträt in der Eingangshalle des Gemeindehauses neben der Kirche hing.

Der Wagen, der Joan und Matt zu Bill Hapgoods Beisetzung brachte, hielt an dem reservierten Platz vor der großen Doppeltür des Gotteshauses. Die wehrhaft wirkende Tür hatte man seinerzeit aus dem Holz eines einzigen uralten Baumes gefertigt, der der Kirche hatte weichen müssen. Jetzt wünschte sich Joan, sie hätte für den Trauergottesdienst einen anderen Ort gewählt. Doch wo sonst hätte die Beerdigung ihres Mannes stattfinden können? Bills Familie hatte der Congregational-Gemeinde schon angehört, bevor das jetzige Kirchengebäude überhaupt errichtet worden war. Als vor siebzig Jahren der kleine Holzbau, den Seth Forbisher eigenhändig zusammengezimmert hatte, durch eine größere Kirche aus Stein ersetzt worden war, hatte Bills Urgroßvater die beeindruckende Doppeltür in Auftrag gegeben. Außer einer Hand voll Katholiken gehörte fast jeder Bürger von Granite Falls der Congregational-Gemeinde an, heiratete in ihrem Gotteshaus und wurde nach seinem Tod auf dem Friedhof dahinter beigesetzt. Deshalb hatte Joan gar keine andere Wahl gehabt, als ihren Mann ebenfalls dort beerdigen zu lassen.

Als sie aus dem Auto gestiegen waren, schob Joan die rechte Hand unter Matts linken Arm. »Alles in Ordnung?«, fragte sie leise, während sie den kurzen Kiesweg zur Kirchentür nahmen.

Matts Gesicht wirkte wie versteinert, und er sah inzwischen viel schmaler aus als noch vor drei Tagen. Er schüttelte den Kopf. »Es wird nie wieder alles in Ordnung sein.«

Joan drückte seinen Arm. Sie wusste, dass er an die grausamen Worte dachte, die seine Großmutter vor ein paar Stunden gezischt hatte. »Du kannst nichts dafür, Matt. Was geschehen ist, war ein Unfall. Das darfst du nie vergessen.«

Bevor Matt darauf antworten konnte, öffneten zwei Männer, die später auch gemeinsam mit anderen den Sarg tragen würden, die Kirchentür. Joan hatte plötzlich das beklemmende Gefühl, die Szene schon einmal erlebt zu haben. Doch die Ereignisse glichen sich nur im ersten Moment. Zwar hatte sie auch vor zehn Jahren unsicher und nervös mit dem damals noch kleinen Matt vor der Kirchentür gestanden. Aber dann war sie vor Aufregung zitternd den Mittelgang entlang geschritten. Vor dem Altar hatte Bill Hapgood auf sie gewartet.

Er hatte auf sie gewartet, um sie zu heiraten.

Joan erinnerte sich noch genau an die Angst, die von ihr Besitz ergriffen hatte. Was dachten wohl die vielen Menschen in der Kirche – allesamt Bills Freunde und Bekannte – wirklich von ihr? Warfen sie hinter ihrem Rücken einander viel sagende Blicke zu? Lachten sie über das Hochzeitskleid, für das sie sich nach langem Hin und Her endlich entschieden hatte? An jenem Tag hatte Matt ihre Hand gedrückt und zu ihr aufgeblickt. »Du bist wunderschön, Mammi«, hatte er geflüstert, und das hatte genügt. Nach einem tiefen Atemzug war Joan, ihren kleinen Sohn an ihrer Seite, mit hoch erhobenem Kopf den Gang entlang geschritten und war die Frau des einzigen Mannes geworden, den sie je geliebt hatte.

Auch diesmal waren Bills Freunde in der Kirche versammelt, und wieder wartete Bill vor dem Altar auf sie.

Wartete darauf, dass sie ihn begrub.

Der Sarg stand offen vor den Altarstufen, doch als Joan am Eingang der Kirche noch einmal innehielt, wagte sie nicht, dorthin zu sehen. Sie fürchtete, die mühsam aufrecht erhaltene Kontrolle über ihre Gefühle zu verlieren, wenn sie in Bills Gesicht blickte.

Nach einem letzten, tiefen Atemzug ging sie schließlich, wie vor einem Jahrzehnt den Mittelgang hinunter auf die erste Bankreihe zu. An ihrer rechten Seite spürte sie Matt, und links von ihr schritt Gerry Conroe als der erste Sargträger mit ihr durch die Kirche.

Vor zehn Jahren hatte Gerry an Bills Seite gestanden. Er war sein Trauzeuge gewesen.

Nun murmelte er dieselben mitfühlenden Worte, die Joan in den letzten Tagen so oft gehört hatte, dass sie langsam bedeutungslos wurden. Dann führte er sie zu ihrer Bank und nahm schließlich auf der anderen Seite des Mittelgangs eine Bankreihe hinter Joan und Matt Platz.

Die Bank direkt auf der anderen Seite des Ganges blieb ebenso leer wie die Plätze neben Joan und Matt. Sobald sie sich gesetzt hatten, dämpfte Myra Conklin ihr Orgelspiel. Reverend Charles Forbisher, ein Nachkomme des Gemeindegründers, betrat das Gotteshaus durch die Seitentür und stieg auf die Kanzel. Seine Augen wanderten über die stille Trauergemeinde und blieben dann an den beiden Menschen in der vorderen Bank hängen. Sein Blick verharrte auf Matthew Moore.

»Wir haben uns heute hier versammelt, um den tragischen und viel zu frühen Heimgang unseres geschätzten Bruders William Apperson Hapgood zu betrauern.«

Matt bemühte sich, der Ansprache des Predigers zu folgen. Seine linke Hand lag fest in der Hand seiner Mutter. Auf dem Weg durch die Kirche hatte er die Augen nicht eine Sekunde lang vom Gesicht seines Stiefvaters lassen können, so sehr fürchtete er die vorwurfsvollen oder gar feindseligen Blicke all der Menschen, die er schon sein ganzes Leben lang kannte.

Es ist ihnen egal, hatte eine Stimme in seinem Kopf geflüstert. *Es ist ihnen völlig egal, was wirklich geschehen ist. Sie haben ihr Urteil längst gefällt. Deine Schuld. Es ist alles deine Schuld.*

Er hatte den Gang durch die Kirche irgendwie überstanden, war in die Bank gerutscht und versuchte nun, sich auf die Worte des Predigers zu konzentrieren. Doch sein Blick wanderte immer wieder hinüber zu seinem Stiefvater.

Er ist nicht tot. Er schläft nur und gleich wird er sich aufrichten, und alles wird wieder gut.

Doch Matt wusste, dass er sich etwas einredete. Denn obwohl Bills Gesicht so friedlich wirkte, als schlafe er nur, umrahmte das harte Holz des Sarges es doch wie eine Totenmaske.

Langsam tickten die Minuten dahin.

Wenn die Gemeinde sich erhob, um zu singen oder niederkniete, um zu beten, ahmte Matt die Bewegungen mechanisch und wie betäubt nach.

Als sich die Gebete, die Trauerreden und die Lieder langsam dem Ende zu neigten, geschah etwas. Matt wusste, dass es vollkommen unmöglich war. Und doch beobachtete er, wie sein Vater sich aufsetzte und ihn auf eben die Art anschaute, wie er es vor ein paar Minuten in seiner Fantasie gesehen hatte.

Sein Stiefvater lächelte ihn an und reichte ihm die Hand. Matt erhob sich von seinem Platz und trat auf den Gang hinaus, um die dargebotene Hand zu ergreifen.

Doch während Matt die unglaubliche Erscheinung anstarrte, verwandelte sie sich plötzlich: Der Kopf seines Vaters wurde zu dem Kopf des Hirsches, an den sie sich an jenem Morgen herangepirscht hatten. Der Finger an Matts rechter Hand krümmte sich langsam, als betätige er den Abzug eines unsichtbaren Gewehres. Im Geiste hörte er noch einmal den Knall des Schusses.

Noch während das schreckliche Geräusch in seinem Kopf widerhallte, nahm die Erscheinung erneut eine andere Form an. Nun blickte Matt wieder in das Gesicht seines Stiefvaters. Dessen Augen waren geöffnet, und mitten auf seiner Stirn klaffte ein sauberes, rundes Loch. Ein Einschussloch! Ein Einschussloch, aus dem frisches Blut quoll. Es strömte über Bills Augen und Wangen und tropfte schließlich auf den gebügelten dunkelblauen Anzug und das gestärkte weiße Hemd, in dem man ihn begraben würde.

»Es tut mir Leid«, flüsterte Matt. Er taumelte vorwärts, stolperte dabei beinahe über die erste Stufe zum Altar und streckte seine Arme wie flehend aus. »Es tut mir Leid.«

Dann stand er vor dem Sarg und schaute in das Gesicht seines Stiefvaters. Er sah noch immer das Einschussloch, sah die offenen Augen, die ihn vorwurfsvoll anblickten.

»Ich habe nicht …«, begann er, doch seine Stimme versagte.

Und wenn es doch stimmte? Was, wenn alles, was seine Großmutter heute Morgen gesagt hatte, alles was seine Freunde und all die anderen Menschen glaubten, tatsächlich geschehen war?

»Es tut mir Leid«, presste er mit erstickter Stimme erneut hervor. Matt war, als drücke ihm jemand die Kehle zu. »Ich wollte nicht, dass etwas geschieht. Ich wollte doch nur, dass du wieder nach Hause kommst. Nur, dass du nach Hause …«

Er verstummte, als er den Arm seiner Mutter auf seiner Schulter spürte. Mit sanftem Druck schob Joan ihn wieder in die Kirchenbank zurück.

Während die Gemeinde ein letztes Gebet sprach, wiederholte Matt leise immer wieder die Worte: »Ich wollte doch nur, dass er wieder nach Hause kommt …«

Stille breitete sich über dem Friedhof hinter der Kirche aus. Die Sargträger ließen den Sarg an dicken Tauen langsam in das Grab hinabgleiten. Sogar die Vögel, die in den Bäumen gezwitschert hatten, waren verstummt. Es schien fast, als wüssten sie um den tiefen Ernst und die Traurigkeit der Zeremonie, die dort unten ihren Lauf nahm. Der Sarg stand nun auf dem Boden des Grabes, und die Kirchenglocke begann zu läuten.

Matt hörte sie nicht, denn als er auf den Deckel des Sarges hinunterblickte, ergriff eine furchtbare Angst von ihm Besitz. Plötzlich war es nicht mehr sein Stiefvater, den man in dieses Grab gelassen hatte. Er war es selbst. Doch das musste ein Irrtum sein – ein schrecklicher Irrtum. Er war überhaupt nicht tot, selbst wenn es alle glaubten.

Reverend Forbisher murmelte einen letzten Segensspruch und ließ dann einen Klumpen Erde auf den Sargdeckel poltern.

Matt fuhr zusammen. Er stellte sich vor, wie dumpf der Aufprall sich im Inneren des Sarges anhörte. Und wenn dieses Geräusch ihn nun aufweckte? Würde er überhaupt wissen, wo er sich befand? Aber nein, natürlich nicht – wie sollte er? Eine Dunkelheit, die so undurchdringlich war, dass er sie körperlich spüren konnte, als er versuchte, sie sich vorzustellen, würde ihn umgeben. Nicht der kleinste Lichtstrahl, nicht einmal ein schwacher Schimmer von Licht würde die hölzernen Wände des Sarges durchdringen.

Im Geiste hörte Matt das dumpfe Poltern des nächsten Erdklumpens. Würde er wissen, was gerade mit ihm geschah?

Nun stellte er sich vor, wie er tastend die Dunkelheit erforschte. Zuerst spürte er die seidige Polsterung der Innenseite des Sarges unter seinen Fingerspitzen. Eine Weichheit, die sich als Täuschung herausstellen würde, wenn er erst einmal die unnachgiebige Härte hinter dem dick unterfütterten Stoff entdeckt hatte.

Nun stemmte er sich gegen den Sargdeckel, versuchte ihn anzuheben. Doch es lag schon zu viel Erde darauf. Und noch während er all seine Kräfte aufbot, um sich aus seinem Gefängnis zu befreien, fiel mehr und mehr Erde auf den Sarg, bis ihr Gewicht schließlich so groß war, dass er die Last zu spüren glaubte. Er versuchte zu schreien. Doch seine Stimme konnte unmöglich die Wände des Sarges und die Erdschicht, die sich auf ihm türmte, durchdringen. Wie lange konnte er überleben? Wie lange würde es dauern, bis er erstickte? Ob es wohl weh tat? Würde er in dem verzweifelten Versuch, sich zu befreien, so lange an den Innenwänden des Sarges kratzen, bis seine Fingernägel blutend zersplitterten? Oder konnte er die Panik besiegen und still auf den Tod warten, vor dem es nun kein Entrinnen mehr gab?

Doch in Matts Fantasie umklammerte ihn die Dunkelheit wie eine gnadenlose Faust, und die Wände des Sarges rückten immer näher zusammen. Lähmende Angst befiel ihn. Ein

Schrei, den niemand hören würde, wollte aus seiner Kehle steigen. Als er seinen Mund öffnen wollte, um seine Angst herauszuschreien, spürte er etwas. Eine Hand, die seinen Ellbogen drückte.

»Matt? Matt!« Obwohl seine Mutter leise sprach, riss die Besorgnis, die in ihrer Stimme lag, ihn doch aus seinem schrecklichen Tagtraum. »Du schaffst es«, hörte er sie sagen. »Komm mit mir. Es wird gehen.«

Wie ein Schlafwandler wankte Matt ein paar Schritte vorwärts bis an den Rand des Grabes und blieb dort gemeinsam mit seiner Mutter stehen. Er sah, wie ihre behandschuhten Finger einen Klumpen Erde ergriffen und ihn dann auf den Sarg seines Stiefvaters hinabfallen ließen.

Matt beugte sich nieder, streckte die Hand aus und berührte den lehmigen Erdhaufen neben dem Grab. Die schreckliche Vorstellung, in der Kiste dort unten gefangen zu sein und genau zu wissen, dass er gerade lebendig begraben wurde, drängte sich wieder in seinen Kopf.

Ich kann es nicht!

Matt richtete sich auf und wandte sich ab. Blind vor Tränen bahnte er sich einen Weg durch die Menge, die sich um das Grab versammelt hatte. Das Murmeln, das sich in der Trauergemeinde erhob und die Augen, die wachsam jede seiner Bewegungen verfolgten, bemerkte er kaum. Endlich hatte er die Menschentraube hinter sich gelassen und konnte innehalten.

Einen Augenblick später stand seine Mutter wieder an seiner Seite. »Matt? Darling, was ist denn los?«

Matt schüttelte den Kopf. Wie sollte er seiner Mutter die schreckliche, irrationale Angst erklären, die plötzlich von ihm Besitz ergriffen hatte?

»Nichts«, presste er hervor. »Es ist nur …«

Er konnte nicht weitersprechen, und seine Augen wanderten wieder zu dem offenen Grab zurück, an dem sich die Trauernden nun einer nach dem anderen niederbeugten, um ebenfalls eine Hand voll Erde auf den Sargdeckel zu werfen

»Ich … ich konnte es einfach nicht. Das ist alles«, beendete Matt schließlich mit zitternder Stimme den Satz.

Seine Mutter legte die Arme um ihn. »Es dauert nicht mehr lange«, sagte sie. »Nur noch eine kleine Weile, dann können wir nach Hause gehen.«

Doch als Matt im Gemeindehaus neben seiner Mutter stand, dehnte sich die kleine Weile zu einer nicht enden wollenden Ewigkeit. Während die Trauergemeinde an ihnen vorüber zog, hörte er die Menschen mitfühlende Worte murmeln, die an seine Mutter gerichtet waren. Die Frauen beugten sich zu ihr, um sie auf die Wange zu küssen, die Männer hielten ihre Hand in den ihren. Doch vor ihm verstummten alle. Ihre Augen sahen an ihm vorbei, und sie weigerten sich, seinem Blick zu begegnen. Manche schauten unsicher zu Boden oder über die Schulter, als suchten sie eine Möglichkeit zur Flucht.

Sie glauben, dass ich es mit Absicht getan habe.

Als dieser erschreckende Gedanke sich zum ersten Mal in Matts Bewusstsein drängte, versuchte er, ihm keine Beachtung zu schenken. Doch einmal gedacht, ließ sich die Erkenntnis nicht mehr abschütteln. Der Gedanke kehrte immer wieder zurück und nagte an ihm.

Sie glauben, dass ich es mit Absicht getan habe. Sie alle denken, dass ich meinen eigenen Vater umbringen wollte!

Endlich waren die vielen Freunde und Bekannten, die seinem Stiefvater die letzte Ehre erwiesen hatten, an seiner Mutter vorübergezogen und hatten mit ihr gesprochen. Ein oder zwei von ihnen hatten Matt sogar zugenickt. Matts Freunde standen in einer Ecke des Raumes beieinander und unterhielten sich leise miteinander.

Zu der Gruppe gehörten auch Eric Holmes und Pete Arneson. Und Kelly Conroe. Die Macht der Gewohnheit ließ Matt zu ihnen hinübergehen. Doch anstatt den Kreis zu öffnen, um ihm in ihrer Mitte Platz zu machen, wie sie es sonst immer taten, rückten die jungen Leute enger zusammen. Das Gespräch brach jäh ab.

Matt erinnerte sich plötzlich an ein Erlebnis aus seiner Kindheit. Er war für einen Augenblick wieder vier Jahre alt und trat gerade aus dem Haus seiner Großmutter, das nur eine Straßenecke vom Gemeindehaus entfernt lag. Eine Horde

Kinder tobte im Hof von Eric Holmes auf der anderen Straßenseite herum. Matt wollte mit ihnen spielen, doch als er über die Straße ging, verstummte das Geschrei plötzlich. Kein einziges Wort fiel, doch er bemerkte auch so, dass er nicht erwünscht war. Tapfer schluckte er die Tränen hinunter, machte auf dem Absatz kehrt und kehrte in das Haus seiner Großmutter zurück.

Nun blieben die anderen in dem Gemeindehaus neben der Kirche nicht lange stumm. Als Matt nur noch wenige Schritte entfernt war, brach Eric Holmes das Schweigen. Er sprach leise genug, um nicht die Aufmerksamkeit der Trauergemeinde auf sich zu ziehen, aber doch so laut, dass Matt ihn deutlich hören konnte.

»Was war es denn für ein Gefühl?«, fragte er. »Sag schon! Wie fühlt man sich, wenn man seinen Dad erschießt?«

Matt blieb wie angewurzelt stehen. Erics Fragen schnitten wie Rasierklingen in seine Seele. Einen Augenblick lang fehlten ihm die Worte – er konnte keinen klaren Gedanken fassen. Dann begann sein Gehirn langsam wieder zu arbeiten. Doch er sagte nichts, denn was sollte er auf Erics ungeheuerliche Fragen antworten? Er und die anderen hatten ihr Urteil bereits gefällt: Matt war schuldig.

Seine Augen wanderten von einem Gesicht zum anderen. Zehn Jahre lang waren diese Menschen seine Freunde gewesen! Er war Tag für Tag mit ihnen zur Schule gegangen! Sie kannten ihn! Sie hatten ihn gern gehabt!

Oder vielleicht doch nicht? Waren sie in Wirklichkeit nie seine Freunde gewesen? Hatten sie sich nur mit ihm abgegeben, weil Bill Hapgood sein Stiefvater gewesen war?

Matt hatte plötzlich das seltsame Gefühl, wieder vier Jahre alt zu sein.

Dann fielen seine Augen auf Kelly Conroe, und ein kleiner Hoffnungsschimmer flackerte in ihm auf. Etwas in ihrem Gesicht sagte ihm, dass sie sich in ihrem Urteil über die Ereignisse nicht so sicher war wie die anderen. Er trat einen kleinen Schritt auf sie zu. Doch als könne sie seine Gedanken lesen, schüttelte sie fast unmerklich den Kopf und rückte etwas näher zu Eric Holmes.

Wieder nahm der Schmerz Matt beinahe den Atem. Als er die Tränen in seinen Augen brennen fühlte, wandte er sich hastig ab.

Niemand sollte die Qualen sehen, der ihn innerlich zu zerreißen drohten.

Nichts wie weg hier! Raus aus diesem Raum!

Mit gesenktem Kopf hastete Matt zur Tür. Er drängte sich an seiner Mutter vorbei und eilte hinaus in die Loggia, die das Gemeindehaus mit der Kirche verband. Dort atmete er tief ein. Er versuchte, den Kloß, der in seinem Hals saß, hinunterzuschlucken, und konnte die Tränen, die jetzt aus seinen Augen strömten, nicht zurückhalten.

Wie können sie nur so sicher sein?, fragte er sich stumm. *Wo nehmen sie die Gewissheit her? Niemand weiß wirklich, was geschehen ist.*

Doch was machte das schon – nun war ohnehin alles gleichgültig. Es hatte alles verloren. Seinen Stiefvater. Seine Freunde. Sogar Kelly.

Als Matt hörte, wie sich die Tür hinter ihm öffnete, blieb er stocksteif stehen. Umdrehen würde er sich auf keinen Fall.

»Es tut mir sehr Leid, Matt.«

Als er noch immer keine Anstalten machte, sich umzuwenden, ging Becky Adams um ihn herum, stellte sich vor ihn hin und sah ihm fest in die Augen. Ihr mausfarbenes Haar war so unvorteilhaft geschnitten, dass es ihr Gesicht noch runder erscheinen ließ, als es ohnehin schon war. Der sackartige braune Pullover, den sie trug, ließ sie unförmig erscheinen. Eine steile Sorgenfalte stand auf ihrer Stirn, und ihre Augen wirkten hinter den dicken Brillengläsern, die sie schon seit frühester Kindheit trug, riesig. »Es ist mir völlig egal, was die anderen denken«, sagte sie. »Ich glaube es nicht. Ich glaube kein Wort davon.«

Matts erster Gedanke war, sich abzuwenden. Das höhnische Grinsen seiner Freunde, wenn sie ihn dabei ertappten, wie er sich ausgerechnet mit Becky Adams unterhielt, konnte er sich bildhaft vorstellen. Doch dann wurde ihm bewusst, dass es ihm vollkommen gleichgültig sein konnte, was seine Freunde dachten. Er hatte keine Freunde mehr.

»Danke«, sagte er schließlich. »Und danke, dass du trotz allem noch mit mir sprichst.«

Eine halbe Stunde später saß Matt in der Limousine, die ihn und seine Mutter nach Hause brachte. Becky Adams stand noch immer in der Loggia. Sie hob die Hand und winkte ihm nach. Matt winkte zurück. Dabei wusste er nicht einmal, ob sie ihn durch die dunkel getönten Scheiben des Wagens überhaupt erkennen konnte.

Zehntes Kapitel

Trip Wainwright – mit vollem Namen Wallace Fisher Wainwright III – war, seit er vor sechsundzwanzig Jahren sein Jurastudium beendet hatte, Bill Hapgoods Anwalt. An dem Tag, an dem er die Rechtsanwaltslizenz erhielt, ließ sein Vater seinen Namen mit auf das Schild setzen, das an dem alten Eckhaus, in dem sie nun seit Jahrzehnten gemeinsam die Kanzlei betrieben, hing. Hier mündete die Chestnut Street in die Main Street. Früher war das Haus einmal die Poststation gewesen. Trips Sohn studierte gerade im zweiten Jahr an derselben Universität wie sein Vater damals, und Bill hatte vorgeschlagen, den Namen der Firma den modernen Zeiten anzupassen. Wenn der jüngere Wainwright erst einmal den Schreibtisch seines Großvaters übernahm, sollte die Kanzlei nur noch unter der Bezeichnung WW firmieren. Trip hatte gewisse Zweifel daran gehegt, ob sein traditionsbewusster Vater diese Abkürzung schätzen würde. Doch Bill hatte nur lässig abgewinkt. »Überlass das ruhig mir. Ich werde deinen Vater von diesem Namen überzeugen. Mich mochte er ohnehin schon immer lieber als dich.«

Obwohl Bills Worte im Scherz gesagt wurden, steckte doch ein Körnchen Wahrheit in der Bemerkung. Während der Beerdigung am Vormittag war Trip schmerzlich bewusst geworden, wie sehr er den Mann vermissen würde, der nicht nur sein erster Klient gewesen war, sondern auch zu seinen besten Freunden gezählt hatte. Nun sah er den Inhalt seines Aktenkoffers noch einmal durch. Er überzeugte sich noch einmal davon, dass er alle Papiere bei sich hatte, die er brauchen würde. Er legte Wert darauf, jede Frage, die Joan Hapgood ihm vielleicht stellte, beantworten zu können. Gleichzeitig dachte Trip darüber nach, wie viele Menschen in Granite Falls in Bill Hapgood wohl einen guten Freund gesehen hatten. Außer für Gerry Conroe war Bill wahrscheinlich auch für Paul Arneson und Marty Holmes der Mensch gewesen, mit dem sie sich außerhalb der eigenen Familien am engsten verbunden fühlten. Und alle Einwohner von Granite Falls hatten Bill geachtet und geschätzt. Sein Tod war ein herber Verlust für die ganze Stadt.

Seufzend ließ Trip die Schlösser seines Aktenkoffers zuschnappen und wollte gerade das Büro verlassen, als ihm plötzlich ein Gedanke kam. Er ging zum Telefon und wählte Dan Pullmans Nummer. Der Sitz des Sheriffs befand sich nur ein paar Schritte die Straße hinunter im Rathaus von Granite Falls.

»Ich bin gerade auf dem Weg zu Joan«, sagte er. »Gibt es irgendetwas, das ich ihr sagen sollte?«

Er hörte dem Sheriff eine Weile lang zu, brummte etwas in den Hörer und legte schließlich wieder auf. Er zog die Tür der Kanzlei hinter sich zu und stieg in den kleinen Miata, von dem sein Vater behauptete, er sei für einen Anwalt viel zu auffällig. Aus eben diesem Grund hatte Trip sich für den Wagen entschieden. Es gefiel ihm, Aufmerksamkeit zu erregen.

Er machte sich auf den Weg zum Hapgoodschen Farmhaus. Doch er fuhr langsam und dehnte die zwei Minuten, die er sonst für die Strecke benötigte, auf beinahe zehn Minuten. Er wollte das Unvermeidliche für eine Weile hinauszögern.

Sein Vater wäre sicher anderer Meinung gewesen. »Schieb nie etwas auf die lange Bank, Trip. Man weiß nie, wann ein Klient den Löffel abgibt. Und dann sitzt du im Nu auf einem Stapel Papiere, die er hätte unterschreiben müssen.«

An Tagen, an denen Trip auf seinen Vater nicht besonders gut zu sprechen war, fragte er sich manchmal, ob Klienten für den Alten vielleicht nicht mehr als ordentlich geführte Akten waren, die man sorgfältig bearbeitete und eines Tages für immer aus dem Aktenschrank entfernte.

Bill Hapgood war ein guter Freund gewesen, und die Aufgabe, der sich Trip nun stellen musste, ließ sein Herz schwer werden. Doch als er durch das Tor fuhr und den Wagen die lange Einfahrt zum Farmhaus hinauflenkte, wusste er, dass sein Vater in gewisser Weise Recht hatte. Manche Dinge brachte man besser schnell hinter sich.

Joan öffnete die Tür, als Trip gerade zum zweiten Mal klingeln wollte. Sie trug noch immer dasselbe schwarze Kleid und die einreihige Perlenkette, die sie auch bei der Beerdigung getragen hatte. Die dazu passenden Ohrringe hatte sie allerdings abgelegt, und auch das Make-up hatte sie entfernt.

Wie jedes Mal seit dem Tag, an dem Joan vor fünfzehn Jahren nach Granite Fall zurückgekehrt war, machte Trip Wainwrights Herz einen kleinen Satz, als er sie sah. Nicht dass Joans Aussehen sich während ihrer Abwesenheit von Granite Falls grundlegend verändert hätte. Doch als sie in die Kleinstadt zurückkehrte, war aus dem jungen Mädchen eine reife Frau geworden. Erstaunlicherweise schien ihr überhaupt nicht bewusst zu sein, wie schön sie war. Natürlich war Trip als verheirateter Mann und Vater eines Sohnes stets bemüht, sich nichts von seiner Schwäche für Joan Moore anmerken zu lassen. Als sie damals Bill Hapgood geheiratet hatte, war es ihm gelungen, das seltsame Gefühl von Trauer und Leere, in das ihn diese Heirat gestürzt hatte, vor aller Welt verborgen zu halten. Nach dem Tod seiner Frau vor drei Jahren hatte Trip sich mehr denn je bemüht, die Gefühle, die er für Joan Hapgood hegte, nicht offen zu Tage treten zu lassen. Doch selbst so, wie sie jetzt vor ihm stand – ohne Make-up und mit vom Weinen rot geränderten Augen – war sie für ihn die schönste Frau, die er je gesehen hatte. Und noch immer schien ihr selbst gar nicht bewusst zu sein, wie schön sie war.

»Komm herein, Trip«, sagte Joan jetzt. Dabei hielt sie die Haustür weit auf. Sie brachte ein trauriges Lächeln zustande. »Ich wollte mich eigentlich umziehen und vorbereitet sein, wenn du kommst. Aber …« Ihre Stimme versagte. Doch dann gab sie sich einen Ruck, straffte die Schultern und fuhr fort: »Es war kein einfacher Tag.«

»Wenn es dir lieber ist, komme ich ein anderes Mal wieder.«

Joan schüttelte den Kopf. »Es hilft nichts, es auf die lange Bank zu schieben«, seufzte sie. »Matt und meine Mutter sind im Wohnzimmer.« Plötzlich wurde Joan unsicher. »Sollen sie dabei sein?«

»Es wäre gut, wenn Matt dabei wäre«, antwortete Trip.

»Was deine Mutter betrifft ... das kannst du selbst am besten entscheiden.«

Joan breitete hilflos die Arme aus. »Im Augenblick scheint es ihr gut zu gehen. Aber heute Morgen ...« Joan schüttelte den Kopf und schien plötzlich zu frösteln. »Sprechen wir lieber nicht davon. Bill hatte wahrscheinlich Recht. Ich hätte wohl längst einen geeigneten Platz für sie suchen müssen.«

Der Anwalt schüttelte den Kopf. »Sie ist deine Mutter. Wäre Eloise Hapgood an ihrer Stelle, so hätte Bill nicht im Traum daran gedacht, sie in einem Heim unterzubringen. Er hätte eine Krankenschwester angestellt, und sie wäre hier geblieben, wo sie hingehört.«

»Das sage ich mir jeden Tag«, antwortete Joan, während sie ins Wohnzimmer gingen.

Emily Moore sah sehr zerbrechlich und verloren aus. Sie saß mit einer Wolldecke über den Beinen in einer Ecke des Sofas vor dem Kamin. Matt stand mit blassem, angespannten Gesicht neben der großen Weltkugel auf dem Drehständer aus Mahagoni. Ohne sich dessen bewusst zu sein, gab er dem Globus immer wieder einen leichten Stoß, so dass er sich ununterbrochen drehte.

»Sind Sie gekommen, um Cynthia zu besuchen?«, fragte Emily Moore und blinzelte zu Wainwright hinauf. »Ruf deine Schwester, Joan.«

Bevor Joan etwas sagen konnte, nahm Wainwright Emilys Hand. »Ich möchte eigentlich nach Ihnen sehen«, sagte er. »Und nach Joan und Matt.«

Die Worte schienen die alte Frau zu besänftigen. Sie lehnte sich wieder in die Polster.

Während der nächsten Viertelstunde erklärte der Anwalt die Grundzüge von Bill Hapgoods Testament. »Streng genommen sprechen wir von einem treuhänderisch zu verwaltenden Vermögen. In der unmittelbaren Zukunft kannst du aber beinahe völlig frei darüber verfügen. Du bist die einzige Treuhänderin und mit weit reichenden Vollmachten ausgestattet. Das bedeutet, dass du veräußern kannst, was immer du willst, auch das Geschäft. Doch der eigentliche Erbe wird Matt sein.«

Matts Augen weiteten sich. »Ich?«

Trip Wainwright hatte Matt aufmerksam beobachtet. Er zweifelte nicht daran, dass die Überraschung, die sich auf dem Gesicht des Jungen abzeichnete und die aus seiner Stimme klang, echt war.

»Warum sollte Dad so etwas verfügen?«, fragte er. »Warum hat er nicht einfach alles Mum vermacht?«

»Er wollte ganz sicher sein, dass du nicht glaubst, er betrachte dich lediglich als Stiefkind«, antwortete Wainwright. »Als wir das Testament aufgesetzten, erklärte er, er wolle dir auf diese Art zeigen, dass er in dir seinen eigenen Sohn sieht.«

Tränen schimmerten in Matts Augen, und Wainwright sah deutlich, dass der Junge um Fassung rang.

Als Matt schließlich sprach, waren seine Worte so leise, dass die anderen sie beinahe nicht hören konnten. »Alle glauben …«, begann er und verstummte wieder. Es gelang ihm nicht, den Satz zu beenden.

»Was die Leute glauben, ist völlig unwichtig«, antwortete Wainwright. Sein Blick wanderte zu Joan hinüber, und er sprach mit gesenkter Stimme weiter. »Ich habe mit Dan Pullman gesprochen«, sagte er. »Er sagt, seine Männer hätten die Hülsen der Patronen, die Matt abgefeuert hat, gefunden. Es sind insgesamt drei, und das Kaliber stimmt mit dem seines Gewehrs überein. Natürlich müssen nun die Laborergebnisse abgewartet werden. Erst dann ist sicher, ob sie tatsächlich aus Matts Gewehr stammen. Ich glaube jedoch, dass daran keine allzu großen Zweifel bestehen.«

Joans Augen weiteten sich, und Matts Gesicht wurde noch bleicher.

»Sie werden Matt doch nicht …«, begann Joan.

Wainwright schüttelte schnell den Kopf. »Natürlich nicht. Die Kugel, die Bill getötet hat, hat man bisher nicht gefunden. Und ich nehme an, man wird sie auch nicht mehr finden. Doch selbst, wenn sie noch entdeckt würde, ändert das gar nichts. Matt hat auf den Hirsch geschossen, nicht auf Bill. Matt konnte seinen Vater überhaupt nicht sehen – nicht durch das Dickicht hindurch.«

»Aber alle glauben, ich hätte es mit Absicht getan«, flüsterte Matt.

Wainwrights Stimme wurde hart. »Es ist völlig gleichgültig, was die Leute glauben, Matt. Wichtig sind nur Tatsachen. Und so wie die Dinge liegen, kann niemand beweisen, dass du Bill erschossen hast. Davon, dass du es gar mit Absicht getan haben könntest, ganz zu schweigen. Dan Pullman glaubt nicht, dass irgendjemand Anklage erheben wird. Nicht einmal, wenn er die Kugel finden würde und man eindeutig nachweisen könnte, dass sie aus deinem Gewehr stammt. Man könnte ebenso gut jeden einzelnen Schützen unter Anklage stellen, der jemals während der Jagd einen anderen aus Versehen erschossen hat.«

Plötzlich meldete Emily Moore sich zu Wort. »Es war kein Unfall«, krächzte sie mit rauer Stimme. Dabei fixierte sie Trip Wainwright durchdringend.

Der Anwalt runzelte die Stirn und blickte die alte Frau an. »Was sagten Sie da, Mrs. Moore?«

»Ich sagte, es war kein Unfall«, wiederholte Emily. Ihre trüben Augen starrten jetzt ihren Enkel an. »Er hat es mit Absicht getan.«

»Wie kannst du so etwas sagen, Mutter?«, protestierte Joan.

»Weil es wahr ist«, beharrte die alte Frau. »Cynthia hat es mir gesagt. Sie hat mir erzählt, was geschehen ist.«

Trip Wainwright spürte, wie die Anspannung, die ihn befallen hatte, ebenso schnell verflog, wie sie gekommen war. Voller Mitgefühl wandte er sich an Joan. »Wenn ich irgendetwas tun kann …«, sagte er und ließ den Satz absichtlich unvollendet in der Luft hängen.

Joan verstand, was Trip sagen wollte, und schüttelte den Kopf. Doch als sie ihn etwas später zur Haustür begleitete, seufzte sie. »Ich wünschte, ich wüsste, was ich tun soll«, gestand sie ratlos. »Ich frage mich schon seit geraumer Zeit, wie lange ich sie noch versorgen kann, wenn es mit ihr weiterhin so bergab geht.«

»Wenn du Hilfe brauchst …«, bot Trip erneut an.

Diesmal lächelte Joan ein wenig. »Wenn ich Hilfe brauche, rufe ich dich an«, versprach sie.

Noch bevor Joan die Haustür schließen konnte, ertönte die Stimme ihrer Mutter aus dem Wohnzimmer. »Er hat dich nie geliebt«, schrie die alte Frau schrill. »Der einzige Mensch, der ihm etwas bedeutete, war deine Tante! Verstehst du? Er liebte Cynthia, sonst niemanden! Dich nicht und deine Mutter schon gar nicht!«

Joan holte tief Luft, schloss schnell die Tür hinter Trip Wainwright und eilte zurück ins Wohnzimmer.

Ihre Mutter saß noch immer in der Ecke des Sofas.

Matt war verschwunden.

»Mama? Mama?«

Die Stimme war nicht viel lauter als ein Wispern, kaum mehr als eine Brise, die durch das offene Fenster hereinwehte. Aber dennoch bewegte sich Emily Moore unruhig im Schlaf. Ihre dürren, klauenartigen Hände zerrten dabei immer wieder an dem Bettzeug, als wolle sie sich vor einem kühlen Luftzug schützen.

»Hörst du mich?«

Die Stimme klang nun ein wenig lauter, gerade so, als habe der Wind etwas aufgefrischt.

»Ich bin es, Mama! Hörst du mich denn nicht?«

Emilys Lippen bewegten sich. Ein fast unhörbarer Laut drang aus ihrer Kehle. Wieder bewegte sie sich, drehte sich von der Seite auf den Rücken. Ihr rechter Arm wedelte durch die Luft, als wolle sie eine lästige Fliege verjagen.

»Mama!«

Diesmal traf die Stimme Emily wie ein Peitschenhieb und riss sie endgültig aus dem Schlaf. Sie war von einer Sekunde zur anderen hellwach. Ihr Körper krümmte sich vor Schreck zusammen, und ein Schmerzenslaut entfuhr ihr, als die arthritischen Gelenke gegen die plötzliche Bewegung aufbegehrten.

Doch obwohl sie nun wach war, konnte sie sich einen Augenblick lang nicht erinnern, wo sie sich befand. Ihr hohes Alter und ihre fortschreitende Krankheit vernebelten ihren Verstand. Nur langsam fand sie sich zurecht.

Joans Haus.

Sie war in Joans Haus. In ihrem Zimmer. In ihrem Bett. Aber was hatte sie aufgeweckt? Emily horchte angestrengt, konnte aber kein Geräusch wahrnehmen. Die Stille der Nacht schien beinahe undurchdringlich. Doch in dieser Stille schwang die vage Erinnerung an einen Laut. Die Erinnerung an eine Stimme. Eine Stimme, die sie gerufen hatte.

Cynthia?

Emilys Herz begann schneller zu schlagen, und noch einmal lauschte sie angestrengt in die Dunkelheit. Doch sie konnte nichts hören. Schließlich rappelte sie sich hoch, setzte sich auf die Bettkante, schlüpfte in die Hausschuhe und schlurfte unsicher zum Fenster. Sie hielt sich am Bettpfosten, dann an einem Stuhl und dann am Tisch fest, bis sie endlich die wenigen Schritte zurückgelegt hatte. Suchend blickte sie in die Nacht hinaus. Doch ihre alten Augen vermochten in der Dunkelheit nichts zu erkennen.

»Mama ...«

Als sie das Wort hörte, stocke Emily der Atem. Diesmal gab es keinen Zweifel – die Stimme ihrer geliebten Tochter hätte sie jederzeit und überall auf der Welt erkannt. Emily wandte sich um und tappte aufgeregt in Richtung Bad. Dabei bewegte sie sich so hastig, dass sie das Gleichgewicht verlor und beinahe gefallen wäre. Als sie sich wieder gefangen hatte, tastete sie sich eilig durch das Badezimmer und legte die zitternde Hand auf den Knauf der Tür, die den Raum mit Cynthias Zimmer verband. Cynthias Stimme noch in den Ohren, drückte sie die Tür auf.

Der Raum war in ein flackerndes Licht getaucht. Kerzen brannten auf Cynthias Frisiertisch.

Das schwere Moschusaroma von Nightshade, Cynthias Lieblingsparfum, erfüllte die Luft. So umnebelt Emilys Verstand auch sein mochte, dieser Duft beschwor in ihrer Erinnerung stets Bilder ihrer geliebten Tochter herauf.

»Cynthia!«, rief sie mit vor Aufregung erstickter Stimme. »Cynthia, Darling, wo bist du?«

Im Spiegel des Frisiertisches rührte sich etwas. Gleich darauf sah Emily es erneut. Eine Bewegung an der Tür!

Ein unterdrückter Schrei entfuhr ihr. Sie wandte sich um.

Dort in der Tür zum Korridor stand ihre Tochter. Emilys müde alte Augen konnten Cynthia im schummrigen Glanz des Kerzenlichtes nur undeutlich erkennen. Doch Emily wusste, dass ihre Tochter sie anschaute. Das hauchzarte Negligé, das sie Cynthia selbst vor vielen Jahren geschenkt hatte, verhüllte die schlanke Gestalt. Ihr herrliches blondes Haar umrahmte die feinen Gesichtszüge der jungen Frau. In glänzenden Wellen floss es über ihre Schultern und reichte fast bis zur Taille. Es schien ein sonderbares Licht auszustrahlen.

Während Emily diese überwältigende Erscheinung gebannt anstarrte, hob Cynthia die Arme, als ob sie ihre Mutter zu sich winken wollte. Dann wandte sie sich ab und verschwand aus dem Türrahmen. Offenbar war sie in den Flur gegangen.

»Nein«, krächzte Emily mit klopfendem Herzen. »Nein, Cynthia! Verlass mich nicht! Nicht noch einmal.« Sie schlurfte zur Tür, so schnell sie nur konnte, musste sich auf dem Weg aber immer wieder an der Wand oder an Möbelstücken abstützen. »Bitte«, hauchte sie atemlos, als sie die Tür erreichte. »Bitte … warte auf mich!«

Sie trat in den Flur hinaus. Die Dunkelheit dort schien undurchdringlich. Nur das bläuliche Nachtlicht über der Treppe spendete gedämpftes, flackerndes Licht. Doch als Emilys Augen sich an die Finsternis gewöhnt hatten, erkannte sie, wie eine Gestalt die Stufen zum Erdgeschoss hinunterglitt.

»Warte!«, rief sie noch einmal. »Ich komme, Cynthia! Bitte, geh nicht weg! Oh, bitte nicht!«

Emily stützte sich mit einer Hand an der Wand des Korridors ab und hastete, so schnell sie ihre dünnen Beine trugen, zur Treppe. Dort hielt sie sich mit beiden Händen am Geländer fest und blickte angestrengt hinunter in die Eingangshalle.

Cynthia stand in der Nähe der Haustür und winkte ihrer Mutter zu. Sie wartete!

Emily war schon halb die Treppe hinunter, da war ihr plötzlich, als rufe noch eine andere Stimme nach ihr. Sie drang von irgendwo über ihr zu ihr herunter, doch sie wollte sie nicht hören. Sie brauchte ihre ganze Kraft, um die Erscheinung unten in der Halle nicht aus den Augen zu verlieren.

»Ich komme!«, rief sie. »Aber bitte geh nicht fort. Nicht noch einmal, Cynthia. Bitte, geh nie wieder fort!«

Unten angekommen hielt Emily einen Augenblick lang inne. In der Halle herrschte tiefe Dunkelheit.

Wo war Cynthia? Wohin war sie gegangen?

Eine undeutliche Bewegung vom Hauseingang her. Das kurze, schwache Aufleuchten von wehendem blonden Haar. Der Duft nach Moschus, der schwer in der kühlen Nachtluft hing.

Die Aufregung drohte, Emilys Herz zu sprengen. Ihr Atem ging in harten Stößen, doch es gab kein Zurück. Sie war fest entschlossen, Cynthia diesmal nicht zu verlieren – koste es, was es wolle. Sie würde ihrer Tochter folgen, gleichgültig, wohin sie sie führte. Diesmal durfte sie nicht verschwinden. Diesmal würde Emily dorthin gehen, wo auch Cynthia hinging.

Emilys Herz raste. Das Adrenalin, das in ihren Adern pulsierte, gab ihr eine Kraft, wie sie sie seit Jahren nicht gespürt hatte. Ohne auch nur einen Blick zurück zu werfen, folgte sie ihrer über alles geliebten Tochter in die Dunkelheit hinaus …

Elftes Kapitel

In dem Haus an der Burlington Avenue herrschte Stille. Allzu deutlich spürte sie die Leere.

Doch etwas stimmte nicht. Ihre Mutter und ihre Schwester mussten doch zu Hause sein. Warum waren sie nicht da? Wohin waren sie gegangen?

Sie stieg aus dem Bett und schlich zu der geschlossenen Tür ihres Zimmers. Dort drückte sie das Ohr an das Holz und lauschte angestrengt.

Stille.

Dann änderte sich etwas.

Etwas in ihrem Zimmer schien sich verändert zu haben.

Die Haare in ihrem Nacken richteten sich auf. Ein kalter Lufthauch wehte über sie hinweg und trieb ihr eine Gänsehaut über den Körper. Ohne es zu bemerken, hielt sie den Atem an, während sie verzweifelt versuchte, gegen die Panik, die in ihr aufstieg, anzukämpfen. Sie zwang sich, den Kopf zu drehen und über die Schulter hinter sich zu blicken.

Nichts!

Das Zimmer war leer – ihr Bett war verschwunden, und auch das hübsche, weiße Schränkchen, das ihr eine Nachbarin im letzten Monat zum zehnten Geburtstag geschenkt hatte, fehlte. Die Bilder an den Wänden, der Stoffbär, der sie begleitet hatte, seit sie denken konnte – alles war weg! Kreischend vor Angst und Entsetzen riss Joan die Tür auf und rannte hinunter ins Wohnzimmer.

Es war genauso leer wie ihr eigenes Zimmer. Kein einziges Möbelstück stand mehr darin. Sogar die Vorhänge waren von den Fenstern verschwunden.

In der Küche suchte sie vergeblich nach dem vertrauten Tisch mit der gesprungenen Kunststoffplatte. Nur leere Einbauschränke waren im dämmrigen Licht auszumachen, und dort, wo der Kühlschrank gestanden hatte, zeigten lediglich vergilbte Ränder auf der Tapete, wo sein Platz gewesen war.

Die schreckliche Angst, verlassen worden zu sein, ließ Joans

Herz schmerzhaft hämmern. Über ihre Wangen strömten heiße Tränen, als sie nun wieder die Treppe hinaufstieg.

Das Zimmer ihrer Mutter war ebenso leer wie die übrigen Räume im Haus. Nur im Zimmer ihrer Schwester stand noch ein einzelnes Möbelstück.

Cynthias Frisiertisch.

All ihr Schminkzeug war noch da – all die wundersamen Dinge, die Cynthia immer so hingebungsvoll auf das Gesicht auftrug. Warum hatte sie sie nicht mitgenommen?

Die Flaschen, Schachteln, Tiegel und Tuben zogen Joan magisch an. Vorsichtig wagte sie einen Schritt in das Zimmer hinein, dann noch einen.

Hatte Cynthia die Sachen vielleicht für sie zurückgelassen?

Die Angst, die sie noch vor wenigen Augenblicken verspürt hatte, wich einer freudigen Erregung. Ehrfürchtig ließ Joan sich auf dem niedrigen Schemel vor dem Frisiertisch nieder. Sie öffnete eine Puderdose und begann, sich mit dem Quast das Gesicht zu betupfen. Dann erblickte sie im Spiegel plötzlich das Gesicht ihrer Schwester. Cynthia stand hinter ihr und fixierte sie wütend.

»Wie kannst du es wagen?«, fuhr sie ihre kleine Schwester an. Ihr Arm schnellte vor und stieß die Puderdose vom Tisch. Das Klappern, mit dem sie auf dem Boden aufschlug, ließ Joan erschreckt zusammenfahren. Duftender Puder hing als staubige Wolke in der Luft des Zimmers. Joan begann zu husten und rang nach Luft.

Dann hörte sie noch eine zweite Stimme – die Stimme ihrer Mutter. »Was geht hier vor? Was tut ihr hier?«

»Es ist Joans Schuld, Mama«, hörte Joan Cynthia sagen. »Schau nur, was sie getan hat! Es ist ganz allein Joans Schuld!«

Joan sah das wütende Gesicht ihrer Mutter über sich, und sie wusste, was nun kommen würde.

»Nein«, flüsterte sie.

Sie duckte sich, als ihre Mutter die Hand hob.

»Nein«, schrie sie. »Nein!«

Der Klang ihrer eigenen Stimme riss Joan aus dem Alptraum. Instinktiv streckte sie ihre Hand nach Bill aus. Sie brauchte ihn, sehnte sich danach, seine Kraft und seine Wärme zu spüren.

Doch das Bett neben ihr war leer. Nur langsam verblasste der schlimme Traum. Joan sah, dass das erste fahle Morgenlicht bereits den Raum erhellte, und spürte, wie das Gefühl der Leere, das sie in dem Haus in ihrem Traum gehabt hatte, einem noch viel schrecklicheren dunklen Nichts wich, das sich nun in ihr ausbreitete.

Bill war für immer von ihr gegangen und würde nie wieder neben ihr liegen. Er hatte sie verlassen. Gerade so, wie ihre Mutter und ihre Schwester sie im Traum verlassen hatten.

Nein!, sagte sich Joan energisch und nahm dabei unbewusst das letzte Wort aus ihrem Traum wieder auf. *Nein! Er hat mich nicht verlassen. Es war ein Unfall, und er wäre wieder nach Hause zurückgekehrt! Er wäre ganz bestimmt zurückgekehrt!*

Sie drehte sich um und wollte vor der grausamen Realität noch einmal für ein paar Minuten in den Schlaf flüchten. Doch so sehr sie sich auch nach dem inneren Frieden, den der Schlaf versprach, sehnte – sie kam nicht mehr zur Ruhe. Joan wusste, dass der schreckliche Traum noch in den Schatten ihres Bewusstseins lauerte und sie quälen würde.

Und selbst wenn es ihr gelang, noch für ein paar kurze Augenblicke vor dem Tag zu fliehen, würden die unumstößlichen Tatsachen sie doch bald genug einholen. Seufzend warf Joan sich schließlich den Morgenmantel über und ging in den Flur hinaus. Auf ihrem Weg zur Treppe bemerkte sie, dass die Tür zum Gästezimmer einen Spalt breit offen stand. Sie hielt inne.

Warum war die Tür nicht geschlossen? Schon hörte Joan im Geist die Stimme ihrer Mutter. »Wag es nicht, diesen Raum zu betreten! Dies ist Cynthias Zimmer, und ich lasse nicht zu, dass du ihre Sachen kaputt machst!«

Cynthias Zimmer. Und dabei war es doch eigentlich das Gästezimmer.

Joan musste wieder an ihren Traum denken. Sie ging zu der Tür und lugte vorsichtig in den dämmrigen Raum. Der Frisiertisch stand an derselben Stelle wie eben in ihrem Traum. Das Schminkzeug ihrer Schwester lag ausgebreitet vor dem Spiegel, als sei Cynthia nur für eine Minute fortgegangen und könne jederzeit wieder kommen. Joans Augen schweiften durch das Zimmer. Bilder von Cynthia, ihre Zeitschriften, die aufgeschlagen herumlagen – man hätte denken können, sie habe gerade noch darin geblättert. Ihr liebstes Nachthemd hing wie schon seit vielen Jahren über dem Fußende des Bettes. Früher hatte es in dem Haus in der Burlinton Avenue ebenso auf seine Besitzerin gewartet, und jetzt war es hier. Hier in Cynthias Zimmer. Cynthias Zimmer!

Joan starrte auf eines der Photos ihrer Schwester. Bilder von Cynthia bedeckten die Wände und standen in Rahmen auf jedem Möbelstück.

»Lass uns in Ruhe«, flüsterte Joan. »Warum kannst du uns nicht einfach in Ruhe lassen?«

Sie wandte sich ab und wollte weiter gehen, doch in der Stille, die ihren Worten folgte, nahm sie plötzlich ein Geräusch wahr.

Ein ganz und gar unmögliches Geräusch.

Das Lachen ihrer Schwester.

Cynthia lachte sie aus.

Verspottete sie.

Joan fuhr herum und blickte noch einmal in das Zimmer zurück. Sie erwartete beinahe, Cynthia am Frisiertisch sitzen zu sehen. Ihre Augen würden sicher höhnisch blitzen, wenn sie die Überraschung im Gesicht ihrer Schwester sah. Doch in dem Zimmer war nichts. Nichts außer dem Lachen, diesem Echo aus der Vergangenheit.

Joan wandte dem Raum und allem, was sich darin befand, den Rücken zu und machte sich auf den Weg zur Treppe. Vor der Tür ihrer Mutter zögerte sie und lauschte. Joan wusste, dass sie noch ein paar ruhige Minuten für sich selbst haben würde, wenn sie das tiefe Schnarchen ihrer Mutter hören konnte. Wenn sie jedoch bereits wach war, würde sie nach Joan rufen, sobald sie hörte, dass ihre Tochter die Treppe hinunterging.

Joan lauschte angestrengt, doch kein Ton drang zu ihr heraus.

Als ihr bewusst wurde, was diese Stille bedeuten konnte, hielt sie einen Augenblick lang die Luft an. Sie fürchtete sich plötzlich davor, die Tür zu öffnen.

Wenn ihre Mutter gestorben war …

Joan versuchte, sich innerlich zu wappnen, drehte den Knauf und drückte die Tür langsam auf.

Leer! Das Bett ihrer Mutter war leer!

Joan eilte durch den Raum und schaute in das kleine Badezimmer zwischen dem Zimmer ihrer Mutter und Cynthias Zimmer. Leer!

Ihre Mutter musste früher aufgewacht sein als sonst und war allein in die Küche hinuntergegangen. Joan eilte die Treppe hinab und suchte im Erdgeschoss nach Emily. Sie rief nach ihrer Mutter, doch sie erhielt keine Antwort.

Die Räume waren still und leer.

Ihre Mutter war nicht mehr im Haus.

Wir werden sie finden, machte Joan sich Mut, während sie die Treppe wieder hinaufrannte. *Matt und ich werden sie finden! Weit kann sie nicht sein!*

Oben angekommen wollte Joan auf dem schnellsten Weg zu Matts Zimmer laufen, doch als sie an der offenen Tür zu Cynthias Zimmer vorbeikam, fiel ihr Blick auf das Porträt ihrer Schwester über dem Kaminsims.

Joan blieb stehen.

Das Bild schien sie ebenso wie zuvor das Lachen zu verspotten. Joan dachte an all die Nächte, in denen sie ihre Mutter in diesem Zimmer mit Cynthia hatte reden hören.

Die alte Frau redete mit ihr, als sei sie noch am Leben.

»Was hast du mit ihr gemacht?«, flüsterte Joan. »Was hast du mit Mutter gemacht?«

Diesmal hörte sie kein Lachen.

Alles blieb still.

»Matt? Matt, wach auf!«

Matt war schlagartig hellwach. Im Gesicht seiner Mutter konnte er lesen, dass etwas geschehen war, und noch bevor sie etwas gesagt hatte, war er sich fast sicher, dass er wusste, worum es dabei ging.

»Mutter ist nicht mehr da«, presste Joan atemlos hervor und bestätigte damit Matts ersten Gedanken.

»Du meinst, sie ist gar nicht mehr im Haus?«

»Schnell, zieh dich an und hilf mir.«

Fünf Minuten später war Matt bei seiner Mutter in der Küche, und sie begannen gemeinsam, das ganze Haus nach seiner Großmutter abzusuchen. Sogar bis auf den staubigen Dachboden unter den spitzen Dachgiebeln drangen sie vor. Erst nachdem Matt auch noch den Keller durchstöbert hatte, gaben sie die Suche im Haus auf.

»Was sollen wir jetzt machen?«, fragte Matt.

»Wir sehen draußen nach. Wenn wir nur wüssten, wie lange sie schon fort ist …« Joans ängstliche Blicke richteten sich auf ihren Sohn. »Hast du heute Nacht etwas gehört? Irgendetwas?«

Matt zögerte. Er hatte wieder von seiner Tante Cynthia geträumt. Geträumt, dass sie in der Nacht zu ihm kam, zu ihm ins Bett schlüpfte und … Er erschauerte bei der Erinnerung an das, was dann geschehen war, und versuchte die Bilder, die ihn verfolgten, abzuschütteln. Doch da war noch etwas anderes …

Plötzlich fiel es ihm wieder ein! Er hatte noch etwas anderes geträumt, von seiner Großmutter. Er hatte ihre Stimme gehört und war in den Flur hinausgegangen. Und dort hatte er etwas gesehen. Vor Matts geistigem Auge wurden die Bilder der Nacht wieder lebendig.

Einen Augenblick lang wusste er nicht, was sich dort in der Finsternis bewegte. Eine Art Umriss, eine schattenhafte, in der Dunkelheit fast unsichtbare Gestalt. Aber er ahnte, dass es ein Gespenst war.

Der Geist seiner Tante. Ihr langes, blondes Haar lag schimmernd auf ihren Schultern, und sie trug dasselbe Nachthemd, in dem sie immer zu ihm kam, wenn er von ihr träumte. Starr vor Angst und mit wild pochendem Herzen beobachtete er, wie die schemenhafte Gestalt auf der Treppe verschwand. Dann erschien plötzlich seine Großmutter im Flur und hastete hinter seiner Tante her. Er versuchte, nach ihr zu rufen, doch die Worte blieben ihm im Hals stecken. Und als er sich endlich so weit gefangen hatte, dass er zur Treppe gehen konnte, war niemand mehr zu sehen …

Nichts!

Nur die leere Eingangshalle.

Auch gehört hatte er nichts, denn über das Haus war eine beinahe unnatürliche Stille gefallen. Schließlich war er in sein Zimmer zurückgegangen und hatte sich wieder ins Bett gelegt. Dort hatte er noch lange in die Dunkelheit gestarrt und angestrengt gelauscht. Doch alles war still geblieben. Nach einiger Zeit war er sich fast sicher gewesen, dass alles nur ein Traum gewesen war, und er hatte versucht, die unheimlichen Ereignisse zu vergessen.

Dann kam der andere Traum, und wieder war seine Tante bei ihm im Zimmer. Sie stand an seinem Bett, berührte ihn, streichelte ihn.

»Nein«, beantwortete Matt schließlich die Frage seiner Mutter. »Ich habe nichts gehört. Ich hatte nur einen Traum. Das ist alles.«

Er wich ihrem Blick aus, als er spürte, dass seine Mutter ihn forschend ansah.

Sie glaubt, dass ich lüge!

Aber er hatte nicht gelogen. Alles war nur ein Traum gewesen! Ganz sicher! Es gab keine Gespenster. Oder vielleicht doch? Nein!

Plötzlich hatte Matt das Gefühl, als würden die Wände immer enger zusammenrücken und wollten ihn erdrücken. Er musste hinaus, bevor es ihnen gelang.

»Ich sehe in der Garage und im Schuppen nach«, sagte er. »Wenn sie hinausgegangen ist, wollte sie vielleicht wieder herein und hat im Dunkeln die Haustür nicht gefunden.«

Ohne eine Antwort seiner Mutter abzuwarten, ging Matt zur Hintertür. Auf der Treppenstufe blieb er einen Augenblick lang stehen. Er holte ein Mal tief Luft und dann noch ein zweites Mal.

Was ist nur mit mir los? Woher kommen diese Träume? Was haben sie zu bedeuten? Ratlos stand er da. *Nichts,* sagte er sich dann. *Sie haben überhaupt nichts zu bedeuten.*

Doch was war mit seiner Großmutter geschehen? Wenn er letzte Nacht wirklich nur geträumt hatte, warum war sie dann heute Morgen nicht mehr in ihrem Zimmer gewesen?

Reiner Zufall. Ein Zufall, sonst nichts. War das nicht einer der Gründe, warum seine Mutter seine Großmutter ins Haus geholt hatte? Verließen Menschen mit Alzheimer in ihrer Verwirrung nicht häufiger ihre Häuser, irrten hilflos umher und fanden nicht mehr zurück? Natürlich! Seine Großmutter war irgendwo hier draußen im Kutschenhaus oder im alten Stall. Sie musste einfach dort sein.

Doch die alte Frau blieb verschwunden. Matt suchte überall nach ihr, begann dann noch einmal von vorn, rief nach ihr, öffnete jede Tür und kletterte sogar auf den Heuboden im Stall.

Nichts.

Unverrichteter Dinge stapfte er schließlich zum Haus zurück und trat durch die Hintertür, durch die er es eine Viertelstunde vorher verlassen hatte, in den Abstellraum. Als er in die Küche gehen wollte, hörte er die Stimme seiner Mutter.

»Trip? Kannst du bitte zu uns herauskommen? Mutter ist verschwunden.«

Mr. Wainwright? Warum rief seine Mutter ihn an?

»Ich glaube, sie ist mitten in der Nacht fortgelaufen. Wenn du nur einfach herauskommen könntest und …« Sie hörte abrupt auf zu sprechen. Dann fuhr sie hastig fort. »Nein. Keine Polizei, Trip … jetzt noch nicht. Es kann gut sein, dass sie noch irgendwo hier auf dem Gelände ist und …«

Wieder verstummte seine Mutter für kurze Zeit und als sie weitersprach, war ihre Stimme so leise, dass Matt sie kaum noch verstehen konnte. »Ich halte es wirklich nicht für eine gute Idee, jetzt Dan Pullman anzurufen. Nicht nach allem, was geschehen ist und … nun, nicht nach allem, was die Leute gerade über Matt denken. Außerdem wissen wir ja gar nicht, ob Mutter wirklich etwas zugestoßen ist, nicht wahr?« Ihre Stimme klang jetzt beinahe flehend. »Bitte! Komm zu uns heraus, und dann überlegen wir gemeinsam, was zu tun ist.«

Einen Moment lang verspürte Matt das Verlangen, durch die Hintertür wieder hinaus zu stürzen. Nur fort von dem Haus. Er wollte nur fort. Flüchten. Aber wohin? Er wusste es nicht. Es schien keinen Ort zu geben, an den er hätte fliehen können.

Was war nur mit ihm los? Wurde er langsam verrückt? Wie konnte seine Mutter nur …

Doch bevor er den Gedanken beendet hatte, stand sie schon neben ihm im Abstellraum. Besorgt sah Joan ihren Sohn an.

»Matt? Was ist denn? Du siehst …«

»Du glaubst, dass ich ihr etwas angetan habe, nicht wahr?«, flüsterte er. Diesmal gelang es ihm, sie anzusehen. »Du glaubst, ich habe etwas mit Großmutter gemacht.«

Die Trauer und der Schmerz im Gesicht ihres Sohnes brachen Joan beinahe das Herz. Sie zog ihn an sich und nahm ihn in die Arme.

»Nein«, flüsterte sie. »O nein, Matt. Natürlich nicht! Wie kannst du so etwas auch nur denken?«

Doch während Joan beruhigend auf ihren Sohn einsprach, dachte sie an seinen ausweichenden Blick, als sie ihn gefragt hatte, ob er in der Nacht etwas gehört hätte.

Auch an seine Antwort erinnerte sie sich. Er hatte behauptet, nichts gehört zu haben. Sein Zögern, bevor er das sagte, war ihr nicht entgangen.

Trip Wainwright brauchte nicht auf seine Uhr zu blicken. Er wusste auch so, dass es beinahe zehn Uhr war. Einerseits konnte er die Zeit am Stand der Sonne ablesen, andererseits sagte ihm das unüberhörbare Knurren seines Magens, dass der Morgen schon fast vorbei war. Seit er sich im Kampf gegen den unaufhaltsam wachsenden Umfang seiner Hüfte das Frühstücken abgewöhnt hatte, forderte sein Magen jeden Tag ab neun Uhr dreißig energisch die Zufuhr von Nahrung – und zwar bevorzugt in Form eines Apfelstrudels. Gegen zehn Uhr begannen meist seine Zähne zu schmerzen, weil er sie seit einer halben Stunde unablässig zusammenbiss. Bald darauf blaffte er grundlos seine Sekretärin an, und schließlich wurde sein Verlangen nach Apfelstrudel so übermächtig, dass er das Büro verließ und der Bäckerei nebenan einen Besuch abstattete. Während er den frischen Apfelstrudel verspeiste, schwor er sich tagtäglich, dass er vom nächsten Tag an den Forderungen seines Magens und allen übrigen Versuchungen widerstehen würde. Bisher hatten diese guten Vorsätze nur dazu geführt, dass er noch einmal fünf Pfund zugenommen hatte und der Umfang seiner Hüfte noch um ein oder zwei Zentimeter gewachsen war. Und das, obwohl er bereits seit einem Monat auf der Kein-Frühstück-Diät war.

Doch das Knurren seines Magens war heute einmal nicht Trips größtes Problem. Inzwischen hatte er Joan und Matt bereits drei Stunden lang bei der Suche nach Emily Moore unterstützt, und noch immer fehlte von der alten Dame jede Spur. Sie hatten im Haus begonnen, waren noch einmal durch alle Zimmer gegangen, hatten jeden Winkel abgesucht und jeden Schrank geöffnet. Dann hatte der Anwalt, wie bereits vor ihm Matt, alle Außengebäude durchstöbert und sich dabei sogar die Leiter zum Heuboden hinaufgequält, obwohl ihm schon ab der dritten Sprosse klar geworden war, dass Emily sich unmöglich dort oben befinden konnte.

Nachdem sie ganz sicher waren, dass die alte Frau sich in keinem der Gebäude befand, hatten sie damit begonnen, das Gelände in der Nähe des Hauses abzusuchen. Seit einer Stunde kämpften sie sich nun schon in immer weiter angelegten Halbkreisen durch den Wald, der an den Rasen hinter dem Haus grenzte. Nun hatte Trip genug. Sie standen mitten in einem Dickicht aus undurchdringlichem Unterholz, in dem der Anwalt nun schon zum wiederholten Male an dornigen Zweigen hängen geblieben war. In den letzten zwanzig Jahren hatten sich seine Wanderungen weit gehend auf den gepflegten Rasen des Golfplatzes beschränkt. Und selbst wenn der Golfplatz von Granite Falls vielleicht nicht in ganz so makellosem Zustand war wie die Plätze der reichen Clubs in der Gegend von Boston, wurde das Gras doch mindestens einmal pro Woche gemäht.

»Hier gibt es ja noch nicht einmal einen Trampelpfad, Joan«, schnaufte Trip. »Deine Mutter kann sich unmöglich hier durchgearbeitet haben. Wenn wir es schon bei Tageslicht kaum schaffen – wie soll es ihr dann mitten in der Nacht gelungen sein?«

Einen Augenblick lang fürchtete Trip, Joan würde sich

weigern, die Suche aufzugeben, und stattdessen darauf bestehen, dass sie sich weiterhin durch das Unterholz quälten.

Doch Joan ließ die Schultern sinken, und alle Hoffnung wich aus ihrem Blick. »Ich weiß ja«, seufzte sie. »Du hast sicher Recht. Aber …«, sie brach ab.

Ihr verzweifelter Gesichtsausdruck berührte Trip zutiefst. Er wollte nur allzu gern tröstend die Arme um sie legen, aber er hielt sich zurück.

»Wir finden sie schon noch, Mum«, sagte Matt. »Ich weiß es genau.«

Joan zuckte nur traurig die Achseln und folgte ihrem Sohn zum Haus zurück.

Bald hatten sie den Waldrand erreicht und standen bereits an der niedrigen Mauer, die den Rasen hinter dem Haus begrenzte, als Joan plötzlich wie angewurzelt stehen blieb.

»Was ist denn?«, fragte Trip.

Außer einem Trampelpfad, der sie zu einem Durchlass in der Mauer führen würde und dem kurz gemähten Rasen konnte er nichts Auffälliges entdecken.

»Der Pfad zum Fluss«, sagte Joan mit tonloser Stimme. »Daran haben wir noch gar nicht gedacht!« Sie sah Trip an. »Der Pfad führt zu den Wasserfällen. Mutter war immer sehr gern dort.« Die neue Hoffnung brachte ihre Augen wieder ein wenig zum Leuchten. Sofort steuerte sie auf die Stelle zu, wo der Weg zu den Fällen von dem Trampelpfad, auf dem sie zum Haus zurückgegangen waren, abzweigte. »Bestimmt ist sie dorthin gegangen! Ich bin mir fast sicher!«

Trips erster Gedanke war, Joan aufzuhalten. Doch als er sie so schwungvoll ausschreiten sah, besann er sich. Entschlossen ignorierte er die polternden Geräusche in seinem leeren Magen und folgte ihr. Matt ging hinter ihm.

Als sie nur noch ein kurzes Stück von den Fällen entfernt waren, hielt Joan so unvermittelt an, dass Trip fast mit ihr zusammengeprallt wäre.

»Da!« Das Wort war beinahe ein Aufschrei.

Als Trip Joans Blick folgte, sah er zunächst nichts. Doch dann entdeckte auch er, dass etwas vor ihnen auf dem Weg lag.

Aus dem weichen Morast des Trampelpfades ragte ein Hausschuh.

Es war ein abgetragener Slipper aus dickem Filz, wie auch Trip sie gern überzog, wenn er abends allein zu Hause war.

»Das ist ein Männerschuh«, stellte er fest und wollte sich hinunterbeugen.

Joans hielt ihn am Arm zurück. »Meine Mutter hat ein Paar, das genauso aussieht«, sagte sie mit zitternder Stimme.

Trip fragte sich, ob es die Aufregung oder die Angst war, die ihre Stimme so eigenartig klingen ließ.

Doch Joan sprach bereits hastig weiter. »Sie war hier! Ich wusste es doch!«

Bevor der Anwalt sie davon abhalten konnte, zog Joan den Schuh aus dem Schmutz und eilte weiter den Pfad entlang. Trip hatte Mühe, mit ihr Schritt zu halten.

»Mutter?«, rief Joan. »Mutter, wo bist du?«

Kaum ein paar Meter weiter sah Trip plötzlich etwas zwischen den Zweigen schimmern.

Ein schmaler weißer Stoffstreifen hatte sich dort an einem dornigen Ast verfangen.

»Joan!«, rief der Anwalt. »Joan, schau dir das an.«

Doch bevor Joan bei ihm war und sich den Stoff ansehen konnte, sagte Matt ihm schon, was er wissen wollte.

»Das ist von Großmutters Nachthemd«, stieß er aufgeregt hervor.

Nun war auch Joan bei ihnen angekommen, und Trip hielt sie zurück, als sie nach dem Stofffetzen greifen wollte.

»Wir sollten es genau dort lassen, wo es jetzt hängt«, sagte er.

Joans und Trips Blicke trafen sich, und einen Moment lang verstand sie nicht, was der Anwalt sagen wollte. Doch dann glättete sich die steile Falte auf ihrer Stirn.

»Es ist bestimmt alles in Ordnung«, sagte sie. »Sicher finden wir sie nun bald – ich weiß es!« Und schon lief sie wieder den Pfad entlang.

Sie eilten um die letzte Biegung des schmalen Weges und standen schließlich auf der freien Fläche aus bloßem Granit, die den Pool am Fuß der Fälle umgab. Dreißig Meter vor ihnen schoss das Wasser über einen gezackten felsigen Grat, der den Fluss in drei einzelne, schmälere Arme teilte, die rauschend und donnernd in das tiefe Becken fielen. Ein feiner Nebel aus winzigen Wassertropfen verdeckte den Blick auf den Fuß der Fälle. Obwohl das Wasser glasklar war, konnte man durch seine bewegte Oberfläche hindurch nicht auf den Grund des tiefen Beckens sehen.

Am Ufer, nur wenige Zentimeter von der aufgewühlten Wasserfläche entfernt, fanden sie Emily Moores zweiten Schuh. Joan stockte der Atem, als sie den Slipper dort liegen sah. Erst einen Augenblick später schrie sie entsetzt auf. Sie wusste, was es bedeuten konnte, dass der Hausschuh ihrer Mutter hier lag. Doch noch war Joan nicht bereit, die Hoffnung aufzugeben.

»Mutter?«, rief sie mit zitternder Stimme. Sie wollte noch einmal rufen, doch ihre Angst war inzwischen übermächtig geworden, und sie brachte kein Wort mehr heraus.

Trip legte unbeholfen einen Arm um ihre Schultern. Sie brauchte nun dringend Beistand.

»Wir rufen jetzt besser Dan Pulmann an«, sagte er. »Ich glaube nicht, dass wir noch länger warten können.«

Zuerst dachte er, Joan würde ihm widersprechen, doch dann nickte sie. »Aber ihr ist nichts passiert«, sagte sie. »Das weiß ich.« Sie blickte in Trips Gesicht, als erwarte sie, dort die Bestätigung ihrer eigenen, mühsam aufrecht erhaltenen Hoffnungen zu finden. »Wenn sie tot wäre, wüsste ich es doch. Ich würde es doch spüren, oder nicht?«

Trip blieb ihr die Antwort auf diese Frage schuldig. Sein Gefühl sagte ihm etwas ganz anderes als das, was Joan Hapgood von ihm hören wollte.

Zwölftes Kapitel

Dan Pullman hörte schweigend zu, als Trip Wainwright ihm erzählte, warum er diesmal draußen bei den Hapgoods gebraucht wurde. Wie beinahe jeder Einwohner von Granite Falls war Dan am Tag zuvor bei der Beerdigung gewesen. Allerdings hatte er Matthew Moore dabei weit mehr Aufmerksamkeit gewidmet als der Trauerfeier und den Lobreden auf Bill Hapgood. Seit Bills Tod stand das Diensttelefon des Sheriffs nicht mehr still. Die Leute wollten wissen, warum gegen Matt keine Anklage wegen Mordes oder wenigstens wegen Totschlags erhoben worden war. Zwar gaben die meisten Anrufer vor, als brave, gesetzestreue Bürger ein ganz natürliches Interesse an dem Fall zu haben, doch mehr als einer hatte das ausgesprochen, was die anderen sich zu sagen scheuten: »Jeder weiß doch, dass er es getan hat.«

Dan hatte schon vor vielen Jahren gelernt, dass alles, was er als Sheriff sagte, in den Gerüchteküchen von Granite Falls umgehend zu einem brodelnden Eintopf verrührt wurde, der großen Schaden anrichten konnte. Deshalb gab er keinerlei Informationen weiter und erklärte immer wieder, die Untersuchungen seien noch nicht abgeschlossen. Außerdem wies er beharrlich darauf hin, dass es allein im Ermessen des Staatsanwaltes lag, ob die Ergebnisse der polizeilichen Ermittlungen zu einer Anklage führen würden. Dan verkniff sich, die Anrufer darauf hinzuweisen, dass das, was in einem solchen Fall angeblich alle so genau wussten, sich nicht selten als falsch herausstellte. Denn schon seit seinem Amtsantritt als Leiter der Polizeidienststelle wusste er, dass die braven Bürger seiner Stadt von ihrem Sheriff ohnehin nur eine Bestätigung für ihre Vermutungen hören wollten, für Widersprüche oder Gegenargumente aber im Allgemeinen taub waren.

Dennoch hatte er während Bill Hapgoods Beerdigung Matthew Moore nicht aus den Augen gelassen. Nur allzu gern hätte er gewusst, was im Kopf des Jungen vorging. Matt hatte sehr blass und müde ausgesehen, doch was konnte man auch anderes erwarten. Die Frage, die Dan Pullmann wirklich bewegte, war, ob Matts Blässe und Erschöpfung von seiner Trauer oder von etwaigen Schuldgefühlen herrührten.

Beides konnte einem Menschen den Schlaf rauben. Beides konnte einen an den Rand des körperlichen und seelischen Zusammenbruchs treiben. Doch es war Dan Pullman nicht gelungen herauszufinden, welches der beiden Gefühle dem Jungen so zu schaffen machte. Die Regungen, die Matt am offenen Sarg seines Stiefvaters gezeigt hatte, waren Dan echt erschienen. Doch auch für Matts Verhalten während der Trauerfeier gab es mehrere Erklärungsmöglichkeiten:

Es hatte fast ausgesehen, als wollte Matt sich bei Bill entschuldigen – um Verzeihung dafür bitten, dass er eine tragische Verkettung von Umständen mit verschuldet hatte, um Vergebung für einen schrecklichen Unfall.

Oder für einen Mord.

In dem Augenblick, als das Telefon klingelte, war Dan Pullman in eben diese Überlegungen versunken gewesen. Während er nun dem Anwalt zuhörte, ertappte er sich dabei, dass er sich fragte, welche Rolle Matt wohl beim Verschwinden von Emily Moore spielte.

Gar keine, sagte er sich, während er die zwei Meilen von seinem Büro hinter der Feuerwache zur Hapgood-Farm hinausfuhr. Emily Moore litt an Alzheimer und irrte wahrscheinlich ziellos umher. *Werd bloß nicht so ein Bulle, der überall nur noch Verbrechen wittert.*

Doch als er den Pfad entlangging, auf dem eine halbe Stunde zuvor auch Trip, Joan und Matt nach der alten Frau gesucht hatten, geriet er wieder ins Grübeln.

»Den ersten Schuh haben wir hier entdeckt«, erklärte Trip. »Joan hob ihn auf, bevor ich sie davon abhalten konnte.«

»Ich wusste ja nicht, dass ich das nicht durfte«, sagte Joan verzagt. Hilfesuchend blickte sie die Männer an. »Als ich den Schuh sah, war ich so …«

»Schon gut«, beruhigte Pullman sie. »Es ist ja nichts

Schlimmes passiert. Wahrscheinlich hat deine Mutter gar nicht gemerkt, dass sie den Schuh verlor.«

Doch im Grunde war sich Pullman alles andere als sicher. Selbst wenn man sich verirrte, bemerkte man, wenn einem ein Pantoffel fehlte. Man spürte doch, wie sich der Matsch zwischen die Zehen drückte. Er suchte mit den Augen den Pfad nach den Abdrücken eines bloßen Fußes ab. Doch er konnte nur die einander überschneidenden Spuren vieler verschiedener Schuhspuren erkennen.

Kein Abdruck sah so aus wie der eines nackten Fußes, ja noch nicht einmal den Abdruck eines Pantoffels konnte Pullman unter den vielen Sohlenmustern ausmachen. Natürlich war es möglich, dass Emily Moores Spuren unabsichtlich durch die drei anderen Personen, die nach ihr hier entlang gegangen waren, verwischt und vernichtet worden waren.

Sie gingen weiter und hielten schließlich bei dem Zweig an, an dem noch immer das Stück Stoff hing. Auch hier konnte Dan Pullman nichts entdecken, was auch nur annähernd dem Abdruck eines nackten Fußes glich. Andererseits war der Weg an dieser Stelle so ausgetrocknet, dass es ohnehin kaum Spuren zu lesen gab.

Anschließend gingen sie zu der felsigen Platte am Fuß der Wasserfälle. Dort lag Emilys zweiter Schuh wie zuvor am Ufer. Während Dan nun zuhörte, wie Joan noch einmal genau erzählte, wie der Morgen verlaufen war, konnte er seine Augen – genau wie bei der Beerdigung – nicht von Matt lassen.

Der Junge sah noch blasser und erschöpfter aus als am Tag zuvor. Aber noch etwas anderes spiegelte sich auf seinem Gesicht. Man konnte es vielleicht nicht direkt Schuld nennen, doch es war etwas Ähnliches. Matt machte einen verschlossenen Eindruck, so als gäbe es etwas, wonach er nicht gefragt werden wollte.

Als Joan geendet hatte, beschloss Pullman, einen blinden Vorstoß zu wagen. »Was ist gestern Nacht geschehen, Matt?«, fragte er.

Der Junge zuckte zusammen, und Pullman wusste, dass er einen wunden Punkt berührt hatte.

Matt blieb stumm, doch der Sheriff gab nicht nach. »Es ist doch etwas geschehen, nicht wahr, Matt?«

Als Matt nun zu Pullman aufsah und dessen Blick standhielt, las der Mann Schmerz und Verzweiflung in den Augen des Jungen.

Dann blickte Matt zur Seite.

Suchte er im Stillen nach Ausflüchten?

Doch nach ein paar tiefen Atemzügen begann er dann zögernd: »Ich weiß nicht recht.« Mühsam suchte er nach den richtigen Worten. »Ich dachte, es sei nur ein Traum gewesen. Aber jetzt ...« Er verstummte. Seine Augen wurden glasig, als er mit leerem Blick in die Ferne stierte. Er schien in seiner Erinnerung nach etwas zu suchen.

»Was, Matt?«, fragte Pullman.

Er hatte das beklemmende Gefühl, dass der Junge kurz davor war, ein Geständnis abzulegen. Bisher hatten die Beichten, die Pullman von verängstigten Teenagern gehört hatte, nie etwas Ernsteres als das Eingeständnis von mutwilligen Zerstörungen oder auch das ›Borgen‹ eines Autos für eine kleine Spritztour zutage gefördert. Es war eine seiner stillen Hoffnungen gewesen, eines Tages in Pension gehen zu können, ohne zuvor etwas Schlimmeres aufgedeckt zu haben. Doch im Moment schien es ganz so, als könne er diese Hoffnung getrost begraben. »Was hast du gesehen?«

Unter großer Anstrengung gelang es Matt, sich die Stimme seiner Großmutter, wie er sie in der letzten Nacht gehört hatte, in Erinnerung zu rufen. Er wusste, dass er in den Korridor gegangen war, um nachzusehen, ob alles in Ordnung war. Wieder trat der eigenartige Ausdruck in Matts Augen. Er schien in die Ferne zu blicken und schaute doch in sich hinein.

»Ich habe Großmutter zuerst gar nicht gesehen«, sagte er so leise, dass Pullman ihn kaum verstehen konnte. »Ich ... da war noch jemand.«

Pullman sah zuerst Joan an und dann den Anwalt. Offensichtlich waren sie von Matts Worten genauso überrascht wie er.

»Da war noch eine andere Person?«, fragte Pullman nach. »War es jemand, den du kanntest?«

Matts Blicke flogen unsicher von einem zum anderen, doch schließlich nickte er. »Es war meine Tante«, sagte er. »Meine Tante Cynthia.«

Pullmans Augen verengten sich, und auf seiner Stirn erschien eine steile Falte. »Deine Tante Cynthia? Also hör mal, Matt, du weißt doch …«

»Ich *weiß*, dass sie tot ist«, unterbrach Matt ihn. Plötzlich stürzten die Worte nur so aus ihm heraus. »Deshalb dachte ich auch, es sei nur ein Traum! Aber nachdem ich Tante Cynthia gesehen hatte, kam Großmutter aus ihrem Zimmer. Sie rief nach ihrer Tochter, und dann folgte sie ihr die Treppe hinunter!« Hastig erzählte er den Rest der Geschichte: dass er vor Angst wie versteinert gewesen war und sich erst nach einiger Zeit zur Treppe gewagt und hinuntergeblickt hatte, dass die Eingangshalle leer gewesen war.

»Und das ist alles?«, forschte Pullman, als Matt verstummte. »Du hast danach nichts Auffälliges mehr gesehen und bist einfach wieder ins Bett gegangen? Du bist nicht einmal die Treppe hinuntergegangen, um nach deiner Großmutter zu schauen?«

Ein Anflug von Panik trat in Matts Augen. »Ich wusste nicht, was ich tun sollte. Ich dachte … o Gott, ich weiß nicht, was ich dachte.« Sein Blick wanderte von Pullman zu seiner Mutter. »Ich hielt es für einen Traum, Mum.«

Joan legte beschützend einen Arm um die Schultern ihres Sohnes. »Schon gut«, sagte sie. »Wir werden Großmutter finden, und sie wird unverletzt und munter sein.« Doch am Gesicht des Sheriffs konnte Joan ablesen, dass er damit ganz und gar nicht rechnete.

Dreizehntes Kapitel

Ein Glitzern und Flimmern wie von Goldstaub erfüllte die Luft. Es ließ den Wald in einem Licht erglühen, das Matt noch nie zuvor gesehen hatte.

Staub, sagte er sich. *Alles nur Staubteilchen.*

Doch es kam ihm gar nicht wie Staub vor, sondern eher wie Zauberei. Das Glitzern verwandelte die Bäume und Büsche in ein geheimnisvoll leuchtendes Märchenland, das ihn ganz und gar gefangen nahm.

Matt wusste nicht genau, wo er sich befand und wie lange er schon durch den Wald gewandert war. Manchmal folgte er einem Pfad oder einer Wildspur, doch meist gehorchte er nur einer rätselhaften Eingebung, die ihn immer weiter vordringen ließ. Er blieb einen Moment lang stehen. Einerseits versuchte er herauszufinden, wo er gerade war, andererseits wollte er ganz einfach die verzauberte Atmosphäre dieses herrlichen Morgens genießen. Er holte tief Atem, füllte seine Lungen mit kühler Waldluft. Als er ausatmete, nahm er am Rande seines Blickfeldes eine Bewegung wahr. Seine Hand schloss sich um den Lauf des Gewehrs, das er an einem Ledergurt über der Schulter trug. Mit den Augen suchte er den Wald ab. Zuerst konnte er nichts entdecken, doch einen Augenblick später war er sich ganz sicher. Er wusste genau, was sich dort unter den Bäumen bewegt hatte.

Ein Hirsch – ein prächtiges, männliches Tier – stand wie erstarrt. Nur seine Ohren bewegten sich, suchten die Umgebung nach einer lauernden Gefahr ab. Er war kaum fünfzig Schritte von Matt entfernt, vielleicht sogar noch weniger.

Eine freudige Erregung durchrieselte Matt. Er stand regungslos da. Der Anblick des Wildes ließ das Blut in seinen Adern schneller pulsieren. Seine Sinne waren so scharf, dass er fast glaubte, mit den Augen des Tieres zu sehen, zu hören, was der Hirsch hörte. Matt spürte einen zarten Lufthauch im Gesicht und wusste, dass der Hirsch ihn nicht wittern konnte. Er trat einen kleinen Schritt auf das Tier zu. Dabei achtete er darauf, dass kein Zweig knackte, kein Blatt raschelte. Er tat noch einen weiteren Schritt und dann einen dritten.

Der Hirsch sah ihn unverwandt an. Mit hoch erhobenem Kopf und nervös spielenden Ohren stand er da. Er schien zu warten. Als Matt bis auf zwanzig Schritte an ihn herangekommen war, wandte das Tier sich beinahe träge ab und stelzte lautlos davon. Als es eine Distanz von etwa fünfzig Schritten zwischen sich und Matt gebracht hatte, blieb es stehen, wandte sich um und blickte den Jungen an.

Matt schien es, als wolle der Hirsch ihn auffordern, ihm zu folgen, als ob das Tier sich *wünschte*, dass er ihm folgte.

Matt ging weiter, und wieder wartete der Hirsch, bis er nur noch fünfzehn oder zwanzig Schritte von ihm entfernt war, bevor er sich erneut zurück zog. Dieses Katz- und Maus-Spiel wiederholte sich noch einige Male. Immer tiefer führte der Hirsch Matt in den Wald hinein. Nach einer Weile kam Matt die Umgebung plötzlich bekannt vor. Das Tier stand nun in einem Dickicht. Matt konnte den Hirsch zwar noch erkennen, doch Zweige und Blätter verdeckten ihn zum Teil. Wieder blickte das Tier ihn an. Die empfindlichen Ohren zuckten, während es konzentriert auf die Schritte des Menschen lauschte. Matt pirschte sich so nahe an das Wild heran, bis er wieder freien Blick auf das Tier hatte.

Er hob das Gewehr, drückte es fest gegen seine rechte Schulter und schmiegte seine Wange an das polierte Walnussholz. Wie schon hunderte Male zuvor nahm sein rechtes Auge das Ziel ins Visier.

Der Kopf des Hirsches erschien im Fadenkreuz.

Matts Finger krümmte sich um den Abzug. Ein sonderbares Gefühl durchströmte ihn. Die Durchschlagkraft der Waffe schien ein Teil seiner selbst zu werden.

Doch während er sich noch auf das Fadenkreuz konzentrierte, begann sich der Kopf des Hirsches zu verändern. Das Geweih verschwand, und die Schnauze wurde kürzer.

Die weit auseinander stehenden Augen des Tieres rückten näher zusammen, und während sich die Schnauze langsam in eine Nase verwandelte, formte sich darunter ein Lippenpaar.

Nun sah Matt statt des Hirsches ein menschliches Gesicht im Fadenkreuz. Es war das Gesicht seines Stiefvaters.

Die freudige Erregung, die noch einen Atemzug zuvor sein Blut heftig hatte pulsieren lassen, fiel von ihm ab. Stattdessen spürte er, wie sich eine lähmende Kälte über ihn legte. Er begann zu frösteln und versuchte, seinen Finger vom Abzug zu lösen. Er fürchtete, dass das unkontrollierte Zittern, das krampfhafte Zucken in seinen Muskeln dazu führen könnte, dass sich ein Schuss aus der Waffe löste. Sein Finger schien am Abzug fest gefroren zu sein. Er versuchte, das Gewehr zu senken. Doch die Verbindung zwischen seinem Arm und seinem Gehirn schien unterbrochen. Das Gewehr war direkt auf das Gesicht seines Vaters gerichtet.

Dann hörte Matt die Stimme.

»Du weißt, was du zu tun hast, Matthew.«

Eine verschwommene Erinnerung regte sich.

»Nein«, flüsterte er. »Nein …«

»Tu es, Matthew«, hauchte die Stimme. *»Tu es für mich …«*

»Nein«, flehte er noch einmal leise. Doch noch während er das Wort aussprach, fühlte er, wie sein Finger sich fester um den Abzug schmiegte.

»Tu es«, drängte die Stimme. *»Tu es!«*

Matt spürte den Rückstoß des Gewehrs an seiner Schulter. Doch er hörte nichts. Im Fadenkreuz sah er, wie sein Vater strauchelte. Wieder spürte er den Rückstoß der Waffe. Sein Vater warf sich herum. Zum dritten Mal der Rückstoß.

Sein Vater fiel.

Das Licht veränderte sich. Das goldene Glühen verblasste. Matt ging auf die Stelle zu, an der sein Vater zu Boden gefallen war. Dabei hatte er das Gefühl, als sickere die Kälte aus seinem eigenen Körper in die Umgebung. Er zitterte, als wäre der Herbst urplötzlich vom Winter vertrieben worden. Dann hatte er die Stelle gefunden.

Nur der warme Körper des Hirsches lag dort. Blut sickerte aus den drei Wunden, die Matt ihm zugefügt hatte: zwei in der Brust und eine direkt zwischen den weit aufgerissenen Augen.

Voller Entsetzen starrte Matt auf das tote Tier, das ihn

noch vor wenigen Augenblicken so vertrauensvoll durch den Wald geführt hatte.

Warum? Warum hatte er es erschossen?

Dann sprach die Stimme wieder zu ihm. Diesmal kam sie von irgendwo jenseits der Stelle, wo der Hirsch lag. »Du hast ihn getötet, weil du es wolltest, Matt.«

Er blickte auf. Nur ein paar Meter von ihm entfernt stand eine weiß gekleidete Gestalt. Blondes Haar wallte über die Schultern der schlanken Frau.

Seine Tante Cynthia sah ihn fest an. »Du hast ihn getötet, weil du es wolltest«, sagte sie noch einmal. Ihr Blick fiel auf den Körper, der vor ihm im Gras lag.

Wie unter einem Zwang musste auch Matt hinunterblicken. Er sah den Leichnam seines Vaters. Sein Atem stockte. Nur mühsam gelang es ihm, den Blick abzuwenden und wieder seine Tante anzuschauen.

Sie sprach mit ihm. Ihre Stimme klang sanft und schmeichelnd. »Man tut immer das, was man will, Matt. Immer.« Wieder sah sie hinunter ins Gras.

Matt folgte ihrem Blick.

Nun sah er in die aufgerissenen, starren Augen seiner Großmutter. Steif und leblos lag sie da.

»Nein«, flüsterte Matt. Dann schrie er es hinaus, brüllte, weil er seinen eigenen Augen – und den Worten seiner Tante – nicht glauben wollte. »NEEEEIIIIN!«

Dieser Schrei riss Matt aus seinem Alptraum. Sein Körper krümmte sich wie von Krämpfen geschüttelt unter der Decke, während er, ohne es zu bemerken, immer noch schrie. Dann war er plötzlich hellwach. Die Bilder aus dem Traum zeichneten sich deutlich auf der dunklen Leinwand der Nacht ab. Er sah die Szenen so klar vor sich, als würden sie von einem inneren Licht beleuchtet. Matt lag zitternd in seinem Bett. Sein Geist wehrte sich noch immer gegen die Dinge, die er wenige Augenblicke zuvor im Traum gesehen und gehört hatte.

Es konnte nicht wahr sein. Es war einfach unmöglich! Oder etwa doch nicht?

Den Rest der Nacht starrte er schlaflos in die Dunkelheit.

Das Bild und die Stimme seiner Tante gingen ihm nicht mehr aus dem Kopf.

Matt war, als verspotte sie ihn.

Sie quälte ihn.

Joan warf nur einen Blick auf ihren Sohn, der sich kraftlos in die Küche schleppte, und wusste sofort, dass er keinesfalls besser geschlafen hatte als sie. Sein Gesicht erschien ihr beinahe so grau wie die finsteren Wolken, die am Morgenhimmel hingen und einen eisigen Nieselregen auf die Erde hinunterschickten. Die feuchte Kälte, die draußen herrschte, kroch durch die Mauern des Hauses. Joan ahnte, dass nicht nur der fehlende Schlaf Matts Gesicht so blass, die Ränder um seine Augen so dunkel aussehen ließen. Er hatte sich verändert.

Zwar sah er auf den ersten Blick noch genauso aus wie der Sohn, den sie aufgezogen hatte, doch in seinen Augen lag etwas, was sie bisher noch nicht wahrgenommen hatte. Vielleicht war es aber auch genau umgekehrt: Etwas Vertrautes war plötzlich verschwunden. Während Matt bisher meist voller Offenheit, klar und jungenhaft neugierig in die Welt geblickt hatte, lagen seine Augen jetzt beinahe leblos in den Höhlen. Und selbst wenn er seine Mutter direkt ansah, hielt sein Blick dem ihren nur selten stand. *Er ist müde,* sagte Joan sich. Und wie konnte es auch anders sein? Den vergangenen Tag hatte er damit verbracht, nach seiner Großmutter zu suchen, war in immer größeren Kreisen das Gebiet abgegangen, in dem sie die Hausschuhe und das Stück Stoff von Emilys Nachthemd gefunden hatten. Erst lange nach Einbruch der Dunkelheit war er ins Haus zurückgekehrt.

Das Haus war jetzt so leer – nur noch sie beide wohnten darin. Doch eigentlich fühlte es sich gar nicht wirklich leer an. Den ganzen letzten Abend über waren Matt und Joan ruhelos von einem Zimmer ins andere gewandert. Keiner von beiden hatte es laut ausgesprochen, doch tief in ihrem Inneren fühlten sie dasselbe.

Cynthias Gegenwart.

Sie ist tot, sagte Joan sich immer wieder.

Doch als sie in der Nacht wach gelegen hatte, war das Gefühl immer stärker geworden. Das Gefühl, dass sie und Matt – obwohl Bill und ihre Mutter nicht mehr da waren – sich nicht allein in diesem Haus befanden.

Die Stunden hatten sich quälend langsam dahingeschleppt, und Joan hatte sich verzweifelt nach etwas Ruhe und Frieden gesehnt. Doch der Schlaf hatte sich nicht einstellen wollen. Stattdessen war das Gefühl, dass unmittelbar hinter ihrer Tür etwas lauerte, immer stärker geworden.

Drei Mal war Joan aufgestanden und auf den Flur hinausgegangen.

Cynthias Zimmer! Es kam aus Cynthias Zimmer.

Man konnte meinen, Emily Moore hätte auf irgendeine unerklärliche Weise den Geist ihrer verstorbenen Tochter mit ins Haus gebracht. Der verzehrende Schmerz über den Verlust ihres Mannes war noch so übermächtig, dass Joan im Augenblick gar nicht daran denken konnte, dass ihre Mutter inzwischen vielleicht ebenfalls tot war. Emily Moore mochte verschwunden sein – nicht aber ihre Tochter Cynthia.

Joan spürte die Gegenwart ihrer Schwester nur allzu deutlich.

Und sie ahnte, dass es Matt genauso erging. Denn selbst am Morgen, wo er doch ausgeruht wirken sollte, sah er …

Ein Wort drängte sich Joan auf: *gehetzt*. Ja, er sah gehetzt aus.

»Du hast sie nicht wirklich gesehen, Darling«, sagte Joan sanft.

Obwohl sie bisher nicht über das eigenartige Erlebnis gesprochen hatten, das Matt gestern Dan Pullman anvertraut hatte, wusste er sofort, wovon seine Mutter sprach.

»Du kannst sie gar nicht gesehen haben – das ist einfach nicht möglich.«

Doch noch während sie diesen Gedanken aussprach, fragte sich Joan, ob ihre Worte für ihren Sohn ebenso leer klangen wie für sie selbst.

Matt nickte nur, sank auf einen Stuhl und starrte mit ausdruckslosen Augen auf den Teller, den Joan vor ihn hinstellte.

»Ich … ich habe eigentlich gar keinen Hunger«, murmelte er schließlich. »Ich glaube, ich gehe besser wieder ins Bett.«

Matt stand auf, und einen Augenblick lang dachte Joan daran, nichts zu sagen und ihn gewähren zu lassen. Doch dann hörte sie Bills Stimme so klar und deutlich, als spräche er tatsächlich zu ihr. *Lass es nicht zu! Er muss sich den Ereignissen stellen. Er darf nicht davonlaufen.*

»Nein!«, sagte sie so scharf, dass Matt zusammenzuckte. Joan holte tief Luft und fuhr fort: »Ich glaube nicht, dass du wieder ins Bett gehen solltest. Ich möchte, dass du heute zur Schule gehst.«

Ein anderer Ausdruck trat nun in Matts Augen. Joan sah die Angst in seinem Blick und wusste, dass sie richtig handelte. Wenn er heute nicht wieder in die Schule ging, würde es morgen noch schwerer für ihn sein. Und übermorgen erst recht.

»Du bist lange genug nicht in der Schule gewesen.« Sie trat zu Matt und legte die Hände auf seine Schultern. »Die Beerdigung war vor zwei Tagen. Du hättest schon gestern wieder am Unterricht teilnehmen sollen.«

»Aber Großmutter …«

Joan legte einen Finger an seine Lippen, um ihn am Weiterreden zu hindern. »Wir wissen nicht, was mit deiner Großmutter geschehen ist. Aber du hast gestern den ganzen Tag lang nach ihr gesucht und sie nicht gefunden. Das kannst du heute nicht noch einmal tun.« Joan schlang die Arme um ihren Sohn und drückte ihn einen Augenblick lang fest an sich. »Ich weiß, du möchtest weiter nach ihr suchen, Darling. Aber wir können nicht immer das tun, was wir tun wollen. Und ich möchte, dass du ab heute wieder zur Schule gehst.« Sie spürte, wie Matt in ihren Armen erstarrte.

»Alle glauben …«

Doch wieder ließ Joan ihn nicht zu Ende sprechen. »Was alle glauben, ist unwichtig«, sagte sie. »Und die Leute werden nur aufhören, über dich zu reden, wenn du dich ihnen stellst und ihnen zeigst, dass du keine Angst vor ihrem Gerede hast. Du hast nichts Unrechtes getan. Deshalb gehst du jetzt zur Schule und zeigst dich all deinen Freunden.«

Joan trat einen Schritt zurück, damit sie in Matts Augen blicken konnte. Dabei hielt sie ihn noch immer an den Schultern. »Du kannst dich nicht für alle Zeiten hier verstecken. Niemand kann das. Ich will, dass du dich jetzt auf den Weg machst. Ich werde mich um alles andere kümmern.«

Matt dachte an den Alptraum der letzten Nacht. Wieder sah er die blutenden Wunden seines Vaters und die toten Augen seiner Großmutter vor sich. Noch einmal hörte er das Flüstern seiner Tante. »*Tu es … tu das, was du tun willst …*«

Es war sinnlos. Matt wusste genau, was geschehen würde, wenn er wieder hinauf in sein Bett ging und versuchte zu schlafen. Der Alptraum würde wieder kommen. Und wieder.

Das, was ihn in der Schule erwartete, konnte auch nicht viel schlimmer sein als die Schrecken, die ihn im Schlaf ständig quälten.

Matt bog um die Ecke der Prospekt Street. Die Schule war nur noch einen Häuserblock entfernt, und seine Schritte wurden immer langsamer und schwerer. Vor der letzten Seitenstraße, die er überqueren musste, blieb er schließlich stehen. An wie vielen Tagen war er morgens hier entlang gegangen? Es waren sicher hunderte. Er hatte sich jedes Mal gefreut – auf die Schule, die Mittagspause mit seinen Freunden in der Schulcafeteria, das Football-Training, das begann, sobald die letzte Schulstunde vorbei war. Doch nun war alles anders.

Stimmte es tatsächlich, dass er vor kaum einer Woche zum letzten Mal hier entlang gegangen war? Wie konnte die Fassade des Hauptgebäudes nur so anders aussehen? Die Wände aus roten Ziegelsteinen hatten plötzlich etwas Bedrohliches, das auch die weiß gestrichenen Fensterrahmen und Verblendungen nicht mildern konnten.

Matts Augen wanderten von dem Schulgebäude zu einer Gruppe von Schülern, die auf dem Rasen vor der Treppe zusammen standen. Eric Holmes war unter ihnen. Er sprach gerade mit Pete Arneson und Brett Haynes. Als Eric zu ihm hinüberschaute, hob Matt den Arm, um ihm zu winken. Doch Eric wandte sich ab, als sei Matt plötzlich unsichtbar geworden.

Er winkt mir nicht einmal mehr zu! Was werden dann die anderen erst tun?

Die Nervosität und die Befürchtungen, die Matt auf dem Weg zur Schule mühsam unterdrückt hatte, drohten nun, die Oberhand zu gewinnen. Als Eric sich abwandte, wäre Matt am liebsten auf der Stelle davongelaufen. Wenn ihn nun alle so behandelten wie Eric …

Die Worte seiner Mutter hallten noch in seinen Gedanken. »Stell dich ihnen … Zeig ihnen, dass du keine Angst vor ihrem Gerede hast. Du hast nichts Unrechtes getan.«

Matt ließ den Arm sinken und überquerte die Straße.

Nicht nur die Fassade des Schulgebäudes hatte sich seit dem vergangenen Freitag verändert. Alles an der Schule erschien Matt fremd. Er fühlte sich, als sei er zufällig an einen Ort geraten, an dem er noch nie zuvor gewesen war. Und es war ein Ort, an dem man ihn nicht wollte.

Es war noch schlimmer als auf der Beerdigung seines Vaters, denn dort war er nicht ganz auf sich allein gestellt gewesen. Seine Mutter hatte ihm beigestanden, und ein paar Leute, wenigstens einige wenige, hatten mit ihm geredet.

Als Matt nun zu seinem Schließfach ging, klopfte ihm niemand wie sonst auf die Schulter. Keiner hielt ihn an und fragte ihn, wie es ihm ginge. Er versuchte, sich einzureden, dass seine Mitschüler einfach nicht wussten, was sie sagen sollten. Doch er ahnte, dass dies nicht das eigentliche Problem war. Wo er auch auftauchte, überall verstummten die Gespräche, und obwohl alle Matts Blick sorgfältig vermieden, spürte er doch ihre Augen in seinem Rücken und konnte sich denken, was sie einander zuflüsterten.

Matt betrat das Klassenzimmer, und augenblicklich wurden alle still. Er ging an seinen Platz. Niemand beachtete ihn. Auch die Lehrer schienen ihn nicht mehr wahrzunehmen. Dreimal hob er in der Algebrastunde die Hand. Zweimal, weil er die Lösung für eine Aufgabe, die auf die alte Schiefertafel gekritzelt war, gefunden zu haben glaubte, und einmal, um eine Frage zu stellen. Doch Mrs. Tokenheims Blick ging über ihn hinweg, als existiere er nicht.

In der Mittagspause stellte er sich in die Schlange in der Cafeteria und steuerte dann aus alter Gewohnheit zu dem Tisch, an dem er immer zusammen mit Eric Holmes, Pete Arneson und – zumindest während der letzten paar Monate – auch mit Kelly Conroe gesessen hatte. Aber heute war sein Platz zwischen Eric und Kelly von Mark Ryerson besetzt. Es gab an diesem Tisch keinen anderen freien Platz.

Matt wusste, dass dies kein Zufall war. Solange er zur High School ging, hatte er immer einen Platz an diesem Tisch gefunden. Es war Absicht. Sie hatten ihn aus ihren Reihen ausgeschlossen. Wut stieg in Matt auf. Er biss die Zähne fest zusammen. Vielleicht sollte er einfach hinübergehen und das Essen, das auf seinem Tablett stand, über den Köpfen der anderen ausschütten!

Nein – das war das Letzte, was er jetzt tun durfte. Wenn sie merkten, wie sehr sie ihn getroffen hatten, würde alles nur noch schlimmer werden.

Matt kämpfte seine Gefühle nieder und sah sich in der Cafeteria nach einem anderen Sitzplatz um. An einem halben Dutzend Tischen gab es freie Plätze. Doch die Leute, die dort saßen, blickten demonstrativ an ihm vorbei, wenn er zu ihnen hinschaute. Matt fühlte, wie ihm der Appetit verging und sich stattdessen die Wut wie ein harter, anschwellender Knoten in ihm ausbreitete. Schließlich ließ er alles, was auf seinem Tablett stand, in einen der Abfalleimer fallen und verließ die Cafeteria.

In seiner Wut übersah er Becky Adams. Sie hatte ihm zugewinkt und ihm Zeichen gemacht, dass bei ihr noch Platz sei. An dem Tisch, an dem sie saß, war sie wie üblich so allein wie Matt heute zum ersten Mal.

Um Viertel nach zwei machte Matt sich auf den Weg zum Computerraum. Dort fand für diesen Tag seine letzte Schulstunde statt. Inzwischen wusste er, was ihn erwartete, und tat so, als bemerke er nicht, dass das Gemurmel seiner Mitschüler verebbte, wann immer er einen Raum betrat.

Er sah sich im Computerraum um. Alle waren da. Eric Holmes und Pete Arneson hockten mit zwei anderen Football-Spielern zusammen. Mark Ryerson und Brett Haynes taten, als wären sie in ein Spiel auf dem Bildschirm vor ihnen vertieft.

Doch Matt war nicht entgangen, wie sie ihn angestarrt hatten, als er den Raum betrat.

Zur Hölle mit ihnen! Nun würde er sich sicher nicht mehr zu ihnen setzen, selbst wenn sie ihn darum baten!

Matt sah sich nach einem Winkel um, in den er sich zurückziehen und all die Leute gleichfalls mit Missachtung strafen konnte, die ihn ignorierten. Er entdeckte einen Computertisch, an dem noch niemand saß. Dort ließ er sich nieder und stellte seine Schultasche in die Ablage. Dann schaltete er den Computer ein.

Er wollte nach Informationen suchen, die ihm in der Algebrafrage, die Mrs. Tokenheim ihn nicht hatte stellen lassen, weiter helfen würden. Doch kaum hatte er die Startseite aufgerufen und das Navigationssystem hochgefahren, erschien auch schon eine Nachricht auf dem Monitor:

`He, Matt! Wie fühlt man sich, wenn man jemanden umbringt? (;-)`

Die Worte sprangen Matt aus dem Bildschirm heraus geradezu an. Wütend und ohne nachzudenken begann er, in die Tastatur zu greifen. Doch noch bevor er ein paar Worte geschrieben hatte, erschien eine weitere Nachricht auf dem Monitor.

`Hast du zuerst den Hirsch oder deinen Vater erschossen?`

Matt fühlte sich beobachtet, als er die zweite Nachricht las. Er fuhr herum und sah, wie Mark Ryerson und Brett Haynes ein paar anderen Schülern, die er von seinem Platz aus nicht sehen konnte, Zeichen gaben. Und schon flackerte eine dritte Nachricht vor ihm auf dem Bildschirm auf.

`Und deine Großmutter, Matt? Hast du die auch umgebracht?`

Das brachte das Fass endgültig zum Überlaufen. Matt sprang auf. Geräuschvoll krachte sein Stuhl zu Boden.

»Ich habe es nicht getan!«, schrie er. Die Wut, die er schon den ganzen Tag über unterdrückt hatte, brach plötzlich aus ihm heraus. »Ich habe überhaupt nichts getan!«

Er schnappte seine Schultasche und stürzte aus dem Klassenzimmer. Dann rannte er durch den langen Flur zum Ausgang und stieß die Tür auf. Draußen blieb er einen Augenblick lang stehen. Er atmete tief durch. Dabei kämpfte er gegen die Tränen, die ihm in den Augen brannten. Unvermittelt hörte Matt hinter sich eine Stimme.

»Matt? Was ist denn los? Was ist geschehen?«

Matt fuhr zu Jack Carruthers, dem Informatiklehrer, herum. Carruthers musterte ihn mit besorgtem Blick. Als er einen Schritt auf ihn zu trat, wich Matt zurück.

»Sag mir, was du hast, Matt«, drängte der Lehrer. »Kann ich dir irgendwie helfen?«

»Was ich habe?«, fragte Matt mit schriller Stimme. »Was los ist? Mein Vater ist tot, und meine Großmutter wird vermisst, und alle glauben, dass ich es war! Das ist los!«

Matt ließ Jack Carruthers stehen, stürmte die Treppe hinunter und rannte wie gehetzt davon. Während er die Prospekt Street entlanglief, gingen im die Worte, die er auf dem Monitor gelesen hatte, nicht aus dem Sinn.

Wie fühlt man sich, wenn man jemanden umbringt?

Hast du zuerst den Hirsch oder deinen Vater erschossen?

Wie fühlt man sich, wenn man jemanden umbringt?

Wie ist es denn so?

Matt rannte, bis er völlig außer Atem war. Doch vor den schrecklichen Worten gab es kein Entrinnen. Und tief in seinem Herzen wusste Matt, dass er sie nie vergessen würde.

Aber noch viel schlimmer war die Angst, die immer größer wurde. Die Angst, dass die Leute vielleicht – nur vielleicht – doch Recht hatten.

Nicht noch etwas, betete Joan im Stillen. *Bitte, lieber Gott, nicht noch etwas.*

Doch als sie Matt die Einfahrt hinaufstapfen sah, wusste

sie, dass ihr stummes Gebet nicht erhört worden war. Matt kam nie vor fünf von der Schule nach Hause. Heute war es noch nicht einmal Viertel nach drei, obwohl es ihr schon viel später schien. Sehr viel später.

Den ganzen Tag über war sie zwischen dem Haus und dem Pool am Fuß der Wasserfälle hin und her gegangen. Sie hatte den kalten Nieselregen kaum gespürt, während sie am Ufer des Wasserbeckens darauf gewartet hatte, dass der Froschmann aus den undurchdringlichen Tiefen auftauchte. Dann hatten die Männer weiter flussabwärts gesucht. Sie waren bei der Suche bis etwa eine Meile unterhalb der Fälle vorgedrungen, wo der Fluss breiter wurde. An dieser Stelle war das Wasser so flach, dass dort unmöglich …

Joan erschauerte bei dem Bild, das vor ihrem geistigen Auge Gestalt annahm. Der leblose Körper ihrer Mutter, eingeklemmt in der Höhlung unter einem großen Felsbrocken im Flussbett. In Joans Vorstellung ragten die Hände der alten Frau hinauf zur Wasseroberfläche, als flehte sie um Hilfe.

Nur wenn sie den Fluss nicht sah, konnte Joan dieses Bild für eine Weile aus ihren Gedanken verbannen. Doch kaum war sie ein paar Minuten lang zu Hause gewesen, hatte sie es dort nicht mehr ausgehalten und war wieder zu dem Suchtrupp zurückgelaufen. Einer von Dan Pullmans Männern hatte seinen Hund mitgebracht – einen umgänglichen Deutschen Schäferhund namens Sheba. Doch auch der Hund hatte keine Spur finden können.

»Kein Wunder, bei diesem Regen«, hatte Pullman Joan erklärt.

Irgendwann im Laufe des Vormittages brachten die Männer den Hund dann zum Farmhaus. Dort nahm das Tier ebenso wenig eine Witterung auf wie zuvor auf dem Pfad am Fluss.

Mit jeder Stunde, die verstrich, wurde die Hoffnung, Emily Moore lebend zu finden, geringer. Joan wusste, dass Dan Pullman seine Männer irgendwann abziehen würde. Wenn nicht heute, dann morgen oder übermorgen. Sie würden ihre Suche im Wald aufgeben, gerade so, wie der Taucher an der flachen Stelle des Flusses abgewinkt und aufgegeben hatte.

Doch noch war es nicht so weit, und Joan wollte sich mit dem Gedanken nicht abfinden.

Gegen Mittag hatte Nancy Conroe sie besucht. Joan konnte jedoch kaum eine Gabel voll von dem Salat, den sie ihr gebracht hatte, hinunterwürgen. Nach nicht einmal einer Stunde schickte sie Nancy fort.

»Du hast bestimmt Besseres zu tun, als mir dabei zuzusehen, wie ich mir Sorgen mache«, sagte Joan.

»Aber du solltest jetzt nicht allein sein«, widersprach Nancy. »Nach allem, was geschehen ist, macht mich schon der Gedanke daran, dass du mutterseelenallein hier in diesem Haus sitzt, ganz krank. Vielleicht wäre es besser, wenn ihr eine Zeit lang fortgehen würdet. Und wenn es nur für eine kleine Weile wäre.«

Joan schüttelte den Kopf. »Das kann ich nicht. Nicht, solange wir Mutter nicht gefunden haben.« Sie blickte aus dem Fenster. Die Regentropfen rannen in kleinen Rinnsalen an der Scheibe hinunter. »Wenn sie irgendwo da draußen ist … wenn sie irgendwie wieder zurückfindet …« Sie verstummte.

Keine der beiden Frauen wollte aussprechen, was sie nur allzu gut wussten. Wenn es einen Temperatursturz gab, wenn der Nieselregen sich in Graupel oder gar Schnee verwandelte, würde Emily Moore, die im Nachthemd aus dem Haus gelaufen war, eine Nacht im Freien nicht überstehen.

»Ich rufe dich bald an«, versprach Joan, während sie Nancy zu ihrem Wagen begleitete. Dabei zog sie sich Bills alten Parka, den sie sich zum Schutz gegen den Regen übergeworfen hatte, fest um die Schultern. »Und danke, dass du gekommen bist. Das war wirklich sehr nett von dir. Aber ich glaube, ich muss jetzt einfach ein wenig allein sein.«

Dreimal war Joan danach noch zum Fluss gegangen. Jedes Mal hatte sie gehofft, dass die Männer während ihrer Abwesenheit eine Spur gefunden hatten.

Dreimal war sie danach wieder zum Farmhaus zurückgegangen. So sehr Joan sich auch dagegen wehrte – langsam schwand ihre Hoffnung.

Gerade als sie das Haus zum vierten Mal verlassen wollte,

sah sie Matt die Einfahrt heraufkommen. Selbst wenn er nicht so ungewöhnlich früh nach Hause gekommen wäre, hätte Joan sofort gewusst, dass in der Schule etwas schief gegangen war. Seine Haltung, der schleppende Schritt, die Hände, die er tief in seinen Taschen vergraben hatte … All das sprach Bände.

Joan brauchte volle zehn Minuten, bis sie aus Matt herausbekommen hatte, was vorgefallen war. Erst als er seinen Bericht stockend beendet hatte, hob er zum ersten Mal den Blick und schaute ihr in die Augen.

»Und was ist, wenn es stimmt, was alle sagen?«

Joan wollte nach Matts Händen greifen, doch er wich zurück.

»Ich hatte letzte Nacht einen Traum, Mum«, sagte er und blickte wieder zur Seite.

Matt versuchte mühsam, den Alptraum mit Worten zu beschreiben. Angst und Schmerz ließen seine Stimme eigenartig belegt klingen. Die schrecklichen Dinge, die er im Schlaf gesehen hatte, ließen ihn nicht mehr los.

»Und Tante Cynthia war auch da«, endete er schließlich. Dann erst blickte er seiner Mutter wieder ins Gesicht. »Sie drängte mich immer wieder, es zu tun. Sie sagte, ich solle das tun, was ich tun will.«

Joan sah die Panik, die bei diesen Worten in Matts Augen trat.

»An meinem Geburtstag war ich sauer auf Dad«, fuhr er fort. »Und vorgestern Nacht war ich wütend auf Großmutter. Was ist, wenn es wahr ist? Was ist, wenn …«

Joan presste ihre Hand auf Matts Mund. »Du hast nichts getan«, stieß sie hervor. »Du hast gar nichts getan.«

Als sie an die Unterstellungen auf dem Computermonitor dachte, von denen Matt ihr erzählt hatte, verwandelte sich ihr Mitgefühl für ihren Sohn in Wut auf seine Peiniger. »Geh jetzt erst einmal hinauf und zieh dich um. Ich mache dir in der Zwischenzeit etwas zu essen. Du hast dein Frühstück ja kaum angerührt. Und in der Mittagspause hast du sicher auch nichts gegessen.«

»Aber ich bin überhaupt nicht hungrig«, protestierte Matt.

»Vielleicht kommt der Hunger, wenn du wieder hier unten bist«, antwortete Joan.

Sobald Matt die Küche verlassen hatte, griff Joan zum Telefon und wählte die Nummer der Schule.

»Wenn ich nur wüsste, warum Kinder so grausam sind«, seufzte Burt Wing, nachdem er Joans Klagen gelauscht hatte. »Jack Carruthers hat mir schon erzählt, dass Matt früher gegangen ist. Aber der Junge wollte nicht sagen, was geschehen ist.« Burt Wing schwieg einen Augenblick lang. Dann fuhr er fort: »Joan, ich wünschte, ich könnte dir versprechen, dass so etwas nie wieder vorkommen wird. Aber …«

»Und wie soll Matt jetzt reagieren?«, fragte Joan. »Als er heute nach Hause kam, war er schon so weit, dass er sich fragte, ob das, was die anderen sagen, vielleicht sogar …« Joan brach ab. Sie räusperte sich und versuchte einen neuen, ruhigeren Anlauf. »Du bist Matts Beratungslehrer. Bitte rede mit ihm, Burt. Und vielleicht auch mit den anderen in Matts Klasse. Matt sollte zur Schule gehen können, ohne sich solchen Müll anhören zu müssen, findest du nicht auch?«

»Aber natürlich«, stimmte Burt Wing zu. »Etwas Derartiges darf eigentlich keinem Kind zugemutet werden. Aber heutzutage – na ja, du weißt ja, wie Kinder sein können.«

»Ja, das weiß ich«, seufzte Joan. »Ich möchte nur, dass sie Matt das Leben nicht noch schwerer machen, als es zur Zeit ohnehin schon ist. Und … Burt? Sag Matt nichts davon, dass ich dich angerufen habe, okay?«

Burt lachte leise. »Mach dir deshalb keine Sorgen. Dass seine Mutter für ihn in der Schule anruft, ist wahrscheinlich so ziemlich das Letzte, was Matt jetzt hören möchte. Von mir wird er es jedenfalls nicht erfahren, das darfst du mir glauben. Ich werde morgen früh gleich mit ihm reden.«

Joan bedankte sich und legte den Hörer auf. Der nächste Morgen schien noch so weit weg.

Die Stimme flüsterte ihren Namen so leise, dass sich Joan zuerst gar nicht sicher war, ob sie überhaupt etwas gehört hatte.

Als das Flüstern wiederkehrte, aus der Stille hervorkroch und sich verstohlen in ihr Bewusstsein drängte, versuchte sie, sich einzureden, es sei nur der Wind. Der Regen hatte aufgehört, und eine sanfte Brise ließ die Bäume leise rauschen. Regenwasser tropfte von den Blättern, die noch an den Ästen des riesigen Ahorns vor Joans Schlafzimmerfenster hingen. Es konnte nur der Wind sein.

Da war es wieder. Ihr Name, fast wie ein Hauchen, dann wieder zu einem langen Seufzen gedehnt.

»Jo-oan …«

Sie versuchte, nicht hinzuhören, versuchte, sich einzureden, es sei wirklich nur der Wind, und ihre Vorstellungskraft spiele ihr einen Streich. Doch so sehr sie sich auch dagegen wehrte, die Stimme fuhr fort, nach ihr zu rufen. *»Jo-oan … Joanie … Joanie-Baby …«*

Cynthia! Nur Cynthia hatte sie je Joanie-Baby genannt.

Wieder hörte Joan das leise Rufen, und nun erkannte sie eindeutig die Stimme ihrer Schwester.

»Komm endlich, Joanie-Baby … komm und spiel mit mir.«

»Nein!«, flüsterte Joan.

Sie bemerkte gar nicht, dass sie das Wort nicht nur gedacht, sondern laut ausgesprochen hatte. Schließlich hörte sie die Stimme ihrer Schwester ja nicht wirklich. Das konnte gar nicht sein.

Dann drang plötzlich ein kurzes Lachen an ihre Ohren und gleich darauf erneut das ungeduldige Locken ihrer Schwester. *»Komm doch, Joanie-Baby … Komm her, sieh doch nach.«*

Joan versuchte, die Stimme zu ignorieren. Immer wieder sagte sie sich, dass sie sich täuschte, sich etwas einbildete. Doch schließlich stieg sie aus dem Bett und warf sich Bills alten, abgetragenen Flanellmorgenmantel über. Sie ging zu der geschlossenen Tür ihres Schlafzimmers. Dort blieb sie stehen und lauschte.

Nichts.

Doch dann spürte sie eine Gegenwart, etwas, das in der Stille auf sie wartete. Es war draußen im Korridor. Genau vor ihrer Tür.

Joans Herz begann, schneller zu schlagen. Ihre Hand griff nach dem Schlüssel in dem Schlüsselloch unter dem Türknauf.

»Matt?«, flüsterte sie so leise, dass sie das Wort selbst kaum hörte. »Matt, bist du das?«

Stille.

Joan wollte die Tür abschließen, wollte in ihr Bett zurückkriechen und sich unter der warmen Daunendecke verstecken. Doch wie unter dem Bann einer Kraft, die sie weder sehen noch begreifen konnte, drehte sie den Türknauf und öffnete die Tür.

Das Nachtlicht beleuchtete den Korridor nur schwach. An beiden Enden verlor sich der Gang in dunklen Schatten. Joans Finger krampften sich in den Kragen des Morgenmantels. Sie zog ihn über der Brust zusammen und ging zögernd in den Korridor hinaus.

Joan wusste, dass es nur so aussah, doch einen Augenblick lang schien es ihr, als verlören die beiden Enden des Flurs sich irgendwo in einer finsteren Unendlichkeit.

Alle Türen waren geschlossen.

Dennoch fühlte Joan, dass sie nicht allein war. Jemand – oder etwas – lauerte hier draußen auf sie.

Es war ihr ganz nahe.

»M-Mutter?«, stammelte sie mit zitternder Stimme. »Mutter, bist du hier?«

Doch schon während sie die Frage aussprach wusste sie, dass es nicht ihre Mutter sein konnte, die hier im Haus war. Noch einmal drang das kurze, leise Lachen aus der Stille. Joan fuhr zusammen. Der helle Klang traf sie wie tausend glühende Nadeln, die ihr in die Haut gestochen wurden.

Cynthia! Das war Cynthias Lachen! Das Lachen, das Joan hunderte, ja tausende Male gehört hatte, als sie noch ein Kind war.

Sie atmete tief durch und ging den Flur entlang, bis sie vor der Tür zu Cynthias Zimmer stand.

Nein! Das ist nicht Cynthias Zimmer!

Ihr Zimmer! In *ihrem* Haus! Der Raum war nichts anderes als ein Gästezimmer, in dem ihre Mutter Cynthias Sachen aufbewahrte!

Joan streckte die Hand aus und wollte sie auf den Türknauf legen, doch sie zögerte.

Warum? Wovor fürchtete sie sich?

Sie war einfach nur müde – erschöpft von all dem, was in den letzten Tagen auf sie eingestürmt war. Und ihr Geist war genauso erschöpft wie ihr Körper. Die Trauer, der Schlafmangel – all das forderte seinen Tribut. Kein Wunder, wenn sie sich Dinge einbildete, wenn sie glaubte, Stimmen zu hören, und meinte, Dinge zu spüren, die gar nicht existierten.

Das Lachen drang erneut aus der Stille und ließ Joan erschauern.

Geh zurück!, befahl sie sich. *Geh zurück in dein Bett und leg dich schlafen*.

Ihr Geist mochte befehlen, doch ihre Hand gehorchte einer anderen Kraft. Sie drehte den Türknauf und schob die Tür zu Cynthias Zimmer auf.

Joan tastete nach dem Lichtschalter und machte Licht.

Das Gesicht ihrer Schwester starrte sie an.

Ein Schrei stieg in Joans Kehle auf. Doch so schnell er gekommen war, so schnell erstickte sie ihn. Sie sah nicht die echte Cynthia vor sich. Nur ihr Porträt hing an der Wand. Wütend über ihre Schreckhaftigkeit trat Joan ein paar Schritte in das Zimmer hinein. Dabei hing ihr Blick wie gebannt an dem Bild ihrer Schwester.

Cynthias Augen schienen zum Leben zu erwachen. Sie schienen Joans Blick zu erwidern. Das Lächeln auf der Fotografie verwandelte sich in ein spöttisches Grinsen.

»Was willst du?«, fragte Joan.

Sie bekam keine Antwort, doch Cynthias Augen ließen sie nicht los. Sie bohrten sich in ihre wie damals in ihrer Kindheit, wenn Cynthia ihrer Mutter eine Lüge auftischte. Dann hatte allein ein solcher Blick von Cynthia genügt, um das Schweigen der kleinen Schwester zu sichern.

In den Tiefen von Joans Unterbewusstsein wurde eine Erinnerung lebendig.

Sie war fünf Jahre alt und lag im Wohnzimmer auf dem Boden. Sie betrachtete eines ihrer Bücher. Cynthia hatte sich auf dem Sofa ausgestreckt und blätterte in einer Zeitschrift. Das Telefon klingelte, und während Joan sich hochrappelte, griff Cynthia, ohne aufzubli-

cken, hinter sich und nahm den Hörer ab. Sie zog ihn an ihr Ohr und erwischte mit dem Kabel die Lieblingsvase ihrer Mutter. Die Vase fiel zu Boden und zersprang in tausend Scherben. Als ihre Mutter einen Augenblick später ins Zimmer stürzte, stand Joan noch immer wie gelähmt da und starrte die Scherben an. Dann hörte sie plötzlich, was Cynthia ihrer Mutter erzählte.

»Sie hat es nicht mit Absicht getan, Mama. Sie wollte nur den Hörer abnehmen und hat dabei die Vase versehentlich vom Tisch gestoßen.«

Als Joan bewusst wurde, was diese Worte bedeuteten und welche Folgen sie haben würden, riss sie ihren Blick von den Scherben los. Ihre Mutter funkelte sie wütend an und hatte bereits die Hand erhoben, um Joan für ihre Tollpatschigkeit zu bestrafen.

Hinter ihrer Mutter stand Cynthia.

Ihre Augen sagten Joan, sie solle den Mund halten. Cynthias Lippen verzogen sich zu einem bösen Lächeln. Seine Kälte ließ ihre kleine Schwester wie erstarrt dastehen.

Ohne einen Mucks hatte sie die Schläge ertragen, die eigentlich Cynthia verdient hatte. Und als die beiden Mädchen in jener Nacht in ihren Betten lagen, fragte Cynthia Joan, wie sie nur so schusselig sein konnte.

»Aber ich war es doch gar nicht«, protestierte Joan. »Du hast Mamis Vase doch zerbrochen!«

»Ich?«, entgegnete Cynthia. »Aber Joanie-Baby, du wolltest doch ans Telefon. Weißt du das denn nicht mehr? Als es klingelte, bist du aufgesprungen, wolltest nach dem Hörer greifen und hast dabei die Vase umgestoßen!«

»Habe ich nicht!«, widersprach Joan. »Du hast Mamas Vase kaputt gemacht!«

Aber Cynthia ließ nicht locker, und am Ende war Joan beinahe selbst davon überzeugt, dass ihre Schwester Recht hatte. Sie selbst hatte offenbar so viel Angst vor dem Zorn ihrer Mutter, dass sie sich wünschte, Cynthia hätte die Vase zerbrochen.

»Aber es war nicht meine Schuld, Joanie-Baby«, erklärte Cynthia hartnäckig. »Es war deine Schuld. Es war alles deine Schuld.«

Als diese längst vergessen geglaubte Erinnerung vor Joans geistigem Auge Gestalt annahm, kam ihr noch etwas anderes in den Sinn. Sie dachte an die eigenartige Geschichte, die Matt Dan Pullman erzählt hatte: Ihre Mutter war Cynthia gefolgt, als sie aus dem Haus gegangen war.

Auch der schreckliche Alptraum, von dem Matt ihr erst am Nachmittag erzählt hatte, ging Joan im Kopf herum.

»Was hast du eigentlich vor?«, flüsterte sie. »Willst du diesmal Matt die Schuld geben? Versuchst du, ihm jetzt die Schuld für alles, was du getan hast, in die Schuhe zu schieben?« Joan fixierte Cynthias Augen, während sie rückwärts aus dem Zimmer ging. »Das werde ich nicht zulassen! Hörst du? Ich erlaube es nicht!«

Joan knipste wütend das Licht aus, zog die Tür hinter sich zu und drehte den Schlüssel im Schloss herum. Dann zog sie ihn ab und ließ ihn in die Tasche des Morgenmantels fallen. Erst nachdem sie die Tür sicher verschlossen wusste, lehnte sie sich einen Augenblick mit dem Rücken an die Wand im Flur. Sie wartete darauf, dass sich ihr wie wild pochendes Herz langsam beruhigte.

Und wieder hörte sie das helle Lachen ihrer Schwester.

Vierzehntes Kapitel

Joan hielt es nicht mehr länger im Haus. Es war später Vormittag. Vor drei Stunden hatte Matt sich auf den Weg zur Schule gemacht, und seit nunmehr zwei Stunden versuchte Joan, eine Arbeit zu beginnen, die keinen Aufschub mehr duldete: Der Inhalt von Bills Schreibtischschubladen musste durchgesehen und sortiert werden. Sie musste entscheiden, welche seiner Papiere ins Geschäft gehörten, welche Trip Wainwright an sich nehmen sollte, was sie für sich behalten wollte und was weggeworfen werden konnte. Doch jedes Mal, wenn Joan sich an den Schreibtisch setzte, erhob sie sich gleich darauf unverrichteter Dinge wieder. Sie konnte sich einfach nicht dazu durchringen, diese Arbeit in Angriff zu nehmen, und sie wusste auch, was sie davon abhielt.

Es war die Endgültigkeit, die damit verbunden war.

Selbst am Grab ihres Mannes, als sie auf den Sarg hinunterblickte, hatte ein Teil von ihr sich geweigert, den Tatsachen ins Auge zu sehen. Sie hatte die schreckliche Gewissheit verdrängt, dass sie ihren Mann nie wieder sehen, nie wieder mit ihm sprechen würde, dass sie sich nie wieder in seine Arme schmiegen konnte.

Ein Teil von ihr klammerte sich noch immer an den Gedanken, dass Bill vielleicht doch wieder zurückkehren könnte, wenn sie nur seine Sachen nicht anrührte: seine Kleider, die Papiere in seinem Schreibtisch, sogar die Bücher und Zeitschriften, die er nicht zu Ende gelesen hatte.

Mama und Cynthia, dachte Joan, als sie am Morgen Bills Anzüge betrachtete, die immer noch im Ankleidezimmer auf Bügeln hingen. Und obwohl sie genau wusste, dass es ebenso sinnlos war, Bills Sachen aufzubewahren wie die Cynthias zu behalten, hatte Joan es noch nicht über sich gebracht, Bills Anzüge und Hemden wegzuräumen. Doch sie hatte sich vorgenommen, zumindest den Schreibtisch in Angriff zu nehmen. Nun wurde ihr selbst das zu viel. Denn jedes Mal, wenn

Joan sich dem Tisch näherte, wenn sie sich auf den Stuhl davor setzte und eine der Schubladen aufziehen wollte, hatte sie das Gefühl, beobachtet zu werden. Sie spürte beinahe körperlich, wie unsichtbare Augen über ihre Schulter blickten und jeden ihrer Handgriffe verfolgten.

Zuerst hatte sie versucht, nicht darauf zu achten. Doch kaum hatte sie die linke obere Schublade aufgezogen, da überkam sie schon wieder dieses Gefühl. Instinktiv knallte sie die Schublade zu und fuhr herum, um nachzusehen, wer hinter ihr stand.

Es war – natürlich – niemand im Zimmer. Im ganzen Haus war niemand außer ihr. Trotzdem hatte sie das Gefühl, als sei jemand da, als lauere jemand in ihrer Nähe auf sie. Etwas folgte ihr klammheimlich, wenn sie von einem Raum zum anderen ging. Etwas schlich hinter ihr her.

Schließlich hielt sie es nicht mehr aus und beschloss, dem Haus für eine Weile den Rücken zu kehren. Joan sagte sich, sie habe ohnehin noch mit Dan Pullman zu reden. Sie musste dringend nachfragen, ob er vielleicht doch noch einen Hinweis auf den Verbleib ihrer Mutter gefunden hatte. Dabei wusste Joan genau, dass sie diese Frage auch mit einem kurzen Anruf klären konnte. Doch sie suchte einen Grund, um aus dem Haus zu flüchten, und nun hatte sie einen gefunden.

Ein einziges Auto stand an diesem Morgen am Ende des Pfades, der zu dem Pool unterhalb der Wasserfälle führte: Dan Pullmans schwarzweißer Ford.

Joan lief den Pfad hinunter und trat schließlich auf die felsige Plattform am Ufer des Pools. Sie sah gerade noch, wie Dan die letzten signalgelben Plastikbänder entfernte, die neugierige Spaziergänger von den Stellen fern halten sollten, an denen man Spuren von Emily Moore gefunden hatte.

»Du gibst auf, nicht wahr?«, fragte Joan. Sie biss sich auf die Lippen und kämpfte gegen die Tränen, die ihr in die Augen stiegen. Wie konnte die Polizei das nur tun: die Suche einfach für beendet erklären?

Pullman vermied es, Joan anzusehen. »Ich kann meine Männer nicht noch länger von anderen Arbeiten abziehen und nach deiner Mutter suchen lassen«, erklärte er dann, als ob er Joans Gedanken gelesen hätte. »Wenn es jemals eine Möglichkeit gab, sie zu finden, dann hätten wir sie inzwischen gefunden.« Seine Augen wanderten zu den schweren, tief hängenden Wolken, die die Baumwipfel beinahe zu berühren schienen. »Und bei dem Wetter ...« Pullman hielt inne, doch Joan wusste auch so, was er meinte. »Okay«, fuhr er einen Augenblick später fort. Dabei stopfte er das letzte Stück des gelben Bandes in eine mitgebrachte Mülltüte. »Ich muss jetzt in die Stadt zurück.« Er zögerte. »Wirst du zurechtkommen, Joan?«

Sie atmete tief durch und zwang sich zu nicken. »Ich habe kaum eine andere Wahl, oder?«, antwortete sie.

Dan sah sie unsicher an. Er schien sich zu überlegen, ob er sie tatsächlich allein lassen konnte.

»Geh ruhig, Dan«, sagte sie schnell. »Du brauchst dir wirklich keine Sorgen um mich zu machen. Ehrenwort.«

Lange nachdem Pullman auf dem Pfad in Richtung seines Autos verschwunden war, starrte Joan noch auf die Wasseroberfläche. Das klare grüne Wasser – das Wasser, in dem sie über die Jahre unzählige Male geschwommen war – wirkte unter dem bedeckten Himmel grau und beinahe zähflüssig. Als sie wieder aufblickte, verfing sich ihr Blick in den kahlen Ästen einer uralten Eiche. Der Wind hatte in der vergangenen Nacht die letzten Blätter von den Zweigen gerissen, und nun schienen sie nach Joan greifen zu wollen, um sie in das bleifarbene Wasser zu schleudern. Unwillkürlich fuhr sie zusammen und trat ein paar Schritte von dem riesigen Baum zurück.

Plötzlich glaubte sie, ein leises Geräusch wahrzunehmen. Sie wollte schon rufen, da hörte sie wieder etwas. Es war eine Stimme.

Cynthias Stimme!

»Weißt du noch, damals – Timmy?«

Joans Herz setzte einen Schlag lang aus. Ihre Blicke flogen zurück zu dem Baum, der sie gerade noch so erschreckt hatte. Nun sah er plötzlich ganz anders aus.

Ein Seil hing von einem der Äste, und an seinem Ende klammerte sich ein kleiner Junge fest.

Timmy Phelps.

Er war gerade sechs Jahre alt geworden – zwei Jahre jünger als Joan – und lachte fröhlich, während er an dem Seil hin und her schaukelte. Joan gab ihm ab und zu einen kleinen Schubs, damit er nicht an Schwung verlor.

Bald hörte sie Cynthia, die in der Mitte des Pools badete, nach ihr rufen. »Stoß ihn kräftiger an, Joan. Kräftiger!«

Während Cynthia sie anfeuerte und Timmy übermütig jauchzte, legte Joan sich ins Zeug und schubste den Jungen immer kräftiger an. Schließlich schwang er bei jedem Stoß bis weit in die Mitte des Pools hinaus.

Plötzlich veränderte sich Cynthias Ton. »Lass los, Timmy!«, rief sie. »Lass das Seil los! Ich fang dich auf!«

Einen Sekundenbruchteil später plumpste Timmy ins Wasser. Das Seil baumelte plötzlich schlaff an dem dicken Ast.

Cynthia, die noch immer in der Mitte des Pools paddelte, lachte.

Und Timmy Phelps war verschwunden.

Joan starrte ungläubig auf die Wasseroberfläche – wo war er?

Was war geschehen? Warum hatte Cynthia ihn nicht aufgefangen? Jeder wusste doch, dass Timmy nicht schwimmen konnte!

Ohne nachzudenken, warf Joan sich in den Pool. Sie tauchte und strampelte, so fest sie konnte, mit den Beinen, um tiefer hinunterzugelangen.

Mit offenen Augen drehte sie sich hektisch um die eigene Achse und versuchte, Timmy zu finden. Bald brannte ihre Lunge, und sie wusste, dass sie die Luft nur noch ein paar Sekunden lang anhalten konnte.

Wo war er?

Sie glaubte schon, ihre Brust müsse zerspringen. Gleich musste sie auftauchen und Luft holen. Da sah sie ihn.

Timmy streckte ihr seine Hände entgegen, war nur ein kurzes Stück von ihr entfernt. Joan machte ein paar schnelle Schwimmstöße auf ihn zu und gerade, als sie glaubte, es nicht länger aushalten zu können, bekam sie seine Hand zu fassen. Sie schoss hinauf, dem Licht und der Luft entgegen, und ließ dabei den angestauten Atem aus ihrer Lunge entweichen.

Ihr Kopf durchbrach die Wasseroberfläche in dem Augenblick, als sie dem Drang einzuatmen nicht länger widerstehen konnte.

Irgendwie schaffte sie es, Timmy aus dem Pool zu zerren. Am Ufer begann sie sofort, das Wasser aus der Lunge des Jungen zu pressen. Dann war plötzlich ihre Mutter da, und Cynthia erzählte ihr, was geschehen war.

»Er hing an dem Seil, und Joan hat ihn angeschubst, Mama. Ich habe ihr gesagt, sie soll aufhören, aber sie hat nicht auf mich gehört. Sie stieß ihn immer fester und fester an. Aber sie wollte bestimmt nicht, dass er ins Wasser fällt, Mama. Sie wollte nur Spaß machen. Sie kann eigentlich gar nichts dafür.«

Joan starrte auf die Stelle, an der sie einst Timmy Phelps' Leben gerettet hatte. Cynthias Worte brannten in ihrem Gedächtnis.

»War es so? Hast du es so gemacht?«, flüsterte sie schließlich. Dabei suchten ihre Augen das dunkle Wasser des Pools ab. »Hast du mit Mutter dasselbe angestellt wie damals mit Timmy?«

Wieder hörte Joan die Stimme ihrer Schwester. *»Mama wollte bei mir sein, Joanie-Baby. Sie wollte doch immer nur bei mir sein. Aber das weißt du doch, nicht wahr? Das wusstest du doch schon immer.«*

Joan stand allein am Pool und hörte wieder Cynthias Lachen. Es klang grausam und gemein. Und obwohl Joan wusste, dass ihre Schwester tot war, glaubte sie nicht, dass sie sich ihr Lachen eingebildet hatte.

Als er die Straße überquerte und noch einmal zur Schule zurückblickte, war Matts Stimmung so düster wie der wolkenverhangene Himmel an diesem Nachmittag. Was würde geschehen, wenn die bedrohlich aussehenden Wolken plötzlich Blitze herabschickten und einen bläulich glühenden Strahl direkt in die Schule schleuderten? Würde das ganze Haus in Flammen aufgehen? Würden die Fensterscheiben zerplatzen? Und was wäre mit den Menschen im Inneren des Gebäudes?

Ich hoffe, sie werden gegrillt, dachte Matt bei sich. *Ich hoffe, sie verglühen an dem Ort, an dem sie gerade stehen.*

Heute war es noch schlimmer gewesen. Nur Becky Adams hatte mit ihm gesprochen. Aber seine Freunde …

Freunde? Er hatte keine Freunde mehr. Keiner von ihnen schaute ihn an. Zumindest dann nicht, wenn er selbst zu ihnen hinblickte. Es war, als wäre er unsichtbar. Er versuchte, sich einzureden, dass das gleichgültig war, dass es ihm nichts ausmachte, doch es wollte ihm nicht recht gelingen.

Am Morgen war Matt wie gewöhnlich zu seinem Schließfach gegangen. Dort hatte Mr. Wing auf ihn gewartet.

Matt ahnte sofort, was das bedeutete. Sein Beratungslehrer wollte ihm wegen dem Vorfall in der Computerstunde die Leviten lesen. Aber was war mit den anderen? Mit denen, die ihm die üblen Nachrichten geschickt hatten? Mr. Wing bat Matt in sein Büro, ein kleines, in fahlem Grün gestrichenes Kabuff mit Blick auf die Mülltonnen hinter der Cafeteria.

Es wurde noch viel schlimmer, als Matt gedacht hatte. Mr. Wing machte ihm keine Vorwürfe, sondern berichtete, dass er mit allen Lehrern der Schule gesprochen hätte. Es war bereits beschlossene Sache, dass der Vorfall in allen Klassen zur Sprache gebracht werden würde.

»Wir können nicht zulassen, dass dich irgendjemand mit haltlosen Beschuldigungen drangsaliert, Matt«, sagte der Beratungslehrer und hoffte, dass Matt sich nun besser fühlen würde.

In diesem Augenblick ahnte Matt, was geschehen war. Seine Mutter hatte in der Schule angerufen. Nur sie konnte Mr. Wing von den Nachrichten auf dem Computermonitor berichtet haben. Bestimmt war es kein Mitschüler gewesen.

Als Matt aus der Klasse gestürmt war, hatten die anderen die Zeilen sicher sofort gelöscht, und kein Mensch würde auch nur ein Wort darüber verlieren. Schließlich hatten weder er noch Eric Holmes oder Pete Arneson je zugegeben, dass sie wussten, wie im letzten Frühjahr die Butterstücke an die Decke über ihrem Tisch in der Cafeteria gelangt waren. Sie waren geschmolzen und während der Frühstückspause auf Mr. Wings Kopf getropft.

Wenn die Lehrer nun mit allen Klassen über die Ereignisse

in der Computerstunde sprachen, würden alle Schüler annehmen, dass Matt selbst den Lehrern alles erzählt hatte.

Die Reaktion darauf war so, wie Matt sie erwartete: Für seine Kameraden existierte er nicht mehr. Keiner redete mehr mit ihm. Niemand sah ihn an. Manche schauten sogar demonstrativ in eine andere Richtung, wenn sie ihn kommen sahen.

Im Sportunterricht war wieder etwas Hoffnung in Matt aufgekeimt. Der Lehrer hatte Eric und Pete zu Mannschaftsführern für ein Footballspiel bestimmt, und Matt war, seit er denken konnte, immer einer der ersten gewesen, den seine Freunde ausgewählt hatten.

Aber heute hatten ihn weder Eric noch Pete in ihrem Team haben wollen, und zuletzt war er als Einziger übrig geblieben. Sogar Nate Harkins, der noch nie in seinem Leben einen Ball gefangen hatte, stand nun in Eric Holmes' Mannschaft.

»Spiel bei Arneson mit«, hatte der Lehrer Matt aufgefordert.

Pete hatte kein Wort mit ihm gesprochen und ihn in keinen einzigen Spielzug einbezogen.

In der Mittagspause ging Matt nicht in die Cafeteria. Stattdessen zog er sich in einen verlassenen Winkel im ersten Stock des Hauptgebäudes zurück und versuchte dort, die Gleichung zu lösen, mit der er sich schon am Vortag beschäftigt hatte.

Irgendwie hatte er die endlos scheinenden Nachmittagsstunden durchgestanden, doch nun wollte er nur noch davonlaufen. Davonlaufen vor der Schule, vor den Menschen, die einmal seine Freunde gewesen waren. Davonlaufen vor allem und jedem.

Mit gesenktem Kopf machte er sich auf den Heimweg. Doch selbst wenn er seine Augen stur nach unten richtete und sich auf die Risse im Belag des Bürgersteigs konzentrierte, spürte er sie noch.

Er spürte, wie sie ihn beobachteten. Aus den Autos, die vorbeifuhren, und aus den Fenstern der Häuser, an denen er vorüberging.

Sie beobachteten ihn und verurteilten ihn.

Er konnte ihre Gedanken geradezu spüren. *Wir wissen es … Wir wissen, was du getan hast … Wir wissen es … Wir wissen es …*

Er spürte die Einsamkeit wie einen schweren Mantel auf seinen Schultern. Schon in der Schule hatte sie ihn mit ihrem Gewicht belastet. Doch jetzt umschloss ihn das Gefühl so unbarmherzig, als wolle es ihn ersticken.

Matt beschleunigte seine Schritte, bis er beinahe rannte. Doch selbst, als er durch das Eingangstor zum Grundstück der Hapgood-Farm hastete, spürte er keine Erleichterung. Der Anblick des Farmhauses am Ende der Einfahrt brachte ihm nur die schrecklichen Träume in Erinnerung, die ihn jede Nacht quälten. Die Träume, die gar keine Träume zu sein schienen.

Es begann zu regnen, und er beschloss, durch die Hintertür und den Abstellraum ins Haus zu gehen. Auf dem Weg dorthin glaubte er, plötzlich eine Bewegung wahrzunehmen. Er wandte sich um und sah zu dem Schuppen hinter dem Kutschenhaus hinüber.

Dort hatte einer der Hilfssheriffs den toten Hirsch aufgehängt, den Matt an dem Tag, an dem sein Vater gestorben war, erlegt hatte. Er hatte gar nicht mehr daran gedacht, dass der Kadaver dort hing. Auf der Suche nach seiner Großmutter hatte er die Tür des Schuppens aufgestoßen und war überrascht stehen geblieben. Im ersten Augenblick hatte er gar nicht gewusst, was er vor sich sah. Der Bauch des Hirsches war aufgeschnitten worden, und man hatte ihn ausgeweidet. Nun baumelte er an den Hinterbeinen von dem Haken unter der Decke. An seinem Kopf, dem Kopf, der Matts erste Jagdtrophäe hätte sein sollen, und der nun ein paar Zentimeter über dem Boden sanft hin und her schwang, hatte Matt den Hirsch schließlich erkannt. Er hatte die Tür des Schuppens schnell wieder geschlossen und versucht, das Bild des toten Tieres aus seinen Gedanken zu verdrängen.

Jetzt sah er ein anderes Tier am Schuppen hängen. Diesmal an der Außenwand.

Es war ein Kaninchen. Ein weißes Kaninchen. Es hing mit

dem Kopf nach unten an einem einzigen dicken Nagel, den man durch die Hinterläufe getrieben hatte. Es war auf dieselbe Art aufgehängt worden wie der Hirsch.

Und auch dem Kaninchen hatte man den Bauch aufgeschlitzt.

Doch anders als bei dem Hirsch hingen blutige Eingeweide aus der klaffenden Wunde heraus, und Blut rann an der Wand des Schuppens hinunter auf die Erde.

Matt starrte den grausigen Fund voller Entsetzen an. Aus den Tiefen seines Unterbewusstseins stieg eine Erinnerung an die Oberfläche.

Er war fünf Jahre alt. Er wachte mitten in der Nacht auf und wusste sofort, dass er nicht allein war. Mucksmäuschenstill lag er unter seiner Decke, denn er fürchtete, dass die Person oder das Etwas, das in sein Zimmer eingedrungen war, ihn sonst töten würde. Dann sah er in dem fahlen Mondlicht, das durch das Fenster hereinfiel, wie eine Gestalt sich ihm näherte. Sie löste sich aus den Schatten, als entstiege sie der Dunkelheit selbst.

Als das Mondlicht das Gesicht der Gestalt traf, wusste Matt sofort, wer sie war: seine Tante Cynthia. Zwar hatte seine Mutter ihm schon vor langer Zeit erklärt, dass seine Tante tot war, doch Matt hörte seine Großmutter oft so mit ihr reden, als lebe sie noch. Er sah, wie die Erscheinung immer näher kam. Ein eigenartiger Duft stieg ihm in die Nase. Das Moschusaroma kam ihm auf sonderbare Weise bekannt vor. Seine Tante kniete sich an sein Bett und begann zu flüstern. Matt konnte nicht verstehen, was sie sagte, doch ihre Stimme ließ ihn frösteln. Sie berührte seine Haut. Ihre Finger hinterließen ein prickelndes Gefühl. Dann schlug sie die Bettdecke zurück und schlüpfte zu ihm ins Bett. Er spürte, wie ihre Hände ihn unablässig streichelten. Ihre Finger erforschten jeden Winkel seines Körpers. Matt wollte schreien. Er wollte seine Mutter zu Hilfe rufen, doch der Schrei blieb in seiner Kehle stecken, und er lag wie gelähmt da. Er konnte weder sprechen noch sich bewegen, doch ein Teil seines Körpers begann, auf die Berührungen seiner Tante zu reagieren.

»Du musst mich lieb haben, Matt«, flüsterte sie. »Du musst mich immer lieb haben.«

Sie schlang die Arme um ihn und zog ihn an sich. Dann rollte sie ihn auf den Rücken und presste ihren Mund auf seinen.

Er versuchte, gar nichts zu fühlen, sagte sich, dass das alles nicht wirklich geschah. Doch das Streicheln und Küssen hörte nicht auf, und als seine Tante begann, Matts Hände über ihren Körper zu führen, schaltete er seine Gedanken aus.

Denk nicht an das, was mit dir geschieht. Denk an etwas anderes.

Das Kaninchen! Das Kaninchen, das der Mann, der sein Stiefvater werden würde, ihm geschenkt hatte. Das weiße Kaninchen, das in seinem Käfig in einer Ecke des Zimmers saß.

Matt konzentrierte seine Gedanken ganz auf das kleine Tier, klammerte sich an das Bild von dem kleinen weißen Häschen.

Und es funktionierte. Es gelang ihm, seinen Geist von dem abzulenken, was mit seinem Körper geschah. Und schließlich versank sein Bewusstsein in undurchdringlicher Dunkelheit.

Als Matt am nächsten Morgen aufwachte, war alles, was während der Nacht geschehen war, vollständig aus seinem Gedächtnis getilgt. Es schien nie geschehen zu sein. Dann stand er auf, um das kleine Tier zu füttern. Aber das Kaninchen war tot.

Matt fand es mit aufgeschlitztem Bauch. Es hing an den zusammengebundenen Hinterbeinen mit dem Kopf nach unten an den Gitterstäben des Käfigs.

Gelähmt vor Angst und Entsetzen starrte Matt auf das tote Tier und überlegte fieberhaft, was mit ihm geschehen war.

Matts Augen hingen an dem Kaninchen an der Wand des Schuppens, während die schrecklichen Kindheitserinnerungen durch seine Gedanken wirbelten. Er hörte noch immer das Flüstern seiner Tante, spürte beinahe, wie ihre Finger über seinen Körper glitten, und hatte noch den Duft des schweren Parfums in der Nase.

Aber das war doch nicht wirklich geschehen – es war völlig unmöglich! Es war ein Traum gewesen, genau wie die Träume, die ihn in den letzten Nächten verfolgt hatten.

Ohne das Kaninchen aus den Augen zu lassen, trat Matt ein paar Schritte von dem Schuppen weg. Doch vor der Stimme seiner Tante gab es kein Entrinnen.

»Du weißt, was du tun musst«, flüsterte Cynthia. »Du willst es doch. Ganz sicher.«

Matt flüchtete vor der Stimme ins Haus.

Langsam und fast unmerklich lichtete sich der dichte Nebel, den die Krankheit über Emilys Geist gelegt hatte. Ihr war, als erwache sie aus einem tiefen Schlaf. Um sie her herrschte eine so tiefe Dunkelheit, dass sie nicht einmal sicher sein konnte, dass sie tatsächlich wach war. Die Realität vermischte sich in ihrem Kopf auf so verwirrende Weise mit Erinnerungen, Träumen und Vorstellungen, dass Emily das eine vom anderen nicht mehr unterscheiden konnte.

Sie wusste nicht, wo sie sich befand und wie lange sie schon hier war.

Die tiefschwarze Dunkelheit um sie herum war undurchdringlich.

Tot!

Das Wort hallte plötzlich durch ihren Kopf, und ein Teil ihres Geistes reagierte darauf.

War sie gestorben?

Nein, sie war nicht tot. Es war etwas anderes.

Cynthia!

Ja! Jetzt konnte sie sehen, wie Cynthia sie anlächelte und ihr zuwinkte.

Emilys Lippen bewegten sich, und sie versuchte, mit ihnen ein Wort zu formen: »Cynthia.«

Doch sie brachte nur einen tiefen, kehligen Laut hervor, der so leise war, dass sie ihn selbst kaum hörte.

Gebannt starrte sie in Cynthias lächelndes Gesicht, ihre blitzenden blauen Augen und auf das wallende blonde Haar.

Wie ein Engel sah sie aus. Ihre Tochter war wie ein Engel.

Tot!

Das Wort kam Emily von irgendwoher wieder in den Sinn. Ihre Gedanken wurden etwas klarer. Sie fragte sich, ob sie vielleicht tatsächlich gestorben war.

Stellte man sich den Tod nicht so vor? Man fiel in einen tiefen Schlaf – einen Schlaf, den kein Traum mit unruhigen Bildern erfüllte, der keine ungeahnten Schrecken kannte, der nicht von Schmerzen gestört wurde. Ein Schlaf, der schließlich in die Ewigkeit mündete.

Das strahlende Lächeln auf Cynthias Gesicht begann, sich zu verändern. Ihre Lippen verzogen sich zu einer grausamen Grimasse, ihre blitzenden Augen verwandelten sich in böse funkelnde Lichtflecken.

Instinktiv versuchte Emily, den Arm zu heben, um die schreckliche Fratze abzuwehren. Dabei wurde ihr Körper von einer heißen Welle aus Schmerz durchflutet, die sie zu versengen drohte. Ein Laut stieg aus Emilys Kehle: ein sonderbares Heulen.

Überwältigt von dem Schmerz fühlte Emily, wie sie einer tiefen Ohnmacht entgegenglitt. Ein Teil von ihr wollte sich in die tröstenden Arme des Schlafes flüchten, doch ein anderer Teil ihres Wesens kämpfte dagegen an.

Sie war noch am Leben! Der Schmerz ließ keinen Zweifel daran – sie war nicht tot! Und wenn sie noch lebte, musste sie herausfinden, wo sie sich befand und was mit ihr geschehen war. Und was nun weiter werden würde.

Emily wehrte sich gegen den Schlaf und die Ohnmacht und zwang sich, ganz still zu liegen. Langsam ließ der Schmerz etwas nach.

Eine vage Erinnerung begann, Gestalt anzunehmen.

Ein Haus! Sie war in einem riesenhaften Haus gewesen. Ein Haus, so groß, dass sie sich manchmal darin verirrte. *Aber Cynthia war auch dort!* Sie hatte sie gesehen und mit ihr gesprochen. War ihr gefolgt.

Ja, jetzt fiel es ihr wieder ein – sie war Cynthia gefolgt. Durch die Dunkelheit und eine Treppe hinunter, die ihr endlos lang erschienen war. Sie hatte versucht, mit Cynthia Schritt zu halten, hatte nach ihrer Hand greifen und sich von ihr durch die Finsternis führen lassen wollen, damit sie nicht stolperte und fiel.

Aber Cynthia war ihr weit vorausgeeilt, hatte ihr manchmal zugelächelt und ihr gewinkt. Emily sollte zu ihr kommen.

Dann endlich war Emily ihrer Tochter so nahe gewesen, dass sie sie beinahe berühren konnte. Sie wollte über das goldene Haar streichen, die glatte Haut und das feste junge Fleisch unter ihren Fingern spüren.

Dann …

Was dann?

Nebelschwaden senkten sich über Emilys Geist. Sie versuchte, sie zu vertreiben. Sie musste sich erinnern – an alles, was geschehen war, erinnern.

Sie war gefallen!

Ja! Sie war Cynthia zum Greifen nahe gekommen – nur ein einziger Schritt hatte sie noch davon getrennt, ihre geliebte Tochter in die Arme zu schließen. Und dann war da nichts mehr gewesen. Nichts unter ihren Füßen. Nichts hatte ihr Halt gegeben. Sie spürte den Fall, fühlte einen schrecklichen Schmerz und dann …

Nichts.

Nichts als die schreckliche, unbegreifliche Dunkelheit, die sie nun einhüllte.

Emily versuchte noch einmal, sich zu bewegen. Diesmal ging sie sehr vorsichtig und langsam vor. Sie konzentrierte sich nacheinander auf jeden einzelnen Muskel und jedes einzelne Gelenk. Als sie den rechten Arm bewegen wollte, überfiel sie der gleiche bohrende Schmerz wie zuvor. Sie lag wieder still.

Das linke Bein konnte sie überhaupt nicht bewegen, und als es ihr endlich gelungen war, ihre Lage ein wenig zu verändern und die linke Hand auf den linken Oberschenkel zu legen, spürte sie gar nichts. Sie betastete die welke Haut, die den schon seit langer Zeit verkümmerten Muskel ihres Oberschenkels bedeckte, und hatte dabei das Gefühl, nicht ihr eigenes Bein, sondern das einer fremden Person zu berühren.

Gebrochen. Ihr linkes Bein und ihr rechter Arm waren gebrochen.

Als dieser Gedanke langsam in ihr Bewusstsein drang, begann sich auch der Schmerz in den gebrochenen Gliedern bemerkbar zu machen. Irgendetwas hatte ihn bislang im Zaum gehalten, und nun ließ allein das Wissen um die Verletzungen ihm freien Lauf. Der Schmerz pulsierte in Emilys Arm, und als sie vorsichtig den Ellbogen berührte, wurde das Bohren und Stechen darin so quälend, als habe ihr jemand ein Messer hineingestoßen.

Nach einer Weile ließ der Schmerz ein wenig nach.

Nun hörte Emily etwas.

Schritte. Gedämpft und undeutlich, als kämen sie von außerhalb der Dunkelheit.

Aber woher? Wo war sie?

Emily versuchte zu rufen, doch es gelang ihr nicht. Sie konnte die Worte zwar in ihrem Kopf formen, aber Kehle und Lippen weigerten sich, ihren Befehlen zu gehorchen. Sie brachte nur ein leises Wimmern zustande.

Wieder Schritte. Sie waren schon näher. Sie war nicht mehr allein. Aber wer war gekommen?

Die Nebelschwaden um ihren Geist herum wurden wieder dichter. Emily wehrte sich dagegen. Sie wollte sich nicht verwirren lassen.

Cynthia! Cynthia war in der Nähe, war ihr zu Hilfe gekommen!

Doch wenn sie hier in der Dunkelheit und im immer dichter werdenden Nebel lag, wie sollte Cynthia sie da finden?

Wieder versuchte Emily zu rufen, versuchte, all ihre Kraft zusammenzunehmen, um den Namen ihrer Tochter auszusprechen. Doch es war zu spät.

Der Nebel wurde undurchdringlich, der Schmerz in ihrem Arm und in ihrem Bein verging, und sie sank wieder in die Geborgenheit und in den Frieden einer tiefen Ohnmacht.

Fünfzehntes Kapitel

Joan erwachte schlagartig und setzte sich auf dem Sofa im Wohnzimmer auf. Ihr Blick fiel automatisch zur Uhr. Beinahe vier! Wo war nur die Zeit geblieben? Sie hatte sich kurz nach zwei auf dem Sofa ausgestreckt, um sich ein paar Minuten auszuruhen, und nicht, um den ganzen Nachmittag zu verschlafen. Doch nun war der Nachmittag fast vorbei, und die Arbeit an Bills Schreibtisch ragte noch immer wie ein Berg vor ihr auf. Den Inhalt vieler der Papiere, die sich inzwischen auf der Schreibtischplatte türmten, verstand sie kaum. Sie wusste auch nicht, was sie nun mit diesen Schriftstücken anstellen sollte. Seufzend und noch immer so müde, als hätte sie keine Minute geschlafen, erhob Joan sich und ging zu dem mit kunstvollen Schnitzereien verzierten Mahagonischreibtisch hinüber. Vielleicht sollte sie doch erst am nächsten Tag weiter machen.

»Faul!«

In Joans Gedächtnis hallte die schrille Anschuldigung ihrer Mutter wider. Wie oft hatte ihre Mutter ihr gepredigt, ungeliebte Arbeiten nicht aufzuschieben?

»Warum kannst du nicht so sein wie deine Schwester? Cynthia sieht man nie faul herumliegen! Ihr Zimmer ist immer makellos sauber, und sie hält ihre Sachen stets untadelig in Ordnung! Aber du!«

Vor ihrem geistigen Auge sah Joan, wie ihre Mutter anklagend den Zeigefinger hob.

»Schon gut«, sagte Joan laut. Sie bemerkte gar nicht, dass sie ihre Gedanken ausgesprochen hatte. »Ich schiebe es nicht länger vor mir her. Ich koche jetzt eine Tasse Kaffee, warte nur noch, bis mein Kopf etwas klarer ist, und dann mache ich weiter!«

Auf ihrem Weg zur Küche sah Joan Matts Schultasche auf dem Tisch unten an der Treppe liegen. Sie betrachtete den abgewetzten dicken Baumwollstoff und versuchte, sich einen

Moment lang einzureden, es habe sicher gar nichts zu bedeuten, dass die Tasche dort lag. Es konnte tausend Gründe dafür geben, warum Matt nicht zum Football-Training gegangen war. Vielleicht war das Training ausgefallen.

Doch wusste Joan, dass sie sich etwas vormachte. Ihre Erklärungsversuche waren nichts anderes als Wunschvorstellungen.

Joan vergaß den Kaffee und die Papiere auf Bills Schreibtisch und stieg die Treppe hinauf.

»Matt?«, rief sie. »Matt, bist du ...« Die Worte blieben ihr im Hals stecken, als sie die offene Tür zu Cynthias Zimmer sah. Heute Morgen war diese Tür geschlossen gewesen. Joan erinnerte sich genau daran, dass sie sie selbst geschlossen, ja sogar abgeschlossen hatte! Und zwar noch in der Nacht, als sie einen schrecklichen Moment lang geglaubt hatte, Cynthias Lachen zu hören.

Joan näherte sich der Tür. Sie tat es zögernd, als fürchte sie eine unsichtbar lauernde Gefahr.

»Matt?«

Keine Antwort.

Joans Hand zitterte, als sie den Arm ausstreckte und die Tür etwas weiter aufstieß.

»Matt? Bist du da drin?«

Noch immer bekam sie keine Antwort. Joan ging widerstrebend in das Zimmer hinein. Es war leer.

Aber er war hier gewesen! Wer sonst hatte die Tür aufgeschlossen? Doch wie hatte er den Schlüssel gefunden?

Joan verließ das Zimmer und zog die Tür hinter sich zu. Schnell ging sie den Flur entlang zu Matts kleinem Reich. Sie klopfte leise an und wollte gerade noch einmal klopfen, als sie seine Stimme hörte. »Es ist offen.«

Joan drehte den Türknauf und trat zu ihrem Sohn ins Zimmer. Er lag auf dem Rücken auf seinem Bett und starrte zur Zimmerdecke hinauf. Als seine Mutter eingetreten war, setzte er sich auf. Ein Blick in sein Gesicht sagte Joan, dass der Schultag noch schlimmer gewesen war als der vorangegangene. Sein Gesicht wirkte noch blasser, und der gehetzte Ausdruck in seinen Augen hatte sich verstärkt. Sein Blick war der eines gejagten Tieres. Voller Unruhe schien er nach einem Verfolger zu suchen, dessen Gegenwart er zwar ahnte, den er aber nirgends entdecken konnte.

Als Matt seine Mutter endlich ansah, entdeckte sie auch Wut in seinem Blick. »Du hast in der Schule angerufen«, sagte er. »Du hast mit Mr. Wing gesprochen, stimmt's?«

Joan biss sich auf die Unterlippe. »Ich dachte …«

»Es ist gleichgültig, was du dachtest, Mutter!«, fuhr Matt auf. Seine Stimme klang bitter. »Weißt du, was heute los war? Willst du es hören?«

Bevor Joan antworten konnte, sprudelte Matt schon die ganze Geschichte hervor. Bitter und anklagend brachen die Worte aus ihm heraus, bis er alles erzählt hatte. »Irgendjemand hat ein totes Kaninchen an den Schuppen genagelt«, endete er. Nun zitterte seine Stimme, und er konnte die Tränen nicht länger zurückhalten.

»Ein Kaninchen«, wiederholte Joan. »Wovon redest du?«

Matt deutete zum Fenster hinaus. »Draußen am Schuppen! Sieh doch selbst nach, wenn du mir nicht glaubst!«

Joan trat ans Fenster und spähte in die langsam einsetzende Dämmerung hinaus. In etwa vierzig Meter Entfernung konnte sie hinter dem Kutschenhaus den Schuppen sehen, von dem Matt sprach. Aber sie konnte nichts Besonderes entdecken. »Du sagtest, es hinge am Schuppen?«, fragte sie unsicher. Zweifel schwangen in ihrer Stimme. »An dem Schuppen hinter dem Kutschenhaus?«

»Einen anderen gibt es nicht«, fauchte Matt und stand auf. Er trat zu seiner Mutter, um ihr zu zeigen, was er meinte.

»Es ist genau …«

Er brach abrupt ab und starrte die Wand des Schuppens an. Sie war leer. Das tote Kaninchen war verschwunden, und während er die makellos weiß gekalkte Holzwand betrachtete, fragte er sich, ob das Kaninchen überhaupt jemals dort gehangen hatte. Spielten ihm seine Augen inzwischen Streiche? »Aber ich habe es doch selbst gesehen«, murmelte er mehr zu sich selbst als an seine Mutter gerichtet.

In diesem Augenblick dachte Joan an einen Morgen vor zehn Jahren, als sie das kleine Haustier, das Bill Matt geschenkt hatte, mit dem Kopf nach unten in seinem Käfig hängend vorgefunden hatte, mit herausgerissenen Eingeweiden.

Es war ein Kaninchen gewesen – ein weißes Kaninchen –, und Matt hatte ihr nicht erklären können, was mit ihm geschehen war.

Damals hatte er sich von Schluchzen geschüttelt an ihr fest geklammert und in stockenden Sätzen immer wieder beteuert, dass er dem Tier nichts angetan und es doch lieb gehabt hätte. Er behauptete steif und fest, jemand müsse nachts ins Zimmer geschlichen sein und es umgebracht haben. Einen Augenblick lang hatte Joan sich gefragt, ob ihre Mutter zu so etwas fähig war. Doch anstatt der Sache auf den Grund zu gehen, hatte sie das tote Kaninchen in eine Plastiktüte gesteckt und in den Mülleimer geworfen. Weder sie noch Matt hatten je wieder darüber gesprochen. Und nun stand ihr Sohn zitternd neben ihr und starrte die Wand des Holzschuppens an.

Joan legte den Arm um seine Schultern. »Schon gut, Matt«, sagte sie. »Wahrscheinlich hast du es nur geträumt.«

Matt wandte sich seiner Mutter zu und sah sie an. Die Wut war aus seinem Blick verschwunden. Nur der schreckliche, verängstigte und gehetzte Ausdruck lag noch in seinen Augen. »Weißt du noch, damals … das Kaninchen, das Dad mir vor eurer Hochzeit geschenkt hat? Wir wohnten noch bei Großmutter.«

Joan fröstelte plötzlich. Sie wollte nicht hören, was Matt nun sagen würde.

»Was ist, wenn ich es selbst umgebracht habe? Was, wenn ich das Kaninchen selbst getötet habe und mich nur nicht daran erinnern kann?«

Obwohl er nichts mehr hinzufügte, wusste Joan, woran er jetzt dachte. Wenn er ein Kaninchen umbringen konnte und sich nicht daran erinnerte, hatte er dann nicht auch seinen Stiefvater getötet? Und seine Großmutter?

Joan legte die Hände auf die Schultern ihres Sohnes. »Du hast nichts getan, Matt. Das weiß ich genau.« Doch tief in ihrem Herzen, war sie sich nicht mehr so sicher.

Zum ersten Mal spürte sie den Hauch eines Zweifels.

Erst als sie ein paar Minuten später das Zimmer verließ, erinnerte sie sich daran, warum sie gekommen war.

»Matt«, sagte sie und wandte sich noch einmal zu ihm um. »Warst du in Cynthias Zimmer?«

Sie glaubte ein Flackern in Matts Augen zu sehen, doch es verschwand so schnell wieder, dass sie sich nicht sicher war, ob sie es sich nicht eingebildet hatte.

Matt schüttelte den Kopf. »Warum sollte ich?«

Joan zögerte, beschloss dann aber, nichts mehr zu sagen. Sie zog die Tür hinter sich zu und ging den Korridor entlang zu ihrem eigenen Zimmer. Bills alter Morgenmantel, den sie sich übergeworfen hatte, als sie in der Nacht zu Cynthias Zimmer gelaufen war, hing noch genauso an dem Haken im Ankleidezimmer, wie sie ihn hinterlassen hatte. Sie wollte schon in die Tasche des Mantels greifen, hielt aber noch einmal inne. Was, wenn der Schlüssel verschwunden war? Was sollte sie dann tun? Wenn Matt sie nun angelogen hatte und doch in Cynthias Zimmer gewesen war?

Darüber konnte sie sich später noch Gedanken machen. Im Augenblick wollte sie nur Gewissheit haben. Ganz gleich, was sie herausfinden würde, sie musste der Sache jetzt auf den Grund gehen.

Sie steckte ihre Hand in die Tasche des Morgenmantels. Der Schlüssel war noch da.

Selbst wenn Matt den Schlüssel gefunden, ihn an sich genommen und benutzt hatte – er hätte doch bestimmt die Tür anschließend wieder abgeschlossen und den Schlüssel zurückgebracht. Also log er sie nicht an.

Doch das erklärte nicht, warum die Tür nun offen war. Nachdenklich ging Joan die Treppe zum Erdgeschoss hinunter. Sie wollte sich um das Abendessen kümmern.

Und plötzlich hörte sie wieder Cynthias Stimme. »*Vielleicht war ich es ja*«, flüsterte ihre Schwester. »*Vielleicht habe ich die Tür geöffnet.*«

Joan verharrte mitten im Schritt. Sie fuhr herum und erwartete, ihre Schwester mit spöttisch blitzenden Augen und einem grausamen Lächeln um die Lippen oben an der Treppe zu sehen.

»Lass mich in Frieden!«, schrie Joan. »Lass mich doch endlich in Frieden!«

Erst jetzt bemerkte Joan, dass Cynthia gar nicht da war. Sie konnte gar nicht da sein. Schließlich war sie tot. Oder etwa nicht?

»Bin ich wirklich tot?«, flüsterte Cynthia. *»Komm doch und schau nach, Joanie-Baby. Komm in mein Zimmer und schau …«*

Nachdem seine Mutter das Zimmer verlassen hatte, stand Matt noch lange am Fenster und starrte auf die saubere weiße Wand des Schuppens. Die Makellosigkeit schien ihn zu verspotten. Aber das Kaninchen war dort gewesen! Er hatte den aufgeschlitzten Bauch des Tieres, die heraushängenden Eingeweide doch selbst gesehen. Sogar das Blut an der Wand! Und jetzt blickte er von seinem Fenster im ersten Stock auf den Schuppen hinunter, der so sauber und weiß dastand, als wäre er erst gestern frisch gestrichen worden. Er verstand überhaupt nichts mehr. Unwirsch wandte er dem Fenster den Rücken. Es hielt ihn nicht länger in seinem Zimmer.

Eine Minute später stand Matt vor dem Schuppen, genau an der Stelle, an der er das Kaninchen gesehen hatte. Ganz nahe trat er an die Holzwand heran und tastete sie ab. Er fand nicht den kleinsten Fleck.

Matt sah zu den Sturmwolken auf, die sich am Himmel türmten. Hatte der Regen etwa das Blut abgewaschen? Das erschien ihm unmöglich. Nur wenige Tropfen fielen noch, und der Boden war feucht, nicht nass. Also war derjenige, der das Kaninchen aufgehängt hatte, zurückgekommen, hatte es abgenommen und die Wand gesäubert.

Ein ungebetener Gedanke drängte sich in Matts Kopf: *Vielleicht war das Kaninchen nie dort gewesen.*

Aber wenn es nicht dort gewesen war, dann bedeutete das …

Er verbot sich selbst, diese Überlegung zu Ende zu führen. Er war nicht verrückt! Er *hatte* das Kaninchen gesehen. Und er würde auch herausfinden, was mit dem Tier geschehen war.

Matt ging zu den Mülltonnen hinter dem Schuppen. Nacheinander riss er die Deckel von den Eimern und fand nichts!

Im Schuppen vielleicht?

Als er nach der Türklinke greifen wollte, erinnerte Matt sich daran, dass im Schuppen der Hirsch hing.

Es ist nur ein toter Hirsch, versuchte er, sich selbst zu beruhigen. *Der tut dir nichts.*

Matt stieß die Tür auf und sah den Hirsch vor sich. Er hing noch genauso da wie vor ein paar Tagen: an den Hinterläufen aufgehängt, mit aufgeschnittenem Bauch. Sein Kopf baumelte nur wenige Zentimeter über dem Boden. Er hing genauso da wie das Kaninchen.

Aber das hatte gar nichts zu bedeuten – es konnte nichts bedeuten!

Doch während Matt wie erstarrt in der Tür des Schuppens stand, holte ihn die Erinnerung an den Morgen seines Geburtstags ein.

Wieder blickte er konzentriert durch die Zielvorrichtung und nahm den hoch aufgerichteten Kopf des Hirsches ins Fadenkreuz.

Wieder roch er das Moschusaroma, das ihm in die Nase gestiegen war. Und wieder flüsterte die Stimme ihm etwas zu: »*Tu es, Matt. Tu es … tu es … tu es …*«

Aber was sollte er tun? Was wurde von ihm erwartet? Er konnte sich nicht von dem Hirsch abwenden. Warum war das Tier hier in dem Schuppen? Warum hatte es jemand hier aufgehängt?

Weil er es erlegt hatte.

Alle wussten, dass er den Hirsch geschossen hatte. Damit hatte er dem Wunsch seines Vaters entsprochen.

»Es ist Zeit, dass du dir deine erste Jagdtrophäe holst«, hatte sein Vater gesagt, nachdem sie das Tier in dem Gebüsch gesehen hatten. Und Matt hatte getan, was von ihm erwartet wurde. Er war um das Dickicht herum geschlichen, hatte sich an den Hirsch herangepirscht und ihn abgeschossen.

»Ich habe getan, was du wolltest«, flüsterte Matt. »Ich habe genau das getan, was du wolltest.«

Doch plötzlich wusste er, dass noch etwas fehlte. Der Wunsch seines Vaters war es gewesen, dass der Hirsch – *sein Hirsch* – auch seine erste Trophäe wurde.

Man schnitt den Kopf des Wildes ab und brachte ihn Mr. Rudman, der ihn ausstopfte und auf einem Brett aus Mahagoni befestigte. Darunter würde er eine Messingplakette anbringen, die an Matts sechzehnten Geburtstag erinnerte, den Tag, an dem Matt den Hirsch erlegt hatte, den Tag, an dem er angeblich seinen Vater erschossen hatte.

»Nein«, flüsterte Matt. »Nein …«

Aber wie konnte er das beweisen? Es war einfach unmöglich.

Dann hatte Matt plötzlich eine Idee. Sollte er Mr. Rudman beauftragen, genau das zu tun, was sein Vater gewollt hatte? Das wäre doch dann ein Beweis, oder etwa nicht? Wenn er tatsächlich das getan hätte, was alle glaubten – wenn er seinen Vater tatsächlich erschossen hätte –, würde er doch niemals den Kopf des Hirsches an die Wand hängen, der ihn ständig an die Tat erinnern würde. So war es doch, oder?

Matt suchte mit den Augen die Werkbank ab, die die ganze Länge des Schuppens einnahm. Das Jagdmesser, das schon Generationen von Hapgoods benutzt hatten, um das erlegte Wild zu häuten, hing am gewohnten Ort. Eine Lederscheide umhüllte die rasiermesserscharfe Klinge.

Matt trat an die Werkbank und griff nach dem Messer. Doch dann zögerte er. Warum wollte er das tun? Was würde es überhaupt beweisen?

Dann hörte er wieder dieselbe Stimme, die aus dem Nichts oder von überall her zu ihm sprach, flüstern. »*Tu es … tu es … tu es …*«

Matt packte die Scheide und zog mit der anderen Hand das Messer heraus. Die polierte Klinge glänzte sogar noch im schwindenden Licht des späten Nachmittages.

Als Matt das Messer nachdenklich betrachtete, hörte er wieder das Flüstern. »*Gut so, Matt! Tu es, Matt … tu das, was du tun musst …*«

Aller Ärger, alle Wut, die Enttäuschungen und die Verwirrung, die Matt in den vergangenen Tagen beinahe erdrückt hatten, überwältigten ihn jetzt. Mit einer einzigen kraftvollen Bewegung wuchtete er den schweren Leib des toten Hirsches von dem Haken und ließ ihn zu Boden fallen. Dann kauerte er sich über den Körper und hob den Kopf des Tieres mit einer Hand an. Mit der anderen führte er das Messer. Er trieb es durch die dicke Haut und schnitt dann mit kurzen, kräftigen Rucken durch Haut, Muskeln und Sehnen. Plötzlich steckte das Messer fest. Es war zwischen zwei Halswirbeln eingeklemmt. Matt riss es heraus, setzte es neu an und schnitt weiter.

Zum Teil geronnenes Blut sickerte aus den Arterien und Venen, die die Klinge durchtrennte. Aber Matt beachtete die Ekel erregende Mischung aus Blut und Schmutz, die inzwischen seine Hände bedeckte, nicht. Er führte das Messer mit immer ungeduldigeren Bewegungen und versuchte angestrengt, die Wirbelsäule des Tieres zu durchstoßen.

Wieder schabte die Klinge an den Knochen. Aber diesmal bewegte Matt sie so lange hin und her, bis er die knorpelige Scheibe zwischen den Wirbeln fand. Einen Moment später entglitt ihm der Kopf des Hirsches und fiel auf den Boden. Das Messer steckte noch immer fest. Ächzend und mit wachsender Wut stürzte Matt sich wieder auf das tote Tier. Das Messer blitzte auf, als er es herausriss und hoch in die Luft hob.

Er holte weit aus.

»Ich war es nicht«, schrie er. »Ich war es nicht!«

Das Messer sauste nieder und fuhr tief in die Brust des Hirsches.

»Ich war es nicht«, schluchzte Matt, riss das Messer wieder aus dem Kadaver und hob es erneut.

Immer wieder stach er zu, durchbohrte und zerschnitt die Brust, die Beine und den Hals des Tieres. Dabei konnte er nicht aufhören zu schluchzen. Sein Atem ging in abgehackten, schmerzhaften Stößen. Als er wieder einmal tief Luft holte, roch er plötzlich ein Moschusaroma. Es war derselbe Geruch, der auch seine Nächte tränkte. Seine Nächte und seine Alpträume.

Und die ganze Zeit über flüsterte eine verführerische

Stimme auf ihn ein. »*So ist es gut. Guter Junge. Tu das, was du tun willst. Tu das, was du tun musst ...*«

Zuerst sah Emily nur das sonderbare Licht, das am Himmel über ihr glühte. Sie hatte sich in ihren Erinnerungen verloren, doch für sie waren sie viel mehr als das. Ihr Gehirn unterschied schon seit langer Zeit nicht mehr zwischen Bewusstsein und Unterbewusstsein, zwischen Realität und Fantasie.

Die Dunkelheit, die sie umgab, und der schreckliche Schmerz in ihrem hinfälligen Körper waren irgendwann übermächtig geworden, und ihr Geist hatte sich auf sich selbst besonnen. Erinnerungen waren ihr zur Realität geworden, und obwohl ihr Körper, steif und schmerzend, noch immer in der Dunkelheit lag, lebte Emily in der Wärme eines Sommernachmittages ...

Sie waren alle zusammen im Hof hinter dem Haus in der Burlington Avenue. Frank hatte sein Hemd ausgezogen und mähte den Rasen. Joan saß auf seinen Schultern und krallte ihre winzigen Hände in sein Haar. Ihre kleinen Fersen trommelten auf seine Brust.

Cynthia jagte mit wippenden Locken hinter Frank her und wollte auch getragen werden. Aber Frank beachtete sie gar nicht.

Er ignorierte Cynthia genauso, wie er inzwischen auch Emily ignorierte.

Sie wusste, wann es angefangen hatte: An dem Tag vor zwei Jahren, an dem Joan geboren worden war. Emily hatte ihr Neugeborenes im Arm gehalten, und Frank hatte das Tuch, in dem das kleine Mädchen eingewickelt war, zurückgeschlagen und zum ersten Mal das Gesicht seiner zweiten Tochter betrachtet

»Sie ist wunderschön«, hauchte er. »Sie ist das schönste Wesen, das ich je gesehen habe.«

Das stimmte natürlich nicht. Joans Gesicht glich dem eines kleinen Äffchens. Umrahmt wurde es von einer unsäglichen Menge dichten, schwarzen Haares. Für ein Baby war das nicht normal. Die Nase wirkte wie eingedrückt, und die Augen erschienen viel zu groß. Joan glich Cynthia überhaupt nicht. Cynthia hatte vom Tag ihrer Geburt an ausgesehen wie eine exquisite kleine Porzellanpuppe, und Emily schien es, als würde sie mit jedem Tag schöner.

Doch Frank hatte Joan aus ihren Armen genommen, sie zärtlich an seine Brust gedrückt und gemurmelt: »Na, meine wunderbare kleine Prinzessin …«

Von diesem Augenblick an waren Frank und Joan unzertrennlich. Wenn Joan nachts weinte, stand Frank auf, um sie zu trösten. Wenn sie nicht essen wollte, fütterte er sie geduldig.

Und Tag für Tag musste Emily mit ansehen, wie das Baby Stück für Stück das Herz ihres Mannes stahl.

Und so wie Frank und Joan mit der Zeit eine Einheit wurden, konzentrierte Emily sich auf Cynthia.

Nun beobachtete sie, wie Joan sich an ihren Vater klammerte, während er arbeitete. Sie schmiegte sich fest an seine nackte Haut, und in Emily wuchs die Abneigung gegen ihre jüngere Tochter.

Das ist doch unnatürlich, *ging es ihr durch den Kopf.* Sie sollte sich nicht so an ihn drängen, und er sollte es nicht zulassen.

Aber Frank ließ sich von dem Kind berühren. Er duldete, dass es seine Hände auf sein Fleisch legte. Es gefiel ihm – das sah Emily. Es gefiel ihm auf eine Art, die nicht richtig war. Auf eine schmutzige Art.

Dann war der Rasen gemäht, und Frank ging ins Haus. Joan nahm er mit. Emily und Cynthia blieben draußen und aalten sich in der Sonne. Doch die Minuten vergingen, und langsam fragte Emily sich, was Frank im Haus tat. Was Frank mit Joan tat.

Sie stand auf und ging durch die Hintertür hinein. Einen Moment lang hörte sie nichts. Doch dann kicherte Joan. Von Frank hörte Emily keinen Ton.

Leise ging Emily durch die Küche in den Flur und folgte dem Lachen ihrer kleinen Tochter die Treppe hinauf ins Schlafzimmer. In das Schlafzimmer, das sie mit Frank teilte.

Joan lag nackt auf dem Rücken und spreizte die kurzen Beine. Ihre Ärmchen wedelten fröhlich in der Luft.

Frank stand über ihr. Seine Hände streichelten Joans Haut. So wie er einst Emilys Haut gestreichelt hatte. Er lächelte Joan an. Genauso hatte er früher Emily angelächelt.

Die verzehrende Abneigung, die sie erfüllt hatte, als ihre kleine Tochter auf ihrem Vater geritten war, auf ihm geritten war wie auf einem Tier, schwoll zu einer unbändigen Wut. Hatte das kleine Lu-

der sich nicht an Franks Nacken gerieben und dabei vor Wonne gegluckst?

»Verschwinde!«, schrie Emily und stieß Frank von dem Bett weg.

Sie riss Joan so unvermittelt hoch, dass die Kleine vor Schreck zu schreien begann.

Frank tat, als schockiere ihn der plötzliche Ausbruch seiner Frau. Doch Emily ließ sich nicht täuschen. Bevor er sich irgendeine Entschuldigung einfallen lassen konnte – vielleicht wollte er ja behaupten, er sei gerade dabei gewesen, Joans Windeln zu wechseln –, ließ Emily ihn ihren ganzen Zorn spüren.

»Glaubst du, ich weiß nicht, was du die ganze Zeit treibst? Glaubst du, ich habe euch nicht beobachtet? Ich sage dir: Es ist vorbei. Verschwinde, Frank! Scher dich fort und komm nie wieder.«

Er versuchte, ihr zu widersprechen, doch als sie ihm damit drohte, die Polizei zu rufen, überlegte er es sich anders. Schließlich packte er einen Koffer und ging.

Nun erst kümmerte Emily sich um Joan.

Es war genauso ihre Schuld wie Franks – da war sich Emily sicher. So sicher, wie sie wusste, dass Frank mit seiner kleinen Tochter seinen Spaß gehabt hatte. Doch Frank war schwach, und es war dem kleinen Mädchen ein Leichtes gewesen, ihn zu verführen.

Feindselig starrte Emily das Kind an, das ihr den Mann gestohlen hatte – und Cynthia den Vater.

»Verdorben«, flüsterte sie. »Du bist ein verdorbenes Kind und musst bestraft werden.«

Dann hatte sie Joan geschlagen – heftig genug, um sie zum Weinen zu bringen.

»Sei still!«, fuhr sie die Kleine an. »Das hat vielleicht bei deinem Vater gewirkt, aber bei mir wirkt es nicht!«

Aber Joan weinte und weinte, bis Emily es nicht länger ertrug. Sie nahm das kleine Mädchen und brachte sie in den Keller zu der Truhe aus Zedernholz, die unter dem kleinen Fenster stand.

»Du willst weinen?«, fragte sie. »Dann wein da drin!«

Emily schloss den Deckel und verbannte Joan in die Dunkelheit. Joan hatte geschrien und an die Wände der Truhe getrommelt. Doch Emily weigerte sich, es zu hören. Nach einer Weile wurde Joan still.

Und Emily ging zurück in den Sonnenschein hinaus. Zu Cynthia …

Nun brachte das eigenartige Licht am sommerlichen Himmel Emilys Erinnerungen durcheinander. Bruchstücke der Realität sickerten in ihre Traumwelt.

Es war kein Sommernachmittag. Um Emily herum herrschte eine Nacht, die so dunkel und endlos war, dass sie nicht wusste, wie lange sie nun schon dauerte. Aber nun erhellte sich die Dunkelheit langsam ein wenig.

Licht!

Sie konnte tatsächlich ein Licht sehen!

Emily versuchte, ihr Gesicht der Helligkeit zuzuwenden, doch ein so schrecklicher Schmerz schoss durch ihren Arm und ihr Bein, dass sie schreien wollte. Anstatt des Schreis brachte Emily nur ein ersticktes Wimmern zustande. Ihr Mund! Sie konnte ihren Mund nicht öffnen!

Der Schmerz in ihren Schultern wurde noch heftiger, und nun konnte sie nicht einmal mehr die Arme bewegen. Auch ihre Hände fühlten sich kalt und taub an.

Dann nahm Emily in den Schatten, die sie umgaben, eine Bewegung wahr. Dort war jemand.

Cynthia! Endlich war Cynthia gekommen, um ihr zu helfen, um sie mitzunehmen.

Emily versuchte, den Namen ihrer Tochter auszusprechen, doch wieder kam kein Laut von ihren Lippen, und die Worte erstarben unausgesprochen in ihrem Mund.

Sie grunzte, als sie plötzlich hochgerissen wurde. Was geschah jetzt mit ihr? Warum half Cynthia ihr nicht? Was war …

Ein Geräusch brach in ihre Gedanken.

Tack!

Das Geräusch kam Emily bekannt vor. Sie hatte es schon hundert Mal gehört. Doch sie wusste nicht, wo.

Tack!

Dann bemerkte sie, dass zwar ihre Arme noch schmerzten, ihre Hände aber nicht mehr kalt und taub waren. Und auf dem Boden unter ihren Füßen war etwas Warmes, Nasses.

Was war los? Was war mit ihren Händen? Sie spürte sie nicht mehr!

Ein plötzlicher Geistesblitz. Sie wusste, wo sie das Geräusch schon einmal gehört hatte. Und zwar unzählige Male. Sie selbst verursachte dieses Geräusch manchmal, wenn sie in der Küche arbeitete, wenn sie die Mahlzeiten für ihre Familie zubereitete. So klang es, wenn das Küchenbeil auf dem Hackbrett auftraf …

Langsam ließ der Schock nach, und der Schmerz in den Stümpfen ihrer Handgelenke überwältigte Emily. Sie wurde wieder ohnmächtig.

Sechzehntes Kapitel

Kelly Conroe fragte sich, warum sie an diesem Nachmittag zum Training der Cheerleader-Gruppe gegangen war. Ihr war überhaupt nicht nach Singen zumute, und sie brachte ständig die Tanzschritte durcheinander. Inzwischen waren die anderen Mädchen bereits recht wütend auf sie. Sie hätte ihrem Gefühl folgen und nach Hause gehen sollen. Doch als sie die Bücher in ihrem Schließfach verstaut hatte, klang die Stimme ihres Vaters so laut und deutlich in ihren Ohren, als stünde er tatsächlich neben ihr. »Du hast eine Verpflichtung übernommen, Kelly. Vielleicht nehmen andere Leute Verpflichtungen nicht ernst, aber bei uns Conroes ist das anders. Wir führen zu Ende, was wir einmal begonnen haben. So war es immer, und so wird es bleiben.«

Also war sie seufzend in den Umkleideraum der Mädchen gegangen und hatte sich umgezogen. Doch ganz gleich, wie sehr sie sich auch bemühte, sie konnte sich nicht auf die Schrittfolge konzentrieren. Als das Training endlich vorbei war, zog sie sich, so schnell es ging, wieder um und flüchtete als Erste aus dem Umkleideraum. Sie wollte sich die Gespräche über Matt Moore und darüber, was er angeblich getan hatte, nicht anhören.

Es schien ihr, als gäbe es seit Matts Geburtstag kein anderes Thema mehr. Sogar zu Hause wurde über nichts anderes gesprochen.

»Ich verstehe nicht, warum Dan Pullman ihn nicht verhaftet«, hatte ihr Vater heute Morgen am Frühstückstisch gesagt.

»Wenn er Beweise vorbringen kann, wird er tun, was getan werden muss. Da bin ich mir ganz sicher«, war die Antwort von Kellys Mutter gewesen.

Doch das hatte ihrem Vater nicht genügt. »Der Junge gehört eingesperrt, bevor noch etwas passiert. Das ist es, was getan werden muss.«

Nancy Conroe hatte ihre Serviette sorgfältig zusammengefaltet und erst dann weitergesprochen. Kelly nahm diese Kunstpause als sicheren Hinweis, dass ihre Mutter sich ärgerte. »Wenn nicht einmal Dan Pullman weiß, was geschehen ist, haben wir kein Recht, über Matt zu urteilen.«

Gerry Conroes Gesicht hatte sich dunkelrot gefärbt. »Wir wissen doch genau, was passiert ist – Matt und Bill hatten einen Streit, und Matt hat Bill erschossen. Kaltblütig erschossen, Nancy!« Resigniert schüttelte er den Kopf. »Ich wusste immer, dass es ein Fehler war, den Jungen aufzunehmen. Es heißt nicht umsonst: Kennst du den Vater nicht …«

»Kennst du auch nicht den Sohn«, vollendete Nancy das alte Sprichwort. »Aber bei Bill und Matt ist es etwas anderes. Bill *war* Matts Vater. Er hat ihn wie einen eigenen Sohn aufgezogen.«

»Das tut nichts zur Sache. Nur die Blutsverwandtschaft zählt. Das Blut gewinnt immer die Oberhand. Schau dir doch nur mal unser Land an. Es sind immer die übelsten Elemente, die die meisten Kinder haben – die übelsten! Wenn wir eine Ahnung hätten, wer Matt Moores Vater ist, wüssten wir viel mehr über Matt.« Dann sah Gerry Conroe Kelly an. »Deshalb war ich auch nie damit einverstanden, dass du so viel Zeit mit Matt verbracht hast. Bill war mein bester Freund, aber Matt …« Er ließ den Satz unvollendet in der Luft hängen und schüttelte den Kopf.

In der Schule war es nicht anders gewesen. Innerhalb weniger Tage hatten sich alle Freunde, ja, alle Leute, die Matt und Kelly seit ihrer Kindheit kannten, gegen ihn gestellt. Als Matt schließlich wieder zur Schule gekommen war, hatte Kelly keinen Zweifel mehr daran gehabt, was mit ihr geschehen würde, wenn sie sich weiterhin mit ihm sehen ließ. All ihre Freunde würden ihr ebenso die kalte Schulter zeigen wie Matt. Doch sie bemühte sich um Neutralität. Zwar wollte sie nicht das Risiko eingehen, mit Matt zu sprechen oder gar in der Mittagspause bei ihm zu sitzen, aber sie hatte immerhin versucht, ihn von dem Tisch fern zu halten, an dem er für gewöhnlich saß, damit ihn dort niemand demütigen konnte. Und obwohl sie ihn nicht verteidigt hatte – zumindest nicht offen – hatte sie doch angestrengt weggehört, wenn alle anderen sich über ihn den Mund zerrissen. Wie schlimm der Streit zwischen Matt und seinem Stiefvater auch gewesen sein mochte, Kelly glaubte nicht, dass Matt Bill umgebracht hatte. Jedenfalls nicht absichtlich. Es war sicher ein Unfall gewesen.

Trotz all dieser Überlegungen wusste Kelly tief in ihrem Inneren, dass sie sich Matt gegenüber genauso grausam benahm wie alle anderen. Sie stellte sich nicht offen auf seine Seite, sprach nicht mit ihm und saß in der Mittagspause nicht bei ihm.

Heute war es schlimmer denn je gewesen. Alle hatten so getan, als existiere Matt gar nicht. Sie hatten sich noch nicht einmal die Mühe gemacht, zur Seite zu blicken, sich abzuwenden oder das Geflüster einzustellen, wenn er in der Nähe war. Sie sahen einfach durch Matt hindurch und redeten über ihn, als sei er taub. Kelly hatte seinen Augen angesehen, wie verletzt und wütend er war. Doch erst in der letzten Schulstunde hatte sie sich zu der Entscheidung durchgerungen, nach der Schule mit ihm zu reden. Sie wollte ihm sagen, dass sie nicht glaubte, dass er am Tod seines Vaters schuld war.

Doch dann rannte Matt so schnell davon, und sie fand nicht den Mut, ihm nachzulaufen. Sie sagte sich, sie könne ihn ohnehin nicht mehr einholen und dass er sicher gar nicht mit ihr reden wollte. Außerdem kam sie sonst zu spät zum Cheerleader-Training.

Kelly wusste allerdings genau, dass sie im Grunde nur zu feige gewesen war, sich mit Matt sehen zu lassen.

Sie winkte nur wortlos ab, als Sarah Balfour nach dem Training vorschlug, noch irgendwo eine Cola zu trinken. Sie ging auf dem schnellsten Weg zu ihrem Schließfach und holte ihre Tasche. Dann eilte sie aus dem Schulgebäude und machte sich auf den Weg zu den Redaktionsräumen ihres Vaters, drei Straßen weiter. Kurz darauf überlegte sie es sich anders. Es war zwar schon spät, aber sie wollte lieber zu Fuß nach Hause gehen, als mit ihrem Vater im Auto zu fahren. Auf der Fahrt würde sie sich nur einen weiteren Vortrag über Matt anhören müssen.

Im schwindenden Licht des späten Nachmittags stapfte Kelly die Manchester Road entlang. Sie wusste, dass auch

Matt diesen Weg genommen hatte. Unzählige Male waren sie ihn in den letzten Jahren gemeinsam gegangen. Zwanzig Minuten später hatte Kelly das Tor zum Grundstück der Hapgoods vor sich. Sie verlangsamte ihre Schritte und blickte angestrengt die lange, kurvige Einfahrt hinauf. Vielleicht entdeckte sie Matt irgendwo. Dann konnte sie möglicherweise ein paar Worte mit ihm wechseln …

Aber er war nirgends zu sehen. Und selbst wenn er da wäre, würde er wohl kaum mit ihr sprechen wollen. Sie hatte sich ihm gegenüber einfach allzu schlecht benommen. Doch irgendetwas hinderte Kelly daran, einfach weiter zu gehen. Wenn sie mit Matt reden wollte, warum lief sie dann nicht einfach die Einfahrt hinauf? Schließlich würde niemand – weder ihre Freunde noch ihr Vater – etwas davon erfahren. Aber wenn sie jemand beobachtete? Wenn jemand vorbeifuhr, während sie auf das Haus der Hapgoods zuging? Der Gedanke daran, was ihr dann am nächsten Morgen in der Schule blühen würde ließ Kelly frösteln. Sie wollte endlich weiter gehen.

Doch noch immer zögerte sie. Matt war ihr Freund, und sie war seine Freundin! Was konnte es schon schaden, wenn sie sich ein paar Minuten lang unterhielten und sie ihm sagte, dass sie nicht glaubte, was über ihn geredet wurde?

Kelly blickte die Straße entlang. Kein Fahrzeug war zu sehen. Sie konnte es wagen. Mit ein paar schnellen Schritten eilte sie durch das Tor, rannte ein Stück die Einfahrt hinauf, kämpfte sich dann ein paar Schritte weit in den Wald hinein, der links und rechts bis an die schmale Straße heranreichte, und hastete schließlich parallel zur Einfahrt zwischen den Bäumen entlang. Als sie so weit vom Tor entfernt war, dass sie von der Straße aus nicht mehr gesehen werden konnte, nahm sie wieder den geschotterten Fahrweg.

Sie klingelte nicht an der Haustür, sondern machte sich auf den Weg zur Hintertür, durch die sie auch sonst immer ins Haus gegangen war. Sie kam am Kutschenhaus, hinter dem der Schuppen stand, vorbei und war schon an der Treppe zum Abstellraum, als sie plötzlich das Gefühl hatte, beobachtet zu werden. Hinter ihr bewegte sich irgendetwas.

Kelly fragte sich plötzlich, ob es nicht doch klüger gewesen wäre, einfach nach Hause zu gehen. Aber das war ein dummer Gedanke. Sicher war es nur Matt oder Mrs. Hapgood oder …

Ein Arm legte sich von hinten um Kellys Hals und drückte so schnell zu, dass der Schrei, den sie ausstoßen wollte, in ihrer Kehle stecken blieb. Bei dem Versuch, sich loszureißen, verlor sie das Gleichgewicht und fiel auf die Knie.

Der Arm an ihrer Kehle war nun zwei Händen gewichen, die noch fester zupackten. Verzweifelt krallte Kelly ihre Finger in die Hände, die ihr den Atem nahmen.

Sie fühlten sich kalt an, so kalt, als gehörten sie einem Toten. Doch gleichzeitig waren diese Hände ungeheuer kräftig. Es gelang Kelly nicht, sie abzuwehren. Verzweifelt rang sie nach Luft, wollte sie tief in ihre brennenden Lungen saugen. Dabei schlug sie, so gut es ging, mit den Armen um sich. Ihr Herz raste in wilder Panik, und vor ihren Augen begann der Hintereingang des Hauses zu verschwimmen. Ihr wurde schwindelig, und nur ein einziger Gedanke hatte in ihrem Kopf noch Platz: Sie würde sterben.

Sie würde hier und jetzt sterben. Und weder ihre Eltern noch ihre Freunde, niemand auf der ganzen Welt, konnte ihr helfen. Niemand wusste, wo sie war.

Daddy! Doch aus ihrer Kehle drang kein Laut. Alles um sie herum wurde schwarz, und sie spürte, dass die Kräfte sie verließen. Doch noch immer zerrte sie an den kalten, unnachgiebigen Händen an ihrem Hals. Aber ihre Finger wurden bereits taub, und ein paar Sekunden später sank sie in sich zusammen. Alle Spannung wich aus ihrem Körper, und die Dunkelheit hüllte sie ein.

Sie hatten Recht, dachte Kelly, während sie in die Finsternis hinüberglitt. *Sie hatten Recht …*

Fred Rudman wollte gerade die Tür zu seinem Geschäft abschließen. Noch fünf Minuten, dann würde er Feierabend machen. Er würde noch die Arbeitstische abwischen, das Licht löschen und die Tür zwischen dem Laden und dem hinteren Teil des Hauses schließen. Damals, als er die Kunst des Präparierens von seinem Vater gelernt hatte, war im Geschäft immer viel los gewesen. Während der Jagdsaison hatte sein Vater zusätzlich zwei Gehilfen eingestellt und sogar, wenn sie zwölf Stunden oder länger arbeiteten, hatten sie die vielen Aufträge kaum bewältigen können. Es waren nicht nur Hirsche, Bären oder gelegentlich einmal ein Berglöwe gewesen, die man zum Ausstopfen brachte. Nein, als Fred noch ein Kind gewesen war, jagten die Männer von Granite Falls – zumindest die betuchteren – auf allen Kontinenten. Die Trophäen wurden von überall her zu Hans Rudman geschickt, damit er sie für die erfolgreichen Schützen präparierte. Fred erinnerte sich wehmütig an all die Eisbären, Löwen, Tiger, Elefanten, Giraffen und Nashörner. Sogar ein Flusspferd war einmal dabei gewesen. Doch inzwischen gab es kaum noch Großwildjäger, und für die meisten Menschen war die Jagd nichts anderes als das sinnlose Abschlachten unschuldiger Tiere, mit dem einige wenige Jäger ihre Eitelkeit befriedigten. Und so gab es in dem alten Familienbetrieb der Rudmans immer weniger Arbeit.

Fred hatte diese Entwicklung schon vor Jahren vorausgesehen und das wenige Geld, das mit seiner aussterbenden Kunst noch zu verdienen war, in Aktien angelegt. Er hatte sich dabei für Papiere entschieden, die aus seiner Sicht Zukunft hatten, und er hatte Recht behalten. Dank des Erfolges von Microsoft und ein paar anderen Firmen konnte er jetzt das, was einmal die Haupteinnahmequelle seiner Familie gewesen war, als Hobby für den letzten Spross der Rudmans betrachten. So wenig Kundschaft wie in dieser Saison hatte er jedoch noch nie gehabt. Seit Bill Hapgoods Tod war überhaupt niemand mehr in den Laden gekommen, um ein Tier zum Ausstopfen abzugeben. Umso überraschter war Fred Rudmann, als nun, kurz vor Geschäftsschluss, noch die Türglocke ging.

Er trat aus der Werkstatt in den Laden und traf auf Matt Moore. Hemd und Hose des Jungen waren von oben bis unten verdreckt und blutverschmiert.

Rudmans Überraschung wich einer gewissen Besorgnis. »Großer Gott, junger Freund, was hast du denn angestellt? Du hast dich doch nicht etwa verletzt?«

Dann sah er die große Plastiktüte, die Matt auf die Theke

gelegt hatte. Ein imposantes Hirschgeweih ragte daraus hervor.

Rudmans Sorge verwandelte sich in Unglauben. »Das ist doch wohl nicht das, wofür ich es halte?«

»Es ist der Hirsch, den ich erlegt habe«, sagte Matt. »Was kostet es, ihn ausstopfen zu lassen?«

Statt einer Antwort wog Rudman zögernd die Plastiktüte in den Händen und trug sie schließlich nach hinten in die Werkstatt. Mit einer Kopfbewegung bedeutete er Matt, ihm zu folgen. Rudman legte die Tüte auf eine große Arbeitsplatte aus Edelstahl und lockerte die Schnur, mit der sie notdürftig zugebunden war. Der Kopf des Hirsches kam zum Vorschein. Zuerst fiel Rudmans Blick auf das saubere Einschussloch im Schädel des Tieres. Es war genau zwischen den Augen getroffen worden. Am Hinterkopf entdeckte er eine größere Wunde. Dort war die Kugel ausgetreten und hatte ein Stück des Schädelknochens und einen größeren Hautfetzen weggerissen. Solche Wunden hatte Rudman schon zu Hunderten repariert, und wenn das Tier erst einmal ausgestopft war, würde man nichts mehr davon sehen.

Dann betrachtete er den Hals des Tieres. Dort, wo Matt den Kopf vom Körper abgetrennt hatte, war die Haut zerrissen und durchlöchert, an manchen Stellen geradezu zerfetzt.

»Wie hast du denn das fertig gebracht? Hast du den Hals mit einer Nagelschere abgeschnitten?«

Als Matt keine Antort gab, blickte der Präparator auf. Der Junge stand vor dem Arbeitstisch und starrte den Hirsch an, ohne ihn wirklich zu sehen.

»Willst du wirklich, dass ich ihn ausstopfe, Matt?«, fragte der alte Mann. Einen Augenblick lang war er nicht sicher, ob Matt ihn überhaupt gehört hatte.

Doch dann öffnete der Junge endlich den Mund. Dabei sah er unentwegt den Kopf des Tieres an. »Mein Dad wollte es so«, sagte er.

Matts tonlose Stimme ließ den Päparator die Stirn in tiefe Falten legen. Er hatte nun keinen Zweifel mehr daran, dass Matt vor seinem geistigen Auge etwas ganz anderes sah als den Kopf, der vor ihm lag.

»Mein Vater sagte, der Hirsch sollte meine erste Trophäe werden«, erklärte Matt.

Als der Junge ihn nun ansah, ging sein Blick Rudman durch Mark und Bein. Matts Augen lagen so leer und ausdruckslos in ihren Höhlen, dass der alte Mann erschreckt einen Schritt zurückwich.

»Alle glauben, dass ich Dad umgebracht habe«, murmelte Matt. Seine Stimme wurde so leise, dass Rudman sich fragte, ob er seine Gedanken überhaupt laut aussprechen wollte. »Und vielleicht habe ich es wirklich getan«, fuhr er fort. »Vielleicht will ich den Hirsch deshalb ausstopfen lassen. Damit er mich immer daran erinnert, was ich getan habe.«

Der Knall an der Hintertür ließ Joan Hapgood zusammenfahren. Normalerweise war sie nur kurz vor dem Einschlafen so schreckhaft. Jetzt stand sie in der Küche und bereitete für sich und Matt das Abendessen zu. Dann stieg ihr der Duft nach dem Hackbraten in die Nase, der im Backofen garte, und sie bemerkte jetzt erst, wie dunkel es draußen schon war. Verwirrt schüttelte sie den Kopf. Warum war es schon so spät? Und wann …

Die Gedanken verschwanden, als Matt durch die Tür trat. Joan starrte auf die Blutflecken auf seinem Hemd und seiner Hose. Im ersten Moment schossen ihr so vieles durch den Kopf, dass sie nichts sagen konnte. Unbeweglich stand sie da.

Woher kam er jetzt? Wie lange war er fort gewesen? Und was, in aller Welt, hatte er getan?

Einen Augenblick später erwachte Joan aus ihrer Erstarrung. Zögernd trat sie einen Schritt auf Matt zu. Sie hatte das Gefühl, ihm helfen zu müssen. »Matt? Was ist geschehen? Was …?«

Joan verstummte, als sie sah, wie Matts Augen sich verengten und ärgerlich funkelten.

»Nichts ist geschehen«, antwortete er. Doch die Anspannung in seiner Stimme ließ Joan aufhorchen. »Ich habe den Kopf des Hirsches zu Mr. Rudman gebracht. Das ist alles.«

Joan wurde schwindelig. Den Kopf des Hirsches? Wovon

redete er? Dann erinnerte sie sich plötzlich. Im Schuppen hing ein Hirsch. Das hatte der Hilfssheriff doch vor ein paar Tagen gesagt. Aber Matt konnte doch unmöglich *diesen* Hirsch meinen.

»Dad wollte, dass der Kopf meine erste Trophäe wird«, erklärte Matt. Zu dem Zorn in seinen Augen gesellte sich nun die Aufsässigkeit in seiner Stimme.

Joan hörte ihm wie betäubt zu, als er erklärte, woher die Blutflecken auf seinen Kleidern stammten. Wollte Matt denn tatsächlich den Kopf dieses Tieres präparieren lassen? Bei dem Gedanken, eine solche Trophäe im Haus hängen zu haben, wurde Joan ganz übel. Das würde sie beide nur ständig daran erinnern, was letzte Woche geschehen war …

Joan erschauerte.

Und wie Matts Kleider aussahen – die dunklen Blutflecken …

»Zieh deine Sachen aus«, befahl sie Matt mit zitternder Stimme. »Nimm sie erst gar nicht mit nach oben. Zieh sie nur aus und lass sie neben der Waschmaschine liegen.«

Einen Moment lang glaubte sie, der Junge wolle ihr widersprechen. Doch dann veränderte sich sein Gesichtsausdruck. Er verschwand durch die Tür zur Waschküche, und wenig später hörte sie, dass er die Treppe hinaufstieg. Erst als die Schritte verhallt waren, ging sie selbst in den kleinen Raum, wo die Waschmaschine stand.

Das blutige Hemd und die Jeans hatte er, genau wie sie es verlangt hatte, neben der Maschine auf den Boden gelegt. Joan betrachtete die zusammengeknüllten Kleidungsstücke und fragte sich, ob sie sie nicht einfach verbrennen sollte.

Draußen stand noch ein alter Ofen, in dem sie oft Abfall verbrannte. Vielleicht war es am besten, wenn sie Matts Sachen gleich dort hineinsteckte.

Doch sofort verbannte sie diesen Gedanken wieder aus ihrem Kopf. Was fiel ihr eigentlich ein? Schließlich waren Hemd und Hose noch wie neu. Sie hatten nur ein paar Flecken. Also ab in die Waschmaschine damit!

Sie wollte die Kleider schon aufheben, da zögerte sie erneut.

Verdächtigte ich ihn etwa doch?, fragte sie sich. *Lügt er mich an?*

Bei der Erinnerung an die Zweifel, die sie befallen hatten, nachdem Matt ihr von dem Kaninchen an der Wand des Schuppens erzählt hatte, wurde ihr ganz kalt. Das Kaninchen war nicht dort gewesen.

Hör endlich auf damit! Er ist ein guter Junge und würde niemals jemandem etwas zuleide tun. Und er würde auch nicht lügen. Niemals!

Doch die Zweifel nagten. Wie kleine Nadelstiche durchbohrten sie den Panzer aus Vertrauen und Sicherheit, mit dem Joan sich so gern umgeben wollte.

Was war mit dem Kaninchen geschehen, das Bill Matt vor vielen Jahren geschenkt hatte? Niemand hatte es je erfahren.

»Nein!«

Joan sprach das Wort laut aus, als könnte sie damit die Gedanken aus ihrem Kopf verscheuchen. Sie packte das Hemd und die Jeans, steckte beides in die Waschmaschine und gab Waschmittel und Bleiche hinein. Dann schloss sie die Trommel und drückte die Knöpfe für das Waschprogramm.

Sie wehrte sich noch immer gegen all die Fragen, die ihren Geist quälten, als sie den Schalter drückte, der die Maschine endlich in Gang setzte.

Siebzehntes Kapitel

Als er das Tor zu Bill Hapgoods Grundstück erreicht hatte, fuhr Gerry Conroe etwas langsamer.

Nicht Bills Grundstück, korrigierte er sich in Gedanken. *Nicht mehr. Nun gehört es Joan. Joan und Matt.*

Aber gleichgültig, wie oft er sich dies auch sagte, er konnte sich mit den Tatsachen immer noch nicht abfinden. Bill Hapgood war sein bester Freund gewesen, solange er denken konnte. Schon als kleine Jungen hatten sie jede freie Minute miteinander verbracht – und so war es auch bis vor wenigen Tagen geblieben. Sie hatten sich so nahe gestanden wie Brüder, vielleicht sogar näher. Nur ein einziges Mal hatte Gerry einen von Bills Entschlüssen nicht gutheißen können: seine Entscheidung, Joan Moore zu heiraten. Gerrys Hände krampften sich so fest um das Lenkrad, dass die Knöchel seiner Finger weiß hervortraten. Falsch! Die ganze Sache war falsch gewesen!

Er hatte Bill damals gesagt, er solle die Finger von Joan lassen. »Gegen Joan habe ich nichts«, hatte er erklärt, als Bill ihn in seine Pläne eingeweiht hatte. »Es ist der Junge. Wir wissen doch gar nicht, wer er ist – wer sein Vater ist. Aus welchem Stall er kommt.«

Bills Gesicht hatte einen harten Zug angenommen. »Wir sprechen von einem kleinen Jungen, nicht von einem jungen Pferd«, war seine Antwort gewesen.

»Aber er wird nie wirklich dein Sohn sein«, gab Gerry zu bedenken. »Wenn du mich fragst …«

»Ich frage dich nicht«, fiel Bill ihm ins Wort.

Die Schärfe in seiner Stimme sagte Gerry deutlich, dass er dieses Thema nicht vertiefen wollte.

»Ich möchte nur wissen, ob du mein Trauzeuge sein willst. Mehr nicht. Also, was ist? Soll ich mich nach jemand anderem umsehen?«

Damit war die Diskussion beendet gewesen, und Gerry

hatte seine Bedenken die letzten zehn Jahre über für sich behalten.

Und nun war Bill Hapgood tot.

Schlimmer noch, es sah ganz danach aus, als würde der Junge dafür nicht einmal zur Verantwortung gezogen. Dan Pullman machte jedenfalls keinerlei Anstalten, Matt zu verhaften, und war scheinbar gewillt, die ganze Sache als Jagdunfall abzutun.

Ein Unfall!

Aus Gerrys Sicht konnte ein Schuss, der Bill direkt zwischen die Augen traf, kein Unfall gewesen sein. Jeder wusste, dass Matt ein guter Schütze war. Bill hatte ihm das Schießen schließlich selbst beigebracht.

Einen Augenblick lang verspürte Gerry das heftige Verlangen, jetzt gleich durch das Tor zu Bills Haus hinaufzufahren und Matt zur Rede zu stellen. Ihn zur Rede zu stellen und die Wahrheit aus ihm herauszubekommen.

Aber dann dachte er daran, was seine Frau dazu sagen würde: »Das steht dir nicht zu, Gerry. Was du glaubst, tut hier nichts zur Sache. Hier zählt allein, was Dan und der Staatsanwalt für richtig halten. Und beide sehen offenbar keinen Grund, Anklage gegen Matt zu erheben.« Schon jetzt konnte Gerry Nancys vorwurfsvollen Blick spüren. »Warum bist du dir denn so sicher, dass Matt ihn absichtlich umgebracht hat? Was ist, wenn du dich irrst?«

Ich irre mich nicht, dachte Gerry. *Bill hatte keinen Unfall.*

Aber er fuhr am Tor der Hapgoods vorüber und weiter zu seinem eigenen Haus. Den Wagen ließ er vor der Garage stehen und ging durch die Hintertür in die Küche. Dort stand Nancy an der offenen Tür des Backofens und stach vorsichtig in den Braten, dessen Duft Gerry das Wasser im Mund zusammenlaufen ließ.

»Eine halbe Stunde noch, dann ist er fertig«, sagte seine Frau und blickte dabei zur Uhr. »Abendessen um sieben, okay?«

»Klingt wunderbar. Soll ich es Kelly sagen, wenn ich hinaufgehe?«

Nancy legte die Stirn in Falten. »Sie ist gar nicht da. Ich

dachte, sie würde dich in der Redaktion abholen und mit dir nach Hause fahren.«

Gerry schüttelte den Kopf. »Und ich dachte, sie sei nach dem Training direkt nach Hause gegangen.«

Die Falten auf Nancys Stirn wurden tiefer. Noch einmal blickte sie zur Uhr. Es war noch immer Viertel nach sechs, genauso wie vor ein paar Sekunden, als sie zum ersten Mal hinaufgeschaut hatte.

»Vielleicht besucht sie noch eine Freundin«, überlegte sie laut, obwohl sie selbst nicht recht daran glauben mochte. Schon als kleines Mädchen war Kelly unbedingt zuverlässig gewesen. Wenn sie sich verspätete, rief sie immer von unterwegs an. Sie meldete sich sogar, wenn es sich nur um zehn Minuten handelte. Ausnahmslos.

Nancy ahnte, dass Gerry ihre Unruhe teilte. Sie wusste kaum, ob sie mit den nächsten Worten eher ihren Mann oder sich selbst beruhigen wollte. »Sicher ist alles in Ordnung. Sie ist wahrscheinlich irgendwo mit einer Freundin unterwegs und hat die Zeit vergessen.«

»Kelly vergisst die Zeit nicht«, sagte Gerry. »Das weißt du. So etwas hat sie in ihrem ganzen Leben noch nicht getan.« Sein Gesicht nahm einen harten Zug an, und er war bleich geworden. »Ich rufe jetzt Dan Pullman an.«

»Lass mich zuerst noch ein paar von ihren Freundinnen anrufen«, schlug Nancy vor. »Wenn sie dort nicht ist, dann haben wir Grund zur Sorge.«

Sie griff hastig nach dem schnurlosen Telefon, als wolle sie Gerrys Anruf im Büro des Sheriffs zuvorkommen und wählte die erste Nummer.

Während seine Frau in den Hörer sprach, schenkte sich Gerry einen Scotch ein. Dann betrachtete er den Whisky in dem Glas kritisch und fügte noch einen weiteren Schuss hinzu. Er verdünnte den Drink mit etwas Wasser, stürzte dann gut die Hälfte davon mit einem Schluck hinunter und wartete darauf, dass der Alkohol den kalten Knoten der Angst, der sich in seinem Magen gebildet hatte, auflösen würde.

Doch es funktionierte nicht.

Matt Moore, dachte Gerry, nachdem er auch den Rest des

Whiskys getrunken hatte. Er schenkte sich noch einmal nach. *Matt hat ihr etwas angetan. Ich weiß es. Ich spüre es.*

Gerry nippte an dem zweiten Scotch und lauschte seiner Frau mit halbem Ohr. Nach dem fünften Anruf war sie genauso bleich wie er, und die Besorgnis hatte sich in Angst verwandelt.

»Was ist los?«, fragte Gerry, als Nancy den Hörer endlich auflegte und ihn ansah. »Was haben sie gesagt?«

»Sarah Balfour behauptet, Kelly sei beim Cheerleader-Training heute Nachmittag irgendwie komisch gewesen«, sagte Nancy leise. »So hat sie sich ausgedrückt – ›komisch‹. Sie sagte, Kelly habe abwesend gewirkt. Sie brachte die Tanzschritte und die ganze Abfolge durcheinander. Und als Sarah hinterher vorschlug, sich noch bei einer Cola zu unterhalten, gab Kelly ihr nicht einmal eine Antwort.«

»Vielleicht hat Kelly Sarah ja gar nicht gehört«, gab Gerry zu bedenken.

Doch seine Frau schüttelte den Kopf. »Sarah sagt, Kelly habe sie sehr wohl gehört, sich aber einfach abgewandt und sei gegangen.« Nancy brach ab und holte tief Luft. »Sieht so aus, als hätten die Kids in der High School Matt Moore ganz schön zugesetzt.«

»Aber das hat doch nicht das Geringste mit Kelly zu tun«, entgegnete Gerry.

Nancy funkelte ihn ungläubig an. »Ach, um Himmels willen, Gerry! Bis zum letzten Wochenende war er doch ihr Freund. Ich weiß, es hat dir nicht gefallen, aber das ändert nichts an der Tatsache. Und sie waren schon so lange befreundet – lange bevor sie angefangen haben, Händchen zu halten.« Nancy zuckte hilflos die Schultern. »Du weißt, wie groß Kellys Gerechtigkeitssinn ist, und heute haben die anderen Schüler wohl so getan, als sei Matt für sie gestorben.«

»Und warum sollten sie nicht, nach allem, was er getan hat?«, knurrte Gerry.

Seine Frau gab sich unbeeindruckt. »Sarah glaubt, dass Kelly vielleicht zu Matt gegangen ist…«

»Ich rufe jetzt Dan Pullman an«, fuhr Gerry ungeduldig auf und griff nach dem Telefon. Doch bevor er die Nummer wählen konnte, legte Nancy ihre Finger über seine und nahm ihm den Hörer aus der Hand.

»Noch nicht. Wir wissen doch nicht einmal, ob Kelly wirklich bei Matt ist. Und falls sie bei ihm ist, gibt es bestimmt keinen Grund zur Sorge.« Nancy sah, dass sie ihren Ehemann mit ihren Worten nicht erreichte, und beschloss, es mit einer anderen Taktik zu versuchen. »Gerry, ich weiß, was du denkst. Aber ich weiß auch, dass Joan mir nun zehn Jahre lang eine gute Freundin war. Und Matt ist Kellys Freund. Also werde ich nicht Dan Pullman anrufen und du auch nicht. Zuerst telefoniere ich mit Joan und Matt und höre, was sie sagen.«

Gerrys Augen verengten sich. »Du wirst nichts aus ihnen herausbekommen«, sagte er seiner Frau voraus. »Aber wenn dieser Kerl meiner Tochter etwas angetan hat …«

Er beendete den Satz nicht, doch seine Hände ballten sich zu Fäusten.

Der sanfte, elektronische Klingelton des Telefons hatte mit dem schrillen Läuten von früher nichts gemein. Dennoch fuhr Joan der Schreck in die Glieder. Sie ließ beinahe die Teller fallen, die sie gerade auf den Tisch stellen wollte. Auch Matt fuhr entsetzt zusammen. Während das Telefon weiter klingelte, wurde Joan bewusst, warum es sie so überraschte. Seit Tagen schon hatte niemand mehr angerufen. Bis vor kurzem war es ihr oft so erschienen, als riefe jeder Einwohner von Granite Falls im Laufe eines Tages mindestens einmal an. Bills Klienten meldeten sich, um mit ihm über geschäftliche Angelegenheiten zu sprechen, und ihre Freundinnen wollten meist ein wenig plaudern. Dazu waren noch Matts unzählige Freunde und Bekannte gekommen, die mit ihm über die Dinge redeten, über die sich junge Leute heutzutage eben unterhielten. Doch seit Bills Beerdigung hatte niemand mehr ihre Telefonnummer gewählt. In diesem Augenblick klingelte das Telefon seit langer Zeit wieder zum ersten Mal.

Joan kannte den Grund: Wenn die Leute nicht wussten, was sie sagen sollten, riefen sie auch nicht an. Nun redeten alle anstatt *mit* den Hapgoods *über* die Hapgoods. Innerhalb weniger Tage war die Geborgenheit, die das Leben in einer

Kleinstadt, in der jeder jeden kannte, mit sich brachte, zu einem Fluch geworden. Jeder wusste zu jeder Zeit, was der Nachbar tat, und die Leute beobachteten einander. Sie beobachteten sich gegenseitig und redeten hinter vorgehaltener Hand übereinander.

Schlimmer noch, sie reden über meinen Sohn, dachte Joan.

Nun klingelte das Telefon schon zum vierten Mal, und in Joans Kopf meldete sich eine Stimme zu Wort. Eine Stimme, die so klar und deutlich zu ihr sprach, dass sie erstarrte.

Es war die Stimme ihrer Schwester. Cynthias Stimme.

»Nimm den Hörer ab, Joanie-Baby. Du weißt doch längst, worum es wieder geht, nicht wahr? Es geht um Matt. Es geht um Matt …«

Beim fünften Klingeln entschloss sich Joan, nicht ans Telefon zu gehen. Sie würde es klingeln lassen, bis sich der Anrufbeantworter auf Bills Schreibtisch einschaltete. Doch in ihrem Kopf sprach Cynthia immer weiter, flüsterte auf sie ein. *»Geh hin, Joanie-Baby. Du musst den Hörer abnehmen. Du musst, das weißt du …«*

Joan stellte die Teller auf den Tisch und nahm nun doch den Hörer ab. Sie bemerkte selbst, wie nervös sie klang, als sie sich meldete. Dann erkannte sie Nancy Conroes Stimme, und ein wenig Hoffnung keimte in ihr auf. Wenigstens Nancy dachte noch an sie. Doch schon nach wenigen Augenblicken erstarb der Hoffnungsschimmer. Während Joan Nancys Erklärungen lauschte, sah sie ihren Sohn an.

»Sicher sorgen wir uns völlig umsonst«, sagte Nancy. Doch die Anspannung in ihrer Stimme war deutlich zu hören. »Aber Kelly ist nicht nach Hause gekommen, und sie hat auch nicht angerufen. Und da ist mir eingefallen, dass sie vielleicht bei euch sein könnte.«

Das Bild von Matts blutverschmierten Kleidern – den Kleidern, die jetzt in der Waschmaschine steckten – erhob sich vor Joans geistigem Auge.

Tierblut!, sagte sie sich. *Es war nur das Blut des Hirsches!*

Joan sprach die schrecklichen Ahnungen nicht aus. Zu Nancy sagte sie nur: »Sie ist nicht hier. Ich habe sie schon tagelang nicht gesehen.«

Am anderen Ende der Leitung herrschte einen Augenblick lang Schweigen. Dann räusperte sich Nancy und sprach weiter: »Was ist mit Matt? Ist er zu Hause? Kann ich kurz mit ihm sprechen, Joan?«

Joan zögerte und fühlte sich dabei schäbig. Was dachte sie nur? Matt hatte doch nichts getan! Er konnte gar nichts getan haben.

»Aber sicher«, antwortete sie schließlich.

Sie deckte die Sprechmuschel mit einer Hand ab, als sie Matt den Hörer reichte. »Nancy Conroe ist dran. Sie will mit dir reden.«

Matt hörte schweigend zu, als Nancy Conroe wiederholte, was sie gerade schon zu seiner Mutter gesagt hatte. Dann antwortete er mit belegter Stimme: »Sie ist nicht hier bei uns.« Er zögerte, denn er dachte daran, dass Kelly in den vergangenen Tagen nicht mit ihm gesprochen, ja, ihn kaum angesehen hatte. Dann fuhr er fort: »Ich habe sie nicht gesehen. Und warum sollte sie hier sein?« Matt versuchte, sich seinen Schmerz nicht anhören zu lassen, als er hinzu setzte: »Sie spricht ja gar nicht mehr mit mir.«

»Sie spricht nicht mehr mit dir?«, wiederholte Nancy ungläubig. »Aber Kelly und du, ihr seid doch Freunde. Ihr wart doch schon immer befreundet …«

In diesem Augenblick verlor Matt die mühsam aufrecht erhaltene Beherrschung über seine Gefühle. »Ich habe keine Freunde mehr!«, brach es aus ihm heraus. »Hat sie es Ihnen denn nicht erzählt? Keiner redet mehr mit mir. Sie sehen mich nicht einmal mehr an! Es ist, als ob …« Die Stimme versagte ihm, und die letzten Worte brachte er nur noch unter Schluchzen hervor. »Ihnen ist das doch sowieso gleichgültig. Und Kelly ist es auch egal. Kein Mensch interessiert sich dafür, wie ich mich dabei fühle.« Dann legte er auf.

Matt stellte das Telefon auf den Tisch und blickte auf. Im Gesicht seiner Mutter entdeckte er einen ihm bislang unbekannten Ausdruck. Zweifel sprachen daraus.

Stille senkte sich über die Küche. Eine Stille, die sich zu einer Ewigkeit ausdehnte. Langsam dämmerte Matt, was der Gesichtsausdruck seiner Mutter zu bedeuten hatte.

Sie glaubte, er lüge sie an. Sie dachte, er hätte auch Kellys Mutter angelogen.

Er stand vom Esstisch auf. »Du glaubst mir auch nicht«, sagte er. »Keiner glaubt mir!« Seine Stimme wurde schrill. »Warum glaubt mir denn niemand?« Er steuerte auf die Hintertür zu.

Joan trat einen Schritt auf ihn zu und streckte eine Hand nach ihm aus. »Wohin willst du, Matt?«

Er fuhr herum und starrte sie an. Sein Gesicht war aschfahl, sein Blick tief verletzt. »Kelly suchen! Verstehst du nicht? Wenn ich sie nicht finde – wenn ihr etwas passiert ist … Wenn nicht einmal du mir mehr glaubst, wer soll es denn dann tun?« Dann rannte er zur Tür hinaus und stürzte sich in die Dunkelheit.

Joan eilte zur Hintertür. »Matt?«, rief sie. »Matt, komm zurück!« Sie lauschte eine Weile, doch alles blieb still. »Bitte, komm zurück!«, flehte Joan mit versagender Stimme. Doch es war, als hätte die Nacht ihren Sohn unwiederbringlich verschluckt.

Sie glaubt, dass ich etwas verbrochen habe! Meine eigene Mutter denkt, ich hätte Kelly etwas angetan!

Matts Brust hob und senkte sich unter mühsamen Atemzügen, während er mit dem Rücken an der Wand des Kutschenhauses lehnte. Er sah seine Mutter im Licht, das im Haus brannte, wie eingerahmt in der Hintertür stehen und hörte sie seinen Namen rufen. Doch obwohl er sie sehen und hören konnte und kaum fünfzig Meter von ihr entfernt stand, hatte er das Gefühl, in ein anderes Universum katapultiert worden zu sein. Ein Universum, in dem alles genauso aussah, aber nichts mehr so war wie in der Welt, in der er bisher gelebt hatte. Es sah nicht nur alles so aus wie immer, es roch und klang auch so. Die Gebäude, Gegenstände und Geräusche waren ihm vertraut. Und doch war alles anders. Denn die Welt, wie er sie kannte und liebte, war von Menschen bevölkert gewesen. Seine Familie, seine Freunde und Lehrer lebten dort. Sie alle waren Teil seines Lebens gewesen. Und er hatte geglaubt, das würde immer so bleiben. Aber nun war plötzlich niemand mehr da. Er war mutterseelenallein auf der Welt. Was war nur geschehen?

Hatte sich die Welt verändert? Oder war er es, der anders geworden war?

Das bin ich nicht!, schrie eine innere Stimme. *Ich bin immer noch der, der ich immer war!*

Doch als seine Mutter noch einmal nach ihm rief und ihre Stimme klang, als komme sie aus einem langen, dunklen Tunnel, befielen Matt plötzlich Zweifel. Bruchstückhafte Erinnerungen blitzten vor seinem geistigen Auge auf.

Mr. Rudman, der ihn ansah, als wisse er nicht recht, wer vor ihm stand. Dabei kannte Mr. Rudman ihn schon sein ganzes Leben lang!

Die Art, wie seine Mutter ihn angesehen hatte, als sie ihm vor ein paar Minuten das Telefon gereicht hatte.

Und noch eine Erinnerung erwachte in Matts Kopf. Die Erinnerung an die flüsternde Stimme, die er gehörte hatte, als er über dem Körper des Hirsches gekauert hatte.

»Gut so, Matt ... tu, was du tun willst ... tu, was du tun musst ...«, hatte sie gemurmelt.

Der schwere Duft, der in seine Nase gestiegen war ... Und das Blut auf seinen Kleidern – stammte es tatsächlich nur von dem Hirsch? Oder ...

Nein! Das war völlig unmöglich! Er hatte Kelly nichts angetan!

Wurde er langsam verrückt?

Ein erstickter Schrei brach aus Matts Kehle, und er rannte los. Er stürzte durch die Dunkelheit, als verfolge ihn ein unsichtbarer Feind. Doch während er dahinjagte, wurde ihm immer deutlicher bewusst, dass der Feind nicht hier draußen in der Dunkelheit der Nacht auf ihn lauerte, sondern in den tiefen Abgründen seiner eigenen Seele.

Erst am Tor hielt er inne. Wohin sollte er gehen?

Es gab keinen Ort, an den er flüchten konnte. Er konnte nicht einfach bei Eric Holmes oder Pete Arneson aufkreuzen oder in die Stadt marschieren, um zu sehen, wer dort unterwegs war.

Nicht mehr. Vielleicht nie wieder.

Aber er hatte doch nichts getan!

Ohne weiter darüber nachzudenken und ohne recht zu wissen, warum er es tat, kehrte Matt der Stadt den Rücken zu und begann, in die entgegengesetzte Richtung zu marschieren. Dorthin, wo die Conroes wohnten. Er ging schnell und mit gesenktem Kopf. Fast automatisch trugen ihn seine Füße den vertrauten Weg entlang.

Als die Scheinwerfer eines Fahrzeuges ihm aus einer Kurve, die noch weit vor ihm lag, entgegenleuchteten, hielt Matt inne. Der Lichtschein wurde immer heller, und er hörte das tiefe Brummen eines Dieselmotors.

Ein ganz neuer Gedanke drängte sich plötzlich in Matts Kopf. Sollte er sich einfach vor dem Lastwagen auf die Straße werfen? Dann wäre alles vorbei. Keine schrecklichen Alpträume mehr, die ihn nachts um seine Ruhe brachten, und auch keine Tage mehr, die noch schlimmer waren als die Bilder, die ihn in der Dunkelheit verfolgten.

Die Scheinwerfer des Fahrzeugs strahlten nun noch heller. Als der Truck um eine Kurve in Matts Nähe bog, erfasste ihn das blendende Licht. Doch anstatt sich abzuwenden und seine Augen vor dem grellen Schein zu schützen, stand Matt stocksteif da und starrte unverwandt in das Licht, das ihm einen Weg durch die Nacht zu zeigen schien. Ein Signal, das Erlösung verhieß, das ihn lockte und ihm ewige Ruhe und Geborgenheit versprach.

Noch näher kam das Leuchten, und Matt trat, fast ohne es zu bemerken, einen Schritt auf die Straße. Das Dröhnen des Motors wurde lauter, die hypnotisierenden Lichter hielten ihn gefangen. Wie ein verschrecktes Wild stand er versteinert im doppelten Lichtstrahl der Halogenlampen.

Dann trat er in die Mitte der Straße, wo der herannahende Lastwagen ihn mit Sicherheit erfassen würde.

Nur noch ein paar Sekunden, und alles war ausgestanden.

Dreißig Meter. Zwanzig. Zehn …

Das Brüllen einer Hupe dröhnte die Nacht und riss Matt aus dem tranceartigen Zustand, in den er gefallen war. Im letzten Moment sprang er von der Straße und warf sich in den Graben neben der Fahrbahn. Er spürte die Druckwelle, als der Truck an ihm vorüberdonnerte. Und schon war er vorbei. Das Motorgeräusch wurde leiser, das gleißende Licht der Scheinwerfer schwächer.

Er lebte noch, lebte in der sonderbaren neuen Welt, in der er von allen Menschen abgeschnitten war, die er früher einmal gekannt hatte.

Matt dachte daran, was er zu seiner Mutter gesagt hatte. »Kelly suchen … Wenn ich sie nicht finde … wenn ihr etwas passiert ist …« Matt hatte den Satz nicht zu Ende gesprochen, nicht einmal den Gedanken zu Ende denken können. Aber jetzt – allein hier draußen in der Dunkelheit – tat er es: *Wenn ich Kelly Conroe nicht finde, wenn ihr etwas zugestoßen ist, wird der Alptraum niemals enden. Ich werde mit dem erdrückenden Fluch weiterleben müssen bis ans Ende meiner Tage. Dann hätte ich mich auch gleich vor den Lastwagen werfen können!*

Matt rappelte sich aus dem Graben hoch. Die Kratzer und Blutergüsse, die er sich an den Händen und im Gesicht zugezogen hatte, spürte er kaum. Dann ging er den Weg, den er gekommen war, zurück.

Achtzehntes Kapitel

Joan stand in der Hintertür und starrte in die Dunkelheit hinaus, die ihren Sohn verschluckt hatte. Zuerst dachte sie daran, ihn zu suchen. Sie griff nach den Autoschlüsseln an dem Haken neben der Tür, ließ die Hand dann aber wieder sinken. Es hatte keinen Sinn, ihm zu folgen. Sobald Matt die Scheinwerfer sah oder auch nur das Motorgeräusch hörte, würde er im Wald verschwinden wie ein gejagtes Tier. Dort konnte er unbemerkt den Pfaden zwischen den Bäumen folgen, während sie ziellos und ohne jede Hoffnung, ihn zu finden, durch die Nacht fuhr.

Zögernd schloss Joan die Tür und ging in die Küche zurück. Sollte sie Nancy anrufen? Oder Trip Wainwright?

Warte noch, sagte sie sich. *Tu erst einmal gar nichts – jetzt noch nicht. Er wird zurückkommen. Wenn er sich erst etwas beruhigt hat, kommt er bestimmt wieder.*

Sie nahm die Teller vom Tisch und warf das unberührte Essen in den Mülleimer.

Mach jetzt die Küche sauber. Tu deine Arbeit ganz so wie immer, und er wird bald zurückkommen.

Doch während sie in der Küche hantierte, starrte sie immer wieder hinaus in die Dunkelheit. Und die Finsternis, die draußen herrschte, schien langsam in das Haus zu kriechen. Kroch hinein und hüllte Joan ein.

Sie war plötzlich so erschöpft, und die Dunkelheit erschien ihr wie eine tröstende Decke, in die sie sich einwickeln konnte. So gern wollte sie sich fallen lassen …

Wenn sie nur in ein tiefes Nichts sinken, alles vergessen könnte …

… vergessen und sich ausruhen.

Ja, wenn sie doch nur ein wenig Ruhe finden könnte …

Aber Ruhe gab es nicht für sie, dann jetzt hörte sie ein Lachen.

Cynthias Lachen!

Auf Joans Armen bildete sich eine Gänsehaut, und die feinen Haare in ihrem Nacken richteten sich auf.

Ich bin nicht allein im Haus! Dann rief sie sich energisch zur Vernunft. *Aber natürlich bin ich allein. Matt ist gerade hinausgerannt, Bill ist tot, und meine Mutter ist verschwunden.*

Joan trieb es plötzlich wieder zur Hintertür. Sie krallte die Finger so fest um den Türknauf, dass die Knöchel weiß hervor traten. Doch sie drehte den Knauf nicht und gab dem Drang nicht nach, die Tür aufzureißen und vor dem Unsichtbaren, das im Haus zu lauern schien, in die Dunkelheit der Nacht zu flüchten. Stattdessen zwang sie sich, der Tür den Rücken zuzukehren.

Hier ist überhaupt nichts, sagte sie sich, während sie in den Durchgang spähte, der vom Abstellraum in die Küche führte.

Doch als sie sich einen Augenblick später zwang, in die Küche zurückzugehen, schlug ihr das Herz bis zum Hals. Die Küche mochte zwar aussehen wie zuvor, aber etwas hatte sich verändert. Es war, als befände sich noch jemand in diesem Raum – jemand, den Joan weder sehen noch hören konnte, dessen Gegenwart sie aber deutlich spürte.

Cynthia.

Joan wollte den Namen ihrer Schwester nicht einmal denken. Sie versuchte sich zu sagen, Cynthia könne unmöglich hier sein. Doch das Gefühl ihrer Gegenwart wurde immer stärker. Und dann hörte Joan Cynthias Stimme.

Ich bin hier, Joanie-Baby. Du weißt doch, dass ich hier bin. Und du weißt auch, wo du mich finden kannst, nicht wahr?

Joan erstarrte. Die Stimme klang so klar und deutlich, als stünde sie direkt neben ihr.

Aber sie kann gar nicht hier sein, sagte sich Joan verzweifelt. *Sie ist doch tot! Ich habe doch selbst gesehen, wie sie starb!*

Das spöttische Gelächter, das auf ihre Gedanken antwortete, traf Joan wie die Klinge eines scharfen Messers. Der schneidende Schmerz ließ etwas in ihrem Inneren aufbrechen. In diesem Augenblick vergaß sie all ihre Angst und steigerte sich in Sekundenschnelle in eine hemmungslose Wut hinein. Sie hetzte aus der Küche, lief durch das Esszimmer und hielt erst am Fuß der Treppe inne.

»Ich bin nicht tot, Joanie-Baby«, säuselte die Stimme wieder. *»Du weißt doch, wo ich bin. Komm zu mir, Joanie-Baby. Willst du nicht mit mir spielen?«*

Joan rannte die Treppe hinauf und stieß die Tür zu Cynthias Zimmer auf. Der Knauf krachte an die Wand, und Joan war mit einem großen Schritt mitten im Raum. Sie blickte sich suchend um, erwartete ihre Schwester am Schreibtisch sitzend oder auf dem Bett ausgestreckt vorzufinden.

Doch sie erblickte nur Cynthias Möbel und ihre übrigen Habseligkeiten. Abgesehen davon war das Zimmer so leer wie immer. Joan ging unschlüssig von einem Möbelstück zum anderen und blieb schließlich vor dem Frisiertisch stehen.

Wieder hörte sie Cynthias Stimme, doch diesmal klang sie anders. Der spöttische Ton hatte sich zu einem weichen, beinahe verführerischen Schmeicheln gewandelt. *»Gut so, Joanie-Baby. Du willst mit mir spielen, so ist es doch? Du wolltest doch immer spielen, in eine andere Rolle schlüpfen, nicht wahr? Komm, wir spielen wieder ... wir spielen jetzt ... wir tun so, als wärst du schön ... wir tun so, als wärst du ich ...«*

Während die Worte durch das Zimmer hallten, verrauchte die Wut, mit der Joan die Treppe hinaufgehetzt war. Wie von einer unsichtbaren Kraft getrieben, zog Joan den Schemel unter dem Frisiertisch hervor und ließ sich darauf nieder. Sie hörte das Flüstern ihrer Schwester und griff nach einem Döschen mit Make-up. Langsam öffnete sie es und fand sich plötzlich in eine andere Zeit zurückversetzt.

Sie war vier Jahre alt. Sie saß vor dem Spiegel.

Cynthia war bei ihr und tat all die mysteriösen Dinge, die Joan in eine Schönheit verwandeln sollten.

»Du wirst genauso wie ich aussehen«, versprach sie gerade. »Bis auf dein Haar vielleicht, aber sonst wirst du aussehen wie ich.«

Joan saß regungslos auf dem Schemel, während Cynthia eine Grundierung in ihr Gesicht rieb. Joans Teint wurde heller, sah aus wie feinstes Porzellan, und ihre dunklen Augen strahlten geradezu. Dann legte Cynthia Rouge auf, Lidschatten und Lippenstift.

Ein neues Gesicht entstand. Ein Gesicht, das nicht mehr Joans eigenes war, aber auch nicht so aussah wie Cynthias.

»Ich sehe ja gar nicht so aus wie du«, sagte Joan enttäuscht, als Cynthia fertig war und sie ihr Werk gemeinsam im Spiegel begutachteten.

»Das liegt an deinen Kleidern«, behauptete Cynthia. »Bleib sitzen. Ich bin gleich wieder zurück.«

Joan betrachtete ihr Spiegelbild. Sie wusste, dass Cynthias Plan nicht funktionieren würde, was immer sie auch vorhatte. Gleichgültig, wie sie es anstellten – sie würde nie schön sein.

Würde nie so atemberaubend aussehen wie ihre wundervolle Schwester.

Dann kehrte Cynthia zurück, und Joan riss erstaunt die Augen auf, als sie entdeckte, was ihre Schwester in der Hand hielt. Es war die weiße Fuchsstola ihrer Mutter. Der Pelz hing, solange Joan denken konnte, sorgsam von einer Plastikhülle bedeckt im Kleiderschrank von Emily Moore.

Joan hatte die Stola noch nie berührt. Und sie hatte noch gesehen, dass ihre Mutter sie trug.

»Nein«, flüsterte sie, als Cynthia ihr den Pelz um die Schultern legte. »Wenn Mami uns dabei erwischt …«

»Das wird sie nicht«, flüsterte Cynthia. »Fühl doch mal … Fühl doch, wie weich der Pelz ist. Und sieh doch, wie schön er dich macht.«

Fast gegen ihren Willen berührten Joans kleine Finger die Stola. Ihr war, als streichle sie eine Wolke. Sie neigte den Kopf, um die unglaubliche Weichheit mit der Wange zu erspüren. Wärme durchflutete sie. Und ihr Spiegelbild sah nun tatsächlich beinahe schön aus. »Wie wunderbar«, flüsterte sie. »Ich wünschte …«

Die Worte erstarben auf ihren Lippen. Hinter ihr bewegte sich etwas. Sie konnte es im Spiegel sehen.

Mit klopfendem Herzen blickte sie zu ihrer Mutter auf. Emily Moore trug noch immer den Wintermantel und die Lederhandschuhe, mit denen sie vor einer Stunde das Haus verlassen hatte. Nun stand sie in der offenen Tür und ihre Augen blitzten vor Wut. »Was tust du da?«, fragte sie laut. »Was machst du mit meiner Stola?«

»Cynthia …«, begann Joan.

Doch bevor sie ein weiteres Wort sagen konnte, hatte ihre Mutter schon mit einer Hand die Stola von ihren Schultern gerissen und hielt die andere hoch erhoben zur Faust geballt.

Die Faust in dem Handschuh hing in der Luft wie ein Raubvogel, der nur darauf wartete, sich auf seine Beute zu stürzen. Joans Augen weiteten sich vor Angst und Entsetzen, als die Faust auf sie zuraste. Eine sonderbare Dunkelheit hüllte sie plötzlich ein.

In dem Augenblick, als die Faust ihrer Mutter auf ihren Wangenknochen prallte und sie zu Boden warf, hatte Joan sich bereits in sich selbst zurückgezogen. Sie hatte sich vor dem schrecklichen Schmerz und dem Zorn ihrer Mutter in Sicherheit gebracht.

Vor dem Zorn und den Schlägen ihrer Mutter …

Die Dunkelheit, die Kelly Conroe umgab, erschien ihr beinahe greifbar. Wie eine dicke Decke hüllte sie sie ein. Doch sie empfand nicht die Wärme und Geborgenheit, die sie zu Hause unter ihrer Bettdecke spürte.

Diese Decke hier war zu schwer, erstickte sie beinahe.

Kelly konnte sich jedoch nicht von ihr befreien.

Und dazu kam der Schmerz. Er pulsierte in ihrem Körper wie Gift. Er war bohrte in ihren Armen und Beinen. In ihrem Hals. In ihrem Rücken. Überall. Einen Sekundenbruchteil lang glaubte sie zu träumen. Vielleicht war alles nur ein schrecklicher Alptraum, und sie würde gleich aufwachen und zu Hause in ihrem Bett liegen. Doch als sie versuchte, die schmerzenden Glieder zu bewegen, wusste sie, dass sie nicht träumte – dass tatsächlich etwas mit ihr geschehen war.

Langsam fiel ihr alles wieder ein. Zuerst nur bruchstückhaft. Sie war auf dem Heimweg gewesen und hatte Matt besuchen wollen. Gerade hob sie den Arm, um an die Hintertür der Hapgoods zu klopfen.

Und plötzlich drückten Hände ihr die Kehle zu. Hände, die in sonderbaren Handschuhen steckten. Ein solches Material hatte sie noch nie gespürt. Aber gleichzeitig war ihr das Gefühl vertraut erschienen, als wüsste sie eigentlich, woraus die Handschuhe waren, könnte sich aber im Augenblick nicht daran erinnern. Als sie an diese Berührung dachte, zuckte Kelly unwillkürlich zusammen. Sie wollte den schrecklichen Hände, dem Druck an ihrer Kehle fliehen. Die plötzliche Bewegung jagte einen furchtbaren Schmerz durch ihren Körper. Sie schrie auf.

Doch der Schrei wurde von dem Klebeband, das ihre Lippen verschloss, erstickt. Und anstatt aus ihrem Mund hervorzubrechen, schien der Schrei ihren Kopf auszufüllen, bis Kelly glaubte, ihr Schädel müsse platzen.

Sie konnte nicht mehr atmen! Der Schrei hielt sie gefangen. Er hatte ihren Mund mit Luft gefüllt, und ihre Lunge brannte. Der Druck wurde stärker, die panische Angst wuchs. Dann regte sich ein kühler Lebenswille, und es gelang Kelly, die angestaute Luft durch die Nase auszustoßen. Doch nun konnte sie den Atem gar nicht mehr schnell genug in die leeren Lungenflügel saugen. Ihr Herz begann zu rasen, und sie geriet wieder in Panik. Die Angst war noch schlimmer als die Dunkelheit, die sie umgab.

Kellys Körper wollte automatisch nach Luft ringen, doch noch einmal gelang es ihr, sich zur Ruhe zu zwingen. *Denk nach!*, befahl sie sich. Sie kämpfte gegen die übermächtige Angst an und verdrängte den Wunsch, die Luft in tiefen Atemzügen durch den Mund einzusaugen. Sie zwang sich, langsam durch die Nase zu atmen und den Atem ruhig und kontrolliert in ihren Brustkorb strömen zu lassen.

Als es ihr gelungen war, wieder in einem normalen Rhythmus zu atmen, ließ auch die Angst etwas nach. Nun konnte sie nachdenken.

Wo bin ich?

Sie konnte es nicht sagen. Die Dunkelheit war so undurchdringlich wie eine Wand aus Stahl.

Erneut versuchte sie, sich zu bewegen. Doch diesmal ging sie langsam und methodisch vor. Sie wusste, dass eine allzu heftige Bewegung nur unerträgliche Schmerzen verursachen würde.

Kellys Mund war mit einer Art Plastikband verschlossen. Wenn sie ihre Lippen über ihre Zähne stülpte und ihre Zunge durch den kleinen Schlitz zwängte, konnte sie den Klebstoff an dem Band fühlen, ja sogar ein wenig schmecken. Die Hände hatte man ihr auf dem Rücken zusammengebunden und zwar so fest, dass sie ihre Finger kaum noch spürte. Auch ihre Füße waren gefesselt.

Die Dunkelheit – die schreckliche Dunkelheit – erschien Kelly so schwarz, dass sie sich wie begraben fühlte.

Lebendig begraben!

Der Gedanke ließ ihren Atem stocken. Sofort begann ihr Herz erneut, in wilder Panik zu rasen. Wieder wollte sie schreien, und ihr Körper stemmte sich gegen die Fesseln, die ihn zusammenschnürten. Verzweifelt warf sie sich hin und her, und am Ende war es der Schmerz in ihren Gliedern, der sie wieder zur Vernunft brachte.

Langsam verebbte die Welle kopfloser Angst. Kelly lag still und versuchte, durch die Nase so viel Luft zu bekommen, wie ihr Körper verlangte. Sie wusste, dass sie ohnmächtig werden würde, wenn sie sich noch einmal in eine solche Panik hineinsteigerte.

Ohnmacht!

Der Gedanke hatte etwas Verlockendes. Ein Teil von ihr sehnte sich danach, wollte in den Frieden eines tiefen Schlafes flüchten. Doch sie kämpfte so energisch gegen diese Versuchung an, wie sie noch einen Augenblick zuvor gegen ihre Fesseln gekämpft hatte.

Wenn sie nun einschlief, würde sie irgendwann wieder erwachen. Und dann wären die Dunkelheit, der Schmerz und die Verzweiflung darüber, nicht zu wissen, was mit ihr geschah, noch immer da. Sie durfte nicht schlafen, nicht versuchen, sich in eine Dunkelheit zu flüchten, in der Alpträume auf sie lauern konnten, die vielleicht noch schlimmer waren als das, was sie gerade erlebte.

Kelly kämpfte gegen ihre Angst und versuchte mit aller Kraft, sich nicht noch einmal von der Panik überwältigen zu lassen.

Sie war am Leben. Nur das zählte jetzt. Sie lebte noch, und sie konnte atmen.

Und denken.

Kelly konzentrierte sich und holte gleichmäßig Luft. Nach einer Weile hob und senkte sich ihr Brustkorb in einem ruhigen Rhythmus.

Dann bewegte sie die Beine vorsichtig hin und her. Ihre Füße stießen nirgends an, und die Angst, in einer engen Kiste eingeschlossen zu sein, fiel langsam von Kelly ab.

Sie war nicht lebendig begraben worden, war nicht Gefangene in einem mörderischen Erdloch.

Kelly atmete tief ein. Sie hatte sich so weit beruhigt, dass sie nun auch Gerüche wahrnehmen konnte.

Urin.

Zuerst glaubte sie, der Geruch stamme von ihr selbst. Doch dann wusste sie, dass das nicht sein konnte.

Sie roch nicht nur Urin. Ein anderer modriger Geruch stieg ihr in die Nase. Sie musste an eine alte, finstere Kammer mit abgestandener Luft denken.

Dann hörte Kelly ein Stöhnen. Es war so leise, dass sie einen Augenblick lang glaubte, sie habe es sich nur eingebildet. Doch dann hörte sie es noch einmal. Sie musste ihre ganze Selbstbeherrschung aufbieten, um nicht erneut zu schreien. Das Klebeband über ihrem Mund würde den Schrei wieder ersticken, und die unkontrollierbare Panik würde erneut von ihr Besitz ergreifen. Sie zwang sich, den Schrei zu unterdrücken, und stieß stattdessen einen langen, summenden Ton aus.

Dann lauschte sie. Und hörte nichts.

Noch einmal summte sie, doch wieder erhielt sie keine Antwort. Doch trotz der Stille, die nun herrschte, war sie sich sicher, dass sie tatsächlich einen Laut gehört hatte, der nicht von ihr selbst stammte.

Aber warum war es jetzt wieder so ruhig?

Die Stille begann Kelly zu ängstigen. Sie versuchte, sich nicht vorzustellen, welche Gefahren in der undurchdringlichen Dunkelheit auf sie lauern konnten.

Kelly schloss die Augen und sagte sich immer wieder, dass die Dunkelheit gar nicht so schlimm war, wenn sie sie nicht sah.

Licht!

Sie musste sich ein Licht vorstellen!

Sie konzentrierte sich und dachte an den Kronleuchter, der zu Hause über dem Esstisch hing. Die Kristalle, die ihn schmückten, brachen die Lichtstrahlen und sandten funkelnde Regenbögen in jeden Winkel des Raumes.

Langsam erschien tief in Kellys Geist ein Lichtpunkt. Dann breitete sich das Leuchten immer weiter aus, und zuletzt lag sie nicht mehr in einer dunklen Kammer, sondern inmitten eines strahlenden, warmen Lichtscheins.

Plötzlich huschte etwas über ihre Beine. Die Helligkeit verblasste, und Kelly fiel in die tiefe Dunkelheit zurück. Mit dem Licht schwand auch die Hoffnung.

Niemand – nicht einmal sie selbst – wusste, wo sie sich befand. Niemand – nicht einmal sie selbst – wusste, was mit ihr geschehen war. Sie würde sterben. Ganz allein sterben. In der Dunkelheit sterben.

Kelly war erschöpft und hatte keine Kraft mehr, gegen die überwältigende Angst anzukämpfen. Sie begann zu schluchzen.

Doch niemand hörte sie. Niemand, den ihr Leid berührte.

Die Nachricht von Kelly Conroes Verschwinden verbreitete sich wie ein Lauffeuer in Granite Falls. Teilweise wurde sie über das Telefon weitergegeben, viel häufiger jedoch erzählte einer dem anderen persönlich davon. Erwachsene und Jugendliche hasteten aus den Häusern zu ihren nächsten Nachbarn, zu den gegenüberliegenden Gebäuden oder sogar ein, zwei Straßen weiter, um Freunden und Verwandten zu berichten, was geschehen war. Und wie bei allen Geschichten, die sich in einer Kleinstadt verbreiteten, wurden die wenigen Fakten, die es gab, bald mit Vermutungen, Tratsch und Gerüchten vermischt. Die einfache Wahrheit – Kelly Conroe hatte sich verspätet, und ihren Eltern war es bisher nicht gelungen festzustellen, wo sie war – erschien den meisten Leuten viel zu alltäglich, um sie ohne jeden Schmuck wiederzugeben. So wurde die Geschichte mit jeder Wiederholung länger. Details kamen hinzu, und jeder Erzähler betonte einen anderen Aspekt, der ihm besonders interessant schien.

»Sie ist direkt nach der Schule verschwunden!«

Sarah Balfours Mutter hatte den Bericht ihrer Tochter, dass

Kelly den Vorschlag, sich noch auf eine Cola zu treffen, einfach abgetan hatte, keineswegs absichtlich falsch unter die Leute gebracht. Sarah war nur immer so beschäftigt und in so vielen Clubs und Projekten beteiligt, dass ›nach der Schule‹ für ihre Mutter längst nicht mehr zehn Minuten nach fünfzehn Uhr bedeutete, sondern automatisch sechzehn Uhr dreißig oder siebzehn Uhr.

»Sie hat den ganzen Tag über mit niemandem ein Wort gesprochen!«

Marge Carson, die die Geschichte von Elaine Balfour gehört hatte, konnte nicht ahnen, dass Kellys Freundinnen erst beim Cheerleader-Training aufgefallen war, wie geistesabwesend Kelly wirkte. Sie wusste nicht einmal, dass Kelly überhaupt zum Training gegangen war.

»Man sagt, Matt Moore hätte etwas damit zu tun!«

Diese Aussage stammte von Heather Pullman, die gehört hatte, wie ihr Vater am Telefon mit Gerry Conroe gesprochen hatte.

»Mr. Conroe glaubt, dass Matt ihr etwas angetan hat«, flüsterte Heather Tiffany Vail zu.

Bei dem Gedanken daran, was dieses ›etwas‹ sein könnte, lief ihr ein Schauer über den Rücken. Als sie bemerkte, dass ihr Vater sie beobachtete, legte sie schnell den Hörer auf, doch es war zu spät.

»Du weißt, dass du nie etwas weitersagen darfst, wenn du ein dienstliches Gespräch mit angehört hast«, fuhr Dan seine Tochter an, während er den Stecker des Telefons aus der Wand zog.

Doch Dan Pullmans gut gemeinter Versuch, seine Tochter daran zu hindern, weiterhin unhaltbare Gerüchte zu verbreiten, war zwecklos. Denn die Spekulationen darüber, was Matthew Moore mit Kellys Verschwinden zu tun haben könnte, waren längst in vollem Gange.

Tratsch und Gerüchte ersetzten den Staatsanwalt und den Richter. Und je weiter die Nachricht sich verbreitete, desto überzeugter waren die Bürger der Kleinstadt, dass Matt Moore hinter dem rätselhaften Geschehnis steckte.

»Sie hat mit ihm Schluss gemacht, das ist doch bekannt.«

»Es weiß doch jeder, dass er sie zurückhaben wollte.«

»Man sagt, er habe seinen Stiefvater mit Absicht getötet.«

Es weiß doch jeder … man sagt … es ist doch bekannt …

Kaum eine Stunde, nachdem Nancy Conroe die Suche nach ihrer Tochter mit einem Telefonat begonnen hatte, wusste beinahe jeder Einwohner von Granite Falls von Kellys Verschwinden. Und alle waren sich einig, wo der Schuldige zu suchen war.

Kelly Conroe hatte mit Matt Schluss gemacht, aber er hatte es nicht akzeptieren wollen. Also war er ihr nach der Schule gefolgt, und als sie nicht mit ihm sprechen wollte, hatte er ihr ›etwas getan‹.

Niemand sagte ›sie getötet‹, lieber hielt man sich an ›hat Kelly etwas getan‹. Aber im Grunde spielte es keine Rolle. Jeder wusste schließlich, was gemeint war.

»Also, ich glaube kein Wort davon«, verkündete Becky Adams.

Vor zehn Minuten war Eric Holmes überraschend an der Hintertür des Hauses ihrer Eltern erschienen. Die Holmes wohnten zwar schon immer nebenan, und sie und Eric waren gleich alt, doch Freunde waren sie nie gewesen. Jedenfalls nicht so wie Matt und Kelly.

Beckys Mutter sann ununterbrochen darüber nach, wie wunderbar es wäre, wenn ihre Tochter einmal den Jungen von nebenan heiraten würde. Aber Becky hielt das für völlig ausgeschlossen. Eric gehörte zu einer Gruppe junger Leute, die kaum wahrnahmen, dass sie überhaupt existierte.

Als Eric nun an die Tür klopfte, erregte er damit höchstens Beckys Misstrauen. Während sie sich seine Version der Geschichte über Kellys Verschwinden anhörte, verwandelte sich das Misstrauen in Ärger.

»Ist mir doch egal, was die Leute sagen. Matt würde Kelly nie etwas zuleide tun. Er würde überhaupt niemals irgendjemandem etwas zuleide tun!«

Eric verdrehte ungeduldig die Augen. »Ich war selbst dabei, als er seinen Vater getötet hat, Becky!«

»Kein Mensch weiß, ob Matt Mr. Hapgood wirklich umgebracht hat«, fauchte Becky wütend. »Man weiß noch nicht einmal, ob der Schuss tatsächlich aus Matts Gewehr kam.«

»Aber ich sage dir doch, ich weiß, was passiert ist!«, blaffte Eric zurück. »Und was ist mit Matts Großmutter?«

Beckys Züge verhärteten sich. »Niemand kann sagen, was mit Mrs. Moore geschehen ist. Nur du und deine Freunde behaupten die ganze Zeit, dass Matt etwas damit zu tun hat.«

»Wenn er nichts damit zu tun hat, warum benimmt er sich dann so komisch?«

Beckys Ärger wuchs. »Wie würdest du dich denn verhalten, wenn deine Freunde dich plötzlich so behandeln würden wie ihr Matt? Ich dachte immer, du wärst sein bester Freund! Ich dachte ...«

Bevor sie fortfahren konnte, zwängte sich Pete Arneson durch die Hecke, die den Hof der Adams von dem Garten hinter Erics Haus trennte.

»Was willst du denn hier?«, fragte Becky gereizt. »Wenn du auch noch über Matt herziehst, kannst du sofort wieder verschwinden.«

Pete beachtete Becky kaum. »Bist du soweit?«, fragte er Eric.

»Was habt ihr denn vor?«, fragte Becky.

»Pete und ich suchen jetzt nach Kelly«, erklärte Eric.

Becky starrte die beiden Jungen an, die sie schon ihr ganzes Leben lang kannte, und fragte sich, warum sie immer so versessen darauf gewesen war, zu ihrem Freundeskreis zu gehören. Doch sie wusste warum: weil Matt auch dazu gehörte. Aber jetzt war alles anders. Die Menschen, die Matt für Freunde gehalten hatte, hatten sich von ihm abgewandt.

Plötzlich war es Becky gleichgültig, dass sie nicht zu dieser Gruppe gehörte. »Idioten«, sagte sie. Sie bemerkte zuerst nicht, dass sie das Wort laut ausgesprochen hatte.

»Wie bitte?«, fragte Eric. »Was hast du gesagt?«

Becky wurde vor Verlegenheit rot. Aber das Gefühl verebbte rasch. »Ich habe gesagt, dass ihr beide Idioten seid«, wiederholte sie ruhig. »Ich glaubte immer, ihr wärt Matts Freunde. Aber das ist nicht wahr. Echte Freunde würden Matt das, was ihr ihm nun in die Schuhe schieben wollt, niemals zutrauen. Er hat seinem Vater oder seiner Großmutter nichts zuleide getan. Und dass er mit Kellys Verschwinden etwas zu tun hat, ist gleichfalls völlig ausgeschlossen!«

Eric Holmes funkelte Becky wütend an. »Du magst uns vielleicht für Idioten halten. Aber glaub mir, wir lassen uns nicht für dumm verkaufen.« Dann verschwand er mit Pete Arneson in der Dunkelheit.

Neunzehntes Kapitel

»Was glaubst du, wo er sie hingebracht hat?«, fragte Eric Holmes, während Pete den Motor seines BMWs aufheulen ließ. Das Auto war inzwischen ein gutes Jahr älter als Pete selbst, doch sein Herz hing an dem Wagen, als wäre er erst in der vergangenen Woche vom Montageband gelaufen. Hingebungsvoll lauschte er dem Schnurren des Motors. Er schien Erics Frage gar nicht gehört zu haben.

»Hörst du ein Ventil klappern?«, fragte Pete nun, während er sich mit schief gelegtem Kopf auf das Motorengeräusch konzentrierte.

»Woher soll ich denn wissen, wie sich ein klapperndes Ventil anhört? Ich möchte Anwalt werden, nicht Automechaniker. Und wenn wir Kelly wirklich suchen wollen, sollten wir jetzt endlich damit anfangen, okay?«

Pete ließ den Wagen anrollen, und Eric stellte ihm noch einmal dieselbe Frage. Diesmal grinste Pete ihn an. Das fahle Licht der Straßenlaternen gab seinem Mund dabei einen beinahe grausamen Zug. »Am selben Ort wie seine Großmutter.«

»Aber die hat man doch bisher noch gar nicht gefunden«, wandte Eric ein.

Pete zuckte nur die Schultern. »Sie haben schließlich ihre Hausschuhe. Und nur, weil es bisher keine Leiche gibt, heißt das noch lange nicht, dass Mrs. Moore noch am Leben ist. Die Männer haben lediglich den Fluss und die Gegend um die Wasserfälle abgesucht. Matt kann sie dort draußen an hunderten von Stellen verscharrt haben. Inzwischen ist das Grab wahrscheinlich von so vielen Blättern bedeckt, dass es nicht mehr vom Waldboden zu unterscheiden ist.«

Eric hatte Zweifel an dieser Theorie. »Ich habe gehört, sie hätten sogar mit Hunden gesucht. Und wenn nicht einmal die Hunde auf eine Spur gestoßen sind, woher willst du dann so genau wissen, dass Matts Großmutter irgendwo dort draußen begraben liegt?«

»Sag mal, willst du nun mitkommen oder nicht? Wenn du nämlich keine Lust mehr hast, kann ich dich auch gleich wieder zu Hause absetzen und allein losziehen.«

Und dann in alle Welt hinausposaunen, dass ich gekniffen habe, dachte Eric. »Ich sage ja nicht, dass ich nicht mitkommen möchte«, protestierte er. »Ich meine doch nur, dass kein Mensch mit Sicherheit sagen kann, was mit Mrs. Moore passiert ist.«

Pete warf Eric einen forschenden Blick zu. »Vielleicht ... aber wir beide wissen doch genau, was mit Mrs. Moore geschehen ist, oder?«

Als sie die letzten Straßenlaternen hinter sich gelassen hatten, schien die Nacht das Auto zu verschlucken. Eric rutschte unwillkürlich tiefer in den Sitz. Pete entging keine Bewegung seines Freundes. »Du hast wohl die Hosen voll«, spottete er.

»Konzentrier du dich aufs Fahren, okay? Wir werden schon sehen, wer die Hosen voll hat, wenn wir dort draußen ankommen.«

Pete trat aufs Gaspedal. Der Wagen schoss über den dunklen Asphalt, doch schon wenige Sekunden später musste Pete scharf bremsen, damit sie nicht die Abbiegung zu der holprigen Fahrspur, die zu dem kleinen Parkplatz im Wald führte, verfehlten. Schon vor zwei Generationen hatten die Hapgoods diese Zufahrt angelegt. Im Schritttempo versuchte Pete, den zahlreichen Schlaglöchern und tiefen Spurrillen auszuweichen. Dann parkte er den BMW auf dem verlassenen Parkplatz am Ende des Trampelpfades, der zu den Wasserfällen führte.

Kaum hatte er den Motor und das Abblendlicht ausgeschaltet, da senkte sich auch schon die Stille der Nacht über die beiden Jungs in dem Auto. Ohne das gleichmäßige Summen des Motors kamen sie sich verloren und ausgeliefert vor. Stumm saßen sie da. Keiner von beiden machte Anstalten auszusteigen.

Dann brach Eric endlich das Schweigen. »Also, wie sieht dein Plan nun aus?«, fragte er. »Oder sollen wir die ganze Nacht lang hier herumsitzen?«

Durch Erics Worte und den spöttischen Ton seiner Bemerkung angestachelt, riss Pete unwirsch am Türgriff und stieß die Fahrertür auf. »Das kannst du ruhig tun. Ich sehe mich hier jedenfalls erst einmal gründlich um.«

Eric zögerte noch einen Moment lang, bevor er ebenfalls ausstieg.

Es dauerte eine Weile, bis sich die Augen der Jungs an die Dunkelheit gewöhnten. Doch dann konnten sie im schwachen Licht des Mondes den Trampelpfad zwischen den Bäumen ausmachen.

»Kommst du?«, fragte Pete, und ging ein paar Schritte den Pfad entlang.

Während Pete zwischen den Bäumen verschwand, überdachte Eric kurz seine Situation. Er konnte hier auf dem Parkplatz bleiben und im Wagen auf Pete warten. Doch dann wusste spätestens morgen Nachmittag die ganze Stadt, dass er einen Rückzieher gemacht hatte, und diese Blamage würde er nie wieder gutmachen können. Kelly konnte ja tatsächlich hier draußen sein. Wenn ihr nun wirklich etwas zugestoßen war? Wenn jemand sie getötet hatte? Und wenn dieser jemand noch immer hier draußen herumlungerte?

Der Gedanke, in der Stille und Dunkelheit allein im Auto zu sitzen, erschien Eric plötzlich bedrohlicher als mit Pete durch den nächtlichen Wald zu marschieren. Eric musste sich jetzt beeilen, wenn er Pete noch einholen wollte.

Mit schnellen Schritten hasteten die beiden Jungs den Pfad entlang. Pete führte. Schon unzählige Male waren sie hier gewesen, doch in dieser Nacht erschien ihnen der Weg viel länger als sonst. Immer wieder hielten sie inne.

Sie blieben stehen, um in die undurchdringliche Dunkelheit zwischen den Bäumen zu spähen, um auf die Geräusche der Nacht zu lauschen.

Doch sie konnten nichts Besonderes entdecken. Lediglich das Donnern der Wasserfälle, die nun nur noch ein paar hundert Meter entfernt waren, wurde immer lauter.

Das Geräusch des herabstürzenden Wassers würde schließlich die Nacht erfüllen und alle anderen Laute übertönen.

Keiner von ihnen wollte es laut aussprechen, doch beiden gingen dieselben Gedanken durch den Kopf.

Und wenn nun noch jemand hier draußen ist?

Vielleicht ist es ja gar nicht Kelly. Vielleicht ist es jemand anders, und er ist schon ganz in unserer Nähe.

Folgt uns.

Beobachtet uns.

Pete erhöhte das Tempo, und Eric passte sich seiner Geschwindigkeit an. Der Pfad schien immer enger, der Wald dichter zu werden.

Ein leises Geräusch ließ Pete abrupt innehalten. Eric stieß beinahe mit ihm zusammen. »Was ist denn?«, flüsterte er. Die Worte schienen in seinen Ohren geradezu zu dröhnen. »Warum gehen wir nicht weiter?«

»Kannst du nicht mal für einen Augenblick die Klappe halten?«, fauchte Pete leise. »Ich glaube, ich habe etwas gehört!«

Ein kalter Schauer lief über Erics Rücken, während er angestrengt lauschend in die Dunkelheit starrte. Doch er konnte nichts Auffälliges sehen oder hören.

Die beiden Jungs standen wie erstarrt auf dem Pfad. Angespannt wie Tiere, die eine Gefahr wittern, lauschten sie. Doch nur das Rauschen und Zischen des Wassers klang durch die Nacht. Langsam atmeten sie wieder ruhiger. Pete ging schließlich, dicht gefolgt von Eric, weiter.

Als sie das Felsplateau erreicht hatten, das den Pool am Fuß der Fälle umgab, blieb Pete erneut stehen. Er hob den Arm, damit auch Eric anhielt.

Dann legte Pete den Zeigefinger an die Lippen, winkte Eric zu sich heran und deutete auf die Wasserfälle.

Zuerst konnte Eric dort nichts entdecken. Doch dann nahm auch er die Gestalt wahr, die sich undeutlich und wie ein Schatten in der Dunkelheit abhob.

Jemand stand nur einen Steinwurf entfernt am Rande des Wassers. Stand dort und starrte in den Pool.

Instinktiv wollte Eric sich herumwerfen und in die schützende Dunkelheit des Waldes tauchen, um dann in wilder Flucht zu dem Auto auf der Lichtung zurückzulaufen. In Sicherheit. Er begann, sich langsam rückwärts zu bewegen, doch Pete pirschte sich im Schutz der Bäume, die den Rand der Felsplatte säumten, näher an die Gestalt heran. Eric folgte ihm wie unter Zwang gegen seinen Willen.

Sie kamen bis auf fünfzehn Meter an die Gestalt heran, die sich nun deutlich gegen die helle Gischt der Wasserfälle abzeichnete. Und dann hörten sie durch das Donnern des Wassers hindurch eine Stimme.

»Kelly? Kelly!«

Beide Jungs erkannten die Stimme sofort. Sie gehörte Matt Moore.

Pete und Eric blickten einander an. Erics Instinkt meldete sich wieder zu Wort. Er befahl ihm, zum Auto zurückzukehren, schleunigst in die Stadt zu fahren und jemandem zu erzählen, was sie gesehen hatten. Ihren Eltern vielleicht. Oder auch dem Sheriff.

Doch bevor er etwas sagen konnte, ergriff Pete das Wort. »Was hast du mit ihr gemacht, Matt?«

Matt fuhr herum.

Pete funkelte ihn feindselig an. »Was hast du mit Kelly angestellt?«

Wie angewurzelt blieb Matt am Ufer des Pools stehen und starrte ungläubig auf die beiden Jungs, die so unvermittelt aus der Dunkelheit aufgetaucht waren. Er fing sich erst, als Pete einen Schritt vortrat.

»Ich habe gar nichts mit ihr gemacht«, sagte er. »Ich suche sie.«

»Du lügst«, antwortete Pete Arneson. Ohne Matt aus den Augen zu lassen, winkte er Eric heran. »Komm. Wir werden ihn schon dazu bringen, uns zu sagen, was er mit ihr angestellt hat.«

Matt ahnte, was die beiden vorhatten, und schoss in die Richtung des Pfades, der zum Farmhaus führte, davon. Pete hatte jedoch mit dieser Bewegung gerechnet und warf sich Matt in den Weg. Er rempelte ihn an und riss ihn zu Boden. Grunzend stieß Matt die Luft aus, als sein Brustkorb hart auf den harten Untergrund prallte. Er schlug mit dem linken Wangenknochen und der linken Schläfe auf dem Fels auf. Im selben Moment lag Pete schon über ihm und rollte ihn mit einem schnellen Griff auf den Rücken. Dann kniete Pete auf Matts Armen.

»Wo ist sie?«, brüllte er mit vor Wut verzerrtem Gesicht. Voller Hass starrte er den Jungen an, der noch vor wenigen Tagen sein bester Freund gewesen war. »Was hast du mit ihr gemacht? Sag mir, was du mit Kelly angestellt hast, oder ich bring dich um. Das schwöre ich dir!«

Das Funkeln in Petes Augen sagte Matt, dass der andere keineswegs scherzte. Einen Augenblick lang lag Matt still unter seinem Gegner. Dann schoss das Adrenalin durch seine Adern, und er riss die Arme mit einem Ruck unter Pete hervor. Matts geballte Fäuste landeten mitten im Gesicht des Gegners.

Pete schrie überrascht auf. Doch der Schrei verwandelte sich schnell in ein Heulen, als der Schmerz, der in seinem gebrochenen Nasenbein explodierte, ihn überwältigte. Blut schoss aus seinen Nasenlöchern. Er hielt sich mit beiden Händen das Gesicht und fiel zur Seite.

Matt rappelte sich hoch. »Ich habe gar nichts mit ihr gemacht«, schrie er.

Doch Pete hörte ihn nicht. Entsetzt beobachtete er, wie das Blut über seine Jacke rann.

»Ich habe sie doch nur gesucht!«

Damit ließ Matt Eric Holmes mit dem blutenden Pete zurück und floh in den Wald.

Selbst durch das geschlossene Fenster hindurch schien die kalte Nachtluft ins Zimmer zu kriechen. Doch nicht nur die Kälte allein machte Joan zu schaffen. Noch immer quälte sie die schmerzliche Erinnerung an jenen Tag vor mehr als zwei Jahrzehnten, als sie mit der Pelzstola ihrer Mutter um die Schultern vor eben diesem Spiegel gesessen hatte. So deutlich, als sei es erst gestern geschehen, sah Joan, wie ihre Schwester den weichen Pelz um sie legte und dann zur Seite trat und dabei zusah, wie ihre Mutter sie schlug. Den Schmerz, den die harten Schläge hinterließen, hatte Joan in den hintersten Winkel ihres Bewusstseins verbannt. Nun spürte sie ihn wieder.

Joan blickte in den Spiegel. Mit einem Finger fuhr sie nachdenklich über die Wölbung ihres Wangenknochens, auf dem eine kleine, fast unsichtbare Narbe von jenem Tag vor so langer Zeit zeugte. Jahrelang hatte Joan nicht gewusst, woher diese Narbe stammte.

»Du bist gefallen«, hatte Cynthia ihr gesagt, als Joan in die High School gewechselt war und sich wegen dem Mal auf ihrem Wangenknochen geniert hatte. Außer Joan selbst schien die kleine Unebenheit allerdings niemandem aufzufallen.

»Weißt du das denn nicht mehr? Du bist als kleines Kind einmal vom Dreirad gefallen.«

Doch das stimmte nicht. Und nun blickte Joan aus dem Spiegel das Gesicht des kleinen Mädchens, das sie einmal gewesen war, entgegen. Aber es war nicht das Gesicht, das Cynthia geschaffen hatte, indem sie Joans Haut mit dem hellen Make-up und dem kräftigen Rouge bedeckte.

Joan sah das Gesicht, für das ihre Mutter verantwortlich war. Und es trug nicht nur die Wunde auf dem Wangenknochen, sondern wurde auch von einem schrecklichen, blau schillernden Bluterguss entstellt, der sich um den klaffenden Riss in der Haut gebildet hatte.

Joan starrte auf das verletzte, angeschwollene Gewebe. Tagelang hatte sie deswegen das Haus nicht verlassen dürfen. Sie hatte dieses Ereignis völlig vergessen, doch nun stand es ihr wieder klar vor Augen.

Was war während der Tage, die sie damals im Haus hatte zubringen müssen, mit ihr geschehen?

Woher kam der Schmerz, der jetzt – Jahre später – in ihren Armen und Beinen pulsierte und ihr das Gefühl gab, sie sei stundenlang gefesselt gewesen? Stundenlang oder sogar tagelang? War das möglich? Hatte ihre Mutter ihr so etwas wirklich angetan? Nein! Nein, natürlich nicht. Sie war doch ein hilfloses kleines Mädchen gewesen!

Eine andere Frage drängte sich plötzlich in Joans Bewusstsein. Was hatte sie damals ihren Freundinnen erzählt, als sie schließlich wieder zu ihnen hinaus durfte? Dass sie krank gewesen war? Oder hatte man zu jenem Zeitpunkt bereits die Geschichte mit dem Dreirad erfunden?

Joan schaute unverwandt in den Spiegel. Sie betrachtete ihr Spiegelbild wie ein schockierter, aber distanzierter Fremder, der unversehens an den Schauplatz eines schlimmen Unfalls gerät. Tränen rannen über das Gesicht des Kindes, das sie einmal gewesen war. Tränen, die sie wahrscheinlich niemals wirklich vergossen hatte.

Nach einer Weile erblickte Joan durch den Schleier der Tränen hindurch hinter sich ihre Mutter und ihre Schwester. Die beiden standen ganz dicht beieinander. Cynthia hatte ihren Arm besitzergreifend um Emilys Taille gelegt. Die beiden sahen einander an, lächelten einander zu. Und sogar im Spiegel konnte Joan sehen, dass sie ein Geheimnis teilten, in das sie selbst nicht eingeweiht war.

Dann wandte erst ihre Schwester und ein wenig später auch ihre Mutter ihr Gesicht in Joans Richtung. Sie lachten. Das Gelächter prasselte schmerzhaft auf Joan nieder. Sie fuhr herum, um den beiden ins Gesicht sehen zu können.

Doch hinter ihr stand niemand. Das Zimmer war ebenso leer wie zuvor. Einen Augenblick lang war Joan verwirrt. Doch dann gelang es ihr, langsam etwas Ordnung in den inneren Aufruhr, der von ihr Besitz ergriffen hatte, zu bringen. Die beiden konnten gar nicht hier sein. Cynthia war tot und ihre Mutter verschwunden.

Sie hatte sich alles nur eingebildet. Doch die Illusion war so täuschend echt gewesen, dass Joan noch immer den Schmerz fühlte, den sie als Kind gespürt haben musste. Und noch immer hatte sie das Gefühl, sich vor dem grausamen Gelächter, das sie in dem leeren Zimmer gehört hatte, schützen zu müssen.

»Warum nur?«, flüsterte sie, als könne sie jemand hören.

Sie rappelte sich von dem Schemel vor dem Frisiertisch hoch und ging zum Porträt ihrer Schwester hinüber.

»Warum hast du ihr damals nicht die Wahrheit gesagt?«, fragte sie. Die Qual, die die so lange verschütteten Erinnerungen ihr bereiteten, ließ ihre Stimme sonderbar tonlos klingen. »Warum hast du zugelassen, dass sie mir so etwas antat?«

Ihre Schwester schien ihren Blick kalt zu erwidern.

»Ich bin froh, dass du tot bist«, flüsterte Joan. »Ich bin froh, dass du tot bist, und ich hoffe, dass du in der Hölle schmorst.«

Der Knall, mit dem die Hintertür in diesem Augenblick aufflog, holte Joan in die Wirklichkeit zurück. Entschlossen wandte sie dem Bild ihrer Schwester den Rücken zu. Doch als sie Cynthias Zimmer verließ, hörte sie hinter sich ein Flüstern. *»Und wenn ich gar nicht tot bin, Joan? Was ist, wenn ich vielleicht noch lebe? Wenn ich noch genauso lebendig bin wie du?«*

»Matt?«, rief Joan, während sie die Treppe hinuntereilte. »Matt, bist du es? Wo warst ...«

Die Worte erstarben auf ihren Lippen, als sie Matt in der Küchentür erblickte. Einen Augenblick lang hatte Joan das Gefühl, diesen Moment schon einmal durchlebt zu haben. Doch etwas erschien ihr anders als beim letzten Mal. Zwar waren Matts Kleider auch jetzt blutverschmiert, aber diesmal schien er selbst verletzt zu sein. Sein linkes Auge war geschwollen und verfärbte sich bereits lila.

»Großer Gott«, hauchte Joan und zog Matt in die Küche. »Was ist denn passiert? Wer hat das getan?«

»Es ist nichts Schlimmes«, antwortete Matt. »Nur eine Schramme ... nur ein bisschen Blut. Beim Football hat's mich schon heftiger erwischt.«

Joan schnappte sich einen nassen Spüllappen – das Nächstbeste, das zur Hand war – und begann vorsichtig, das Blut aus Matts Gesicht zu wischen.

»Um Himmels willen«, sagte sie. »Du willst mir doch nicht etwa erzählen, du seist beim Football gewesen.«

»Ich habe nach Kelly gesucht.«

»Kelly?«, wiederholte Joan.

»Ich hatte so eine Ahnung, wo sie sein könnte«, erklärte Matt. Er verzog sein Gesicht, als seine Mutter mit dem Lappen um sein verschwollenes Auge fuhr. »Ich dachte, sie sei vielleicht zu den Wasserfällen gegangen. Dort waren wir oft, wenn wir etwas zu bereden hatten. Wenn Kelly etwas auf dem Herzen hat, ist sie gern unten am Wasser.«

»Aber Kelly hat doch wohl nicht …«

»Ich habe sie nicht gefunden. Aber Pete und Eric haben mich aufgespürt.«

»Pete Arneson und Eric Holmes?«

Matt zog den Kopf zurück, als Joan mit dem Lappen einen kleinen Riss unter dem Auge berührte.

»Sie sagten, sie seien auch auf der Suche nach Kelly.«

Als das Telefon klingelte, ließ Joan beinahe dern Lappen fallen. Beim zweiten Klingeln drückte sie ihn Matt in die Hand.

»Wasch ihn aus, wickle ein paar Eiswürfel darin ein und …«

»… dann halte ich ihn mir ans Auge«, beendete Matt den Satz, während seine Mutter zum Telefon ging. »Das ist schließlich nicht das erste blaue Auge, mit dem ich nach Hause komme.«

»Ja, er ist hier«, sagte Joan in den Hörer Dann schwieg sie einen Augenblick lang, bevor sie fortfuhr: »Ich verstehe nicht, warum …« Wieder eine Pause. Dann: »Natürlich wird er hier sein. Wir sind zu Hause.«

Sie legte auf. Matt suchte gerade im Gefrierschrank nach Eiswürfeln.

»Das war Dan Pullman«, sagte Joan. Der Klang ihrer Stimme ließ Matt aufhorchen. Er wandte sich zu seiner Mutter um. Alle Farbe war aus ihrem Gesicht gewichen, und ihre Augen schienen ihn durchbohren zu wollen. »Dan möchte mit dir reden.«

Scheinwerferlicht fiel durch das Küchenfenster, und einen Augenblick später öffnete Joan die Hintertür, um den Sheriff ins Haus zu lassen.

Dan Pullman trat in den Abstellraum. »Matt ist noch da?«, fragte er statt einer Begrüßung.

»Natürlich«, antwortete Joan kühl. »Abgesehen davon, dass du erst vor zwei Minuten angerufen hast – wo sollte er denn deiner Meinung nach hingegangen sein?«

Pullmans Wangen wurden dunkler, doch aus seiner Stimme klang kein Ärger, als er fortfuhr: »Funktelefon. Ich war nur eine halbe Meile entfernt, als ich anrief.« Er blickte zu Matt hinüber, der noch immer am Spülbecken stand und den Lappen mit dem Eis an sein linkes Auge hielt.

»Du hattest heute Abend wohl eine kleine Schlägerei?«, fragte Pullman.

Einen Augenblick lang schwieg Matt, doch dann ließ er den Lappen sinken, um Pullman die Wunde und die Schwellung sehen zu lassen.

»Eine Schlägerei würde ich es nicht gerade nennen«, sagte er. »Pete hat mich umgerissen, und ich bin mit dem Gesicht ziemlich heftig auf den Boden geknallt. Außerdem glaube ich, dass es ihm um einiges schlechter geht als mir. Habe ich ihm die Nase gebrochen?«

Joans Augen weiteten sich vor Schreck. »Matt!«, stieß sie hervor. »Du hast mir nicht gesagt …«

Matt fuhr zu seiner Mutter herum. »Was hätte ich denn tun sollen?«, fragte er gereizt. »Einfach nur daliegen und darauf warten, dass er mir die Scheiße aus dem Hirn prügelt?«

Joan trat einen Schritt zurück. Matts plötzlicher Zorn erschreckte sie. Sie schaute unsicher zu Dan Pullman hinüber, der jede Regung ihres Sohnes genau zu studieren schien. »Matt! Rede nicht wie …«

Pullman fiel Joan ins Wort. »Willst du mir nicht einfach erklären, was geschehen ist?«, sagte er.

Matt zögerte. Er blickte seine Mutter an, als wolle er sie um Erlaubnis bitten.

Dan Pullman stieß einen tiefen Seufzer aus. Bis vor ein paar Tagen hatte er noch geglaubt, den perfekten Job zu haben. Meist bestand seine Arbeit darin, ein paar Hilfssheriffs Anweisungen zu geben, die sich vorwiegend mit der Jagd auf Touristen beschäftigten, die die Geschwindigkeitsbegrenzungen in und um Granite Falls herum missachteten. Und nun schlug er sich urplötzlich mit einem ungeklärten Todesfall und zwei Vermisstenmeldungen herum und hatte nicht die geringste Ahnung, was dahinter steckte. Noch dazu waren samt und sonders Menschen, die er schon sein Leben lang kannte, in diese rätselhaften Fälle verwickelt.

Während Matt berichtete, was geschehen war, dachte Pullman darüber nach, ob er nicht am nächsten Tag die übergeordnete Dienststelle in Manchester um Hilfe bitten sollte. Fremde Ermittler konnten wenigstens objektiv an die Sache herangehen.

»Pete ist ein ordentliches Stück größer als ich«, endete Matt. »Ich hatte einfach Glück. Sonst hätte er mich ziemlich übel zugerichtet.« Er biss die Zähne aufeinander. Seine Augen verengten sich. »Pete sagte, er würde mich umbringen.« Die letzten Worte sprach Matt so leise, dass sie fast nicht zu hören waren.

Aber Pullman entgingen sie nicht. »Warum sollte er dich töten, Matt?«, fragte der Sheriff. Aus seiner Stimme klang deutlicher Zweifel daran, dass Pete Arneson etwas Derartiges gesagt haben könnte. Pullman schaute Matt geradewegs ins Gesicht. Er hoffte, dass die Miene des Jungen ihm, wenn er nun antwortete – falls er antwortete – zeigen würden, ob er die Wahrheit sagte.

Hinter Matts Augen schien ein Vorhang zu fallen. Mit tonloser Stimme fuhr er fort: »Pete sagte, er würde mich umbringen, wenn ich ihm nicht sage, was ich mit Kelly gemacht habe.«

Pullman hielt Matts Blick fest. »Arneson behauptet aber etwas anderes«, entgegnete er. »Er sagt, dass du ihn aus dem Hinterhalt angegriffen hast. Und er will Anzeige erstatten.«

Matts Augen weiteten sich. »Warum sollte Pete so etwas behaupten? Ich habe doch nur nach Kelly gesucht!«

»Und warum suchst du mitten in der Nacht draußen bei den Wasserfällen nach ihr?«

»Weil wir immer dorthin gingen«, begann Matt.

Doch seine Mutter fiel ihm ins Wort. »Sag nichts mehr, Matt.« Mit vor Wut blitzenden Augen wandte sie sich an Pullman. »Wie kannst du nur annehmen, dass Pete die Wahrheit sagt? Er ist einen halben Kopf größer als Matt und muss um die zwanzig Kilo schwerer sein als er. Und Eric Holmes war doch auch dabei, oder etwa nicht?« Als Dan nicht sofort antwortete, wiederholte Joan ihre Frage. Dabei klang ihre Stimme scharf wie ein Peitschenhieb. »Oder etwa nicht?«

»Ja, aber …«

»Sie waren zu zweit! Sie waren zu zweit, und sie sind beide größer als Matt. Und da behaupten sie, Matt habe sie angegriffen? Hältst du Matt für einen Idioten? So wie seine Freunde – oder viel mehr die Menschen, die ich für Matts Freunde hielt – ihn in letzter Zeit behandeln, klingt das, was Matt dir gerade erzählt hat, absolut plausibel.« Joan griff zum Telefon. »Ich rufe jetzt Trip Wainwright an. Und falls du noch mehr Fragen an Matt hast, bestehe ich darauf, dass Trip dabei ist, wenn er antwortet.«

»Joan, ich bitte dich«, versuchte Pullman einzulenken. »Wenn Matt die Wahrheit sagt …«

»Die Wahrheit? Kein Mensch in dieser ganzen Stadt interessiert sich noch für die Wahrheit. Alles, was die Leute hier im Sinn haben, ist, das Leben meines Sohnes zu ruinieren. Aber das lasse ich nicht zu, Dan! Das lasse ich nicht zu!«

Wütend hämmerte Joan auf die Tasten des Telefons. Als Dan hörte, wie sie mit ihrem Anwalt sprach, schloss er das abgegriffene kleine Buch, in das er seine Notizen eintrug.

Die Wahrheit, das wusste er, würde früher oder später ans Licht kommen. Und er wollte nicht riskieren, den Fall, falls sich hieraus einer ergeben sollte, von vorn herein durch Formfehler zu gefährden. Aber genau das würde er tun, wenn er weitere Fragen an Matt stellte, obwohl sein Anwalt nicht zugegen war.

Eine bedrückende Stille senkte sich über das Haus, während die drei auf Trip Wainwrights Ankunft warteten.

Zwanzigstes Kapitel

Joan Hapgood hatte Trip zwar nicht erklärt, was Dan Pullman am Abend zum Farmhaus hinausgeführt hatte, doch ihre Stimme klang so angespannt, dass er sofort gespürt hatte, wie besorgt sie war. Und als sie ihm nun die Hintertür aufhielt und ihn dann in die Küche führte, spürte Trip die Spannung, die in der Luft lag, ganz deutlich. Doch es war das Blut auf Matts Kleidern, das den Anwalt in höchste Alarmbereitschaft versetzte.

»Hast du schon Dr. Henderson angerufen?«, fragte er Joan. Absichtlich erkundigte er sich nicht danach, was vorgefallen war, denn er wollte vermeiden, dass Matt etwas sagte, was Dan Pullman besser nicht hörte.

»Es ist nur eine Schramme«, protestierte Matt, bevor seine Mutter etwas sagen konnte. »Das Blut ist nicht von mir. Es ist von Pete Arneson.«

Trip Wainwright setzte sich an den Küchentisch und hörte still zu, während ihm zuerst Joan und dann Dan Pullman erzählten, was sie wussten. Als die beiden geendet hatten, wandte sich der Anwalt an Matt, der als Einziger stand. »Möchtest du noch etwas hinzufügen?«, fragte er.

Matt schüttelte den Kopf. »Es ist so, wie ich es gesagt habe. Ich habe nach Kelly gesucht, und Pete und Eric haben mich angegriffen.«

Der Anwalt blickte nun wieder Dan Pullman an. »Nach allem, was ich bisher gehört habe, solltest du lieber Matts Beschwerde zu Protokoll nehmen, anstatt ihn hier zu befragen.«

Die Augen des Sheriffs verengten sich. »Der junge Arneson behauptet …«

»Es ist mir ziemlich gleichgültig, was Pete Arneson behauptet«, unterbrach Wainwright ihn. Gleichzeitig war er sich sicher, dass Pullman Matt längst festgenommen hätte, wenn er in dieser Absicht bei den Hapgoods erschienen wäre. »Und es ist mir auch völlig egal, wie viele Eide Eric Holmes zu schwören bereit ist. Wenn ich mir ansehe, was in den letzten Tagen in dieser Stadt los war, wundert es mich beinahe, dass man Matt nicht längst auch noch sämtlicher Geschwindigkeitsübertretungen und Tankstelleneinbrüche der letzten fünfzehn Jahre bezichtigt. Verdammt nochmal, Dan! Du weißt doch so gut wie ich, dass Eric und Pete viel größer sind als Matt. Was geht hier vor?«

Der Ärger und die Frustration, die sich in den vergangenen Tagen in Pullman angestaut hatten, brachen sich plötzlich Bahn. »Ich versuche nur, gewissenhaft meine Arbeit zu tun, Trip. Genauso wie du. Vielleicht solltest du diesen Schlamassel einmal aus meiner Sicht betrachten. Matts Stiefvater ist tot. Seine Großmutter gilt als vermisst, und jetzt ist auch noch seine Freundin verschwunden. Was, zum Teufel, soll ich davon halten? Was soll überhaupt irgendjemand davon halten?«

Matt wollte protestieren, doch der Anwalt hob seine Hand und bedeutete ihm zu schweigen. »Bisher ist es meines Wissens einzig und allein der Tratsch der Leute, der aus Bills Tod etwas anderes als einen tragischen Unfall machen möchte. Es sei denn, du hast inzwischen neue Erkenntnisse gewonnen, von denen weder ich noch sonst jemand etwas weiß.«

Wainwright hielt lange genug inne, um Dan darauf mit einem Kopfschütteln antworten zu lassen.

»Und wir sind uns doch wohl einig, dass wir niemanden beschuldigen können, Emily Moore ein Leid zugefügt zu haben, solange wir sie nicht gefunden haben.«

Wieder machte der Anwalt eine kleine Pause und wartete, bis Pullman mit dem Kopf nickte.

»Und jetzt ist Kelly Conroe verschwunden?« Wainwrights Tonfall veränderte sich, während er weiter sprach. Er klang jetzt angriffslustig. »Wie lange ist sie denn schon fort, Dan?«

Pullman wusste genau, worauf der Anwalt hinaus wollte. Entschlossen reckte er das Kinn vor. »Ein paar Stunden«, antwortete er betont ruhig.

»Ein paar Stunden«, wiederholte Wainwright. »Da ist also

eine junge Dame zwei Stunden nach Schulschluss noch nicht zu Hause, und du ziehst los und suchst die Gegend nach ihr ab. Würdest du sagen, dass dies die übliche Vorgehensweise deiner Dienststelle ist?«

Pullman bekam einen roten Kopf. »Selbstverständlich!«, gab er zurück. »Ich nehme es sehr ernst, wenn Kinder nicht nach Hause kommen.«

»Und ganz besonders, wenn es sich dabei um die Tochter des Herausgebers unserer Lokalzeitung handelt.« Wainwright wartete darauf, dass Pullman nach dem Köder schnappte, und er wurde nicht enttäuscht.

»Das tut überhaupt nichts zur Sache!«

»Und warum hast du dann Connie und Jim Delaney gesagt, du könntest erst nach vierundzwanzig Stunden etwas unternehmen, als Valerie im letzten Frühjahr ausgebüchst ist?«

»Das war etwas anderes«, begann Pullman. »Valerie war schließlich nicht …«

»Valerie Delaney war damals genauso alt wie Kelly Conroe jetzt, Dan«, versetzte Wainwright kühl. »Als sie nicht nach Hause kam, durchlebten Connie und Jim die schrecklichste Nacht ihres Lebens. Und du hast nichts für sie getan. Mehr noch, wenn ich mich recht entsinne, hast du ihnen am nächsten Tag gesagt, dass sie bitte nicht deine Zeit verschwenden sollten, falls so etwas noch einmal vorkäme. Du hast ihnen erklärt, solche Fälle gingen dich erst vierundzwanzig Stunden nach dem Verschwinden einer Person etwas an. War es nicht so?«

Auf Pullmans Stirn pulsierte eine Ader. Einen Augenblick lang war er versucht, alles abzustreiten. Doch dann besann er sich. »Das war ziemlich dumm von mir. So etwas hätte ich besser nie gesagt«, gab er zu.

»Vielleicht hättest du heute Abend, als Gerry Conroe dich angerufen hat, einfach dasselbe sagen sollen.« Als Pullman darauf nicht antwortete, beschloss Wainwright, seine momentane Überlegenheit auszunutzen. »Ich glaube, wir haben nichts weiter zu bereden. Es sei denn, Matt möchte Anzeige gegen Pete Arneson erstatten.« Matt schüttelte den Kopf und

Wainwright erhob sich daraufhin. »Dann darf ich dich jetzt zur Tür bringen?«

Der Anwalt bedeutete Joan und Matt, in der Küche zu bleiben, während er mit dem Sheriff hinaus zu dessen Wagen ging. »Willst du mir nicht erklären, was hier gespielt wird, Dan?«, fragte er, als Pullman die Fahrertür öffnete und einstieg.

»Was hier gespielt wird? Wir haben einen Toten und zwei Vermisste. Und wenn ich daran denke, wo wir Emily Moores Hausschuhe gefunden haben, frage ich mich wirklich, was der wahre Grund dafür war, dass Matt unten beim Wasserfall nach Kelly ›gesucht‹ hat.« Dan Pullman betonte das Wort ›gesucht‹ gerade genug, um Wainwright wissen zu lassen, dass er gewisse Zweifel an Matts Geschichte hatte.

Wainwright verzog keine Miene. »Hast du auch Arneson und Holmes gefragt, was sie dort wollten?«

»Sie sagen, sie hätten ebenfalls draußen nach Kelly gesucht.«

»Das bedeutet also, Matt macht sich verdächtig, wenn er dorthin geht. Aber die Tatsache, dass zwei andere Jungs – zwei große, starke Kerle, die ein Mädchen von Kellys Größe ohne weiteres vergewaltigt, getötet und dann die Leiche beseitigt haben könnten – sich auch dort aufhielten, gibt dir nicht zu denken? Ich muss schon sagen, das finde ich ein wenig eigenartig, Dan. Besonders wenn man bedenkt, dass die beiden über Matts Auftauchen nicht besonders glücklich waren.«

»Sie sagen, dass Matt sie angegriffen hat«, beharrte Pullman.

Doch der Anwalt schnaubte nur verächtlich. »Matts Geschichte klingt um einiges plausibler, als das, was Eric und Pete erzählen, und das weißt du auch, Dan. Wenn du wirklich keine Informationen zurückhältst, würde ich sagen, dass dein Besuch auf Hapgood-Farm ein Schuss ins Blaue war. Ich darf dich also darauf hinweisen, dass weder du noch sonst jemand aus deiner Dienststelle in Zukunft mit Matt reden wird, ohne dass ich dabei bin.«

Ärgerlich presste Pullman seine Lippen zu einem dünnen

Strich zusammen. Doch er nickte. »Und du sollest damit rechnen, wieder von mir zu hören, wenn Kelly Conroe nicht innerhalb von vierundzwanzig Stunden auftaucht.« Dans Augen wanderten von dem Anwalt zum Küchenfenster hinüber, wo Matt noch immer neben der Arbeitsplatte stand. »Und ich werde dann wissen wollen, wo der Junge jeden einzelnen Augenblick des Tages verbracht hat. Jede einzelne Minute.«

Wainwright wartete, bis Pullmans Wagen verschwunden war. Dann kehrte er in die Küche zurück.

»Ist er weg?«, fragte Joan. Erst jetzt ließ ihre Anspannung ein wenig nach.

Doch als Wainwright antwortete, spürte sie wieder ein Kribbeln in den Nerven. »Für den Augenblick ist er fort«, bejahte Trip Wainwright. Er wollte Joan nur zu gern ersparen, was er nun sagen musste. Doch schließlich setzte er seufzend hinzu: »Aber er wird wieder kommen. Und dann wird er noch viel mehr Fragen stellen.« Der Anwalt wandte sich an Matt. »Er wird haargenau wissen wollen, was du den Nachmittag über getan hast. Minute für Minute. Und falls sich herausstellen sollte, dass Kelly wirklich etwas zugestoßen ist und man sie irgendwo in der Nähe des Wasserfalls findet, wirst du ziemlich genau erklären müssen, warum du heute Abend dort warst. Und glaube mir, es wird nicht ausreichen, wenn du sagst, dass ihr immer dorthin gegangen seid. Genau genommen könnte dich diese Erklärung sogar eher in Schwierigkeiten bringen als entlasten.«

Matt setzte sich an den Küchentisch, und seine Mutter trat hinter ihn. Sie legte die Hände auf seine Schultern und drückte sie ein wenig, wie um ihrem Sohn Mut zu machen. Dabei sagte sie Wainwright, dass Matt Kelly unmöglich ein Leid zugefügt haben könne.

Doch während er seiner Mutter zuhörte, erinnerte Matt sich an den eigenartigen Geruch, der im Schuppen hinter der Garage gehangen hatte. Er dachte an die Stimme seiner Tante, die auf ihn eingeflüstert hatte. Und er dachte an den Nachmittag. Er hatte den Kopf des Hirsches abgetrennt und ihn zum Präparator gebracht. Das hatte eine Weile gedauert.

Doch eine Stunde fehlte ihm. Was war während dieser Stunde geschehen? Was hatte er getan?

Wie eine Antwort auf diese stummen Fragen hörte er wieder das Flüstern seiner Tante. »*Tu, was du tun willst … Tu, was du tun musst …*«

Die Kälte, die sich über seine Seele legte, ließ Matthew Moore erschauern.

In Dan Pullman brodelte noch immer die Wut, während er die Einfahrt hinunter auf das Tor des Hapgoodschen Grundstücks zufuhr. Wofür hielt dieser Trip Wainwright sich eigentlich? Woher nahm der Anwalt sich das Recht, mit ihm zu reden, als verstünde er seine Arbeit nicht?

Als Dan kurze Zeit später den Wagen vor der Einmündung auf die Landstraße anhielt, hatte er sich bereits wieder beruhigt. Sein Gerechtigkeitssinn triumphierte über seinen Ärger. Allein in seinem Wagen, ohne Wainwrights herausfordernde Worte und Blicke, wusste Dan, dass der Mann im Grunde Recht hatte. Als Valerie Delaney vor ein paar Monaten abends nicht nach Hause gekommen war, hatte er nicht sofort ein Verbrechen gewittert und sich tatsächlich geweigert, vor dem darauf folgenden Morgen etwas zu unternehmen. Und bis dahin war das Mädchen wieder aufgetaucht.

Dan atmete einmal tief durch und fuhr dann nicht in die Stadt zurück, sondern steuerte den Dienstwagen in die Gegenrichtung. Bedächtig fuhr er die halbe Meile bis zu dem eindrucksvollen Ziegelhaus im Tudorstil, das den Conroes gehörte. Doch als er in die Einfahrt der Conroes einbog, hatte Dan Pullman es sich schon beinahe wieder anders überlegt. Er konnte Gerry genauso gut von zu Hause aus anrufen, anstatt persönlich mit ihm zu sprechen.

Aber schon öffnete sich die Haustür, und Nancy Conroe erschien, umrahmt vom Licht aus dem Flur, in dem Hauseingang.

Nun war es zu spät umzukehren. Dan stieg aus dem Wagen, warf die Tür hinter sich zu und ging zum Haus hinüber. Er sah die Enttäuschung in Nancys Gesicht, als sie bemerkte, dass er allein war und ihre Tochter nicht bei sich hatte.

Während Dan die Stufen zur Veranda hinaufging, veränderte sich Nancys Gesichtsausdruck. Plötzlich stand Panik in ihren Augen. Unwillkürlich trat sie ein paar Schritte zurück, als könne sie sich dadurch vor dem schrecklichen Gedanken schützen, der ihr gerade durch den Kopf gegangen war.

»Wir haben sie noch nicht gefunden«, beeilte Dan sich zu sagen.

Gerry Conroe erschien hinter seiner Frau. Er legte die Hände auf ihre Schultern, wie um sie zu stützen.

»Was ist mit Matt Moore?«, fragte er. »Hast du mit ihm gesprochen?«

»Ich habe mit ziemlich vielen Leuten gesprochen«, entgegnete Pullman. »Und ich werde mich wahrscheinlich noch mit sehr vielen anderen unterhalten. Aber nicht vor morgen früh, Gerry.«

Gerry Conroes Augen schienen zu glühen. »Was, zum Teufel, willst du damit sagen, Pullman?«, presste er hervor.

Die Art, wie Gerry sprach, und dass er ihn mit seinem Nachnamen anredete, zeigte Dan, wie wütend der Mann war.

Pullman straffte die Schultern. »Ich sage dir, dass ich mich umgesehen und mit ein paar Leuten gesprochen habe. Und Tony wird heute Nacht, während er Streife fährt, die Augen offen halten. Aber das ist im Moment alles, was wir tun können.«

»Das will ich aber nicht hören, Dan«, antwortete Gerry Conroe ruppig. »Ich will hören, dass du meine Tochter suchen und finden wirst!«

»Hör mal, Gerry«, begann Pullman. Es kostete ihn einige Mühe, den Ärger, der erneut in ihm aufsteigen wollte, unter Kontrolle zu halten. »Ich weiß, wie dir zumute ist, aber …«

»Nichts, aber«, unterbrach ihn Conroe. »Ein fünfzehnjähriges Mädchen ist verschwunden, und du willst nichts tun?«

»Lass ihn doch ausreden, Gerry«, sagte Nancy Conroe, die bemerkte, dass ihr Mann sich nur noch von seiner Wut leiten ließ.

Pullman wählte seine Worte mit Bedacht, als er den Conroes nun berichtete, was er von Trip Wainwright erfahren hatte. »Ich weiß, dass du das nicht hören willst, Gerry«, endete er. »Aber ich kann im Augenblick weder Matt Moore noch sonst irgendjemanden beschuldigen, Kelly etwas angetan zu haben. Noch nicht.«

Conroes Augen bohrten sich in eiskalter Wut in den Polizisten.

Pullman gelang es mit Mühe, seinen eigenen Ärger weiterhin zu unterdrücken, als er fortfuhr: »Dein Verdacht gegen Matt Moore allein bringt uns nicht weiter. Wenn das alles ist, bleibt uns nichts anderes übrig, als bis zum Morgen zu warten. Du weißt so gut wie ich, dass in mehr als neunzig Prozent aller Fälle wie diesem …«

»Meine Tochter ist aber nicht neunzig Prozent von irgendetwas, Pullman«, blaffte Conroe. »Du tust ja gerade so, als sei sie ein heruntergekommenes Flittchen wie Valerie Delaney. Jeder weiß, dass sie damals nur verschand, um es sich besorgen zu lassen. Aber meine Tochter ist keine Schlampe. So etwas würde sie nie tun. Der einzige Fehler, den sie je gemacht hat, war, sich mit Matt Moore anzufreunden.«

»Gerry, bitte, so beruhige dich doch«, versuchte Nancy ihren Mann abermals zu beschwichtigen. Doch er schüttelte ihre Worte ebenso ab wie ihre Hand, die sie auf seinen Arm gelegt hatte.

»Das eine sage ich dir, Pullman«, fing Gerry Conroe wieder an. »Mit dem Jungen stimmt etwas nicht! Die Sache stinkt zum Himmel, und ich werde herausfinden, was dahinter steckt. Kein Mensch weiß, wer sein Vater ist, niemand weiß, woher er stammt. Und ich sage immer …«

Pullman platzte nun endgültig der Kragen. »Die ganze Stadt weiß, was du immer sagst, Conroe! Du sagst es weiß Gott oft genug. Aber ich werde weder Matt Moore noch sonst jemanden festnehmen, nur weil ich zufällig nicht weiß, wer sein Vater ist.« Conroe wollte den Sheriff unterbrechen, doch Pullman hob seine Hand, als wolle er die Worte des anderen abwehren, bevor sie überhaupt ausgesprochen worden waren. »Ich versuche nur, meine Arbeit zu machen.«

»Du wirst deine Arbeit nicht mehr lange genug haben, um noch irgendjemanden verhaften zu können, wenn ich erst mit dir fertig bin«, zischte Conroe.

Dan Pullman antwortete betont langsam und gefährlich leise: »Spar dir deine Drohungen. Im Augenblick interessiert es mich verdammt wenig, wie du glaubst, mir schaden zu können. Wenn du irgendwelche nachvollziehbaren Verdachtsmomente gegen Matt Moore vorbringen kannst, werde ich etwas gegen ihn unternehmen. Immer vorausgesetzt, dass deine Tochter nicht einfach, genauso wie ich, von deiner Überheblichkeit die Schnauze voll hatte und einfach abgehauen ist. Und bis dahin: Erzähl mir nicht, wie ich meine Arbeit zu tun habe. Und vor allem: Droh mir nicht damit, was du mit deinem drittklassigen Klatschblatt anrichten kannst.«

Ohne auf eine Antwort zu warten, machte Pullman auf dem Absatz kehrt, marschierte zu seinem Wagen und fuhr in die Nacht hinaus.

»Du willst etwas über Matt Moore wissen?«, flüsterte Gerry Conroe den kleiner werdenden Rückleuchten des Polizeiautos nach. »Ich werde alles herausfinden, was man nur über ihn in Erfahrung bringen kann.« Der Wagen war längst verschwunden, doch Conroes Zorn wollte nicht abebben. »Du wirst schon sehen ...«

Joan hatte gar nicht gemerkt, dass sie eingenickt war. Doch nun hörte sie den elften Schlag der Uhr. Sie hatte nicht tief geschlafen. Körper und Geist waren noch ebenso erschöpft und ausgelaugt wie vor einer Stunde, als sie die Lichter im Erdgeschoss gelöscht hatte. Auf ihrem Weg durch das Wohnzimmer hatte sie noch einmal innegehalten, sich aufs Sofa gesetzt und den Fernseher eingeschaltet. Doch nicht etwa aus Interesse an irgendeiner Sendung, sondern nur, um sich noch eine Weile lang abzulenken und den Beginn einer weiteren schlaflosen Nacht, in der sie sich in ihrem Bett hin und her warf, noch etwas hinauszuzögern. Sie hatte versucht, sich auf die Lokalnachrichten zu konzentrieren, doch die Worte des Sprechers waren an ihr vorbeigezogen. Stattdessen dachte sie die ganze Zeit daran, was Trip Wainwright gesagt hatte. »Er wird haargenau wissen wollen, was du den ganzen Nachmittag über getan hast. Minute für Minute.« Joan hatte Matts Miene beobachtet, während der Anwalt sprach. Sie dachte an das kurze Aufflackern von Panik in Matts Augen und wusste, dass er ihr etwas verschwieg. Dass er ihr etwas verschwieg oder dass er sich an etwas nicht erinnern konnte?

Während die Menschen auf der Mattscheibe unablässig plapperten, setzte Joan sich auf und versuchte, die Gedanken in ihrem vom Schlaf benebelten Gehirn zu ordnen. Sie bemühte sich nach Kräften, sich selbst davon zu überzeugen, dass sie sich alles nur einredete und dass Matt gar keinen Grund hatte, etwas vor ihr zu verbergen.

Der letzte Schlag der Uhr verklang langsam. Energisch sagte sich Joan, dass alles in Ordnung käme. Vielleicht war Kelly ja sogar schon wieder zu Hause. Und wenn nicht, dann würde sie sicher morgen auftauchen.

Sie griff nach dem Telefon, überlegte es sich dann aber anders. Wenn Kelly wieder daheim war, hätte sie bestimmt davon gehört. Vielleicht nicht unbedingt von Nancy oder Gerry. Aber Dan Pullman hätte sie bestimmt angerufen. Und das Letzte, was sie nun ertragen konnte, war, sich am Telefon Gerry Conroes Anschuldigungen gegen Matt anzuhören.

Joan schaltete den Fernseher aus und wanderte noch einmal durch die Räume im Erdgeschoss, um zu überprüfen, ob sie tatsächlich alle Lichter gelöscht und alle Türen und Fenster geschlossen hatte.

Doch wozu prüfte sie Türen und Fenster?

Das Haus stand allein, mitten im Wald. In all den Jahren, die Joan nun hier lebte, hatte sie sich darin nicht ein einziges Mal gefürchtet. Als sie nun jedoch von einem Zimmer zum anderen ging, fühlte sie sich nicht recht wohl in ihrer Haut. Sie fühlte sich schutzlos und irgendwie ausgeliefert. So als lauere jemand – oder etwas – draußen in der Dunkelheit auf sie. Als schaue etwas zu ihr herein. Beobachte sie.

Da ist nichts, sagte sie sich. *Es gab noch nie einen Grund, sich hier draußen zu fürchten, und das hat sich nicht geändert!*

Doch auch als Joan die letzte Lampe im Erdgeschoss löschte und die Räume damit in eine Dunkelheit tauchte, die kein Auge von draußen her durchdringen konnte, spürte sie keine Erleichterung. Ihre Nervosität wuchs sogar noch, während sie die Treppe hinaufstieg. Oben angekommen hielt sie einen Moment lang inne und lauschte. Sie lauschte auf die knarrenden und ächzenden Geräusche des alten Hauses.

So hört es sich immer an, erinnerte Joan sich. *Und heute Nacht ist alles genauso wie sonst. Nichts ist anders geworden!*

Auf dem Weg zu ihrem eigenen Zimmer hielt sie vor Cynthias Zimmer inne. Die Tür war geschlossen, doch Joan glaubte, dahinter eine Gegenwart zu spüren.

Die Gegenwart ihrer Schwester? Ausgeschlossen – ihre Schwester war tot!

Doch sie hatte die Stimme ihrer Schwester, ihr Lachen gehört.

Sie gesehen.

Erinnerungen, berichtigte Joan sich. Die Stimme und das Lachen waren nichts als Erinnerungen. *Und dies ist nicht Cynthias Zimmer! Es ist das Gästezimmer. Mein Gästezimmer!*

Wie unter Zwang legte Joan nun doch ihre Hand auf den Türknauf und drehte ihn. Sie drückte die Tür auf.

Das Zimmer war leer.

Joan blieb im Türrahmen stehen und starrte auf die Besitztümer ihrer Schwester, die in der Dunkelheit kaum auszumachen waren. Doch diese Dinge gehörten ihrer Schwester in Wirklichkeit gar nicht. Nicht mehr. Cynthia war tot, und Tote hatten keinen Besitz. Aber als Joans Augen auf das Porträt fielen, das in den dunklen Schatten über dem Kaminsims hing, hörte sie wieder Cynthias Stimme.

»Das alles gehört mir immer noch, Joan. Alles, was du hast, gehört mir.«

»Nein«, flüsterte Joan. Sie bemerkte nicht, dass sie laut sprach.

»Aber ja doch, Joan. Und du weißt es auch. Ich hole es mir zurück, Joan. Alles hole ich mir zurück!«

»Das ist nicht wahr«, flüsterte Joan.

Sie knipste das Licht an und betrachtete die vielen Gegenstände im Zimmer. Die Bilder an den Wänden. Das Make-up auf dem Frisiertisch. Das kleine Fläschchen mit Nightshade, dessen schweres Aroma in der Luft hing, obwohl der Pfropf fest im Hals der Flasche saß.

Trödel, sagte Joan sich. *Nichts als alter Trödel.*

Morgen würde ihre erste Tat darin bestehen, all dieses Zeug los zu werden. Sie würde alles einsammeln, was sie an Cynthia erinnerte, und es aus dem Haus schaffen. Sie würde das ganze Gerümpel einfach hinten im Garten verbrennen.

Ja!. Sie würde die Dinge, die ihrer Schwester gehört hatten, zusammenraffen und mitsamt den Erinnerungen, die sie immer wieder heraufbeschworen, in dem alten Ofen hinter dem Kutschenhaus in Rauch aufgehen lassen.

Noch immer lag Joans Hand am Türknauf, und sie ließ ihre Augen durchs Zimmer schweifen. Doch nun sah sie die Gegenstände vor ihren Augen in Flammen stehen. Blusen und Jacken brannten auf den Bügeln, Rauch kräuselte sich über dem Kleid, das neben dem Bett über einem Stuhl lag, und die Schminke auf dem Frisiertisch zerfiel zu Asche.

Diese Vorstellung tat Joan gut. Entschlossen wandte sie sich ab, zog die Tür hinter sich zu und ging in ihr Zimmer.

Zehn Minuten später lag sie in im Bett. Das Licht hatte sie gelöscht, die Tür geschlossen und das Fenster geöffnet. Kalte Herbstluft und die Geräusche der Nacht drangen von draußen herein. Joan lag noch ein paar Minuten mit offenen Augen in der Dunkelheit. Das alte Haus ächzte, und eine Brise ließ die gewaltigen Bäume vor ihrem Fenster rauschen. Einen Augenblick lang fühlte Joan sich in diesem Bett, in diesem Zimmer und in diesem Haus so geborgen wie früher.

Sie hatte beinahe das Gefühl, als müsse jeden Moment die Tür aufgehen und Bill in den Raum treten. Minuten später würde er zu ihr ins Bett schlüpfen und sie in seine Arme nehmen.

Doch dann holte die Realität Joan wieder ein. Ihr Leben würde nie wieder so sein, wie es noch vor ein paar Wochen gewesen war. Alles hatte sich verändert. Alles lag in Trümmern. Und sie konnte nichts dagegen tun. Niemand konnte etwas dagegen tun. Niemand konnte die Scherben wieder zusammenfügen. Joan kämpfte gegen die Tränen, die in ihren Augen brannten.

Matt, dachte sie. *Ich habe immer noch Matt.* Sie zwang sich, ihre Trauer, ihre Sorgen und Ängste für einen Augenblick zu vergessen, und beschwor stattdessen vor ihrem geistigen Auge Matt herauf. Matt, ihren wunderbaren Sohn, der, ganz gleich, was die Leute von ihm denken oder sagen mochten, nie im Leben zu den Dingen fähig war, deren sie ihn beschuldigten. Nicht Matt. Nicht ihr wunderbarer, perfekter Matt.

Joan klammerte sich an diesen Gedanken und an Matts Bild und schlief endlich ein.

Als sie wieder erwachte, hüllte die Dunkelheit der Nacht sie noch immer ein. Doch die Geräusche – das leise Rufen der Vögel, das Summen der Insekten, das Säuseln des Windes und sogar das Knarren der alten Balken – waren verstummt.

Die Stille wurde immer bedrückender, und plötzlich glaubte Joan, etwas zu spüren.

Sie war nicht mehr allein im Zimmer.

Aber das konnte nicht sein – natürlich war sie allein. Wer sollte denn bei ihr sein? Alle Türen und Fenster im Erdgeschoss waren verschlossen. Sie hatte doch selbst erst vor wenigen Stunden nachgesehen.

Doch noch während sie versuchte, sich mit diesen Erklärungen zu beruhigen, begann ihr Herz zu rasen. Sie hörte ihren Pulsschlag in den Ohren rauschen und spürte das krampfhafte Zucken ihres Herzens in ihrer Brust.

Etwas kam immer näher.

Matt! Es kann nur Matt sein!

»Matt?«, flüsterte Joan. Ihre Stimme klang in der Stille übermäßig laut. »Bist du das?«

Als ihre Worte verhallten, hörte Joan es.

Das Lachen.

Cynthias Lachen, ganz leise. Doch es kam von überall her. Von überall und nirgends.

Joan wollte nach dem Lichtschalter greifen, doch sie konnte sich nicht bewegen. Sie lag wie gelähmt unter der Decke und konnte sich nicht rühren.

Die sonderbare Gegenwart war ihr nun ganz nahe. Sie spürte sie deutlich, fühlte, wie sie nach ihr griff, in der Dunkelheit nach ihr tastete.

Joans Haut begann zu kribbeln. Feuchter, kalter Schweiß überzog ihren Körper.

Dann fühlte sie es. Das erste Streicheln war leicht wie eine Feder, fast so, als sei sie gar nicht berührt worden. Doch dann spürte Joan es noch einmal. Diesmal fühlte es sich an wie die Fingerspitzen eines Liebhabers, die leicht über ihre Glieder fuhren, verspielte Muster auf ihre Haut zeichneten. Hände berührten sie, erforschten sie.

»Nein«, flehte sie. »Nicht … bitte, nicht …«

Sie wand sich, warf ihren Körper hin und her und versuchte, den eigenartigen Gefühlen zu entkommen. Doch ganz gleich, wohin sie sich auch bewegte, die Berührungen folgten ihr. Sie folgten ihr, fanden sie und griffen tiefer und tiefer in ihr Inneres.

»Nein«, flüsterte sie wieder. »Nein … oh, bitte, nein …«

Doch es war zu spät. Was immer sie auch überkommen hatte, was es auch war, das sie fest in seinem Griff hielt, es gab kein Entrinnen, das wusste Joan. Eine ganz andere Art der Dunkelheit senkte sich jetzt über sie. Eine Dunkelheit, die noch viel schwärzer war als die Nacht.

Die Finsternis der Ohnmacht.

Joan reckte sich ihr entgegen, hieß sie willkommen. Während sie sich in die tröstenden Arme dieser Dunkelheit fallen ließ, hörte sie, wie Cynthia flüsterte: *»Schlaf ein. Schlaf einfach ein …«*

Mit der Stimme ihrer Schwester im Kopf verlor Joan das Bewusstsein.

Einundzwanzigstes Kapitel

Nicht tot.

Zuerst schienen diese Worte keinerlei Sinn zu ergeben. Es schien, als wären sie in einer fremden Sprache gesprochen worden und stammten aus einer unbekannten, unsichtbaren Quelle.

Doch dann hörte sie sie erneut und diesmal waren sie mehr als nur eine Aneinanderreihung von Lauten. Diesmal lag ein Sinn in ihnen.

Nicht tot!

Immer wieder erklangen die Worte, manchmal waren sie ganz nahe, manchmal wie ein fernes Echo. Kelly brauchte eine Weile, bis sie erkannte, dass sie nicht aus der Dunkelheit kamen, die sie umgab. Nein, sie kamen aus ihrem eigenen Gehirn. Als der Schlaf sie endgültig aus seinen Fangarmen entließ, wusste sie auch, was die Worte bedeuteten.

Sie lebte noch.

Ihr Körper war eiskalt, und die Kälte drang durch ihre Knochen bis ins Mark. Die Schmerzen in ihren Muskeln waren so unerträglich, dass sie glaubte, von ihnen auf eine andere Stufe des Bewusstseins gehoben zu werden: Ihr Verstand schien akzeptiert zu haben, dass die Qualen weder gelindert noch beherrscht werden konnten und hatte sich daher dafür entschieden, ihnen keine Beachtung mehr zu schenken. Sonst hätten die Schmerzen in ihren Gelenken, die Taubheit in ihren Händen und Füßen und die Krämpfe in ihren Muskeln sie zu völliger Hilflosigkeit verdammt.

Einen Augenblick lang lag Kelly stocksteif da. Noch immer umfing sie die undurchdringliche Dunkelheit wie ein schweres Gewand. Doch während sie geschlafen – sich in den Schutz einer Ohnmacht zurückgezogen hatte – schien die Dunkelheit, genau wie der Schmerz, einen Teil ihrer Macht über sie verloren zu haben. Die undurchdringliche Finsternis löste keine Panik mehr in ihr aus.

Und als Kelly nun die Augen öffnete, erwartete sie nicht, ja sie hoffte nicht einmal mehr, auch nur einen winzigen Schimmer von Licht zu erblicken.

Sie war nicht tot.

Wie lange lag sie schon hier? Sie wusste es nicht – es konnten Stunden sein – oder Tage.

Ihr Magen krampfte sich vor Hunger zusammen, und ihre Kehle war vom Durst wie ausgetrocknet. Für wie lange hatte sie sich in den Schlaf geflüchtet?

Geträumt hatte sie nicht – jedenfalls konnte sie sich an keinen Traum erinnern. Aber sie fühlte sich keinesfalls ausgeschlafen. Sie war erschöpft. Ihr Körper fühlte sich an, als habe sein Kampf gegen die Schmerzen all seine Kräfte aufgezehrt.

Und doch lebte sie noch.

Ihre Lunge tat ihren Dienst.

Ihr Herz schlug. Sie glaubte, es in der vollkommenen Stille, die sie umgab, sogar klopfen zu hören. Auf jeden Fall spürte sie es in ihrer Brust, wusste, dass es Blut durch ihre gequälten Glieder pulsieren ließ und dem Schmerz widerstand, der den Rest ihres Körpers lähmte.

Dann vernahm Kelly ein Geräusch, das nicht von ihr selbst stammen konnte.

All ihre Instinkte traten in Alarmbereitschaft. Sie vergaß den Schmerz und konzentrierte sich ganz darauf, aus dem Rauschen ihres Blutes alle fremden Geräusche herauszufiltern.

Sie hielt den Atem an und lauschte.

Da!

Da war es wieder! Das gleiche Geräusch, das sie schon gehört hatte, als sie sich zum ersten Mal in ihrem dunklen Gefängnis wieder gefunden hatte. Damals war es so schnell wieder verklungen, dass sie es beinahe für eine Täuschung gehalten hatte. Doch diesmal war sie hellwach und wusste, dass sie sich den Laut nicht einbildete.

Er kam von irgendwo hinter ihr.

Sie lag noch immer auf der Seite, und ihre Hände waren auf ihren Rücken gefesselt. Ihre Knie waren angewinkelt. Sie musste sich herumrollen.

Kelly streckte die Beine aus und drehte dann den Oberkörper. Sie versuchte, den Schmerz, der ihr dabei die Muskeln zerreißen wollte, nicht zu beachten. Einen kurzen Moment lang lag sie auf dem Bauch. Ihren Kopf hatte sie zur Seite gedreht, um ihr Gesicht nicht in den Schmutz auf dem Boden zu drücken. Dann drehte sie sich noch ein Stück weiter und lag schließlich auf der anderen Seite. Sie atmete schwer. Ihr Körper verlangte nach dieser Anstrengung nach mehr Sauerstoff. Doch es gelang ihr, ruhig zu atmen. Nun hörte sie es deutlicher.

»Hilfe … hilf mir …«

Die Worte wurden mit so leiser Stimme gesprochen, klangen so schwach, dass die Dunkelheit selbst sie zu wispern schien.

Doch dann hörte Kelly sie erneut: » … hilf mir … bitte …«

Fast automatisch formte sich in Kellys Kehle eine Antwort. Doch wie schon zuvor wurden die Worte durch das Klebeband über ihren Lippen erstickt. Diesmal überkam sie jedoch nicht die panische Angst wie beim letzten Mal, als der Schrei in ihrem Mund festgehalten worden war.

Kelly zwang sich, ruhig zu bleiben, und ließ die angestaute Luft durch die Nase entweichen.

Sie war nicht allein! Irgendwo in der Dunkelheit – ganz in ihrer Nähe – befand sich noch ein Mensch.

Jemand der lebte, der wach war und sprechen konnte.

Sie kämpfte gegen die wachsende Erregung an, und es gelang ihr, denselben summenden Ton auszustoßen, wie beim letzten Mal, als sie geglaubt hatte, in der Dunkelheit ein Geräusch zu hören. Doch selbst für ihre eigenen Ohren klangen ihre Bemühungen viel zu schwach und enttäuschend leise.

Sie widerstand dem Drang, noch einmal zu summen, und lauschte mit angehaltenem Atem auf eine Antwort. Zuerst konnte sie nichts hören. Doch dann sprach die Stimme wieder.

»Cynthia? Hilf mir …«

Während die Worte in der Dunkelheit verklangen, hatte Kelly das Gefühl, die Stimme schon einmal gehört zu haben. Ihr Pulsschlag beschleunigte sich. Noch einmal stieß sie ihr

Summen aus, ließ es bis zu einem erstickten Stöhnen anschwellen. Und diesmal kam die Antwort sofort.

»Hilf mir ... hilf mir, Cynthia ... Bitte, hilf mir ...«

Nun wusste Kelly, wem die Stimme gehörte. Matts Großmutter! Emily Moore war hier. Sie war also nicht tot! Sie war nicht herumgeirrt. Sie hatte sich nicht verlaufen. Matts Großmutter war hier, nur ein paar Meter von ihr entfernt und in dem selben dunklen Gefängnis eingesperrt wie sie.

Kelly spürte ein überwältigendes Bedürfnis, mit Mrs. Moore zu sprechen, sie wissen zu lassen, dass sie bei ihr war. Sie musste unbedingt das Klebeband, das ihren Mund verschloss, loswerden, damit sie rufen konnte.

Sie rutschte wieder herum, bis sie mit dem Gesicht nach unten lag. Sie versuchte mit aller Macht, die Schmerzen, die ihr diese Bewegungen bereiteten, zu ignorieren. Diesmal wandte sie ihr Gesicht dem festgestampften Erdreich zu, auf dem sie lag. So gut es ging, presste sie die rechte Seite ihres Kopfes an den Boden und rieb das Klebeband gegen den Untergrund. Sie hoffte, dass wenigstens ein Eckchen des Bandes an irgendetwas hängen bleiben würde. Es musste doch wenigstens eine kleine Unebenheit geben, die es ihr ermöglichte, das Klebeband ein Stück weit abzulösen.

Doch Kellys Bemühungen blieben ohne Erfolg. Sie fand nur eine glatte Oberfläche.

Matt hörte Kellys Flüstern. Am Anfang klangen ihre Worte noch undeutlich, und die Dunkelheit verhinderte, dass er die Bewegung ihrer Lippen sehen konnte. Aber obwohl er sie nicht richtig verstand, bemerkte er den sehnsuchtsvollen Ton in Kellys Stimme. Dieser Ton ließ etwas in Matts tiefstem Inneren zum Leben erwachen.

Eine sengende Hitze breitete sich in seinen Gliedern aus. Er streckte die Hand aus, suchte in der Dunkelheit nach ihr.

Kellys Worte wurden deutlicher. »Matt? Wo bist du? Ich brauche dich, Matt.«

Er wolle ihren Namen rufen, doch er brachte nur ein Flüstern zustande. Und als er noch einmal nach ihr rufen wollte, blieb der Atem in seiner Kehle stecken und ließ die Worte ersterben, bevor er sie formen konnte. Er rang nach Luft, doch seine Brust war wie von Bändern aus Stahl umspannt, die ihm nicht erlaubten, den Brustkorb zu dehnen. Schon bei der kleinsten Bewegung schossen Schmerzen von den Rippen aus durch seinen ganzen Körper.

Doch als er noch einmal versuchte, nach Kelly zu greifen, konnte er sie spüren. Seine Finger berührten ihre Haut, und ein ganz neues Gefühl überkam ihn.

»Ja«, flüsterte sie. »O ja, Matt.«

Noch immer konnte er sie nicht sehen, aber er spürte sie, spürte, wie sie sich an ihn drängte, wie sie ihn mit den Händen erforschte und wie sein Körper auf ihre Berührungen reagierte. Ihre flüsternden Lippen pressten sich an sein Ohr, doch die Worte kamen nur als Laute bei ihm an, die sein Innerstes aufwühlten. Der Schmerz in seiner Brust ließ nach, und sein Atem wurde tiefer und rhythmischer.

Nun spürte er Kellys Zunge über seine Haut gleiten. Sie spielte mit der Wölbung seiner Ohrmuschel und streichelte dann seine Wange. Unsagbar sanft berührten ihre Lippen seine Augenlider und lagen dann plötzlich auf seinem Mund.

Wieder fühlte Matt Kellys Zunge. Bald teilte sie seine Lippen und drängte sich in seinen Mund. Er atmete tief, saugte Luft aus ihrer Lunge in seine und schickte sie dann zurück. Gierig rieb er seinen Körper an ihr, während sich ihrer beider Atem miteinander vermischte. Seine Haut stand in Flammen. Ihre Berührungen brannten auf seinem Fleisch. Schon glaubte er, das überwältigende Wohlgefühl nicht mehr ertragen zu können, da löste sich ihr Mund von seinem, und ihre Zunge glitt langsam hinunter. Sie strich über seine Brust und über seinen Bauch.

Matt stöhnte auf. Die wunderbaren Empfindungen, die Kelly in seinem Körper weckte, lagen im Widerstreit mit den Schuldgefühlen, die sich erst zaghaft gemeldet hatten, nun aber immer stärker wurden.

»Nein«, flüsterte er, während er seinen Körper unter ihren Lippen und ihren streichelnden Händen wand. »Nein, Kelly. Wir sollten nicht …«

Seine Worte erstarben, als ihr Mund sich schloss. Einen Augenblick lang wollte er sich von der Welle purer Lust, die nun über ihm zusammenschlug, fortreißen lassen. Doch er nahm sich zusammen, entwand sich Kelly, zog sie mit den Händen zu sich herauf und rollte sich dann auf sie. Er hielt sie mit sanftem Druck unter sich gefangen. Und schon schlangen sich ihre Arme um ihn und drückten ihn noch fester an ihren Körper. Ihre Beine öffneten sich und legten sich dann ebenfalls um ihn. Sie begann, sich unter ihm zu winden und an ihn zu drängen, und wieder fühlte er, wie er in den Brunnen bodenloser Lust hinabzusinken drohte.

Noch einmal war er kurz davor, dieser Verlockung nachzugeben, sich den Verheißungen des Körpers unter dem seinen zu überlassen.

Doch dann zog er sich erneut zurück.

»Nein!«, flüsterte er. »Nicht! Tu es nicht!«

Aber Kellys Beine schlangen sich nur noch fester um ihn, und nun spürte Matt wieder die schrecklichen Bänder, die seinen Brustkorb zusammendrückten. Allerdings wusste er jetzt, dass sie nicht aus Metall waren, sondern aus Fleisch und Knochen, Muskeln und Sehnen. Immer fester umfassten sie ihn, und bald erkannte Matt, dass er ihnen entkommen musste, bevor es zu spät war.

Seine Hände legten sich um Kellys Hals, und seine Finger drückten zu. Noch immer krallte sie sich an ihm fest, doch als er den Druck seiner Finger verstärkte, veränderte sich ihr Stöhnen. Lust und Ekstase wichen anderen Empfindungen.

Angst.

Matt drückte noch fester zu, und Kellys Arme und Beine glitten langsam von seinem Körper.

Durch Kellys Stöhnen hindurch konnte Matt nun eine andere, ihm wohl bekannte Stimme hören, die aus der Dunkelheit auf ihn einflüsterte.

Der Geruch nach Moschus stieg in seine Nase.

»So ist es gut«, flüsterte die Stimme seiner Tante. *»Tu es, Matt. Tu, was du tun musst … tu, was du tun willst.«*

Kelly wand sich unter ihm, doch nicht mehr länger aus Lust oder Leidenschaft. Sie warf sich hin und her und schlug mit Armen und Beinen wild um sich, während sie versuchte, seiner Umklammerung zu entkommen.

Er war dabei, Kelly zu töten!

Er versuchte, sie loszulassen, seinen Griff zu lockern. Doch eine andere Kraft – eine Kraft, die viel stärker war als er selbst – schien die Kontrolle über ihn übernommen zu haben.

»Tu es, Matt«, hörte er seine Tante flüstern. *»Töte sie, Matt. Töte sie für mich …«*

Er spürte, wie sich Kellys Fingernägel in seinen Rücken gruben und seine Haut zerfetzten. Verzweifelt versuchte sie, sich von ihm befreien. Doch seine Finger drückten nur noch fester zu, schlossen sich um ihre Kehle, bis ihr Röcheln verstummte.

»Ja!«, hörte er seine Tante aufschreien. *»Ja, Matt! Ja!«*

Die Hitze in Matts Lenden wurde stärker, sein Körper zitterte unkontrolliert unter den Gefühlen, die ihn nun durchzuckten. Schon brach ein Schrei, ein Heulen aus seiner Kehle, das Feuer in seinen Lenden explodierte. Danach lag er sekundenlang – Sekunden, die ihm wie Stunden erschienen – schwer atmend und zitternd, von kaltem, klammem Schweiß überzogen in der Dunkelheit.

Langsam, ganz langsam, verging der Traum. Seine Hände hatten sich nicht in Kellys Hals, sondern in das zerknüllte Kopfkissen gekrallt.

Die undurchdringliche Dunkelheit, in der er nach Kelly getastet hatte, war der beginnenden Morgendämmerung gewichen. Matt blickte auf das heller werdende Viereck seines Fensters.

Ein Traum! Alles war nur ein Traum gewesen.

Unbeweglich lag er in der Dämmerung, während er darauf wartete, dass sich sein Atem beruhigte.

Der Schweiß, der seinen Körper überzog, begann zu trocknen.

Als Matt wieder in einem ruhigeren Rhythmus atmen konnte, wusste er, dass er nicht alles geträumt hatte. Denn noch immer lag ein ganz bestimmter Geruch in der Luft. Das schwere Moschusaroma von Nightshade, dem Parfüm seiner Tante.

Matt drückte vom Bett aus auf den Lichtschalter und lag dann einen Augenblick still unter dem hellen Schein der Lampe. Als sich seine Augen an die Helligkeit gewöhnt hatten, stieg er aus dem Bett und ging zu dem Kleiderschrank. Er öffnete die Tür und blickte in den Spiegel auf der Innenseite. Sein Gesicht war gerötet, sein Haar feucht von Schweiß.

Und als er sich drehte, um über seine Schulter hinweg seinen Rücken zu betrachten, erschrak er. Die Striemen waren feuerrot und angeschwollen. Er zählte acht Linien auf seinem Rücken. Vier links und vier rechts von seiner Wirbelsäule.

Matt erschauerte, während er an die letzten Augenblicke des Traums zurückdachte, in denen sich seine Hände unbarmherzig um Kellys Kehle geschlossen hatten. In ihrem Kampf gegen den Tod, der ihr so nahe war, hatte sie mit den Fingernägeln seine Haut aufgerissen.

Also war es kein Traum gewesen. Nicht alles hatte er geträumt. Ein Teil davon war wirklich geschehen.

Zweiundzwanzigstes Kapitel

Der blaue Morgenhimmel schien zu einer anderen Welt zu gehören. Wolken, sich hoch auftürmende Vorboten eines Gewitters, schwarz und schwer wie Matts Stimmung, hätten den Himmel überziehen sollen. Er war todmüde, und die Erschöpfung quälte seine Glieder. Selbst nach zehn Minuten unter der heißen Dusche, gefolgt von einer Minute unter einem eiskalten Strahl, der mit Tausenden von Nadeln in seine Haut stach, fühlte er sich nicht frischer. Das Handtuch hatte er vorher über die Heizung gehängt, und dennoch wärmte es nun seinen eiskalten Körper nicht. Die Kälte, die er spürte, rührte nicht allein von seiner körperlichen Erschöpfung, sondern viel mehr von der Verwirrung, die seinen Geist und seine Seele befallen hatte, her. Der Traum – der schreckliche Traum, in dem er mit Kelly Conroe geschlafen und sie dabei umgebracht hatte – stand noch so klar vor seinem geistigen Auge, dass er erschauerte, während er das Handtuch um sich schlang.

Am liebsten hätte Matt sich vor dem, was dieser Tag ihm bringen würde, im Bett versteckt. Doch er wusste, dass das unmöglich war. Zuhause zu bleiben und sich in seinem Zimmer zu verstecken, würde alles nur noch schlimmer machen. Und ganz gleich, wie hart die Realität auch sein mochte und welche Beschuldigungen man ihm heute in der Schule an den Kopf werfen würde – schlimmer als der Traum konnte gar nichts sein. Matt warf das feuchte Handtuch in den Wäschekorb, zog sich an und wollte gerade zur Treppe gehen. Doch an der Tür des Gästezimmers hielt er inne.

Der Traum stand wieder deutlich vor ihm. Er hörte noch einmal die Stimme seiner Tante, ihr drängendes Flüstern, als er seine Hände um Kellys Hals gelegt hatte. Aber seine Tante war tot. Er hatte sie niemals kennen gelernt! Woher wusste er nur, dass es ihre Stimme war, die er gehört hatte?

Er drehte den Türknauf und drückte die Tür zu dem Zimmer auf. Im selben Moment stieg ihm schon der Moschusgeruch des Parfüms in die Nase, und eigenartige Bilder liefen vor seinem geistigen Auge ab.

Sein Vater im Fadenkreuz der Zielvorrichtung seines Gewehrs.

Nein! Nicht sein Vater! *Er hatte einen Hirsch erlegt!*

Seine Großmutter, die den Flur entlangging und nach jemandem rief, der nicht da war – die ihrer längst verstorbenen Tochter die Treppe hinunter folgte.

Und Kelly, die versuchte, sich zu befreien und …

Nein! Matt versuchte, die Bilder zu verscheuchen. Es musste ihm gelingen, echte Erinnerungen von den Träumen zu trennen. Doch sein Geist war ebenso erschöpft wie sein Körper, und so sehr er sich auch bemühte, die Bilder vermischten sich immer wieder aufs Neue. Wie erstarrt stand er unter der Tür und hielt unbewusst den Atem an. Seine Augen hingen an dem Porträt seiner Tante, und der Geruch ihres Parfüms umwehte ihn.

Er konnte ihre Gegenwart beinahe spüren. Und dann drängten sich neue Bilder aus seinem Unterbewusstsein in seinen Kopf.

Sie war in seinem Zimmer – in seinem Bett – berührte ihn, drängte ihren Körper an seinen …

Aber das war nicht wirklich geschehen! Er hatte es nur geträumt!

Matts Gedanken überschlugen sich, und dann spürte er es plötzlich wieder. Wie sie ihn berührte. Ihren Körper, der sich an ihn schmiegte. In sein Ohr flüsterte.

Matt wehrte sich gegen die Bilder, die nur aus seinen Träumen stammen konnten, gegen den Geruch des Parfüms, der in der Luft hing, und gegen das Flüstern, das ihm noch im Ohr klang. Vor allem aber wollte er das Gefühl abschütteln, das die Berührungen der toten Frau auf seiner Haut hinterlassen hatten. Heftig zog er die Tür ins Schloss und fuhr herum.

Und dort stand sie. Sie war ihm so nahe, dass er beinahe das Gleichgewicht verlor.

Matt stieß einen Schreckenslaut aus.

»Matt? Was ist denn?«

Seine Mutter! Nicht seine Tante sondern seine Mutter. »Ich … ich … du hast mich nur erschreckt«, stammelte er verwirrt. »Ich wollte gerade …«

Die Augen seiner Mutter blickten zu der Tür, die Matt eben energisch geschlossen hatte. Als sie nun sprach, lag eine unerbittliche Härte in ihrer Stimme, die Matt noch nie zuvor bemerkt hatte. »Ich werde das ganze Zeug hinausschaffen«, sagte sie. »Noch heute werde ich es beseitigen.«

»Aber wenn Großmutter …«, begann Matt. Doch als sich die Augen seiner Mutter verengten, brach er ab.

»Das ist mir egal«, sagte Joan und starrte auf die geschlossene Tür des Gästezimmers. »Und mit dir hat das …«

Matt wartete darauf, dass seine Mutter den Satz zu Ende führte, doch sie sprach nicht weiter. Endlich löste sie ihren Blick von der Tür und lächelte ihn an. Sie legte eine Hand an seine Wange. »Mit dir hat das alles gar nichts zu tun«, sagte sie schließlich.

Eine Stunde später machte Matt sich auf den Weg zur Schule. Noch immer fühlte er sich elend. An der Stelle, wo die Einfahrt in die Landstraße mündete, schaute er automatisch in die Richtung, wo das Haus der Conroes stand. Einen Augenblick lang dachte er nicht daran, was vorgefallen war, und wollte auf Kelly warten, um mit ihr gemeinsam seinen Weg in die Stadt fortzusetzen. Doch dann fiel ihm alles wieder ein.

Wenn Kelly in der vergangenen Nacht noch nach Hause gekommen war, hätte doch sicher jemand seine Mutter angerufen und sie verständigt. Wenn nicht die Conroes, dann bestimmt Dan Pullman.

Die Kälte, die Matt beim Aufstehen gespürt hatte, überfiel ihn aufs Neue. Die Erinnerung an den schrecklichen Traum holte ihn wieder ein. Doch diesmal kam noch etwas anderes hinzu: die lückenhafte Erinnerung daran, wie er den vergangenen Nachmittag verbracht hatte. Eigentlich hatte er geglaubt, er sei nur zu Mr. Rudman hinübergegangen, um ihm den Kopf des Hirsches zu bringen, und dann gleich wieder nach Hause zurückgelaufen.

Doch in Wirklichkeit hatte er für eine Erledigung, die kaum mehr als eine Viertelstunde gedauert haben konnte, eine ganze Stunde gebraucht.

Was war in den übrigen fünfundvierzig Minuten geschehen?

Und warum hatte er am Wasserfall nach Kelly gesucht?

Als Matt ein paar Minuten später vor der Schule stand und sich nicht daran erinnern konnte, wie er dorthin gelangt war, spürte er, wie ihn Panik befiel.

War mit der Dreiviertelstunde am Tag zuvor dasselbe geschehen? Nein, es gab einen Unterschied. Soeben hatte er eine Stecke zurückgelegt, die er so gut kannte, dass er sie auch im Schlaf hätte gehen können. Und sein Kopf war so voll von anderen Dingen gewesen, dass er nicht auf den Weg geachtet hatte.

Matt überquerte die Straße und ging auf das Schulgebäude zu. Er spürte die Blicke der anderen Schüler auf sich. Doch anders als gestern beobachteten sie ihn weder misstrauisch noch wichen sie seinen Blicken aus, wenn er in ihre Richtung sah. Heute starrten sie ihn feindselig an, und er konnte die Wut in ihren Augen sehen.

Sie glauben, dass ich es war, dachte er. *Sie glauben, ich hätte Kelly getötet.*

Getötet!

Dieses Wort verfolgte ihn. Wieder dachte er an die schrecklichen Bilder aus dem Traum. Welche waren nichts weiter als verzerrte Erinnerungen? Was hatte er vielleicht tatsächlich nur geträumt? Und am schlimmsten: Was war Wirklichkeit?

Während Matt durch die Schultür trat, wusste er, dass er überall die geflüsterten Beschuldigungen seiner Mitschüler hören würde. Und tief in seinem Herzen dämmerte die Erkenntnis, dass er diese Anschuldigungen nicht mehr als schlichte Hirngespinste zurückweisen konnte.

Ruf ihn zurück! Ruf ihn zurück, bevor es zu spät ist!

Der Drang wurde beinahe unwiderstehlich. Doch gleichzeitig wusste Joan, dass sie es nicht tun würde. Und nun war es ohnehin zu spät. Schon vor Minuten war Matt hinter der Biegung der Einfahrt verschwunden. Inzwischen war er sicher schon in der Schule.

Und sie war allein im Haus.

Doch war sie das wirklich? Die Antwort auf diese Frage kannte Joan längst, kannte sie mit jener schrecklichen inneren Gewissheit, der sie nicht entrinnen konnte. Die eigenartigen Worte, die ihre Schwester gesagt hatte, bevor sie in der vergangenen Nacht zu Bett gegangen war, hatten sich heute Morgen gleich beim Aufwachen wieder in ihre Gedanken gedrängt.

»Das alles gehört mir immer noch, Joan … Alles, was du hast, gehört mir … Ich hole es mir zurück, Joan. Alles hole ich mir zurück!«

Die Angst hatte einen schalen Geschmack in Joans Mund hinterlassen, und ihr Geist hatte sich bereits während des Erwachens in eine Panik verstrickt, deren Ursache sie zunächst nicht feststellen konnte. Dann dachte sie an die schrecklichen und völlig unerklärlichen Erscheinungen ihrer Schwester, und ihre Angst wuchs.

Wurde sie langsam verrückt?

Joan fühlte sich wie gelähmt und wollte nichts lieber, als in den Schlaf zurücksinken. Mehr noch: Sie sehnte sich danach, sich der Ruhe und dem Frieden einer Ohnmacht überlassen zu können. Doch sie wusste auch, dass ihr selbst tiefe Besinnungslosigkeit keine wirkliche Erleichterung bringen würde.

Ich bilde mir alles nur ein, sagte sie sich immer wieder. Es war völlig ausgeschlossen, dass sie ihre Schwester gesehen oder gehört hatte. *Es war ein Traum, nichts weiter!*

Cynthia konnte nicht im Haus erscheinen, konnte nicht mit ihr sprechen und sie schon gar nicht berühren.

Doch selbst bei diesen Gedanken hörte Joan noch das spöttische Gelächter. Es verfolgte sie bis ins Badezimmer, wo sie versuchte, sich den schlechten Geschmack, den Angst und Anspannung hinterließen, aus dem Mund zu spülen.

Das hämische Lachen quälte sie noch, als sie längst in der

Küche stand, Kaffee kochte und versuchte, ein Stück Toast hinunterzuwürgen. Als Matt das Haus verließ, um zur Schule zu gehen, schwoll es noch an, klang siegessicher und überlegen.

Joan stand am Fenster und presste ihr Gesicht an das Glas, als wäre sie ein aufgespießtes Insekt in einer Ausstellungsvitrine, das einen Weg aus seinem Gefängnis suchte.

Wie hatte das nur geschehen können? Wie war Cynthia aus ihrem Grab entkommen? Was wollte sie?

Joan kannte die Antwort auf diese Frage bereits. Cynthia selbst hatte sie ihr in der letzten Nacht gegeben.

»*Alles, was du hast, gehört mir … Ich hole es mir zurück, Joan. Alles hole ich mir zurück!*«

Die Worte verursachten Joan körperliche Schmerzen. Sie fuhr herum, um derjenigen, die sie so quälte, ins Gesicht zu sehen.

»Nein!«, schrie sie. »Das ist nicht wahr! Es einfach nicht war!«

Joan bemerkte, dass sie in einen leeren Raum hinein geschrien hatte. Sie wurde still. Ihre Augen suchten die Küche ab wie die eines verängstigten Tieres, das einen Verfolger wittert. Cynthias höhnisches Gelächter hing immer noch in der Luft.

Joan floh aus der Küche, rannte durch die Tür des Speisezimmers und riss im Vorbeihasten eine Kristalllampe vom Sideboard. Er krachte zu Boden und zersprang in zahllose Scherben. Sogar dieses Geräusch wurde von Cynthias Lachen übertönt. Joan ließ die Scherben achtlos liegen und eilte weiter in die Eingangshalle. Die Tür des Speisezimmers warf sie hinter sich zu.

»*Türen können mich nicht aufhalten*«, flüsterte Cynthia. »*Aber das kannst du nicht verstehen, nicht wahr? Du hast ja nie etwas verstanden.*«

»Lass mich in Ruhe!«, schrie Joan und lief weiter durch das Wohnzimmer in die Bibliothek. Doch auch hier wartete Cynthias Lachen auf sie. Sein Echo brach sich an den Wänden und zwischen den Regalen.

Joan spürte, wie ihr Verstand sie im Stich lassen wollte.

»Bill?«, flehte sie. »Bill, hilf mir! Bitte, hilf mir …«

Doch als sie mit erstickter Stimme den Namen ihres Mannes rief, klang er beinahe fremd in ihren Ohren.

»Er wird dir nicht helfen«, flüsterte Cynthia. *»Warum sollte er? Er hat dich nicht geliebt – er hat dich nie geliebt!«*

»Doch, das hat er«, schluchzte Joan. Sie sank in den Sessel neben dem offenen Kamin. »Du lügst. Er hat mich geliebt … Er hat mich immer geliebt.«

Die Stimme ihrer Schwester triefte vor Gehässigkeit. *»Hat er nicht«*, flüsterte sie. *»Niemand hat dich je geliebt, Joan. Mama nicht, Papa nicht, Bill nicht – niemand!«*

»Doch, das haben sie!«, schrie Joan. Aber als sie die Worte aussprach, wusste sie, dass sie nicht der Wahrheit entsprachen.

»Daddy hat uns verlassen. Weißt du noch? Daddy hat uns verlassen, als du noch ein Baby warst! Und er ist wegen dir fortgegangen! Deshalb hasst Mama dich!«

»Das stimmt nicht«, weinte Joan. »Das ist nicht wahr … Kein Wort davon ist wahr!«

Sie hielt sich mit den Händen die Ohren zu, wollte allen Geräusche entfliehen. Doch Cynthias erbarmungslose Stimme ließ sich nicht zum Schweigen bringen.

»Doch, es ist wahr. Du weißt, dass es stimmt!«

»Nein!«, schrie Joan und sprang auf. »Du lügst! Das sind alles nur Lügen!«

Stolpernd lief sie zur Tür. Doch weder vor der Stimme vor den schrecklichen Anschuldigungen ihrer Schwester gab es ein Entrinnen.

»Es ist deine Schuld, Joan«, flüsterte Cynthia. *»Deine Schuld! Alles ist deine Schuld!«*

Joan taumelte durch das Wohnzimmer und blieb an der Treppe stehen. Cynthias Stimme schallte aus jedem Winkel. Und jetzt konnte Joan ihre Schwester auch sehen. Sie stand oben an der Treppe und schaute auf sie herab. Ihre Lippen hatte sie zu dem grausamen Lächeln verzogen, das Joan seit ihrer Kindheit nicht mehr gesehen hatte.

»Ich bringe dich um!«, schrie Joan und starrte in die Fratze. »Ich schwöre bei Gott, ich werde dich umbringen!«

Gleich gläsernen Perlen sprang Cynthias spöttisches Gelächter durchs Haus.

Joan begann, die Treppe hinaufzusteigen. Doch mit jedem Schritt spürte sie, wie ihr Verstand immer mehr bröckelte und sie Stück um Stück verließ.

Bereits in seinem ersten Jahr als Dienststellenleiter und Vorgesetzter einer fünfköpfigen Abteilung hatte Dan Pullman eine interessante Beobachtung gemacht: Diejenigen, die sich für die herausragenden Persönlichkeiten der Stadt hielten, äußerten Kritik nicht nur an Menschen, die, wie beispielsweise Dans Hilfssheriffs, aus ihrer Sicht unter ihnen standen.

»Letztendlich trägst du die Verantwortung«, hatten die Gerry Conroes, Marty Holmes und Bill Hapgoods der Stadt ihn im Laufe der Jahre immer wieder wissen lassen.

Gleichzeitig war Dan aufgefallen, dass diese Männer zwar stets bereit waren, ihm jedwedes Versagen der Polizeikräfte anzulasten, die Erfolge seiner Dienststelle jedoch kaum beachteten. Pullman war klug genug gewesen, sich nie darüber zu beklagen, und wahrscheinlich verdankte er es vor allem dieser Zurückhaltung, dass er das Amt des Sheriffs von Granite Falls schon viel länger innehatte als jeder seiner Vorgänger.

Seit der Auseinandersetzung mit Gerry Conroe am vorigen Abend brauchte Dan Pullmans Miene den Vergleich mit einem grimmigen Wintersturm nicht zu scheuen. Doch er hatte auch Verständnis dafür, dass Gerry Conroe seine Weigerung, sofort sämtliche polizeilichen Kräfte für die Suche nach Kelly zu mobilisieren, nicht einfach akzeptieren konnte. Schließlich war Conroe nicht nur der Herausgeber und Chefredakteur der Lokalzeitung, sondern jetzt war er vor allem der Vater des vermissten Mädchens.

Was Dan Pullman allerdings wirklich zornig machte und seine Stimmung stündlich verschlechterte, war die Flut der Anrufe, die ihm in der vergangenen Nacht allein den Gedanken an Schlaf unmöglich gemacht hatte. Und diesen Schlaf hätte er dringend gebraucht.

Seit er am vergangenen Abend seinen Wagen aus der Einfahrt der Conroes gelenkt hatte, beleuchtete er Kellys Verschwinden aus jedem erdenklichen Blickwinkel. Trotz der Versicherungen, mit denen er Gerry und Nancy hatte beruhigen wollen und die zumindest statistisch korrekt waren, gestand er sich ein, dass er selbst nicht recht daran glaubte, dass Kelly von zu Hause fortgelaufen war. Über die Jahre hatten er und seine Männer sämtliche Kinder und Jugendliche von Granite Falls mehr oder weniger gut kennen gelernt. Und wann immer etwas geschah – wenn beispielsweise ein minder schwerer Fall von Vandalismus gemeldet wurde – wussten sie normalerweise sofort, wo sie den Schuldigen finden konnten. Es war eine Hand voll Teenager, die die meisten Probleme verursachte. Die übrigen stellte selten etwas an. Schlimmstenfalls nahmen sie an dem inzwischen schon traditionellen – wenn auch illegalen – alljährlichen öffentlichen Besäufnis nach der Verabschiedung der Schulabgänger der High School teil. Aber bis zum heutigen Tage war speziell Kelly Conroe nie unangenehm aufgefallen. Zu Hause hatte sie ein geregeltes Familienleben, und Dan Pullman kannte in Granite Falls keine Menschenseele, die Kelly etwas Böses wünschte. Deshalb hielt er die Wahrscheinlichkeit, dass Kelly aus eigenem Antrieb durchgebrannt war, auch für verschwindend gering – trotz allem, was er ihren Eltern gesagt hatte.

Allerdings war eine groß angelegte Suche erst bei Tageslicht Erfolg versprechend. Lange war Pullman wach geblieben und hatte darüber nachgedacht, wo Kelly sich aufhalten könnte. Später hatten ihn die ständigen Telefonanrufe aufgebrachter Eltern daran gehindert zu schlafen. Die Leute forderten ein unverzügliches Handeln des Sheriffs und seiner Männer.

Vor Mitternacht hatten die Anrufer noch ihre Namen genannt und halbwegs vernünftig mit Pullman gesprochen. Die Eltern waren besorgt, und er hatte sich bemüht, nichts zu sagen, was sie noch mehr verunsichern konnte. Aber gleichzeitig hatte er zugeben müssen, dass es durchaus Grund zur Besorgnis gab.

Nach Mitternacht hatten sich die anonymen Anrufe gehäuft. Was Dan nun zu hören bekam, unterschied sich nur durch die Anzahl und Eindeutigkeit der Obszönitäten, mit denen die jeweiligen Sprecher ihre Meinung kundtaten.

»Wenn wir nicht schlafen können, warum solltest du dann schlafen?«

Pullmans Telefon verfügte über eine Anruferkennungsfunktion. Das Display zeigte die Rufnummern der nächtlichen Störenfriede, und er machte sich in Gedanken Notizen, welche von ihnen sich zu den übelsten Beschimpfungen hinreißen ließen. Die Mühe, sich aufzuschreiben, um wen es sich handelte, sparte er sich. Doch auf diese Weise hatte er bis Tagesanbruch keine Minute lang geschlafen und konnte mit gutem Grund – seinen Schätzungen nach – auf gut zehn Prozent der Bevölkerung von Granite Falls stinksauer sein. Wäre er in seinem erschöpften und frustrierten Zustand überhaupt in der Lage gewesen, kühle Berechnungen anzustellen, so hätte er festgestellt, dass selbst ein Prozent noch zu hoch gegriffen war. Andererseits waren die meisten Anrufer mit ein paar Dutzend anderer Leute verwandt oder befreundet und würden diese rechtzeitig vor den nächsten Wahlen gegen ihn aufstacheln.

Es sei denn, er fand Kelly Conroe. Lebendig. Und im Laufe des Morgens.

Dabei war er sich bereits hundertprozentig sicher, dass ihm genau das nicht gelingen würde.

Sobald es hell genug war, rief er Tony Petrocelli an. Gemeinsam nahmen sie sich die Wegstrecke vor, die Kelly von der Schule bis zu ihrem Haus zurückgelegt musste, und suchten nach Hinweisen auf einen Zwischenfall – ein verlorenes Buch, ein Taschentuch, irgendetwas, das Kelly gehörte. Sie suchten beide Seiten der Straße vom Stadtrand aus bis zum Haus der Conroes ab und fanden nichts. Es war beinahe unmöglich, dass Kelly in der Stadt selbst etwas zugestoßen war, ohne dass jemand etwas davon bemerkt hatte. Selbst zu Zeiten, in denen niemand mit dem Auto unterwegs war, gab es immer noch genügend Leute, die aus Neugier oder Langeweile aus den Fenstern sahen.

Nun war Pullman draußen beim Wasserfall angelangt. Die

Suche, die er hier durchführte, erinnerte ihn auf unheimliche Weise an die Suche nach Emily Moore, die er erst vor wenigen Stunden genau an dieser Stelle abgebrochen hatte. So wie sie es zuvor mit der Straße getan hatten, teilten Pullman und Petrocelli sich die Fläche, die sie absuchen wollten. Jeder ging allein erst seinen Teil ab, und anschließend wechselten sie die Seiten, um den Abschnitt des anderen noch einmal unter die Lupe zu nehmen. Die einzigen Anzeichen von Gewaltanwendung, die sie fanden, waren ein paar Blutspritzer an der Stelle, wo der Kampf zwischen Matt und Pete stattgefunden hatte. Während Petrocelli diesen Platz fotografierte, kratzte Pullman vorsichtig so viele Blutreste wie möglich von dem felsigen Untergrund und verwahrte sie in einer kleinen Plastiktüte. Das Labor in Manchester würde ihm sicher bald sagen können, ob es sich dabei womöglich um Kelly Conroes Blut handelte.

Nachdem sie die Gegend um den Pool und die Wasserfälle herum abgesucht hatten, wandten die Männer sich dem Pfad, der zum Haus der Hapgoods führte, zu.

»Wenn ich Matt wäre und Kelly Conroe irgendwohin schleifen wollte, würde ich das nicht gerade auf dem Pfad tun«, wandte Petrocelli ein. »Dort könnte mir doch jederzeit jemand begegnen.«

Pullman schüttelte den Kopf. »Das ist es ja. Matt sagt, dass er nach Kelly gesucht hat. Also hat er sie keinesfalls getragen oder über den Boden geschleift. Und wenn er im Dunkeln nach ihr suchte, blieb ihm kaum etwas anderes übrig, als den Pfad zu benutzen. Das heißt, wir müssten Spuren finden, die in beide Richtungen gehen, und sie sollten sehr frisch sein. Außerdem müssen sie zu den Schuhen passen, die Matt gestern Abend getragen hat. Sie sahen aus wie Doc Martens, ungefähr Größe neun oder zehn.« Er blieb plötzlich stehen. »So wie die hier«, sagte er und ging in die Hocke.

Petrocelli kauerte sich neben ihn, und beide Männer betrachteten den deutlichen Abdruck, den Schuhe mit einem tiefen Profil auf dem weichen Waldboden hinterlassen hatten. Die Spur war noch so frisch, dass der Markenname und das Firmenlogo des Schuhherstellers sowie die geriffelte

Oberfläche der Sohle gut erkennbar waren. Pullman brauchte einen Moment, bis er den spiegelverkehrten Schriftzug entziffert hatte: Redwing. Das Logo in der Mitte des Absatzes sah aus wie eine Spinne oder auch wie eine große Zecke.

Pullman seufzte. »So viel zu meiner Theorie, dass er Doc Martens trug.«

»Ist doch fast dasselbe«, antwortete Petrocelli. »Redwings sind australische Schuhe – gut zum Wandern geeignet. Und sie sehen genauso aus wie Doc Martens.« Vorsichtig setzte er seinen eigenen Schuh, Größe zwölf, neben dem Abdruck auf die Erde. »Die Größe könnte ungefähr hinkommen.«

Die beiden Männer gingen den Pfad entlang und suchten nach weiteren Fußabdrücken. Nun, da sie wussten, wonach sie Ausschau hielten, brauchten sie nicht lange, um weitere Spuren zu finden. Alle zeigten zum Haus der Hapgoods, keine einzige führte in eine andere Richtung.

»Wenn dies die Abdrücke von Matts Schuhen sind«, sagte Petrocelli, als das Haus der Hapgoods in Sichtweite kam, »dann wissen wir, dass Matt auf dem Pfad nach Hause gegangen ist. Zu den Wasserfällen muss er einen anderen Weg genommen haben.«

»Höchste Zeit festzustellen, welche Schuhe Matt gestern Abend trug«, antwortete Pullman grimmig.

Dreiundzwanzigstes Kapitel

Verrückt!

Sie war dabei, verrückt zu werden. Sie wurde verrückt und wusste es, und doch gab es nichts, was sie dagegen tun konnte.

Cynthias Stimme war nun überall, verfolgte Joan auf Schritt und Tritt, lachte sie aus, verspottete und quälte sie.

»Nichts hat dir je selbst gehört. Verstehst du, Joany-Baby?«, flüsterte sie.

Die verniedlichende Version ihres Namens hatte Joan schon immer gehasst.

»Nichts hat dir je wirklich gehört. Alles gehört mir. Alles! Bill gehört mir, dieses Haus gehört mir und alles, was darin ist, auch. Ich habe es dir für nur eine Weile zur Verfügung gestellt. Und nun hole ich es mir zurück!«

Joan stöhnte gequält auf. Sie glaubte, ihr Kopf müsse zerspringen, so wild wirbelten ihre Gedanken und Gefühle darin durcheinander.

»Nein«, flüsterte sie mühsam. »Das ist nicht wahr. Das stimmt alles nicht. Bill hat mich geliebt. Er wollte mich. Er …« Doch ihre Worte gingen in Cynthias hämischen Lachen unter.

Sie zerstören! Das war es, was sie tun musste! Sie musste Cynthia zerstören. Sie aus dem Gästezimmer vertreiben. Sie aus dem Haus entfernen. Sie aus ihren Gedanken tilgen.

»Das kannst du nicht«, flüsterte Cynthia, als könne sie in Joans Kopf hineinschauen. *»Du wirst mich nie loswerden, Joanie-Baby. Niemals!«*

Joan erreichte das Ende der Treppe. Nur noch wenige Schritte trennten sie von der geschlossenen Tür des Gästezimmers – von Cynthias Zimmer –, und sie spürte die Nähe des Geistes ihrer Schwester.

»Mach schon«, sagte Cynthia lockend. *»Versuch es. Versuch es, Joanie-Baby. Du wirst schon sehen, was passiert.«*

Ein erstickter Wutschrei stieg aus Joans Kehle. Mit einem

Sprung war sie an der Tür, drehte den Knauf und stieß sie so heftig auf, dass der Türgriff gegen die Wand prallte. Der Putz platzte von der Wand, und der gläserne Knauf zersprang.

Ohne auf die Scherben auf dem Boden zu achten, ging Joan zum Schrank ihrer Schwester. Cynthias Kleider hingen nach Farben geordnet darin. Auf den gepolsterten Bügeln glichen sie einem schillernden Regenbogen – die Kleider, die ihre Mutter so hingebungsvoll gepflegt hatte, dass sie fast aussahen, als seien sie nie getragen worden.

»Warum hast du dich um *mich* nie so gekümmert?«, schrie Joan. Schluchzen erstickte ihre Stimme. »Warum konntest du mich nicht wenigstens so lieben wie diese verdammten Kleider?«

Joan zerrte eines der Kleider von seinem Bügel und riss mit einer schnellen Bewegung das Oberteil entzwei. Dann warf sie es beiseite und griff nach dem nächsten. Eines nach dem anderen zog sie Cynthias Kleider aus dem Schrank, bis sie mitten in einem Berg aus zerfetztem Stoff stand.

Stofffetzen, die niemand mehr zum Gedenken an ihre Schwester auf einen Bügel hängen würde.

»Das sind nur alte Kleider. Das bin nicht ich selbst, Joanie-Baby«, flüsterte Cynthia.

»Nenn mich nicht so!«, kreischte Joan. Sie sprang vom Kleiderschrank fort, riss die Bilder von den Wänden und schleuderte sie zu Boden. Das Glas der gerahmten Fotografien zersprang.

Cynthia lachte nur.

Joan stürzte zum Schreibtisch und fegte mit ihrem Arm die Tischplatte leer. Die Bücher, Stifte, Stofftiere und die Lieblingsbarbiepuppe ihrer Schwester landeten neben den Scherben und den Kleidern.

Dann, mitten im Aufruhr ihrer Gefühle, drang plötzlich ein Geräusch an Joans Ohr. Sie erstarrte. Stille fiel über das Haus. Dann hörte sie es noch einmal.

Die Türglocke! Jemand klingelte an der Tür.

Panik schlug wie eine Welle über Joan zusammen. Was sollte sie tun? Schnell warf sie einen Blick in den Spiegel. Ihr Gesicht war aschfahl, das Haar hing in wirren Strähnen um ihren Kopf. Vielleicht sollte sie einfach nicht zur Tür gehen und leise darauf warten, dass, wer immer es auch sein mochte, wieder fortging.

Aber wenn sie hereinkamen? Was, wenn sie hereinkamen und sie in diesem Zustand vorfanden? Und wenn sie dann ihrer Mutter sagten, dass sie mit Cynthias Sachen gespielt hatte? Dann würde ihre Mutter sie wieder schlagen und in die Truhe aus Zedernholz im Keller sperren.

Nein! Lass nicht zu, dass sie dich ertappen! Sie werden dich verpetzen!

Joan stürzte aus Cynthias Zimmer und rannte die Treppe hinunter. In der Eingangshalle blieb sie stehen und fuhr sich mit den Fingern durchs Haar. Mit einer hilflosen Geste strich sie sich ein paar wirre Strähnen aus dem Gesicht.

Wieder schrillte die Türglocke, und Joan wusste, dass sie nun nicht länger zögern durfte. Sie drehte den Knauf und öffnete die Tür nur so weit, dass sie hinausspähen konnte.

Ein Polizist! Ein Polizist in Uniform.

Sie wollte die Tür zuschlagen, die Treppe hinaufrennen und sich in ihrem Zimmer verstecken. Doch selbst wenn der Polizist sie nicht finden würde, ihrer Mutter konnte sie nicht entwischen. Ihre Mutter würde sie finden und …

Wie die verstreuten Teile eines Puzzles fügte die Angst Joans Verstand wieder zu einem halbwegs geordneten Ganzen zusammen. Die Erinnerungen an die Vergangenheit, die sie in ihren Fängen hielten, fielen langsam von ihr ab. Sie hörte ihren Namen und erkannte dann Dan Pullman, der neben Tony Petrocelli stand.

»Dürfen wir einen Moment hereinkommen, Joan?«, fragte der Sheriff.

Matt, dachte Joan. *Sie wollen Matt noch mehr Fragen stellen.*

»Ich … Matt ist nicht da und ich …«

Joans Geist wurde noch etwas klarer, und sie erinnerte sich daran, was Trip ihr am vergangenen Abend gesagt hatte.

»Ich glaube, ich sollte besser nicht mit euch reden, wenn Trip Wainwright nicht dabei ist. Er sagte …«

»Ich weiß, was er gesagt hat, Joan«, entgegnete Dan Pullman schnell. Er spürte, dass Joan kurz davor war, die Tür wieder zu schließen. »Aber vielleicht kannst du uns nur kurz bei einer Sache helfen ... trägt Matt eigentlich Redwings?«

Misstrauen zog sich wie ein Schleier vor Joans Augen. Unsicher flogen ihre Blicke zwischen Pullman und Petrocelli hin und her. »Das weiß ich nicht genau«, sagte sie. »Ich entscheide nicht, welche Schuhe Matt trägt.«

Joan hörte Cynthias Lachen.

»Vielleicht könntest du ...«, begann Pullman, doch Joan schüttelte bereits den Kopf.

»Tut mir Leid«, sagte sie. »Ich sollte wirklich nicht mit dir sprechen.«

»Ich will doch nur ...«

Joan schüttelte noch immer den Kopf. »Ich darf es nicht«, sagte sie noch einmal. »Ich darf es einfach nicht!«

Einen Augenblick später standen Dan Pullman und Tony Petrocelli vor der geschlossenen Tür, und beide wussten, dass Joan sie nicht mehr öffnen würde, ganz gleich, wie lange sie auch klingelten.

»Anwälte«, knurrte Pullman verstimmt. »Immer diese verdammten Anwälte!«

Doch als sie zu dem Pfad, der zum Wasserfall führte, zurückgingen, drehte Tony Petrocelli sich noch einmal zum Haus um.

»Sie war ein wenig sonderbar«, sagte er nachdenklich. Joan Hapgood hatte sich beinahe wie ein Kind benommen. Wie ein fünfjähriges Kind, das Angst hat, ertappt zu werden.

Pullman zuckte die Schultern. »Sie tut nur, was Trip Wainwright ihr gesagt hat. Und er erledigt nur seine Arbeit. So wie wir jetzt auch.«

Vom Haus aus beobachtete Joan, wie die Männer im Wald verschwanden. Sie hatten es nicht herausgefunden. Sie wussten nicht, dass sie in Cynthias Zimmer gewesen war, und konnten es deshalb ihrer Mutter nicht erzählen.

»Aber ich kann es«, flüsterte Cynthia. *»Ich kann Mutter alles erzählen, was ich will.«*

Joans Augen weiteten sich vor Entsetzen. »Nein!«, schrie sie. »Ich bringe dich um! Ich schwöre bei Gott, ich bringe dich um!«

Gerry Conroes Faust sauste auf den Schreibtisch nieder und landete knapp neben der Tastatur, auf die er, mit wachsender Verzweiflung, schon den ganzen Morgen über eingehämmert hatte. »Verdammt noch mal! Was, zum Teufel, ist hier los?«

Eleanor Austin, die seit beinahe fünfzehn Jahren Gerrys Sekretärin, Assistentin, Korrektorin und Mädchen für alles war, hielt es für nicht weiter beachtenswert, dass Gerrys Faust auf den Schreibtisch krachte. Doch seine Flüche überraschten sie so, dass sie vor Schreck ihren Kaffee über einen Artikel schüttete, der zur Bearbeitung auf ihrem Tisch lag.

»Immer mit der Ruhe, Gerry. Es hilft dir auch nicht weiter, wenn du den Computer lahm legst.«

»Es sieht langsam tatsächlich so aus, als würde gar nichts helfen«, knurrte er. »Ich hasse dieses verdammte Ding. Und das Internet hasse ich noch viel mehr.«

»Das gilt aber nur für heute«, bemerkte Eleanor ruhig.

»Gestern sagtest du noch, du könntest im Netz alles finden, wonach du je gesucht hast. Ich glaube, du nanntest es ›das großartigste Werkzeug, das die Menschheit je erfunden hat‹.

»Dann habe ich mich eben getäuscht«, gab Conroe mürrisch zurück. Seine Augen verengten sich zu Schlitzen, während er auf den Monitor starrte, auf dem er nun zum wiederholten Male das Ergebnis eines erfolglosen Suchlaufes lesen konnte:

```
0 Eintragungen gezählt.
```

»Warum, zum Teufel, steht dort nicht einfach, dass das Ding das, wonach ich suche, nicht finden kann? Und was ist das überhaupt für eine unmögliche Sprache? Warum spricht diese verdammte Kiste eigentlich kein ordentliches Englisch?«

Eleanor überlegte krampfhaft, womit sie ihren Chef ablenken konnte, bevor er sich in eine Schmährede über sämtliche modernen Erfindungen des ausgehenden zwanzigsten Jahrhunderts hineinsteigern konnte.

»Warum ist es denn überhaupt so wichtig, wer Matts Vater

war?«, fragte sie. Ihr Fehler wurde ihr allerdings sofort bewusst, und sie konnte sich die Antwort im Grunde selbst geben: *Kennst du den Vater, dann kennst du den Sohn … Der Apfel fällt nicht weit vom Stamm … Was wohl heißt, dass Mütter überhaupt nicht zählen*, fügte Eleanor im Stillen hinzu.

Doch Gerry sagte etwas anderes: »Das Eigenartige ist, dass Matt Moore gar keinen Vater zu haben scheint.« Er deutete auf den Computer. »Wenn man diesem Ding glauben kann, gibt es ihn einfach nicht!«

Eleanor konnte sich ein verschmitztes Lächeln nicht verkneifen. »Heißt das, das Internet ist vielleicht doch nicht das großartigste Werkzeug, das die Menschheit je erfunden hat?«

»Nein!« Gerry schob seinen Stuhl zurück und stand auf. »Das heißt, dass hier irgendetwas nicht stimmt – genau wie ich es schon immer vermutet habe. Aber ich werde herausfinden, was es ist!«

Mit diesen Worten marschierte er aus dem Redaktionsraum, verließ das Gebäude, steuerte auf die Ecke zu, an der sich Main und Chestnut Street trafen und überquerte dort diagonal die Straße. Er hielt nur kurz inne, um die beiden Autofahrer, die ob seines Leichtsinns hupten, vorwurfsvoll anzustarren, übersah geflissentlich Agnes Fenster, die in Trip Wainwrights Büro in etwa dieselben umfassenden Aufgaben erfüllte wie Eleanor Austin in seinem, und stieß schließlich die Tür zu Trip Wainwrights Büro auf.

»Was, zum Teufel, geht hier vor?«, donnerte er.

Der Anwalt blickte von dem Testament auf, an dessen Formulierung er gerade arbeitete. Seine Züge nahmen ganz von selbst den neutralen Ausdruck an, mit dem er seine Gedanken normalerweise erfolgreich vor seinem Gegenüber verbarg.

»Ich fürchte, ich verstehe nicht ganz, Gerry.«

Trip erhob sich von dem Drehsessel und streckte seinem Besucher die Hand zum Gruß hin. Als Gerry Conroe keine Anstalten machte, sie zu ergreifen, wandelte Wainwright die Geste gekonnt in eine Einladung um, auf dem Besucherstuhl vor seinem Schreibtisch Platz zu nehmen.

»Ich gehe davon aus, dass es dir missfällt, dass ich mich

gestern Abend für die Interessen eines meiner Klienten eingesetzt habe.«

Plötzlich erkannte Conroe die Ursache für Dan Pullmans Weigerung, sich Matt Moore zur Brust zu nehmen. Wainwright hatte den Sheriff eingeschüchtert.

»Wenn du die Suche nach meiner Tochter behinderst, werde ich dafür sorgen, dass du den Tag verfluchst, an dem du geboren wurdest. Das schwöre ich dir!«

Seufzend ließ Wainwright sich in seinen Sessel sinken. Er hatte geahnt, dass ihm dieser Besuch ins Haus stand – hätte schon im Voraus Gerry Conroes Worte ziemlich exakt erraten können. Darin bestand gerade der Segen und gleichzeitig der Fluch, in einer so kleinen Stadt wie Granite Falls zu leben und zu praktizieren. Aber wenigstens hatte ihm das Wissen um das Unvermeidliche am heutigen Morgen Zeit gegeben, sich auf Conroes Erscheinen vorzubereiten.

»Hör zu, Gerry«, begann er. »Die Sache mit Kelly tut mir wirklich sehr, sehr Leid. Aber solange wir nicht wissen, was mit ihr geschehen ist, kann ich nicht zulassen, dass du überall verbreitest, Matt hätte etwas damit zu tun. Weder du noch sonst jemand kann mit Sicherheit sagen, was geschehen ist.«

Gerry Conroes Gesicht nahm einen trotzigen Ausdruck an, doch bevor er etwas entgegnen konnte, hob Trip Wainwright die Hand. »Zwing mich nicht, Matt oder Joan zu raten, dich zu verklagen. Es gefällt mir überhaupt nicht, wenn meine Klienten vor Gericht ziehen. Vor allem dann nicht, wenn sie ein Verfahren gegen einen meiner Freunde in Gang setzen. Also … warum sagst du mir jetzt nicht einfach, was ich für dich tun kann. Und lass uns ganz sachlich darüber sprechen.«

Einen Augenblick lang schwieg Conroe. Er überlegte, ob der Anwalt nur bluffte. Zwar konnte er sich nicht recht vorstellen, dass Trip Joan tatsächlich raten würde, ihn zu verklagen, aber ganz sicher war er sich nicht. Die Miene des Anwaltes blieb undurchdringlich.

Schließlich setzte Gerry Conroe sich auf den Stuhl. »Ich möchte nur wissen, von wem der Junge ist«, sagte er.

Wainwright legte die Stirn in Falten. »Matt? Wir alle wissen doch, wohin er gehört – er ist Joans Sohn. Und was seinen Vater betrifft …« Der Anwalt zuckte die Schultern. »Wenn du darüber etwas wissen willst, musst du wohl Joan selbst fragen. Mit mir hat sie nie darüber gesprochen. Andererseits habe ich sie auch nie danach gefragt.«

»Und wie kommst du zu der Annahme, Joan müsse wissen, wer der Vater ist?«, konterte Conroe.

Endlich bewegte sich etwas im Gesicht des Anwaltes. Ein Ausdruck der Verwunderung löste die zur Schau getragene Gelassenheit ab.

Conroe presste die Lippen zu einem grimmigen Lächeln zusammen. »Soweit ich bisher sagen kann, ist sie nämlich nicht Matts Mutter.«

Wainwright blinzelte. »Ich habe wohl nicht recht gehört?«

»Sie ist nicht seine Mutter«, wiederholte Conroe. »Ich hänge seit Stunden am Computer, und ich wette, ich weiß inzwischen mehr über Joan Hapgood als sie selbst. Ich kann dir sagen, dass es in den Aufzeichnungen der Gesundheitsbehörden keinerlei Hinweise darauf gibt, dass sie je ein Kind geboren hat. Was Matthew Moore betrifft, habe ich die Einträge in die Geburtenregister sämtlicher Staaten im Osten überprüft. Es gibt nirgendwo eine Geburtsurkunde, die auf seinen Namen lautet. Nach allem, was ich bisher herausgefunden habe, existiert er erst seit dem Tag, an dem Joan ihn nach ihrer Rückkehr aus New York hier in der Schule angemeldet hat. Aber vorher – Fehlanzeige! Kein Vermerk in irgendeinem Geburtenregister, keine Adoptionsunterlagen, nichts! Also, was steckt dahinter? Wer ist er? Woher kommt er? Und wie kommt es, dass sein Stiefvater plötzlich tot ist und seine Großmutter und meine Tochter nicht auffindbar sind?«

»Selbst wenn das, was du sagst, tatsächlich stimmt und Matt nicht Joans Sohn sein sollte – und ich sage nicht, dass das tatsächlich so ist –, sehe ich nicht, wie das in irgendeiner Form mit den anderen Vorfällen zusammenhängt. Falls Joan Matt adoptiert hat, bedeutet das nicht, dass …«

»Sie hat ihn nicht adoptiert! Verdammt noch mal, ich weiß nicht, woher sie ihn hat. Aber, bei Gott, ich werde es herausfinden. Und ich vermute, dass manches, was in dieser Stadt geschehen ist, plötzlich in einem ganz neuen Licht erscheinen wird, wenn ich das Rätsel erst gelöst habe. Falls sich herausstellt, dass Matt etwas mit dem Verschwinden meiner Tochter zu tun hat, werde ich dafür sorgen, dass er dafür bezahlt. Darauf kannst du wetten!« Conroe hob den Finger und deutete auf Wainwright. »Und du solltest mir dabei lieber nicht im Wege stehen. Du schützt einen Mörder, Trip. Er hat, verdammt noch mal, seinen eigenen Stiefvater erschossen! Und niemand unternimmt etwas! Muss man denn erst die Leiche meiner Kleinen finden, bevor man ihn einsperrt?« Noch bevor der Anwalt reagieren konnte, war Conroe auf den Füßen. »Sag deinem ›Klienten‹, dass er sich noch wünschen wird, nie geboren worden zu sein, falls meiner Kelly etwas zugestoßen ist! Und sag ihm auch, dass dies keine Drohung ist, Trip. Es ist eine ganz simple Feststellung, eine ganz einfache Tatsache.«

Einen Augenblick später war Conroe zur Tür hinaus, und Wainwright konnte durch das Fenster beobachten, wie er über die Straße stürzte, ohne auf die hupenden Autos zu achten, und gleich darauf in der Polizeiwache verschwand. Wenn er dort fertig war, gab es nur noch einen weiteren Ort, den er aufsuchen würde. Wainwright griff zum Telefon und wählte Joans Nummer. Ungeduldig trommelte er mit den Fingern auf die Tischplatte, während er darauf wartete, dass sie den Hörer abnahm. Doch als er endlich ihre Stimme hörte, war es nur die Aufnahme auf dem Band des Anrufbeantworters.

Joan saß an Cynthias Frisiertisch und starrte in den Spiegel. Doch sie sah darin nicht ihr eigenes Gesicht. Zumindest nicht das Gesicht, das Dan Pullman und Tony Petrocelli vor ein paar Minuten gesehen hatten. Stattdessen hatte sie ihr Gesicht vor Augen, wie es vor Jahren gewesen war, als sie noch in dem Haus in der Burlington Avenue gelebt hatte. Nachdem Cynthia fortgegangen war, hatte ihre Mutter Joan verboten, das Zimmer ihrer Schwester auch nur zu betreten – davon, sich an den Frisiertisch zu setzen oder ihre Kosmetikartikel zu benutzen, ganz zu schweigen. Aber ihre Mutter war nicht zu Hause, und Cynthia war fort. Joan war ganz allein im Haus.

»Niemand, der mich verraten kann«, sagte sie leise. »Niemand, der mich verpetzt.«

»Ich werde es sagen«, flüsterte Cynthia. *»Ich werde Mama alles erzählen, und du weißt, was sie dann tun wird.«*

»Ich bringe dich um, wenn du es sagst«, antwortete Joan. »Ich töte dich, und vielleicht bringe ich auch Mutter um!« Joan nahm ein Döschen mit Cynthias Grundierung, ein ganz neues, noch unbenutztes, und schraubte den Deckel ab. Mit einem Schwämmchen, das sie in der oberen Schublade des Frisiertisches gefunden hatte, trug sie die Schminke sorgfältig auf. Dann hielt sie einen Moment lang inne. Sie betrachtete die makellose weiße Leinwand, die nun über ihrem Gesicht lag. »Ich kann auch schön sein«, sagte sie. »Ich kann sogar ebenso schön sein wie du.«

Ihre Schwester lachte, aber Joan achtete nicht darauf. Sie konzentrierte sich ganz auf die vielen Farben, die sie auf der Platte des kleinen Tisches vor sich ausgebreitet hatte. Sie entschied sich für einen Lavendelton, der sie an die Fuchsien erinnerte, die in Töpfen auf der Veranda vor dem Haus ihrer Mutter blühten. Für Joan waren sie die schönsten Blumen auf der ganzen Welt.

Sie trug die Farbe auf die Augenlider auf. Dann griff sie nach einer Dose mit Rouge, das ihren Wangen ein wenig Farbe geben sollte. Sie betonte damit die Wangenknochen, so wie Cynthia es immer getan hatte.

Anschließend bemalte sie ihre Lippen mit Cynthias liebstem Lippenstift: Scharlachrot. Dann zog sie sorgfältig die Konturen nach.

Genau wie Cynthia.

In der rechten oberen Schublade fand Joan die falschen Wimpern, die ihre Schwester dort verwahrt hatte, und wählte das besonders lange Paar, das sie, schon seit Cynthia es ihr zum ersten Mal gezeigt hatte, für ihr Leben gern anprobieren wollte. Vorsichtig nahm Joan die Wimpern aus der kleinen Plastikschachtel und drückte sie an ihre Augenlider. Dann überzog sie die künstlichen Wimpern mit einer Schicht Wimperntusche, damit sie noch dichter wirkten.

»Hübsch«, flüsterte sie dem Gesicht im Spiegel zu. »Ich bin genauso hübsch wie du!« Ihre Kiefer mahlten, und ihre Augen verengten sich, als sie das helle Lachen ihrer Schwester hörte. »Lach nicht!«, zischte sie. »Wag es ja nicht, über mich zu lachen!«

Doch wieder erscholl das Gelächter, und Joans Ärger wuchs. Ihr ganzes Leben lang – so lange sie denken konnte – hatte sie Cynthias Lachen ertragen müssen. Aber das war jetzt vorbei. Sie öffnete die unterste Schublade des Frisiertisches und zog die Handschuhe hervor, die sie ihrer Mutter vor ein paar Tagen weggenommen hatte. Ihre Mutter würde diese Handschuhe nie wieder tragen. Das Leder würde nie wieder Joans Gesicht verletzen. Langsam streifte sie sie über.

Noch einmal betrachtete sie ihr Gesicht im Spiegel. Sie sah nicht die groteske Fratze, die ihr entgegenstarrte: Die Lider bedeckte ein grässliches Lila, die Wangen waren ungeschickt mit grellem Rot befleckt, die Lippen wirkten wie eine offene Wunde in der Farbe von frischem Blut.

Doch Joan blickte in ein Gesicht, das in jugendlicher Frische erstrahlte, sah eine noch betörendere Schönheit vor sich, als Cynthia es je gewesen war. Sie sah aus, als hätte sie sich für einen großen Ball zurechtgemacht. Selbst an die weißen Handschuhe hatte sie gedacht.

Nur eines fehlte noch – das Parfum. Schon hatte sie das Fläschchen mit Nightshade in der Hand. Sie schüttelte es und zog dann den Pfropf aus dem Hals des Flacons. Der schwere Duft nach Moschus – das sinnliche Aroma, das Cynthia so geliebt hatte – begann, die Luft zu schwängern. Joan tupfte sich ein wenig von der Flüssigkeit auf den Hals. Die schwere Duftnote hüllte sie ein wie eine Wolke. Sie erhob sich von dem Frisiertisch und verließ voller Aufregung das Zimmer. Ihr war, als warte ein Verehrer, ein Mann, der sie aufrichtig liebte, auf sie.

Von der Treppe aus blickte sie hinunter in die Halle, hielt Ausschau nach dem Kavalier, der dort stand, sie anlächelte und ihr die Hand entgegenstreckte.

Doch es war kein Mann zu sehen.

Niemand war dort.

Außer Cynthia.

Cynthia und ihr schreckliches, spöttisches, hämisches, quälendes Gelächter.

Es drang in Joans Ohren und stach wie eine scharfe Messerklinge auf ihren Geist ein, bohrte sich in ihre Seele. Sie trat einen Schritt zurück. Doch gleich darauf ließ die jahrzehntelang unterdrückte Wut, die nun plötzlich überschäumte, sie die Treppe hinunterstürzen.

Der kleine Hoffnungsschimmer, an den Kelly Conroe sich geklammert hatte, schwand schnell dahin. Ihre Hände und Füße spürte sie kaum noch, und gleichzeitig schien es ihr, als drehe jemand ihre Arme und Beine gewaltsam aus den Gelenken. Zwar war es ihr gelungen, das Klebeband von ihrem Mund abzustreifen, doch dies hatte lediglich dazu geführt, dass sie nun etwas freier atmen konnte. Kehle und Mund waren vor Durst so ausgetrocknet, dass sie kaum sprechen und schon gar nicht schreien konnte. Ganz abgesehen davon glaubte sie auch nicht mehr, dass irgendjemand sie hören würde. Noch nicht einmal Mrs. Moore, deren Gemurmel verstummt war und die Kelly gar nicht geantwortet hatte, als diese sich endlich von dem Knebel befreit hatte.

Kelly hatte es aufgegeben, sich vorzustellen, was wohl hinter der vollkommenen Dunkelheit liegen mochte, überlegte nicht mehr, wie sie aus ihrem Gefängnis entkommen konnte. Sie würde sterben, und nicht einmal diese Gewissheit machte ihr mehr Angst. Denn dann hatten wenigstens die unsäglichen Qualen, die ihren Körper seit Stunden marterten, ein Ende.

Plötzlich erschien von weit oben ein Lichtstrahl. Kelly reagierte instinktiv wie eines jener kleinen Geschöpfe, die ihr Dasein im Dunkeln fristeten und wuselnd vor dem Licht flohen, wann immer man den großen Stein anhob, unter dem sie lebten. Sie wollte in die Sicherheit der dunklen Schatten zurückweichen. Doch dann gewöhnten sich ihre Augen langsam an die Helligkeit.

Der Raum, in dem sie gefangen war, konnte kaum zehn Quadratmeter groß sein, war vielleicht zweieinhalb Meter hoch und sah genauso aus, wie sie ihn sich vorgestellt hatte. Der Boden bestand aus festgestampfter Erde, die Wände aus grob behauenem Holz. Dann fiel Kellys Blick auf Emily Moore. Sofort verkrampfte sich ihr Magen, und ein unkontrollierbares Würgen ließ ihre Eingeweide aufbegehren. Mrs. Moore lag zusammengekrümmt mit dem Rücken zu Kelly an einer der Wände. Die Handgelenke der alten Frau waren ebenso gefesselt wie Kellys. Doch dort, wo die Hände der alten Frau sein sollten, sah Kelly nur Stümpfe faulenden Fleisches. Emily Moores lebloser Körper lag in einer dunklen Pfütze, und Kelly wurde langsam bewusst, dass es sich dabei nur um das geronnene Blut der alten Frau handeln konnte. Das Würgen setzte wieder ein, und Kellys Kehle und Mund begannen von der Säure, die ihr Magen nach oben presste, zu brennen.

Ein Geräusch lenkte Kellys Aufmerksamkeit von Mrs. Moores Leichnam ab. Sie sah, dass eine Leiter durch das Loch in der Decke herabgelassen wurde, durch das noch immer das Licht hereinfiel.

Gerettet! Sie war gerettet!

Doch einen Augenblick später sah Kelly eine Gestalt die Leiter heruntersteigen, und ihre Hoffnung schwand. Dann baute sich die Person über ihr auf, und Kelly sah trotz der Schatten, die auf das gespenstische Gesicht fielen, dass es mit einem grotesken Make-up bedeckt und von Wut verzerrt war.

Als die Gestalt zu sprechen begann, wusste Kelly sofort, wer sie war.

»Na, wie gefällt dir das?«, zischte Joan. Sie holte mit dem Fuß aus und trat nach Kelly. »Wie gefällt es dir, hier im Dunkeln eingesperrt zu sein?« Wieder trat sie zu. Als ihr Schuh Kellys Rippen traf, schrie das Mädchen vor Schmerz auf und versuchte, sich wegzurollen. Doch Joan folgte ihr und zischte:. »Jetzt weißt du, wie das ist! Jetzt weißt du, wie ich mich gefühlt habe, als Mutter mich in die Truhe sperrte! Und gleich wirst du wissen, wie es war, als sie mich schlug! Wollen doch mal sehen, wie dir das gefällt, Cynthia!«

Kelly versuchte voller Angst, sich zusammenzurollen, während Joan die Hand hob. Einen Moment lang fiel das Licht aus der Öffnung in der Decke des Raumes auf die geballte Faust. Kelly sah, dass Joan Hapgood irgendeine Art von Handschuh trug. Einen Handschuh von heller Farbe, der fast aussah wie …

Die Faust sauste nieder und traf Kelly mitten ins Gesicht. Sie schrie auf und versuchte noch einmal, sich wegzudrehen. Wieder hob sich die Hand, und als diesmal das Licht auf sie fiel, sah Kelly, dass sie nicht in einem Handschuh steckte.

Sie steckte in der Haut von Emily Moores Hand, die sich straff über Joans eigene Haut spannte. Die gelblichen, gesplitterten Nägel der alten Frau sahen aus wie Klauen.

Einen Moment später spürte Kelly, wie diese Nägel sich in ihre Wange gruben. Der brennende Schmerz der tiefen Kratzer ließ sie erneut aufschreien.

»Na, wie gefällt dir das?«, zischte Joan noch einmal und schlug nach Kelly. »Wie gefällt dir das, was Mutter mir angetan hat? Was du sie mir hast antun lassen? Wollen doch mal sehen, wie viel du aushältst!«

Joans Tritt sank tief in Kellys Unterleib. Fausthiebe regneten auf sie herab, trommelten auf sie ein, bis sie Blut über ihr Gesicht rinnen spürte, und ihr verletztes Fleisch anschwoll.

Bereits am Rande der Ohnmacht nahm Kelly wahr, dass das Klebeband wieder auf ihren Mund gepresst wurde.

Ich werde sterben, dachte sie. *Ich werde sterben, und niemand wird mich je finden …*

Vierundzwanzigstes Kapitel

An jedem anderen Tag wäre Becky Adams unmittelbar nach der letzten Schulstunde – heute war es Geometrie – in den Kellerraum gegangen, in dem Mr. Addington Fotografie unterrichtete und der gleichzeitig auch als Dunkelkammer fungierte. Hier hätte sie sich wahrscheinlich mit einer Kamera beschäftigt, vielleicht ein paar Bilder für die Schulzeitung oder für das Jahrbuch geschossen und anschließend sicher noch ein oder zwei Stunden in der Dunkelkammer gewerkelt.

»Ich verstehe dich nicht«, hatte ihr Vater gesagt, als sie sich in die Liste für Mr. Addingtons Fotografiekurs für Fortgeschrittene eingetragen hatte, nachdem sie in einem seiner Sommerschulkurse zum ersten Mal mit Fotografie in Berührung gekommen war. »Warum will sich ein hübsches Mädchen wie du hinter einer Kamera oder in einer Dunkelkammer verstecken?«

Becky hatte nie auch nur versucht, diese Frage zu beantworten, doch für sich selbst wusste sie genau, was ihr am Fotografieren so gefiel: Bisher hatte sie sich nie so recht als Teil der Schulgemeinschaft gefühlt. All ihre Mitschüler hatten unzählige Freunde und nahmen an den verschiedensten Aktivitäten teil. Es gab Sportmannschaften, die Cheerleader-Gruppe, die Band und den Chor. Alle Schüler und Schülerinnen der High School schienen ihren Platz in einer der Gruppen oder Mannschaften – wenn nicht gleich in mehreren – gefunden zu haben. Doch erst seit sie das Fotografieren entdeckt hatte, fühlte auch Becky sich als nützliches Mitglied der Schulgemeinschaft. Zwar nahm sie dadurch noch immer nicht an Gruppenaktivitäten teil, doch sie konnte diese Veranstaltungen fotografieren. Am meisten genoss sie die Stunden in der Dunkelkammer. Dort stand sie endlich einmal nicht unter dem Zwang, sich in eine Gemeinschaft einzufügen, ohne wirklich zu wissen, wie sie das anstellen sollte.

An diesem Tag hätte sie eigentlich Bilder für das Jahrbuch von der Football Mannschaft machen sollen, doch der Fototermin war abgesagt worden, und Becky wusste auch, warum. Der Grund waren die grünen und blauen Flecken in Pete Arnesons Gesicht. Die Flecken und die Tatsache, dass niemand mit Matt Moore zusammen fotografiert werden wollte.

Schon den ganzen Tag über hatte sie nichts als üblen Tratsch gehört. Es schien, als ob überall – in den Klassenzimmern, auf den Gängen, in der Cafeteria und sogar während der Stillarbeit in der Bibliothek – nur darüber geflüstert wurde, was Matt getan hatte. Als die Schulglocke endlich zum letzten Mal klingelte, wollte Becky nur noch fort. Doch während sie ihre Bücher aus dem Schließfach holte, konnte sie gar nicht anders, als ein Gespräch zwischen Jessica Amberson und Tammy Brewster mit anzuhören.

»Ich gehe nirgends mehr allein hin. Nirgends!«, sagte Jessica. »Wenn ich daran denke, dass wir einmal beinahe ein Paar waren!« Bei dem Gedanken daran, was ihr hätte geschehen können, weiteten sich ihre Augen vor Entsetzen. »Mein Gott, Tammy! Matt hätte genauso gut mich umbringen können anstatt Kelly!«

Becky warf die Tür des Schließfaches so heftig ins Schloss, dass die beiden anderen Mädchen erschreckt zusammenfuhren. »Kein Mensch weiß, ob Matt etwas damit zu tun hat!«, sagte sie laut. »Und mir ist es völlig einerlei, was über Matt geredet wird. Ich glaube einfach nicht, dass er Kelly, seiner Großmutter oder irgendjemand sonst etwas zu Leide tun würde.«

Tammy fixierte Becky mit dem hochnäsigsten Blick, zu dem sie fähig war. »Wenn du dir so sicher bist, dass er unschuldig ist, warum gehst du dann nicht gleich zu ihm?« Dabei neigte Tammy ihren Kopf in Richtung Eingangstür.

Becky folgte ihrem Blick und sah gerade noch, wie Matt die Türflügel aufstieß und mit gesenktem Kopf die Treppe hinuntereilte.

»Vielleicht tue ich es ja!«, gab sie zurück. Sie ließ Jessica und Tammy stehen, eilte den Korridor entlang und verschwand durch die Tür.

Matt war bereits auf der anderen Straßenseite, und Becky rief: »Matt, warte auf mich!«

Der Junge drehte sich jedoch nicht einmal um, schien sie gar nicht zu hören.

Becky begann zu laufen, sprintete über die Straße und erreichte ihn gerade, bevor er um die Ecke bog. Endlich blieb er stehen und sah sie an.

Sein Gesicht war blass, und in seinen Augen las Becky Misstrauen – und Zorn.

»Was willst du von mir, Becky?«, fragte er. Seine vorsichtige Sprechweise zeigte ebenso wie sein Gesichtsausdruck, dass er nichts Gutes ahnte.

»Ich dachte, wir könnten vielleicht zusammen gehen. Ich meine, wenigstens bis zu meinem Haus.« Als Matt nicht antwortete, fuhr Becky nervös fort: »Natürlich nur, wenn du sowieso denselben Weg hast.«

Matts Augen verengten sich. »Was ist los? Soll das eine Mutprobe sein? Hast du vielleicht mit Jess und Tammy gewettet?«

Becky schnappte nach Luft. »Nein! Ich …« Doch dann zögerte sie. Hatte Matt nicht tatsächlich den Nagel auf den Kopf getroffen? Hätte sie die beiden Mädchen nicht belauscht, wäre sie dann überhaupt hier? Sie wollte sich bereits abwenden, als sie sich an die vielen Gelegenheiten erinnerte, zu denen andere Menschen sich von ihr abgewendet hatten. Sie dachte an das scheußliche Gefühl in solchen Momenten. Nur Matt hatte sie nie einfach stehen gelassen. Sicher waren sie nicht gerade Freunde, und sie hatten sich auch ein wenig aus den Augen verloren, seit Matt nicht mehr ihr Nachbar war. Doch anders als viele ihrer Mitschüler war er nie gemein zu ihr gewesen. Becky ahnte, dass es Matt jetzt so erging wie ihr selbst beinahe das ganze Leben lang. Doch wahrscheinlich war es in seinem Fall noch schlimmer. Wenigstens hatte bisher nie jemand versucht, ihr einen Mord anzuhängen.

»Ich glaube nicht, dass du etwas Unrechtes getan hast«, sagte sie.

Matt runzelte die Stirn. »Warum bist du dir da so sicher?«

Becky zuckte die Schultern. »Ich bin es einfach. Du würdest nie etwas von all dem tun, was die Leute sich über dich erzählen.«

Matt ging langsam weiter. Er erhob keine Einwände, als Becky an seiner Seite blieb. Erst an der Ecke der Burlington Avenue brach er sein Schweigen. Seine Worte waren so leise, dass Becky sie fast nicht verstehen konnte. »Hältst du es für möglich, dass man etwas tut und sich hinterher nicht daran erinnern kann?«

»Meinst du …« Becky zögerte, gab sich dann aber einen Ruck. »Meinst du, jemanden töten?«

Matt schwieg einen Moment lang und zuckte dann die Schultern.

Becky erinnerte sich an ein Buch über Hypnose, das sie einmal gelesen hatte. Manche Menschen taten unter Hypnose Dinge, die sie eigentlich gar nicht tun wollten. Und wenn Matt auf Kelly wütend gewesen war, richtig wütend …

Nein! dachte sie. *Das würde er nie tun. Nicht Matt!*

»Nein, das glaube ich nicht«, sagte sie schließlich laut. »Ich glaube, dass, wenn du etwas Schlimmes getan hättest, du dich auch daran erinnern würdest.«

Matt blieb stehen und wandte ihr sein Gesicht zu. Der Zorn, den Becky vorher darin gesehen hatte, war Schmerz und Verwirrung gewichen. »Aber was ist mit all den Leuten, von denen man so hört? Die, die sich plötzlich an schreckliche Dinge erinnern, die sie als kleine Kinder erlebt haben?«

Sie standen bereits gegenüber von Beckys Haus auf der anderen Straßenseite. Unsicher sah sie hinüber zu dem mit Gardinen verhängten Fenster des kleinen Wohnzimmers. Ob ihre Mutter wohl zu ihr hinausblickte und sie beobachtete?

»Daran glaube ich nicht. Wenn etwas Schlimmes geschieht, erinnerst du dich auch daran. Besonders, wenn du es selbst getan hast.« Becky sah einen Hoffnungsschimmer in Matts Augen. »Du hast nichts getan, Matt«, sagte sie noch einmal. »Das könntest du gar nicht. Ich kenne dich schon mein ganzes Leben lang, und ich weiß einfach, dass du nie etwas von all dem tun würdest, was die Leute dir andichten.« Aus einer Eingebung heraus legte sie die Arme um Matt und küsste ihn schnell auf die Wange. »Die anderen glauben dir vielleicht nicht«, sagte sie. »Aber ich schon.«

Mattt erwiderte Beckys Umarmung. »Danke«, sagte er. »Und es ist mir völlig gleichgültig, was die anderen denken. Du bist besser als sie alle zusammen.«

Becky stiegen plötzlich Tränen in die Augen. Sie wollte nicht, dass Matt sie sah, und schob ihn von sich.

»Ich muss jetzt los«, sagte sie. »Bis morgen dann.«

Bevor Matt etwas erwidern konnte, hatte sie sich schon umgedreht, rannte über die Straße und verschwand in ihrem Haus.

Matt starrte noch einen Augenblick lang auf die geschlossene Haustür. Ihm war, als bewege sich etwas hinter einem der Fenster. Er überlegte, ob es Becky sein konnte, doch dann wusste er plötzlich, wer es war.

Es war ihre Mutter. Und sogar durch das Glas des Fensters und über die Straße, die sie trennte, hinweg, konnte Matt ihre Gedanken so deutlich lesen, als würde sie sie laut herausschreien.

Killer! Mörder!

Die Worte hallten in seinen Gedanken wider, und Matt rannte wie gehetzt davon. Er floh aus der Burlington Avenue, wollte den schrecklichen Anschuldigungen, die in seinem Kopf durcheinander wirbelten, entkommen.

Doch es gab kein Entrinnen.

Jetzt nicht.

Und niemals.

Joans Augen hingen verständnislos an dem blinkenden roten Licht des Anrufbeantworters. Was hatte das zu bedeuten? Ging es nicht nur an, wenn jemand angerufen hatte? Sie war den ganzen Tag über zu Hause gewesen, hatte das Haus keine Minute lang verlassen, und das Telefon hatte nicht ein einziges Mal geklingelt. Ohnehin wollte niemand mehr mit ihr sprechen. Warum blinkte jetzt dieses Licht?

»Mit dir wollte noch nie jemand reden, Joanie-Baby«, flüsterte Cynthia. *»Sie wollten immer nur alle mit mir reden. Weißt du das*

nicht mehr? Das Telefon hat ständig geklingelt. Aber es war nie für dich. Es war immer nur für mich.«

»Sei still«, wimmerte Joan. Sie hielt sich die Ohren zu, um die unbarmherzige Stimme ihrer Schwester nicht mehr zu hören. Doch es war sinnlos. Cynthias Flüstern war gnadenlos.

»Alles war immer nur für mich, Joanie-Baby. Alles.«

Das rote Licht blinkte immer noch, und je länger Joan es anstarrte, desto eigenartiger schien es ihr. Eigenartig und spöttisch. Wie das Lachen ihrer Schwester.

»Du hast Angst«, flüsterte etwas. *»Du hast Angst davor, die Nachricht abzuhören. Du hast Angst vor dem, was du hören könntest.«*

Die Stimme ihrer Schwester? Die Stimme ihrer Mutter?

Nein! Es war doch nur eine Maschine! Und die hatte keine eigene Stimme, konnte unmöglich mit ihr sprechen. Doch inzwischen schien das ganze Haus mit Stimmen gefüllt zu sein. Sie kamen von überall her.

»Nein!«, schrie Joan. Doch niemand konnte sie hören. »Ich habe keine Angst! Ich habe keine Angst!«

Als Cynthias kehliges Lachen aus dem Nichts erscholl, hackte Joan mit zitterndem Finger auf den blinkenden Knopf ein. Gleich darauf hörte sie Trip Wainwrights vertraute Stimme.

»Hier spricht Trip, Joan … Pass auf, Gerry Conroe kommt vielleicht zu dir heraus, und ich glaube, dass du besser nicht mit ihm sprichst. Er verfolgt irgendwelche Hirngespinste und faselt etwas davon, dass du nicht Matts Mutter bist. Das ist natürlich purer Blödsinn, und ich sehe keinen Grund, warum du dir das anhören solltest. Wenn er also auftaucht und du zu Hause bist, dann mach die Tür erst gar nicht auf. Ruf mich zurück, wenn du meine Nachricht abgehört hast, okay?« Es folgte eine unsichere Pause, als ob Trip noch etwas hinzusetzen wollte. Dann schaltete die Maschine sich aus.

Einen Augenblick lang stand Joan wie erstarrt da. Mit großen Augen sah sie den Anrufbeantworter an, als wäre er eine giftige Schlange, die sie gerade gebissen hatte. Dann hörte sie wieder die Stimme ihrer Schwester.

»Er weiß es, Joan. Er weiß alles!«

»Nein!«, kreischte Joan und presste sich erneut die Hände auf die Ohren. »Er weiß gar nichts. Gar nichts!«

»Dummkopf!« Nun prasselte die Stimme ihrer Mutter auf sie ein. *»Cynthia war schon immer die Klügere! Warum musste sie nur sterben? Warum konnte es nicht dich treffen? Dann wäre alles so, wie es sein sollte!«*

»Nein«, jammerte Joan. »Nein! Das stimmt nicht! Ich will das nicht hören!«

Dann sprach plötzlich eine andere Stimme zu ihr. Matts Stimme: »Mum?«

Joan fuhr herum und war beinahe erstaunt, dass Matt tatsächlich hinter ihr stand. Aber er war wirklich da – ihr wundervoller Sohn. Mit ausgestreckten Armen ging sie auf ihn zu. Sie wollte ihn berühren, ihn spüren, musste sich selbst beweisen, dass er nicht nur ein Phantom war, wie die Stimmen, die sie unablässig quälten. Aber er wich vor ihr zurück. Ein Schleier legte sich vor seine Augen, und er wurde blass.

»Mum?«

Joans Blick streifte eine der Glasvitrinen. Ihr Spiegelbild darin war undeutlich, doch einen Moment lang glaubte sie, nicht sich selbst, sondern Cynthia zu sehen. Schwindel überkam sie, und sie hatte das Gefühl, in einen tiefen Schacht zu fallen, dessen Boden sie nie erreichen würde. Wieder streckte sie die Arme nach Matt aus, wollte sprechen, suchte nach ihrer Stimme. Doch er schien sich nur immer weiter vor ihr zurückzuziehen. Sie würde ihn verlieren – alles verlieren – alles verlieren, was sie sich immer so sehr gewünscht hatte …

Dann drang ein Geräusch durch die wirbelnden Gedanken in ihrem Kopf, und die Verwirrung, die sie noch vor weniger als einer Sekunde eingehüllt hatte, fiel von ihr ab.

Die Türglocke!

Mach die Tür erst gar nicht auf!, hatte Trip gesagt.

Aber sie musste an die Tür gehen. Wenn sie es nicht tat, würde Matt es tun. Und dann …

»Geh hinauf in dein Zimmer und überlass das hier mir!«, sagte sie zu ihrem Sohn.

Matt starrte seine Mutter an. Ihr Gesicht trug Spuren eines

zerstörten Make-ups, eines grässlichen Make-ups. Sie sah aus wie eine der Straßenhuren aus dem Fernsehen. Und wovon sprach sie überhaupt? Was sollte er ihr überlassen? Was ging hier vor?

»Es ist Kellys Vater!«, sagte sie, schon auf dem Weg zur Haustür. »Du bist doch nicht etwa besonders versessen darauf, mit ihm zu sprechen, oder?« Nun stand sie direkt vor Matt, und der Geruch ihres Parfums stieg ihm in die Nase. Diesen aufdringlichen Duft hatte er schon viele Male gerochen.

Das Parfum seiner Tante!

»Geh jetzt!«, kommandierte seine Mutter. »Geh hinauf!«

Wie von einer fremden Kraft gelenkt, machte Matt sich auf den Weg die Treppe hinauf. Doch dann hörte er, wie die Haustür geöffnet wurde, und er erkannte die erregte Stimme von Kellys Vater. Er erstarrte.

»Wer ist er, Joan?«, wollte Gerry wissen. »Wer ist Matt?«

»Er ist mein Sohn!«, antwortete Joan.

Conroes Züge, tief gefurcht von einer Mischung aus Erschöpfung, Frustration und Angst, verhärteten sich. »Erzähl mir nichts!« Mit zitternder Stimme schleuderte er die Worte hervor. »Ich weiß, dass er nicht dein Sohn ist, Joan! Ich weiß nicht, wer er ist, aber ich weiß, wer er nicht ist. Also, sag mir jetzt endlich, was hier vorgeht!«

Joan legte sich die Hände über die Ohren, um Gerrys wütende Stimme nicht hören zu müssen.

»Was ist geschehen, Joan? Hat Bill herausgefunden, dass Matt nicht dein Sohn ist? Hat er herausgefunden, woher Matt wirklich stammt? Deshalb ist er ausgezogen, war es nicht so? Er war fertig mit dir. Und mit Matt! Und deshalb hat Matt ihn erschossen!«

»Nein!«, schrie Joan. Mit aller Macht lehnte sie sich gegen die Tür und versuchte, sie zuzudrücken.

Doch Gerry Conroe stemmte sich gegen das Holz.

»Nein! Nein!«

»Sag es, Joan! Los, sag es. Sag mir jetzt die Wahrheit!«

In diesem Augenblick zerbrach etwas in Joan. Ihre Stimme nahm einen eigenartig kindlichen Ton an, als sie jetzt antwortete. »Das brauche ich nicht!«, verkündete sie. »Ich brauche dir überhaupt nichts zu sagen, wenn ich es nicht will. Und du kannst gar nichts dagegen tun!«

Schließlich gelang es ihr doch, die Tür wieder zu schließen. Aber selbst durch das schwere Mahagoni hindurch konnte sie Gerry Conroes Stimme hören.

»Ich werde es herausfinden, Joan. Ich werde die Wahrheit ans Licht bringen!«

Dann fielen Joans Augen auf den Spiegel in der Halle. Sie betrachtete das Gesicht, das ihr entgegenstarrte, und vergaß Gerry Conroe. Sie sah nicht ihre eigenen Züge, sondern Cynthias Bild vor sich und wusste, was sie zu tun hatte.

Cynthia musste noch einmal sterben.

Aber diesmal würde es anders sein.

Diesmal würde sie Cynthia nicht töten, sondern sie auslöschen.

»Wer ist er? Wer ist Matt? Sag es mir … Sag mir die Wahrheit!«

Die Worte schienen noch in der Luft zu hängen und hielten Matt in ihrem Bann. Worüber sprach Gerry Conroe? Er wusste doch, wer seine Mutter war. Sie stand in der Eingangshalle und betrachtete sich im Spiegel! Dann wandte sie sich vom Spiegel ab und blickte zu Matt hinauf.

Doch sie schien ihn gar nicht zu sehen, sondern ihre Blicke vielmehr auf etwas zu heften, das hinter ihm war. Aber waren sie beide denn nicht allein im Haus?

»Mutter?«, fragte Matt unsicher.

Nun stieg sie die Stufen hinauf, kam auf ihn zu. Aber ihre Augen, die eigenartig gerötet waren und durch die schreckliche Schminke in ihrem Gesicht noch größer wirkten als sonst, starrten noch immer unverwandt auf einen Punkt hinter Matt. Joan kam noch näher, und endlich fiel die Starre, die Gerry Conroes Worte in Matt ausgelöst hatten, von ihm ab. Instinktiv wich er zurück, wandte sich dann um und eilte die Treppe hinauf. Ohne weiter darüber nachzudenken, hastete Matt in sein Zimmer, schloss die Tür hinter sich und drehte den Schlüssel um.

Wer ist er? Sag mir die Wahrheit!

Die Worte hämmerten auf Matt ein. Wovon hatte Mr. Conroe gesprochen?

Dann hörte er die Stimme seiner Mutter hinter der schweren Holztür, die er gerade hinter sich abgeschlossen hatte.

»Ich töte dich … diesmal werde ich dich wirklich töten!«

Matts Herz begann zu rasen, und er fühlte sich unsagbar hilflos.

Schuldig!

Er war schuldig!

Mr. Conroe glaubte es. Und Dan Pullman auch. Matt war sich beinahe sicher, dass Tipp Wainwright es ebenfalls glaubte. Warum sollte der Anwalt sich sonst so große Sorgen darüber machen, was er Mr. Pullman erzählen könnte?

Und nun glaubte auch seine Mutter, dass er etwas Furchtbares getan hatte.

Vielleicht sollte er einfach die Tür aufschließen, hinausgehen und sich der Sache stellen. Sich seiner Mutter stellen.

Sich allem stellen.

Matt griff nach dem Schlüssel, drehte ihn und zog die Tür einen Spalt breit auf.

Der Flur draußen war still und leer.

Wo war sie? Wohin war sie gegangen?

»Mum?«, hauchte Matt so leise, dass die Stille des Hauses das Wort verschluckte.

Dann hörte er plötzlich eine Stimme. Die Worte waren gedämpft und kaum hörbar. »Er gehört mir! Er wird mir immer gehören!«

Neugierig folgte Matt der Stimme und stand schließlich vor dem Zimmer seiner Tante.

»Er gehört dir nicht«, hörte er seine Mutter sagen. »Du hast ihn mir gegeben!«

Dann drang ein Lachen durch die Tür. Doch es klang nicht froh und heiter, sondern hart und grausam. »Nein! Du hast ihn dir *genommen*! Du hast ihn dir genommen, so wie du dir auch alles andere genommen hast! Du hast immer nur getan, was du tun wolltest …«

Die Stimme, die Matt durch die Tür hindurch hörte, weckte ein Echo in ihm. Es kam aus seinen Erinnerungen …

… was du tun willst.

Aus seinen Träumen …

… tu das, was du tun willst …

Aus seinen Alpträumen …

… was du tun willst …

Die Stimme seiner Tante – er hörte die Stimme seiner Tante! Doch das konnte nicht sein. Sie war tot. Sie war schon gestorben, bevor er geboren worden war!

Rückwärts gehend zog Matt sich von der Tür zurück und stolperte zur Treppe. Das schreckliche Echo aus seinen Alpträumen hallte unbarmherzig in seinem Kopf wider, während er hinuntertaumelte.

Die Wimperntusche, mit der sie die falschen Wimpern bestrichen hatte, rann über ihre Wangen, das Make-up war verschmiert, und ihre Hände hielten die Schere aus dem Nähkasten ihrer Mutter krampfhaft umklammert. Zitternd vor Wut starrte Joan ihre Schwester an. »Du kannst ihn dir nicht wieder holen!«, schrie sie. »Es ist zu spät!«

»Ich brauche ihn mir nicht zu holen«, antwortete Cynthia. *»Ich habe ihn dir doch nie gegeben!«*

»Lügnerin!«, kreischte Joan. Sie hob die Schere hoch empor und stach mit ihr in Cynthias Gesicht. Die Spitze drang durch Haut und Fleisch und blieb schließlich im Wangenknochen stecken.

Cynthia lachte nur. *»Du hast ihn gestohlen. Du hast ihn genauso gestohlen wie mein ganzes Leben. Kein Wunder, dass Mama dich hasst.«*

Joan riss die Schere wieder heraus und stach noch einmal zu. »Sie liebt mich! Sie hat mich immer geliebt! Sie hat mich nur bestraft, weil sie mich liebte!«

»Du warst ein Nichts«, gab Cynthia zurück. *»Du warst dumm und hässlich, und kein Mensch hat dich je gewollt. Ich nicht, Mama nicht, Bill nicht, niemand!«*

Wieder erklang das schreckliche, spöttische Lachen, und noch einmal stach Joan nach dem Gesicht ihrer Schwester.

Doch die Stimme sprach unaufhörlich weiter. *»Du kannst es nicht haben, Joan. Du kannst mein Leben nicht haben und auch nicht meinen Sohn! Ich hole ihn zu mir zurück. Ich hole mir alles zurück!«*

Plötzlich war Joan wieder in New York, zurück in dem dunklen kleinen Apartment, in dem ihre Schwester sich versteckt hatte, um ihr Kind zu bekommen. Selbst als die Wehen einsetzten, weigerte sich Cynthia hartnäckig, in ein Krankenhaus zu gehen. Nicht einmal einen Arzt durfte Joan rufen ...

»Mama wird es herausfinden«, beharrte sie. »Mama findet es heraus, und dann hasst sie mich ebenso sehr wie dich jetzt!«

»Aber wenn etwas passiert?«, jammerte Joan. »Wenn etwas schief geht?«

»Es wird nichts schief gehen«, sagte Cynthia. »Ich bekomme das Baby, du hilfst mir dabei, es loszuwerden, und dann kann ich wieder nach Hause.«

Doch es ging schief. Gleich nachdem das Baby geboren war, ging etwas schrecklich schief.

Cynthia begann zu bluten.

»Ich rufe jetzt einen Arzt«, erklärte Joan.

Aber Cynthia schüttelte den Kopf und zeigte auf das Baby. »Erst, wenn er weg ist.«

Joan sah das winzige Wesen in ihren Armen an. »Das kann ich nicht. Ich kann ihm nichts zuleide tun. Ich kann ihn doch nicht ...«

»Er gehört dir nicht«, zischte Cynthia. »Er gehört mir, und ich entscheide, was mit ihm geschieht.«

Joan wich zurück und drückte das Baby an sich. »Bitte, gib ihn mir«, flehte sie. »Lass mich seine Mutter sein.«

Wut und Niedertracht flossen ebenso leicht von Cynthias Lippen wie das Blut aus ihrem Schoß. »Niemals! Er gehört mir und wird mir auch immer gehören!«

»Du willst ihn doch gar nicht!«

»Aber dir gebe ich ihn nicht!« Cynthia stemmte sich hoch. Sie streckte die Arme aus, als ob sie Joan das Baby entreißen wollte. »Er gehört mir ganz allein und wird mir immer ganz allein gehören!«

Erschöpft fiel sie zurück in die Kissen. Ihr Brustkorb hob sich, während sie nach Luft rang. Vor Joans Augen wurde ihr Gesicht blasser und ihr Atem flacher. Einen Augenblick später hörte Cynthia auf zu atmen und lag still.

Joan starrte auf ihre Schwester. Das Baby hielt sie fest an ihre Brust gedrückt. Was sollte sie tun? Sollte sie einen Arzt holen?

Zu spät.

Die Polizei?

Und wenn sie ihr dann das Baby wegnahmen?

Weg hier. Nimm einfach das Kind und dann nichts wie weg.

Joan hatte keine Ahnung, wie sie plötzlich auf diese Idee kam. Zuerst versuchte sie, nicht darauf zu achten. Aber dann dachte sie doch noch einmal darüber nach.

Kein Mensch kannte Cynthia. Sie hatte die Wohnung – ein verdrecktes, möbliertes Zimmer in einem Haus voller Drogenabhängiger und Huren – unter einem falschen Namen gemietet. Sie besaß sogar Papiere, die auf diesen Namen ausgestellt waren.

»Wenn ich das Baby los bin, gehe ich einfach zurück nach Hause«, hatte sie Joan erklärt. »Die Person, die hier lebt, wird sich in Luft auflösen, und ich kann mein Leben weiterleben. Und schwanger werde ich nie wieder. Darauf kannst du wetten!«

Nun starrte Joan ihre tote Schwester an und dachte darüber nach, was dagegen sprach, einfach aus diesem schmuddeligen Zimmer zu verschwinden, so wie Cynthia es geplant hatte. Niemand wusste, dass sie hier war. Die Leute, die sie vielleicht gesehen hatten, kannten sie nicht.

Sie drückte das Baby noch fester an sich und betrachtete das perfekte kleine Gesicht. »Nun wird alles gut werden«, flüsterte sie. »Ich werde deine Mutter sein und dich lieben. Und deine Großmutter wird dich auch lieben.« Und mich wird Mutter jetzt auch lieb haben, *dachte sie.*

Sie wandte sich langsam zur Tür. Es konnte funktionieren! Sie brauchte nur das Baby zu nehmen und in ein paar Monaten, wenn sich niemand mehr darüber wundern würde, dass man ihr die Schwangerschaft gar nicht angesehen hatte, als sie weggefahren war, nach Hause zurückkehren. Alles würde ganz wunderbar werden! Ihre Mutter würde sie lieben und das Baby auch.

Doch als Joan ein paar Minuten später die Wohnung verließ, glaubte sie die Stimme ihrer Schwester zu hören: *»Es* *wird nicht funktionieren, Joanie-Baby. Du kannst nicht ich sein. Du wirst niemals ich sein.«*

»Ich kann sehr wohl du sein!«, schrie Joan und hob erneut die Schere. »Ich kann es! Ich kann es!«

Wieder und wieder fuhr die scharfe Spitze in das Porträt, bis es so wie alles andere, das Cynthia einmal gehört hatte, zerfetzt auf dem Boden lag.

Nachdem ihre Wut endlich verraucht war, kehrte Joan ihrem Zerstörungswerk den Rücken zu und ging zurück zu Cynthias Frisiertisch.

»Ich kann du sein«, wiederholte sie. »Ich kann es.«

Sie wischte sich das verschmierte Make-up aus dem Gesicht und begann dann erneut, an ihrem Aussehen zu arbeiten. Doch diesmal trug sie die Schminke schnell und sicher auf.

So schnell und sicher wie Cynthia …

Fünfundzwanzigstes Kapitel

Das Haus erschien Matt plötzlich wie ein Gefängnis. Er fühlte sich wie ein eingesperrtes Tier. Unruhig trieb es ihn von einem Zimmer ins andere. Doch wo er auch hinging, folgte ihm eine Stimme.

Plötzlich spürte er den überwältigenden Drang zu fliehen – sich von den Wänden, die ihn erdrücken wollten, zu befreien. Nichts wünschte er sich sehnlicher, als die Schrecken, die sich zwischen ihnen abspielten, hinter sich lassen. Er war schon auf dem Weg zur Tür, da ließ ihn ein Gedanke innehalten. Wohin konnte er gehen? Wo war er überhaupt noch sicher? Er hatte keine Freunde mehr – außer vielleicht Becky Adams. Keine Familie, außer seiner Mutter. Keinen Ort, keinen Menschen, an den er sich wenden konnte.

Niedergeschlagen kehrte er der Tür den Rücken zu und ging schließlich ins Wohnzimmer. Dort stand in einer Nische der Schreibtisch seines Stiefvaters. Matt betrachtete das Möbelstück und fühlte sich in den Körper eines fünfjährigen kleinen Jungen zurück versetzt. Er dachte an den Tag, an dem er in dieses Haus gezogen war. Es war so groß, dass es ihn damals geängstigt hatte. Doch dann war er an der Hand seines Stiefvaters durch sämtliche Räume gewandert, und Bill Hapgood hatte ihm alles gezeigt. Er hatte ihn sogar ermutigt, alle Schubladen und Schranktüren zu öffnen und hineinzuschauen. Am Ende des Rundganges durch das Haus war die Angst verschwunden.

Es gab eine Schublade – die Schublade rechts unten im Schreibtisch seines Stiefvaters – die sich nicht öffnen ließ. Matt hatte es versucht, doch seine Bemühungen waren erfolglos geblieben.

Auf seine Frage hin hatte sein Stiefvater ihn angelächelt und gesagt: »Jeder Mensch braucht ein paar Geheimnisse.«

Matt erinnerte sich noch an das verschwörerische Augenzwinkern, mit dem Bill Hapgood seine Worte begleitet hatte. »In dieser Schublade sind meine.«

Seit jenem Tag hatte Matt sich gefragt, was wohl in dem Schreibtisch verborgen war. Doch sein Stiefvater hatte es ihm nie gesagt. »Eines Tages wirst du es herausfinden. Wenn die Zeit reif ist, werde ich dir zeigen, was in der Schublade ist.«

Vor einer Woche hatte Bill Hapgood noch etwas anderes zu Matt gesagt. Es ging um Matts Geburtstag, und sein Vater lächelte. »Vielleicht werde ich dir etwas ganz Besonderes schenken«, sagte er, und Matt hoffte, dass Bill vielleicht nach Hause zurückkehren würde. Doch dieser Traum war wie eine Seifenblase zerplatzt. »Vielleicht zeige ich dir, was in der unteren Schublade ist.« Dabei nahmen Bill Hapgoods Züge einen ernsten Ausdruck an.

Matt sagte ihm nicht, dass die Neugier darauf, was in der Schublade war, ihn schon seit Jahren nicht mehr plagte. Irgendwann war er zu dem Schluss gekommen, dass sich nichts besonders Aufregendes darin verbergen konnte, mit Sicherheit jedoch nichts wirklich Wunderbares. Wahrscheinlich war es nur ein Stapel alter Dokumente.

Doch nun sah Matt die Schublade an und dachte an die Worte seiner Tante. *»Er gehört mir … er hat mir immer gehört.«* Und er fragte sich, ob nicht vielleicht doch etwas Wichtiges in der Schublade steckte. Etwas, was ihn betraf.

Gerry Conroes aufgebrachte Stimme fiel ihm wieder ein. »Wer ist er? Wer ist Matt? Sag mir die Wahrheit!«

War es das, was sein Stiefvater in der Schublade versteckt hatte? Die Wahrheit? Mit klopfendem Herzen beugte Matt sich zu der Schublade hinunter und zog daran.

Sie war noch immer verschlossen.

Er öffnete die anderen Schubladen und suchte darin nach einem Schlüssel. Aber es schien keinen zu geben. Das Schloss schien allerdings eher einfach zu sein. Es glich dem Schloss an seinem eigenen Schreibtisch oben in seinem Zimmer.

Dafür hatte es nie einen Schlüssel gegeben. Aber schon als Zehnjähriger war es ihm gelungen, es zu öffnen. Dazu hatte er lediglich eine Büroklammer, eine der größeren, die leicht zu biegen waren, benötigt.

Noch einmal durchstöberte Matt die obere Schreibtischschublade. Dort fand er schnell, wonach er suchte. Zwischen ein paar Gummibändern, die so alt waren, dass sie unter seinen Fingern zerbröselten, lagen einige Büroklammern. Matt bog eine davon ein Stück weit gerade und steckte sie dann etwa einen Zentimeter tief in den Schlitz zwischen einer der Schubladen und dem Rahmen des Schreibtisches. Dann bog er den Draht um neunzig Grad. Nun steckte er das gebogene Ende in das Schloss der unteren Schublade und drehte es langsam hin und her. Er suchte nach einem ganz bestimmten Widerstand im Schließmechanismus. Endlich verfing sich das Ende des provisorischen Dietrichs. Matt prüfte, ob es fest genug saß und vollführte dann mit der Büroklammer eine ruckartige Drehung.

Mit einem leisen Klick gab der Schließmechanismus nach. Das Schloss sprang auf.

Matt öffnete die Schublade, ohne zu wissen, was er sich eigentlich von deren Inhalt erhoffte.

Er fand einen Aktenordner. Noch immer vor dem Schreibtisch kniend, legte er ihn auf die Tischplatte und öffnete ihn.

Fotografien. Bilder von ihm selbst.

Auf den ersten beiden konnte er kaum älter als ein oder zwei Jahre sein. Dann folgte eines, auf dem er aussah wie fünf, und ein paar andere, die ihn als etwas größeren Jungen und schließlich als Jugendlichen zeigten.

Aber etwas stimmte nicht mit den Bildern. Matt betrachtete sie genauer und plötzlich wurde ihm bewusst: Sie zeigten gar nicht ihn. Den Hintergrund auf den Bildern sagte Matt nichts, und auch die anderen Menschen, die auf den Bildern zu sehen waren, kannte er nicht. Nachdem er die Fotos noch einmal angesehen hatte, fiel ihm auf, dass der Junge auf den ältesten Fotografien ihm am ähnlichsten sah. Auf dem letzten Bild, auf dem der Junge etwa so alt sein musste, wie er es jetzt war, gab es zwar noch gewisse Übereinstimmungen, aber wer immer der andere auch sein mochte, Matt selbst war es nicht.

Doch wer konnte dieser Junge sein? Matt dachte nach. Woher kamen diese Bilder? Was hatten sie zu bedeuten?

Noch einmal betrachtete er sie eines nach dem anderen. Und dann roch er es: Das Parfüm seiner Tante stieg ihm in die Nase. Matt erstarrte. Er konnte sie sogar spüren, direkt hinter sich!

Aber das war unmöglich! Sie existierte längst nicht mehr! Sie war tot!

Doch als der Geruch noch stärker wurde, drehte Matt sich um. Seine Augen weiteten sich vor Schreck, als er zu der Gestalt aufblickte, die hoch aufgerichtet hinter ihm stand. Ihre Ähnlichkeit mit dem Porträt seiner Tante, das oben im Gästezimmer hing, war verblüffend. Das Haar, das Make-up, die ganze Gestalt glich diesem Bild.

»Tante Cynth…« Doch bevor Matt das Wort zu Ende bringen konnte, begann die Gestalt zu sprechen.

»Ich bin nicht deine Tante! Ich bin deine Mutter! Und ich werde dich niemals hergeben! Niemals!«

Erst jetzt erblickte Matt den Schürhaken, der hoch über ihm schwebte und bereits in einem weiten Bogen auf seinen Kopf zu sauste.

»Du gehörst mir«, hörte er noch. »Du gehörst für alle Zeiten mir.«

Dann sank Matt zu Boden.

Becky Adams las die Seite in dem Geschichtsbuch nun schon zum hundertsten Mal. Jedenfalls schien es ihr so. Aber trotzdem hatte sie keine Ahnung, was in dem Text geschrieben stand, und war damit in etwa ebenso klug wie vor einer Stunde, als sie die Tür ihres Zimmers hinter sich zugeknallt hatte. Vielleicht nicht gerade vor der Nase ihrer Mutter, aber viel hatte nicht gefehlt. Seither lag Becky auf dem Bett und versuchte zu lernen. Allerdings bekam sie den Stoff nicht in ihren Kopf. Sie sah zwar die Worte auf der Buchseite, doch es gelang ihr nicht, ihre Bedeutung zu erfassen. Schließlich gab sie ihre Bemühungen auf, legte das Buch beiseite und warf sich auf den Rücken. Versonnen starrte sie an die Zimmerdecke. Wie Spinnweben überzogen Risse den spröde gewordenen Putz. Im Laufe der Jahre hatte Becky viele Stunden damit verbracht, in den feinen Linien neue Bilder zu entdecken oder mit ihren Augen neue Wege durch das Labyrinth der Risse zu suchen, um ihre Einsamkeit zu vergessen. Aber an diesem Nachmittag lenkten die Muster an der Decke sie nicht von ihren trüben Gedanken ab.

Und dabei hatte sie sich so gut gefühlt, als sie ins Haus gekommen war, nachdem sie sich von Matt verabschiedet hatte. Bei dem Gedanken an seine Umarmung durchrieselte Becky noch immer ein warmes Gefühl. Doch schon als sie die Haustür hinter sich geschlossen hatte, war ihre gute Stimmung dahin gewesen.

»Komm auf der Stelle hierher, Rebecca Anne!«, rief ihre Mutter aus dem Wohnzimmer.

Wenn sie beide Vornahmen benutzte, war sie wütend, das wusste Becky. Dann sah sie das Sherryglas auf dem Tisch, an dem ihre Mutter saß, und wusste Bescheid. Sie versuchte, nicht auf das fast leere Glas zu starren, doch es war zu spät.

»Schau mich bloß nicht so an, junge Dame!«, keifte Phyllis Adams. Ihre schrille Stimme sagte Becky, dass dies nicht das erste Glas Sherry war, das sie an diesem Tag leerte. »Wenn ich mir nachmittags einmal eine kleine Belohnung gönne, geht das nur mich etwas an.«

»Ich habe doch gar nichts gesagt …«, begann Becky.

»Das ist auch nicht nötig! Glaubst du, ich habe keine Augen im Kopf? Ich sehe sogar viel besser, als du vielleicht denkst.« Sie warf ihrer Tochter einen anklagenden Blick zu. »Ich habe gesehen, wie du *diesen Jungen* geküsst hast.« Sie spuckte die Worte aus, als verursachten sie ihr einen schlechten Geschmack im Mund.

»Was soll das heißen, ›*diesen Jungen*‹?«, protestierte Becky und äffte dabei den Tonfall ihrer Mutter nach. Sie bemerkte sofort, dass es ein Fehler war, aber sie konnte ihre Worte nicht mehr zurücknehmen. »Das war Matt Moore. Du magst Matt Moore doch! Du hast ihn schon immer gemocht!«

»Nun werd nicht auch noch frech, Rebecca Anne!« Phyllis zog den Vorhang am Fenster ein wenig zur Seite und spähte hinaus, als wolle sie sicher gehen, dass Matt tatsächlich nicht mehr vor dem Haus stand. »Jeder Mensch weiß, was Matt mit seinem Vater und seiner Großmutter angestellt hat. Und nun ist auch noch die arme Kelly Conroe verschwunden. Nancy Conroe tut mir so schrecklich Leid, dass es fast nicht zum Aushalten ist.« Plötzlich schwammen ihre Augen in Tränen. Sie griff nach der Karaffe, die neben dem Glas stand, und schenkte sich nach. Nun war das Glas wieder halb voll. »Wie konntest du ihn nur küssen?«, fragte sie. »Wenn er jetzt auf dumme Gedanken kommt ...« Phyllis beendete den Satz nicht. Sie schien zu erschauern, als sie daran dachte, was mit ihrer Tochter geschehen konnte.

Doch Becky hatte nun endgültig genug. »Weißt du überhaupt, welchen Unsinn du da redest, Mutter?«

»Sprich nicht in diesem Ton mit mir, junge Dame!«

»Dann rede du nicht über Dinge, von denen du keine Ahnung hast! Und ganz besonders dann nicht, wenn du getrunken hast«, gab Becky zurück.

Ein Ausdruck gerechter Empörung trat ins Gesicht ihrer Mutter. Er wirkte so echt, dass er Becky beinahe beeindruckt hätte. Doch sie hatte ihn schon unzählige Male gesehen. Manchmal auch dann, wenn ihre Mutter bereits zu betrunken gewesen war, um überhaupt noch stehen zu können.

»Wie kannst du es wagen?«, schrie Phyllis wutentbrannt. »Nur weil ich mir hier und da ein Schlückchen genehmige, heißt das noch lange nicht ...«

»Ist ja gut, Mutter«, sagte Becky beschwichtigend. Sie hob die Hand, um all die Ausflüchte und Erklärungen, die nun unweigerlich kommen würden, nicht schon wieder mit anhören zu müssen. Sie wusste, dass ihre Mutter in solchen Situationen gern minutenlang lamentierte. »Doch was Matt betrifft, irrst du dich. Er ist ...«

»Er ist ein Mörder, ein Vergewaltiger und, weiß Gott, was sonst noch alles! Und wenn dein Vater nach Hause kommt ...«

In diesem Augenblick flüchtete Becky in ihr Zimmer, schlug die Tür zu und warf sich auf das Bett, um zu lernen. Wozu sich das anhören? Sie wusste bereits, was geschehen würde, wenn ihr Vater nach Hause kam. Er würde sich anhören, was ihre Mutter zu sagen hatte, ihr Gejammer ertragen, bis sie von selbst damit aufhörte, und dann mit seiner Tochter sprechen, um die ganze Sache irgendwie wieder gerade zu biegen. Normalerweise gelang es ihm, sich bei Becky für das Verhalten ihrer Mutter zu entschuldigen, ohne diese dabei in einem allzu schlechten Licht erscheinen zu lassen. »Deine Mutter ist manchmal eben ziemlich nervös«, sagte er dann. »Du musst versuchen, Rücksicht auf sie zu nehmen.«

Jetzt hörte Becky den Wagen ihres Vaters in der Einfahrt. Er schlug die Autotür zu. Die Hintertür des Hauses wurde geöffnet und wieder geschlossen. Ihr Vater rief nach ihrer Mutter. Es folgte leises Gemurmel aus dem Wohnzimmer. Becky konnte praktisch die Sekunden zählen bis zu dem leisen Klopfen, das der Beinahe-Entschuldigung ihres Vaters für die Beschimpfungen ihrer Mutter immer voranging. Doch diesmal hörte sie kein leises Klopfen. Es war ein heftiges Pochen. Gleich darauf stieß ihr Vater, ohne auf eine Antwort zu warten, die Tür auf und stand in Beckys Zimmer.

»Deine Mutter sagt, dass du heute Nachmittag mit Matt Moore zusammen warst«, begann Frank Adams. Tiefe Sorgenfalten zerfurchten seine Stirn.

Becky blieb vor Staunen beinahe der Mund offen stehen. Sie setzte sich auf und blickte ihren Vater an. Von ihm war heute offenbar keine Entschuldigung zu erwarten.

Der Ärger, der schon seit über einer Stunde auf kleiner Flamme in Becky gekocht hatte, brodelte plötzlich heftig auf. »Ich kann es einfach nicht fassen! Du hast Matt immer gemocht. Ja, du hast mich sogar immer wieder gefragt, warum wir nicht miteinander gehen!«

Frank Adams Blick senkte sich einen Lidschlag lang. Dann sagte er: »Das war, bevor er …«

Doch Becky war schon auf den Füßen. »Bevor er was?« Ihre Stimme wurde schriller. »Bevor alle beschlossen, dass er all die furchtbaren Dinge getan hat? Wenn es tatsächlich so war, wie kommt es dann, dass er noch auf freiem Fuß ist?«

Die Erinnerung an Matts gequältes Gesicht, als sie miteinander auf dem Bürgersteig gestanden hatten und er ihr seine eigenen Zweifel anvertraut hatte, beherrschte nun Beckys Gefühle.

»Er hat nichts angestellt, Daddy! Sonst hätte er etwas gesagt, als ...« Abrupt brach Becky den Satz ab. Doch es war zu spät.

»Wem hätte er etwas gesagt?«, fragte ihr Vater. »Dir vielleicht? Warum sollte er? Und wenn er nichts getan hat, warum ist Bill Hapgood dann jetzt tot? Matt war dabei, als Bill getötet wurde! Er war genau an der Stelle, wo es geschah, und schoss auf den Hirsch, der zwischen ihm und Bill stand! Man braucht kein Genie zu sein, um sich vorzustellen, was dort geschehen ist. Und ich sage nicht, dass Matt Emily Moore auf dem Gewissen hat. Sie kann sich, weiß Gott, verirrt haben. Aber was ist mit Kelly Conroe? Sie gehört nicht zu der Sorte Mädchen, die einfach durchbrennen. Also muss ihr etwas zugestoßen sein. Und Matt ist der einzige Mensch, der etwas damit zu tun haben kann!«

Beckys Augen glitzerten vor Wut. »Das stimmt doch gar nicht!«, rief sie. »Vielleicht hat Matt seinen Vater tatsächlich erschossen. Aber wenn es so ist, dann war es ein Unfall. Kelly kann von jedem dahergelaufenen Fremden entführt worden sein. Sie ging allein nach Hause, und jeder x-beliebige Autofahrer, der sie zufällig sah, kann sie überfallen haben!«

»So war es aber nicht«, beharrte Frank Adams.

Becky platzte nun endgültig der Kragen. »Woher willst du denn wissen, wie es war?«, gab sie wütend zurück. »Du weißt ja noch nicht einmal, was in deinem eigenen Haus vor sich geht! Du bemerkst doch kaum, dass Mom die ganze Zeit betrunken ist! Sie braucht es dir gegenüber ja nur abzustreiten, nur zu sagen, sie hätte einen ›schlechten Tag‹ oder so etwas, und du erfindest jede erdenkliche Entschuldigung für sie! Aber bei Matt ist es etwas anderes. Du kennst ihn schon sein ganzes Leben lang und hast mir mehr als einmal gesagt, dass er genau der Typ Junge ist, den ich einmal heiraten soll. Und jetzt sage ich dir noch etwas, Dad! Ich werde Matt niemals heiraten, weil er mich nicht bitten würde, seine Frau zu werden. Warum sollte er auch? Bei den Eltern, die ich habe!«

Becky stürmte aus dem Haus, und ihre Eltern unternahmen keinen Versuch, sie aufzuhalten. Ihr Vater war von ihrem Ausbruch zu überrascht, um mehr zu tun, als ihr verwundert nachzublicken. Und ihre Mutter war inzwischen zu betrunken, um überhaupt zu bemerken, dass sie das Haus verließ.

Noch immer zornig marschierte Becky die Straße entlang. Sie war vielleicht die einzige Freundin, die Matt noch hatte. Und er war ihr einziger Freund.

Cynthia Moore ging langsam durch das Haus und nahm jedes einzelne Zimmer sorgfältig in Augenschein. Sie überlegte, was sie behalten sollte und was sie verändern würde. Einige der Stücke waren wirklich wertvoll – sicher Familienerbstücke, die zweifellos seit Generationen im Besitz der Hapgoods waren. Doch es gab auch andere Möbel. Bei dem Queen-Anne-Stuhl im Wohnzimmer handelte es sich um eine schlechte Kopie, und auch das viel zu plumpe und eben nur Beinahe-Chippendale-Sideboard im Speisezimmer musste verschwinden. Nicht dass es sie überrascht hätte, diese unsäglichen Möbelstücke im Haus vorzufinden. Joan hatte noch nie so etwas wie Geschmack besessen und wahrscheinlich gar nicht gemerkt, dass einige Dinge, die sie ins Haus geholt hatte, die Grenze des Tolerierbaren weit überschritten. Einigermaßen verwundert war Cynthia jedoch darüber, dass Bill Hapgood Joan erlaubt hatte, mit ihrem schlechten Geschmack das Haus zu verschandeln.

Nachdem sie alle Räume im unteren Stockwerk besichtigt hatte, ging Cynthia nach oben. Zuerst betrat sie das große Elternschlafzimmer, in das sie noch heute ihre Sachen bringen würde. Sie öffnete den Kleiderschrank und zog einen großen Koffer aus dem oberen Fach – zweitklassig wie alles, womit Joan sich umgeben hatte. Dann füllte sie ihn mit dem Inhalt von Joans Schrankfächern. Sie brauchte nicht alles davon wegzuwerfen. Es gab auch ein paar ganz schöne Dinge wie die feine Unterwäsche, etliche Seidenblusen und einige sehr teure Cashmere-Pullover, die wohl Geschenke von Bill Hapgood waren. Doch alles, was Joan sich selbst gekauft hatte, verschwand in dem Koffer, genau wie Joan selbst vor kaum einer Stunde verschwunden war, nachdem Cynthia endgültig die Geduld mit ihr verloren und sich entschieden hatte, die Angelegenheit endlich selbst in die Hand zu nehmen. Als Cynthia in Joans Schrank Platz für ihre eigenen Sachen geschaffen hatte, ging sie zurück zum Gästezimmer, um das Durcheinander in Angriff zu nehmen, das Joan dort hinterlassen hatte. Cynthias Hand lag noch auf dem Türknauf, da klingelte es an der Haustür. Einen Augenblick lang war sie versucht, das Klingeln einfach zu ignorieren. Im Haus sah es furchtbar aus, und der Anblick war einem Besucher nicht zuzumuten. Doch dann klingelte es zum zweiten Mal, und Cynthia ging seufzend nach unten. Sie bemühte sich um ihr freundlichstes Lächeln und öffnete die Tür.

Das Mädchen, das draußen stand, war ungefähr in Matts Alter. Cynthia fand es unerträglich unscheinbar. Das Haar war ebenso schlecht frisiert wie Joans, als sie in dem Alter gewesen war. Die Kleider waren in Cynthias Augen mehr als trist. Solche Fetzen hatte sie schon immer gehasst. Sie wollte die Tür bereits wieder schließen, doch dann überlegte sie es sich noch einmal anders. In Joans Erinnerung fand sich doch bestimmt ein Name für das Mädchen. Sie konnte sich ja einen Augenblick lang mit ihm unterhalten.

Becky. Becky Adams.

Cynthia hielt die Tür ein Stück weiter auf und passte ihr Lächeln der Situation an. Nun strahlte es eine gewisse Herzlichkeit aus, ohne dabei jedoch allzu freundlich zu wirken. Schließlich gehörte dieses Mädchen nicht zu den Menschen, für die Cynthia Moore mehr als eine bemühte Höflichkeit aufbringen konnte.

Becky sah Joan Hapgood unsicher an. Sie erkannte sie zwar sofort, doch sie erschien verändert. Das letzte Mal hatte sie sie auf Mr. Hapgoods Beerdigung gesehen. Jetzt trug sie ihr Haar anders als vor ein paar Tagen in einer Art französischem Knoten, und auch ihr Make-up war nicht dasselbe. Es sah fast aus, als hätte sie sich gar nicht geschminkt. Ihre Wangenknochen schienen etwas stärker vorzutreten, und ihre Augen standen weiter auseinander.

Aus Beckys Sicht war Matts Mutter immer hübsch gewesen. Aber nun stand eine echte Schönheit vor ihr. Auch die Art, wie Mrs. Hapgood sich jetzt hielt, veränderte sie und machte Becky ihr unscheinbares Äußeres und ihre schlaffe Haltung noch schmerzlicher bewusst als sonst.

»Was gibt es denn, Becky?«

Becky legte die Stirn in Falten. Sogar Mrs. Hapgoods Stimme klang anders. Tiefer und irgendwie kehlig. »Ist … ich wollte nur wissen, ob Matt zu Hause ist«, stammelte sie unsicher.

Cynthia zögerte kurz, öffnete die Tür dann aber ganz und trat zur Seite. »Ich glaube, er ist gerade oben in der Dusche. Aber sicher freut er sich über deinen Besuch. Möchtest du nicht hereinkommen?«

Becky blieb einen Augenblick lang unschlüssig stehen. Es schien ihr beinahe so, als sei die Frau, die sie ins Haus bat, in Wirklichkeit gar nicht Mrs. Hapgood. Aber wer sollte sie denn sonst sein?

Becky trat ein.

»Vielleicht wartest du am besten hier drinnen«, sagte Cynthia und führte Becky durch einen Türbogen, der zu einem geräumigen Wohnzimmer führte. Sie zeigte auf einen der Sessel am Kamin und setzte sich selbst auf die vordere Kante des zweiten Sessels. »Matt kommt sicher in ein paar Minuten herunter«, fuhr sie fort und fixierte ihr Gegenüber dabei.

Becky wand sich unter diesem Blick. »Vielleicht sollte ich lieber ein anderes Mal wieder kommen«, sagte sie und wollte aufstehen. »Sie könnten Matt einfach sagen, dass er mich anrufen soll.«

Cynthia beugte sich nach vorn und hob eine Hand, als wolle sie Becky am Aufstehen hindern. »Aber nein«, wehrte sie ab. »Du darfst jetzt nicht gehen. Du bist doch gerade erst gekommen, und ich weiß, dass Matt dich gern sehen würde.«

Unsicher ließ Becky sich wieder in den Sessel sinken. Dann veränderte sich das Benehmen der Frau plötzlich.

»Du bist in meinen Sohn verliebt, nicht wahr?«, fragte Cynthia Moore. Dabei wurde ihr Blick stahlhart, ihre Stimme eisig.

»Nein!«, protestierte Becky. »Ich …«

»Aber natürlich bist du das. Ich sehe es dir doch an. Aber es wird dir nichts nützen. Er gehört mir!«

Becky hatte plötzlich ein flaues Gefühl im Magen. Sie fröstelte. Wovon redete Mrs. Hapgood? Kalter Schweiß begann Beckys Körper mit einer klammen Schicht zu überziehen. Als sie aufstand, hatte sie Angst, dass ihre Beine den Dienst versagen würden, so sehr fürchtete sie sich. »Ich gehe jetzt besser nach Hause«, presste sie mit schriller Stimme hervor.

Mrs. Hapgood erhob sich ebenfalls. Noch immer starrte sie Becky an, doch gleichzeitig schien sie nicht sie, sondern etwas anders – oder jemand anderen – anzusehen.

»Joan wollte ihn«, sagte sie. »Und Bill wollte ihn und diese schreckliche kleine Conroe. Sie alle wollten Matt, aber niemand hat ihn bekommen.« Ihre Augen bohrten sich in Beckys, die jetzt zitternd vor ihr stand. »Und du kannst ihn auch nicht haben, du armseliges Kind. Er gehört mir. Er wird mir für alle Zeiten gehören.«

Becky wollte zurückweichen, wollte zur Haustür rennen, doch ihr Körper gehorchte ihr nicht. Erst als Mrs. Hapgood auf sie zutrat und die Hände nach ihr ausstreckte, erwachte sie aus ihrer Erstarrung und warf sich zur Seite. Doch ihr Fuß blieb an der Kante des dicken Orientteppichs hängen, und sie stürzte zu Boden. Sie wollte sich hochrappeln, aber Mrs. Hapgood war schon über ihr. Rittlings saß sie auf Beckys Rücken und drückte sie zu Boden.

Dann spürte Becky Hände in ihrem Haar, die ihren Kopf nach oben bogen.

»Hast du verstanden?«, schrie Cynthia. »Du bekommst ihn nicht!« Sie schlug Beckys Kopf auf den Boden und hob ihn dann wieder an. »Ich gebe ihn dir nicht!«

Wieder schlug sie Beckys Gesicht gegen den Teppich. Becky heulte vor Schmerz und Angst laut auf.

»Niemand bekommt ihn!«

Noch einmal schlug Cynthia Beckys Kopf auf den Boden.

»Er gehört mir … er wird immer nur mir gehören … Ich werde nicht zulassen, dass ihn mir noch einmal jemand fortnimmt.«

Als Cynthias Wut endlich verraucht war, lag Becky Adams regungslos auf dem Teppich.

Sechsundzwanzigstes Kapitel

Halb trug, halb schleifte Cynthia Becky Adams die Kellertreppe hinunter. Sie mochte den Keller nicht – er war für ihren Geschmack viel zu dunkel und zu schmutzig. Doch er versetzte sie längst nicht so sehr in Angst und Schrecken, wie Joan. Ihre Schwester war ihr Leben lang ein Angsthase gewesen. Wie sie damals geschrien hatte, als sie zum ersten Mal in die Zedernholztruhe im Keller des Hauses in der Burlington Avenue gesteckt worden war. Beim ersten Mal hatte Cynthia noch Mitleid mit Joan. Doch sie wusste, dass sie diejenige sein würde, die ihre Mutter einsperrte, wenn sie ihrer Schwester zu Hilfe kam oder auch nur gegen diese Behandlung protestierte.

Sie wusste auch, wie es in der Truhe aussah. Damals war sie noch ganz klein gewesen. Sie konnte sich nicht mehr daran erinnern, welchen Verstoß sie an jenem Tag begangen hatte. Es gab zuerst Schläge, harte Schläge. Und dann wurde sie in den Keller getragen und in die Truhe gesteckt. Der Deckel schloss sich …

Cynthia hatte furchtbare Angst. Nicht nur vor der Dunkelheit, sondern auch davor, von dem schweren Deckel erdrückt zu werden.

Aber sie schrie nicht. Und sie bewegte sich nicht. Stattdessen zwang sie sich, vollkommen still zu liegen und stellte sich vor, sie sei gar nicht in der Holzkiste eingesperrt. Und dann beschloss sie, dass ihre Mutter sie nie wieder schlagen würde. Ganz gleich, was sie dafür tun musste. Sie würde sich nie wieder in die Truhe stecken lassen. Und sie würde sich rächen.

Eines Tages – eines Tages – sollte ihre Mutter den Schmerz und die Angst spüren, die sie ihr an jenem Tag zugefügt hatte.

Seitdem hatte Cynthia gesagt, was sie sagen musste, getan, was sie tun musste, damit ihre Mutter sie nie wieder bestrafte.

Es gelang ihr zu erreichen, dass sie nicht mehr geschlagen wurde. Sie ging nie wieder in die Holzkiste zurück.

Eine Zeit lang war es recht schwierig. Sie war bei allem, was sie tat, so vorsichtig, dass sie zuerst beinahe nichts mehr wagte. Aber nachdem Joan auf die Welt gekommen war, wurde es leichter. Als Joan krabbeln konnte, begann Cynthia, alle Schuld auf sie zu schieben. Sie log schon damals so geschickt, dass ihre Mutter ihr immer glaubte. Von da an war es Joan, die für Cynthias Taten bestraft wurde. Und Joan schrie immer.

Während Cynthia Becky nun zu der Falltür schleifte, die der einzige Zugang zu dem alten Kartoffelkeller war, überlegte sie sich, was wohl geschehen wäre, wenn Joan den Mut gefunden hätte, hier herunterzukommen. Oder noch schlimmer: Wenn Joan doch stark gewesen wäre und Cynthia nicht die Kontrolle überlassen hätte.

Vielleicht hätte Joan die Strafe, die sie ihrer Mutter zugedacht hatte, sogar gefallen. Aber wahrscheinlich eher nicht. Aus irgendeinem Grund, den Cynthia bis heute nicht verstand, hatte Joan ihre Mutter immer geliebt. Ganz gleich, wie grausam die alte Frau sich ihr gegenüber auch verhielt, Joan fand stets eine Entschuldigung für sie.

Schwach! Joan war eben immer schwach gewesen.

Cynthia stemmte die schwere Falltür hoch und spähte in die dunkle Grube hinunter. Der faulige Geruch verwesenden Fleisches, vermischt mit Urin und Fäkalien drang zu ihr herauf. Doch sie schenkte dem üblen Gestank keine Beachtung. Kurzerhand schob sie Beckys schlaffen Körper durch die Türöffnung. Sie wartete, bis das Mädchen auf den Boden des Kellers geplumpst war, dann schloss sie die Tür wieder und ging zurück nach oben in die schönen hellen Räume.

Sie stieg die Treppe zum oberen Stockwerk hinauf, um im Gästezimmer die Unordnung zu beseitigen, die Joan dort hinterlassen hatte. Die meisten ihrer Kleider waren noch zu retten. Sie konnte sie zu einer Schneiderin geben, die den Schaden beheben würde. Wenn sie sie dann noch reinigen und bügeln ließ, sahen sie bestimmt aus wie neu. Doch zuerst wollte Cynthia die zerfetzten Bilder wieder zusammensetzen. All die wunderschönen Fotografien von ihr, mit denen sie die Wände geschmückt hatte und die eigentlich in hübschen Rahmen auf ihrem Schreibtisch stehen sollten.

Cynthias Wut auf Joan wurde stärker denn je. Die Bilder waren ruiniert!

Dann erinnerte sie sich an das Album, das ihre Mutter schon seit Jahren in ihrer Nachttischschublade verwahrte. Abzüge von jedem Bild, das Cynthia besaß, füllten dieses Buch – und noch Dutzende weitere Fotos. Alle zeigten sie selbst.

Cynthia ging durch das Badezimmer in das Zimmer ihrer Mutter hinüber. Das Nachtkästchen ihre Mutter war fort! Sie spürte einen Anflug von Panik. Waren etwa die Bilder – jedes ein Abbild ihrer Schönheit – vernichtet worden?

Nein! Natürlich nicht! Der Nachttisch war zwar nicht da, aber bestimmt hatte ihre Mutter das Album an einem sicheren Ort verwahrt.

Cynthia begann, hektisch danach zu suchen. Zuerst durchsuchte sie die Kommode, die an der Wand gegenüber dem Bett stand. Eine Schublade nach der anderen zog sie auf und verstreute den Inhalt auf dem Boden, bis ein unordentlicher Berg von zerknüllten Nachthemden, Unterwäsche, Pullovern und Strümpfen den Teppich bedeckte. Es waren fast ausschließlich Kleidungsstücke, die ihre Mutter seit Jahren nicht getragen hatte, die sie aber nicht hergeben wollte.

Schließlich fand Cynthia das Album in der dritten Schublade des Schreibtisches neben dem Fenster. Der Einband bestand aus billigem Kunstleder, das schon so abgegriffen war, dass man die Pappe darunter sehen konnte. Doch Cynthia fasste das Buch mit so großem Respekt an, als handele es sich um eine wertvolle Gutenberg-Bibel. Sie nahm es aus der Schublade, legte es vorsichtig auf die Tischplatte, öffnete es und begann darin zu blättern.

Sie waren alle noch da. Alle Bilder, an die sie sich erinnern konnte, angefangen vom ersten, das sie im Alter von nur einem Monat zeigte, bis zum letzten, das kurz vor ihrem Aufbruch nach New York gemacht worden war. Man sah darauf zwar noch nichts von dem Baby, doch ihre Augen strahlten auf ganz eigentümliche Weise. Es war viel zu schön, um es weiterhin in dem alten Fotoalbum ihrer Mutter zu verstecken. Es würde in Zukunft unten im Wohnzimmer stehen!

Cynthia wusste genau, wo sie es haben wollte. Nicht nur dieses eine Bild, sondern alle anderen. Sie nahm das Album mit hinunter. In der oberen Schublade von Bills Schreibtisch fand sie eine Schere und machte sich vorsichtig ans Werk.

Nacheinander nahm sie die Bilder, die auf dem Möbelstück standen, in die Hand. Sie zeigten Bills Hochzeit, seine Frau und seine Familie. Sorgfältig trennte Cynthia Joans Kopf aus allen Fotografien heraus. Dann schnitt sie mit der gleichen Hingabe ihr eigenes Gesicht aus den Fotos in dem Album heraus.

Für das offizielle Hochzeitsbild, auf dem Joan und Bill am Tage ihrer Trauung in die Kamera lächelten, wählte sie das Bild, das sie als Schönheitskönigin auf dem Schulball zeigte. Das war in ihrem letzten Jahr an der High School gewesen, und sie hatte ein weißes Kleid getragen, dessen Kragen und Brustteil mit Strasssteinen bestickt gewesen war. Es sah beinahe aus wie ein Hochzeitskleid. Als sie ihr Gesicht sorgfältig in die Lücke einpasste, an deren Stelle bis vor wenigen Minuten Joans Gesicht zu sehen gewesen war, wusste sie, dass ihr Bild nun endlich an dem Ort war, der ihm gebührte.

»Das hätte ohnehin ich sein sollen«, murmelte sie und steckte das veränderte Foto wieder in den Rahmen. Sie stellte es auf, trat einen Schritt zurück, legte den Kopf zur Seite und betrachtete ihr Werk kritisch. Aus kaum zwei Metern Entfernung sah das Bild beinahe echt aus. Nicht nur echt, sondern auch richtig.

Cynthia arbeitete voller Hingabe weiter und ruhte nicht, bis auf jedem Bild auf Bills Schreibtisch, das Joan gezeigt hatte, ihr eigenes Gesicht zu sehen war.

Bill und Cynthia bei ihrer Hochzeit, ihr Sohn neben seiner Mutter.

Cynthia und Matt auf dem Eiffelturm, wie sie auf Paris hinunterschauten. Wenn sie dieses Foto betrachtete, konnte Cynthia die Aussicht beinahe so deutlich vor sich sehen, als hätte sie selbst an jenem Tag auf dem Turm gestanden.

Bill, Cynthia und Matt bei einem Ausritt vor fünf Jahren.

»Perfekt«, flüsterte sie und betrachtete die Bilder stolz. Nun musste sie die Rahmen nur noch genauso aufstellen, wie Bill sie hinterlassen hatte. »Ja, so ist es richtig. Gut, genau so hätte es sein sollen ...«

Matt kam langsam wieder zu sich. Der Übergang zwischen Schlaf und Erwachen war verschwommen. Er wusste nicht recht, wo der eine Zustand endete und der andere begann. Das erste, was er spürte, war Schmerz. Ein Schmerz, der jeden Nerv seines Körpers befallen zu haben schien.

Sein Kopf tat weh. Der Schmerz war stumpf und pulsierend und wurde mit jedem Herzschlag stärker. Matt wollte seinen Kopf mit der Hand berühren, doch seine Schulter protestierte mit heftigem Stechen gegen jeden Versuch, den Arm zu bewegen. Aus dem Schulterblatt schoss ein heißes Ziehen bis zum Ellbogen und von dort durch seinen ganzen Körper. Matt stöhnte laut auf und versuchte, still zu liegen, bis der Schmerz etwas nachließ.

Wo war er? Die Dunkelheit, die ihn umgab, erschien ihm so undurchdringlich, dass er beinahe glaubte, sie greifen zu können. Plötzlich erfasste ihn die schreckliche Angst, in einem Grab zu liegen. Voller Panik begann er, mit den Beinen um sich zu treten, als müsse er sich gegen einen unsichtbaren Feind wehren. Doch als seine Füße dabei auf keinerlei Widerstand stießen, ließ seine Angst etwas nach.

Ein grässlicher Geruch stieg ihm in die Nase – Urin und Fäkalien, vermischt mit noch etwas anderem, das er nicht recht einordnen konnte. Der widerliche Gestank bewirkte, dass die Härchen auf Matts Haut sich aufrichteten, und schnürte ihm den Magen zusammen. Er versuchte, flach zu atmen und nicht an den Geruch zu denken. Dann begann er, sich vorsichtig zu bewegen. Nacheinander konzentrierte er sich auf seine Glieder. Die Beine taten weh, doch der schlimmste Schmerz ließ nach, als er sie bewegte. Froh, dass seine Beine nicht gebrochen waren, bewegte Matt die Arme. Sie schienen zu funktionieren, doch von seinen Schultern ging ein marternder Schmerz aus. Er war so ähnlich wie der vor ein paar Wochen, als er sich beim Football-Training zu hart gegen den Übungssack geworfen hatte. Es hatte zwar ein paar Stunden lang scheußlich weh getan, doch seine Knochen waren heil geblieben. Vielleicht war er diesmal auch nur irgendwo angestoßen, gegen ein Hindernis gerannt oder gefallen.

Matt tastete noch einmal nach seinem Kopf. Doch diesmal bewegte er sich langsam und hob die schmerzende Schulter vorsichtig. Sein Haar fühlte sich feucht und klebrig an. Matt leckte ein wenig an seinen Fingern. Der metallische Geschmack von Blut breitete sich auf seiner Zunge aus.

Noch einmal betastete er seinen Kopf und spürte einen geschwollenen, schwammigen Wulst. Matt fühlte einen stechenden Schmerz, als er die offene Wunde, die oben auf dem Wulst klaffte, berührte.

Etwas hatte ihn getroffen. Etwas Hartes mit einer Kante, die scharf genug war, um …

Ein Bild entstand vor Matts geistigem Auge. *Tante Cynthia!* Er hatte in der Nische vor dem Schreibtisch seines Vaters gekniet und dann den Geruch des Parfums wahrgenommen. Als er aufgeblickt hatte …

… hatte er sie gesehen!

Sie war hinter ihm gewesen, hoch aufgerichtet und mit einem Schürhaken in der Hand. Aber das konnte nicht sein! Seine Tante war tot.

Matt konzentrierte sich ganz auf das Bild aus seiner Erinnerung. Er wollte nicht, dass es verblasste und sich verflüchtigte wie ein nächtlicher Traum. Und nach einer Weile dämmerte ihm die Erkenntnis. Nicht seine Tante – seine Mutter! Sie war es gewesen!

Matt erinnerte sich an das geschminkte Gesicht und an das Haar, das sie hochgesteckt getragen hatte wie seine Tante auf dem Porträt im Gästezimmer. Doch unter der Schminke hatte er die vertrauten Züge seiner Mutter erkannt.

Nun drängten sich plötzlich Erinnerungen an die beunruhigenden Träume in seinen Kopf. Seine Tante war bei ihm im Zimmer erschienen. Sie hatte geflüstert, ihm gesagt, sie liebe ihn. Ihre Finger hatten seine Haut berührt. Sie war zu ihm ins

Bett geschlüpft, hatte ihn gestreichelt und überall angefasst. Kein Traum! Es war nie ein Traum gewesen!

Eine Welle der Übelkeit schlug über Matt zusammen, als er die Wahrheit langsam erkannte. Wie oft war es geschehen? Wie oft war seine Mutter mitten in der Nacht zu ihm ins Bett gekommen? Dreimal? Sechsmal? Dutzende Male?

Nein! Nicht so oft! Er bemühte sich, die Erinnerungen zu ordnen, doch die Bilder aus vielen verschiedenen Träumen vermischten sich immer wieder miteinander.

Matt lag unbeweglich in der Dunkelheit und versuchte, nicht daran zu denken, was seine Mutter mit ihm getan hatte. Immer wieder sagte er sich, dass er alles nur geträumt hatte, dass seine Mutter niemals die Dinge getan hätte, die sich in seinen Träumen ereignet hatten. Doch so sehr sein Geist sich auch weigerte, das Unglaubliche zu akzeptieren – sein Körper erinnerte sich. Und allein der Gedanke an die Berührungen führte dazu, dass sich zwischen Matts Beinen ein Kribbeln einstellte.

Mit der Erregung kamen die Schuldgefühle. Konnte es sein, dass er es sogar genossen hatte? Nein! Nein, bestimmt nicht!

Aber wenn es ihm nicht gefallen hatte, warum hatte er ihr dann erlaubt, es immer wieder und wieder zu tun?

Matt schluchzte auf. Er wünschte sich, in der Dunkelheit zu sterben. Die Finsternis sollte ihn verschlucken. Dann würde er das Licht nie wieder sehen, nie wieder einem Menschen in die Augen schauen müssen.

Bevor die Verzweiflung ihn endgültig zu überwältigen drohte, hatte Matt plötzlich das sichere Gefühl, nicht allein zu sein. Immer stärker wurde die Gewissheit, dass jemand bei ihm war. Sein Herz schlug schneller. Eine unsichtbare Gegenwart lauerte ganz in der Dunkelheit auf ihn, ganz in seiner Nähe.

Dann hörte er ein leises Stöhnen.

Er stützte sich auf Hände und Knie und versuchte, nicht auf den Schmerz in seinem Kopf und in seinen Schultern zu achten. Zögernd kroch Matt durch die Dunkelheit.

»Ist hier jemand?«, fragte er. »Wer ist da?«

Wieder hörte er den erstickten Laut, diesmal jedoch schon deutlich näher. Er tastete mit einer Hand in die Richtung, aus der das Geräusch gekommen war, und bald berührte er etwas. Es bewegte sich, und Matt zog erschreckt die Hand fort. Aber gleich darauf hörte er das Stöhnen erneut. Es klang, als wolle jemand etwas sagen. Wieder streckte Matt die Hand aus, und als er diesmal etwas berührte, zog er sie nicht zurück.

»Schon gut«, flüsterte er. »Ich tu dir nichts.«

Nun tastete er auch mit der anderen Hand und fühlte einen Arm … einen Arm in einem Ärmel. Er fuhr mit den Fingern an dem Arm entlang nach oben, bis er Haut berührte. Als er daraufhin einen erstickten Aufschrei hörte, verstand er. Die Person, die er angefasst hatte, war geknebelt.

Fieberhaft suchte er mit den Fingern in der Dunkelheit, bis er ein Gesicht fand und das Klebeband über dem Mund spürte. Dann löste er vorsichtig eine Ecke des Bandes und zog es langsam ab. Matt erschrak, als sich der Kopf plötzlich ruckartig zurückzog. Das Klebeband hing an seinen Fingern.

»Matt, bist du das?«

Kelly!

»Was ist geschehen?«, fragte er, schrie beinahe. »Was tust du hier?«

Kelly begann zu schluchzen. Matt verstand kaum, was sie sagte. »Ich wollte zu dir … Ich fand es so grässlich, wie alle dich behandelten und … und …« Ihre Worte gingen in den Schluchzern unter. Die entsetzliche Anspannung während der letzten Stunden und die gleichzeitige Erleichterung drohten sie zu überwältigen.

»Aber was ist geschehen?«, fragte Matt noch einmal.

»Deine Mutter«, presste Kelly mühsam hervor. Es gelang ihr, das verkrampfte Schluchzen ein wenig zu kontrollieren. »Sie – ich glaube, sie hat deine Großmutter getötet. Und mich hat sie so fest getreten, dass mein Arm wahrscheinlich gebrochen ist.«

Matt wollte die Arme um Kelly legen, doch als er sie berührte, wimmerte sie vor Schmerz auf. »Gib mir deine Hand«, bat sie. »Lass mich deine Hand halten und sag mir, wo wir sind.«

Hastig löste Matt die Fesseln und erwiderte dann: »Ich weiß es nicht. Ich war im Wohnzimmer, und sie … sie …« Er stockte, zwang sich aber, den Satz zu beenden. »Ich glaube, sie wollte mich auch umbringen«, flüsterte er mit tonloser Stimme.

Dann berichtete er Kelly, woran er sich erinnerte.

»Es ist noch jemand hier«, sagte Kelly, als er geendet hatte. »Vor einer Weile hat sie die Falltür geöffnet und jemanden heruntergeworfen.«

»Falltür?«, wiederholte Matt. »Etwa in der Decke?«

»Ja. Sie benutzt eine Leiter, um herunterzukommen und …«

»Natürlich!«, platzte Matt heraus. »Ich weiß, wo wir sind: in dem alten Kartoffelkeller unter unserem Haus!« Einen Augenblick lang war er still. »Aber Mum geht eigentlich nie in den Keller – sie hasst ihn. Sie sagt, hier bekäme sie Atemnot!«

Matt stand mühsam auf und tastete sich vorsichtig durch die Dunkelheit. Er suchte nach den Wänden. Zweimal blieb er dabei mit den Füßen an Hindernissen auf dem Boden hängen und stolperte. Beim ersten Mal beugte er sich hinunter und fand eine Leiche. Die Haut war eiskalt, und Matt wusste nun, woher der Gestank kam, der den ganzen Raum ausfüllte. Es war der Geruch verwesenden Fleisches.

Als er zum zweiten Mal stolperte, fand er einen weiteren menschlichen Körper. Doch als er ihn berührte, fühlte er sich warm und lebendig an. Die Person bewegte sich unter seinen Händen und stöhnte leise.

»Wer ist das?«, fragte Matt. »Wer bist du?«

Zuerst blieb alles still, doch dann hörte Matt ein leises Wimmern. »Tu mir nichts! Bitte, tu mir nichts!«

»Becky?«, fragte Matt ungläubig. »Becky, bist du das?«

Doch Beckys einzige Antwort bestand darin, ihn noch einmal anzuflehen, ihr nichts zu tun.

»Du brauchst keine Angst zu haben«, sagte er und versuchte, seiner Stimme einen beruhigenden Klang zu geben. »Ich bringe uns hier heraus. Ich bringe uns alle fort von hier.«

Doch er kannte den Kartoffelkeller, konnte ihn sich so klar und deutlich vorstellen, als würde er von einem hellen Licht beleuchtet. Die Wände waren kahl und glatt, die Decke beinahe drei Meter über dem Boden. Die Falltür – der einzige Zugang zu diesem Raum – befand sich in der Mitte der Decke. Selbst wenn es ihm gelang, die Falltür zu erreichen – wie sollte er sie öffnen?

Matt fand keine Antwort auf diese Frage. Aus dem Keller gab es kein Entrinnen.

Der Fernseher lief, doch Dan Pullman achtete nicht auf die flimmernden Bilder. Er hörte auch nicht, was die püppchenhaft hübsche Blondine über eine kochsalzarme Diät berichtete. Stattdessen widmete der Sheriff seine volle Aufmerksamkeit der Sonderausgabe des *Granite Falls Ledger*, die er bei seiner Heimkehr vor zehn Minuten auf der Treppe zu seiner Haustür vorgefunden hatte. Der größte Teil der ersten Seite wurde von einem Artikel eingenommen, den offensichtlich Gerry Conroe persönlich verfasst hatte. Sinngemäß war dort zu lesen, dass es an der Zeit wäre, über eine Neubesetzung der Führungsposition der örtlichen Polizeidienststelle nachzudenken, falls es den Ordnungskräften nicht binnen vierundzwanzig Stunden gelänge, Emily Moore und Kelly Conroe zu finden. *Wozu das lange Gerede um den heißen Brei,* dachte Pullman mehr als verstimmt. Warum verlangte der Autor nicht direkt, dass der Sheriff sein Amt an den Nagel hängte?

In dem Moment, als er die Zeitung zu Boden fallen ließ, klingelte das Telefon. Einen Augenblick lang war Pullman versucht, es klingeln zu lassen. Heathers Freundinnen wussten, dass sie unter dieser Nummer nicht anrufen durften, und wenn es eine dringende Nachricht aus der Dienststelle gab, kam sie ohnehin über das Funkgerät, das eingeschaltet auf dem Beistelltisch neben dem Fernsehsessel stand. Das Klingeln des Telefons bedeutete meistens nur, dass jemand eine seiner Maßnahmen kritisieren oder etwas von ihm verlangte, das seine Befugnisse überstieg. Andererseits bestand eine gewisse Möglichkeit, dass der Anrufer von Gerry Conroe genauso die Nase voll hatte wie er selbst und ihm seine Unterstützung zusichern wollte. *Eigentlich ist es nicht ganz fair, sich über Conroe aufzuregen*, dachte Pullman, als er nach dem Hörer griff. Diesmal hatte Gerry immerhin einen nachvollziehbaren Grund für die unsachlichen Vorwürfe.

»Hallo?«

»Dan? Becky ist weg.«

Mehr sagte der Mann am anderen Ende der Leitung nicht, doch Dan erkannte Frank Adams' Stimme schon bei der ersten Silbe. Frank war nach einer Rauferei in der zweiten Klasse sein bester Freund geworden. Seither war kein Tag vergangen, an dem sie nicht miteinander sprachen.

»Was ist geschehen?«

Frank Adams berichtete von dem Streit, den Becky mit ihrer Mutter gehabt hatte. »Ich will gar nicht so tun, als wäre dies das erste Mal, dass Becky wortlos verschwunden ist«, sagte er. »Und ich kann es ihr auch nicht verdenken. Ich wäre über die Jahre, weiß Gott, manchmal selbst am liebsten fortgelaufen. Aber wenn sie früher davongerannt ist, hatte sie sich meist nach einer Stunde wieder beruhigt und kam dann zurück. Du kennst ja unsere Becky – sie ist ein gutes Mädchen, aber viele Freunde hat sie nicht. Ich weiß nicht, wohin sie gegangen sein könnte … vielleicht hinaus zu den Hapgoods, um Matt zu besuchen.«

»Hast du schon dort angerufen?«

»Das ist es ja gerade. Joan sagte, sie hätte Becky nicht gesehen, aber sie hat mir auch erzählt, dass Matt nicht zu Hause sei. Und nachdem, was mit Kelly Conroe passiert ist …«

Frank Adams unterbrach sich. Er wusste, dass sein Freund auch so verstand, was er meinte.

»Hör mal, Frank, es gibt bisher keinerlei schlüssige Hinweise darauf, dass Matt irgendetwas Unrechtes getan hat. Wir haben nichts als Tratsch und wilde Vermutungen. Und natürlich würden die Leute es am liebsten sehen, dass die Polizei auf der Stelle irgendjemanden verhaftet.«

Einen Moment lang verspürte Dan den innigen Wunsch, Frank denselben Vortrag zu halten wie Gerry Conroe am vergangenen Abend. Doch er wusste, dass er das nicht tun konnte. Frank Adams war nicht Gerry Conroe, und in all den Jahren, in denen er nun schon das Amt des Sheriffs innehatte, bat Frank ihn jetzt zum ersten Mal um einen Gefallen. Einmal hatte er sogar darauf bestanden, einen Strafzettel zu bezahlen, den Tony Petrocelli zerreißen wollte, weil er wusste, wie gut sein Boss und Frank Adams befreundet waren.

»Wenn du das tust, werde ich es Dan höchstpersönlich melden«, hatte Frank Petrocelli damals gewarnt.

Frank hatte danach nie mit Dan über diesen Vorfall gesprochen. Es war Petrocelli gewesen, der seinem Vorgesetzten die Geschichte erzählt hatte.

»Lass mich ein paar Anrufe erledigen. Ich will sehen, ob ich etwas herausfinden kann«, sagte Pullman schließlich.

»Ich weiß, ich sollte dich deswegen jetzt noch gar nicht behelligen ...«, begann Frank.

»Du meinst, du solltest deinen besten Freund nicht anrufen, wenn du dir Sorgen machst, weil deine Tochter weg ist?«, fiel Pullman ihm ins Wort. »Wenn du so denkst, weiß ich nicht, ob mir an unserer Freundschaft noch etwas liegt.«

Damit schickte der Sheriff sich an, das Gespräch zu beenden. Er fügte nur ein einziges Wort hinzu, um Frank wissen zu lassen, dass er ihm nicht böse war und versuchen würde, ihm zu helfen: »Idiot!«

»Arschloch«, antwortete Frank, genau wie er es seit ihrer Rauferei in der zweiten Klasse immer getan hatte.

Beide Männer legten auf, doch Pullman nahm den Hörer sofort wieder in die Hand und wählte Joan Hapgoods Nummer.

Cynthia schenkte sich gerade ein Glas von Bills Lieblingssherry ein – eine Vorliebe, die Joan nie mit ihm geteilt hatte –, da klingelte das Telefon. Zuerst wollte Cynthia den Hörer nicht abnehmen. Die Art, wie Frank Adams vor ein paar Minuten mit ihr gesprochen hatte, war ihr zuwider gewesen, und sie wünschte nicht, das Gespräch fortzusetzen. Er war eigentlich nicht unhöflich gewesen, aber sie hatte den vorwurfsvollen Unterton in seiner Stimme bemerkt. Wenn sie nun allerdings nicht ans Telefon ging, brachte er es womöglich fertig und kam zu ihr heraus. Und nach einem Besuch von Adams stand Cynthia nun wirklich nicht der Sinn. Lieber sprach sie noch einmal am Telefon mit ihm. Beim vierten Klingeln nahm sie den Hörer ab und bemühte sich, ihrer Stimme einen neutralen Ton zu geben. Sie wollte weder allzu kühl noch übermäßig freundlich klingen.

»Hallo?« Cynthia spürte das Zögern am anderen Ende der Leitung.

Dann die Frage: »Joan?«

Es war nicht Frank Adams.

In der Erinnerung ihrer Schwester kramte Cynthia nach dem Namen, der zu dieser Stimme passte, und dann wusste sie es: Sie gehörte dem Sheriff.

»Ach, herrje, Dan«, sagte sie und gab sich besorgt. »Rufst du wegen der kleinen Adams an?«

»Frank hat sich gerade bei mir gemeldet«, antwortete Pullman. »Er sagte, Matt sei nicht zu Hause. Stimmt das?«

Die Frage hing ein paar Sekunden lang zwischen ihnen, bis Cynthia antwortete: »Ja, tut mir leid. Er ist nicht da. Als er von der Schule zurück war, ist er noch einmal fortgegangen.«

»Weißt du, wo er ist?«

Cynthia spürte einen Anflug von Ungeduld. »Nein, tut mir Leid. Du glaubst doch nicht im Ernst, dass Matt sich für Becky Adams interessiert? So ein ...« ›Unscheinbares Geschöpf‹ hatte sie sagen wollen. Doch sie besann sich. »... schüchternes kleines Ding. Nicht die Sorte Mädchen, die bei Matt eine Chance hätte, ganz gleich wie sehr sie auch hinter ihm her sein mag.«

Dan Pullman legte die Stirn in tiefe Falten. Wovon redete Joan? Becky sollte hinter Matt her sein? Er konnte sich nicht vorstellen, dass Becky überhaupt hinter irgendeinem Jungen her war und am allerwenigsten hinter Matt Moore, den sie schon ihr ganzes Leben lang kannte. Und irgendwie schien ihm Joans Stimme anders als sonst. Sie klang zwar fast wie die Joan, die er kannte, aber irgendetwas stimmte nicht. Das spürte er deutlich.

»Wie kommst du darauf, dass Becky hinter Matt her sein könnte?«, fragte er.

Die Pause, die nun eintrat, war so kurz, dass nur ein sehr aufmerksamer Zuhörer sie überhaupt bemerken konnte.

Dann antwortete Joan Hapgood: »Alle Mädchen sind hinter ihm her, Dan. Genau wie alle Jungs immer hinter meiner Schwester her waren. Die Kerle haben sich damals ebenso um Cynthia geschart, wie die Mädchen jetzt um Matt herumschwirren.«

Pullmans Staunen wuchs. Cynthia? Den Namen hatte Joan nun schon jahrelang nicht mehr ausgesprochen. Und wusste Joan denn nicht, dass die jungen Männer vor allem deshalb hinter ihrer Schwester hergelaufen waren, weil sie in dem Ruf stand, so ziemlich alles mitzumachen, was sie von ihr verlangten?

»Ich hatte eigentlich nie den Eindruck, als schlage Matt nach seiner Tante«, sagte Dan Pullman vorsichtig.

»Sei nicht albern«, antwortete Cynthia. »Er ist genau wie Cynthia! Gutaussehend, charmant und …« Sie verkniff sich den Rest. »Aber du wolltest doch nicht mit mir über Matt reden, nicht wahr? Du suchst doch dieses Adams-Mädchen. Tja, ich fürchte, da kann ich dir ebenso wenig weiterhelfen wie ihrem Vater. Ich habe sie nicht gesehen.«

Dan wollte gerade aufhängen, als ihm einfiel, dass Joan sich noch nicht nach ihrer Mutter erkundigt hatte. Sonst hatte sie alle paar Stunden in der Dienststelle angerufen und gefragt, wie die Suche voranginge und ob es eine neue Spur gäbe. Aber heute Nachmittag war noch kein Anruf von Joan eingegangen.

»Ist bei dir draußen alles in Ordnung, Joan? Geht es dir gut?«

»Aber natürlich geht es mir gut«, antwortete Cynthia. »Ich meine, den Umständen entsprechend«, fügte sie einen Wimpernschlag später hinzu.

Nachdem er aufgelegt hatte, starrte Pullman versonnen auf das Telefon. Etwas stimmte dort draußen nicht. Alles, was Joan Hapgood gesagt hatte, klang irgendwie gar nicht nach ihr. War vielleicht jemand bei ihr im Zimmer gewesen und hatte sie gezwungen, so zu tun, als sei alles in Ordnung?

Aber wer? Matt?

Matt war gerade erst sechzehn Jahre alt geworden, und soweit Pullman wusste, hatte er bisher weder seine Mutter noch sonst jemanden in irgendeiner Art und Weise bedrängt oder eingeschüchtert. Niemanden – außer vielleicht Eric Holmes. Und Pullman war inzwischen kaum geneigter als in der vergangenen Nacht, Erics Geschichte zu glauben. Dafür war er sich beinahe sicher, dass bei Joan Hapgood draußen irgendetwas faul war. Er stemmte sich aus dem Sessel hoch und legte seufzend seine Uniform an. Währenddessen machte er sich im Geiste eine Liste der Dinge, die er noch zu erledigen hatte, bevor er zu Joan Hapgood hinausfuhr. Nachdem, was er sich am vergangenen Abend von ihrem Anwalt hatte anhören müssen, wusste er, dass ein ungutes Gefühl allein keine ausreichende Begründung darstellte, um schon wieder zu Joan und Matt hinauszufahren. Also musste er zuerst noch einmal mit Frank Adams und wahrscheinlich auch mit Phyllis reden – falls sie überhaupt nüchtern genug war, um ein Gespräch zu führen. Dann galt es, einige Plätze in der Stadt abklappern, an denen sich junge Leute, die aus irgendeinem Grund nicht gern nach Hause gingen, üblicherweise herumtrieben. Anschließend würde er Trip Wainwright aufsuchen. Er konnte ihn genauso gut gleich mit zu Joan nehmen, denn sie würde ihn ohnehin anrufen, sobald sie den Dienstwagen des Sheriffs in der Einfahrt erblickte.

Es würde ein langer Abend werden.

Er hat mir nicht geglaubt, dachte Cynthia, als sie den Hörer auflegte. *Bestimmt kommt er nun bald heraus und nimmt mir Matt weg. Aber das wird ihm nicht gelingen. Er wird Matt nicht mitnehmen! Das lasse ich nicht zu.*

Siebenundzwanzigstes Kapitel

In der Dunkelheit streckte panische Angst ihre Fangarme nach Matt aus. Mühsam gelang es ihm, sich von ihr frei zu machen, bevor sie sich endgültig in seinem Kopf festsetzen konnte. Er zwang sich, die erdrückende Finsternis zu ignorieren, denn sie machte ihn nicht nur blind, sondern stürzte ihn in derart abgrundtiefes Entsetzen, dass er fürchtete, nie wieder aus dieser Falle zu entkommen. Die Angst verwandelte sich nach und nach in etwas Greifbares. Matt spürte, wie sie ihn umkreiste und nur auf einen schwachen Moment wartete, um durch den Schutzwall zu brechen, den er mühsam aufrecht erhielt.

Flucht!

Er musste einen Weg nach draußen finden, die Falltür in der Kellerdecke erreichen. Kelly Conroe war wieder in die Geborgenheit der Ohnmacht hinübergeglitten. Die gebrochenen Knochen in ihrem Arm und die unzähligen Blutergüsse und Prellungen in ihrem Gesicht und an ihrem Körper bereiteten ihr unsägliche Schmerzen. Matt war sich sicher, dass Kelly sterben würde, wenn es ihm nicht bald gelang, einen Fluchtweg zu finden. Ihr Leben würde hier im Keller genauso elend enden wie das seiner Großmutter.

Zweimal war er nun schon an den Wänden entlang gegangen und hatte die Oberfläche Stück für Stück abgetastet. Er fühlte sich schon beinahe wie eine Ratte, die sich mit Hilfe ihrer Tasthaare durch das Labyrinth lichtloser Abwasserkanäle bewegte. Bereits zum zweiten Mal stieß er auf seinem Weg nun mit der Fußspitze an die Leiche seiner Großmutter. Mit seinen Fingern berührte er das kalte Fleisch. Beim ersten Mal hatte sich ihm beinahe der Magen umgedreht, und galliger Schleim war durch das unkontrollierbare Würgen in seinen Mund gestiegen.

»Was hast du?«, hatte Betty, durch sein Husten und Würgen erschreckt, geflüstert.

Matt war zusammengefahren, obwohl sie leise sprach. Das Echo ihrer Worte schien zwischen den Wänden nachzuhallen, und er rechnete schon fast damit, dass seine Mutter jeden Moment die Falltür aufreißen würde.

»Alles klar«, antwortete er leise, nachdem er seine Stimme wieder gefunden hatte. »Ich bin nur gestolpert. Das ist alles.«

Als er das verwesende Fleisch seiner Großmutter nun zum zweiten Mal berührte, liefen ihm zwar kalte Schauer über die Haut, doch es gelang ihm, die krampfartigen Zuckungen seines Magens nicht weiter zu beachten.

Aber wie lange konnte er seine Angst noch niederkämpfen? Sie wurde immer stärker, wuchs in der Dunkelheit wie ein bösartiges Geschwür. Matt versuchte zu verhindern, dass die Angst ihre Klauen in ihn schlug, doch während er noch damit beschäftigt war, sie abzuschütteln, verlor er die Orientierung. Er wusste nicht, aus welcher Richtung er gekommen war. Endlich fanden seine Hände wieder eine Wand. Aber wo stand er jetzt?

»Becky?«

»Ich bin hier.«

Die Stimme schien von rechts zu kommen. Ganz sicher war Matt sich allerdings nicht.

»Wo?«, fragte er. »Sag etwas, damit ich dich finden kann.«

Becky flüsterte, und Matt folgte vorsichtig dem Klang ihrer Stimme, bis er sie erreichte. Als er sie dicht vor sich spürte, streckte er eine Hand nach ihr aus. Sie zuckte vor seiner Berührung zurück.

»Ich bin es doch«, sagte er beschwichtigend. »Du brauchst keine Angst vor mir zu haben.«

»Was machen wir denn jetzt?«.

»Ich habe eine Idee. Ich weiß nicht, ob es funktioniert, aber mir fällt nichts Besseres ein.«

»Und was willst du tun?«

»Wir fangen in einer Ecke an. Du stellst dich auf meine Schultern, und wenn wir die Falltür erreichen, hebst du sie an.«

»Ich werde fallen!«, protestierte Becky voller Angst.

»Nein, das wirst du nicht«, widersprach Matt. »Ich werde

dich festhalten, und du verlierst das Gleichgewicht nicht, wenn du dich mit den Händen an der Decke abstützt.«

»Aber was ist, wenn –« begann Becky.

Doch Matt ließ sie nicht mehr zu Wort kommen. Wenn sie nicht sofort etwas unternahmen, würde ihn noch das letzte bisschen Mut verlassen, das ihm die schreckliche Dunkelheit noch nicht geraubt hatte.

»Wir müssen es versuchen«, sagte er energisch. »Komm jetzt!«

Er fasste Becky an der Hand und tastete sich mit ihr durch die Finsternis, bis sie eine Wand erreichten. Daran arbeiteten sie sich entlang und standen schließlich in einer Ecke. Matt ging mit dem Gesicht zur Wand in die Hocke.

»Klettere auf meine Schultern«, forderte er Becky auf. »Erst mit dem rechten Fuß. Stütz dich dabei mit den Händen an der Wand ab. Wenn ich es dir sage, drückst du dich ab und ziehst den linken Fuß nach. Dann richtest du dich auf, und wenn du im Gleichgewicht bist, stehe ich auch auf. Okay?«

»Wenn … wenn du meinst«, stammelte Becky.

Matt machte sich klein und spürte gleich darauf Beckys Fuß an seinem Rücken.

»Höher!«

Sie hob den Fuß, und er führte ihn mit der Hand an die richtige Stelle auf seiner Schulter.

»Okay. Lehn dich jetzt nach vorn und zieh den anderen Fuß auch hoch.«

Beckys Gewicht lastete nun schwer auf ihm, und gerade als er fürchtete, unter dem Druck auf seiner rechten Schulter das Gleichgewicht zu verlieren, zog sie den linken Fuß nach, fand seine linke Schulter und balancierte sich aus.

»Gut«, schnaufte Matt. »Versuch jetzt aufzustehen. Aber ganz langsam und stütz dich dabei mit den Händen an der Wand ab.«

»Okay«, sagte Becky ein paar Sekunden später. »Ich stehe. Was jetzt?«

»Ich halte dich an den Knöcheln fest und versuche auch aufzustehen«, erklärte Matt.

Er straffte den Rücken und versuchte dann, die Knie

durchzudrücken. Im ersten Augenblick glaubte er, dass es ihm nicht gelingen würde. Doch dann stand er plötzlich aufrecht.

»Erreichst du mit den Händen die Decke?«, fragte er.

»Hm … hm«, antwortete Becky.

»Okay. Ich glaube, ich weiß, wo die Falltür ist. Aber du musst mir sagen, wenn du sie spürst.«

Matt trat einen Schritt aus der Ecke heraus und dann einen zweiten. Er versuchte, sich auf die Mitte des Kellers zu konzentrieren und genau dorthin zu gehen. Doch ohne Licht wusste er nicht, wo er sich befand.

Nachdem er vier Schritte getan hatte, rief Becky: »Da ist sie!«

»Versuch, sie anzuheben!«

Matt hielt sich so aufrecht, wie es ihm möglich war, und drückte die Knie durch.

Becky stemmte sich gegen die Tür. Sie hob sie gerade so weit an, dass ein schwacher Lichtschein durch den Schlitz drang. Dann fiel die Tür in ihren Rahmen zurück.

»Was ist los?«, ächzte Matt.

»Ich kann sie nicht weiter hochheben«, stöhnte Becky. »Sie ist zu schwer!«

»Versuch's noch mal!«

Erneut drückte Becky mit aller Kraft gegen die Tür, doch sie war zu schwer. Diesmal verlor sie das Gleichgewicht und fiel. Matt gelang es, Beckys Fall zu bremsen, indem er blitzartig die Arme um sie warf.

»Tut mir Leid«, presste sie mit erstickter Stimme hervor, während sie sich an ihn klammerte. »Die Tür ist einfach zu schwer für mich.«

»Schon gut«, antwortete Matt.

Fieberhaft dachte er über eine andere Lösung nach. Es gab nur noch eine einzige weitere Möglichkeit. »Du musst versuchen, mich auf deinen Schultern zu tragen.«

»Das kann ich nicht!«, protestierte Becky.

»Du kannst es«, widersprach Matt. »Wir haben nämlich gar keine andere Wahl.«

Sie tasteten sich in die Ecke zurück, und diesmal kauerte

sich Becky in der Dunkelheit zusammen. Matt streifte seine Schuhe ab und suchte mit den Händen nach ihr. Vorsichtig stellte er den rechten Fuß auf Beckys Schulter.

»Okay«, sagte er. »Jetzt kommt der schwierigste Teil. Ich werde mich mit meinem linken Fuß kräftig abstoßen, und du versuchst, gleichzeitig aufzustehen. Sobald du meinen linken Fuß auf deiner Schulter spürst, hältst du meinen Knöchel fest. Ich versuche dann, uns beide auszubalancieren. Fertig?«

Becky schwieg, doch Matt hörte, wie sie tief Luft holte. Dann sagte er: »Los!« und schnellte hoch. Gleichzeitig spürte er, wie Beckys Körper sich anspannte. In der Aufwärtsbewegung stütze er sich mit den Händen rechts und links der Ecke an den Kellerwänden ab. Becky zitterte unter seinem Gewicht, und einen Augenblick lang fürchtete Matt, sie würde unter ihm zusammenbrechen. Doch dann fing sie sich.

Langsam begann sie, sich zur Mitte des Raumes zu drehen. »Ich weiß nicht, ob ich …«

»Nicht sprechen«, sagte Matt. »Mach kleine Schritte auf die Mitte zu.«

Becky bewegte sich, doch mit so winzigen Schritten, dass Matt fürchtete, ihre Kräfte könnten sie verlassen, bevor sie die Falltür überhaupt erreichten. Es schien ihm eine Ewigkeit zu dauern, dabei war kaum eine halbe Minute vergangen, als seine Finger an den Rand der Falltür stießen.

»Noch ein paar kleine Schritte«, sagte er. »Wir sind fast dort.«

Becky arbeitete sich vorwärts, und endlich spürte Matt die Tür über sich.

»Okay. Versuch jetzt, so steif zu stehen, wie du nur kannst.« Er spürte, wie sich der Körper unter seinen Füßen noch einmal straffte und Becky dabei seine Knöchel noch fester umklammerte.

»Jetzt!«, presste sie hervor. Ihre zum Bersten angespannten Halsmuskeln machten ihr das Sprechen fast unmöglich.

Matt stemmte sich kräftig gegen das Holz. Die Falltür hob sich, und schnell steckte Matt einen Arm durch die Lücke. Im selben Moment hörte er Beckys erstickten Schmerzenslaut und spürte, wie sie unter ihm wegglitt. Ein paar Sekunden lang hing er hilflos in der Türöffnung, dann gelang es ihm, auch den zweiten Arm durch den Spalt zu schieben.

»Ich hab's!«, ächzte er und zog sich hoch. Er holte mit dem Körper Schwung, und es gelang ihm, die Falltür mit der Schulter so weit anzuheben, dass er ein Knie durch die Öffnung zwängen konnte. Dann zog er den Rest seines Körpers zwischen dem Kellerboden und der schweren Tür hindurch. Als seine Beine frei waren, fiel die Falltür in den Rahmen zurück. Matt hörte, wie Becky nach ihm rief. Doch ihre Stimme drang nur gedämpft zu ihm. Er packte den Griff der Tür und öffnete sie, so weit es nur ging. Dann tastete er nach der Schnur, mit der das Kellerlicht angeschaltet wurde. Er fand sie und zog daran. Strahlendes, gelbes Licht durchflutete den Keller. Matt kniff die Augen zusammen.

»Hol mich hier raus«, flehte Becky.

Sie kauerte auf dem Boden und blinzelte, von der plötzlichen Helligkeit geblendet, zu ihm hinauf.

»Was ist denn passiert?«, fragte Matt.

»Ich glaube, ich habe mir den Knöchel verstaucht. Ich kann nicht auftreten.«

Matt suchte mit den Augen den Keller ab und entdeckte die ausziehbare Aluminiumleiter, die nur ein paar Meter von ihm entfernt auf dem Boden lag. Er zog sie zu der Falltür, hob sie an und ließ sie in den Kartoffelkeller hinunter. Kaum berührte die Leiter den Boden, zog Becky sich schon daran hoch. Sie kam auf die Füße und arbeitete sich mit den Händen und dem unverletzten Bein Stück für Stück an den Sprossen hinauf. Sie war schon beinahe auf Höhe des Kellerbodens und wollte nach Matts ausgestreckter Hand greifen, als sich ihre Augen plötzlich vor Entsetzen weiteten. Sie öffnete den Mund, wollte etwas sagen. Aber es war zu spät.

Matt bemerkte die Gegenwart der anderen Person hinter sich erst kurz bevor etwas seinen Schädel traf. Ächzend ließ er Beckys Hand los und sank zu Boden.

Mit einem Aufschrei fiel Becky zurück in den Kartoffelkeller. Gleich darauf stieg die Furcht erregende Gestalt die Leiter herunter. Mit einer Hand hielt sie die Schaufel, mit der sie Matt soeben niedergeschlagen hatte. Becky versuchte, in die schützenden Schatten in einer Kellerecke zu kriechen. Doch es war zu spät – Joan Hapgood stand bereits über ihr. Die Schaufel hielt sie hoch über ihrem Kopf. Becky riss schützend die Hände hoch, als das Schaufelblatt sie traf. Die scharfe Kante streifte ihr Gesicht. Becky presste die Hände auf den klaffenden Riss in ihrer Wange und wollte sich zusammenrollen. Doch die Schaufel hob sich bereits zum zweiten Mal. Joan Hapgood schlug erbarmungslos zu. Wieder und wieder traf das Schaufelblatt Becky, zerfetzte ihr Fleisch und zertrümmerte ihren Schädel. Schließlich lag sie still und zusammengekrümmt an der Wand. Blut strömte über ihr Gesicht.

Cynthia zerrte Becky von der Wand fort und rollte sie auf den Rücken. Die Blutlache, in der Becky lag, breitete sich schnell aus. Cynthia wandte sich zu ihrer Mutter. »Sieh mal, was Joan wieder getan hat!«, flüsterte sie. »Es ist nicht meine Schuld, Mama. Es war Joan. Joan hat das alles getan …«

Cynthia kehrte den reglosen Körpern, die auf dem Boden des Kartoffelkellers lagen, den Rücken zu und stieg die Leiter wieder hinauf.

Das helle Licht blendete sie.

Dann blickte sie sich überrascht um. An der Stelle, an der Matt noch vor einem Augenblick gelegen hatte, zeugte nur noch ein Blutfleck davon, dass er einmal dort gewesen war.

Ihr Sohn … ihr wunderbarer Sohn … ihr über alles geliebter Sohn – war verschwunden.

Matt stolperte durch die Tür am Ende der Kellertreppe. Seine Umgebung nahm er kaum wahr, denn seine Gedanken kreisten unablässig um die Ereignisse im Kartoffelkeller. Von dem Hieb mit der Schaufel halb betäubt war er neben der Falltür zu Boden gestürzt. Die Schmerzen, die von seinem Hinterkopf aus durch seinen Körper pulsiert waren, hatten ihn unkontrolliert zucken lassen. Dann war ein Schrei wie durch dichten Nebel zu ihm durchgedrungen, ein Schrei, der zu einem Heulen geworden war. Auf Händen und Knien war er zu der Falltür gerutscht und hatte in den Kellerraum hinuntergeblickt. Sein Magen hatte gegen den Anblick rebelliert.

An einer der Wände lag zusammengekrümmt seine tote

Großmutter. Ihre Arme endeten in zerfetzten Stümpfen aus verwesendem Fleisch und zersplitterten Knochen. Die Hände fehlten. Ihr Nachthemd war getränkt von inzwischen geronnenem Blut, und sie starrte ihn mit offenen Augen an.

Links von seiner Großmutter lag Kelly Conroe. Sie war ohnmächtig. Blutergüsse und Schwellungen entstellten ihr Gesicht. Eine Platzwunde auf ihrer Lippe trug eine dicke Kruste aus Blut.

Ihr gegenüber kauerte Becky Adams in einer Ecke. Blut sprudelte aus den klaffenden Wunden an ihrem Mund und an ihrer Kehle. Ihre Arme und Beine zitterten und zuckten krampfartig, während Joan Hapgood immer wieder auf sie einschlug. Der Schrei, den Matt ausstoßen wollte, drang nur als ersticktes Schluchzen aus seiner wie zugeschnürten Kehle. Das Gemetzel im Keller vor Augen war er die Kellertreppe hinaufgetaumelt.

Nun stand er zitternd und benommen in der Küche. Sein Gehirn war nicht in der Lage, zusammenhängende Gedanken zu produzieren. Das viele Blut und die schrecklichen Dinge, die er soeben gesehen hatte, legten seinen Verstand lahm.

Durch seine Benommenheit hindurch hörte er plötzlich seinen Namen.

»Matt? Matt, wo bist du?«

Die Stimme seiner Mutter. Doch sie klang verändert. Es war die Stimme seiner Tante – die Stimme, die nachts so oft auf ihn eingeflüstert hatte. Die Stimme, die eigentlich nur in seinen Träumen existierte.

Matt hörte Schritte auf der Kellertreppe. Die Stimme wurde lauter.

Ich muss fort! Ich muss fliehen!

Unsicher stolperte Matt durch die Küche, in den Abstellraum und schließlich zur Hintertür hinaus. Inzwischen war es draußen vollkommen dunkel. Einen Augenblick lang blieb er irritiert auf der Veranda stehen. Das Knallen der Tür am Ende der Kellertreppe riss ihn aus seiner Erstarrung, und er sprang die Verandatreppe hinunter.

Die Landstraße! Wenn ich die Straße erreiche, bin ich in Sicherheit.

Auf wackeligen Beinen taumelte er die Einfahrt hinunter. Die schrecklichen Bilder aus dem Keller verfolgten ihn auf Schritt und Tritt. Als er hinter sich das Heulen eines Motors hörte, rannte er los. Das Geräusch trieb ihn an, jagte ihn in großen Sprüngen die Fahrspur hinunter auf das Eingangstor zu. Er war schon fast dort, hatte sein Ziel schon beinahe erreicht, als der Wagen ihn erfasste und niederwarf.

Hart schlug er auf. Schulter und Kopf prallten auf den Asphalt, und er verlor das Bewusstsein.

Mit quietschenden Reifen kam das Auto zum Stehen. Dann beugte sich jemand über Matt.

»Mein Baby«, flüsterte Cynthia. »Mein armes Baby.«

Sanft hob sie Matts Kopf an und wiegte ihn an ihrer Brust. Ihre Finger streichelten seine Wange, während sie in sein Gesicht blickte. »Aber jetzt ist alles gut, Darling. Wir bleiben für immer zusammen.« Ihre Lippen schmiegten sich an sein Ohr. »Jetzt kann uns niemand mehr trennen.«

Cynthia legte Matts Kopf sanft auf den Boden zurück und richtete sich auf. Sie ließ das Auto stehen und ging zu Fuß zum Haus zurück. Als sie zurückkehrte, hatte sie die Schaufel – das Werkzeug, mit dem sie Becky Adams getötet hatte – bei sich. Sie beugte sich hinunter und drückte Matt den Griff in die rechte Hand. Dann schloss sie seine Finger um das polierte Eichenholz. Anschließend führte sie Matts andere Hand ein paar Mal über den Stil der Schaufel. Nun waren seine Fingerabdrücke überall. Zufrieden ließ sie seinen Arm fallen und drückte ihm dann einen Stofffetzen in die linke Handfläche.

Es war ein blutiger Fetzen, den sie aus Beckys Bluse gerissen hatte.

»Ich muss dich jetzt allein lassen, Liebes«, flüsterte Cynthia. »Aber sei unbesorgt. Wenn ich zurückkomme, wird uns nichts mehr trennen. Wir werden zusammen bleiben. Wir werden für immer und ewig zusammen sein.«

Joan Hapgood glaubte, aus einem tiefen Traum zu erwachen. Doch je klarer ihr Kopf wurde, desto weniger verstand sie, was mit ihr los war. Was tat sie hier draußen? Und warum war es dunkel? Das Letzte, woran sie sich noch erinnern konnte, war …

Was?

Die Erinnerungen schienen sich zunächst in Luft aufgelöst zu haben, doch dann kamen kleine Bruchstücke davon zurück. Sie war in Cynthias Zimmer und wollte die Sachen ihrer Schwester wegpacken. Nein, nicht wegpacken, sie wollte sie vernichten.

Sie blickte zum Haus und suchte mit den Augen das Fenster des Zimmers, in dem sie glaubte, zuletzt gewesen zu sein. Es war das Zimmer im oberen Stock, in dem ihre Mutter Cynthias Sachen haben wollen hatte. Und dann …

Und dann wusste Joan nichts mehr. In ihrem Kopf herrschte eine erschreckende Leere, die sie an einen tiefen, traumlosen Schlaf erinnerte. Sie hatte sich von ihrer Schwester befreit, ein für alle Mal, hatte Cynthias Kleider, ihre Bilder, einfach alles vernichtet!

Doch was war dann geschehen?

Joan blickte vom Haus zu dem Wagen. Was tat sie hier draußen? Und warum war das Auto …

Aus dem Augenwinkel heraus sah sie etwas am Boden liegen. Sie ging einen Schritt darauf zu.

Es war Matt. Reglos lag er mitten in der Einfahrt. Wie …? Warum …?

»Matt!«, sie schrie und warf sich neben ihrem Sohn auf die Knie. Sie schlang die Arme um ihn und wiegte ihn schluchzend in ihrem Schoß. Was war geschehen? Wie war es geschehen?

Die Schaufel glitt aus Matts Hand und fiel zu Boden. Verwirrt betrachtete Joan das Werkzeug. Im Licht des aufgehenden Vollmondes entdeckte sie die Blutflecken auf dem Schaufelblatt, doch ihr Verstand weigerte sich, die Flecken als das zu erkennen, was sie waren. Dann blickte sie an sich hinunter und sah die Blutflecken auf ihren eigenen Kleidern. Ein erstickter Schrei entfuhr ihr.

Was war geschehen? Was hatte Matt getan? Was hatte sie getan?

Hilfe!

Sie musste Hilfe holen!

Sie ließ Matt liegen, wo er war, und rannte zum Haus. Dort riss sie die Hintertür so heftig auf, dass sie gegen die Hauswand krachte und das Glas des kleinen Fensters zersplitterte. Ohne auf die Scherben zu achten, stolperte Joan durch den Abstellraum in die Küche, suchte nach dem Telefon und nahm mit fahrigen Bewegungen den Hörer ab. Sie zwang ihre zitternden Finger, die Tasten für den Notruf zu drücken: 911. »Hilfe!«, schluchzte sie, als die Notrufzentrale sich meldete. »O Gott! Bitte schicken Sie jemanden, der mir helfen kann. Mein Sohn ... o Gott, ich glaube, mein Sohn ist tot ...«

Gerry und Nancy Conroe beendeten gerade das Abendessen, als das Funkgerät auf Gerrys Schreibtisch zu rauschen begann. Er hatte es, wie meist abends, auf die Polizeifrequenz eingestellt. Normalerweise hätte keiner der Conroes das Rauschen gehört, denn Nancy hatte das Gerät bereits vor Jahren aus dem Esszimmer verbannt.

»Das Abendessen gehört der Familie«, hatte sie erklärt, als Gerry einmal mit dem Funkgerät ins Esszimmer gekommen war. »Diese gemeinsame Mahlzeit gehört zu den wenigen Minuten am Tag, zu denen wir einmal alle zusammen sind. Aber wenn dieses Ding angeschaltet ist, lauschen wir alle auf jedes Knacken, anstatt miteinander zu reden. Dann können wir unsere Teller auch gleich auf den Knien balancieren und vor dem Fernseher in deinem Arbeitszimmer essen.«

Genau das taten die Conroes an diesem Abend. Sie brachten es einfach nicht fertig, ohne Kelly am Esstisch zu sitzen. Im Fernsehen lief eine Nachrichtensendung, aber weder Nancy noch Gerry hätten sagen können, worüber der Sprecher gerade berichtete. Selbst was sie aßen, wussten sie kaum.

Sie sprachen auch nicht miteinander. Stattdessen lauschten sie beide – bewusst oder unbewusst – auf das Funkgerät. Sie warteten darauf, dass es zum Leben erwachte, und hofften, es würde ihnen vielleicht sagen, dass man ihre Tochter gefunden hatte.

Als plötzlich eine Stimme aus der Polizeifunkzentrale aus dem kleinen Lautsprecher tönte, erstarrten sie beide. Gebannt hingen ihre Augen an dem unscheinbaren Kunststoffkasten auf Gerry Conroes Schreibtisch.

Schweigend lauschten sie. Für Nancy war es nur ein undeutlicher, kaum zu entschlüsselnder Wortschwall, der aus dem Funkgerät quoll. Doch selbst sie verstand, was die letzen Worte zu bedeuten hatten.

»Fahren Sie zur Manchester Road, Nummer 1326. Wiederhole – eins – drei – zwei – sechs, Manchester Road.«

»Das ist das Haus von Bill und Joan«, hauchte Nancy. »Was …?«

Gerrys erhobene Hand gebot ihr Schweigen. Nun hörten sie Dan Pullmans Stimme aus dem Lautsprecher tönen.

»Hier Unit Eins«, sagte er. »Ich bin schon auf dem Weg. Unit Zwei – verstehen Sie mich?«

»Unit Zwei, verstanden.« Tony Petrocellis Stimme war durch das statische Rauschen hindurch kaum zu erkennen.

»Wir treffen uns dort«, sagte Pullman im Befehlston.

Das Funkgerät verstummte plötzlich.

»Was ist da los?«, fragte Nancy. »Was ist passiert?«

Gerry Conroe war bereits auf den Beinen. »Sie schicken einen Krankenwagen hin. Ich glaube, es liegt jemand in der Einfahrt.«

Er lief zur Haustür, und Nancy eilte ihm nach.

»Liegt?«, wiederholte sie erschrocken. »Was …?«

»Verletzt«, sagte Gerry grimmig, während er sich eine Jacke überwarf. »Oder tot.«

Durch die Haustür hindurch hörten die Conroes das Heulen einer Sirene. Es kam näher.

»Ich komme mit«, sagte Nancy und riss ihre Jacke von dem Kleiderhaken neben der Tür.

Gerry versuchte nicht, sie daran zu hindern, und einen Augenblick später saßen sie bereits im Auto. Die kleinen Kieselsteine spritzen auf, als Gerry den Wagen schwungvoll wendete und die Einfahrt hinunterschoss. Diesmal ermahnte Nancy ihren Gatten nicht, langsamer zu fahren.

Phyllis Adams hob den Kopf, als sie das Geheul der Sirene in der Prospect Street hörte. Der Lärm schwoll an der Ecke der Burlington Avenue an und wurde dann schnell zu einem sich entfernenden Klageton.

»Das ist wegen Becky«, sagte sie und griff nach der Karaffe, um sich nachzuschenken. »Ich weiß, dass es wegen Becky ist.«

»So etwas darfst du nicht einmal denken«, knurrte Frank und griff nach der Karaffe, bevor sich die Finger seiner Frau um den gläsernen Hals schließen konnten.

»Was soll das?«

»Willst du tatsächlich betrunken sein, wenn Becky nach Hause kommt?«

Phyllis sah ihren Mann aus trüben Augen an. Sie konnte beinahe mit Gewissheit sagen, dass Becky nicht nach Hause kommen würde. Vor etwa einer halben Stunde hatte sie plötzlich das eigenartige Gefühl gehabt, dass mit ihrer Tochter etwas Schreckliches geschehen war.

»Sie ist tot«, hatte sie unter Tränen gejammert. »Ich weiß, dass mein Baby tot ist.«

Frank hatte sie nur angestarrt, als wäre sie betrunken. Vielleicht war sie es. Aber das bedeutete noch lange nicht, dass ihr Gefühl sie trog.

Während die Sirene draußen in der Dunkelheit verhallte, stand Phyllis auf. Sie stützte sich am Tisch ab.

»Wir sollten hinausfahren«, sagte sie.

»Wir fahren nirgendwohin«, antwortete ihr Mann. »Wir bleiben hier sitzen und warten. Wenn Dan Pullman etwas herausfindet – selbst wenn er nur etwas hört –, ruft er uns an.« Vorwurfsvoll starrte er seine Frau an. »Und es würde helfen, wenn du bis dahin nüchtern wärst.«

Einen Augenblick lang sah es so aus, als wolle Phyllis mit ihm streiten. Doch dann wandte sie sich ab und wankte in die Küche. »Ich koche Kaffee«, sagte sie. Und sie hatte überhaupt keinen Grund, die Flasche Sherry zu erwähnen, die hinter der Dose mit dem Kaffee auf dem obersten Regalbrett in der Speisekammer stand.

Dan Pullman fuhr direkt hinter dem Krankenwagen durch das Eingangstor der Hapgood-Farm. Auf halbem Weg zum Haus stand mit blinkenden Signallichtern Tony Petrocellis Streifenwagen. Pullman hielt sein Auto ein paar Meter neben der Fahrspur an, damit er den Krankenwagen nicht behinderte, wenn er wieder fuhr. Er sah, dass Tony neben Matt kniete. Auf der anderen Seite kauerte Joan an ihren Range Rover gelehnt.

Dann beugten sich die Sanitäter über Matt. Petrocelli rappelte sich hoch, trat zu seinem Chef und zog ihn zur Seite. »Er lebt noch«, sagte er. »Aber ich will verdammt sein, wenn ich verstehe, was hier los ist.«

»Was hat Joan gesagt?«

Petrocelli zuckte die Achseln. »Sie behauptet, sie könne sich an nichts erinnern.«

Pullman blickte von seinem Deputy zu Joan hinüber und wieder zurück. »Kann sich nicht erinnern? Sie hat das Auto gefahren, oder etwa nicht?«

Petrocelli breitete in einer hilflosen Geste die Arme aus. »Sie sagt, sie weiß es nicht.«

»Verdammt noch mal! Was soll das heißen, sie weiß es nicht?«

Pullman legte eine Hand wie ein Schild über die Augen, um sie vor dem blendenden Licht der Scheinwerfer zu schützen, die auf der Einfahrt näher kamen. Er schüttelte ungeduldig den Kopf. »Sehen Sie nach, wer das ist, und schicken Sie die Leute wieder weg«, knurrte er. »Und lassen Sie, um Gottes willen, niemanden mehr hier herauf, okay?«

Der Hilfssheriff wandte sich dem Auto zu, das direkt hinter dem Krankenwagen angehalten hatte, während sein Chef zu Joan Hapgood hinüberging.

»Joan?«

Pullman griff nach ihrem Arm und zog sie sanft, aber bestimmt auf die Füße. Als sie in das Scheinwerferlicht des Krankenwagens trat, sah er das Blut auf ihren Kleidern.

»Bist du verletzt?«

Joan schüttelte wortlos den Kopf. Ihre Augen hingen an Matt, der noch immer genauso dalag, wie sie ihn vor einer Weile gefunden hatte.

»Ich … ich glaube nicht«, stammelte sie.

Als sie ihr Gesicht schließlich dem Sheriff zuwandte, sah Pullman die Verwirrung in ihren Augen. »Kannst du mir sagen, was geschehen ist?«

Joan schüttelte erneut den Kopf.

Pullman runzelte die Stirn. Wusste sie es wirklich nicht, oder wollte sie es ihm nur nicht sagen?

»Soll ich Trip Wainwright anrufen?«, fragte er.

Sie schien ihn gar nicht gehört zu haben, doch dann schüttelte sie noch einmal den Kopf. »Er kann nun auch nicht mehr helfen«, sagte sie. Ihr Blick wanderte zurück zu Matt. »Ich habe ihn getötet, nicht wahr?«, fragte sie mit versagender Stimme. »Ich habe meinen eigenen Sohn getötet.«

Plötzlich erschien Gerry Conroe an Pullmans Seite. »Was, zum Teufel, geht hier vor?«, bellte er. »Tony Petrocelli hat gerade versucht, mich vom Grundstück zu …« Seine Augen fielen auf Joan Hapgoods blutige Kleider. »Allmächtiger! Er hat versucht, auch dich umzubringen!«

»Wir wissen noch nicht, was geschehen ist, Gerry«, sagte Pullman, bevor Joan den Mund öffnen konnte. »Und ich war derjenige, der Tony angewiesen hat, dich wegzuschicken.«

Conroes Gesicht rötete sich. »Ich habe ein Recht darauf, hier zu sein. Meine Tochter ist noch immer …«

»Nicht jetzt, Gerry«, schnaubte Dan Pullman, der fürchtete, ihm könne jeden Augenblick der Kragen platzen. »Bleib hier, wenn du es unbedingt willst, aber steh uns nicht im Weg herum. Wenn du nicht …«

»Wir müssen ihn zum Krankenwagen bringen«, meldete sich einer der Sanitäter zu Wort. »Ist das okay?«

Pullman ging zu Matt und blickte auf ihn hinunter. Die Schaufel lag neben ihm auf dem Boden. In einer seiner Hände entdeckte Pullman ein blutgetränktes Stück Stoff.

»Wir haben schon alles fotografiert«, sagte der Sanitäter und ging neben Matt in die Hocke.

Pullman griff in die Innentasche seiner Jacke und zog eine verschließbare Plastiktüte, die er vorsichtshalber immer bei sich trug, hervor. Vorsichtig fasste er den Stofffetzen an einer Ecke, zog ihn aus Matts Hand und ließ ihn in die Tüte fallen.

Als er die Tüte verschloss, bemerkte er das Monogramm auf dem Stoff: FAT.

Pullman wusste sofort, was er vor sich hatte, denn er war selbst dabei gewesen, als sein Freund Frank Adams sich zum ersten Mal ein Monogramm auf sein Hemd hatte sticken lassen. Seither war das Kürzel auf fast jedem Kleidungsstück angebracht worden, das Frank Adams besaß. Und vor etwa einem Jahr hatte seine Tochter damit begonnen, sich regelmäßig die Hemden und Pullover ihres Vaters auszuleihen.

»O mein Gott«, flüsterte Pullman.

Er glaubte, die Worte ganz leise gesagt zu haben, doch dann bemerkte er, dass die Sanitäter, die gerade eine Trage neben Matt abstellten, zu ihm aufblickten.

Auch Gerry Conroe hatte ihn gehört. »Was ist los? Was hast du gefunden?«

Pullman beachtete ihn nicht. Stattdessen konzentrierte er seine ganze Aufmerksamkeit auf Matthew Moore. »Was hast du getan«, fragte er den ohnmächtigen Jungen. »Was hast du mit Becky Adams gemacht?«

Mit Tony Petrocellis Hilfe hoben die beiden Sanitäter Matt auf die Trage. »Vorsichtig«, ermahnte einer von ihnen Petrocelli, als Matt leise aufstöhnte. »Seine Schulter könnte gebrochen sein.«

Die Männer legten Matt so sanft wie möglich auf die Trage und hoben diese dann auf ein Fahrgestell. Als einer der Sanitäter die Haltegurte anzog, stöhnte Matt erneut.

»Augenblick noch!«, schaltete Pullman sich ein. Er trat dicht an Matt heran und blickte ihm ins Gesicht. »Sprich mit mir, Matt!«, sagte er. Seine Hand krallte sich um die Plastiktüte mit dem blutigen Stofffetzen von Frank Adams' Hemd. »Sag mir, was geschehen ist!«

»Es hat keinen Sinn, Chief«, sagte einer der Sanitäter. »Er kann Sie nicht hören.«

Pullmans Augen schienen sich in das Gesicht des Jungen zu bohren. »Los, sag etwas, Matt!« Noch einmal stöhnte Matt auf und Pullman glaubte, ein Zucken in seinem Gesicht zu erkennen. »Mach den Mund auf!«

Nun drängte Joan sich zwischen den Männern hindurch zur Trage.

»Lasst ihn in Frieden!«, schrie sie. »Lasst ihn doch endlich in Ruhe!« Ihr Blick wanderte von Dan Pullman zu ihrem Sohn. »Ich bin hier, Matt«, flüsterte sie. »Ich bin hier bei dir. Und ich werde dich nie verlassen. Nie wieder.«

Bei den letzten Worten riss Matt plötzlich die Augen auf, und ein anderer Laut brach aus seiner Kehle. Es war kein Stöhnen. Es war ein Schrei. Und in diesem markerschütternden Schrei lag so viel Angst und Verzweiflung, dass alle, die ihn hörten, vor Entsetzen erstarrten.

Achtundzwanzigstes Kapitel

Er war wieder im Kartoffelkeller. Die Dunkelheit erschien ihm noch undurchdringlicher als zuvor. Die Wände standen so eng beieinander, dass jeder Atemzug zu einem schmerzhaften Kampf wurde. Der Gestank des Todes füllte seine Nase, und jeder Nerv seines Körpers stand in Flammen. Irgendwo in der Dunkelheit hörte er die Toten klagen.

Doch er war aus dem Keller entkommen. Er war auf Beckys Schultern geklettert und …

Plötzlich war er wieder dort. Er drückte mit aller Kraft, kämpfte gegen das Gewicht der Falltür an. Die Klagelaute verstummten. Und er war schon beinahe draußen … beinahe frei … beinahe …

Er ächzte, als die Schaufel auf seinem Schädel aufprallte und ihn betäubte.

Jetzt taumelte er durch die Dunkelheit, lief eine Einfahrt hinunter, die kein Ende zu nehmen schien. Das Tor, auf das er zustrebte, wich mit jedem Schritt, den er tat, weiter zurück. Dann war etwas hinter ihm. Eine unsichtbare Bedrohung, die immer näher kam. Er wollte schneller rennen, doch es war, als steckten seine Füße in tiefem Schlamm fest, und das Tor … das Tor, das er erreichen musste, um der schrecklichen Gefahr zu entkommen – war weiter entfernt denn je.

Der Wagen riss ihn ohne Vorwarnung nieder. Ein scharfer Schmerz durchzuckte seine Schulter. Er fiel in einen schwarzen Schacht, sank tiefer und tiefer in die bodenlose Dunkelheit.

Eine Stimme. Die Stimme seiner Mutter. »Ich bin hier, Matt.« *Der Gestank des Todes wurde von dem Moschusaroma ihres Parfums verdrängt.* »Ich bin hier …« *Der Geruch wurde stärker, und er spürte, wie ihre Finger nach ihm tasteten. Dann begann sie, ihn zu streicheln.* »Ich werde dich nie verlassen … Nie wieder.«

Wenn er zuließ, dass sie ihn berührte, wenn er ihr noch einmal nachgab, war er für immer verloren, das wusste Matt. Er nahm seine ganze Kraft zusammen. Ohne auf den Schmerz zu achten, der seinen Körper zu zerreißen drohte, füllte er seine Lungen mit Luft und öffnete den Mund.

Sein Schrei riss den Alptraum und die Erinnerungen, die ihn in der Dunkelheit gefangen gehalten hatten, mit sich. Matt blinzelte verwirrt.

Sie war hier! Seine Mutter stand neben ihm, starrte ihn an und wollte die Hand nach ihm ausstrecken.

»Nein!«, schrie er. »Nein! Fass mich nicht an. Fass mich nie wieder an!«

Seine Mutter hielt mitten in der Bewegung inne, und einen Augenblick lang trafen sich ihre Blicke. Noch einmal senkte sich der Alptraum über Matt, denn plötzlich sah er nicht mehr seine Mutter über sich. Er sah seine Tante.

Ein zweiter Schrei begann in seiner Kehle aufzusteigen. Doch bevor er durch die Nacht gellen konnte, hörte Matt die Stimme eines Mannes. »Sprich mit mir, Matt. Sag etwas!«

Matt riss seine Augen von der Furcht einflößenden Erscheinung seiner Tante los und sah Dan Pullmans Gesicht über sich. »K ... Keller...«, krächzte er mühsam.

»Du brauchst nicht mit ihnen zu sprechen«, hörte er seine Mutter sagen. »Du brauchst keine Fragen zu beantworten.«

Wieder spürte Matt, wie ihre Finger sich auf seine Haut legten, und erneut wich er vor ihrer Berührung zurück.

»Im Keller ...«, presste er mit letzter Kraft hervor. »Im Kartoffelkeller!« Er wollte sich aufsetzen, doch der Schmerz in seiner Schulter überwältigte ihn. Völlig erschöpft sank er auf der Trage in sich zusammen.

»Okay«, bellte Dan Pullman in Richtung der Sanitäter. »Ab mit ihm in die Klinik. Tony, Sie kommen mit mir!«

Die Sanitäter schoben Matt zum Krankenwagen, und Joan schickte sich an, ihnen zu folgen.

Pullman hielt sie zurück. »Noch nicht«, sagte er. »Erst zeigst du mir den Kartoffelkeller, von dem Matt gesprochen hat.«

Joan wurde blass. »Ich gehe nicht in den Keller.« Die Angst in ihren Augen erschien Pullman beinahe greifbar.

»Ich fürchte mich … dort ist es so dunkel, und die Enge nimmt mir den Atem und …«

»Bring uns hin!«, fiel er ihr ins Wort.

Mit einem Wink bedeutete er Tony Petrocelli, ihnen zu folgen, während er Joan am Ellbogen nahm und sie auf das Haus zu schob. Als Gerry Conroe sich ihnen anschloss, wollte Pullman ihn zunächst daran hindern. Doch dann überlegte er es sich anders. Je nach dem, was sie im Haus vorfanden, war es durchaus nützlich, wenn Gerry Conroe bei ihnen war.

Das Farmhaus schien anders zu sein als am Nachmittag. Zuerst wusste Pullman nicht genau, woran das lag. Vielleicht spielte die Fantasie ihm einen Streich. Doch mit jedem Schritt wuchs seine Überzeugung, dass er sich nicht täuschte. Eine unheimliche Aura umgab das Haus, und von dem Augenblick an, als er gemeinsam mit Gerry Conroe und Tony Petrocelli hinter Joan Hapgood durch die Hintertür in den Abstellraum trat, ließen ihn schreckliche Vorahnungen nicht mehr los.

In der Küche blieb Conroe plötzlich stehen und legte seine Hand auf die Schulter des Sheriffs. »Wonach riecht es denn hier?«

Das Zittern in Conroes Stimme sagte den beiden anderen Männern, dass er bereits eine recht genaue Vorstellung davon hatte, woher dieser Geruch stammte.

Es war der Gestank des Todes.

Anstatt die Frage zu beantworten, schaute Pullman sich mit finsterer Miene in der Küche um. Sein Blick blieb an der offenen Tür neben dem Kühlschrank hängen. »Geht es da in den Keller hinunter?«

Joan blieb wie angewurzelt stehen. »Zwing mich nicht, dort hinunterzugehen. Bitte, tu mir das nicht an!«

Überrascht registrierte Pullman, dass ihn ihre Stimme an das Betteln eines kleinen Kindes erinnerte. In dem hellen Küchenlicht konnte er sie genauer betrachten, als das draußen in der dunklen Einfahrt möglich gewesen war. Er sah nun, dass sich nicht nur das Haus verändert hatte. Auch Joan Hapgood war nicht mehr dieselbe.

Sie trug das Haar anders. Es war straff nach hinten gekämmt und zu einem Knoten aufgesteckt, einer Frisur, die Pullman noch nie an ihr gesehen hatte. Normalerweise trug sie einen dezenten Lippenstift. Aber heute Abend war ihr Gesicht wie für einen großen Auftritt geschminkt. Die Farben, die sie gewählt hatte – der türkise Lidschatten und das grelle Lippgloss – gaben ihrem Gesicht etwas Maskenhaftes. Auch mit ihren Kleidern stimmte etwas nicht. Sie schienen ihr nicht recht zu passen und waren schon vor geraumer Zeit aus der Mode gekommen. Vom Stil her entsprachen sie dem, was modemutige Teenager vor einigen Jahren für den letzten Schrei gehalten hatten, und Joan sah darin aus, als hätte sie sich für einen Maskenball zurechtgemacht.

»Großer Gott«, hauchte Gerry Conroe. Er sprach leise, wie zu sich selbst. Seine Augen hingen an Joan Hapgood, als sähe er ein Gespenst vor sich. »Was, zum Teufel, geht hier vor?«

Pullman und Petrocelli tauschten einen Blick, und der Sheriff fasste einen schnellen Entschluss. »Sie bleiben hier oben bei Joan«, befahl er dem Deputy. »Ich gehe hinunter und sehe mir die Sache an.«

»Ich komme mit«, sagte Conroe. Als Pullman zögerte, setzte er ungeduldig hinzu: »Meine Tochter könnte da unten sein, Dan.«

Pullman nickte widerstrebend. »Okay. Aber du tust genau das, was ich sage. Und du fasst nichts an!«

Dann stiegen die beiden Männer die Treppe hinunter. Sie kamen nur langsam voran, weil Pullman, um keine Spuren zu zerstören, jede Stufe genau in Augenschein nahm, bevor sie sie betraten. Immer wieder machte er Conroe auf rotbraune Flecken aufmerksam und ermahnte ihn, die Stellen nicht zu berühren. Am Fuß der Treppe wurde der Verwesungsgeruch noch stärker und überdeckte bald den modrigen Geruch des Kellers, den die Männer auch von ihren eigenen Häusern her kannten. Pullman blieb stehen und sah sich um. Dann sah er die Öffnung im Boden am anderen Ende des Kellerraumes. Ein Heizkessel verdeckte den Blick auf den Eingang zum Kartoffelkeller. Pullman ging auf das Loch im Boden zu und erkannte nach ein paar Schritten eine Falltür und das Ende einer Leiter, das aus der viereckigen Türöffnung ragte. Neben der Leiter sah er einen großen, noch feuchten Blutfleck auf dem Kellerboden. Conroe wollte ihn sich ansehen, doch Pullman hielt ihn zurück. »Bleib hier«, sagte er leise, aber bestimmt. »Ich sehe zuerst nach, womit wir es hier zu tun haben.«

Gerry Conroe blieb widerwillig zurück. Pullman trat an die Falltür heran und blickte in den dunklen Schacht unter dem Kellerboden hinunter.

Im ersten Augenblick konnte er nichts erkennen. Doch dann sah er das Bein, das aus der Dunkelheit heraus in den Lichtfleck unter der Falltür ragte. Er schaltete seine Taschenlampe ein und führte den Lichtstrahl an dem Bein entlang nach oben bis zu einem weißen Hemd. Einem ehemals weißen Hemd, das jetzt von Blut durchtränkt war.

Pullmans Magen krampfte sich schmerzhaft zusammen, während er die Leiter hinunterkletterte. Er bemühte sich, möglichst wenige Fingerabdrücke zu hinterlassen. Unten angekommen beugte er sich über den zusammengekrümmten Körper, der in dem blutigen weißen Hemd und Jeans steckte. Obwohl das Gesicht von tiefen Wunden entstellt und mit Blut bedeckt war, erkannte er Becky Adams. Pullman legte seine Hand an ihren Hals und suchte nach einem Puls. Unter seinen Fingern rührte sich nichts.

Er kämpfte gegen die Übelkeit an, die ihn zu überwältigen drohte und ließ den Strahl der Taschenlampe von Becky Adams weg weiter über den Kellerboden gleiten. Einen Augenblick später starrte er in Emily Moores Gesicht, in das, was einmal das Gesicht der alten Frau gewesen war. Die Haut war aufgerissen und geschwollen, eingetrocknetes Blut verkrustete den Mund und die Nasenlöcher.

Pullmans Pulsschlag beschleunigte sich, als er eine Bewegung wahrnahm. Doch dann sah er, dass das, was er für eine Bewegung gehalten hatte, in Wirklichkeit Hunderte von Ameisen waren, die bereits an Emily Moores Leichnam fraßen.

Er bewegte den Lichtstrahl weiter und fand Kelly Conroe. Auch sie lag reglos am Boden. Schwellungen und Blut bedeckten ihr Gesicht. Doch als Pullman sie berührte, um nach einem Pulsschlag zu suchen, zuckte sie vor seiner Hand zurück.

»Nein!«, flehte sie. »Bitte … bitte nicht!«

»Kelly?«, rief Gerry Conroe von oben. »O Gott! Kelly!« Im selben Augenblick war er, ohne sich von Pullmans Befehlen beeindrucken zu lassen, auf der Leiter und kletterte in den Keller hinunter. Dann fiel er neben seiner Tochter auf die Knie und wollte sie in seine Arme reißen. Doch im letzen Moment zögerte er. Er hatte Angst, ihr weh zu tun.

Kelly lag noch einen Atemzug lang unbeweglich und still auf dem Boden. Dann öffnete sie mit einem leisen Stöhnen die geschwollenen Augen, so weit es ging. »Daddy?«, flüsterte sie.

Vorsichtig nahm Conroe seine Tochter in die Arme. Als er zu Dan Pullman aufblickte, lag eiskalte Wut in seinem Blick. »Ich bringe den Hurensohn um. Ich töte ihn für das, was er getan hat, das schwöre ich!«

Kellys schüttelte den Kopf. »Nein!«, wimmerte sie. »N…nicht Matt! Seine Mutter! Es war seine Mutter …« Erst langsam wurde ihr bewusst, dass sie nun nichts mehr zu fürchten hatte. Sie begann, leise zu weinen.

Gerry Conroe versuchte, seine Tochter zu beruhigen, indem er ihr übers Haar strich und sie in seinen Armen wiegte wie ein Baby, während Dan Pullman über Funk Anweisungen gab. »Wir haben eine verdammt üble Situation hier draußen«, knurrte er ins Mikrofon, nachdem er einen zweiten Krankenwagen angefordert hatte. »Schicken Sie sofort jemanden hier heraus ans Tor – das Letzte, was wir jetzt gebrauchen können, ist eine Horde Gaffer«, ließ er den diensthabenden Deputy in der Funkzentrale wissen. Dann steckte er sein Funkgerät zurück in die Halterung an seinem Gürtel und sah Gerry Conroe an. »Was war denn vorher in der Küche mit dir los?«, fragte er. »Als du Joan so angestarrt hast.«

Conroes Augen wichen keine Sekunde lang von seiner Tochter. »Es waren ihre Kleider … ihr Haar … einfach alles«, antwortete er leise. Nur kurz sah er zu Pullman auf, um dann gleich wieder das blutverschmierte Gesicht seiner Tochter zu betrachten. »Als ich sie in dem hellen Licht angesehen habe, glaubte ich einen Moment lang, ihre Schwester stünde vor mir. Ich meine, ich könnte schwören, dass sie Cynthias Kleid anhatte, und dann ihre Frisur, ihr Make-up …« Er schüttelte den Kopf. »Ich weiß nicht … Mir war, als sähe ich ein Gespenst.«

Pullman dachte ein paar Sekunden lang schweigend über Gerry Conroes Worte nach und richtete sich dann auf. »Ist es in Ordnung, wenn ich dich hier unten allein lasse?«

Conroe nickte, und einen Augenblick später kletterte der Sheriff die Leiter hinauf.

»Warum kann ich nicht zu Matt ins Krankenhaus?«

Joan saß stocksteif am Küchentisch. Ihr Körper war so angespannt, ihre Stimmbänder so verkrampft, dass Dan Pullman an die überdehnte Feder eines Uhrwerks denken musste, als er sie hörte.

»Warum darf ich nicht zu meinem Sohn?«

»Warten wir doch erst einmal, bis Trip Wainwright eintrifft«, sagte Pullman nun schon zum dritten Mal in fünf Minuten.

Er war aus dem Keller gekommen und direkt zum Telefon gegangen, ohne ein Wort mit Joan zu wechseln. Dann hatte er Trip Wainwrights Nummer gewählt. »Ich glaube, wir brauchen dich«, erklärte er dem Anwalt. »Ich muss mit Joan reden, aber ich möchte nicht, dass hinterher jemand behauptet, ich wäre bei der Befragung nicht korrekt vorgegangen.«

Joan hatte zugehört und versuchte, zu protestieren. »Warum rufst du Trip an? Ich habe dir doch schon gesagt, dass ich mich nicht daran erinnern kann, was geschehen ist. Ich will zu meinem Sohn! Können wir Trip nicht in der Klinik treffen?«

Pullman blieb ihr eine Antwort schuldig. Er legte den Hörer auf und setzte sich an den Küchentisch. Am liebsten hätte er sich das Haus auf der Stelle genauer angesehen und nach Hinweisen gesucht, die ihm womöglich halfen zu verstehen, was geschehen war. Was er im Keller gesehen hatte, berechtigte ihn dazu. Doch er wusste, dass Trip Wainwright die Anerkennung sämtlicher Beweisstücke, die ohne einen Durchsuchungsbefehl ans Tageslicht gefördert wurden, über Monate blockieren konnte. Da wartete er lieber jetzt ein paar Minuten auf den Anwalt, als dass er sich hinterher monatelang durch eine Fülle von Formularen und Zeit raubenden Schriftverkehr kämpfte. In einem solch heiklen Fall hielt man sich am besten haargenau an die Vorschriften.

Der Anwalt fuhr direkt hinter dem Krankenwagen, der Kelly Conroe abholen sollte, die Einfahrt herauf. Als die Sanitäter, gefolgt von zwei Streifenpolizisten durch die Kellertür verschwanden, weiteten Joans Augen sich vor Staunen. Ein Staunen, das auf Dan Pullman absolut echt wirkte.

»Was wollen sie denn dort unten?«, fragte sie. »Was hast du im Keller gefunden?«

Bevor Pullman sich eine Antwort zurechtlegen konnte, stürzte Trip Wainwright schon in die Küche. »Würdest du mir bitte freundlicherweise erklären, was hier vor sich geht, Dan? Ich dachte, wir wären uns darin einig, dass du ohne mein Beisein weder mit Matt noch mit Joan sprichst.«

In knappen Worten erklärte der Sheriff – soweit er das konnte –, was mit Matt geschehen war. »Ich habe Joan keine Fragen gestellt«, setzte er hinzu. »Ich habe sie lediglich gebeten, mir den Eingang zum Keller zu zeigen, und dafür brauchte ich keinen Durchsuchungsbefehl. Wie Matt aussah und was er sagte …«

Wainwrighs Augen verengten sich voller Misstrauen. »Und? Hast du etwas gefunden?«

Pullman ließ Joan Hapgood nicht aus den Augen, als er antwortete: »Ja, habe ich. Emily Moore, Becky Adams und Kelly Conroe.«

Joan schnappte erschrocken nach Luft. Reflexartig flog eine Hand an ihren Mund. »M…Mutter?«, stammelte sie. Sie stand auf und trat einen Schritt auf die Kellertür zu. »Meine Mutter ist dort unten?« Als sie sah, dass Pullman nickte, schrie sie auf.

»Setz dich hin, Joan«, sagte er.

Der sanfte Klang seiner Stimme weckte Joans Misstrauen. Sie erstarrte. Ihre vor Entsetzen geweiteten Augen nahmen langsam einen ängstlichen Ausdruck an, während sie auf den Stuhl zurücksank. Wainwright setzte sich neben sie.

»Sie ist tot, Joan«, fuhr Pullman fort. »Genau wie Becky Adams. Und Kelly Conroe ist so übel zugerichtet, dass sie kaum sprechen kann.«

Nun stand Grauen in Joans Augen, und Wainwright legte schützend seinen Arm um die Schultern seiner Mandantin. »Gibt es Beweise dafür, dass Matt es getan hat?«, fragte er. »Ich meine … stichhaltige Beweise?«

Pullman beobachtete Joan unablässig. »Als wir ihn fanden, lag eine Schaufel voller Blutflecken neben ihm. Außerdem war der Stil über und über mit blutigen Fingerabdrücken bedeckt, die sich aller Wahrscheinlichkeit nach als seine herausstellen werden. Und dann gibt es da noch diesen Fetzen von dem Hemd, das Becky Adams trug. Das Monogramm ihres Vaters ist darauf deutlich zu erkennen.«

Wainwright presste die Lippen aufeinander, während er versuchte, all diese Informationen zu verarbeiten. »Sicher gibt es für all das eine Erklärung …«

»Kelly Conroe sagt, Matt sei es nicht gewesen«, fuhr Pullman fort. Noch immer hingen seine Augen an Joan. »Sie behauptet, dass es Joan war.«

Auch diesmal schien der schockierte Ausdruck, der in Joans Gesicht trat, echt zu sein. »Nein!«, schrie sie. »Wie kann Kelly …«

»Sie hat es Gerry und mir gesagt«, fiel Pullman ihr ins Wort. »›Nicht Matt. Seine Mutter. Es war seine Mutter …‹, so hat sie sich ausgedrückt.«

Als er Kelly Conroes Worte wiederholte, sah Pullman, wie sich Joans Augen veränderten. Das Entsetzen – und die Verwirrung – verschwanden langsam aus ihrem Blick. Sie straffte die Schultern und selbst das Kleid, das sie trug, schien ihr plötzlich besser zu passen. Dann sprach sie mit ruhiger, klarer Stimme. »Die kleine Conroe sagt, dass ich es war? Das ist doch völlig absurd.«

Trip Wainwright legte beschwichtigend die Hand auf ihren Arm. »Du brauchst im Augenblick überhaupt nichts zu sagen«, murmelte er beschwörend.

Doch Joan schüttelte seine Hand ab und warf ihm einen verächtlichen Blick zu. »Ich glaube nicht, dass ich im Moment deine Hilfe brauche«, sagte sie. Dann wandte sie sich an Pullman. »Joan war es«, erklärte sie. »Es war immer Joan.«

Wainwright öffnete den Mund, doch der Sheriff bedeutete ihm mit einer Handbewegung zu schweigen. »Und wer bist du?«, fragte er leise. Dabei war er sich beinahe sicher, die Antwort auf diese Frage zu kennen.

»Ich bin Matts Mutter«, sagte die Frau, die am Küchentisch saß. »Ich bin Cynthia Moore.«

Die Farbe wich aus Trip Wainwrights Gesicht, und seine Augen irrten erschrocken zwischen Dan Pullman und der Frau, die er als Joan Hapgood kannte, hin und her.

Pullman brach schließlich das Schweigen, das sich über den Raum gelegt hatte. »Weißt du, warum sie das getan hat?«

»Er wollte Matt für sich haben«, antwortete Cynthia.

Pullman legte die Stirn in Falten. »Wer? Wer wollte Matt für sich haben?«

»Sein Vater«, sagte Cynthia. »Bill Hapgood.«

»Ich dachte, Bill sei gar nicht Matts Vater ...«, entgegnete Pullman, doch Cynthia Moores Nasenflügel begannen vor Wut zu beben. Sie ließ ihn nicht zu Ende sprechen.

»Glaubst du, ich weiß nicht, wer der Vater meines Sohnes ist?«, fragte sie mit bitterer Stimme. »Komm, ich zeige dir etwas.«

Sie stand auf. Im selben Moment war auch Trip Wainwright auf den Füßen. »Joan, ich glaube nicht, dass du das tun solltest. Bevor du ihm etwas zeigst oder auch nur erzählst, sollten wir uns erst einmal in aller Ruhe unter vier Augen unterhalten.«

Cynthia schenkte ihm keinerlei Beachtung. Sie hakte Dan Pullman unter und zog ihn mit sich ins Speisezimmer. Dort betätigte sie einen Schalter und ließ damit den Kronleuchter über dem Esstisch in gleißendem Licht erstrahlen. Versonnen betrachtete sie einen Augenblick lang das feine Porzellan in der Vitrine, allesamt wertvolle Sammlerstücke, die Generationen von Hapgoods zusammengetragen hatten. In einem weiteren Fach der Vitrine standen geschliffene Kristallgläser in unterschiedlichen Größen und Ausführungen. »All das sollte eigentlich mir gehören. Joan hat er nie geliebt. Jedenfalls nicht so, wie er mich geliebt hat.«

Dann zog Cynthia den Sheriff weiter. Sie gingen durch die Eingangshalle und betraten das Wohnzimmer. Trip Wainwright bemerkte die Bilder auf dem Klavier als Erster. Dort standen drei Fotografien von Bill und Joan Hapgood.

Aber Joans Gesicht war verschwunden. Stattdessen blickte nun Cynthia an Bills Seite aus den Bilderrahmen.

»Ich rufe Dr. Henderson an«, sagte Wainwright leise, als Cynthia die Männer zu Bills Schreibtisch führte. Ungläubig wanderten seine Blicke von einem Foto zum anderen. Jedes einzelne war genauso verändert worden wie die Bilder auf dem Klavier.

Pullman nickte dem Anwalt stumm zu. Cynthia hatte inzwischen einen Aktenordner von der Schreibtischplatte genommen und reichte ihn dem Sheriff. Er schlug den Ordner auf und fand darin den Brief eines Labors in New York City. In dem Schreiben wurden die Ergebnisse mehrerer DANN-Tests an Körperzellen von William Hapgood und Matthew Moore erläutert. Demnach handelte es sich eindeutig um Vater und Sohn.

»Er wollte ihn für sich allein haben«, sagte Cynthia, als Pullman die Papiere studierte. »Das konnte ich doch nicht zulassen. Das verstehst du doch? Deswegen musste ich Joan dazu bringen, ihn zu töten. Sonst hätte er mir Matt weggenommen.«

Pullman sah sie zweifelnd an. »Du hast Joan dazu gebracht, Bill zu töten? Aber ich denke, Matt …«

»Natürlich war er dabei«, erklärte Cynthia. »Joan hat dafür gesorgt, dass er abdrückte.« Ihre Augen schienen in die Ferne zu starren. »Sie stand hinter ihm und legte ihre Arme um ihn. Sie hat ihn immer gern in ihren Armen gehalten, weißt du? Sie ging nachts oft in sein Zimmer und betrachtete ihn, wenn er schlief.« Die Stimme wurde zu einem heiseren Raunen. »Und sie liebte es, ihn anzufassen, seine Haut an ihrer Haut zu spüren, seinen Körper …« Cynthia sprach nicht weiter. Plötzlich sah sie Pullman beinahe flehend an. »Sie haben mich beide geliebt«, flüsterte sie. »Bill und Matt haben mich geliebt. Aber sie hat sie mir weggenommen.«

Tony Petrocelli stand plötzlich in der Tür. »Chief?«, sagte er. »Wir sind so weit. Wir können sie jetzt heraufbringen.«

Pullman antwortete nur mit einem kurzen Handzeichen, doch bevor Petrocelli sich abwandte, fragte Cynthia: »Mama? Spricht er von meiner Mama?« Dann bettelte sie mit beinahe kindlicher Stimme: »Ich will sie sehen. Bitte, bitte. Darf ich meine Mama denn nicht wenigstens noch ein Mal anschauen?«

Wainwright war inzwischen ins Zimmer zurückgekehrt. Pullmans Blick traf den seinen. Eine stumme Frage lag in den Augen des Sheriffs. Der Anwalt nickte. »Ich habe keine Einwände.«

Sie betraten die Küche gerade in dem Augenblick, als zwei Streifenpolizisten mit einer Bahre aus dem Keller kamen. Pullman erkundigte sich, wer auf der Trage lag. Es war Emily Moore. Der Sheriff schlug das Tuch vom Gesicht der alten Frau zurück, damit ihre Tochter sie sehen konnte.

»Es war Joan«, sagte Cynthia Moore, so wie sie es immer getan hatte, wenn sie etwas angestellt hatte. »Es war nicht meine Schuld, Mama. Es war Joan! Wie immer … es war Joan.«

Epilog

Unzählige Urkunden und Diplome in polierten Messingrahmen zierten die Wandtäfelung aus geöltem Walnussholz in Karl Rhinemanns Büro. In der Mitte hing das Diplom der Harvard University, das ihn als Bachelor of Arts in Biochemie auswies. Die anderen Dokumente waren um dieses herausragende Stück herum angeordnet. Ein Medizindiplom der Harvard Medical School, ein Doktortitel in Psychologie von der Columbia University und einige andere, nicht minder eindrucksvolle Urkunden teilten sich den Platz an der Wand hinter Rhinemanns Schreibtisch. Doch weder die stattliche Zahl seiner Studienjahre noch ebenso viele Jahre als praktizierender Psychiater hatten ihn in irgendeiner Weise auf die Frau vorbereitet, die ihm jetzt an seinem Schreibtisch gegenüber saß. Nervös balancierte sie auf der vorderen Sitzkante des dick gepolsterten dunkelroten Ledersessels, der Rhinemanns Patienten meist in einen deutlich entspannteren Zustand versetzte, als sie es verdienten. Rhinemann hatte sich auf Forensische Psychiatrie spezialisiert, und an diesem Tag wollte er sich einen ersten Eindruck von Joan Moore-Hapgood verschaffen.

Während die Patientin ihn misstrauisch beobachtete, überflog er noch einmal die Akte, die vor ihm auf der Tischplatte lag. Wenn man dem Bericht eines gewissen Daniel Pullman, dem leitenden Ermittler in diesem Fall, glauben konnte, so warf man Joan Hapgood vor, ihren Ehemann, ihre Mutter und ein nicht mit ihr verwandtes junges Mädchen getötet zu haben. Außerdem hatte sie versucht, ihren Sohn zu ermorden, und ein weiteres, nicht mit ihr verwandtes Mädchen erheblich verletzt.

Rhinemanns Augen wanderten von der Akte zu der Frau, die vor ihm saß. Sie hatte mit dem Monster, das der Bericht erwarten ließ, nichts gemein. Eigentlich sah sie alles andere als gefährlich aus. Sie wirkte wie eine verzweifelte und überaus verängstigte Frau, in deren hübsches Gesicht das Leid tiefe Furchen gegraben hatte.

»Wollen Sie mir erzählen, was geschehen ist?«, fragte Rhinemann. Dabei beugte er sich ein wenig nach vorn, stützte das Kinn in die gefalteten Hände und sah Joan Hapgood aufmerksam an. Sein Blick und seine Haltung würden ihr suggerieren, dass er in der Lage war, jede Lüge, die sie ihm auftischen wollte, sofort zu durchschauen.

»Ich weiß nicht, was geschehen ist«, antwortete Joan Hapgood leise. Die großen, verängstigten Augen erwiderten den Blick des Arztes ohne die geringste Unsicherheit. »Mir ist durchaus bekannt, was man mir vorwirft. Ich weiß, welcher Verbrechen man mich beschuldigt. Aber ich glaube nicht, dass ich so etwas wirklich getan habe. Ich habe meinen Mann und meine Mutter geliebt. Meinen Sohn liebe ich noch immer.«

»Und die Mädchen?«, fragte Rhinemann. »Wie standen Sie zu den Mädchen?«

»Kelly Conroe ist die Tochter meiner besten Freundin. Ich habe das Mädchen aufwachsen sehen und im Lauf der Jahre sehr lieb gewonnen. Ich …« Sie zögerte. »Becky Adams kannte ich kaum. Aber ich weiß, dass sie ein nettes Mädchen war. Schüchtern, aber wirklich lieb. Als wir noch in derselben Straße wohnten, mochte ich sie immer sehr gern.«

Rhinemann lehnte sich in seinen Sessel zurück. Ohne die Absicht, ihn tatsächlich zu benutzen, griff er nach einem Bleistift. Notizen machte er sich immer erst dann, wenn er die Untersuchung beendet hatte.

»Möchten Sie mir erzählen, was an dem Tag geschah, an dem Ihr Sohn ins Krankenhaus gebracht wurde?«

Jeder Muskel in Joan Hapgoods Körper schien sich anzuspannen, und Rhinemann konnte sehen, wie sie mit sich kämpfte. Er nickte kaum wahrnehmbar. Als Psychiater wusste er, dass sein Gegenüber diese Bewegung wahrscheinlich nicht bewusst registrieren würde. Doch das Unterbewusstsein signalisierte, dass er vertrauenswürdig war. Und wie er erwartet hatte, glitt Joan Hapgood gleich darauf tiefer in den Sessel und nahm eine entspanntere Haltung ein.

»Sie werden mich für verrückt halten«, begann sie.

Rhinemann zuckte lässig die Schultern. »Das wollen wir erst einmal sehen.«

»Ich … ich war dabei, die Sachen meiner Schwester zusammenzupacken. Ich wollte sie aus dem Haus schaffen …«

»Cynthias Sachen?«

Rhinemann hatte Dan Pullmans Aufzeichnungen über sein Gespräch mit Joan Hapgood in der Nacht, in der sie verhaftet worden war, so oft gelesen, dass er einige Absätze bereits auswendig kannte. Die Zwischenfrage war also unnötig. Er wusste, von wem Joan Hapgood sprach. Doch er wollte ihre Gedanken in eine bestimmte Richtung lenken.

Joan nickte nur stumm.

»Und Cynthia wollte nicht, dass Sie das tun?«

Joan biss sich auf die Unterlippe, als wolle sie sich selbst am Sprechen hindern. Dann schüttelte sie den Kopf. »Sie sagte, das Haus gehörte eigentlich ihr. Und dann …« Joan holte tief Luft und fuhr zögernd fort: »Dann lachte sie mich aus.«

»Sie hat Sie ausgelacht?«, wiederholte Rhinemann. Dabei schlug er absichtlich einen leicht spöttischen Ton an. Ganz wie er es vorhergesehen hatte, zeigte die Patientin daraufhin erste Anzeichen von Ärger.

»Lachte Cynthia Sie öfter aus?«

Zum ersten Mal wandte Joan Hapgood den Blick ab. Sie begann, mit den Fingern am Saum ihres Kleides zu zupfen. »Sie hat mich immer ausgelacht. Schon so lange ich mich erinnern kann.«

»Aber warum tat Cynthia das? Warum lachte sie über Sie?«

Joan blickte wieder auf und sah Rhinemann in die Augen. Er hörte nun deutlich Wut und Frustration aus ihrer Stimme heraus. »Sie hielt sich immer für etwas Besseres. Etwas Besseres, als ich es war. Und sie sagte immer, dass ich nie so sein würde wie sie, ganz gleich, wie sehr ich mich anstrengte. Sie behauptete, ich könne niemals so hübsch sein wie sie und schon gar nicht so klug. Und Mutter würde mich nie so lieb haben wie sie.«

»Und das stimmte ja auch, nicht wahr?«, fragte Rhinemann betont gelassen. Dabei beschleunigte sich sein Puls, denn er konnte genau beobachten, wie der Zorn der Patientin wuchs.

»Nein!«, schrie Joan. »Bill Hapgood hat Cynthia nicht geliebt. Er liebte mich! Und selbst wenn ich Matt nicht geboren habe, so war ich doch seine Mutter. Nicht Cynthia! Ich!«

»Aber Ihre Mutter hat Cynthia doch immer lieber gehabt als Sie, das stimmt doch? Und so sehr Sie sich auch bemühten, Sie reichten doch nie an die Schönheit und Klugheit Ihrer Schwester heran.«

Joans Stimme wurde hart. »Sie irren sich. Ich konnte genauso sein wie sie. Ich hätte so schön sein können wie meine Schwester. Und mindestens so schlau und so beliebt!«

»Aber Sie konnten Ihre Mutter nicht dazu bringen, Sie zu lieben.«

Joan zuckte zusammen, als wäre sie geschlagen worden.

»Geht es nicht in Wirklichkeit allein darum? Dass es Ihnen nie gelungen ist, die Liebe Ihrer Mutter zu erringen?«

Noch einmal schien Joans Körper wie unter einem kräftigen Hieb zu erbeben, doch dann straffte sie plötzlich die Schultern und schien in dem Sessel zu wachsen. Auch ihr Gesichtsausdruck veränderte sich. Mehr noch, ihre Züge erschienen nun feiner, und es sah beinahe so aus, als stünden ihre Wangenknochen jetzt höher, ihre Augen weiter auseinander. Ihre Lippen verzogen sich zu einem Lächeln, dessen eisige Kälte Rhinemann einen Schauer über den Rücken jagte.

»Natürlich hat Mutter sie nie geliebt«, sagte die Frau, die ihm gegenüber saß. »Dafür habe ich gesorgt. Ich habe für alles gesorgt.«

Rhinemann betrachtete sie ein paar Sekunden lang schweigend. Er dachte darüber nach, in welche Richtung er das Gespräch nun lenken sollte. Schließlich fragte er: »Weiß Joan das? Weiß Joan, wie Sie das angestellt haben?«

Cynthia lächelte geheimnisvoll. »Kommt ganz darauf an.«

»Worauf kommt es an?«

Cynthia Moore zuckte die Schultern. »Ach, kommen Sie, Doktor. Ich bin nicht auf den Kopf gefallen, und Sie sind es auch nicht. Wir wissen beide, dass Joans Zukunft davon abhängt, was Sie in Ihren Bericht schreiben, wenn sie dieses Zimmer verlassen hat. Also, wofür haben Sie sich entschieden?« Der Zeigefinger ihrer rechten Hand legte sich über den Zeigefinger der linken. »Es ist ziemlich wahrscheinlich, dass Joan vollkommen verrückt ist, nicht wahr? Mama schlug sie so oft, und die vielen Male, die sie in der Truhe im Keller eingesperrt wurde, als sie noch klein war … die haben bestimmt auch ihre Spuren hinterlassen. Jedenfalls wäre das alles eine Erklärung dafür, warum sich Joan so vor dem Keller im Farmhaus fürchtete. Es würde auch erklären, warum sie Mama und Becky Adams zu Tode geprügelt hat. Und sicher hängt auch meine eigene Anwesenheit mit all dem zusammen … Joan ist ganz bestimmt nicht die Erste, die sich ein zweites Ich zugelegt hat.« Sie nickte, wie um ihre eigenen Worte zu bestätigen. »Irgendjemand musste die Misshandlungen ertragen, die sie selbst nicht mehr aushielt. Und wer wäre da besser geeignet gewesen als ich?« Ihr Lächeln wurde dünn. »Seien wir doch ehrlich, Doktor! Sie und ich, wir wissen beide, dass Joan mich im Grunde ihres Herzens hasst, selbst wenn sie noch so heftig beteuert, wie sehr sie mich liebt. Und wie sollte es denn anders sein? Ich bin all das, was sie nie war. Ich bin all das, was sie immer sein wollte. Und von dem Tag an, an dem sie krabbeln konnte, war sie nichts anderes als mein Prügelknabe. Ohne mein Zutun wäre sie doch nie so misshandelt worden.« Cynthia lachte auf. Ihr Lachen klang kalt und hart. »Doch es gibt noch eine andere Sichtweise. Da werden Sie mir zustimmen müssen.«

Rhinemann hob fragend die Augenbrauen – seine Art der stummen Aufforderung an sein Gegenüber, mit seinen Ausführungen fortzufahren.

Der rechte Zeigefinger der Frau legte sich jetzt auf den Mittelfinger der linken Hand. »Vielleicht gibt es Cynthia gar nicht. Vielleicht bin ich wirklich Joan, die nur vorgibt, Cynthia zu sein. Cynthia ›erschien‹ doch praktischerweise immer gerade dann, wenn ich jemanden aus dem Weg räumen musste. Vergessen Sie nicht – Bill hatte mich verlassen und damit gedroht, mir auch Matt wegzunehmen. Er zeigte mir den Beweis dafür, dass er tatsächlich Matts Vater war. Und er erklärte mir, dass er mich nur geheiratet hätte, weil er von Anfang vermutete, dass Matt sein Sohn sei. Seiner und Cynthias Sohn! Wenn das kein Grund war, Bill zu töten! Er wollte mir meinen Jungen wegnehmen. Und warum hätte ich denn meine Mutter verschonen sollen – nach allem, was sie mir angetan hatte?«

»Und die Mädchen?«, fragte Rhinemann.

Die Frau zuckte die Schultern, als wären die Mädchen kaum der Rede wert. »Sie wollten Matt. Sie wollen ihn mir wegnehmen, genau wie Bill.«

»Und deshalb brachten sie eins von ihnen um und prügelten das andere beinahe zu Tode«, fuhr Rhinemann fort. »So wie Ihre Mutter Sie jahrelang verprügelte.«

Der Kopf der Frau neigte sich ein wenig nach vorn. Sie glich dabei einer Lehrerin, die eine richtige Antwort eines Musterschülers bestätigte. »Also, was werden Sie nun tun, Doktor?«, fragte sie. »Welches Schicksal haben Sie sich für Joan vorgesehen?«

»Mich interessiert Ihre Meinung dazu. Zu welcher Entscheidung würden Sie mir raten?«, konterte Rhinemann.

Die Frau lehnte sich in dem Sessel zurück und schlug die Beine übereinander. Ihre Stimme klang sanft, ihr Lächeln wirkte ungezwungen. »Es ist mir völlig gleichgültig. Erklären Sie Joan für voll zurechnungsfähig. Machen Sie mit ihr, was Sie wollen. Aber stellen Sie sich auf einen schwierigen Prozess ein, denn Joan wird kaum in der Lage sein, die Fragen des Richters und des Staatsanwaltes zu beantworten. Und ich denke nicht daran, mich im Gerichtssaal zu zeigen, um ihr zu helfen.«

Rhinemann gestattete sich ein überlegenes Lächeln. »Oh, ich nehme an, wenn die Befragung nur richtig geführt wird, werden Sie der Versuchung, sich einzumischen, nicht widerstehen können.«

Die Frau ließ sich von der Bemerkung nicht ködern. »Ich an Ihrer Stelle würde meinen Ruf nicht durch einen erfolglosen Vorstoß in dieser Richtung gefährden.« Ihre Augen wurden hart, ihr Lächeln gefror. »Ich sagte ihr, dass ich ihr mein

Baby niemals überlassen würde. Sie glaubte mir nicht. Und nun habe ich mir Matt zurückgeholt. Sie wird ihn nie wieder sehen. Niemals.« Bevor der Psychologe etwas erwidern konnte, fügte sie hinzu: »Leben Sie wohl, Dr. Rhinemann! Und richten Sie Joan meine herzlichen Grüße aus. Wir werden uns nicht wieder begegnen.«

Vor den Augen des Psychiaters veränderte sich die Frau, die ihm gegenüber saß, ein zweites Mal. Sie schien zu schrumpfen. Ihr Körper hing plötzlich kraftlos in dem roten Sessel, ihre Züge wurden schlaff.

»Mutter hätte mich geliebt«, flüsterte Joan mit Tränen in den Augen. »Wenn Cynthia nicht gewesen wäre, hätte Mutter mich geliebt.« Ihr Blick hielt den des Doktors fest. »Was immer auch geschehen ist«, sagte sie, »ich bin sicher, es ist ganz allein Cynthias Schuld.«

Zwei Wochen später saß Joan Moore-Hapgood erneut vor Karl Rhinemann. Er überflog die Akte, die auf dem Tisch lag und die seit dem ersten Gespräch beinahe zehn Zentimeter dicker geworden war. Nur gelegentlich blickte er auf, um die Patientin einen kurzen Moment lang zu betrachten. Sie sah genauso aus wie am Ende ihrer ersten Unterhaltung vor zwei Wochen: von Leid gezeichnet und verwirrt.

Seit jenem denkwürdigen Gespräch hatte er sie nun fast täglich befragt, sie unzähligen Persönlichkeitstests unterzogen und sie sogar – mit ihrer Erlaubnis und Kooperation – hypnotisiert. Schließlich hatte er ihr Medikamente verabreicht, unter deren Einfluss sie ihm nichts anderes als die Wahrheit sagen konnte, zumindest die Wahrheit, die sie kannte.

Alle seine Bemühungen waren ohne greifbares Ergebnis geblieben. Die Persönlichkeit von Cynthia Moore, die sich ihm im ersten Gespräch offenbart hatte, blieb spurlos verschwunden.

Joan Hapgood konnte nichts zu den Ereignissen im Keller sagen. Sie wiederholte gelegentlich das, was sie am Ende der ersten Befragung gesagt hatte: »Es ist Cynthias Schuld … Es ist ganz allein Cynthias Schuld.«

Schließlich klappte Rhinemann die Akte zu und lehnte sich in seinem Stuhl zurück. Joan öffnete zum ersten Mal, seit sie vor ein paar Minuten in das Büro geführt worden war, den Mund. »Was wird nun mit mir geschehen?«

Rhinemann schürzte die Lippen und legte die gefalteten Hände einen Augenblick lang über den Mund. Dann zuckte er hilflos die Schultern. »Ich sehe keine andere Möglichkeit, als Sie hier zu behalten.«

»Aber ich habe doch nichts getan«, protestierte Joan.

»Sie können sich nicht daran erinnern, etwas getan zu haben«, berichtigte Rhinemann. »Und ich bin sogar davon überzeugt, dass Sie tatsächlich nichts mehr wissen. Aber Ihr Sohn und Kelly Conroe erinnern sich. Abgesehen von dem Geständnis, das Ihr eigener Anwalt bestätigt und das Sie im Beisein des Ermittlers der Polizei abgelegt haben …«

»Dan Pullman«, steuerte Joan bei.

Rhinemann tippte sich an den Kopf. »Dan Pullman, ja. Also, abgesehen von dem Geständnis fand man Reste Ihrer Fingerabdrücke auf der Schaufel und Blutspuren aller Opfer an Ihren Kleidern. Es gibt zwar keinerlei Beweis dafür, dass Sie abgedrückt haben, als Ihr Sohn an jenem Morgen auf Ihren Mann zielte, doch Sie selbst haben es behauptet.«

»Aber ich habe doch nicht …«

Rhinemann hob abwehrend die Hände. »Ob Sie Ihren Ehemann getötet haben oder nicht, macht hier kaum noch einen Unterschied. Ich glaube nicht, dass man Sie für die Dinge belangt, an die Sie keinerlei Erinnerung mehr haben. Aber gleichzeitig ist es mir unmöglich, Sie aus der Klinik zu entlassen. In Übereinstimmung mit dem Staatsanwalt und den ermittelnden Behörden werde ich dem Gericht empfehlen, Sie hier zu belassen, bis Sie prozessfähig sind.«

Joan rang hörbar nach Luft. »Und wie lange wird das dauern?«

Karl Rhinemann erhob sich, ging um den Schreibtisch herum und legte seine Hände leicht auf Joans Schultern. »Ich weiß es nicht«, sagte er leise. »Aber möglicherweise werden Sie den Rest Ihres Lebens hier verbringen.«

Als Karl Rhinemann Joans ersticktes Schluchzen hörte

und ihr Zittern unter seinen Händen spürte, schoss ihm ein Gedanke durch den Kopf. *Sie hat gewonnen. Allein dadurch, dass sie sich nicht mehr zeigt, hat Cynthia gewonnen.*

Erst als Joan bereits gegangen war, wurde ihm die Unsinnigkeit dieses Gedankens bewusst. Schließlich existierte Cynthia Moore nur in Joan Moore-Hapgoods Fantasie. Cynthia selbst war schon seit sechzehn Jahren tot.

Wie kam er nur auf die Idee, sie als Siegerin zu betrachten?

»Du brauchst es nicht zu tun, wenn du nicht willst«, sagte Matt zu Kelly Conroe. Sie standen vor der Einfahrt zur Hapgood-Farm. Der Sturm, der vor einer Woche über Granite Falls hinweggefegt war, hatte die letzten Blätter von den Bäumen gerissen. Die kahlen Äste der uralten Eichen und Ahornbäume ragten wie die knöchernen Arme und Hände von Skeletten in den eisgrauen Himmel. Sie gaben den Blick auf das düstere Haus frei, das sie seit der Nacht, in der Joan Hapgood versucht hatte, Matt umzubringen, nicht mehr betreten hatten. Matts Schulter schmerzte noch immer, doch von der Wunde auf seinem Kopf zeugte inzwischen nur noch eine blasse Narbe.

Auch Kellys Verletzungen waren im Laufe des Monats, seit ihr Vater sie in seinen Armen aus dem Keller getragen hatte, geheilt. Körperliche Schmerzen und klaffende Wunden gehörten der Vergangenheit an. Doch oft wachte sie mitten in der Nacht auf, weil quälende Alpträume den erholsamen Schlaf vertrieben. Dann wurde Kelly von Bildern und Erinnerungen heimgesucht, die auch im hellen Tageslicht nur wenig von ihren Schrecken verloren. Nachts ließ sie in ihrem Zimmer nun immer eine kleine Lampe brennen. Sie wollte nicht in völliger Dunkelheit aufwachen und noch einmal die furchtbare Angst durchleben, die sie in dem lichtlosen Keller des Farmhauses befallen hatte.

Nach drei Tagen war Matt aus dem Krankenhaus entlassen worden und wohnte seither bei den Conroes.

»Bill Hapgood war mein bester Freund«, hatte Kellys Vater erklärt. »Du bist sein Sohn, und du kannst so lange bei uns bleiben, wie du willst. Du wirst hier bei uns immer ein

Zuhause finden. Auf die Farm brauchst du jedenfalls nicht mehr zurück.«

Doch seit Kelly und Matt wieder zur Schule gegangen waren und nun täglich an dem Tor zur Hapgood-Farm vorbeigingen, wusste er, dass er noch einmal in das Haus zurückkehren musste. Es war das Haus, in dem er seit seinem fünften Lebensjahr gewohnt hatte, und es gab dort vieles zu ordnen. Nicht nur das Gebäude mit seiner Einrichtung und all den anderen Dingen, die Matt hinterlassen worden waren, wartete auf ihn, sondern auch die Erinnerungen, die darin lebten.

An diesem Morgen hatte er beschlossen, den Augenblick der Rückkehr nicht mehr länger hinauszuschieben. Er weihte Kelly in seine Pläne ein, und sie bestand darauf, ihn zu begleiten.

»Wenn ich das alles noch einmal sehe«, erklärte sie, »und wenn ich mich zwinge, in den Keller zu gehen, und mich an dem Ort, an dem sie uns eingesperrt hat, noch einmal genau umschaue, werde ich vielleicht meine Alpträume los.«

Nun standen sie vor dem Tor, und Matt bemerkte, dass Kelly sehr nervös war. »Ich kann es auch allein tun«, versicherte er ihr. »Du brauchst wirklich nicht mitzukommen.«

Kelly zögerte, doch dann schüttelte sie den Kopf. »Es ist nicht gut, wenn du in dem Haus allein bist. Wir gehen zusammen.«

Sie schob ihre Hand in die seine. Dann marschierten sie mit schnellen Schritten die Einfahrt hinauf. Erst an der Stelle, an der sich die Fahrspur gabelte, zögerten sie einen Moment lang. Der linke Teil der Einfahrt führte zur Vorderseite des Hauses, rechts ging es zum Kutschenhaus und zur Hintertür.

Als hätten sie sich abgesprochen, schlugen Matt und Kelly schließlich den Weg zum Haupteingang ein. Erst auf der Veranda blieben sie stehen.

»Du brauchst wirklich nicht …«, begann Matt noch einmal, doch Kelly unterbrach ihn.

»Schließ die Haustür auf, Matt.«

Er steckte den Schlüssel ins Schloss, drehte ihn und drückte die Tür auf. Im selben Augenblick schob sie die Angst, dass der Mut sie doch in der letzten Sekunde verlassen könnte, hastig über die Schwelle.

Die Atmosphäre im Haus war anders, als Matt es erwartet hatte. Als er die Haustür hinter sich schloss, überkam ihn das untrügliche Gefühl, dass sie in diesen Mauern nicht allein waren. Ein Blick auf Kelly sagte ihm, dass sie es auch spürte.

»Vielleicht sollten wir es doch nicht tun«, hauchte sie so leise, dass ihre Stimme von der Stille des Hauses beinahe verschluckt wurde. »Vielleicht ist es besser, wenn wir einfach wieder nach Hause gehen.«

Matt schüttelte den Kopf. »Ich muss es tun. Ich muss versuchen herauszufinden, warum meine Mutter …«

»Sie ist nicht deine Mutter«, fiel Kelly ihm ins Wort. »Sie war nie deine Mutter. Sie ist deine Tante.«

Matt schwieg. Noch hatte er niemandem etwas von seinen Träumen erzählt. Von den Träumen, die er inzwischen längst nicht mehr für Träume hielt und in denen seine Mutter nachts im Dunkeln zu ihm ins Zimmer kam. In sein Zimmer kam und in sein Bett und …

Nicht seine Mutter.

Joan Hapgood war nicht seine Mutter. War nie seine Mutter gewesen. Hatte sie sich deshalb heimlich zu ihm ins Bett geschlichen? Hatte sie geglaubt, ihn damit an sich zu binden? Die Erinnerung ließ Matt erschauern.

Du darfst es nicht beiseite schieben, ermahnte er sich im Stillen. *Du musst dich dem, was geschehen ist, stellen.*

Matt straffte die Schultern und ging gemeinsam mit Kelly ins Wohnzimmer. Dort fiel sein Blick auf die Fotografie, die Joan und Bill Hapgood an ihrem Hochzeitstag zeigte. Früher hatte Matt immer geglaubt, auf dem Bild seine Mutter und seinen Stiefvater zu sehen.

Nun wusste er, wie es wirklich war: Es zeigte seine Tante und seinen Vater. Doch als Matt näher trat, sah er, dass das Foto verändert worden war. An die Stelle von Joan Hapgoods Gesicht war nun Cynthia Moores selbstbewusstes Lächeln getreten.

Auf dem Bild sah Matt seine Eltern. Seine Mutter und seinen Vater, beide tot und nun doch in einer Art und Weise vereint, wie sie es im Leben nie gewesen waren. Tränen stiegen Matt in die Augen, während er das Foto betrachtete. Wie hätte sein Leben verlaufen können, wenn seine leiblichen Eltern einander geheiratet hätten? Er biss sich auf die Lippen, um ein Schluchzen zu unterdrücken. Er drückte Kellys Hand.

Gemeinsam wanderten sie durch die Räume im Erdgeschoss. Dann stiegen sie die Treppe hinauf. Vor der Tür zum Gästezimmer blieb Matt stehen. Dort drinnen waren die Sachen, die seiner Mutter gehört hatten – gepflegt und verwahrt von seiner Großmutter, beinahe zerstört durch die Hand seiner Tante.

Sieh es dir an, drängte er sich selbst. *Du musst es dir ansehen.*

Hand in Hand mit Kelly betrat er das Zimmer.

Und roch das schwere Parfüm seiner Mutter.

Dann hörte er die Stimme seiner Mutter. *»Du bist hier«*, flüsterte sie. *»Du bist zu mir zurückgekommen.«*

Matt erstarrte, als er die Worte hörte. Er stand wie angewurzelt da, und dann spürte er es.

Die Berührung seiner Mutter, ihre Hand in seinem Nacken.

»Nein«, flüsterte er. »Bitte … bitte, nicht …«

Die Finger in seinem Nacken glitten auf seine Wange und zeichneten seine Lippen nach. Matts Herz begann wie wild zu schlagen. Panik stieg in ihm auf, und nach und nach senkte sich die wohl bekannte Dunkelheit – die Dunkelheit, in der seine Tante ihn verführt hatte – über ihn.

Nein!, sagte er sich. *Gib nicht nach. Lass es nicht noch einmal geschehen!*

»Tu es«, hörte er das Flüstern seiner Mutter. Es klang wie schon so oft zuvor. *»Tu, was tu tun musst … tu, was du tun willst …«*

Die Finger, die seine Lippen streichelten, wanderten abwärts. Sie schlängelten sich zwischen die Knöpfe seines Hemdes und berührten seine Brust. Während Matts Körper begann, auf dieses vertraute Gefühl zu reagieren, verlor sich seine Entschlossenheit, der Versuchung zu widerstehen. Doch bevor er sich endgültig im Geruch, in den Berührungen und in der Stimme seiner Mutter verlieren konnte, gab er sich einen Ruck und fuhr herum.

Vor ihm stand Kelly.

Doch es war nicht die Kelly, die er kannte. In ihren Augen, die sonst so klar und glänzend in die Welt blickten, schien ein Feuer zu brennen. Es brannte so heiß wie ihre Finger, die nun seinen Hals streichelten, beinahe seine Haut versengten.

»Zeig mir deine Liebe, Matt«, flüsterte sie heiser. Ihr bohrender Blick saugte sich an seinen Augen fest. »Liebe mich. Hier. Tu es hier und jetzt.« Ihre Hände waren unter seinem Hemd, nestelten an den Knöpfen und streiften es von seinen Schultern. Dann drängte Kelly ihren Körper an ihn. »Bitte«, flüsterte sie. »Liebe mich.«

Matts Herz hämmerte. Sein Körper reagierte heftig auf Kellys Berührungen. Beinahe ohne sein Zutun schlangen sich seine Arme um sie. Er drückte sie an sich.

Ihre Lippen fanden seine, und während das Parfum seiner Mutter von seinen Sinnen Besitz ergriff, spürte Matt, wie er erneut den dunklen Wonnen entgegenglitt, die sie ihm immer wieder verschafft hatte.

»Tu, was du tun willst ...«

Doch während sich Kellys Arme noch fester um ihn schlangen und sie begann, sich an ihm zu reiben, wirbelten Bilder aus der Erinnerung in Matts Gedanken auf.

Der Hirsch – sein Vater – seine Großmutter und Becky – alle tot! Der Geruch nach Parfum wich dem Geruch von Blut.

»Nein!«, stöhnte Matt. Er wand sich aus Kellys Umarmung, packte sie am Arm und zog sie zur Tür. »Wir müssen hier raus«, keuchte er. »Jetzt sofort!«

Er hörte den Aufschrei seiner Mutter. *»Nein! Verlass mich nicht! Bitte, verlass mich nicht!«*

Matt schenkte dem Jammern keine Beachtung. Er zerrte Kelly hinter sich her, zur Tür hinaus und zur Treppe. Dann hob er sie hoch und trug sie wie ein Kind die Stufen hinunter, durch die Eingangshalle und zur Haustür.

»Nein ...«, flehte die Stimme seiner Mutter. Sie bettelte ihn an, wie er sie oft angebettelt hatte. *»Bitte ... nicht ...«*

Matt stellte sich taub. Erst draußen auf der Veranda stellte er

Kelly sanft auf den Boden. Er nahm sie an den Schultern und drehte sie so, dass er ihr ins Gesicht blicken konnte. Nun sah er wieder in die vertrauten Augen seiner Freundin.

Matt schlang die Arme um Kelly und drückte sie an sich. »Es wird alles gut werden«, sagte er. »Endlich wird alles gut werden.«

Kelly blickte verwirrt zu ihm auf. Das Letzte, woran sie sich erinnern konnte, war, dass sie ins Gästezimmer gegangen waren und Cynthias Sachen betrachtet hatten.

Und dann …

Nichts.

»Was ist geschehen?«, fragte sie. »Wir waren im Gästezimmer und …«

Matt legte einen Finger auf ihre Lippen. »Nichts ist geschehen«, flüsterte er. »Ich habe nur ein Gespenst gesehen, das ist alles.«

Schützend legte er seinen Arm um Kellys Schultern. Dem Farmhaus kehrte er den Rücken und spürte, dass er sich nicht nur von dem Haus abwandte, sondern endlich auch von den Geistern, die darin wohnten.

John Saul – der Meister des Psycho-Horror

3-453-87005-0

Die Wächter
3-453-07543-9

Blitze des Bösen
3-453-10854-X

Jäger des Grauens
3-453-18946-9

Der Club der Gerechten
3-453-87005-0

»Eine furchteinflößende Geschichte um Mord, Korruption und das Böse.« **People Magazine**

HEYNE